H. GLESS 1974

LE DÉCAMÉRON

II

Paris. — Imp. E. CAPIOMONT et V. RENAULT, rue des Poitevins, 6

BOCCACE

LE DÉCAMÉRON

TRADUCTION NOUVELLE

PAR

FRANCISQUE REYNARD

TOME SECOND

TRADUCTION COMPLÈTE

PARIS

G. CHARPENTIER, ÉDITEUR

13, RUE DE GRENELLE-SAINT-GERMAIN, 13

1879

LE
DÉCAMÉRON

CINQUIÈME JOURNÉE

La quatrième Journée du DÉCAMÉRON finie, commence la cinquième, dans laquelle, sous le gouvernement de Fiammetta, on devise de ce qui est arrivé d'heureux à certains amants après plusieurs aventures cruelles ou fâcheuses.

Déjà l'orient était tout blanc de lumière, et les rayons du soleil surgissant avaient fait la clarté sur notre hémisphère, quand Fiammetta, invitée par le doux chant des oiseaux qui, dès la première heure du jour, chantaient joyeusement, éparpillés sur les cimes des jeunes arbres, se leva et après avoir fait appeler les autres dames ainsi que les trois jeunes gens, descendit à pas lents dans les champs, où elle alla se promener avec ses compagnons par la vaste plaine et sur l'herbe couverte de rosée, devisant avec eux d'une chose et d'une autre, jusqu'à ce que le soleil se fût élevé quelque peu. Mais sentant que ses rayons devenaient plus chauds, elle dirigea leurs pas vers leur habitation où étant arrivés, et après s'être refaits de leur légère fatigue par des vins exquis et des confetti, ils se répandirent par l'agréable jardin jusqu'à l'heure du repas. Ce moment venu, et chaque chose ayant été préparée par le très discret sénéchal, ils se mirent joyeusement à manger, après avoir chanté une ou deux petites ballades, et suivant qu'il plut à la reine. Le repas achevé avec ordre et plaisir, et pour ne point perdre l'habitude prise de danser, ils firent quelques danses légères entremêlées de chansons, après lesquelles la reine donna congé à chacun jusqu'à ce que l'heure de dormir fût passée. Les uns s'en allèrent dormir, et les autres restèrent à se divertir dans le beau jardin. Mais tous, un peu après l'heure de none, se réunirent près de la fontaine, selon le bon plaisir de la reine et suivant leur habitude. Là, la reine s'étant assise comme si elle présidait un tribunal, regarda Pamphile et lui ordonna en souriant de commencer les nouvelles à dénouement heureux. Celui-ci se disposa volontiers à le faire et parla ainsi :

NOUVELLE I

Cimon devient sensé en devenant amoureux, et enlève en mer sa dame Éphigénie. Il est mis en prison à Rhodes. Lisimaque l'en tire, et tous les deux enlèvent Éphigénie et Cassandre au milieu de leurs noces. Ils s'enfuient avec elles en Crète où ils les épousent, et, devenus riches, ils sont rappelés chez eux.

« — Au commencement, plaisantes dames, d'une journée aussi heureuse que le sera celle-ci, il se présente à moi pour que je les raconte plusieurs nouvelles parmi lesquelles une me plaît entre toutes les autres, pour ce que vous pourrez comprendre par elle non-seulement le but joyeux en vue duquel nous nous mettons à deviser, mais combien sont sacrées, combien sont puissantes et pleines de bien les forces de l'Amour, bien que bon nombre de gens, sans savoir ce qu'ils disent, les condamnent et les vitupèrent à grand tort; ce qui, si je ne me trompe, pour ce que je crois que vous êtes toutes amoureuses, devra vous être très agréable.

« Donc, comme nous l'avons lu jadis dans les anciennes histoires des Chypriens, il fut en l'île de Chypre un gentilhomme de grande noblesse, appelé de son nom Aristippe, et richissime au-dessus de tous ses compatriotes en toutes les choses de ce monde; et il se serait tenu pour l'homme le plus satisfait qui fût, si la fortune ne l'avait affligé en un seul point. C'était que, parmi ses autres fils, il en avait un qui surpassait tous les autres jeunes gens en grandeur et en beauté corporelles, mais qui était presque idiot et sans qu'on pût espérer le guérir. Son vrai nom était Galeso; mais comme jamais les leçons d'un maître, les caresses ou les châtiments paternels, pas plus que les efforts de toute autre personne n'avaient pu lui mettre en tête une lettre de l'alphabet, ou lui donner la moindre tenue; qu'au contraire il avait la voix forte et rude, et que ses manières étaient plutôt d'une brute que d'un homme, tous l'appelaient par ironie Cimon, ce qui, dans leur langue, veut dire la même chose que chez nous les mots : grosse bête. Son père, qui voyait avec un très grand ennui son existence perdue, et qui n'avait plus aucun espoir à son sujet, lui ordonna, pour ne pas avoir plus longtemps sous les yeux la cause de son chagrin, de s'en aller au village, et d'y rester avec ses laboureurs; ce qui fut très agréable à Cimon, pour ce que les manières et la fréquentation des hommes grossiers lui plaisaient plus que celles des gens de la ville.

« Cimon s'en étant donc allé au village et s'y adonnant aux choses rustiques, il advint qu'un jour, un peu après l'heure de midi, passant d'un champ à un autre et son bâton sur le col, il entra dans un très beau petit bois qui était en ce pays et qui, pour ce qu'on était au mois de mai, était entièrement feuillu. En parcourant ce bois, il arriva, comme si sa fortune l'eût guidé, en un petit pré entouré d'arbres très élevés, et dans un des coins duquel se trouvait une belle et fraîche fontaine. Près de la fontaine, il vit, endormie sur le pré vert, une très belle jeune fille, vêtue d'un tissu si transparent qu'il ne cachait presque en rien la blancheur de sa carnation, et recouverte depuis la ceinture seulement jusqu'en bas d'une couverture blanche et légère. A ses pieds, dormaient également deux femmes et un homme, serviteurs de la jeune fille.

« Dès que Cimon l'aperçut, comme s'il n'eût plus jamais vu forme de femme, il s'arrêta, appuyé sur son bâton, sans prononcer une parole, et se mit à la regarder attentivement avec une grandissime admiration. Et dans sa rugueuse intelligence, où plus de mille leçons n'avaient pu faire pénétrer la moindre impression d'un plaisir délicat, il sentit s'éveiller une pensée qui lui disait en son esprit matériel et grossier, que cette jeune fille était la plus belle chose qui eût été jamais vue par homme vivant. Aussitôt, il se mit à examiner en détail toutes les parties de sa personne, admirant les cheveux qu'il croyait être d'or, le front, le nez et la bouche, le col et les bras, et surtout le sein encore peu prononcé ; et de paysan, devenu soudain fin juge de beauté, il désirait ardemment voir ses yeux qu'elle tenait fermés dans son profond sommeil, et, pour les voir, il eut plusieurs fois l'envie de la réveiller. Mais comme elle lui paraissait bien autrement belle que les femmes qu'il avait vues jusque-là, il doutait si ce n'était pas quelque déesse, et il avait encore assez de sens pour comprendre que les choses divines sont plus dignes d'être vénérées que les choses mondaines ; pour quoi,

il se retenait, attendant que la jeune fille s'éveillât d'elle-
même, et bien que cela lui parût tarder trop longtemps, il
ne savait cependant s'arracher au plaisir inaccoutumé qu'il
prenait.

« Après un temps assez long, la jeune fille, qui avait nom
Éphigénie, se réveilla avant tous les siens, et ayant levé la tête
et ouvert les yeux, elle vit Cimon qui se tenait devant elle appuyé sur son bâton, ce dont elle s'étonna fort, et elle dit :
« — Cimon, que cherches-tu à cette heure par ce bois ? — »
Cimon, tant par ses allures et sa grossièreté que par la noblesse et la fortune de son père, était connu quasi de chacun
dans le pays. Il ne répondit rien à la question d'Éphigénie,
mais dès qu'il vit qu'elle avait les yeux ouverts, il se mit à
les regarder fixement, trouvant qu'il en sortait une suavité
qui le remplissait d'un plaisir qu'il n'avait jamais éprouvé.
Ce que voyant la jeune fille, elle commença à craindre qu'à
la regarder ainsi fixement, sa rusticité ne le portât à quelque
action dont elle pourrait avoir vergogne ; pour quoi, ayant
appelé ses femmes, elle se leva en disant : « — Adieu, Ci-
« mon. — » A quoi Cimon répondit alors : « — J'irai avec
« toi. — » Et bien que la jeune fille, qui avait toujours
peur de lui, refusât sa compagnie, elle ne put s'en débarrasser qu'il ne l'eût accompagnée jusqu'à sa demeure. De là,
Cimon revint chez son père, affirmant qu'il ne voulait plus
d'aucune façon retourner au village, à quoi son père et les
siens consentirent, bien que cela leur parût fâcheux, et attendirent de voir le motif qui lui avait fait changer d'avis.

« La flèche d'Amour étant donc, grâce à la beauté d'Éphigénie, entrée dans le cœur de Cimon, où n'avait encore pu
entrer aucune doctrine, il émerveilla son père et tous les
siens, ainsi que chacun de ceux qui le connaissaient, en
s'élevant d'une idée à une autre, en un temps très court. Il

1.

réclama tout d'abord de son père qu'il lui fît donner les vêtements et les parures avec lesquels allaient ses frères, ce que
son père, très content, s'empressa de faire. Alors, fréquentant les jeunes gens de mérite, observant les manières et les
habitudes qui conviennent aux gentilshommes, et surtout aux
amoureux, non-seulement, en un très petit espace de temps
et à la grandissime admiration de chacun, il apprit les premières notions des lettres, mais il devint très marquant parmi
les hommes de science. En outre — l'amour qu'il portait à
Éphigénie étant la cause de tout ce changement — non-seulement il rendit souple et convenable sa voix qui était rude et
rustique, mais il devint maître chanteur et parfait musicien,
de même qu'il se montrait vaillant à chevaucher et très expert
dans les choses de la guerre, tant sur mer que sur terre.
Bref, pour ne pas m'appesantir sur chaque particularité de
son mérite, la quatrième année depuis la naissance de son
premier amour ne s'était pas accomplie, qu'il était devenu le
plus gracieux, le plus policé et le plus courageux de tous les
jeunes gens qui fussent en l'île de Chypre.

« Que dirons-nous donc de Cimon, ô plaisantes dames?
Certes, rien autre chose, sinon que les hautes qualités que le
ciel avait déposées dans son âme vaillante, la fortune jalouse
les avait cachées et enchaînées en un petit coin ignoré de son
cœur par de formidables liens qu'Amour, plus puissant que
la fortune, rompit et brisa. Amour, excitateur des esprits
endormis, tira, par sa seule force, les vertus de Cimon des
cruelles ténèbres qui les comprimaient, et les amena en pleine
lumière, montrant apertement d'où il peut tirer les esprits
qui lui sont soumis et où il peut les conduire avec ses rayons
vainqueurs.

« Bien que Cimon, aimant Éphigénie, commît parfois des
extravagances, comme font souvent les jeunes gens amou-

reux, Aristippe, considérant qu'Amour l'avait fait homme
d'idiot qu'il était, non-seulement les supportait patiemment,
mais l'encourageait à suivre en cela son bon plaisir. Mais
Cimon, qui refusait d'être appelé Galeso, se rappelant avoir
été ainsi nommé par Éphigénie, voulait donner à ses désirs
une fin honnête. Il fit donc faire plusieurs fois des démarches
près de Cipseo, père d'Éphigénie, pour qu'il la lui donnât
pour femme ; mais Cipseo répondait toujours qu'il l'avait
promise à Pasimonde, jeune noble de Rhodes, auquel il
n'entendait pas manquer de parole. Sur quoi, le temps fixé
pour les noces d'Éphigénie étant venu, et son mari l'ayant
envoyé chercher, Cimon se dit en lui-même : « — Il est dé-
« sormais temps de montrer, ô Éphigénie, combien tu es
« aimée de moi. Par toi je suis devenu homme, et si je puis
« te posséder, je ne doute pas que je ne devienne plus glo-
« rieux que n'importe quel dieu ; et certainement je t'aurai,
« ou je mourrai. — » Ayant ainsi dit, il requit le concours
de quelques jeunes gentilshommes, ses amis, et après avoir
fait armer en secret un navire de tout ce qui était nécessaire
pour un combat naval, il se mit en mer, attendant au passage le navire sur lequel Éphigénie devait être conduite à
Rhodes vers son mari. Éphigénie, après que son père eut
fait tous les honneurs possibles aux amis de son mari, prit la
mer, et l'on se mit en route, dirigeant la proue vers Rhodes.
Cimon, qui ne dormait pas, survint le lendemain même avec
son navire, et, debout sur la proue, il cria d'une voix forte
à ceux qui étaient sur le navire d'Éphigénie : « — Arrêtez-
« vous ; baissez les voiles, ou attendez-vous à être vaincus et
« jetés à la mer. — » Les adversaires de Cimon avaient tiré
leurs armes sur le pont, et s'apprêtaient à se défendre ; pour
quoi Cimon, après les paroles susdites, prit un harpon de
fer et le jeta sur la poupe des Rhodiens qui fuyaient vive-

ment, et les ayant arrêtés de force, il sauta, fier comme un lion, et sans être suivi de personne, sur leur navire comme s'il les tenait tous pour rien. Là, éperonné par l'amour, il se lança avec une merveilleuse force au milieu des ennemis, un coutelas en main, et frappant tantôt celui-ci, tantôt celui-là, il les abattait comme des moutons. Ce que voyant les Rhodiens, ils jetèrent leurs armes et s'avouèrent prisonniers quasi d'une seule voix. Cimon leur dit : « — Jeunes gens, « ce n'est ni par désir de butin, ni par haine contre vous « que je suis parti de Chypre pour vous assaillir à main ar- « mée en pleine mer. Ce qui m'a poussé, c'est une chose qu'il « m'est très agréable d'avoir conquise, et que vous pouvez « très facilement me donner sans combat ; c'est Éphigénie, « que j'aime par-dessus tout, et que, ne pouvant avoir de « son père en ami et paisiblement, j'ai voulu, contraint par « l'amour, avoir de vous en ennemi par les armes. Et pour « ce, j'entends être pour elle ce que devait lui être votre Pa- « simonde ; donnez-la moi, et allez à la garde de Dieu. — » Les jeunes gens, cédant plus à la force qu'à la générosité, remirent en pleurant Éphigénie à Cimon. Celui-ci, la voyant se lamenter, dit : « — Noble dame, ne te désole point, je « suis ton Cimon, qui, par un long amour, ai plus mérité de « t'avoir que Pasimonde à qui tu as été seulement pro- « mise. — » Cimon l'ayant donc fait monter sur son navire, sans avoir touché à rien autre chose appartenant aux Rhodiens, les laissa aller, et retourna vers ses compagnons.

« Cimon, plus content que personne de la conquête d'une si chère proie, après avoir donné quelque temps à consoler Éphigénie qui se lamentait, résolut avec ses compagnons de ne point revenir présentement à Chypre ; pour quoi, d'un avis commun, ils dirigèrent la proue de leur navire vers l'île de Crète, où quasi chacun d'eux, et surtout Cimon, croyait pouvoir être en sûreté avec Éphigénie, grâce aux anciennes et nouvelles alliances et aux nombreux amis qu'ils y avaient. Mais la fortune, qui avait très joyeusement favorisé Cimon dans la conquête de la dame, changea soudain, en inconstante qu'elle est, la joie inexprimable du jeune amoureux en tristesse et en larmes amères. Quatre heures s'étaient à peine écoulées depuis que Cimon avait laissé partir les Rhodiens, quand la nuit survenant — nuit que Cimon attendait comme devant être la plus heureuse qu'il eût connue jamais — survint avec elle un temps orageux et très mauvais, qui emplit le ciel de nuages et la mer de vents furieux, pour quoi nul ne savait ce qu'il y avait à faire et où aller, et personne ne pouvait se tenir sur le pont du navire pour la manœuvre. Combien Cimon se désolait de ce contretemps, pas n'est besoin de le demander. Il lui semblait que les dieux ne lui eussent concédé l'accomplissement de ses désirs, que pour lui faire paraître plus pénible la mort dont, sans cela, il se serait peu soucié. Ses compagnons se lamentaient également, mais par-dessus tous Éphigénie, qui pleurait beaucoup et avait peur du moindre heurt des vagues ; et, au milieu de ses larmes, elle maudissait amèrement l'amour de Cimon et lui reprochait sa témérité, assurant que cette tempête n'avait été soulevée que parce que les dieux, contre la volonté desquels il voulait l'avoir pour femme, ne voulaient pas à leur tour qu'il pût jouir de son présomptueux désir, mais l'en voulaient empêcher en la faisant mourir d'abord, elle, puis en le faisant ensuite périr misérablement.

« Au milieu de ces lamentations, qui ne faisaient qu'aller en augmentant, les marins, ne sachant que faire, et le vent devenant de plus en plus furieux, furent poussés, sans savoir où ils allaient, et sans qu'ils pussent le reconnaître, tout près de l'île de Rhodes ; mais ne la reconnaissant pas, ils firent

tous leurs efforts pour y prendre terre, s'il était possible,
afin de sauver leur vie. La fortune en cela leur fut favorable
et leur permit d'aborder en un petit golfe dans lequel, un
peu avant eux, étaient arrivés avec leur navire les Rhodiens
que Cimon avait quittés. Ils ne s'aperçurent qu'ils avaient
abordé dans l'île de Rhodes que lorsque, l'aurore surgissant
et le ciel devenu plus clair, ils se virent à peine à une portée
de trait du navire laissé par eux la veille. De quoi Cimon très
marri, et craignant qu'il en advînt ce qui en advint en effet,
ordonna qu'on fît les plus grands efforts pour sortir de là et
aller où il plairait à la fortune de les pousser. Les matelots
firent de grands efforts pour sortir de ce golfe, mais ce fut
en vain ; le vent plus puissant les poussait en sens contraire,
de sorte que, loin de pouvoir sortir, ils furent, qu'ils le vou-
lussent ou non, poussés à terre.

« Ils ne l'eurent pas plus tôt atteinte, qu'ils furent reconnus
par les matelots rhodiens qui étaient descendus de leur navire. L'un de ces derniers courut en toute hâte à un village
voisin où les jeunes nobles rhodiens étaient allés, et leur
raconta que Cimon et Éphigénie avaient été par aventure
poussés avec leur navire au même endroit qu'eux. En entendant cela, les jeunes gentilshommes, très contents, prirent un
grand nombre de gens de la ville et se rendirent sur-le-champ
au rivage, où Cimon qui, déjà descendu avec les siens, avait
décidé de s'enfuir dans quelque forêt prochaine, fut pris avec
Éphigénie et ses autres compagnons, et mené avec eux au
village. Là, venant de la ville où cette année résidait le grand-
maître de Rhodes, arriva bientôt Lisimaque avec une nombreuse compagnie d'hommes d'armes, lequel conduisit en prison Cimon et tous ses compagnons, ainsi qu'en avait ordonné le
sénat de Rhodes auquel Pasimonde, ayant appris la nouvelle,
s'était plaint. C'est ainsi que Cimon, amant malheureux, perdit

son Éphigénie peu d'instants après l'avoir conquise, et sans avoir pris d'elle que quelques baisers. Quant à Éphigénie, elle fut accueillie par plusieurs nobles dames de Rhodes qui la consolèrent tant de la douleur que lui avait causé sa capture, que de la fatigue que le mauvais état de la mer lui avait fait éprouver; et elle demeura auprès d'elles jusqu'au jour fixé pour ses noces. On fit grâce de la vie à Cimon et à ses compagnons, en raison de la liberté qu'ils avaient laissée la veille aux jeunes Rhodiens, malgré les sollicitations de Pasimonde qui voulait qu'on la leur ravît, et on les condamna à une prison perpétuelle. Ils y étaient, comme on peut croire, fort tristes et sans aucun espoir de jamais revenir à la joie.

« Mais, pendant que Pasimonde pressait le plus qu'il pouvait les apprêts de ses futures noces, la fortune, quasi repentante de la subite injure faite à Cimon, suscita pour son salut un nouvel incident. Pasimonde avait un frère plus jeune que lui, mais de non moindre mérite et qui avait nom Ormisda. Il avait été longtemps en pourparlers pour épouser une noble et belle jeune fille de la ville, nommée Cassandre, et dont Lisimaque était passionnément amoureux; mais le mariage, par suite de divers incidents, avait été plusieurs fois entravé. Or, Pasimonde se voyant amené à célébrer ses noces avec une grandissime fête, il pensa que ce serait très bien fait si, en cette même fête, il pouvait faire qu'Ormisda épousât aussi sa femme, ce qui leur épargnerait de nouvelles fêtes dispendieuses. Pour quoi, ayant repris les pourparlers avec les parents de Cassandre, il réussit à ce qu'il voulait, et d'un commun accord avec eux et son frère, ils décidèrent que le même jour où Pasimonde épouserait Éphigénie, Ormisda épouserait Cassandre. Ce qu'apprenant Lisimaque, cela lui déplut outre mesure, pour ce qu'il se voyait déçu du ferme espoir qu'il conservait d'obtenir Cassandre pour femme, si

Ormisda ne l'épousait pas. Mais, en homme sage, il cacha son mécontentement, et il se mit à penser par quel moyen il pourrait empêcher que cela eût lieu. Il n'en vit aucun autre que d'enlever Cassandre, ce qui lui parut facile, grâce à la charge qu'il occupait, mais plus déshonnête aussi que s'il n'avait point occupé cette charge. Cependant, après une longue hésitation, l'honnêteté s'effaça devant l'amour, et il prit le parti, quoi qu'il en dût advenir, d'enlever Cassandre. Et songeant à l'aide qu'il devait s'adjoindre en cette affaire, et au plan qu'il devait tenir, il se souvint de Cimon et de ses compagnons qu'il gardait en prison, et il pensa qu'il ne pouvait avoir de plus fidèle et de meilleur compagnon pour cette entreprise. Pour quoi, l'ayant fait secrètement venir la nuit suivante dans sa chambre, il se mit à lui parler de la sorte :

« — Cimon, de même que les dieux se montrent très géné-
« reux dispensateurs des choses envers les hommes, de
« même ils savent très judicieusement mettre leur courage
« à l'épreuve, et ceux qu'ils trouvent fermes et constants en
« toutes circonstances, ils les rendent dignes, comme étant
« les plus vaillants, des plus hautes récompenses. Ils ont
« voulu faire de ton courage une épreuve plus certaine que
« celle que tu aurais pu montrer dans les étroites limites de
« la maison de ton père, que je sais être possesseur d'abon-
« dantes richesses ; d'abord, par les poignantes sollicitations
« de l'amour, ils t'ont fait redevenir homme d'animal in-
« sensé que tu étais, comme je l'ai appris ; puis, par une
« cruelle infortune, et présentement par une cruelle capti-
« vité, ils ont voulu voir si ton courage n'est point changé
« de ce qu'il était naguère quand, pour si peu de temps, tu
« eus conquis la proie désirée. S'il est toujours le même
« qu'auparavant, les dieux ne te donnèrent jamais une joie
« pareille à celle qu'ils s'apprêtent à te donner présente-

« ment, ce que j'entends te démontrer afin que tu retrouves
« tes forces habituelles et que tu reprennes courage. Pasi-
« monde, joyeux de ta mésaventure, et qui a demandé ta
« mort avec sollicitude, presse tant qu'il peut la célébration
« des noces de ton Éphigénie, afin d'y jouir de cette même
« proie que la fortune, d'abord favorable, t'avait concédée
« et qu'elle t'a ensuite soudain ravie. Je connais par moi-
« même ce que tout cela doit te faire souffrir, si, comme je
« crois, tu aimes véritablement ; car le même jour Ormisda,
« frère de Pasimonde, s'apprête à me faire à moi une injure
« pareille au sujet de Cassandre que j'aime par-dessus tout.
« Pour échapper à un tel outrage, à un tel coup de la for-
« tune, je ne vois pas d'autre porte ouverte, sinon notre
« courage et la force de nos bras ; sur quoi il nous faut
« mettre l'épée en main et nous frayer un chemin pour en-
« lever nos dames, toi une seconde fois et moi une première.
« Donc, si tu as désir de reprendre, je ne dis pas ta liberté
« dont je pense que tu fais peu de cas sans ta dame, mais
« ta dame elle-même, en me secondant dans mon entreprise,
« les dieux t'en donnent l'occasion. — »

« Ces paroles rendirent à Cimon toute son énergie perdue,
et sans trop réfléchir à la réponse qu'il allait faire, il dit :
« — Lisimaque, tu ne peux avoir compagnon plus décidé ni
« plus fidèle que moi en une pareille tentative, s'il en doit
« résulter pour moi ce que tu dis ; et pour ce, apprends-moi
« ce que tu crois que j'aie à faire, et tu verras que cela sera
« exécuté avec une merveilleuse puissance. — » A quoi Lisimaque dit : « — Dans trois jours, les nouvelles épousées
« entreront pour la première fois dans la demeure de leur
« mari ; nous y entrerons nous-mêmes en armes à la tom-
« bée du jour, toi à la tête de tes compagnons et moi avec
« tous ceux des miens en qui je puis me fier, et, ayant en-

II.   2

« levé nos dames au milieu des convives, nous les mènerons
« sur un navire que j'ai fait préparer secrètement, et nous
« tuerons quiconque voudrait s'y opposer. — » Ce projet
plut à Cimon, et il se tint coi dans sa prison jusqu'au moment fixé.

« Le jour des noces venu, la pompe fut grande et magnifique, et la maison des deux frères était partout remplie par
la fête joyeuse. Lisimaque ayant tout préparé, réunit Cimon
et ses compagnons à ses propres amis, et tous portant des
armes sous leurs vêtements, quand le moment lui parut
venu, après les avoir excités par ses paroles en faveur de son
entreprise, il les divisa en trois corps. L'un fut envoyé sans
bruit vers le port, pour que personne ne les empêchât de
monter sur le navire quand il en serait besoin; avec les deux
autres, il alla vers la maison de Pasimonde, où étant arrivé,
il en laissa un à la porte, afin que personne ne pût l'y enfermer ou lui en interdire la sortie, et avec le troisième il
monta l'escalier, suivi de Cimon. Parvenus dans la salle où
les nouvelles épousées étaient déjà assises à table, avec bon
nombre d'autres dames, pour manger, ils se précipitèrent
en avant, renversèrent les tables, et chacun d'eux ayant pris
sa dame, et l'ayant remise aux mains de ses compagnons, ils
donnèrent l'ordre de les conduire sur-le-champ au navire
préparé pour les recevoir. Les nouvelles épousées se mirent
à pleurer et à crier, comme aussi les autres dames et les
serviteurs, et soudain la maison fut remplie de tumulte et de
plaintes. Mais Cimon et Lisimaque, ainsi que leurs compagnons, ayant tiré les épées hors du fourreau, et chassant de
leur chemin tout le monde, se dirigèrent vers les escaliers;
ils les descendaient, quand ils rencontrèrent Pasimonde qui,
un grand bâton à la main, accourait au bruit, et sur la tête
duquel Cimon asséna un tel coup, qu'il la lui fendit à moitié

et l'étendit mort à ses pieds. Le malheureux Ormisda courant au secours de son frère, fut également tué d'un seul coup par Cimon, et tous ceux qui voulurent ensuite s'approcher, furent blessés et rejetés en arrière par les compagnons de Cimon et de Lisimaque.

« Ces derniers, laissant la maison pleine de sang, de tumulte, de larmes et de tristesse, arrivèrent en groupe serré au navire avec leur proie et sans autre empêchement; y étant montés eux-mêmes avec tous leurs compagnons, ils battirent l'eau de leurs rames et s'en allèrent joyeux de leurs faits d'armes, au moment même où le rivage se couvrait de gens armés accourus au secours des dames. Arrivés en Crète, ils furent reçus joyeusement par de nombreux amis et parents, et ayant épousé leurs dames et fait grande chère, ils jouirent en joie de leur rapine.

« Par suite de ces événements, il y eut pendant longtemps de grands troubles et des bruits à Chypre et à Rhodes. A la fin, cependant, les amis et les parents s'étant interposés tant d'un côté que de l'autre, ils arrangèrent les choses de façon que, après quelque temps d'exil, Cimon retourna heureux à Chypre avec Éphigénie, et que Lisimaque rentra à Rhodes avec Cassandre; et tous deux vécurent dans leur pays avec leur dame, longtemps et en liesse. — »

NOUVELLE II

Costanza aime Martuccio Gomito. Entendant dire qu'il était mort, elle monte de désespoir dans une barque qui est poussée par le vent à Suse. De là, elle s'en va à Tunis où elle le retrouve vivant. Elle se fait connaître à lui et l'épouse. Martuccio, devenu riche, s'en revient avec elle à Lipari.

La reine, voyant la nouvelle de Pamphile terminée, après l'avoir beaucoup louée, ordonna à Émilia de poursuivre en en disant une. Celle-ci commença de la sorte : « — Chacun doit avec raison prendre plaisir aux choses où l'on voit les récompenses couronner les affections, et ce parce que l'action d'aimer mérite à la longue plutôt joie qu'affliction. En traitant une telle matière, j'obéirai donc à la reine avec plus de plaisir que je ne l'ai fait au roi pour la précédente.

« Vous devez savoir, délicates dames, que dans le voisinage de la Sicile est une île nommée Lipari, en laquelle, il n'y a pas encore grand temps, fut une très belle jeune fille appelée Costanza, et née dans l'île de très honorables gens. Un jeune homme, qui était aussi de l'île, et qu'on appelait Martuccio Gomito, très beau et très bien élevé, et fort entendu dans son état, en devint amoureux. La jeune fille de son côté s'alluma tellement pour lui, qu'elle n'éprouvait jamais de plaisir que quand elle le voyait. Martuccio désirant l'avoir pour femme, la fit demander à son père qui répondit qu'il était pauvre et que pour cette raison il ne voulait pas la lui donner. Martuccio, indigné de se voir refuser à cause de sa pauvreté, jura à ses amis et à ses parents qu'il ne reviendrait plus à Lipari, sinon riche. Et étant parti en corsaire, il se mit à suivre les côtes de la Barbarie, pillant tous ceux qui étaient moins forts que lui ; en quoi la fortune lui eût été très favorable, s'il avait su user avec modération de son bonheur. Mais non contents, lui et ses compagnons, de s'être enrichis en très peu de temps, il arriva que, tandis qu'ils cherchaient à devenir plus riches, ils furent tous pris et dépouillés, après une longue résistance, par certains navires de Sarrazins qui noyèrent la plupart d'entre eux ; bref, son navire ayant été défoncé, Martuccio fut conduit à Tunis où il fut mis en prison et tenu en longue misère.

« La nouvelle courut à Lipari, non par une ni par deux, mais par plusieurs personnes, que tous ceux qui étaient avec Martuccio sur son navire avaient été noyés. La jeune fille, qui, depuis le départ de Martuccio, était restée affligée au delà de toute mesure, entendant dire qu'il était mort avec les autres, pleura longuement, et résolut en elle-même de ne plus vivre ; mais n'ayant pas le courage de se tuer elle-même violemment, elle pensa à donner une nouvelle nécessité à sa mort. Étant sortie secrètement, une nuit, de la maison de son père, et s'étant rendue sur le port, elle trouva d'aventure une petite barque de pêcheurs quelque peu écartée des autres navires et qui, ses patrons en étant pour le moment descendus, était munie de son mât, de voiles et de rames. Y étant promptement montée, et ayant gagné le large, experte qu'elle était dans l'art de la navigation, comme le sont généralement toutes les femmes de l'île, elle hissa la voile, jeta les rames, quitta le timon, et s'abandonna au vent, pensant qu'il arriverait nécessairement ou que le vent ferait chavirer la barque qui n'avait ni lest ni pilote, ou que quelque écueil la briserait, par suite de quoi, quand bien même elle le voudrait, elle ne pourrait s'échapper et devrait se noyer infailliblement. Puis s'étant enveloppé la tête dans un manteau, elle se coucha dans le fond de la barque et se mit à pleurer.

« Mais il en arriva tout autrement qu'elle avait pensé, pour ce que le vent qui soufflait venant de tramontane et étant très léger, et la mer étant fort peu houleuse, la barque sur laquelle la jeune fille était montée fut poussée par le vent, le lendemain, à l'heure de vesprée, à cent milles au-dessus de Tunis, sur une plage voisine d'une ville appelée Suse. La jeune fille ne s'apercevait pas si elle était encore en mer ou sur terre, car elle avait résolu, quelque accident qu'il arrivât, de ne pas lever la tête, et de fait elle ne l'avait pas levée. Il y avait, d'aventure, sur le rivage, quand la barque alla y heurter, une pauvre bonne femme de marin, occupée à retirer du soleil les filets de ses pêcheurs, et qui, voyant la barque, s'étonna qu'on l'eût laissée aller heurter le rivage toute voile déployée. Pensant que les pêcheurs qui la montaient s'y étaient endormis, elle se dirigea vers elle et n'y vit que cette jeune fille qui dormait profondément, et l'ayant appelée à plusieurs reprises, elle finit par la réveiller; l'ayant reconnue à ses vêtements pour une chrétienne, elle lui demanda en latin comment il se faisait qu'elle fût arrivée en cet endroit seule dans cette barque. La jeune fille, entendant parler latin, pensa qu'un vent nouvellement survenu l'avait peut-être ramenée à Lipari, et s'étant levée soudain, elle regarda autour d'elle; mais ne reconnaissant pas le pays et se voyant à terre, elle demanda à la bonne femme où elle était. A quoi la bonne femme répondit : « — Ma fille, tu es près de Suse, en Barbarie. — » En entendant cela, la jeune fille désolée que Dieu n'eût pas voulu l'envoyer à la mort, craignant qu'il ne lui arrivât quelque honte, et ne sachant que faire, elle s'assit au pied de la barque et se mit à pleurer. Ce que voyant la bonne femme, elle en eut pitié et, à force de la prier, elle réussit à l'emmener dans sa cahutte, et là, elle fit si bien par ses

caresses, que la jeune fille lui dit comment elle était arrivée
en ce lieu. Sur quoi, la bonne femme, comprenant qu'elle
était encore à jeun, lui apporta son pain dur, de l'eau et
quelques poissons, et la pria tellement qu'elle en mangea un
peu. Après avoir mangé, la Costanza demanda qui était la
bonne femme qui parlait ainsi latin ; à quoi celle-ci dit
qu'elle était de Trapani et qu'elle avait nom Carapresa, et
qu'elle était la servante de quelques pêcheurs chrétiens.

« La jeune fille, en entendant parler Carapresa, bien
qu'elle fût très désolée, et ne sachant ce qui la poussait en
cela, augura bien en entendant ce nom et se mit à espérer
sans savoir quoi, et à se relâcher un peu de son désir de
mourir ; et sans faire connaître qui elle était ni d'où, elle
pria la bonne femme d'avoir pitié de sa jeunesse pour
l'amour de Dieu, et de lui donner quelque conseil afin d'éviter qu'on lui fît injure. Carapresa, en l'entendant, comme
une bonne femme qu'elle était, la laissa dans sa cabane, et,
après avoir promptement relevé ses filets, revint la prendre
et, l'ayant enveloppée des pieds à la tête dans son manteau,
elle la mena avec elle à Suse, et là, elle lui dit : « — Cos-
« tanza, je te mènerai chez une très bonne dame sarrazine,
« à laquelle je rends quelques services pour ses besoins ;
« c'est une dame âgée et compatissante ; je te recomman-
« derai à elle du mieux que je pourrai, et je suis certaine
« qu'elle t'accueillera volontiers et te traitera comme sa
« fille ; quant à toi, tu feras tout ton possible, restant avec
« elle, pour la servir et pour gagner sa faveur, jusqu'à ce
« que Dieu t'envoie une meilleure fortune. — » Et elle fit
comme elle avait dit.

« La dame, vers qui la vieille était allée, après l'avoir
écoutée, regarda la jeune fille, et se mit à pleurer ; puis,
l'ayant attirée à elle, elle la baisa au front et l'emmena par

la main dans sa maison, où elle habitait sans homme avec
quelques autres femmes, qui toutes s'occupaient à travailler
de leurs mains à divers ouvrages de soie, de palmier ou de
cuir. En peu de jours, la jeune fille en eut appris quelques-
uns et se mit à travailler avec elles, et elle gagna tellement
les bonnes grâces de la dame et des autres que ce fut chose
merveilleuse; en peu de temps aussi, grâce à leurs leçons,
elle apprit leur langue.

« La jeune fille demeurant donc à Suze, et étant déjà
pleurée comme perdue et comme morte chez elle, il advint
que, le roi de Tunis étant un prince nommé Mariabdela, un
jeune homme de haute naissance et de grand pouvoir, qui
habitait Grenade et qui prétendait que le royaume de Tunis
lui appartenait, rassembla une grande quantité de gens
d'armes et marcha contre le roi de Tunis pour le chasser du
trône. Ces choses vinrent aux oreilles de Martuccio Gomito
dans sa prison; celui-ci, qui savait très bien la langue barbaresque, apprenant que le roi de Tunis faisait de grands
préparatifs pour sa défense, dit à un de ceux qui le gardaient : « — Si je pouvais parler au roi, je me ferais fort
« de lui donner un conseil grâce auquel il serait vainqueur
« en cette guerre. — » Le gardien répéta ces paroles à son
seigneur, qui les rapporta incontinent au roi. Pour quoi, le
roi ordonna que Martuccio fût amené devant lui, et lui demanda quel conseil était le sien. Martuccio lui répondit
ainsi : « — Mon seigneur, si j'ai bien observé, en un autre
« temps où je fréquentais vos pays, la manière dont vous
« combattez, il me semble que vous le faites plutôt avec des
« archers qu'avec d'autres combattants; et pour ce si l'on
« pouvait trouver un moyen pour que les archers de votre
« adversaire manquassent de traits, et que les vôtres en
« eussent abondamment, je pense que vous gagneriez la ba-

« taille. — » A quoi le roi dit : « — Sans doute, si cela se
« pouvait faire, je serais sûr d'être vainqueur. — » A quoi
Martuccio dit : « — Mon seigneur, si vous le voulez, cela
« peut très bien se faire, et voici comment : il faut que
« vous fassiez faire pour les arcs de vos archers des cordes
« beaucoup plus minces que celles dont on use communé-
« ment partout ; puis, vous ferez faire des traits dont les
« coches ne puissent aller qu'avec ces cordes ; et il faut que
« tout cela soit fait si secrètement que votre adversaire ne
« le sache pas, car autrement il trouverait moyen d'y remé-
« dier. Et voici pourquoi je parle ainsi : quand les archers
« de votre ennemi auront lancé leurs traits et que les vôtres
« auront lancé les leurs, vous savez qu'il faudra, durant la
« bataille, que vos ennemis ramassent les traits que les
« vôtres auront lancés, de même qu'il faudra que nos archers
« ramassent ceux de l'ennemi ; mais les adversaires ne pour-
« ront se servir des traits de vos archers, pour ce que les
« petites coches ne pourront s'adapter à leurs grosses cordes,
« tandis que ce sera tout le contraire pour les traits de l'en-
« nemi, car les cordes minces, recevront très bien les traits
« qui auront une grande coche ; et ainsi les vôtres seront
« amplement pourvus de traits, tandis que vos adversaires
« en manqueront. — »

« Le conseil de Martuccio plut au roi qui était un seigneur
fort sage, et il le suivit de point en point, ce qui fit qu'il se
trouva avoir gagné la bataille. De là, Martuccio pénétra fort
avant dans sa faveur, et devint par la suite très puissant et
très riche. Le bruit de ces événements courut dans le pays,
et parvint aux oreilles de la Costanza qui apprit ainsi que
Martuccio Gomito, qu'elle avait longtemps cru mort, était
vivant. Pour quoi, l'amour qu'elle avait eu pour lui, et qui
déjà était fort attiédi en son cœur, se ralluma d'une flamme

soudaine et revint plus grand que jadis, faisant ressusciter
l'espérance morte. Alors, elle s'ouvrit entièrement sur ses
aventures à la bonne dame avec laquelle elle demeurait, et
elle lui dit qu'elle désirait aller à Tunis afin de rassasier ses
yeux de ce que ses oreilles les avaient rendus désireux de
voir, d'après les nouvelles reçues. La dame la loua beaucoup
de ce désir, et comme si elle eût été sa mère, elle monta
avec elle dans une barque et la conduisit à Tunis où la Costanza fut honorablement accueillie dans la maison d'une de
ses parentes. Carapresa étant allée avec elle, elle l'envoya
s'enquérir de ce qu'elle pourrait apprendre au sujet de Martuccio, et celle-ci, ayant appris que Martuccio était vivant et
dans une grande situation, le lui rapporta ; sur quoi il plut à
la gente dame d'aller elle-même apprendre à Martuccio que
sa Costanza était venue à Tunis, et étant allée un jour le
trouver, elle lui dit : « — Martuccio, il est arrivé en ma
« maison un tien serviteur qui vient de Lipari, et qui vou-
« drait te parler en secret ; et pour ce, ne voulant pas me
« fier à d'autres, je suis venue moi-même, selon qu'il m'a
« priée, pour te l'apprendre. — » Martuccio la remercia et
la suivit chez elle.

« Quand la jeune fille le vit, elle fut bien près de mourir de
joie, et ne pouvant se contenir, elle courut soudain à lui les
bras ouverts, les lui jeta autour du col et l'embrassa ; puis,
soit au souvenir des infortunes passées, soit à cause de la
joie présente, sans pouvoir dire une parole, elle se mit doucement à pleurer. Martuccio, en voyant la jeune fille, resta
un instant étonné, puis il dit en soupirant : « — ô ma Cos-
« tanza, es-tu donc vivante ? Il y a bon temps que j'ai appris
« que tu étais perdue, et qu'en notre pays on ne savait rien
« sur toi. — » Et cela dit, il la serra tendrement dans ses
bras en pleurant, et l'embrassa. Alors la Costanza lui raconta

toutes ses aventures, et la façon honorable dont elle avait été reçue par la gente dame avec laquelle elle était demeurée.

« Après s'être entretenu quelque temps avec elle, Martuccio l'ayant quittée, s'en alla trouver le roi son seigneur, et lui conta tout, à savoir ses propres aventures et celles de la jeune fille, ajoutant que, avec sa permission, il entendait l'épouser suivant nos lois. Le roi fut émerveillé de ces choses ; il fit venir la jeune fille, et après avoir entendu d'elle que tout était bien comme Martuccio avait dit, il lui dit : « — Donc, tu l'as on ne peut mieux gagné pour mari. — » Et ayant fait venir de riches et nobles présents, il les donna partie à la jeune fille, partie à Martuccio, leur laissant la faculté de faire ce qui plairait le plus à chacun d'eux. Martuccio, après avoir honoré de son mieux la gente dame avec laquelle la Costanza était demeurée, l'avoir remerciée de ce qu'elle avait fait pour lui venir en aide, et lui avoir fait des présents conformes à sa qualité, la recommanda à Dieu, et prit congé d'elle, non sans que la Costanza répandît force larmes. Puis, avec la permission du roi, étant montés sur un navire, ils s'en retournèrent, emmenant Carapresa avec eux à Lipari où les poussa un vent favorable, et où ils furent accueillis avec une telle fête qu'on ne pourrait jamais le dire. Là, Martuccio épousa la Costanza, et fit de grandes et belles noces, et tous deux jouirent pendant longtemps en paix de leur amour. — »

NOUVELLE III

Pietro Boccamazza s'enfuit avec l'Agnolella. Il rencontre des voleurs ; la jeune
fille fuit à travers une forêt et arrive vers un château. Pietro est pris par les
voleurs et se sauve de leurs mains. Après divers accidents, il arrive au château
où était l'Agnolella, et l'ayant épousée il s'en revient avec elle à Rome.

Il n'y eut personne parmi les assistants qui ne louât la
nouvelle d'Émilia, et la reine, s'apercevant qu'elle était finie,
se tourna vers Élisa et lui ordonna de continuer. Celle-ci,
désireuse d'obéir, commença : « — Il me souvient, gracieuses
dames, d'une mauvaise nuit que passèrent deux jeunes im-
prudents ; mais pour ce qu'elle fut suivie de nombreux jours
fortunés et qu'elle est en cela conforme à notre programme,
il me plaît de vous la raconter.

« A Rome qui fut jadis la tête du monde comme elle en
est aujourd'hui la queue, était, il n'y a pas encore longtemps,
un jeune homme nommé Pietro Boccamazza, d'une famille
très honorable parmi les familles romaines, et qui s'énamoura d'une très belle et très accorte jeune fille, nommée
Agnolella, fille d'un certain Giglinozzo Saullo, plébéien, mais
très aimé des Romains. Étant donc devenu amoureux d'elle,
il fit si bien que la jeune fille se mit à l'aimer d'une affection
non moindre que celle qu'il avait pour elle. Pietro, poussé
par un amour fervent et ne voulant pas souffrir plus longtemps la peine cruelle que lui causait le désir qu'il avait de
la posséder, la demanda pour femme. Dès que ses parents
apprirent cela, ils accoururent tous à lui et le blâmèrent fort
de ce qu'il voulait faire ; d'un autre côté, ils firent dire à Giglinozzo Saullo qu'il ne prêtât en aucune manière attention
à ce que dirait Pietro, pour ce que, s'il le faisait, ils ne l'au-

raient jamais pour ami ni pour parent. Pietro, se voyant ainsi fermer la seule voie par laquelle il croyait pouvoir satisfaire son désir, fut sur le point de mourir de douleur, et si Giglinozzo y avait consenti, à l'encontre de tous ses parents, il aurait pris sa fille pour femme. Toutefois, il se mit en tête d'en venir à ses fins, si cela plaisait à la jeune fille ; et s'étant assuré par l'entremise d'une personne de ses amis qu'elle y consentait, il convint avec elle de s'enfuir tous les deux de Rome.

« Ayant tout préparé pour cette fuite, il se leva un matin de très bonne heure, et étant monté avec elle à cheval, ils se dirigèrent vers Alagna où Pierre avait certains amis en qui il avait grande confiance. Chevauchant de la sorte et n'ayant pas le temps de procéder à leurs noces, pour ce qu'ils craignaient d'être poursuivis, ils allaient devisant ensemble de leur amour et se baisant parfois l'un l'autre. Or, Pietro, ne connaissant pas trop le chemin, il advint qu'arrivés à environ huit milles de Rome, au lieu de prendre à droite comme ils devaient, ils prirent à gauche. A peine eurent-ils cheminé pendant deux milles qu'ils se trouvèrent près d'un petit castel duquel, dès qu'on les eut vus, sortit soudain une douzaine de gens à pied. Ces gens étaient déjà près d'eux, quand la jeune fille les vit, pour quoi elle dit en criant : « — Pietro, « décampons, car nous sommes assaillis ; — » et, comme elle sut, elle dirigea son cheval vers une très grande forêt, lui tenant les éperons serrés au flanc et cramponnée à l'arçon. Le cheval, se sentant piqué, se mit à galoper et l'emporta à travers la forêt. Pietro, qui était beaucoup plus attentif à la regarder qu'à regarder le chemin, n'avait pas aperçu aussi vite qu'elle les gens armés ; pour quoi ceux-ci lui arrivèrent sus pendant qu'il regardait d'où ils pouvaient venir, le prirent et le firent descendre de sa monture. Puis ils lui demandè-

rent qui il était, et, quand il le leur eut dit, ils se mirent à
délibérer entre eux et à dire : « — Celui-ci est ami de nos
« ennemis ; qu'avons-nous à en faire, sinon de lui enlever
« ses vêtements et ce cheval, et de le pendre à un de ces
« chênes en dépit des Orsini? — » Et tous étant tombé
d'accord là-dessus, ils ordonnèrent à Pietro de se déshabiller.
Comme il se déshabillait, prévoyant déjà son triste sort, une
embuscade d'au moins vingt-cinq fantassins assaillit à son
tour subitement les malandrins en criant : « A mort ! à
« mort! » Ceux-ci, surpris de cette brusque agression, lâ-
chèrent Pietro pour se défendre ; mais voyant qu'ils étaient
bien moins nombreux que les assaillants, ils commencèrent
à fuir, poursuivis par ces derniers. Ce que voyant Pietro, il
reprit en toute hâte ses vêtements, sauta sur son cheval et
se mit à fuir tant qu'il put dans la direction qu'il avait vu
prendre à la jeune fille. Mais il ne trouva par la forêt ni chemin, ni sentier ; il ne vit aucune trace de cheval ; aussi, quoiqu'il lui parût être en sûreté et hors des mains de ceux qui
l'avaient pris ainsi que de ceux par qui ses agresseurs avaient
été assaillis eux-mêmes, ne retrouvant pas la jeune fille, il fut
le plus malheureux des hommes, et se mit à se lamenter et à
courir çà et là par la forêt en l'appelant. Mais personne ne
lui répondait et il n'osait point retourner sur ses pas. Quant
à aller plus avant, il ne savait où cela le mènerait. D'autre
part, les bêtes féroces qui habitent d'ordinaire les forêts lui
causaient une grande peur, tant pour lui-même que pour sa
jeune amie qu'il lui semblait voir à chaque instant étranglée
par quelque ours ou par quelque loup.

« Ce malheureux Pietro s'en alla donc tout le jour par la
forêt, criant et appelant, revenant parfois sur ses pas alors
qu'il croyait marcher en avant ; et ses cris, ses lamentations,
la peur, un long jeûne, tout cela l'avait tellement harassé,

qu'il n'en pouvait plus. Voyant la nuit venir et ne sachant quel parti prendre, il descendit de cheval et après avoir avisé un très gros chêne, il y attacha son cheval et y grimpa, afin de n'être pas dévoré la nuit par les bêtes féroces. Peu après la lune se leva et le temps devint très clair ; mais quand bien même il aurait eu le loisir de dormir, le chagrin, la pensée de la jeune fille ne le lui auraient pas permis ; pour quoi, soupirant et se lamentant, et maudissant sa mésaventure, il resta éveillé.

« La jeune fille, comme nous l'avons dit plus haut, ne sachant où se diriger dans sa fuite et s'abandonnant au caprice du cheval qui l'emportait, pénétra si avant dans la forêt qu'elle ne pouvait plus voir l'endroit où elle y était entrée, pour quoi, de même qu'avait fait Pietro, elle rôda tout le jour en ce lieu sauvage, tantôt s'arrêtant, tantôt marchant pleurant et appelant sans cesse, et se lamentant sur son triste sort. A la fin, voyant que Pietro ne venait pas, et l'heure de vesprée étant déjà arrivée, elle se rabattit sur un petit sentier où elle s'engagea et que son cheval suivit. Quand elle eut chevauché un peu plus de deux milles, elle vit de loin une cabane vers laquelle elle se dirigea le plus vite qu'elle put, et là elle trouva un bon homme fort âgé avec sa femme qui était aussi fort vieille. Quand ces gens virent qu'elle était seule, ils lui dirent : « — Ma fille, que fais-tu ainsi toute « seule, à cette heure, par ce pays ? — » La jeune fille répondit en pleurant qu'elle avait perdu sa compagnie dans la forêt et demanda à quelle distance elle était d'Alagna. A quoi le bon homme répondit : « — Ma fille, ce n'est pas là « le chemin pour aller à Alagna, qui est à plus de douze milles « d'ici. — » La jeune fille dit alors : « — Et y a-t-il près « d'ici quelque habitation où je puisse loger ? — » A quoi le bon homme répondit : « — Il n'y en a point d'assez proche

« pour que tu puisses y arriver de jour. — » Alors la jeune
fille dit : « — Vous plairait-il, puisque je ne puis aller ail-
« leurs, de me recevoir ici cette nuit pour l'amour de
« Dieu. — » Le bonhomme répondit : « — Jeune fille, il nous
« plaît que tu restes ce soir avec nous ; toutefois nous te rap-
« pellerons que par ces contrées, de nuit et de jour, de mau-
« vaises troupes d'amis et d'ennemis vont et viennent, les-
« quelles très souvent nous causent grand déplaisir et grand
« dommage ; et si, par malheur, pendant que tu y seras, il
« venait une de ces bandes et qu'elle te vît, belle et jeune
« comme tu es, elle te ferait déplaisir et vergogne, et nous
« ne pourrions te secourir. Nous avons voulu te le dire, afin
« que, si cela arrive, tu ne puisses nous le reprocher. — »
La jeune fille, voyant l'heure avancée, bien que les paroles
du vieillard l'eussent fort effrayée, dit : « — S'il plaît à Dieu,
« il nous gardera vous et moi de cet ennui ; mais s'il m'en
« arrive comme vous dites, c'est un moindre mal d'être mal-
« menée par les hommes que d'être dévorée dans les bois
« par les bêtes féroces. — » Ayant dit ainsi, elle descendit
de cheval et entra dans la cabane du pauvre homme, et là elle
soupa avec eux du peu qu'ils avaient ; puis, tout habillée, elle
se jeta avec eux sur un petit lit pour dormir, mais elle ne le
put, car elle ne cessa toute la nuit de soupirer, de se lamenter sur sa mésaventure et sur celle de Pietro, au sujet duquel elle ne savait si elle devait espérer autre chose que
mal.

« Le matin étant déjà proche, elle entendit un grand tumulte de gens qui venaient ; pour quoi, s'étant levée, elle s'en
alla dans une grande cour qui était derrière la petite cabane,
et voyant dans un des coins un gros tas de foin, elle s'y cacha, afin que, si ces gens s'arrêtaient là, ils ne la trouvassent
pas tout d'abord. A peine avait-elle achevé de se cacher que

ceux-ci, qui formaient une nombreuse bande de malandrins,
arrivèrent à la porte de la petite cabane et se la firent ouvrir.
Y étant entrés et voyant le cheval de la jeune fille qui avait
encore sa selle, ils demandèrent qui était là. Le bonhomme,
n'apercevant pas la jeune fille, répondit : « — Il n'y a per-
« sonne autre que nous ; mais ce cheval, quel que soit celui des
« mains de qui il s'est échappé, est venu ici hier soir et nous
« l'avons fait entrer pour que les loups ne le mangent
« pas. — » « — Or donc, — dit le chef de la bande, — il sera
« bon pour nous, puisqu'il n'a pas d'autre maître. — » Ayant
donc envahi la cabane, une partie d'entre eux s'en alla dans
la cour, et comme ils déposaient leurs lances et leurs écus
de bois, il arriva que l'un d'eux, ne sachant que faire, en-
fonça sa lance dans le foin et peu s'en fallut qu'il ne tuât la
jeune fille, qui était cachée, ou ne la forçât à se découvrir,
pour ce que la lance passa si près de son sein gauche, que le
fer lui déchira ses vêtements, ce qui faillit lui faire pousser
un grand cri dans la crainte d'être blessée ; mais se rappelant
l'endroit où elle était, elle reprit tout son sang-froid et se
tint coite.

« Les gens de cette bande, qui çà qui là, ayant fait cuire
leurs chevreaux et les autres viandes, et après avoir mangé
et bu, s'en allèrent à leurs affaires, emmenant avec eux le
cheval de la jeune fille. Dès qu'ils furent quelque peu éloignés, le bonhomme se mit à demander à sa femme :
« — Qu'est-il advenu de notre jeune fille qui est arrivée ici
« hier soir ; je ne l'ai pas vue depuis que nous nous sommes
« levés. — » La bonne femme répondit qu'elle ne le savait
pas et s'en alla voir si elle la voyait. La jeune fille, comprenant que les malandrins étaient partis, sortit de dessous le
tas de foin ; alors le bonhomme, fort content de voir qu'elle
n'était point tombée en leurs mains et voyant qu'il faisait

3.

déjà jour, lui dit : « — Maintenant que le jour vient, nous t'ac-
« compagnerons, si cela te plaît, jusqu'à un château qui est
« à cinq milles d'ici et où tu seras en sûreté ; mais il faudra
« que tu y ailles à pied, pour ce que cette male engeance qui
« vient de partir d'ici a emmené ton cheval. — » La jeune fille
l'ayant rassuré sur ce point, les pria pour l'amour de Dieu
de la conduire à ce château, pour quoi, s'étant mis en chemin, ils y arrivèrent vers la troisième heure. Le château appartenait à un membre de la famille des Orsini, qui s'appelait
Liello di Campo di Fiore, et, d'aventure, il y avait en ce
moment sa femme, qui était une très bonne et sainte dame,
laquelle, voyant la jeune fille, la reconnut aussitôt et lui fit
fête, et voulut savoir comment elle était venue là. La jeune
fille lui conta tout. La dame, qui connaissait aussi Pietro, lequel était un ami de son mari, fut très chagrine de cette aventure et ayant appris en quel endroit il avait été pris, elle ne
douta point qu'il eût été mis à mort. Elle dit donc à la jeune
fille : — « Puisque tu ne sais pas ce qu'est devenu Pietro,
« tu demeureras ici avec moi jusqu'à ce que je puisse te
« renvoyer sans danger à Rome. — »

« Pietro, étant sur son chêne, plus affligé que jamais, vit
venir, à l'heure du premier somme, une bande d'au moins
vingt loups, qui tous, dès qu'ils virent le cheval, firent cercle
autour de lui. Le cheval, les sentant venir, leva la tête, rompit ses rênes et voulut se mettre à fuir ; mais entouré de
toutes parts et ne pouvant s'échapper, il se défendit à grands
coups de dents et de pieds. Enfin, terrassé par ses adversaires, il fut mis en pièces, éventré par eux, et quand tous
s'en furent repus et l'eurent dévoré sans laisser autre chose
que les os, ils s'en allèrent. De quoi Pietro, auquel le cheval
semblait être une compagnie et un soutien pour ses fatigues,
fut fort marri et pensa qu'il ne pourrait jamais sortir de cette

forêt. A l'approche du jour, comme il mourait de froid sur le chêne et qu'il regardait tout autour de lui, il vit devant lui, à environ un mille, un très grand feu ; pour quoi, dès qu'il fit tout à fait jour, il descendit de dessus le chêne, non sans avoir grand peur, et se dirigeant vers ce feu, il marcha jusqu'à ce qu'il y fut arrivé. Il trouva, assis tout autour, des bergers qui mangeaient et se donnaient du bon temps, et qui l'accueillirent par charité. Quand il eut mangé et qu'il se fut réchauffé, il leur conta sa mésaventure et comment il était venu là ; puis il leur demanda s'il y avait de ce côté un village ou un château où il pût aller. Les bergers dirent qu'à environ trois milles était un château appartenant à Liello di Campo di Fiore, où était présentement sa femme ; de quoi, Pietro, très content, les pria de lui donner quelqu'un pour l'accompagner jusqu'au château, ce que deux d'entre eux firent volontiers.

« Pietro étant arrivé au château, et y ayant trouvé quelqu'un de sa connaissance, s'occupait d'envoyer chercher la jeune fille dans la forêt, quand la dame le fit appeler. Il se rendit incontinent auprès d'elle, et voyant à ses côtés l'Agnolella, jamais joie ne fut pareille à la sienne. Il mourait d'envie d'aller l'embrasser, mais il était retenu par le respect qu'il avait pour la dame. Et s'il fut très joyeux, la joie de la jeune fille ne fut pas moindre. La gente dame, l'ayant bien accueilli et lui ayant fait fête, et ayant entendu de sa bouche ce qui lui était arrivé, le reprit vivement de ce qu'il avait voulu faire contre la volonté de ses parents. Mais, pourtant, voyant qu'il était toujours dans les mêmes dispositions et qu'il plaisait à la jeune fille, elle dit : « — A quoi vais-je « perdre ma peine ? Ils s'aiment, ils se connaissent ; chacun « d'eux est ami de mon mari, et leur désir est honnête ; je « crois de plus qu'il plaît à Dieu, puisque l'un a échappé à

« la potence et l'autre à la lance, et tous deux aux bêtes
« féroces de la forêt ; donc qu'il en soit ainsi. — » Et s'étant
tournée vers eux, elle dit : « — Puisque c'est votre volonté
« d'être mari et femme, cela me plaît aussi, et les noces se
« feront ici aux frais de Liello ; je vous ferai bien faire en-
« suite la paix avec vos parents. — »

« Pietro très joyeux et l'Agnolella encore plus, s'épou-
sèrent donc en ce lieu, et comme cela fut possible à la montagne, la gente dame leur fit de fort honorables noces, et ils
purent jouir très doucement des premiers fruits de leur
amour. Quelques jours après, étant montés à cheval avec la
dame, et étant bien accompagnés, ils s'en retournèrent à
Rome, où Pietro ayant trouvé ses parents fort courroucés de
ce qu'il avait fait, il se remit en paix avec eux, et vécut
heureux et fort tranquillement avec son Agnolella jusqu'en
leurs vieux jours. — »

NOUVELLE IV

Ricciardo Manardi est trouvé par messer Lizio da Valbona avec la fille de celui-ci.
Il l'épouse et fait sa paix avec le père.

Lorsque Élisa se tut, écoutant les éloges donnés à sa nouvelle par ses compagnes, la reine ordonna à Philostrate d'en
dire une, et celui-ci commença en riant : « — J'ai été tant
de fois blâmé par vous pour vous avoir forcés de deviser sur
un sujet pénible et de nature à vous faire pleurer, que je
crois être tenu, afin de racheter l'ennui que je vous ai causé,
de vous dire quelque chose qui vous fasse rire un peu ; et

pour ce, j'entends vous conter, en une nouvelle fort brève, une aventure amoureuse ayant abouti à un heureux dénoûment, après avoir été seulement troublée par quelques soupirs et par une courte peur mêlée de vergogne.

« Il n'y a donc pas longtemps, valeureuses dames, que vivait en Romagne un chevalier riche et de bonnes manières, qu'on appelait messer Lizio da Valbona. Étant proche de la vieillesse, il lui naquit, par aventure, d'une sienne dame appelée madame Giacomina, une fille qui, en grandissant, devint plus belle et plus plaisante qu'aucune autre de tous les environs ; et pour ce qu'elle leur était restée seule, son père et sa mère l'aimaient et la chérissaient profondément, et la gardaient avec un soin merveilleux, attendant le moment de lui faire faire quelque grand mariage. Or, dans la maison de messer Lizio venait fréquemment un jeune homme qui ne la quittait presque jamais, beau et frais de sa personne, et appartenant aux Manardi da Brettinoro. Il s'appelait Ricciardo, et messer Lizio et sa femme ne s'en méfiaient pas plus que si c'eût été leur fils. Ricciardo ayant vu plusieurs fois la jeune fille, qui était très belle, très gracieuse de manières, bien élevée et déjà en âge d'être mariée, s'énamoura désespérément d'elle ; mais il tenait son amour soigneusement caché. La jeune fille s'en étant aperçue, se mit, sans chercher à esquiver le coup, à l'aimer également ; de quoi Ricciardo fut très content. Et, bien qu'il eût eu souvent envie de lui en parler, il s'était tu cependant par crainte ; mais un jour, ayant pris son moment, il se hasarda à lui dire : « — Caterina, je te prie de ne pas « me laisser mourir d'amour pour toi. — » La jeune fille répondit aussitôt : « — Plût à Dieu que tu ne me fisses pas « mourir aussi toi-même. — » Cette réponse fit beaucoup de plaisir à Ricciardo et augmenta sa hardiesse, et il lui dit : « — Je ne manquerai pas de faire tout ce qui te sera agréable,

« mais c'est à toi de trouver un moyen de sauver ta vie et la
« mienne. — » La jeune fille dit alors : « — Ricciardo, tu
« vois combien je suis gardée, et pour ce je ne vois pas com-
« ment il te sera possible de me venir trouver ; mais si tu
« sais trouver un moyen qui se puisse employer sans qu'il
« m'en résulte vergogne, dis-le-moi, et je l'emploierai. — »
Ricciardo ayant longtemps réfléchi, dit soudain : « — Ma
« douce Caterina, je ne vois pas d'autre moyen, sinon que tu
« couches ou que tu puisses venir sur la galerie qui est près
« du jardin de ton père ; car si je savais que tu y fusses la
« nuit, je m'efforcerais certainement d'aller t'y trouver,
« quelque haute que soit cette galerie. — » A quoi la Caterina répondit : « — Si tu te fais fort d'y venir, je crois que
« je réussirai, moi, à y aller coucher. — » Ricciardo dit
que oui ; et cela dit, ils s'embrassèrent une fois à la dérobée,
et se quittèrent.

« Le lendemain, comme on était déjà à la fin de mai, la
jeune fille commença à se plaindre devant sa mère que la
nuit précédente, à cause de la trop grande chaleur, elle
n'avait pas pu dormir. La mère dit : « — Eh ! ma fille,
« quelle chaleur si grande a-t-il fait ? Au contraire, il n'a
« pas fait chaud du tout. — » A quoi la Caterina dit :
« — Ma mère, vous devriez dire : à ce qu'il me semble, et
« peut-être vous diriez vrai. Mais vous devez réfléchir com-
« bien les jeunes filles ont plus chaud que les femmes
« âgées. — » La dame dit alors : « — C'est vrai, ma fille ;
« mais je ne puis pas faire chaud ou froid à ma fantai-
« sie, comme tu le voudrais peut-être ; il faut supporter
« le temps comme les saisons le donnent. Peut-être cette
« nuit fera-t-il plus frais, et tu dormiras mieux. — » « — Or
« Dieu le veuille, — dit la Caterina, — mais ce n'est pas
« l'ordinaire que les nuits aillent en se refroidissant plus on

« avance vers l'été. — » « — Que veux-tu donc que je fasse,
« dit la dame. — » La Caterina répondit : « — Si cela plaît —
« à mon père et à vous, je ferais volontiers faire un lit dans
« la galerie, qui est sur le jardin, à côté de la chambre de
« mon père, et j'y coucherais ; là, écoutant chanter le rossi-
« gnol, et étant en un endroit plus frais, je serais beaucoup
« mieux qu'en votre chambre. — » La mère dit alors :
« — Ma fille, sois tranquille ; je le dirai à ton père, et
« comme il voudra, nous ferons. — »

« Ayant appris la chose par sa femme, messer Lizio qui
était vieux et qui, pour cette raison, était peut-être un peu
revêche, dit : « — Qu'est-ce que ce rossignol dont elle a
« besoin pour s'endormir ? Je la ferai dormir au chant de
« la cigale. — » Ce qu'ayant su la Caterina, non-seulement
elle ne dormit pas la nuit suivante, plus par dépit qu'à
cause de la chaleur, mais elle ne laissa point dormir sa
mère, se plaignant à chaque instant de la chaleur grande. Sa
mère, voyant cela, alla trouver le lendemain matin messer
Lizio et lui dit : « — Messire, vous ne tenez guère à cette
« jeune fille ; qu'est-ce que cela vous fait qu'elle couche sur
« cette galerie ? Elle n'a pas eu un moment de repos pendant
« toute la nuit ; en outre, faut-il vous étonner que ce lui soit
« un plaisir d'entendre chanter le rossignol, elle qui n'est
« qu'une enfant ? Les jeunes gens désirent ce qui leur res-
« semble. — » Messer Lizio, entendant cela, dit : « — Allons,
« qu'on lui fasse un lit comme vous l'entendrez, qu'on y
« mette tout autour des rideaux de serge, et qu'elle y couche
« et entende chanter le rossignol tout son saoûl. — »

« La jeune fille, à cette nouvelle, fit promptement faire un
lit dans la galerie, et comme elle devait y coucher la nuit
suivante, elle guetta jusqu'à ce qu'elle eût vu Ricciardo, auquel elle fit un signe convenu entre eux, et par où il comprit

ce qu'il devait faire. Quand messer Lizio eut entendu sa fille gagner son lit, il ferma une porte par laquelle on allait de sa chambre à la galerie, et alla se coucher à son tour. Ricciardo, dès qu'il vit que tout était tranquille, monta à l'aide d'une échelle sur un mur, et une fois sur le mur, s'accrochant à certaines pierres d'attente d'un autre mur, à grand'peine, et en courant risque de faire une chute dangereuse, il parvint sur la galerie où il fut reçu sans bruit avec une grandissime fête par la jeune fille. Et après de nombreux baisers, ils se couchèrent ensemble, et prirent, presque toute la nuit, joie et plaisir l'un de l'autre, faisant chanter plusieurs fois le rossignol.

« Les nuits étant courtes, et le plaisir ayant été grand, le jour vint sans qu'ils y songeassent ; et ils étaient encore si échauffés tant de la température que du long amusement, qu'ils s'endormirent sans avoir rien sur eux, la Caterina enlaçant de son bras droit le col de Ricciardo, et le tenant de sa main gauche par cette chose que vous avez le plus honte de nommer quand vous êtes avec des hommes. Ils dormaient de cette façon sans se réveiller quand, le jour venu, messer Lizio se leva ; et, se rappelant que sa fille était couchée sur la galerie, il ouvrit doucement la porte et dit : « — Voyons « un peu comment le rossignol a fait dormir la Caterina, cette nuit. — » Et ayant fait quelques pas, il leva les rideaux de serge dont le lit était entouré, et il vit Ricciardo et sa fille, tout nus et découverts, qui dormaient en se tenant embrassés comme il a été dit plus haut. Ayant parfaitement reconnu Ricciardo, il sortit de la galerie, et étant allé dans la chambre de sa femme, il l'appela en lui disant : « — Sus, « sus, femme ; lève-toi et viens voir ; ta fille avait tellement « envie du rossignol, qu'elle l'a pris et qu'elle le tient dans « sa main. — » La dame dit : « — Comment cela peut-il

« être? — » Messer Lizio dit : « — Tu le verras, si tu te
dépêches de venir. — » La dame, s'étant empressée de s'habiller, suivit sans bruit messer Lizio, et tous deux étant arrivés
vers le lit, et les rideaux ayant été écartés, madame Giacomina
put voir manifestement comment sa fille avait pris et tenait
le rossignol qu'elle désirait tant entendre chanter. De quoi
la dame, se tenant pour fortement jouée par Ricciardo, voulut
crier et lui dire des injures ; mais messer Lizio lui dit :
« — Femme, garde-toi de dire un mot, si tu as mon affec-
« tion pour chère, car en vérité, puisqu'elle l'a pris, il sera
« sien. Ricciardo est gentilhomme, riche et jeune, nous
« ne pouvons avoir avec lui qu'une bonne alliance. S'il veut
« s'en aller d'ici tranquillement, il faudra d'abord qu'il l'é-
« pouse ; de sorte qu'il se trouvera avoir mis le rossignol
« dans sa propre cage et non dans celle d'autrui. — » Sur
quoi, un peu consolée, et voyant que son mari n'était point
courroucé du fait, et que sa fille après avoir eu une bonne
nuit s'était bien reposée et avait pris le rossignol, la dame
se tut.

    « Il ne se passa guère de temps sans que Ricciardo se réveil-
lât, et voyant qu'il était grand jour, il se tint pour mort et
appela la Caterina, disant : « — Hélas ! ma chère âme, com-
« ment ferons-nous ? Le jour est venu et m'a surpris ici. — » A
ces mots, messer Lizio s'étant avancé et ayant levé les rideaux,
répondit : « — Nous ferons bien. — » Quand Ricciardo
le vit, il lui sembla que le cœur lui était arraché de la poitrine ; et s'étant assis sur le lit, il dit : « — Mon Seigneur,
« je vous requiers merci, de par Dieu. Je reconnais que j'ai
« mérité la mort, en homme déloyal et méchant, et pour ce,
« faites de moi ce qu'il vous plaira ; pour moi, je vous supplie,
« si cela se peut de me faire grâce de la vie et de ne point
« me faire mourir. — » A quoi Messer Lizio dit : « — Ric-

« ciardo, l'amour que je te portais et la confiance que j'avais
« en toi ne méritaient point cette récompense ; mais pourtant
« puisqu'il en est ainsi, et que la jeunesse t'a poussé à une
« si grande faute, il faut, pour t'éviter à toi la mort, et
« m'éviter à moi la honte, que tu prennes pour ta femme
« légitime la Caterina, afin que, comme elle a été tienne
« cette nuit, elle le soit tant qu'elle vivra ; et de cette façon
« tu peux conquérir mon pardon et ton salut ; mais si tu ne
« veux pas faire ainsi, recommande ton âme à Dieu. — »

« Pendant que s'échangeaient ces paroles, la Caterina
avait lâché le rossignol, et s'étant renfoncée sous la couverture, s'était mis à pleurer fort et à prier son père de pardonner à Ricciardo ; d'un autre côté, elle suppliait Ricciardo de
faire ce que voulait messer Lizio, afin qu'ils pussent avoir
tous deux longtemps et sans crainte de pareilles nuits. Mais
il ne fut pas besoin en cela de trop de prières, pour ce que
d'une part la honte de la faute commise et le désir de la
racheter, et d'autre part la peur de mourir et l'envie d'é-
chapper sain et sauf, enfin l'ardent amour et le désir de
posséder l'objet aimé, firent dire à Ricciardo librement et
sans hésitation qu'il était prêt à faire ce qu'il plairait à
messer Lizio. Pour quoi, messer Lizio s'étant fait prêter par
madame Giacomina un de ses anneaux, Ricciardo épousa en
leur présence la Caterina, sans bouger de l'endroit même. La
chose faite, messer Lizio et la dame s'en allèrent en disant :
« — Maintenant reposez-vous, car vous en avez probable-
« ment plus besoin que de vous lever. — »

« Eux partis, les jeunes gens s'embrassèrent de nouveau,
et n'ayant pas cheminé plus de six milles pendant la nuit, ils
fournirent encore deux milles avant de se lever, et mirent
ainsi fin à la première journée. Puis, s'étant levés, et Ricciardo s'étant entretenu plus longuement avec messer Lizio,

quelques jours après, comme il convenait, en présence des amis et des parents, il épousa de nouveau la jeune fille et la conduisit à sa maison en grande fête. Et par la suite, i oisela longuement avec elle aux rossignols, en paix et à son grand contentement, de nuit et de jour, comme il lui plut. — »

NOUVELLE V

Guidotto da Cremona laisse à Giacomino da Pavia une petite fille et meurt. Celle-ci, devenue grande et demeurant à Faenza, est aimée par Giannole di Severino et Minghino di Mingole qui se la disputent. La jeune fille est reconnue pour être la sœur de Giannole, et épouse Minghino.

Les dames, en écoutant la nouvelle du rossignol, avaient tant ri, qu'elles ne pouvaient se retenir de rire encore, bien que Philostrate se fût arrêté de conter. Mais pourtant, quand elles eurent assez ri, la reine dit : « — En vérité, si tu nous « as attristées hier, tu nous as aujourd'hui tellement fait « rire, qu'il serait injuste de te rien reprocher. — » Puis adressant la parole à Néiphile, elle lui ordonna de raconter. Celle-ci commença joyeusement ainsi : « — Puisque Phi- « lostrate est entré en devisant dans la Romagne, il me « plaît pareillement à moi aussi de m'y promener un peu « en vous contant ma nouvelle. — »

« Je dis donc que jadis en la cité de Fano habitaient deux lombards, dont l'un s'appelait Guidotto de Crémone et l'autre Giacomino de Pavie. Tous deux étaient hommes d'âge et avaient été, dans leur jeunesse, presque constamment soldats et sous les armes. Sur quoi, Guidotto étant près de mourir, et n'ayant ni fils, ni un autre ami ou parent à qui il se fiât plus qu'à

Giacomino, il laissa à ce dernier une jeune enfant qu'il avait chez lui et à peine âgée de dix ans, ainsi que tout ce qu'il possédait au monde ; et après l'avoir longtemps entretenu de ses affaires, il mourut. Il advint en ces temps que la cité de Faenza, après avoir été longtemps en guerre et à la male aventure, revint en un meilleur état, et qu'il fut librement permis à quiconque le désirait, d'y retourner. Pour quoi, Giacomino, qui y avait autrefois habité, et auquel ce séjour plaisait, y revint avec toute sa fortune, et emmena avec lui la jeune fille que Guidotto lui avait laissée et qu'il aimait et traitait comme sa propre fille. Celle-ci, en grandissant, devint la plus belle qui fût alors dans la cité ; et elle était aussi honnête et aussi bien élevée qu'elle était belle. Pour cette raison plusieurs commencèrent à la courtiser, mais par dessus tous les autres deux jeunes gens également beaux et riches lui vouèrent un si grand amour, qu'ils se mirent à avoir l'un pour l'autre une jalousie et une haine extrordinaires ; ils s'appelaient, l'un Giannole di Severino, et l'autre Minghino di Mingole. Tous les deux auraient volontiers pris pour femme la jeune fille qui avait déjà quinze ans, si les parents de cette dernière y eussent consenti; pour quoi, voyant qu'ils ne pouvaient l'obtenir d'une façon honnête, chacun d'eux chercha le meilleur moyen pour l'avoir.

« Giacomino avait chez lui une servante âgée et un valet nommé Crivello, personnage très complaisant et très facile, avec lequel Giannole se lia beaucoup et à qui, lorsque le moment lui sembla venu, il découvrit tout son amour, le priant de lui être favorable pour obtenir ce qu'il désirait, et lui promettant de grandes récompenses s'il le faisait. A quoi Crivello dit : « — Vois-tu, en cela je ne pourrai t'être « utile sinon de la façon suivante : Quand Giacomino ira « souper quelque part, je t'introduirai là où sera la jeune

« fille, car si je voulais lui dire une seule parole en ta faveur,
« elle ne m'écouterait pas une minute. Si cela te plaît, je
« te promets de le faire ; tu feras ensuite, si tu sais, ce que
« tu croiras bon. — » Giannole dit qu'il n'en demandait pas
davantage, et ils en restèrent sur cet accord. De son côté
Minghino avait gagné l'amitié de la servante, et s'était si bien
entendu avec elle, qu'elle avait plus d'une fois porté des
messages à la jeune fille et l'avait presque embrasée
d'amour pour Minghino. Elle avait en outre promis au
jeune homme de l'aboucher avec sa belle, s'il arrivait que,
pour un motif quelconque, Giacomino sortît le soir de chez
lui.

« Il advint donc, quelques jours après tous ces pourparlers, que, par suite des menées de Crivello, Giacomino s'en
alla souper avec un de ses amis. Crivello en ayant averti
Giannole, convint avec lui qu'à un certain signal il viendrait
et trouverait la porte ouverte. D'un autre côté, la servante,
ne sachant rien de cela, fit prévenir Minghino que Giacomino ne soupait pas chez lui, et lui fit dire de se tenir près
de la maison, de façon à accourir et à s'y introduire à un
signal qu'elle lui ferait. Le soir venu, les deux amants qui
ignoraient leurs projets respectifs, mais qui se méfiaient
chacun l'un de l'autre, s'en vinrent, suivis d'un certain nombre
de compagnons armés, pour pouvoir entrer sans être empêchés. Minghino, en attendant le signal, se posta avec les
siens chez un de ses amis, voisin de la jeune fille ; Giannole,
avec ses gens, se tint à quelque distance de la maison. Crivello et la servante, Giacomino étant parti, s'ingéniaient à se
renvoyer l'un l'autre. Crivello disait à la servante: « — Pour-
« quoi ne vas-tu pas dormir maintenant ; pourquoi rôdes-
« tu ainsi par la maison. — » Et la servante lui disait :
« — Mais toi, pourquoi ne vas-tu pas rejoindre ton maître,

4.

« puisque tu as bien soupé ? — » C'est ainsi qu'ils ne
pouvaient se renvoyer l'un l'autre ; mais Crivello, voyant que
l'heure arrêtée avec Giannole était venue, se dit en lui-
même : « — Pourquoi me mettre en peine de celle-ci ? Si
« elle ne se tient pas tranquille, elle pourra s'en trouver
mal. — » Et ayant fait le signal convenu, il alla ouvrir la
porte. Sur quoi, Giannole étant entré promptement avec
deux de ses compagnons, et ayant trouvé la jeune fille dans
la salle, ils s'emparèrent d'elle pour l'entraîner au dehors.
La jeune fille se mit à résister et à crier fortement, ainsi
que la servante. Ce qu'entendant Minghino, il accourut sur-
le-champ avec ses amis, et voyant la jeune fille déjà entraî-
née hors de la maison, ils tirèrent les épées, et se mirent tous
à crier : « — Ah ! traîtres, vous êtes morts ; la chose ne se
passera pas ainsi ; quelle est cette violence ? — » A ces mots,
ils commencèrent à frapper, tandis que tous les voisins, que le
bruit avait fait sortir de chez eux avec des flambeaux et en
armes, vinrent en aide à Minghino, blâmant vivement cette
algarade. Pour quoi, Minghino, après une longue résistance,
enleva la jeune fille à Giannole et la remit en la maison de
Giacomino. Mais la bagarre n'était pas encore terminée, que
survinrent les sergents du commandant de la cité, qui firent
prisonniers bon nombre des combattants, parmi lesquels se
trouvèrent Minghino, Giannole, et Crivello, et qui les me-
nèrent en prison.

« L'affaire apaisée, et Giacomino étant de retour, il fut
d'abord très marri de cet incident ; mais s'étant informé
comment la chose s'était passée, et voyant que la jeune fille
n'avait failli en aucune façon, il se consola un peu, se proposant, pour que pareille aventure ne se reproduisît plus, de
la marier le plus tôt qu'il pourrait. Le lendemain matin,
les parents d'un côté et de l'autre ayant appris la vérité,

et sachant le dommage qu'il en pourrait résulter pour les
jeunes prisonniers, si Giacomino voulait faire comme en
toute raison il le pouvait, allèrent le trouver, et le prièrent
doucement de faire moins attention à l'injure que lui
avait causée le peu de sens de ces jeunes gens, qu'à l'affection et à l'amitié qu'il leur portait, comme ils croyaient,
à eux qui venaient le supplier, offrant en outre pour eux-
mêmes et pour les jeunes gens de lui payer telle amende
qu'il lui plairait d'exiger pour le mal qu'ils lui avaient fait.
Giacomino, qui dans sa longue vie avait vu bien des choses
et était de bon sentiment, répondit brièvement : « — Sei-
« gneurs, si j'étais dans mon pays, comme vous êtes dans
« le vôtre, je me tiens si fort pour votre ami qu'en cela
« comme en toute autre chose, je ferais absolument comme
« il vous plairait ; et en outre, je dois d'autant plus me
« rendre à vos désirs, que vous vous êtes fait offense à vous
« mêmes, pour ce que cette jeune fille, comme beaucoup le
« pensent peut-être, n'est ni de Crémone ni de Pavie, mais
« bien de Faenza, bien que ni moi ni celui de qui je la tiens
« n'ayons jamais su de qui elle était fille; pour quoi, je ferai
« au sujet de l'affaire pour laquelle vous me priez, tout ce
« que vous voudrez. — »

« Les braves gens, entendant que cette jeune fille était
de Faenza, s'étonnèrent; et ayant remercié Giacomino de sa
généreuse réponse, ils le prièrent de leur dire comment elle
était venue en ses mains, et comment il savait qu'elle était
de Faenza. A quoi Giacomino dit : « — Guidotto de Crémone
« fut mon compagnon et mon ami, et étant près de mourir, il
« me dit que lorsque cette ville fut prise d'assaut par l'em-
« pereur Frédéric, tout ayant été mis au pillage, il entra avec
« ses compagnons en une maison, et la trouva pleine de ri-
« chesses et abandonnée par ceux qui l'habitaient, excepté par

« cette jeune fille, qui était âgée de deux ans ou à peu près,
« et qui, le voyant monter par l'escalier, l'appela son père;
« pour quoi, ayant eu compassion d'elle, il la prit et l'em-
« mena à Faenza avec tout ce qui se trouvait dans la mai-
« son. C'est là, qu'en mourant, il me la laissa avec tout ce
« qu'il avait, me chargeant, quand le moment serait venu,
« de la marier et de lui donner en dot ce qui lui avait ap-
« partenu. Elle est en âge d'être mariée, mais je n'ai pas eu
« l'occasion de pouvoir lui donner quelqu'un qui me plût;
« je le ferais volontiers, de crainte qu'une aventure comme
« celle d'hier n'arrive de nouveau. — »

« Il y avait là, parmi les autres, un certain Guiglielmo da
Medicina, qui avait été avec Guidotto à cette prise, et qui connaissait bien la personne à qui avait appartenu la maison
qui avait été pillée par Guidotto. Voyant cette personne parmi
les assistants, il s'approcha d'elle et lui dit : « — Berna-
« buccio, entends-tu ce que dit Giacomino? — » Bernabuccio dit : « — Oui ; et tout à l'heure j'y pensais fort,
« pour ce que je me souviens qu'en ces tumultes je perdis
« une petite fille de l'âge que vient de dire Giacomino. — »
A quoi Giuglielmo dit : « — Pour sûr, c'est elle, pour ce que
« je me trouvai jadis en une réunion où j'entendis Guidotto
« raconter où il avait fait son butin, et je vis bien que c'é-
« tait en ta maison ; et pour ce, rappelle-toi si tu croirais
« pouvoir la reconnaître à quelque signe, et envoie-la cher-
« cher ; tu verras certainement qu'elle est ta fille. — » Pour
quoi, Bernabuccio, en y songeant, se rappela qu'elle devait
avoir une cicatrice en forme de croix au-dessus de l'oreille
gauche par suite d'une tumeur naissante qu'il lui avait fait
couper quelque temps avant cet événement. Aussi, sans
plus attendre, il s'approcha de Giacomino qui était encore
là, et le pria de le mener chez lui et de lui faire voir cette

jeune fille. Giacomino l'y mena volontiers et fit venir la jeune fille devant lui.

« Dès que Bernabuccio la vit, il lui sembla voir le visage de sa mère, qui était encore belle femme ; mais pourtant ne s'en tenant point à cette ressemblance, il dit à Giacomino qu'il voulait lui demander la permission de lui lever un peu les cheveux au-dessus de l'oreille gauche, à quoi Giacomino fut consentant. Bernabuccio s'étant approché d'elle qui se tenait toute rougissante, lui souleva les cheveux avec la main droite et vit la croix ; sur quoi, reconnaissant qu'elle était bien sa fille, il se mit à pleurer de tendresse et à l'embrasser, bien qu'elle s'en défendît ; et s'étant tourné vers Giacomino, il dit : « — Mon frère, c'est ma fille ; ma maison était celle « que Guidotto pilla, et cette enfant, au milieu de la soudaine « épouvante, y fut oubliée par ma femme qui était sa mère, « et jusqu'à ce jour nous avons cru qu'elle avait été brûlée « dans cette maison qui fut réduite en cendres ce jour-là. — » La jeune fille, en entendant ces paroles, et voyant qu'il était un homme âgé, y ajouta foi ; et mue par une force occulte, mêlant ses embrassements aux siens, elle se mit à pleurer de tendresse.

« Bernabuccio envoya sur le champ chercher sa mère, ses autres parents, ses sœurs et ses frères, et la montrant à tous, il leur raconta le fait. Après mille embrassements, chacun lui fit une grande fête, et Giacomino y consentant, Bernabuccio la mena chez lui. Le gouverneur de la cité, qui était un galant homme, ayant appris cela, et sachant que Giannole qu'il tenait prisonnier était le fils de Bernabuccio et le propre frère de la jeune fille, se détermina à passer légèrement sur le délit commis par lui, et s'étant entendu à ce sujet avec Bernabuccio et Giacomino, il fit faire la paix à Minghino et à Giannole ; puis à Minghino, au grand plaisir

de tous ses parents, il donna pour femme la jeune fille dont
le nom était Agnès, et il lui rendit la liberté ainsi qu'à Crivello et aux autres qui avaient été impliqués dans cette affaire. Minghino, fort joyeux, fit les noces belles et grandes,
et ayant mené Agnès dans sa maison, il vécut de longues
années avec elle en paix et en joie. — »

NOUVELLE VI

Gianni di Procida est trouvé avec une jeune fille qu'il aime et qui avait été donnée
au roi Federigo. Tous deux sont liés à un pal pour être brûlés. Mais Gianni est
reconnu par Ruggieri dell' Oria; il échappe au supplice et épouse sa dame.

La nouvelle de Néiphile finie et ayant beaucoup plu aux
dames, la reine ordonna à Pampinea de se disposer à en
dire une. Celle-ci, montrant un riant visage, commença :
« — Ce sont de très grandes forces, plaisantes dames, que
celles de l'amour ; elles imposent aux amants de grandes
peines et les jettent dans des périls démesurés et imprévus,
comme on a pu fort bien le comprendre par les récits faits
aujourd'hui et les jours précédents ; néanmoins, il me plaît
de le démontrer encore en vous parlant d'un jeune amoureux.

« Ischia est une île très voisine de Naples. Il y avait jadis, entre autres, une toute jeune fille très belle et très gracieuse qui avait nom Restituta, et était fille d'un gentilhomme de l'île appelée Marin Bolgaro. Un jeune homme
d'une île voisine d'Ischia, appelée Procida, et qui avait nom
Gianni, l'aimait plus que sa propre vie, et était aimé d'elle.

Il ne se contentait pas de venir de jour à Ischia pour la voir, mais il y venait plus d'une fois la nuit, et souvent, n'ayant point trouvé de barque, il était allé en nageant de Procida jusqu'à Ischia, afin de voir, s'il ne pouvait mieux faire, les murs de la maison de sa belle. Durant cet amour si fervent, il advint que la jeune fille étant, un jour d'été, allée seule sur le bord de la mer, et courant de roche en roche un couteau à la main pour détacher les coquillages des pierres, elle arriva en un endroit entouré de rochers où, soit pour chercher l'ombre, soit à cause du voisinage d'une fontaine aux eaux très fraîches qui s'y trouvait, quelques jeunes Siciliens venus de Naples s'étaient arrêtés. Ceux-ci, à la vue de cette belle jeune fille qui ne les avait pas encore aperçus, et qui s'en venait seule, résolurent de s'en emparer et de l'emmener avec eux ; et l'effet suivit de près la résolution. Bien qu'elle criât beaucoup, ils la prirent, la mirent sur leur navire et poursuivirent leur route. Arrivés en Calabre, ils délibérèrent à qui devrait appartenir la jeune fille, et chacun la voulait pour soi ; pour quoi, ne pouvant s'accorder entre eux et craignant d'en venir à de pires extrémités et de gâter pour elle leurs affaires, ils décidèrent de la donner à Federigo, roi de Sicile, qui était alors jeune, et se plaisait à de telles choses ; ce qu'ils firent, dès qu'ils furent arrivés à Palerme. Le roi, la voyant si belle, l'eut pour agréable ; mais comme il était un peu souffrant de sa personne, il ordonna, en attendant qu'il fût mieux portant, de la conduire en un très beau palais situé au milieu d'un jardin qui lui appartenait et qui s'appelait la Cuba, et de l'y bien traiter ; ce qui fut fait.

« L'enlèvement de la jeune fille fit grande rumeur à Ischia, et ce qui augmentait l'indignation générale, c'était qu'on ne pouvait savoir quels étaient ceux qui l'avaient enlevée.

Mais Gianni, qui s'en affligeait plus que tout autre, n'attendant pas qu'il lui arrivât de ses nouvelles à Ischia, et ayant su de quel côté la frégate s'était dirigée, en fit armer une, y monta, et le plus rapidement qu'il put, parcourut toute la côte, depuis la Minerva jusqu'à la Scalea en Calabre, s'informant partout de la jeune fille. Ce fut seulement à la Scalea qu'on lui dit qu'elle avait été emmenée à Palerme par des mariniers siciliens. Gianni y alla le plus tôt qu'il put, et, après avoir bien cherché, il apprit que la jeune fille avait été donnée au roi, et qu'elle était gardée par lui dans la Cuba, ce dont il fut très courroucé, car il perdit quasi tout espoir, non pas seulement de la ravoir, mais même de la voir. Cependant, retenu par l'amour, il renvoya sa frégate, et voyant que personne ne l'y connaissait, il resta à Palerme.

« Comme il passait souvent devant la Cuba, il advint qu'un jour il la vit par hasard à une fenêtre et qu'elle le vit, ce dont tous deux furent très contents. Gianni voyant que le lieu était solitaire, s'approcha d'elle le plus possible, lui parla, et s'étant enquis d'elle comment il devait s'y prendre pour lui parler de nouveau, il la quitta, après avoir bien examiné la disposition des lieux. Il attendit la nuit, et quand une bonne partie en fut écoulée, il retourna à la Cuba, et s'étant accroché à des endroits où n'auraient pas grimpé des pics, il entra dans le jardin, et y ayant trouvé une petite antenne de navire il l'appliqua contre la fenêtre que la jeune fille lui avait indiquée, et y monta fort légèrement. La jeune fille, considérant comme perdu son honneur, pour la conservation duquel elle avait autrefois résisté à son amant, et pensant que non-seulement elle ne pouvait le sacrifier à un plus digne que lui, mais qu'elle pouvait l'amener à la délivrer, avait pris la résolution de satisfaire entièrement ses

désirs ; et pour ce, elle avait laissé la fenêtre ouverte, afin
qu'il pût s'introduire promptement. Gianni ayant donc trouvé
la fenêtre ouverte, entra sans bruit, et se coucha à côté de la
jeune fille qui ne dormait pas. Celle-ci, avant qu'ils en vinssent à autre chose, lui déclara ses intentions, le suppliant
de l'arracher de ces lieux et de l'emmener. A quoi Gianni
dit que rien ne lui plaisait davantage, et que, sans faute,
dès qu'il l'aurait quittée, il s'arrangerait de façon à pouvoir
l'emmener la première fois qu'il reviendrait. Cela dit, s'étant
embrassés avec un grandissime plaisir, ils goûtèrent cette
volupté au-dessus de laquelle Amour ne saurait plus rien offrir ;
et quand ils l'eurent éprouvée à plusieurs reprises, ils s'endormirent sans s'en apercevoir dans les bras l'un de l'autre.

« Le roi, auquel au premier abord la jeune fille avait plu
beaucoup, s'étant souvenu d'elle et se sentant mieux de sa
personne, résolut, bien qu'il fût presque jour, d'aller passer
quelques instants près d'elle, et il s'en alla secrètement à la
Cuba, avec un de ses serviteurs. Étant entré dans le château, il fit ouvrir la porte de la chambre dans laquelle il savait que dormait la jeune fille, et y entra en se faisant pré-
céder d'une grande torche allumée ; et ayant regardé sur le
lit, il la vit avec Gianni, tous deux nus et endormis dans les
bras l'un de l'autre. De quoi il entra soudain dans une si
violente colère que, sans rien dire, peu s'en fallut qu'il ne
les tuât tous les deux avec un poignard qu'il portait au côté.
Mais, estimant que c'est chose très vile pour tout homme,
et surtout pour un roi, de tuer des gens nus et endormis, il
se contint, et résolut de les faire périr publiquement par le
feu. Se retournant vers le seul compagnon qu'il avait amené,
il dit : « — Que te semble de cette misérable femme en qui
« j'avais mis tout mon espoir ? — » Puis, il lui demanda
s'il connaissait le jeune homme qui avait eu une si grande

audace que de venir, en sa propre maison, lui faire un tel
outrage et un tel déplaisir. Celui qu'il interrogeait ainsi lui
répondit qu'il ne se rappelait pas l'avoir jamais vu. Le roi
étant donc sorti tout courroucé de la chambre, ordonna
que les deux amants, nus comme ils étaient, fussent pris et
enchaînés, et que, dès que le jour aurait paru, on les menât
à Palerme où ils seraient liés sur la place publique à un
pal, dos à dos, et qu'ils resteraient en cet état jusqu'à
l'heure de tierce, afin qu'ils pussent être vus de tous, puis
qu'ils seraient livrés aux flammes, comme ils l'avaient mérité. Cet ordre donné, il courut s'enfermer dans sa chambre
à Palerme, fort courroucé.

« Le roi parti, plusieurs sbires se jetèrent sur les deux
amants qu'ils ne se contentèrent pas de réveiller, mais qu'ils
saisirent promptement et qu'ils enchaînèrent sans la moindre
pitié. Ce que voyant les deux jeunes gens, s'ils furent désolés,
s'ils craignirent pour leur vie, s'ils pleurèrent et se plai-
gnirent, il est aisé de se l'imaginer. Suivant l'ordre du roi,
ils furent menés à Palerme et liés sur une place publique
à un pal, et devant eux on prépara le bûcher et le feu qui
devaient les brûler à l'heure marquée par le roi. Tous les
Palermitains, hommes et femmes, accoururent en hâte pour
voir les deux amants ; les hommes concentraient tous leurs
regards sur la jeune fille, et de même qu'ils admiraient
combien elle était belle et bien faite dans tout son corps,
de même les femmes qui ne regardaient que le jeune homme,
s'accordaient à reconnaître qu'il était admirablement beau et
bien fait. Mais les deux malheureux amants, pleins de
honte, tenaient la tête basse, et pleuraient leur infortune,
attendant d'heure en heure la cruelle mort par le feu.

« Pendant qu'ils restaient ainsi jusqu'à l'heure marquée,
et qu'il n'était bruit partout que de la faute qu'ils avaient

commise, la nouvelle en parvint aux oreilles de Ruggieri dell'-
Oria, homme d'une inestimable valeur et qui était alors amiral du roi. Il s'en alla pour les voir à l'endroit où ils étaient
liés ; et, y étant arrivé, il regarda tout d'abord la jeune fille
dont il admira beaucoup la beauté ; puis ayant jeté les yeux
sur le jeune homme, il le reconnut sans trop de peine, et
s'étant approché de lui, il lui demanda s'il était Gianni de
Procida. Gianni, ayant levé la tête, et reconnaissant l'amiral,
répondit : « — Mon seigneur, j'ai bien été celui dont vous
« parlez, mais je suis bien près de ne l'être plus. — » L'amiral
lui demanda alors quelle cause l'avait conduit là. A quoi
Gianni répondit : « — L'amour d'abord, et la colère du
« roi. — » L'amiral lui demanda de lui conter la chose
plus en détail, et ayant entendu de lui comment tout s'était
passé il allait s'en aller, quand Gianni le rappela et lui
dit : « — Hélas ! mon seigneur, si cela se peut, demandez
« pour moi une grâce à celui qui m'a fait mettre ici de la
sorte. — » Ruggieri demanda quelle était cette grâce. —
A quoi Gianni dit : « — Je vois qu'il me faut bientôt mourir ;
« je demande comme faveur, qu'au lieu d'être dos à dos
« avec cette jeune fille que j'ai aimée plus que ma vie et qui
« m'a aimé de même, on nous mette le visage tourné l'un
« vers l'autre, afin qu'en mourant, je voie sa figure et puisse
« m'en aller consolé. — » Ruggieri dit en riant : « — Vo-
« lontiers ; je ferai de telle sorte que tu la verras encore
« tant que tu pourras en être ennuyé. — » Et l'ayant quitté,
il ordonna à ceux qui avaient été préposés à l'exécution du
supplice, qu'à moins d'un nouvel ordre du roi, ils ne fissent
rien au delà de ce qui avait été déjà fait, et sans retard il
alla trouver le roi.

« Bien qu'il le vît fort courroucé, il ne résolut pas moins
de lui dire son avis, et il lui dit : « — Sire, en quoi t'ont

« offensé les deux jeunes gens que tu as ordonné de faire
« brûler là-bas sur la place? — » Le roi le lui ayant dit,
Ruggieri poursuivit : « — La faute qu'ils ont commise mé-
« rite bien ce supplice, mais il ne peut venir de toi. Et comme
« les fautes méritent un châtiment, ainsi les services doivent
« être récompensés, sans parler de la grâce et de la miséri-
« corde. Connais-tu ceux que tu veux faire brûler ? — » Le
roi répondit que non. Ruggieri dit alors : « — Eh ! bien, je
« veux que tu les connaisses, afin que tu voies combien peu
« raisonnablement tu te laisses emporter par les élans de ta
« colère. Le jeune homme est fils de Landolfo de Procida,
« frère de messer Gian de Procida, auquel tu dois d'être roi
« et seigneur de cette île. La jeune fille est la fille de
« Marino Bolgaro, dont l'influence est seule cause que ta
« seigneurie n'ait pas été chassée d'Ischia. Ce sont en outre
« deux jeunes gens qui s'aiment depuis longtemps, et c'est
« poussés par l'amour, et non point pour te faire une injure,
« qu'ils ont commis cette faute, si l'on doit appeler faute ce
« que l'amour fait faire aux jeunes gens. Pourquoi donc
« les veux-tu faire mourir, alors que tu devrais les honorer
« en les comblant de plaisirs et de bienfaits? — » Le roi
entendant cela, et persuadé que Ruggieri lui disait vrai,
non-seulement ne persista point dans sa résolution première,
mais se repentit de ce qu'il avait fait. Pour quoi, il envoya
sur-le-champ l'ordre de détacher les jeunes gens du pal et
de les amener devant lui ; ce qui fut fait. Et s'étant pleinement assuré de leur condition, il pensa qu'il devait réparer
par des dons et des honneurs l'injure qu'il leur avait faite.
Les ayant donc fait richement vêtir, et voyant qu'ils y consentaient tous deux, il fit épouser la jeune fille par Gianni, et
leur ayant fait de magnifiques présents, il les renvoya
satisfaits chez eux où ils furent reçus avec une grandissime

fête, et où ils vécurent depuis tous les deux longuement, dans les plaisirs et dans la joie. — »

NOUVELLE VII

Théodore, amoureux de Violante, fille de messer Amerigo, son seigneur, la rend grosse et est condamné à être pendu. Pendant qu'on le conduit au supplice en le fouettant de verges, il est reconnu par son père et mis en liberté ; après quoi il épouse Violante.

Les dames, qui, toutes tremblantes, étaient suspendues aux lèvres de Pampinea pour savoir si les deux amants avaient été brûlés, en entendant qu'ils avaient été sauvés louèrent Dieu et se réjouissaient fort. Quant à la reine, voyant que la nouvelle était finie, elle chargea la Lauretta de dire la suivante ; celle-ci se mit à dire d'un air joyeux :

« — Très belles dames, au temps que le bon roi Guillaume gouvernait la Sicile, il y avait dans l'île un gentilhomme nommé messer Amerigo, abbé de Trapani, et qui, entre autres biens temporels, possédait beaucoup d'enfants. Pourquoi, ayant besoin de serviteurs, et certaines galères de corsaires génois étant venues du Levant où elles avaient pris beaucoup de jeunes esclaves en cotoyant l'Arménie, il en acheta quelques uns, les croyant Turcs. Parmi ces esclaves dont la plupart paraissaient être des bergers, il y en avait un de meilleure mine que les autres et qui était appelé Théodore. En grandissant, bien que toujours considéré comme esclave, il avait été élevé dans la maison avec les enfants de messer Amerigo ; et se conformant plus à la nature qu'à la vile condition où un accident l'avait jeté, il devint si bien élevé et de si bonnes manières, et sut si bien plaire à messer Amerigo que celui-ci l'affranchit et, croyant qu'il était musulman, le fit baptiser et nommer Pietro ; puis il en fit son majordome, ayant en lui une très grande confiance.

« En même temps que ses autres enfants, avait grandi une fille de messer Amerigo, appelée Violante, belle et délicate jeune fille, laquelle, son père tardant trop à la marier, s'énamoura par aventure de Pietro. Cependant, bien qu'elle l'aimât et qu'elle le tînt en grand estime pour sa bonne mine et pour ses talents, elle n'osait lui découvrir son affection. Mais Amour lui évita cette peine, pour ce que Pietro, l'ayant plusieurs fois guettée en secret, s'était énamouré d'elle à tel point qu'il n'éprouvait de plaisir qu'en la voyant ; toutefois il craignait de laisser voir à qui que ce fût ce qu'il éprouvait, cela lui paraissant moins que bien. La jeune fille qui le voyait volontiers, s'en aperçut, et pour lui donner plus de hardiesse, s'en montra fort contente, comme elle l'était en effet. Et ils en restèrent là pendant longtemps, n'osant se rien dire l'un à l'autre, bien que chacun d'eux le désirât beaucoup. Mais pendant que tous deux brûlaient également ainsi d'une même flamme, la fortune, comme si elle avait résolu d'amener ce qui arriva, leur fournit un moyen de chasser la craintive timidité qui les paralysait.

« Messer Amerigo avait, à un mille environ hors des murs de Trapani, une belle maison de campagne, où sa femme avec sa fille et d'autres dames avaient coutume de se rendre souvent en partie de plaisir. Y étant allées un jour que la chaleur était grande, et ayant emmené Pietro avec elles, il advint, comme nous le voyons parfois en été, que le ciel se couvrit soudain d'obscurs nuages ; pour quoi la dame et ses compagnes, afin de n'être pas surprises en cet endroit par le mauvais temps, se mirent en route pour revenir à

Trapani, marchant le plus vite qu'elles pouvaient. Mais Pietro et la jeune fille qui étaient jeunes tous les deux, allaient beaucoup plus vite que la mère et les autres dames, non moins poussés par l'amour peut-être que par la peur du mauvais temps ; et comme ils avaient déjà pris une telle avance sur la dame et sur les autres, qu'on les voyait à peine, il arriva qu'après plusieurs coups de tonnerre, une averse de grêle grosse et serrée vint subitement à tomber, averse que la dame et sa compagnie évitèrent en se réfugiant dans la cabane d'un laboureur.

« Pietro et la jeune fille, n'ayant pas d'abri plus proche, entrèrent dans une vieille cabane quasi tout effondrée où ne demeurait plus personne, et s'y réfugièrent tous deux sous un pan de toit qui subsistait encore, et où le peu d'espace où ils pouvaient s'abriter les forçait à se serrer l'un contre l'autre. Ce rapprochement leur fut occasion d'enhardir un peu leurs cœurs à s'ouvrir leurs désirs amoureux, et Pietro se mit le premier à dire : « — Plût à Dieu que jamais, si je « devais rester comme je suis, cette pluie ne s'arrêtât. — » Et la jeune fille dit : « — Cela me serait cher. — » Et de ces paroles, ils en vinrent à se prendre la main et à se serrer mutuellement, puis à s'accoler et à se baiser, la grêle tombant toujours. Et pour ne pas m'arrêter à chaque détail, le temps ne se remit point qu'ils n'eussent connu les suprêmes joies de l'amour, et qu'ils n'eussent pris leurs mesures pour prendre secrètement plaisir l'un de l'autre. Le mauvais temps cessa, et à la porte de la cité, qui n'était pas loin de là, ils attendirent la dame et rentrèrent avec elle à la maison.

« Ils se retrouvèrent plus d'une fois au même endroit en prenant de grandes précautions, et au grand plaisir de chacun d'eux ; et la besogne alla si bien que la jeune fille devint grosse, ce qui les contraria vivement l'un et l'autre ; aussi la jeune fille usa-t-elle de tous les moyens pour se désengrosser, contre l'ordre de la nature ; mais elle ne put y réussir. Pour quoi, Pietro craignant pour sa vie, résolut de fuir et le lui dit. En apprenant cette résolution, elle dit : « — Si tu pars, « je me tuerai sans la moindre hésitation. — » A quoi Pietro qui l'aimait beaucoup, dit : « — Comment veux-tu, ma chère « femme, que je reste ici ? Ta grossesse découvrira notre « faute ; toi, on te pardonnera facilement ; mais moi, mi- « sérable, je serai celui qui supportera la peine de ma faute « et de la tienne. — « A quoi la jeune fille dit : « — Pietro, « ma faute se saura bien ; mais sois certain que la tienne, à « moins que tu le dises toi-même, ne se saura jamais. — » Pietro dit alors : « — Puisque tu me promets qu'il en sera « ainsi, je resterai ; mais songe à me bien garder ta pro- « messe.

« La jeune fille qui avait caché sa grossesse le plus qu'elle avait pu, voyant que les proportions que prenaient son corps ne lui permettaient pas de la cacher plus longtemps, l'avoua un jour à sa mère avec force larmes, la suppliant de la sauver. La dame affligée outre mesure, lui dit force injures, et voulut savoir d'elle comment la chose était arrivée. La jeune fille, afin qu'il ne fût fait aucun mal à Pietro, composa une fable, et conta la chose à sa guise. La dame la crut, et pour cacher la faute de sa fille, elle l'envoya à une de leurs maisons de campagne. Là, le temps des couches étant venu, la jeune fille criant comme le font les femmes en pareille circonstance, et sa mère ne prévoyant pas que messer Amerigo qui ne venait presque jamais en cet endroit, y dût justement venir, il arriva que celui-ci, revenant d'oiseler et passant le long de la chambre où criait sa fille, s'étonna, entra soudain et demanda ce qu'il y avait. La dame voyant son mari venir ainsi à l'improviste, se leva fort émue, et lui

raconta ce qui était arrivé à leur fille. Mais lui, moins prompt
que la dame à croire ce qu'on lui disait, dit qu'il ne devait
pas être vrai qu'elle ignorât de qui elle était grosse, et déclara
qu'il voulait tout savoir; qu'en le disant sa fille pourrait re-
couvrer son affection; sinon, qu'elle se préparât sans espoir
de pardon à mourir. La dame s'efforça le plus qu'elle put de
faire que son mari se contentât de ce que sa fille avait dit;
mais son insistance ne servit à rien. Il entra en une telle
fureur, qu'il courut, l'épée nue à la main, vers sa fille qui
pendant tous ces discours avait mis au monde un enfant mâle,
et dit : « —Ou tu vas dire de qui tu as engendré cet enfant,
« ou tu vas mourir sur le champ. — » La jeune fille, craignant la mort, trahit la promesse faite à Pietro, et avoua ce
qui s'était passé entre elle et lui.

« En entendant cela, le chevalier entra dans une telle
fureur, qu'à peine il put se retenir de la tuer; mais après
avoir exhalé sa colère en paroles, il remonta à cheval, s'en
retourna à Trapani, et étant allé conter à un certain messire
Conrad, capitaine pour le roi, l'injure qui lui avait été faite
par Pietro, il le fit prendre, sans que celui-ci se méfiât de
rien. Mis à la question, Pietro avoua tout; et, quelques
jours après, il fut condamné par le capitaine à être fouetté
par la ville puis à être pendu par la gorge. Afin qu'une
même heure fît disparaître de la terre les deux amants et leur
enfant, messer Amerigo, dont la colère n'était point apaisée
pour avoir fait condamner Pietro à mort, versa du poison
dans une coupe de vin, et la remit à un de ses familiers avec
un poignard nu, et dit : « — Va trouver Violante avec ces
« deux choses, et dis-lui de ma part, qu'elle choisisse promp-
« tement des deux morts celle qu'elle voudra, du fer ou du
« poison; sinon, je la ferai brûler vive en présence d'autant
« de citoyens qu'il y en a dans la ville, comme elle l'a mé-

« rité ; et cela fait, tu prendras l'enfant mis par elle au
« monde, et après lui avoir broyé la tête contre un mur, tu
« le jetteras à manger aux chiens. — » Le familier, ayant
reçu de ce père féroce un ordre si cruel contre sa fille et son
petit-fils, s'en alla plus disposé à mal qu'à bien.

« Pietro, condamné, marchait à la potence, fouetté par
les familiers qui le menaient, quand il vint à passer, selon le
bon plaisir de ceux qui précédaient le cortège, devant une
auberge où étaient trois gentilshommes d'Arménie, que le
roi d'Arménie avait envoyés comme ambassadeurs à Rome
pour traiter avec le pape d'importantes négociations relati-
vement à un passage de troupes qui devait se faire, lesquels
gentilshommes étaient descendus en cette auberge pour se
reposer pendant quelques jours et avaient été comblés d'honneurs par les gentilshommes de Trapani, et spécialement par
messer Amerigo. Entendant passer les gens qui menaient
Pietro, ils vinrent à une fenêtre pour voir. Pietro était nu
jusqu'à la ceinture et avait les mains liées derrière le dos.
L'un des ambassadeurs, homme âgé et de grande autorité,
et nommé Fineo, l'ayant par hasard regardé, vit sur sa poitrine une grande tache rougeâtre, non peinte, mais naturellement empreinte sur la peau, comme celle que les dames
appellent d'habitude des roses. A cette vue, il lui revint soudain
en mémoire un sien fils qui lui avait été enlevé, il y avait déjà
quinze ans, sur les côtes du Lazistan, et dont il n'avait jamais pu avoir des nouvelles ; considérant l'âge du malheureux que l'on fouettait, il jugea que son fils, s'il vivait encore, devait avoir le même âge que celui-ci lui paraissait
avoir, et il se mit à soupçonner que ce pouvait bien être son
fils. Pensant, si c'était lui, qu'il devait encore se souvenir
de son nom, de son père et de la langue d'Arménie, il attendit qu'il fût arrivé tout près et appela : « — Théodore ! — »

Pietro entendant ce nom, releva soudain la tête. Sur quoi, Fineo, parlant en arménien, dit : « — D'où es-tu? De qui « es-tu fils? — » Les sergents qui le menaient, par déférence pour ce galant homme, s'arrêtèrent, de sorte que Pietro put répondre : « — Je suis d'Arménie, et fils d'un « nommé Fineo ; j'ai été transporté ici par je ne sais quels « gens. — » Ce qu'entendant Fineo, il reconnut à n'en plus douter que c'était bien le fils qu'il avait perdu ; pour quoi, il descendit tout en pleurs avec ses compagnons et courut l'embrasser au milieu des sergents ; et, lui ayant jeté sur les épaules un riche manteau qu'il portait, il pria celui qui le menait au supplice de vouloir bien attendre qu'on lui donnât l'ordre de le ramener. Ce dernier répondit qu'il attendrait volontiers.

« Fineo avait déjà appris pour quelle cause Pietro était conduit à la mort, la rumeur publique l'ayant porté partout ; pour quoi, il s'en alla promptement trouver messer Conrad, suivi de ses compagnons et de ses serviteurs, et lui parla ainsi : « — Messire, celui que vous envoyez à la mort comme « esclave est homme libre, et c'est mon fils. Il est prêt à « prendre pour femme celle à qui l'on dit qu'il a pris sa vir- « ginité ; qu'il vous plaise donc de surseoir à son exécution « jusqu'à ce qu'on puisse savoir si elle le veut pour mari, « afin que, si elle le veut, vous n'ayiez point été contre la « loi. — » Messire Conrad, entendant que c'était le fils de Fineo, s'étonna ; et un peu confus de la fatalité, ayant reconnu que ce que disait Fineo était vrai, il le fit promptement reconduire à sa demeure, et envoya chercher messer Amerigo et lui dit tout ce qui s'était passé. Messer Amerigo, qui croyait déjà sa fille et son petit-fils morts, fut l'homme le plus désolé du monde de ce qu'il avait fait, voyant bien que, s'il elle n'était pas morte, il pouvait facilement tout arranger pour le mieux. Néanmoins, il envoya en toute hâte à l'endroit où était sa fille, afin que si on n'avait pas encore exécuté son ordre, on ne l'exécutât point. Celui qui y alla, trouva le familier qui avait été envoyé par messer Amerigo près de Violante, devant laquelle il avait posé le poignard et le poison, l'accablant d'injures parce qu'elle ne se pressait pas de choisir, et voulant la contraindre à prendre l'un ou l'autre. Mais ayant entendu l'ordre de son seigneur, il la laissa tranquille et s'en revint le trouver pour lui dire où en étaient les choses.

« Messer Amerigo, très content, s'en alla vers Fineo, et tout en pleurs, du mieux qu'il sut, s'excusa de ce qui était arrivé, lui en demandant pardon et affirmant que si Théodore voulait sa fille pour femme, il serait très heureux de la lui donner. Fineo accepta volontiers ses excuses et répondit : « — J'entends que mon fils prenne votre fille pour « femme ; et, s'il ne le veut pas, que la sentence prononcée « contre lui ait son cours. — » Fineo et messer Amerigo étant donc d'accord, allèrent à l'endroit où Théodore était encore sous le coup de la peur de la mort et joyeux d'avoir retrouvé son père, et lui demandèrent ce qu'il voulait faire en cette circonstance. Théodore apprenant que, s'il voulait, la Violante serait sa femme, éprouva une telle joie qu'il lui sembla sauter de l'enfer au paradis, et il dit que cela lui serait une grandissime faveur, du moment que cela leur plairait à tous deux. On envoya donc savoir la volonté de la jeune fille, qui, apprenant ce qui était arrivé à Théodore et ce qui lui avait été proposé, au moment même où, plus malheureuse que nulle autre femme au monde, elle attendait la mort, n'osait pas d'abord y croire ; mais enfin, y prêtant quelque croyance, elle répondit que si elle suivait en cela son désir, nulle chose ne lui pourrait advenir de plus heureux que d'être la femme

de Théodore, mais que cependant elle ferait ce qu'ordonne-
rait son père.

« Chacun étant donc d'accord, on maria la jeune fille, et
la fête fut très grande, à l'extrême satisfaction de tous les
citoyens. La jeune fille, s'étant rétablie et faisant élever son
petit enfant, redevint en peu de temps plus belle que jamais ;
et s'étant relevée de ses couches, elle se présenta devant
Fineo, à son retour de Rome, et le salua comme son père ;
quant à lui, fort satisfait d'une si belle bru, il fit célébrer les
noces en grandissime fête et alégresse, et accueillit Violante
comme sa fille et la tint pour telle. Quelques jours après,
étant monté avec elle, son fils et son petit-fils sur sa galère,
il les emmena avec lui à Lajazzo, où les deux amants demeurèrent en paix et dans une profonde tranquillité tant
qu'ils vécurent. — »

NOUVELLE VIII

Nastagio degli Onesti aimant une dame de la famille des Traversari, dépense
toute sa fortune sans parvenir à se faire aimer. Sur les instances des siens, il
s'en va à Chiassi. Là, il voit un chevalier donner la chasse à une jeune femme,
la tuer et la donner à dévorer à deux chiens. Il invite à déjeuner ses parents et
la dame qu'il aime, et celle-ci voit la même jeune femme subir le susdit supplice. Craignant qu'il ne lui en arrive autant, elle consent à prendre Nastagio
pour mari.

Dès que Lauretta se tut, Philomène, sur l'ordre de la
reine, commença : « — Aimables dames, si la compassion
est une vertu qu'on loue beaucoup en nous, la cruauté dont
vous vous rendez coupables est également très sévèrement
châtiée par la divine justice. Pour vous en donner une preuve,
et pour vous engager à chasser toute cruauté de vos cœurs,

il me plaît de vous dire une nouvelle non moins touchante qu'agréable.

« Il y avait autrefois à Ravenne, très antique cité de la Romagne, un grand nombre de nobles gentilshommes, parmi lesquels un jeune homme appelé Nastagio degli Onesti, que la mort de son père et d'un sien oncle avait laissé richissime au-dessus de toute estimation. Étant sans femme, il lui arriva, comme à la plupart des jeunes gens, de s'énamourer d'une fille de messer Paolo Traversaro, homme beaucoup plus noble que lui, espérant par ses efforts l'amener à l'aimer. Mais, ces efforts, quelque grands, quelque beaux, quelque louables qu'ils fussent, non-seulement ne lui servaient à rien, mais semblaient au contraire lui nuire, tellement la jeune fille qu'il aimait se montrait cruelle et dure et sauvage pour lui. Soit qu'elle fût enivrée de sa singulière beauté, soit que sa noblesse la rendît altière et dédaigneuse, elle tenait en mépris et lui et tout ce qui pouvait lui plaire. Cela causait un tel chagrin à Nastagio, que, dans son désespoir, et las de se plaindre, il lui vint la pensée de se tuer. Cependant, surmontant cette pensée, il prit à plusieurs reprises la résolution de la laisser tranquille, ou, s'il pouvait, de lui porter la même haine qu'elle avait pour lui. Mais c'est en vain qu'il formait une telle résolution, pour ce qu'il semblait que son amour redoublât alors que l'espoir lui manquait le plus.

« Le jeune homme persévérant dans cet amour, et continuant à dépenser démesurément, ses amis et ses parents comprirent qu'il finirait par détruire sa fortune et sa santé ; pour quoi, ils le prièrent et lui conseillèrent de quitter Ravenne, et d'aller demeurer pendant quelque temps ailleurs, afin de mettre fin d'un même coup à sa passion et à ses prodigalités. Nastagio se moqua longtemps de cet avis, mais

enfin, pressé par les sollicitations, et ne pouvant plus dire
non, il déclara qu'il ferait ainsi ; et ayant fait faire de grands
préparatifs, comme s'il voulait aller en France, en Espagne
ou en d'autres lieux éloignés, il monta à cheval et, étant sorti
de Ravenne accompagné de ses nombreux amis, il s'en alla
en un lieu distant d'environ trois milles de Ravenne et appelé
Chiassi. Là, ayant fait dresser les tentes et les pavillons, il
dit à ceux qui l'avaient accompagné qu'il voulait y rester, et
qu'ils eussent à s'en retourner à Ravenne. Nastagio s'étant
donc installé en cet endroit, se mit à y mener la plus belle et
la plus somptueuse vie qu'on eût jamais faite, invitant à
dîner et à souper tantôt ceux-ci, tantôt ceux-là, selon son
habitude.

« Or il advint que, le mois de mai commençant à peine et
le temps étant très beau, les cruautés de sa dame lui revinrent à l'esprit ; et, ordonnant à ses serviteurs de le laisser seul
afin de pouvoir rêver plus à son aise, il alla, posant machi-
nalement un pied devant l'autre et tout pensif, jusqu'à une
forêt de pins. La cinquième heure du jour était déjà passée,
et il était entré un bon mille dans la forêt, sans se souvenir
de manger ni d'autre chose, quand soudain il lui sembla
entendre une voix de femme pousser de grandes plaintes et
des cris aigus, pour quoi, sa douce rêverie étant rompue, il
leva la tête pour voir ce que c'était, et s'étonna de se trouver
dans la forêt de pins. Puis, regardant devant lui, il vit sortir
d'un fourré très épais d'arbrisseaux et de buissons, et venir
en courant vers lui, une très belle jeune fille nue, échevelée
et toute déchirée par les ronces et les épines, pleurant fort
et criant merci. A ses côtés, courant d'un air acharné après
elle, il vit deux énormes et féroces mâtins, qui, chaque fois
qu'ils la pouvaient rejoindre, la mordaient cruellement ; enfin,
derrière elle, il vit venir, monté sur un coursier noir, un che-

valier brun, au visage fort courroucé, une épée à la main, et
qui la menaçait de la tuer en l'accablant d'outrages. Ce spec-
tacle frappa tout d'abord son esprit d'étonnement et d'épouvante, puis de compassion pour l'infortunée, d'où naquit en
lui le désir de la délivrer d'une telle angoisse et de la mort,
s'il le pouvait. Se trouvant sans armes, il courut prendre une
branche d'arbre en guise de bâton, et se mit en travers des
chiens et du chevalier. Mais le chevalier, dès qu'il le vit, lui
cria de loin : « — Nastagio, ne t'oppose point à cela ; laisse
« faire aux chiens et à moi ce que cette méchante femme a
« mérité. — »

« Comme il disait ainsi, les chiens ayant saisi la jeune fille
aux flancs, la forcèrent à s'arrêter, et le chevalier les ayant
rejoints, descendit de cheval. Nastagio s'étant approché de lui,
dit : « — Je ne sais qui tu es, toi qui me connais ainsi ; mais
« néanmoins je te dis que c'est grande lâcheté à un cheva-
« lier armé de vouloir tuer une femme nue, et de lâcher les
« chiens contre elle, comme si c'était une bête sauvage. Pour
« moi, je la défendrai certainement autant que je pour-
« rai. — » Le chevalier dit alors : « — Nastagio, je suis
« de la même cité que toi, et tu étais encore tout petit enfant,
« quand moi, qu'on appelait Messer Guido Degli Anastagi,
« je m'énamourai de cette femme que tu vois, bien plus encore
« que tu ne l'as fait de la fille des Traversari, et sa dureté,
« sa cruauté me rendirent si malheureux, qu'un jour, avec
« cette même épée que tu me vois à la main, je me tuai de
« désespoir ; et je suis condamné aux peines éternelles. Peu
« de temps après, celle-ci, qui avait été joyeuse outre mesure
« de ma mort, vint à mourir, et tant à cause de sa cruauté
« que de la joie qu'elle avait montrée de mes tourments et
« dont elle ne s'était point repentie, croyant en cela non-seu-
« lement n'avoir point péché mais avoir bien mérité, elle fut

« également condamnée aux peines de l'enfer. Dès qu'elle y
« eût été précipitée, il nous fut imposé pour peine à tous
« deux, à elle de fuir ainsi devant moi, et à moi, qui l'avait
« tant aimée jadis, de la poursuivre comme une ennemie
« mortelle et non comme une dame aimée. Et toutes les fois
« que je l'atteins, je la tue avec cette même épée dont je me
« tuai moi-même ; je lui ouvre les reins, et je lui arrache ce
« cœur dur et froid où n'entrèrent jamais ni amour ni pitié,
« et je le donne, comme tu vas le voir tout à l'heure à man-
« ger à ces chiens avec le reste des entrailles. Après cela,
« elle ne reste guère de temps — ainsi le veut la justice et
« la puissance de Dieu — sans ressusciter comme si elle
« n'avait jamais été morte ; et de nouveau commence la dou-
« loureuse poursuite, et les chiens et moi nous nous remet-
« tons à la traquer ainsi ; et tous les vendredis, il arrive que
« je l'atteins ici à la même heure, et que j'en fais le carnage
« que tu vas voir. Et ne crois pas que les autres jours nous
« nous reposions ; mais je la rejoins en d'autres lieux, dans
« lesquels elle a pensé ou agi cruellement contre moi. Comme
« tu vois, d'amant je lui suis devenu ennemi, et je dois la
« poursuivre de cette façon autant d'années qu'elle a été
« cruelle de mois à mon égard. Donc, laisse la divine justice
« suivre son cours, et ne cherche pas à t'opposer à ce que
« tu ne pourrais empêcher. — »

« En entendant ces paroles, Nastagio, devenu tout tremblant, et n'ayant quasi pas un poil sur le corps qui ne fût
hérissé, se retira en arrière, et, regardant la misérable jeune
fille, il attendit en frémissant ce qu'allait faire le chevalier.
Celui-ci, son discours terminé, courut comme un chien enragé,
l'épée à la main, sur la jeune fille qui, agenouillée et fortement maintenue, par les deux mâtins, lui criait merci, et lui
porta de toutes ses forces un coup de son épée dans la poi-

trine qu'il traversa de part en part. A peine là jeune fille eût-elle reçu le coup, qu'elle tomba la face contre terre, toujours pleurant et criant ; et le chevalier, ayant pris un couteau, lui ouvrit les reins, et, en ayant arraché le cœur et tout ce qui était autour, il le jeta aux deux mâtins, qui, comme des affamés, le mangèrent incontinent. Au bout de quelques instants, la jeune femme, comme si rien ne s'était passé, se leva soudain sur pieds, et se remit à fuir vers la mer, les chiens toujours acharnés après elle et la déchirant toujours de leurs crocs. Quant au chevalier, il remonta à cheval, reprit son épée, et suivit la jeune femme ; et au bout d'un instant, ils furent tous si loin, que Nastagio ne put plus les voir.

« Nastagio, ayant vu toutes ces choses, resta un grand moment partagé entre la pitié et la peur ; mais bientôt il lui vint à l'idée que cette aventure pourrait grandement lui servir, puisqu'elle se renouvelait chaque vendredi. Pour quoi, ayant bien remarqué l'endroit, il rejoignit ses familiers ; puis, quand le moment lui parut venu, il fit mander le plus de parents et d'amis qu'il put, et leur dit : « — Vous m'avez long-« temps pressé de ne plus aimer celle qui m'est tant enne-« mie, et de cesser mes prodigalités ; et je suis prêt à le faire, « si vous m'accordez une grâce, qui est celle-ci : de faire en « sorte que, vendredi prochain, Messer Paolo Traversari, sa « femme, sa fille, toutes leurs parentes, et toutes les autre « dames qu'il vous plaira, s'en viennent dîner ici avec moi. « Vous verrez alors pourquoi je vous demande cela. — » Ceux à qui il parlait ainsi jugèrent la chose très facile à faire, et étant revenus à Ravenne, ils invitèrent dès qu'il en fut temps tous ceux que Nastagio voulait, et bien qu'on eût de la peine à faire venir la jeune fille qu'il aimait, elle se décida à y aller avec les autres. Nastagio fit magnifiquement préparer le repas, et fit placer les tables sous les pins, tout près de l'endroit où il avait vu mettre en pièces la cruelle dame. Et ayant fait mettre à table les hommes et les dames, il arrangea tout de façon que la jeune fille qu'il aimait fût assise juste vis à vis l'endroit où le fait devait se passer.

« Les dernières victuailles avaient déjà été entamées, quand la rumeur désespérée de la jeune femme pourchassée fut entendue de tous. De quoi chacun s'étonnant fort, et demandant ce que c'était, sans que personne pût le dire, tous se levèrent regardant ce que cela pouvait être, et ils virent la dolente jeune femme, et le chevalier et les chiens, qui ne tardèrent pas à arriver au milieu d'eux. Une grande rumeur accueillit les chiens et le chevalier, et un grand nombre de convives se précipitèrent au secours de la jeune femme. Mais le chevalier leur parlant comme il avait parlé à Nastagio, non-seulement les fit reculer, mais les remplit tous d'épouvante et d'étonnement. Et faisant ce qu'il avait fait la première fois, toutes les dames qui étaient là — et il y en avait beaucoup qui étaient parentes de la malheureuse jeune femme et du chevalier, et qui se souvenaient et de son amour et de sa mort — se mirent à pleurer amèrement, comme si elles s'étaient vu traiter ainsi elles-mêmes.

« Le supplice terminé, et la dame et le chevalier ayant poursuivi leur route, ceux qui avaient été témoins de l'aventure, se mirent à en deviser longuement et de diverses façons, mais celle qui fut le plus épouvantée de tous, ce fut la cruelle jeune fille qu'aimait Nastagio. Elle avait tout vu et entendu distinctement, et reconnu que ces choses la regardaient plus que toute autre, car elle se rappelait la cruauté dont elle avait toujours usé envers Nastagio ; pour quoi, il lui semblait qu'elle fuyait déjà devant lui qui la poursuivait plein de colère, et avoir les chiens à ses flancs. Et la peur qui lui vint de ceci fut si grande, que, pour qu'un pareil sort ne lui arrivât point, elle n'eût pas de tranquillité avant d'avoir — et cela se fit le soir même — changé sa haine en amour. Elle envoya donc secrètement sa fidéle cameriste à Nastagio, pour le prier de sa part de venir la voir, pour ce qu'elle était prête à faire tout ce qui lui plairait. A quoi Nastagio fit répondre que cela lui était très agréable, mais que, si elle y consentait, il ne voulait avoir plaisir d'elle qu'avec honneur, et qu'il voulait la prendre pour femme. La jeune fille qui savait qu'il ne dépendait que d'elle d'être la femme de Nastagio, lui fit dire que cela lui plaisait. Pour quoi, se faisant elle-même la messagère de tout cela, elle dit à son père et à sa mère qu'elle était contente de devenir la femme de Nastagio, de quoi son père et sa mère furent très satisfaits ; et le dimanche suivant, Nastagio l'ayant épousée, les noces furent faites, et il vécut longtemps heureux avec elle. Et cette peur ne fut pas seulement cause de cet heureux dénouement, mais toutes les ravignanaises en devinrent si craintives, que, depuis, elles ont toujours été beaucoup plus complaisantes aux désirs des hommes qu'elles ne l'avaient été auparavant. — »

NOUVELLE IX

Federigo degli Alberighi aime et n'est point aimé. Ayant dépensé tout son bien en prodigalités, il ne lui reste plus qu'un faucon qu'il donne à manger à sa dame venue chez lui pour le voir. Celle-ci apprenant cette nouvelle preuve d'amour, change de sentiment, le prend pour mari et le fait riche.

Philomène avait déjà cessé de parler, quand la reine, ayant vu qu'il ne restait plus personne à raconter, sinon Dioneo, à cause de son privilège, dit d'un air joyeux :

« — C'est à moi maintenant de parler ; et je le ferai volontiers, très chères dames, en racontant une nouvelle semblable en partie à la précédente, non-seulement pour que vous connaissiez combien votre beauté a de pouvoir sur les cœurs généreux, mais pour que vous appreniez à être vous-mêmes, quand il faut, dispensatrices de vos faveurs, sans laisser toujours ce soin à la fortune qui, la plupart du temps, les distribue sans discrétion, mais, comme au hasard, d'une façon tout à fait immodérée.

« Vous saurez donc que Coppo di Borghese Domenichi — qui fut et est peut être encore de nos jours considéré dans notre cité comme un homme vénérable et de grande autorité, et qui est digne d'éternelle renommée par ses qualités et ses vertus bien plus que par la noblesse de sa race — se plaisait souvent à deviser avec ses voisins et autres des choses passées, ce qu'il faisait avec une clarté, une mémoire et une éloquence bien supérieures à celles de tous les autres hommes. Il avait coutume de dire, entre autres belles choses, qu'il y eut autrefois à Florence un jeune homme Federigo, fils de messer Filippo Alberighi, et qui, en faits d'armes et en courtoisie, était estimé au-dessus de tous les damoiseaux de Toscane. Ce jeune homme, comme il arrive à la plupart des gentilshommes, s'énamoura d'une gente dame appelée Monna Giovanna, tenue en son temps pour une des plus belles et des plus agréables qui fussent à Florence ; et pour gagner son amour, il donnait des joutes, des tournois, des fêtes, prodiguait les présents, et dépensait sa fortune sans être arrêté par rien. Mais la dame, non moins honnête que belle, ne prenait pas plus garde à ces choses faites pour elle, qu'à celui qui les faisait.

« Federigo dépensant donc fort au delà de ses moyens, et ne gagnant rien, les ressources finirent par lui manquer, comme il advient ordinairement, et il demeura pauvre, sans qu'il lui restât autre chose qu'une petite métairie du revenu de laquelle il vivait très strictement, et qu'un faucon, un des meilleurs qui fût au monde. Pour quoi, plus amoureux que jamais, et voyant qu'il ne pouvait plus mener la vie de citadin, comme il l'aurait désiré, il s'en alla demeurer à la campagne, dans sa petite métairie. Là, comme il pouvait, oiselant et sans rien demander à personne, il supportait patiemment sa pauvreté. Or, il advint qu'un jour, Federigo en étant ainsi arrivé à une extrême pauvreté, le mari de Monna Giovanna tomba malade, et se voyant près de mourir, fit son testament. Il était très riche, et institua pour héritier un sien fils déjà grandet, stipulant toutefois que, ayant beaucoup aimé Monna Giovanna, il la substituait à son fils si celui-ci venait à mourir sans héritier légitime ; puis il mourut.

« Monna Giovanna étant donc restée veuve, allait, comme c'est la coutume parmi nos dames, passer la saison d'été à la campagne avec son fils, dans une de ses propriétés, très voisine de celle de Federigo. Pour quoi, il advint que le jeune garçon fit connaissance avec Federigo, et prit plaisir à jouer avec les oiseaux et avec les chiens ; et ayant vu plusieurs fois voler le faucon de Federigo, et ce faucon lui plaisant extrêmement, il désirait vivement l'avoir, mais il n'osait pas le demander, voyant qu'il était très cher à son maître. Les choses étant ainsi, il advint que le jeune garçon tomba malade ; de quoi la mère fut fort affligée, et comme elle n'avait que lui et qu'elle l'aimait autant qu'on pouvait aimer, elle ne cessait de se tenir près de lui tout le long du jour, et de le réconforter, et de lui demander s'il y avait quelque chose qu'il désirât, le suppliant de le lui dire, car s'il était possible de l'avoir, elle la chercherait jusqu'à ce qu'il l'eût.

« Le jeune garçon, ayant entendu plusieurs fois cette demande, dit : « — Ma mère, si vous me faites avoir le faucon

« de Federigo, je crois que je serai promptement guéri. — »
La dame, à ces mots, resta un instant pensive, et se mit à
réfléchir à ce qu'elle devait faire. Elle savait que Federigo
l'avait toujours aimée, et n'avait jamais obtenu d'elle un seul
regard ; pour quoi elle disait : « — Comment lui enverrai-je
« demander ce faucon qui est, à ce que j'ai entendu dire, le
« meilleur qui ait jamais volé, et qui en outre est son sou-
« tien en ce monde ? Et comment serais-je assez égoïste
« pour vouloir en priver un gentilhomme à qui nul autre
« plaisir n'est resté ? — » Embarrassée par ces pensées,
bien qu'elle fût certaine d'avoir le faucon si elle le demandait, elle ne savait que dire à son fils, et ne lui répondait
pas. Enfin l'amour qu'elle avait pour ce fils l'emporta tellement, qu'elle résolut de le contenter, et, quoi qu'il dût en
arriver, d'aller elle-même demander l'oiseau au lieu de l'envoyer demander, et elle répondit à l'enfant : « — Mon fils,
« prends courage, et efforce-toi de guérir, car je te promets
« que la première chose que je ferai demain matin, sera d'aller
« chercher moi-même le faucon, et je te l'apporterai. — »
L'enfant tout joyeux de cette promesse, montra le jour même
un peu de mieux.

« Le lendemain matin, la dame, s'étant fait accompagner
d'une autre dame, s'en alla, comme en se promenant, à la
petite maison de Federigo et le fit demander. Le temps n'é-
tant pas propice, il n'avait pas été oiseler ce jour-là, de sorte
qu'il se trouvait dans son jardin, où il surveillait quelques
travaux. Entendant que Monna Giovanna le demandait à la
porte, il s'étonna vivement et accourut joyeux. La dame, le
voyant venir, vint à sa rencontre d'un air plaisant, et après
que Federigo l'eût respectueusement saluée, elle dit :
« — Bonjour, Federigo. — » Et elle poursuivit : « — Je
« suis venue te récompenser des dommages que tu as éprou-

« vés autrefois pour moi, quand tu m'aimais plus qu'il
« n'aurait été besoin ; et la récompense est celle-ci : j'en-
« tends, avec la compagne que voici, dîner avec toi de
« bonne amitié ce matin. — » A quoi Federigo répondit
humblement : « — Madame, je ne me souviens pas avoir
« reçu aucun dommage de vous, mais tant de bien au con-
« traire, que si jamais j'ai valu quelque chose, c'est grâce
« à votre mérite et à l'amour que je vous porte que cela est
« arrivé. Et certes, votre gracieuse venue m'est plus agréable
« que s'il m'était donné de pouvoir dépenser de nouveau tout
« ce que j'ai dépensé, bien que vous soyez venue chez un
« pauvre hôte. — » Et ayant ainsi parlé, il la reçut, tout
honteux, dans sa demeure, d'où il la conduisit dans le jardin ;
et là, n'ayant personne pour lui tenir compagie, il dit :
« — Madame, puisqu'il n'y a personne autré, voici cette
« bonne vieille femme de ce jardinier, qui vous tiendra
« compagnie, pendant que je vais faire mettre la table. — »
Bien que sa pauvreté fut extrême, il ne s'était jamais tant
encore aperçu combien lui manquaient les richesses qu'il
avait semées à profusion. Mais ce matin là, ne trouvant rien
pour faire honneur à la dame pour l'amour de laquelle il
avait reçu avec tant d'honneurs une infinité de gens, il se
repentit amèrement. Anxieux outre mesure, maudissant sa
destinée, il courait çà et là, comme un homme hors de soi ;
et ne trouvant ni argent ni rien sur quoi il pût emprunter,
comme l'heure s'avançait et que son désir était grand de faire
honneur de quelque chose à la gente dame ; que d'un autre côté
il ne voulait recourir à personne autre qu'à son jardinier,
il vint à jeter les yeux sur son bon faucon qu'il vit dans sa
chambrette, perché sur sa barre. Pour quoi, n'ayant pas
d'autre ressource, il le prit, et le trouvant gras, il pensa
qu'il serait un digne mets pour une telle dame. Donc, sans

plus réfléchir, lui ayant tordu le col, il le fit promptement plumer et apprêter par sa servante, puis mettre à la broche et rôtir. Enfin, la table ayant été mise avec des nappes fort blanches, dont il lui restait encore quelques-unes, il retourna dans le jardin, l'air joyeux, dire à la dame que le dîner qu'il avait pu lui faire était prêt. La dame s'étant levée avec sa compagne, elles allèrent à table, et sans savoir ce qu'on leur offrait, elles mangèrent le bon faucon avec Federigo qui les servait de grand cœur.

« Après s'être levées de table et être demeurées quelque temps à deviser avec lui de choses plaisantes, il parut temps à la dame de dire pourquoi elle était venue, et elle se mit à parler ainsi doucement à Federigo : « — Fede-
« rigo, si tu te rappelles ta vie passée et mon honnêteté que,
« d'aventure, tu as prise pour de la dureté et de la cruauté,
« je ne doute point que tu ne te doives étonner de ma pré-
« somption quand tu sauras la principale raison pour
« laquelle je suis venue ici ; mais si tu avais des enfants, ou
« si tu en avais eu, par quoi tu eusses pu connaître combien
« grande est l'affection qu'on leur porte, je suis certaine que
« tu m'excuserais en partie. Mais tu n'en as pas, et moi j'en ai
« un ; je ne puis donc me soustraire aux lois communes aux
« autres mères. Pour obéir à ces lois si fortes, il faut, à
« mon grand regret et contre toute convenance, que je te de-
« mande de me donner une chose que je sais t'être souve-
« rainement chère avec juste raison, pour ce que ta mau-
« vaise fortune ne t'a pas laissé d'autre plaisir, d'autre
« ressource, d'autre consolation. Ce que je te demande,
« c'est ton faucon, dont mon enfant est si fort désireux que,
« si je ne lui apporte pas, je crains que cela n'aggrave telle-
« ment sa maladie qu'il ne m'arrive de le perdre. Et pour
« ce, je te prie, non par l'amour que tu me portes, et qui ne

« t'oblige à rien, mais par ta noblesse de cœur, par la cour-
« toisie qui s'est montrée en toi plus grande que chez tout
« autre, de consentir à me le donner, afin que je puisse dire
« que, grâce à cette libéralité, j'ai sauvé la vie de mon fils,
« et que je te suis, pour cela, éternellement obligée. — »

« Federigo, entendant ce que la dame lui demandait, et
voyant qu'il ne pouvait le lui donner, pour ce qu'il le lui
avait servi à manger, se mit, en sa présence, à gémir, ne
pouvant répondre un seul mot. La dame crut que ces gémis-
sements provenaient de la douleur qu'il avait de se séparer
du bon faucon, plus que de toute autre chose, et elle fut sur
le point de dire qu'elle ne le voulait plus ; mais s'étant con-
tenue, elle attendit la réponse que ferait Federigo quand il
aurait cessé de gémir. Celui-ci lui dit : « — Madame, depuis
« qu'il a plu à Dieu que je misse en vous mon amour, la
« fortune m'a été contraire en bien des choses, et j'ai eu à me
« plaindre de ses rigueurs ; mais ces rigueurs ont toutes été
« légères en comparaison de celle qu'elle m'envoie présen-
« tement et pour laquelle je ne lui pardonnerai jamais,
« pensant que vous êtes venue ici, en ma pauvre maison,
« alors que vous n'avez pas daigné y venir pendant que j'é-
« tais riche, pour me demander un petit présent, et qu'elle
« ait ainsi fait que je ne puisse vous le donner. Et je vous
« dirai très brièvement pourquoi je ne peux vous faire ce
« présent. A peine ai-je entendu que vous me faisiez la
« faveur de vouloir dîner avec moi, que, considérant votre
« haut rang et votre valeur, j'ai jugé digne et convenable de
« vous faire honneur, selon mon pouvoir, d'un mets plus rare
« que ceux qu'on sert d'habitude aux autres personnes ;
« pour quoi, me rappelant le faucon que vous me demandez
« et sa bonté, j'ai pensé que ce serait un mets digne de vous,
« et vous l'avez eu ce matin tout rôti sur votre assiette. Je

« croyais l'avoir très bien employé, mais maintenant que je
« vois que vous le désirez d'une autre façon, il m'est si dou-
« loureux de ne pouvoir vous le donner, que je ne m'en
« consolerai jamais, je crois. — » Ayant ainsi parlé, il fit
jeter devant elle, en témoignage, les plumes, les pattes et le
bec du faucon.

« Ce que voyant et entendant la dame, elle le blâma tout
d'abord d'avoir, pour donner à manger à une femme, tué
un tel faucon; puis elle admira profondément en elle-même
sa grandeur d'âme que la pauvreté n'avait pu ni ne pouvait abattre. Enfin, tout espoir d'avoir le faucon étant perdu,
et remplie de crainte pour la santé de son fils, elle s'en alla
toute mélancolique et retourna vers l'enfant. Celui-ci, soit
chagrin de n'avoir pas eu le faucon, soit que la maladie dût
le mener là, mourut au bout de peu de jours, au grandissime
chagrin de la mère. Quand elle fut restée quelque temps dans
l'amertume et les larmes, comme elle était demeurée fort
riche et qu'elle était encore jeune, ses frères la voulurent
plus d'une fois contraindre à se remarier. Bien qu'elle n'eût
pas voulu le faire, voyant cependant qu'ils insistaient, elle se
rappela ce que valait Federigo et la dernière preuve qu'il lui
avait donnée de sa magnificence, en tuant un si précieux
faucon pour lui faire honneur, et elle dit à ses frères : « — Je
« resterais volontiers comme je suis, si vous y consentiez;
« mais si pourtant il vous plait que je prenne un mari, je
« n'en prendrai certainement jamais d'autre que Federigo
« Degli Alberighi. — » A quoi ses frères, se moquant
d'elle, dirent : « — Sotte, qu'est-ce que tu dis ? Comment
« veux-tu de lui qui n'a rien au monde ? — » Elle leur répondit : « — Mes frères, je sais bien qu'il en est comme vous
« dites, mais j'aime mieux un homme qui ait besoin de ri-
« chesse, que richesse qui ait besoin d'un homme. — » Ses

frères, voyant sa résolution, et connaissant Federigo pour un
homme de grande valeur, bien qu'il fût pauvre, lui donnèrent leur sœur, selon le désir de celle-ci, avec toutes ses richesses. Federigo, se voyant marié à une dame de ce mérite
et qu'il avait tant aimée, et en outre très riche, devint plus
économe et vécut en joie avec elle jusqu'à la fin de ses jours. — »

NOUVELLE X

Pietro di Vinciolo va dîner hors de chez lui. Sa femme fait venir un jeune garçon.
Pietro étant revenu, elle cache le garçon sous une cage à poules. Pietro
raconte qu'on vient de trouver chez Arcolano, avec lequel il soupait, un jouvenceau que sa femme y avait introduit. La dame blâme vivement la femme
d'Arcolano. Par malheur, un âne pose son pied sur les doigts du garçon qui
était sous la cage. Il crie, Pietro y court, le voit et reconnaît la fourberie de sa
femme, avec laquelle il s'accorde pourtant afin de satisfaire sa vile passion.

Le récit de la reine était venu à sa fin, et tous louaient
Dieu qui avait dignement récompensé Federigo, quand Dioneo, qui n'attendait jamais qu'on lui en donnât l'ordre, commença : « — Je ne sais si je puis dire que ce soit un vice
accidentel et né chez les hommes de la perversité des mœurs,
ou bien que ce soit un vice naturel que de rire plutôt des
choses mauvaises que des bonnes, et spécialement quand
celles-ci ne nous touchent point personnellement. Et comme
la peine que j'ai déjà prise et que je vais prendre encore présentement, n'a pas d'autre but que de vous arracher à la mélancolie, de vous mettre en joie et de vous faire rire, et bien
que le sujet de la nouvelle qui va suivre soit, en partie du
moins, ô jeunes dames amoureuses, rien moins qu'honnête, je vous la raconterai cependant parce qu'elle pourra

vous amuser. Quant à vous, en l'écoutant, vous ferez à son égard comme vous faites d'habitude quand vous entrez dans un jardin et que, étendant votre main mignonne, vous cueillez les roses et laissez les épines. Vous agirez de même en laissant le mauvais homme dont je vais vous parler à sa male aventure et à son déshonneur, et vous rirez des fourberies amoureuses de sa femme, gardant votre pitié pour les malheurs d'autrui, quand besoin sera.

« Il n'y a pas longtemps encore était à Pérouse un homme riche, nommé Pietro di Vinciolo, qui, plus pour tromper les autres et atténuer l'opinion générale que tous les Pérusiens avaient de lui, que pour l'envie qu'il en avait, prit femme ; et en cela, la fortune fut conforme à son appétit, car la femme qu'il prit était une jeune fille plantureuse, au poil roux, prompte à s'enflammer, et qui aurait voulu deux maris plutôt qu'un, alors qu'il lui en échut un qui avait l'esprit disposé à toute autre chose qu'à la satisfaire. Elle s'en aperçut au bout de peu de temps, et se voyant belle et fraîche, se sentant gaillarde et vigoureuse, elle commença tout d'abord par en être fortement irritée et à s'en expliquer avec aigreur à diverses reprises avec son mari, avec lequel elle était quasi toujours en querelle. Puis, voyant que tout cela tournerait plutôt à l'épuisement de sa santé qu'à amender la bestialité de son mari, elle se dit à elle-même: « — Ce malheureux m'a-
« bandonne pour courir d'une manière ignoble en sabots par
« la voie sèche ; eh bien ! moi je verrai à en porter un autre
« dans ma barque par la voie pluvieuse. Je l'ai pris pour
« mari et je lui ai donné une grosse et bonne dot, sachant
« que c'était un homme, et croyant qu'il aimait ce qu'aiment
« et doivent aimer les hommes ; et si je n'avais pas cru
« qu'il fût un homme, je ne l'aurais jamais pris. Lui, qui
« savait que j'étais femme, pourquoi me prenait-il pour

7.

« épouse, si les femmes étaient si antipathiques à ses goûts?
« Cela ne se peut souffrir. Si je n'avais pas voulu vivre dans
« le monde, je me serais faite religieuse ; mais voulant y
«′ vivre comme je l'entends et comme j'y suis, si j'attendais
« plaisir ou contentement de lui, je pourrais d'aventure
« vieillir en attendant en vain ; et quand je serais vieille, je
« me raviserais en pure perte, et je me plaindrais vainement
« d'avoir perdu ma jeunesse. Il me montre lui-même en
« bon maître comment je puis me consoler en me délectant
« de ce dont il se délecte, et ce plaisir sera louable chez
« moi, tandis qu'il est fortement blâmable chez lui. J'offen-
« serai seulement les lois, alors que lui, il offense à la fois
« les lois et la nature. — »

« Ayant donc pensé de la sorte, et probablement plus
d'une fois, la dame, afin d'y donner secrètement effet, se lia
avec une vieille qui avait l'air d'une sainte Verdiane qui donne
à manger aux serpents. Son chapelet continuellement à la
main, elle allait à tous les pardons, ne parlait jamais d'autre
chose que de la vie des saints Pères ou des plaies de saint François, et était tenue quasi par tous pour une bonne sainte.
Quand le moment lui sembla venu, la jeune femme lui déclara ouvertement ses intentions. A quoi la vieille dit : « — Ma fille,
« Dieu qui connaît toute chose sait que tu feras bien ; et
« quand tu ne le ferais pas pour un autre motif, tu le devrais
« faire, ainsi que toute jeune femme, pour ne point perdre
« le temps de la jeunesse, pour ce qu'il n'y a pas de douleur
« pareille, pour qui a quelque bon sens, à celle d'avoir perdu
« le temps. Et à quoi diable sommes-nous bonnes quand
« nous sommes vieilles, sinon à garder les cendres auprès
« du feu? S'il y en a qui le savent et peuvent en rendre té-
« moignage, je suis une de celles-là ; car maintenant que je
« suis vieille, ce n'est pas sans un très grand et amer ser-

« rement de cœur que je me rappelle, mais en vain, le
« temps que j'ai laissé perdre ; et bien que je ne l'aie pas
« tout perdu — car je ne voudrais pas que tu crusses que
« j'ai été une sotte — je n'ai pourtant pas fait ce que j'aurais
« pu faire ; de quoi, quand je me souviens, et que je me vois
« faite, comme tu me vois, de façon que je ne trouverais
« personne qui me donnerait du feu même avec un chiffon,
« Dieu sait quelle douleur je ressens. Il n'en est pas ainsi
« des hommes ; ils naissent bons à mille choses, et non pas
« seulement à celle-là, et la plus grande partie d'entre eux
« sont meilleurs vieux que jeunes ; mais les femmes ne
« viennent au monde pour autre chose que pour faire l'amour
« et des enfants, et c'est pour cela qu'on les aime. Et si tu
« ne t'en es pas aperçue à autre chose, tu as dû t'en aper-
« cevoir à cela que nous sommes toujours prêtes à faire
« l'amour, ce qui n'arrive pas aux hommes. En outre, à ce
« jeu, une femme épuiserait plusieurs hommes, là où plu-
« sieurs hommes ne lasseraient pas une femme. Et comme
« nous sommes nées pour cela, je te dis de nouveau que tu
« feras très bien de rendre à ton mari un pain pour un gâ-
« teau, de façon que ton esprit n'ait pas à faire de reproches
« à ta chair, quand tu seras vieille. Chacun n'a de cette vie
« que ce qu'il en prend, et particulièrement les femmes à
« qui il convient bien plus qu'aux hommes de bien employer
« le temps, quand elles le peuvent, pour ce que tu peux voir,
« quand nous vieillissons, que ni mari ni autres ne nous
« veulent voir, qu'au contraire ils nous envoient à la cuisine
« dire des fables au chat, et compter les pots et les écuelles.
« Il y a pis, car ils nous mettent en chanson et disent : aux
« jeunes les bons morceaux, et aux vieilles les rebuts ; et ils
« en disent encore bien d'autres. Mais pour que je ne te
« retienne pas plus longtemps en vaines paroles, je te dis

« finalement que tu ne pouvais découvrir ton projet à
« personne au monde qui puisse t'être plus utile que moi ;
« pour ce qu'il n'est homme si bien établi qu'il soit, au-
« quel je n'aie la hardiesse de dire ce qu'il est besoin, et
« qu'il n'en est point de si dur et de si sauvage, que je ne
« l'apprivoise et ne l'amène à ce que tu voudras. Donc,
« montre-moi celui qui te plaît, et laisse-moi faire. Mais
« souviens-toi, ma fille, que je me recommande à toi, pour
« ce que je suis pauvre, et que je veux que tu participes à
« toutes mes prières et à toutes les patenôtres que je dirai,
« afin que Dieu accorde lumière et chandelle à tous tes
« morts. — » Là-dessus, elle finit.

« La jeune femme étant donc tombée d'accord en cela
avec la vieille, lui dit que si elle voyait un jeune homme
qui passait souvent par ce quartier et dont elle lui donna le
signalement, elle savait ce qu'elle avait à faire ; puis, après
lui avoir donné un peu de chair salée, elle la renvoya à la
grâce de Dieu. Il se passa peu de jours avant que la vieille
lui eût amené dans sa chambre celui qu'elle lui avait désigné,
puis, au bout de peu de temps, un autre, selon que la
fantaisie en prenait à la dame, qui, bien qu'elle craignît au
sujet de son mari, ne laissait pas perdre une occasion de se
satisfaire en cela.

« Il advint qu'un soir son mari devant aller souper chez
un de ses amis qui avait nom Ercolano, la jeune femme
ordonna à la vieille de lui faire venir un jeune garçon qui
était un des plus beaux et des plus plaisants de tout Pérouse ;
ce que la vieille fit promptement. La dame étant donc à
table avec le jeune homme pour souper, voici que Pietro
appela soudain à la porte pour qu'on lui ouvrît. La dame,
en l'entendant, se tint pour morte ; mais voulant cacher le
jeune homme si elle pouvait, et n'ayant pas la présence d'es-

prit de le renvoyer ou de le cacher autre part, elle le fit
entrer dans un petit cabinet voisin de la chambre où ils
soupaient, le mit sous une cage à poulets qui s'y trouvait,
et jeta par-dessus un mauvais sac qu'elle avait fait vider le
jour même ; et cela fait, elle alla promptement ouvrir à son
mari. Quand celui-ci fut entré, elle lui dit : « — Vous l'avez
« bien vite avalé ce souper ! — » Pietro répondit : « — Nous
n'y avons pas touché. — » « — Et comment cela s'est-il
fait, dit la dame ? — » Pietro dit alors : « — Je vais te le
« dire. Nous étions déjà à table, Ercolano, sa femme et moi,
« quand nous avons entendu éternuer tout près de nous,
« de quoi, la première et la seconde fois, nous nous sommes
« peu inquiétés ; mais celui qui avait éternué ayant encore
« éternué une troisième fois, puis une quatrième fois, une
« cinquième fois et bien d'autres, nous fûmes très étonnés.
« Sur quoi Ercolano, qui s'était un peu querellé avec sa
« femme parce que celle-ci nous avait fait attendre long-
« temps à la porte avant d'ouvrir, dit quasi furieux : « — Que
« veut dire ceci ? qui est-ce qui éternue de la sorte ? — »
« et s'étant levé de table, il alla vers un escalier qui était
« tout près de là, et sous lequel était un réduit fait en
« planches, tout au bas de l'escalier, et destiné à serrer une
« foule d'objets, comme nous le voyons dans les maisons de
« ceux qui tiennent leurs logis en ordre. Et comme il lui
« semblait que c'était de là qu'étaient partis les éternue-
« ments, il ouvrit une petite porte qui s'y trouvait ; à peine
« il l'eut ouverte, qu'il en sortit soudain une odeur de
« soufre la plus épouvantable du monde, dont nous avions
« déjà senti quelque chose, et à propos de laquelle, ayant
« été grondée, la dame avait dit : « — Voilà ce que c'est :
« tantôt, j'ai blanchi mes voiles avec du soufre, et puis j'ai
« mis sous cet escalier la chaudière sur laquelle je les avais

« étendus, pour recevoir la fumée ; de sorte qu'il en vient
« un peu jusqu'ici. — » Quand Ercolano eut ouvert la porte
« et que la fumée se fut un peu dissipée, il regarda dans le
« réduit et vit celui qui avait éternué et qui éternuait encore,
« la force du soufre le serrant à la gorge ; et bien qu'il éternuât,
« la vapeur du soufre lui avait déjà tellement coupé la res-
« piration que s'il y était resté un moment de plus, il n'aurait
« jamais plus éternué. Ercolano, en le voyant, cria : « — Je vois
« maintenant, femme, pourquoi tu nous as tenus si longtemps
« à la porte tout à l'heure, avant de nous ouvrir ; mais que je
« n'aie jamais chose à mon plaisir, si je ne t'en paie bien. — »
« Ce qu'entendant la femme, et voyant que sa faute était
« découverte, sans chercher à s'excuser, elle se leva de table
« et s'enfuit je ne sais où. Ercolano, sans prendre garde à
« la fuite de sa femme, cria à plusieurs reprises à celui qui
« éternuait de sortir ; mais celui-ci qui n'en pouvait plus,
« ne bougeait pas, quelque chose que dît Ercolano. C'est
« pourquoi, Ercolano l'ayant saisi par un pied, le tira de sa
« cachette, et il courait chercher un couteau pour le tuer ;
« mais moi, craignant pour moi-même la justice, je me
« levai et empêchai qu'il le tuât ou lui fît aucun mal, et
« tout en le défendant, je criais, de sorte que je fus cause
« que les voisins accoururent, prirent le jeune homme à
« moitié mort, et l'emportèrent je ne sais où, hors de la
« maison. Voilà ce qui a dérangé notre souper, et ce qui
« fait que non seulement je ne l'ai pas mangé, mais que
« je n'y ai point touché, comme je t'ai dit tout d'abord. — »

« En entendant cela, la dame vit qu'il y en avait d'autres
qui étaient aussi sages qu'elle, bien que parfois il en arrivât
mésaventure à d'aucunes, et elle aurait volontiers pris la défense de la femme d'Ercolano ; mais croyant, en blâmant les
fautes d'autrui, avoir plus de liberté pour les siennes, elle

se mit à dire : « — Voilà de belles choses ! voilà une bonne
« et sainte femme ! voilà la fidélité d'une honnête dame !
« moi qui me serais confessée à elle, tant elle me paraissait
« adonnée aux choses spirituelles ! Ce qu'il y a de pis, c'est
« que, vieille comme elle est déjà, elle donne un bon
« exemple aux jeunes. Que maudite soit l'heure où elle est
« venue au monde ; maudite soit-elle elle-même de se laisser
« vivre, femme perfide et coupable qu'elle doit être, honte
« universelle et blâme pour toutes les femmes qui sont sur
« terre ; ayant fait bon marché de son honneur, de l'estime
« du monde et de la foi promise à son mari, qui est un
« homme si bien fait, un citadin si honorable et qui la trai-
« tait si bien, elle n'a pas eu honte de le déshonorer avec un
« autre homme, et de se déshonorer en même temps elle-
« même. Dieu me sauve ! de femmes ainsi faites, on ne de-
« vrait avoir aucune pitié ; on devrait les tuer, on devrait
« les jeter vives au feu et les réduire en cendres. — » Puis,
se rappelant son amant qui était tout près de là sous la
cage à poulets, elle se mit à engager Pietro à aller se mettre
au lit, pour ce qu'il en était temps. Pietro qui avait meilleure envie de manger que de dormir, demandait s'il n'était
rien resté du souper. A quoi la dame répondait : « — S'il
« est resté quelque chose du souper ? Est-ce que nous avons
« l'habitude de souper, quand tu n'y es pas ? Me prends-tu
« pour la femme d'Ercolano ? Eh ! que ne vas-tu dormir
« pour ce soir ! tu ferais bien mieux. — »

« Il advint que des laboureurs de Pietro, étant venus ce
soir-là de sa campagne avec certaines denrées, et ayant mis
leurs ânes sans leur donner à boire dans une petite étable
qui se trouvait juste à côté du cabinet, l'un des ânes qui
avait très grand soif, après s'être débarrassé de son licol,
sortit de l'étable, et s'en allait flairant de côté et d'autre

pour voir s'il ne trouverait pas de l'eau ; en allant de la
sorte, il arriva près de la cage sous laquelle était le jeune
amoureux. Celui-ci, qui était forcé de se tenir à quatre
pattes, avait une de ses mains par terre en dehors de la
cage, et sa male-chance fut telle, ou son malheur, veux-je
dire, que l'âne lui posa le pied sur les doigts ; l'extrême douleur qu'il ressentit, lui fit pousser un grand cri. Pietro, entendant ce cri, s'étonna, et il lui sembla qu'il avait dû être
poussé dans la maison. Pour quoi, étant sorti de la chambre,
et entendant qu'on se plaignait de nouveau, l'âne n'ayant pas
encore relevé son pied de dessus les doigts du pauvre diable,
mais le pressurant fort, il dit : « — Qui est-là ? — » et
courut à la cage. L'ayant levée, il vit le jeune garçon qui,
outre la douleur que lui faisaient éprouver ses doigts écra-
sés par le pied de l'âne, tremblait dans la crainte que Pietro
ne lui fît du mal. Pietro l'ayant reconnu pour l'avoir longtemps poursuivi de ses honteuses propositions, lui demanda :
« — Que fais-tu là ? — » A quoi le jeune homme, sans lui
répondre, le supplia pour l'amour de Dieu de ne pas lui faire
de mal. Alors Pietro dit : « — Lève-toi, et ne crains pas que
« je te fasse aucun mal ; mais dis-moi comment tu es là et
« pourquoi. — » Le jeune garçon lui dit tout. Sur quoi,
Pietro, non moins content de l'avoir trouvé que sa femme en
était affligée, le prit par la main et le mena avec lui dans la
chambre où la dame l'attendait avec la plus grande peur du
monde. Pietro, s'étant assis en face d'elle, lui dit :

« — Or çà, tu maudissais tout à l'heure la femme d'Er-
« colano, et tu disais qu'on devrait la brûler, et qu'elle était
« une honte pour vous toutes ; comment ne parlais-tu point
« pour toi-même ? Ou si tu ne voulais point parler de toi,
« comment avais-tu le cœur de parler d'elle, sachant que tu
« avais commis la même faute qu'elle avait commise ?

« Certes, rien ne t'y forçait, sinon que vous êtes toutes ainsi
« faites, et que vous vous efforcez de cacher vos fautes avec
« celles d'autrui. Puisse la foudre tomber du ciel pour vous
« brûler toutes, race perverse que vous êtes ! — » La dame,
voyant que de prime abord il ne lui avait fait d'autre mal qu'en
paroles, et croyant comprendre qu'il était tout content de
tenir dans sa main un si beau garçon, prit courage et dit :
« — Je sais que tu voudrais qu'il tombât du ciel un feu qui
« nous brûlât toutes, en homme qui es aussi désireux de
« nous qu'un chien est désireux de coups de bâton ; mais,
« par la croix de Dieu, ton désir ne s'accomplira point.
« Mais je discuterais volontiers un peu avec toi pour savoir
« de quoi tu te plains ; et certes, il ferait beau voir que tu
« voulusses me comparer à la femme d'Ercolano, qui est une
« vieille bigote hypocrite, qui a de lui tout ce qu'elle veut,
« et dont elle est chérie comme on doit chérir sa femme, ce
« qui ne m'arrive point à moi. Car, si je suis bien fournie
« en fait de vêtements et de chaussures, tu sais bien comme
« je le suis peu d'autre chose, et combien il y a de temps
« que tu n'as couché avec moi. J'aimerais mieux aller avec
« des haillons sur le dos et pieds nus, et être bien traitée de
« toi dans le lit, que d'avoir en abondance tout le reste, et
« d'être traitée comme tu me traites. Sache bien, Pietro,
« que je suis femme comme les autres, et que je veux ce
« qu'elles veulent ; de sorte que, ne l'ayant point de toi, tu
« n'as point à me faire de reproches si je cherche ailleurs.
« Au moins, te fais-je assez honneur, en ne me livrant pas à
« des laquais ou à des teigneux. — »

« Pietro, prévoyant qu'elle ne s'arrêterait point de parler
de toute la nuit, lui dit, en homme qui se souciait peu
d'elle : « — En voilà assez, femme ; sur ce sujet, je te con-
« tenterai fort bien. Tu feras grande courtoisie en t'arran-

» geant de façon que nous ayions quelque chose pour souper,
« car il me paraît que ce garçon est comme moi et qu'il n'a
« pas encore soupé. — » « — Certes non — dit la dame —
« qu'il n'a pas encore soupé, car nous nous mettions seule-
« ment à table pour souper, quand tu es venu à la male
« heure. — » « — Or bien, — dit Pietro, — va et fais nous sou-
« per ; ensuite j'arrangerai tout de façon que tu n'auras que
« faire de te plaindre. — » La dame, voyant que son mari
était satisfait, se leva, fit remettre prestement la table et
apporter le souper qu'elle avait fait préparer, et elle soupa
gaiement avec son indigne mari et le jeune garçon. Ce que
Pietro décida, après le souper, pour les contenter tous les
trois, m'est sorti de la mémoire. Je sais bien pourtant que
le lendemain le jeune garçon fut remis dans la rue, sans
qu'on ait jamais bien été certain qui, du mari ou dè la
femme, lui avait le plus tenu compagnie pendant la nuit.
Pour quoi, mes chères dames, je vous dirai ceci : « — A qui
« t'en fera une, fais-lui en une autre ; et si tu ne peux,
« souviens-t'en jusqu'à ce que tu puisses, afin que qui donne
« un âne, en reçoive un pareil en échange. — »

La nouvelle de Dioneo étant finie, et les dames s'étant
gardées de rire, plus par vergogne que parce qu'elles avaient
éprouvé peu de plaisir, la reine voyant qu'il avait terminé son
récit, se leva et, ôtant de dessus sa tête la couronne de laurier, la posa gracieusement sur la tête d'Élisa, en lui disant :
« — A vous, madame, il appartient maintenant de comman-
« der. — » Élisa, ayant accepté cet honneur, fit comme il
avait été fait précédemment, et après avoir pourvu tout d'a-
bord avec le sénéchal à ce dont il serait besoin pendant tout
le temps de son commandement, elle dit au grand contentement de la compagnie : « — Nous avons déjà plusieurs fois
entendu raconter qu'avec des bons mots, de promptes ri-

postes, ou avec des décisions soudaines, bien des gens ont su, par une morsure bien appliquée, éviter les coups de dents d'autrui, ou échapper aux dangers survenus, et comme cette matière est belle et peut être profitable, je veux qu'avec l'aide de Dieu, on devise dans ces limites, c'est-à-dire de ceux qui, provoqués par quelque plaisanterie, ont riposté, ou qui, avec une prompte réponse ou une sage prévoyance, ont évité perte, danger ou honte. — »

Ces paroles furent beaucoup applaudies par tous ; pour quoi, la reine s'étant levée, leur donna pleine licence jusqu'à l'heure du souper. L'honorable compagnie, voyant que la reine s'était levée, se leva aussi, et, suivant leur habitude, chacun se livra à ce qui lui plaisait le plus. Mais les cigales ayant cessé de chanter, tout le monde ayant été rappelé, ils allèrent souper ; le souper joyeusement terminé, ils se mirent tous à chanter et à sonner de divers instruments, et Émilia ayant, avec le bon plaisir de la reine, organisé une danse, ordre fut donné à Dioneo de chanter une chanson. Il commença aussi-tôt par : *Monna Aldruda, levez la queue, car je vous ap-porte bonnes nouvelles.* De quoi toutes les dames se mirent à rire, et surtout la reine, qui lui ordonna de laisser celle-là et d'en dire une autre. Dioneo dit : « — Madame, si j'avais des cymbales, je dirais : *Levez les pans de votre chemise, madame Lappa ;* ou bien : *Sous l'olivier est l'herbe verte.* Aimez-vous mieux que je dise : *L'eau de mer me fait grand mal ?* Mais je n'ai pas de cymbales, et pour ce, voyez quelle chanson vous voulez, des autres que voici : vous plairait-il : *Sors dehors, qu'on te le coupe, comme une pomme dans les champs ? —* » La reine dit : « — Non, dis-en une autre. — » « — Donc, — dit Dio-neo, — je dirai : *Monna Simona, entonne, entonne, nous ne sommes pas en octobre. —* » La reine dit en riant :

« — Eh ! mauvais plaisant, dis-en une belle, si tu veux,
car nous ne voulons pas de celle-là. — » Dioneo dit :
« — Non, madame ? ne vous fâchez pas ; mais quelle est celle
qui vous plaît ? J'en sais plus de mille. Voulez-vous : *Ma
coquille, si je ne le pique ;* ou : *Eh ! va doucement, mon
mari ;* ou bien : *Je m'achèterai un coq de cent livres.* — »
La reine, se mettant alors un peu en colère, bien que toutes
les autres éclatassent de rire, dit : « — Dioneo, cesse de
plaisanter et dis-nous-en une belle ; sinon, tu pourrais
éprouver comment je sais me fâcher. — » Dioneo, entendant cela, laissa les plaisanteries, et se mit aussitôt à chanter
de cette façon :

Amour, la vive lumière
   Qui sort des beaux yeux de ma belle,
   M'a fait esclave d'elle et de toi.

La splendeur qui sort de ses beaux yeux,
   Avant ta flamme m'embrasa le cœur,
   Passant au travers des miens.
   Combien grande est ta puissance,
   C'est son beau visage qui me l'a fait connaître ;
   En le voyant
   Je sentis que je délaissais
   Toutes les vertus, et que je les mettais au-dessous d'elle,
   Devenue la nouvelle occasion de mes soupirs.

C'est ainsi que je suis devenu l'un des tiens,
   Cher seigneur, et que, soumis, j'attends
   Merci de ta puissance.
   Mais je ne sais si elle connaît entièrement
   L'immense désir qu'elle m'a mis au cœur,
   Ni mon entière fidélité,
   Celle qui possède tellement
   Mon âme, que je ne voudrais pas recevoir
   Contentement, sinon d'elle.

Pour quoi, je te prie, mon doux Seigneur,
   Que tu le lui fasses voir, et que tu lui fasses sentir
   Un peu de ton feu
   Pour mon service, afin qu'elle voie
   Que je me consume d'amour, et que, dans mon martyre,
   Je me meurs peu à peu.
   Et puis, quand il sera temps,
   Recommande-moi à elle, comme tu dois,
   Car j'irais volontiers le faire avec toi.

Quand Dioneo, en se taisant, montra que sa chanson était finie, la reine en fit dire encore beaucoup d'autres, après avoir toutefois fort loué celle de Dioneo. Mais une bonne partie de la nuit étant déjà écoulée, et la reine sentant que la chaleur du jour était vaincue par la fraîcheur de la nuit, elle ordonna que chacun allât se reposer à sa fantaisie jusqu'au lendemain.

8.

SIXIÈME JOURNÉE

La cinquième Journée du DÉCAMÉRON finie, commence la sixième, dans laquelle, sous le gouvernement d'Élisa, on devise de ceux qui, provoqués par quelque bon mot, ont riposté, ou qui, par une prompte réponse ou une sage prévoyance, ont évité perte, danger ou honte.

La lune, parvenue au milieu du ciel, avait perdu ses rayons, et déjà, sous la lumière naissante, toutes les parties de notre monde étaient éclairées, quand la reine s'étant levée et ayant fait appeler la compagnie, ils s'éloignèrent à pas lents du beau coteau, s'éparpillant sur l'herbe humide de rosée, discutant du plus ou moins de beauté des nouvelles racontées, et recommençant à rire des aventures variées qui y étaient contenues, jusqu'à ce que, le soleil commençant à devenir plus chaud, il parut temps à tous de revenir à la maison. Pour quoi, ayant rebroussé chemin, ils y revinrent; et là, trouvant les tables mises et couvertes d'herbes odorantes et de belles fleurs, il se mirent, sur l'ordre de la reine, à manger avant que la chaleur devînt plus grande. Le repas terminé, avant de faire autre chose, on chanta quelques belles et plaisantes chansons, puis les uns allèrent dormir, d'autres restèrent à jouer aux échecs, d'autres au jeu des tables, tandis que Dioneo et Lauretta se mirent à chanter de Trojolo et de Criseida.

Quand l'heure où ils devaient se réunir fut venue, la reine les ayant tous fait appeler, selon l'habitude, ils s'assirent autour de la fontaine, et la reine allait ordonner de dire la première nouvelle, quand il advint une chose qui n'était pas encore arrivée, à savoir que la reine et tous ses compagnons entendirent une grande rumeur, produite par les servantes et les domestiques, dans la cuisine. On fit aussitôt venir le sénéchal, et on lui demanda qui criait ainsi et quelle était la cause de tout ce bruit ; à quoi le sénéchal répondit que c'était une dispute entre Licisca et Tindaro, mais qu'il en ignorait la cause, et qu'il se disposait à les faire taire quand on l'avait fait appeler. Sur quoi, la reine ordonna qu'on fît venir incontinent la Licisca et Tindaro. Dès qu'ils furent arrivés, la reine demanda quelle était la cause de leur querelle. Tindaro voulant répondre, la Licisca, qui était une femme d'un certain âge, aussi altière que pas une et fort échauffée de crier, se tourna vers lui, la mine furieuse, et dit : « — Voyez cette « bête d'homme qui est assez hardi de parler avant moi, quand « je suis là ! Laisse-moi parler. — » Et s'étant tournée vers la reine, elle dit : « — Madame, celui-ci veut m'apprendre « ce qu'était la femme de Sycophant ; il veut ni plus ni « moins, comme si je ne l'avais pas fréquentée, me persua- « der que la première nuit que Sycophant coucha avec elle, « Messer Mazza entra dans la montagne noire de force et après « grande perte de sang. Et moi je dis que ce n'est pas vrai; « qu'au contraire il y entra tout pacifiquement et au grand « plaisir de ceux qui y étaient. Et celui-ci est si bête, qu'il « croit les jeunes filles assez sottes pour rester à perdre leur « temps, à la merci de leur père ou de leurs frères, qui, six « fois sur sept, tardent trois ou quatre ans de plus qu'ils ne

« devraient pour les marier. Elles s'en trouveraient bien, ma
« foi, si elles attendaient tant ! Par la foi du Christ —
« et je dois savoir ce que je me dis, quand je jure — il n'y a
« pas une de mes voisines qui soit allée pucelle à son mari ;
« et pour celles qui sont mariées, je sais combien et quels
« bons tours elles font à leurs maris ; et cette brute veut
« m'apprendre à connaître les femmes, comme si j'étais née
« d'hier. — »

Pendant que la Licisca parlait, les dames faisaient de si
grands éclats de rire, qu'on aurait pu leur arracher toutes les
dents. La reine lui avait bien imposé silence plus de six fois,
mais rien ne faisait ; elle ne s'arrêta point qu'elle n'eût dit
tout ce qu'elle voulait. Mais quand elle eut fini, la reine, se
tournant vers Dioneo, dit en riant : « — Dioneo, voici qui
« te regarde ; et pour ce, quand nous autres nous aurons
« fini nos nouvelles, tu feras en sorte de décider finalement
« sur ce point. — » A quoi Dioneo répondit sur le champ :
« — Madame, la sentence est prononcée, sans qu'il soit
« besoin d'en entendre davantage ; et je dis que la Licisca a
« raison, et je crois qu'il en est comme elle dit, et que Tin-
« daro est une bête. — » Ce qu'entendant la Licisca, elle se
mit à rire, et se tournant vers Tindaro, elle dit : « — Je te
« disais bien, moi ! Va-t'en à la grâce de Dieu. Crois-tu en
« savoir plus que moi, toi qui n'as pas encore les yeux secs ?
« Grand merci, ce n'est pas en vain que j'ai vécu, moi ! — »
Et n'eût été que la reine lui imposa silence d'un air irrité,
et lui ordonna de ne plus ajouter un mot et de cesser toute
querelle si elle ne voulait être fouettée et chassée ainsi que
Tindaro, on n'aurait rien eu à faire de tout ce jour que de s'oc-
cuper d'elle. Quand ils furent partis, la reine ordonna à
Philomène de commencer les nouvelles. Celle-ci commença
joyeusement ainsi :

NOUVELLE I

Un cavalier engage madame Oretta à monter en croupe derrière lui, lui promettant de lui raconter une nouvelle. La dame trouvant qu'il raconte fort mal, le prie de la remettre à terre.

« — Jeunes dames, de même que dans les nuits sereines les étoiles sont l'ornement du ciel, et qu'au printemps les fleurs parent les prés verts et les arbustes revêtus de leurs feuilles parent les collines, de même les bons mots sont l'ornement des plaisantes coutumes et des agréables devis ; et pour ce qu'ils doivent être brefs, ils siéent mieux aux dames qu'aux hommes, d'autant plus que les longs discours sont beaucoup moins du ressort des femmes que des hommes. Vrai est que, quelle qu'en soit la raison, tant par l'infériorité de notre esprit, que par l'inimitié singulière que les cieux témoignent à notre siècle, il est aujourd'hui peu de dames, ou même pas une, qui sache dire à propos un bon mot ou qui, si on lui en dit un, sache l'entendre comme il convient, et ce à la honte générale de nous toutes. Mais comme il en a déjà été assez dit sur ce sujet par Pampinea, je ne veux pas en dire davantage ; seulement, pour vous faire voir combien les bons mots, dits en temps voulu, ont en soi de beauté, il me plaît de vous raconter la façon dont une gente dame imposa courtoisement silence à un cavalier.

« Comme beaucoup d'entre vous ont pu le voir ou l'entendre dire, il y avait, en notre cité, il n'y a pas longtemps encore, une gente dame, de manières agréables et parlant bien, et d'une valeur telle que je ne saurais vous cacher son nom. Elle s'appelait donc madame Oretta et fut la femme de messer Geri Spina. Etant, par hasard, à la campagne, comme nous

le sommes présentement, elle alla par passe-temps se promener en un certain endroit, en compagnie de dames et de
cavaliers qu'elle avait eus à dîner ce jour-là. Comme l'endroit
où on allait était assez éloigné du point de départ, et qu'on
avait résolu d'y aller à pied, un des cavaliers dit : « — Ma-
« dame Oretta, si vous voulez, je vous porterai à cheval une
« grande partie du chemin que nous avons à faire, et je vous
« conterai une des plus belles nouvelles du monde. — »
A quoi la dame répondit : « — Messire, je vous en prie beau-
« coup ; cela me sera très agréable. — » Messire le cavalier qui n'était peut-être pas plus à son aise l'épée au côté
qu'à jouer de la langue, ayant entendu cette réponse, commença une nouvelle qui, selon lui, était très belle ; mais
comme il répétait souvent trois ou quatre fois les mêmes
mots, qu'il revenait sur ce qu'il avait déjà dit, s'écriant parfois : je me trompe ! et qu'il embrouillait le plus souvent les
noms de ses personnages, prenant les uns pour les autres, il
gâtait complètement ladite nouvelle ; sans compter qu'il
s'exprimait on ne peut plus mal eu égard à la qualité des
personnes qu'il faisait parler et des actes qu'il leur attribuait.
Aussi, madame Oretta qui l'écoutait éprouvait à chaque instant comme une sueur, un défaillement de cœur, comme si
elle avait été malade et près de rendre l'âme. Enfin, ne pouvant en supporter davantage, et voyant que le cavalier s'é-
tait engagé dans un labyrinthe dont il ne pouvait sortir, elle
dit d'un air plaisant : « — Messire, notre cheval a le trot
« beaucoup trop dur ; pour quoi, je vous prie d'avoir la
« bonté de me mettre à terre. — » Le cavalier, qui était par
aventure meilleur entendeur que conteur de nouvelles, comprit la plaisanterie, et l'ayant prise en riant, se mit à parler
d'autres choses, laissant inachevée la nouvelle qu'il avait
commencée et si mal poursuivie. — »

NOUVELLE II

Le boulanger Cisti fait d'un mot revenir messer Geri Spina
de sa demande indiscrète.

La répartie de madame Oretta fut fort louée de chacune
des dames ainsi que des hommes, et la reine ordonna à
Pampinea de poursuivre ; pour quoi, celle-ci commença en
ces termes : « — Belles dames, je ne saurais juger par moi-
même qui pèche le plus, ou la nature en accouplant un corps
vil à une âme noble, ou la fortune en imposant un vil métier à un corps doué d'une âme généreuse, comme nous avons
pu le voir dans notre concitoyen Cisti et dans beaucoup d'autres, lequel Cisti, bien qu'il fût doué d'une âme très haute,
la nature avait fait boulanger. Et certes, je maudirais également la nature et la fortune, si je ne savais que la nature
est on ne peut plus prudente et que la fortune a mille yeux,
bien que les sots la donnent comme aveugle. Je crois qu'en
personnes prévoyantes, elles font comme font souvent les
hommes qui, incertains des événements, enfouissent pour les
mettre en sûreté leurs objets les plus précieux dans les endroits les plus abjects de leurs maisons, comme moins sus-
ceptibles d'inspirer le soupçon, et les en sortent selon leurs
besoins les plus pressants, les lieux ignobles les ayant plus
sûrement gardés que la plus belle chambre ne l'aurait fait.
De même, les deux ministres qui gouvernent le monde, ca-
chent souvent leurs choses les plus précieuses à l'ombre des
métiers réputés les plus vils, afin que, les en retirant selon la
nécessité, leur splendeur apparaisse plus éclatante. Il me plaît
de vous faire voir, dans une nouvelle très courte, comment

le boulanger Cisti en donna la preuve en une petite circonstance, en remettant les yeux de l'entendement à messer Geri Spina, que m'a remis en mémoire la nouvelle de madame Oretta qui fut sa femme.

« Je dis donc que le pape Boniface, auprès duquel messer Geri Spina fut en grande situation, ayant envoyé à Florence quelques-uns de ses gentilshommes comme ambassadeurs, pour traiter certaines affaires d'importance le concernant, ceux-ci étaient descendus dans la maison de messer Geri qui les aidait à faire les affaires du pape. Il arriva que, quelle qu'en fut la raison, messer Geri et les ambassadeurs du pape passaient tous les matins à pied devant Santa Maria Ughi, où le boulanger Cisti avait sa boutique et exerçait en personne son état. Bien que la fortune lui eût donné une profession très humble, elle lui avait été en cela si favorable, qu'il était devenu très riche, et il vivait très largement, sans jamais avoir voulu abandonner sa profession pour une autre. Il avait toujours, entre autres bonnes choses, les meilleurs vins blancs et rouges qui se trouvassent à Florence ou dans le pays. Voyant tous les matins passer devant sa porte messer Geri et les ambassadeurs du pape, et la chaleur étant extrême, il pensa que ce serait grande courtoisie de leur donner à boire de son bon vin blanc ; mais songeant à sa condition et à celle de messer Geri, il ne lui paraissait pas convenable d'oser l'inviter ; il avisa en conséquence à trouver un moyen pour amener messer Geri à s'inviter lui-même. Ayant endossé une veste parfaitement blanche, et mis devant lui un tablier sortant de la lessive, qui lui donnaient plutôt l'air d'un meunier que d'un boulanger, il se faisait porter devant sa porte, tous les matins, à l'heure où il savait que messer Geri et les ambassadeurs devaient passer, un seau tout neuf plein d'eau fraîche, et un petit pichet bonolais, neuf aussi, de son bon

vin blanc, ainsi que deux verres qui semblaient d'argent tant
ils étaient brillants. Puis il s'asseyait, et, quand ils passaient,
après avoir craché une ou deux fois, il se mettait à boire et
à savourer son vin de telle façon qu'il en aurait fait venir
l'envie à des morts.

« Messer Geri, ayant remarqué ce manège deux matins
de suite, dit le troisième : « — Eh, bien ! Cisti, est-il
« bon? — » Cisti s'étant levé aussitôt, répondit : « — Oui,
« messire; mais je ne puis vous en donner une idée exacte
« que si vous l'essayez vous-même. — » Messer Geri, à qui
la chaleur de la température et un travail plus grand que
d'habitude, ou même l'air de contentement avec lequel il
avait vu Cisti boire, avait donné soif, se tourna en souriant
vers les ambasadeurs, et dit : « — Seigneurs, nous ferons
« bien de goûter le vin de ce brave homme ; peut-être est-
« il tel que nous ne nous en repentirons pas. — » Et il
s'approcha avec eux de l'endroit où était Cisti. Celui-ci,
ayant fait sur le champ apporter un beau banc hors de la
boutique, les pria de s'asseoir ; puis, aux domestiques qui
s'avançaient déjà pour laver les verres, il dit : « — Compagnons,
« retirez-vous et laissez-moi faire ce service, car je ne suis
« pas moins bon échanson que bon boulanger ; et ne vous
« attendez pas à en goûter une gorgée. — » Cela dit, ayant
lavé lui-même quatre beaux verres tout neufs, et ayant fait
venir un petit pichet de son bon vin, il s'empressa de verser
à boire à Messer Geri et à ses compagnons.

« Le vin parut à ceux-ci le meilleur qu'ils eussent bu depuis longtemps, et ils le louèrent beaucoup ; pour quoi,
pendant tout le temps que les ambasadeurs restèrent à Florence,
Messer Geri vint presque tous les matins en boire avec eux.
Leurs affaires terminées, comme ils étaient sur le point de
partir, messer Geri leur donna un magnifique banquet au-

quel il invita une grande partie des citoyens les plus honorables; il y invita aussi Cisti, mais celui-ci n'y voulut aller
sous aucun prétexte. Messer Geri ordonna alors à un de ses
familiers d'aller demander à Cisti un flacon de son vin, afin
qu'il pût en donner un demi-verre à chacun de ses convives
comme entrée de table. Le familier, fort dédaigneux, probablement parce qu'il n'avait jamais pu goûter de ce vin, prit
un grand flacon ; mais dès que Cisti vit ce flacon, il lui
dit : « — Fils, messer Geri ne t'a point envoyé vers moi. — »
Le familier lui affirmant plusieurs fois le contraire et ne
pouvant avoir d'autre réponse, s'en revint vers messer Geri
auquel il conta la chose. A quoi messer Geri dit : « — Vas-y
« de nouveau et dis-lui que c'est bien moi qui t'envoie,
« et s'il te répond de même, demande-lui vers qui est-ce
« que je t'envoie. — » Le familier, revenu vers Cisti, dit :
« — Cisti, pour sûr, messer Geri m'envoie vers toi. — »
A quoi Cisti répondit : « — Pour sûr, mon fils, ce n'est pas
« vrai. — » « — Donc, — dit le familier, — à qui m'envoie-
« t-il ? — « Cisti répondit : « — à l'Arno. — » Le familier
ayant rapporté cette réponse à messer Geri, celui-ci ouvrit
soudain les yeux, et dit au familier : « — Fais-moi voir le
« flacon que tu lui as porté. — Et l'ayant vu, il dit : « —
Cisti a raison. — » Et ayant grondé le familier, il lui fit
prendre un flacon plus convenable. Cisti, voyant le nouveau
flacon dit : « — Maintenant, je vois bien que ton maître t'envoie
« vers moi. — » Et il le lui emplit d'un air joyeux. Le
même jour, ayant fait remplir un tonneau de ce même vin, il le
fit doucement transporter chez messer Geri, où il se rendit
ensuite lui-même ; et l'ayant trouvé il lui dit : « — Messire,
« je ne voudrais pas que vous crussiez que le grand flacon
« de ce matin m'avait épouvanté ; mais, comme il m'avait
« semblé que vous aviez oublié ce que je vous avais montré

« ces jours derniers avec mes petits pichets, à savoir que ce
« vin n'est pas vin de domestiques, j'ai voulu vous le
« rappeler ce matin. Maintenant, pour ce que je n'entends
« pas en rester plus longtemps le gardien, je vous l'ai fait
« tout apporter ; faites-en dorénavant ce qu'il vous plaira. -- »
Messer Geri tint le présent de Cisti pour très agréable et lui
rendit telles grâces qu'il crut convenables ; et depuis, il le
tint en grande estime et l'eut pour ami. — »

NOUVELLE III

Monna Nonna de' Pulci, par une prompte répartie à une plaisanterie rien moins
qu'honnête de l'évêque de Florence, lui impose silence.

« Quand Pampinea eut fini sa nouvelle, et que tous eurent
fort approuvé la réponse et la libéralité de Cisti, il plut à la
reine que Lauretta prît ensuite la parole, et celle-ci commença joyeusement à parler ainsi : « — Plaisantes dames,
Pampinea d'abord, puis Philomène, ont dit très vrai touchant
notre peu de présence d'esprit et le mérite des bons mots ;
il n'est donc pas besoin d'y revenir, mais en sus de ce qu'il a été
dit au sujet des bons mots, je veux vous rappeler que leur nature
est telle qu'ils doivent mordre celui qui les entend comme la brebis, et non comme le chien ; pour ce que si le bon mot mordait
comme le chien, il ne serait plus un bon mot, mais une injure.
C'est ce que firent très bien et les paroles de madame Oretta et
la réponse de Cisti. Il est vrai que, si le bon mot est lancé
comme une riposte, et qu'il morde comme un chien celui à
qui il est adressé et qui, le premier, a mordu lui-même
comme un chien, il ne me semble pas devoir être blâmé,

comme il devrait l'être s'il en eût été autrement ; il faut donc considérer comment, quand et à qui le bon mot est adressé, comme aussi le lieu où il est dit. C'est pour n'avoir point pris garde à toutes ces considérations, qu'un de nos prélats reçut un affront parfaitement mérité, et que je veux vous montrer en une petite nouvelle.

« Messer Antonio d'Orso, valeureux et sage prélat, étant évêque de Florence, il vint en cette ville un gentilhomme Catalan, nommé messer Dego della Ratta, maréchal du roi Robert. Comme ce gentilhomme était très beau de sa personne et plus que grand amateur de femmes, il advint que parmi les autres dames florentines une surtout lui plut ; c'était une très belle dame, nièce d'un frère dudit évêque. Le maréchal ayant appris que son mari, bien que d'une bonne famille, était fort avare et mauvais homme, convint avec lui de lui donner cinq cents florins d'or s'il voulait le laisser coucher une nuit avec sa femme. Pour quoi, ayant fait dorer des popolins d'argent, qui avaient cours alors, et ayant couché avec la femme, bien que ce fût contre le gré de celle-ci, il les lui donna. Ce fait ayant été su de tous, le malhonnête homme en fut pour son dommage et son ridicule. Quant à l'évêque, en homme sage, il fit semblant de ne rien savoir de cette aventure.

« Sur ces entrefaites, le maréchal et l'évêque se fréquentant beaucoup, il advint que le jour de Saint-Jean, chevauchant à côté l'un de l'autre et voyant un grand nombre de dames par la rue où l'on court le palio, l'évêque aperçut une jeune dame que la présente peste vient de nous enlever, nommée Monna Nonna de' Pulci, cousine de messer Alessio Rinucci, et que vous devez toutes avoir connue. C'était alors une fraîche et belle jeune femme, bien parlant et d'un grand cœur ; elle attendait depuis un moment son mari à la porte

Saint-Pierre. L'évêque la montra au maréchal, et quand il fut près d'elle, ayant mis la main sur l'épaule du maréchal, il dit : « — Nonna, que te semble de celui-ci? Croirais-tu « pouvoir en faire la conquête? — » Il sembla à la Nonna que ces paroles entamaient un peu son honneur et étaient de nature à la compromettre dans l'esprit de ceux — et ils étaient nombreux — qui les avaient entendues. Pour quoi, sans essayer de se justifier, mais pour rendre coup pour coup, elle répondit promptement : « — Messire, peut-être ferait-il « ma conquête, mais je voudrais de la bonne monnaie. — » En entendant ces mots, le maréchal et l'évêque se sentant pareillement atteints, l'un comme auteur de la tromperie faite au neveu de l'évêque, l'autre comme frappé en la personne de la nièce de son propre frère, s'en furent tout honteux, sans se regarder et sans plus rien dire de tout le jour. Ainsi donc, la jeune femme ayant été piquée, il ne lui était point défendu de piquer les autres par un bon mot. — »

NOUVELLE IV

Chichibio, cuisinier de Conrad Gianfigliazzi, par une prompte répartie change en rire la colère de Conrad, et échappe au châtiment dont ce dernier l'avait menacé.

Déjà la Lauretta se taisait et la Nonna était souverainement approuvée par tous, quand la reine ordonna à Néiphile de poursuivre. Celle-ci dit : « — Amoureuses dames, bien que la promptitude d'esprit fournisse souvent des paroles belles et utiles à ceux qui les disent, selon les circonstances, la fortune, qui vient parfois en aide aux gens timides, en

9.

place aussi d'une façon soudaine sur la langue de ces derniers qui n'auraient, à tête reposée, jamais su les trouver. C'est ce que j'entends vous montrer par ma nouvelle.

« Conrad Gianfigliazzi, comme chacun de vous a pu l'entendre et le voir, a toujours été regardé comme un noble citadin de notre ville. Libéral et magnifique, il mène une existence chevaleresque, continuellement à se divertir avec les chiens et les oiseaux, pour ne point parler présentement de ses occupations plus sérieuses. Ayant tiré un jour, avec un de ses faucons, une grue près de Peretola, et la trouvant grasse et jeune, il la fit porter à son bon cuisinier, nommé Chichibio et qui était Vénitien, en lui faisant dire de la faire rôtir pour le souper et d'en prendre bien soin.

« Chichibio, qui était aussi sot qu'il le paraissait, apprêta la grue, la mit devant le feu et commença soigneusement à la faire cuire. Elle était presque cuite et il s'en échappait une odeur succulente, quand survint une femme du pays, appelée Brunetta, et dont Chichibio était fortement amoureux. Brunetta étant entrée dans la cuisine vit la grue, et sentant son parfum, pria instamment Chichibio de lui en donner une cuisse. Chichibio lui répondit en chantant, et dit : « — Vous ne l'aurez pas de moi, dame Brunetta, vous « ne l'aurez pas de moi. — » De quoi dame Brunetta, toute courroucée, dit : « — Sur ma foi en Dieu, si tu ne me la « donnes pas, tu n'auras jamais de moi chose qui te plaise.—» Et en peu de temps ils échangèrent force paroles. A la fin, Chichibio, pour ne point courroucer sa dame, ayant détaché une des cuisses de la grue, la lui donna. La grue ayant été servie devant Conrad et un étranger qu'il avait invité, sans cette cuisse bien entendu, Conrad s'en étonna, fit appeler Chichibio, et lui demanda ce qu'était devenue l'autre cuisse de la grue. A quoi le stupide Vénitien répondit aussitôt :

« —Seigneur, les grues n'ont qu'une cuisse et une jambe.—»
Alors Conrad, courroucé, dit : « — Comment diable ! elles
« n'ont qu'une cuisse et qu'une jambe? n'ai-je pas vu d'au-
« tres grues que celle-ci? — » Chichibio reprit : « — C'est
« comme je vous le dis, messire; et quand il vous plaira,
« je vous le ferai voir dans celles qui sont vivantes. — »
Conrad, par déférence pour les étrangers qu'il avait avec lui,
ne voulut pas continuer cette altercation, mais il dit :
« — Puisque tu dis que tu me le feras voir dans celles qui
« sont en vie, chose que je n'ai jamais vue ni entendu dire,
« je veux le voir dès demain matin, et je me tiendrai pour
« content; mais je te jure sur le corps du Christ, que s'il
« en est autrement, je te ferai arranger de façon que tu te
« souviendras à ton grand dommage de mon nom, tant que
« tu vivras. — »

« L'entretien se termina là, pour ce soir, et le lendemain
matin, dès que le jour parut, Conrad, que la colère avait
empêché de dormir, se leva encore tout irrité. Et ayant fait
monter Chichibio sur un roussin, il le mena à la rivière, sur
le bord de laquelle on pouvait toujours voir des grues, au
lever du jour, et lui dit : « — Nous allons voir tout à l'heure
« qui a menti hier, de toi ou de moi. — » Chichibio, voyant
que la colère de Conrad durait toujours et qu'il lui fallait
justifier sa fourberie, ne savait comment le faire, et chevauchait derrière Conrad avec la plus grande peur du monde,
et volontiers il se serait enfui, s'il avait pu, mais ne le
pouvant, il regardait tantôt devant, tantôt derrière, tantôt
à côté, et tout ce qu'il voyait, il s'imaginait que c'étaient des
grues se tenant sur deux pieds. Mais à peine furent-ils arrivés à la rivière, que la première chose qu'ils virent fut une
douzaine de grues qui se tenaient toutes sur un pied, comme
elles ont coutume de faire quand elles dorment. Pour quoi,

Chichibio les montra vivement à Conrad et dit : « — Vous
« pouvez bien voir, messire, qu'hier je vous ai dit vrai, et
« que les grues n'ont qu'une cuisse et qu'une jambe, si vous
« regardez celles qui sont là. — » Conrad, les ayant vues,
dit : « — Attends ; je vais te montrer qu'elles en ont deux. — »
Et, s'étant rapproché d'elles un peu plus, il cria : Hop !
hop ! A ce cri, les grues, ayant abaissé leur autre jambe, se
mirent à s'enfuir toutes après avoir fait quelques pas. Sur
quoi, Conrad s'étant retourné vers Chichibio, dit : « — Que
« t'en semble, fripon ? crois-tu qu'elles en aient deux ? — »
Chichibio, tout ébahi, et ne sachant lui-même d'où il venait,
répondit : « — Oui, messire ; mais vous n'avez pas crié :
« hop ! hop ! à celle d'hier soir ; car si vous aviez crié ainsi,
« elle aurait aussi fait voir l'autre cuisse et l'autre pied,
« comme ont fait celles-ci. — » Cette réponse plut tellement
à Conrad, que toute sa colère se changea en joie et en rire,
et il dit : « — Chichibio, tu as raison, j'aurais dû le faire. — »
Ainsi, par sa prompte et plaisante réponse, Chichibio évita
d'être battu, et fit sa paix avec son maître. — »

NOUVELLE V

Messer Forese da Rabatta et maître Giotto, le peintre, revenant de Mugello,
se moquent mutuellement de leur laide apparence.

Dès que Néiphile se tut, les dames ayant pris beaucoup
de plaisir à la réponse de Chichibio, Pamphile, sur l'ordre
de la reine, dit ainsi : « — Très chères dames, il arrive
souvent que, de même que la fortune cache parfois de grands

trésors de vertus sous des professions viles, comme Pampinea nous l'a montré naguère, de même aussi sous les
plus ignobles formes humaines on trouve de merveilleux esprits qui y ont été déposés par la nature. C'est ce qui apparut
fort bien chez deux de nos concitoyens, dont j'entends vous
parler brièvement. L'un d'eux, nommé messer Forese da
Rabatta, pour ce qu'il était de sa personne petit et difforme,
avec un visage plat et rechigné — tellement qu'en le comparant
à l'un quelconque des Baronci, il eût encore été trouvé laid
— fut si versé dans la science des lois, que la plupart des
hommes savants le tenaient pour une vraie armoire de raison civile. L'autre, dont le nom était Giotto, fut doué d'un
esprit si excellent, qu'il n'y avait rien dans la nature, mère
et créatrice de toutes choses par la continuelle rotation des
cieux, qu'il ne reproduisît par le stylet, la plume ou le pinceau, avec une si parfaite ressemblance, que l'on aurait dit
la nature elle-même et non sa copie ; à tel point que souvent, dans les choses faites par lui, les sens des hommes
furent induits en erreur, et qu'on prit pour vrai ce qu'il
avait peint. Et comme il avait remis en pleine lumière cet
art qui était resté enseveli pendant plusieurs siècles, grâce à
l'erreur de peintres plus disposés à réjouir les yeux des igno-
rants qu'à satisfaire l'esprit des sages, il peut à juste titre
être regardé comme un des rayons de la gloire florentine ;
d'autant plus, qu'il acquit cette gloire avec une grande hu-
milité, et qu'étant de son vivant le maître de tous, il refusa
toujours d'être appelé maître. Ce titre, repoussé par lui,
resplendissait d'autant plus en lui, qu'il était ardemment désiré et avidement usurpé par ceux qui en savaient moins que
lui, ou par ses élèves. Mais bien que son art fût très grand,
il n'en était pas pour cela, de corps et de prestance, plus
beau que messer Forese. Mais venons à la nouvelle.

« Je dis donc que messer Forese et Giotto ayant leurs domaines à Mugello, et messer Forese étant allé voir les siens à ce moment de l'été où les tribunaux sont en vacances, et cheminant par aventure sur un méchant roussin, il rencontra Giotto qui s'en revenait à Florence après avoir également visité ses domaines. Tous deux n'étaient pas mieux montés l'un que l'autre en chevaux ni en bagages; ils s'en vinrent donc, comme des vieillards, pas à pas, se tenant compagnie. Il advint, comme cela se voit parfois l'été, qu'une pluie subite les ayant surpris, ils se réfugièrent pour l'éviter, le plus tôt qu'ils purent, dans la maison d'un laboureur que chacun d'eux connaissait et qui était leur ami. Mais, au bout d'un moment, la pluie ne faisant pas mine de vouloir s'arrêter, et comme ils voulaient arriver le jour même à Florence, ils empruntèrent au laboureur deux vieux mantelets en drap de Romagne, et deux chapeaux tout roussis de vieillesse, parce qu'il n'y en avait pas de meilleurs, et ils se remirent en route. Quand ils eurent marché quelque temps, mouillés et crottés par les éclaboussures que les roussins font en quantité avec leurs pieds — ce qui ne contribue pas d'ordinaire à donner meilleure tournure au cavalier — le temps vint à s'éclaircir un peu, et nos voyageurs qui étaient restés longtemps silencieux, commencèrent à deviser. Messer Forese, tout en chevauchant et en écoutant Giotto qui était très beau parleur, se mit à le considérer de pied en cap, et le voyant de tout point si difforme et si mal accoutré, sans avoir la moindre considération pour sa propre personne, se mit à rire et dit : « — Giotto, s'il venait maintenant à notre en« contre un étranger qui ne t'aurait jamais vu, crois-tu « qu'il croirait que tu es le plus grand peintre du monde, « comme tu l'es en effet? — » A quoi Giotto répondit aussitôt : « — Messire, je crois qu'il le croirait, si, en vous re-

« gardant, il pouvait croire que vous savez l'A, B, C. — »
Ce qu'entendant messer Forese, il reconnut son erreur, et
se vit payé de la même monnaie qu'il avait vendu ses denrées. — »

NOUVELLE VI

Michele Scalza prouve à certains jeunes gens comme quoi les Baronci sont les plus
anciens gentilshommes du monde et de la Maremme, et gagne un souper.

Les dames riaient encore de la prompte répartie de Giotto,
quand la reine ordonna à la Fiammetta de poursuivre. Celle-
ci se mit à parler ainsi : « — Jeunes dames, Pamphile, en
rappelant les Baronci que, d'aventure, vous ne connaissez
pas comme il les connaît, m'a remis en la mémoire une nouvelle dans laquelle, sans dévier de notre sujet, vous sera démontré combien grande est leur noblesse ; et pour ce, il me
plaît de vous la raconter.

— « Il n'y a pas grand temps encore qu'en notre cité était
un jeune homme appelé Michele Scalza. C'était le plus plaisant, le plus agréable homme du monde, et qui avait les
mains pleines de nouvelles neuves ; c'est pourquoi les jeunes
Florentins, quand ils se trouvaient réunis, étaient très aises
de l'avoir avec eux. Or, il advint qu'un jour, étant avec quelques compagnons à Mont' Ughi, il s'éleva entre eux la question de savoir quels étaient les meilleurs et les plus anciens
gentilshommes de Florence. D'aucuns disaient que c'était les
Uberti, d'autres les Lamberti, et qui un et qui l'autre, selon ceux
qui leur venaient à l'esprit. En les entendant, le Scalza se mit
à ricaner et à dire : « — Allons, allons, sots que vous êtes,

« vous ne savez pas ce que vous dites; les meilleurs gentils-
« hommes, et les plus anciens, non, pas seulement de Flo-
« rence, mais du monde ou de la Maremme, sont les Baronci;
« c'est ce que s'accordent à dire tous les philosophes et tous
« ceux qui les connaissent, comme moi. Et pour que vous
« ne croyiez pas que j'entends parler d'autres que d'eux, je
« veux dire les Baronci qui sont vos voisins de Santa Mag-
« giore. — »

« Quand les jeunes gens, qui s'attendaient à ce qu'il allait
dire tout autre chose, entendirent cela, ils se moquèrent tous
de lui et dirent : « — Tu te gausses de nous, comme si nous
« ne connaissions pas les Baronci aussi bien que toi. — »
Le Scalza dit : « — Sur ma foi, je ne plaisante point; je
« dis au contraire très vrai, et s'il en est parmi vous qui
« veuille parier un souper à payer à celui qui aura gagné,
« avec les six compagnons qui lui conviendront, j'accepterai
« le pari; et je ferai plus encore : je m'en rapporterai au
« jugement de qui vous voudrez. — » L'un des assistants
qui s'appelait Neri Mannini, dit : « — Je suis tout diposé à
« parier ce souper. — » Et étant tombés ensemble d'accord
de prendre pour juge Piero di Fiorentino, chez qui ils étaient,
ils allèrent le trouver, suivis de tous les autres, pour voir le
Scalza perdre son pari et jouir de son ennui, et ils contèrent
l'affaire.

« Piero, qui était un jeune homme prudent, ayant d'abord
écouté les raisons de Neri, se tourna vers le Scalza et dit :
« — Et toi, comment pourras-tu démontrer ce que tu affir-
« mes? — » Le Scalza dit : « — Comment? je le montrerai
« par une preuve telle, que non-seulement toi, mais celui-
« ci, qui le nie, direz que je vous dis la vérité. Vous savez
« que plus les hommes sont de race ancienne, plus ils sont
« nobles; et c'est ce qui se disait tout-à-l'heure parmi

« ceux-ci. Les Baronci sont plus anciens que tous les autres
« citoyens, ils sont donc les plus nobles ; en vous démon-
« trant qu'ils sont les plus anciens, j'aurai sans conteste
« gagné le pari. Vous devez savoir que les Baronci ont été
« faits par Dieu dans le temps qu'il commençait à apprendre
« à peindre ; mais les autres hommes furent faits alors que
« Dieu savait peindre. Et pour voir que je dis vrai en cela,
« rappelez-vous les Baronci et les autres hommes : alors que
« vous verrez tous les autres avec des visages bien faits et
« dûment proportionnés, vous pourrez voir les Baronci, l'un
« avec le visage long et étroit, l'autre avec une figure déme-
« surément large, celui-ci avec le nez trop long, celui-là
« avec le nez trop court, un autre avec le menton hors du
« visage et recourbé sur lui-même, et des mâchoires qui
« ressemblent à celles d'un âne. Tel d'entre eux a un œil
« plus gros que l'autre, ou bien l'a placé plus bas, comme
« sont d'ordinaire les figures que font tout d'abord les en-
« fants quand ils apprennent à dessiner. Pour quoi, comme
« je l'ai déjà dit, il apparaît très bien que Dieu les fit quand
« il apprenait à dessiner ; de sorte qu'ils sont plus anciens
« que les autres, et partant plus nobles. — » De quoi,
Piero qui était pris pour juge, et Neri qui avait parié le
souper, ainsi que tous les autres, se souvenant, et ayant entendu les plaisantes raisons du Scalza, ils se mirent tous à
rire et à affirmer que le Scalza avait raison et qu'il avait
gagné le souper, et que pour sûr les Baronci étaient les plus
anciens gentilshommes qui fussent non pas seulement de
Florence, mais du monde et des Maremmes. Et c'est pourquoi
Pamphile voulant dépeindre la laideur du visage de messer
Forese, a dit avec raison qu'il aurait paru laid à côté d'un
Baronci. — »

NOUVELLE VII

Madame Filippa, trouvée par son mari avec un sien amant, et appelée en justice,
se sauve par une prompte et plaisante réponse, et fait changer la loi.

Déjà la Fiammetta se taisait, et chacun riait encore du
nouveau raisonnement employé par le Scalza pour anoblir
par dessus tous les autres les Baronci, quand la reine enjoi-
gnit à Philostrate de conter sa nouvelle, et celui-ci se mit à
dire : « — Valeureuses dames, c'est une belle chose que de
savoir bien parler à tout propos, mais j'estime qu'il est bien
plus beau de savoir parler quand la nécessité l'exige. C'est
ce que sut bien faire une gente dame dont j'entends vous
entretenir, laquelle non-seulement força ses auditeurs à rire,
mais évita pour elle-même une mort honteuse, comme vous
allez l'entendre.

« Dans la cité de Prato, il y avait autrefois une loi non moins
blâmable que sévère et qui, sans faire aucune distinction,
condamnait à être brûlée toute femme qui avait été trouvée
par son mari avec un amant en flagrant délit d'adultère,
aussi bien que celle qui avait été surprise se livrant pour de
l'argent à un autre homme. Pendant que cette loi était en
vigueur, il advint qu'une gente et belle dame, plus qu'aucune
autre amoureuse, nommée madame Philippa, fut trouvée une
nuit, dans sa propre chambre, par Rinaldo de' Pugliesi, son
mari, dans les bras de Lazzarino de' Guazzagliotri, noble et
beau jeune homme de cette ville, et qu'elle aimait plus qu'elle-
même. Ce que voyant Rinaldo, il fut fort courroucé, et eut
peine à se retenir de leur tomber sus et de les tuer ; et n'eût
été qu'il avait peur pour lui-même, il aurait suivi l'impulsion

de sa rage, et l'aurait fait. S'étant donc contenu sur ce point, il voulut essayer d'obtenir par la loi de Prato, ce qu'il ne lui était pas permis de faire lui-même, c'est-à-dire la mort de sa femme. Et pour ce, ayant rassemblé assez de témoignages pour prouver la faute de la dame, dès que le jour fut venu, sans prendre aucun conseil, il courut l'accuser et la fit requérir. La dame qui était d'un grand cœur, comme le sont généralement celles qui sont vraiment amoureuses, bien que le nombre de ses parents et de ses amis lui conseillassent le contraire, résolut de comparaître et de mourir plutôt courageusement en confessant la vérité, que de fuir lâchement, et d'aller vivre contumace en exil, en se montrant indigne d'un amant comme celui dans les bras duquel elle avait été la nuit précédente.

« Étant donc bien accompagnée de femmes et d'hommes qui tous l'engageaient à nier, elle vint devant le Podestat, et lui demanda d'un visage ferme et d'une voix sûre ce qu'il lui voulait. Le Podestat l'ayant regardée et la voyant si belle et d'un si fier maintien, et, à en juger par ses paroles, d'une âme si grande, se prit de compassion pour elle, craignant qu'elle ne fît tel aveu qu'il fût forcé, pour sauvegarder son propre honneur, de la faire mourir. Mais cependant, comme il ne pouvait se dispenser de l'interroger sur ce qui l'avait fait appeler, il lui dit : « — Madame, comme vous « voyez, voici votre mari Rinaldo qui se plaint de vous, et « qui dit vous avoir trouvée en flagrant délit d'adultère avec « un autre homme; et pour ce, il demande, d'après une loi « qui le veut ainsi, que je vous condamne à mort pour vous « punir. Mais je ne puis le faire, si vous n'avouez pas votre « faute; et pour ce prenez bien garde à ce que vous répon- « drez, et dites-moi si ce dont votre mari vous accuse est « vrai. — » La dame, sans se troubler un seul instant, ré-

pondit d'une voix fort plaisante : « — Messire, il est vrai
« que Rinaldo est mon mari, et que la nuit dernière il m'a
« trouvée dans les bras de Lazzarino avec lequel, pour le bon
« et parfait amour que je lui porte, j'ai été souvent ; je ne le
« nierai donc point ; mais comme je suis certaine que vous
« le savez, les lois doivent être communes et faites avec le
« consentement de ceux qu'elles intéressent. C'est ce qui
« n'arrive pas pour celle-ci, qui n'est rigoureuse qu'envers
« les malheureuses femmes, lesquelles pourtant pourraient
« beaucoup mieux que les hommes satisfaire à plusieurs. En
« outre, quand elle a été faite, aucune femme non-seulement
« ne l'a acceptée, mais n'a été consultée pour la faire, pour
« quoi elle peut donc justement être appelée mauvaise. Et
« si vous voulez, au préjudice de mon corps et de votre âme
« vous en faire l'exécuteur, cela vous regarde ; mais avant
« que vous procédiez à prononcer aucun jugement, je vous
« prie de me faire une grâce, c'est de demander à mon mari si
« toutes les fois qu'il lui a plu, et sans que j'aie jamais dit non,
« je ne lui ai pas fait tout entier abandon de moi-même. — »
A quoi Rinaldo, sans attendre que le Podestat le lui deman-
dât, répondit aussitôt que, sans aucun doute, la dame, à
chacune de ses requêtes lui avait pleinement concédé selon
son désir. « — Donc — poursuivit vivement la dame — je
« demande, moi, messire le Podestat, puisqu'il a toujours eu
« de moi ce qu'il lui fallait et ce qu'il voulait, ce que je
« devais ou ce que je dois faire de ce qu'il laisse. Dois-je le
« jeter aux chiens ? Ne vaut-il pas mieux en gratifier un gen-
« tilhomme qui m'aime plus que soi-même, que de le laisser
« perdre ou gâter ? — »

« Il y avait là, attirés par une semblable affaire et par la
renommée d'une telle dame, presque tous les habitants de
Prato, lesquels, en entendant une si plaisante demande, se

mirent soudain à rire aux éclats, et crièrent tous d'une seule voix que la dame avait raison et qu'elle disait bien. Aussi, avant qu'ils s'en allassent, et sur le conseil du Podestat, ils modifièrent la cruelle loi, décidant qu'elle s'appliquerait seulement aux femmes qui tromperaient leurs maris pour de l'argent. Sur quoi Rinaldo, resté tout confus d'une si sotte entreprise, quitta l'audience. Quant à la dame, joyeuse et libre, et quasi ressuscitée du feu, elle revint triomphante chez elle. — »

NOUVELLE VIII

Fresco invite sa nièce à ne pas se regarder en un miroir, puisque, comme elle le disait, les gens laids lui déplaisaient à voir.

La nouvelle contée par Philostrate émut tout d'abord d'un peu de vergogne les cœurs des dames qui l'écoutaient, et elles le firent voir par une honnête rougeur apparue sur leur visage; puis, se regardant l'une l'autre, et pouvant à peine se retenir de rire, elles l'écoutèrent en souriant. Mais quand la nouvelle fut arrivée à sa fin, la reine, se tournant vers Émilia, lui ordonna de poursuivre. Celle-ci, soupirant comme si elle venait de dormir, commença : « — Amoureuses jouvencelles, pour ce qu'un long penser m'a tenue longtemps loin d'ici, je serai forcée, pour obéir à notre reine, de vous conter, en une nouvelle plus courte que je ne l'aurais fait peut-être si mon esprit avait été présent, la sotte erreur d'une jeune fille, erreur qui fut corrigée par un plaisant mot de son oncle, si tant est que ce mot ait été compris par elle.

10.

« Donc, un individu qui se nommait Fresco da Celatico avait
une nièce appelée plaisamment Ciesca, laquelle, bien qu'elle
fût belle de corps et de figure — non point pourtant comme
ces anges que nous avons déjà vus souvent — se croyait si
noble, si accomplie, qu'elle avait pris l'habitude de blâmer tout
le monde, hommes et dames, ainsi que tout ce qu'elle voyait,
sans considérer qu'elle-même était aussi déplaisante, aussi
ennuyeuse, aussi irascible qu'aucune autre. C'était au point
qu'on ne pouvait rien faire à sa guise ; en outre, elle était si
hautaine, que si elle eût appartenu à la famille royale de
France, elle ne l'aurait pas été davantage. Et quand elle
allait par la rue, elle paraissait si incommodée par la mauvaise odeur, qu'elle ne faisait que s'essuyer le nez, comme
si une insupportable puanteur lui fût venue de tous ceux
qu'elle voyait ou qu'elle rencontrait.

« Or — pour laisser de côté ses nombreuses autres ma-
nies déplaisantes ou fâcheuses — il advint qu'un jour, étant
de retour en sa maison où se trouvait Fresco, elle alla s'asseoir auprès de lui, avec un air plein d'affectation et soufflant
comme si elle était en colère. Sur quoi Fresco l'interro
geant, lui dit : « — Ciesca, que veut dire ceci ? aujourd'hui,
« qui est jour de fête, tu es revenue bien vite à la mai
« son ! — » A quoi, d'un ton pincé, elle répondit : « — « C'est
« vrai ; je m'en suis revenue vite, pour ce que je ne crois
« pas qu'il y ait jamais eu sur terre autant d'hommes et de
« femmes si déplaisants ni si ennuyeux qu'aujourd'hui ; il
« n'en passe pas un dans la rue qui ne me déplaise comme
« la male aventure ; et je ne crois pas qu'il y ait au monde
« une femme plus ennuyée que moi de voir tous ces visages
« déplaisants, et c'est pour ne point les voir que je suis re-
« venue si vite à la maison. — » Fresco, à qui les manières
fastidieuses de sa nièce déplaisaient souverainement, dit :

« — Ma fille, si les visages déplaisants t'agacent autant que
« tu le dis, ne te regarde jamais dans un miroir, si tu veux
« vivre tranquille. — » Mais elle, plus vide qu'une canne,
et qui croyait égaler Salomon en sagesse, n'entendit pas autrement le bon mot de Fresco qu'un mouton ne l'aurait entendu. Au contraire, elle dit qu'elle voulait se regarder
comme les autres femmes, et resta ainsi enfoncée dans sa
grossièreté d'esprit, et y est encore. — »

NOUVELLE IX

Guido Cavalcanti injurie en termes polis certains chevaliers florentins
qui l'avaient surpris.

La reine voyant qu'Émilia s'était libérée de sa nouvelle,
et qu'excepté celui qui avait pour privilège de parler le dernier, il ne restait plus qu'elle à conter, commença ainsi :
« — Bien que, charmantes dames, vous m'ayiez aujourd'hui
pris au moins deux nouvelles sur lesquelles je pensais vous
en dire une, il m'en reste cependant une troisième à raconter, dont la conclusion contient un tel bon mot que peut-être
il n'en a jamais été dit un de tant de sens.

« Vous saurez donc qu'autrefois existaient dans notre
cité plusieurs belles et louables coutumes dont il ne reste
plus aujourd'hui une seule, grâce à l'avarice qui, en même
temps que les richesses, s'y est développée outre mesure et
les en a toutes chassées. Parmi ces coutumes, il en était
une d'après laquelle les gentilhommes de Florence se réunis-
saient en divers endroits et formaient des sociétés composées

d'un certain nombre d'entre eux ; ayant bien soin de n'y admettre que ceux qui pouvaient facilement en supporter les dépenses, ils tenaient de la sorte table ouverte, aujourd'hui chez l'un, le lendemain chez l'autre, et ainsi de suite pour tous les membres de la société dont chacun avait son jour. Ils invitaient souvent à leurs réunions les gentilhommes étrangers, quand il en arrivait, et parfois aussi des gens de la ville. Ils s'habillaient également tous, au moins une fois l'an, d'une façon uniforme, et les plus notables chevauchaient ensemble par la ville ou bien donnaient des joutes, surtout aux principales fêtes, ou bien quand la joyeuse nouvelle d'une victoire ou d'un autre événement heureux était arrivée dans la cité.

« Parmi ces sociétés, il y en avait une de messer Betto Brunelleschi, dans laquelle messer Betto et ses compagnons s'étaient efforcés d'attirer Guido, fils de messer Cavalcante de' Cavalcanti, et cela non sans raison ; pour ce que, outre qu'il était un des meilleurs logiciens qu'il y eût au monde, et excellent philosophe touchant les choses de la nature — ce dont se souciait peu, il est vrai, la compagnie — il était fort bien, homme de belles manières et beau parleur, et qu'il savait faire mieux que tout autre tout ce qu'il lui prenait fantaisie de faire, ou qui était du ressort d'un gentilhomme. De plus, il était richissime et savait à merveille honorer ceux qu'il en jugeait dignes. Mais messer Betto n'avait jamais pu réussir à l'avoir, et il croyait, ainsi que ses compagnons, que cela provenait de ce que Guido étant lancé dans les idées spéculatives, vivait fort retiré des hommes. Et comme il partageait quelque peu l'opinion des Épicuriens, on disait dans le vulgaire que toutes ces études spéculatives n'avaient d'autre but que de chercher s'il se pourrait faire que Dieu n'existât point.

« Or, il advint un jour que Guido, parti d'Orto san Michele, s'en venait par le corso degli Adimari jusqu'à san Giovanni, ce qui était assez souvent le chemin qu'il prenait. Il
y avait alors, tout autour de san Giovanni, de grandes
tombes en marbre et en pierres qui sont aujourd'hui à santa
Reparata. Comme Guido se trouvait arrivé entre les colonnes
de porphyre qu'on y voit et ces tombes, près de la porte de
san Giovanni qui était fermée, messer Betto et sa société arrivèrent à cheval par la place de santa Reparata. Ayant vu
Guido au milieu de ces tombes, ils dirent : allons le taqui-
ner. Et ayant éperonné leurs chevaux, ils coururent sur lui
avant qu'il eût pu les voir, comme s'ils voulaient lui donner
assaut, et se mirent à lui dire : « — Guido, tu refuses d'être
« de notre société ; mais quand tu auras trouvé que Dieu
« n'existe pas, qu'auras-tu fait ? — » Guido, se voyant le
chemin fermé par eux, dit soudain : « — Seigneurs, vous
« êtes chez vous, et vous me pouvez dire ce qu'il vous
« plaît. — » Et ayant posé la main sur une des tombes qui
était fort large, il sauta légèrement par-dessus et retomba
de l'autre côté ; sur quoi, délivré de ces importuns, il s'en
alla.

« Ceux-ci restèrent tous à se regarder l'un l'autre, et se
mirent à dire que Guido avait perdu l'esprit et que ce qu'il
avait répondu ne voulait rien dire, attendu qu'ils n'avaient
pas plus de droits sur l'endroit où ils étaient que tous les
autres citadins, et Guido pas plus qu'aucun d'eux. Mais
messer Betto s'étant tourné vers eux, dit : « — Ceux qui ont
« perdu l'esprit, c'est vous, puisque vous n'avez pas com-
« pris. Il nous a honnêtement, et en peu de mots, dit la
« plus grande injure du monde ; car, si vous y réfléchissez
« bien, ces tombes sont les demeures des morts, puisque
« c'est là qu'on dépose et que demeurent les morts. En di-

« sant que nous y sommes chez nous, il a voulu nous mon-
« trer que nous, ainsi que les autres hommes grossiers et
« illettrés, sommes, en comparaison de lui et des hommes
« de science, pires que des morts ; et pour ce, cela étant
« vrai, nous sommes ici chez nous. — » Alors chacun comprit ce que Guido avait voulu dire, et en eut vergogne. Ils
ne lui cherchèrent plus jamais noise, et tinrent à partir de
ce moment messer Betto pour un cavalier subtil et avisé. — »

NOUVELLE X

Frère Cipolla promet à des paysans de leur montrer la plume de l'ange Gabriel.
Trouvant à la place de celle-ci des charbons, il leur dit que ce sont les charbons
qui avaient fait griller saint Laurent.

Chacun ayant débité sa nouvelle, Dioneo comprit que c'é-
tait à lui à dire la sienne. Pour quoi, sans attendre un ordre
solennel, il imposa silence à ceux qui louaient fort le mot
piquant de Guido, et commença : « — Charmantes dames,
bien que j'aie pour privilège de dire ce qui me plaît le plus,
j'entends pour aujourd'hui ne pas m'écarter du sujet sur
lequel vous avez toutes très sagement parlé. Mais, suivant
vos traces, je veux vous montrer avec quelle prudence et par
quelle répartie soudaine un moine de san Antonio sortit de
l'embarras que deux jeunes gens lui avaient préparé. Cela
ne vous ennuiera point si, pour vous dire la nouvelle bien
complète, j'étends quelque peu mon récit, car ainsi que vous
pouvez le voir, le soleil est encore au beau milieu du ciel.

« Certaldo, comme vous avez peut-être pu l'entendre dire,

est un bourg du val d'Elsa, situé sur notre territoire, et bien
qu'il soit petit, il a été jadis habité par des hommes nobles
et aisés. Comme il y trouvait bon profit, un des moines de san
Antonio, nommé frate Cipolla, avait depuis longtemps l'habitude d'y aller une fois par an pour recueillir les aumônes que
lui faisaient les imbéciles, et il y était bien accueilli, moins
par dévotion qu'à cause de son nom, cet endroit produisant
des oignons renommés dans toute la Toscane. Ce frère Cipolla
était petit de sa personne, roux de poil et d'air joyeux, et le
meilleur diable du monde. N'ayant pas le moindre savoir, il
était si beau et si prompt parleur, que quiconque ne l'eût
point connu, non-seulement l'aurait tenu pour un grand
rhétoricien, mais l'aurait pris pour Cicéron ou Quintilien
eux-mêmes. Il était le compère, l'ami ou le familier de tous
les gens du bourg. Étant, selon son habitude, venu une fois
pendant le mois d'août, et les hommes et les femmes des
villages voisins s'étant, le dimanche matin, rendus à la messe
à l'église paroissiale, frère Cipolla s'avança vers eux, quand
le moment lui sembla venu, et dit : « — Messieurs et dames,
« comme vous le savez, vous êtes dans l'usage d'envoyer
« chaque année aux pauvres du baron messer saint Antoine
« de votre grain et de votre avoine, qui peu, qui beaucoup,
« selon son pouvoir et sa dévotion, afin que le bienheureux
« saint Antoine prenne sous sa garde vos bœufs, vos ânes,
« vos porcs et vos brebis. En outre, vous avez coutume de
« payer, et cela spécialement à ceux qui sont inscrits à notre
« confrérie, ce petit tribut qu'on paie une fois l'an. C'est
« pour recueillir ces dons que j'ai été envoyé par mon su-
« périeur, c'est-à-dire par messer l'abbé ; et pour ce, avec
« la bénédiction de Dieu, quand vous entendrez les cloches
« après nones, vous viendrez ici, en dehors de l'église, où,
« selon l'usage, je vous ferai le sermon, et où vous baiserez

« la croix. De plus, pour ce que je vous connais tous pour
« très dévots à messer le baron saint Antoine, je vous mon-
« trerai par grâce spéciale une très sainte et belle relique
« que j'ai moi-même rapportée de la terre sainte d'outre-
« mer ; c'est une des plumes de l'ange Gabriel, laquelle est
« restée dans la chambre de la vierge Marie, quand il vint
« lui faire l'annonciation à Nazareth. — » Ayant ainsi parlé,
il se tut et retourna dire sa messe.

« Pendant que frère Cipolla tenait ce discours, il y avait
dans l'église, parmi les nombreux assistants, deux jeunes
gens très malicieux nommés l'un Giovanni del Bragoniera,
l'autre Bagio Pizzini. Après qu'ils eurent quelque peu ri
entre eux de la relique de frère Cipolla, bien qu'ils fussent
de ses amis et de sa compagnie, ils complotèrent de lui jouer
un tour à propos de cette plume. Ayant appris que frère Cipolla déjeûnait ce matin-là au château avec un de ses amis,
dès qu'ils le surent à table, ils descendirent dans la rue et se
rendirent à l'auberge où le moine était descendu, après être
convenu que Bagio lierait conversation avec le valet de frère
Cipolla, et que Giovanni chercherait la plume parmi les objets
appartenant au moine, et l'enlèverait pour voir ce qu'il dirait
au peuple à ce sujet. Frère Cipolla avait un valet que d'aucuns appelaient Guccio Balena, et d'autres Guccio Imbratta ;
d'autres enfin Guccio Porc. Ce valet était si laid, que Lippo
Topo n'en a jamais véritablement fait de semblable. Frère
Cipolla en faisait souvent des gorges chaudes avec sa compagnie, et disait en parlant de lui : « — Mon valet possède en
« lui neuf choses telles que si une seule de ces choses avait
« existé chez Salomon, Aristote ou Sénèque, elle aurait suffi
« pour gâter toute leur vertu, tout leur sens, toute leur
« sainteté. Pensez donc quel homme il doit être, puisqu'en
« ayant neuf, il n'a ni vertu, ni sens, ni sainteté. — » Et

comme on lui demandait parfois quels étaient ces neuf choses, il les avait mises en vers et il répondait : « — Je « vais vous le dire : il est lent, souillard et menteur ; négli- « gent, désobéissant et médisant ; sans soin, sans esprit, sans « conduite. De plus, il a bien d'autres vices qu'il vaut mieux « taire. Et ce qu'il y a de plus risible chez lui, c'est que par- « tout il veut prendre femme et louer une maison. Parce « qu'il a la barbe forte, noire et brillante, il se croit si beau « et si plaisant, qu'il s'imagine que toutes les femmes qui le « voient s'amourachent de lui ; et si on le laissait faire, il « courrait après jusqu'à en perdre sa ceinture. Il est vrai « qu'il m'est d'un grand aide, pour ce qu'il n'est personne « qui ne me parle si secrètement qu'il n'en veuille sa part ; « et s'il arrive qu'on me demande quelque chose, il a si grand « peur que je ne sache pas répondre, qu'il répond aussitôt « oui et non, comme il le juge à propos. — »

« Frère Cipolla, l'ayant laissé à l'auberge, lui avait com- mandé de bien prendre garde que personne ne touchât à ses bagages, et spécialement à ses besaces, pour ce qu'en celles- ci étaient les choses sacrées. Mais Guccio Imbratta, qui était plus désireux de rester à la cuisine que le rossignol sur les vertes branches, surtout s'il y sentait quelque servante, ayant vu dans la cuisine de l'aubergiste une grasse et grosse mari- torne petite et mal faite, avec une paire de tétons qui res- semblaient à deux paniers à fumier et un visage qui rappe- lait les Baronci, toute suante, graisseuse et enfumée, comme un vautour qui se jette sur la charogne laissa la chambre de frère Cipolla et tout son bagage à l'abandon et descendit à la cuisine. Bien qu'on fût au mois d'août, il s'assit près du feu et se mit à lier conversation avec cette maritorne qui avait nom Nuta, et à lui dire qu'il était gentilhomme par procureur, et qu'il avait des écus par milliers, sans compter ceux qu'il avait à payer à autrui, et de ceux-là plus que moins, et qu'il savait faire et dire tant de choses, que c'était merveille. Et sans prendre garde à son capuchon sur lequel il y avait une telle couche de graisse qu'elle aurait assaisonné le chaudron d'Altopascio, à son pourpoint tout déchiré et rapiécé, émaillé de sueur autour du col et sous les aisselles, et marqueté de plus de taches de couleurs qu'aucun tapis turc ou indien le fût jamais, à ses souliers tout éculés, à ses chausses déchirées, il dit, comme s'il avait été le sire de Castiglione, qu'il voulait lui donner de beaux habits, la remettre en meilleur état, la délivrer de cette misérable condition de servir les autres, et, sans avoir de grands biens, lui donner espoir d'une meilleure fortune, et beaucoup d'autres choses ; mais tout cela, bien que dit d'un air très affectueux, se convertissait en fumée, comme la plupart de ses belles entreprises, et n'aboutissait à rien.

« Les deux jeunes gens trouvèrent donc Guccio Porc occupé autour de la Nuta. Enchantés de cette circonstance, qui leur enlevait moitié de la peine, et ne rencontrant aucun obstacle, ils entrèrent dans la chambre de frère Cipolla qu'ils trouvèrent tout ouverte et où la première chose qui tomba sous leurs yeux fut la besace dans laquelle était la plume. La besace ouverte, ils trouvèrent, roulée dans une grande enveloppe de taffetas, une petite cassette où était une plume de la queue d'un perroquet et qu'ils pensèrent bien être celle que le moine avait promis de montrer aux habitants de Certaldo. Et certes, il pouvait à cette époque leur faire prendre facilement le change, pour ce que les raffinements du luxe d'Égypte n'étaient pas encore, sinon en petite partie, passés en Toscane, comme ils y sont venus depuis en foule, au grand dommage de l'Italie. Et si ces raffinements étaient déjà connus en certaines contrées, presque aucun des habitants de ce canton n'en savait rien, et non-seulement n'avait pas vu de perroquets, mais n'aurait pu se rappeler en avoir jamais entendu parler. Les jeunes gens donc, enchantés d'avoir trouvé la plume, la prirent et, pour ne pas laisser la cassette vide, ayant vu des charbons dans un coin de la chambre, ils en emplirent la cassette, la refermèrent et remirent toutes choses en place comme ils les avaient trouvées. Puis, sans avoir été vus, ils s'en allèrent joyeux avec la plume, et attendirent ce que frère Cipolla dirait en trouvant des charbons à la place.

« Les hommes et les femmes simples qui étaient dans l'église, ayant entendu qu'on devait voir après none la plume de l'ange Gabriel, aussitôt la messe dite, s'en retournèrent chez eux, et la nouvelle s'étant répandue de voisin à voisin et de commère à commère, aussitôt que chacun eut dîné, une telle foule d'hommes et de femmes coururent au château qu'à peine pouvaient-ils y tenir, attendant tous avec grande curiosité de voir cette plume. Frère Cipolla, ayant bien dîné, puis quelque peu dormi, se leva un moment après none, et voyant la multitude des paysans accourus pour voir la plume, il envoya dire à Guccio Imbratta de monter avec les clochettes et d'apporter ses besaces. Guccio, après s'être arraché à regret de la cuisine et des cotillons de la Nuta, monta avec les objets demandés. Quand il fut arrivé, comme la trop grande quantité d'eau qu'il avait bue lui avait fait gonfler le ventre, il s'en alla, sur l'ordre de frère Cipolla, à la porte de l'église, et se mit à sonner fortement les cloches.

« Quant tout le peuple fut réuni, frère Cipolla, sans s'être aperçu qu'on eût touché à aucune de ses affaires, commença sa prédication, et dit force paroles à l'appui de ses assertions, puis, voulant en arriver à montrer la plume de l'ange Gabriel, la confession ayant été faite en grande solennité, il

fit allumer deux torches, déroula avec componction l'étoffe,
ôta son capuchon, et sortit la cassette, qu'il ouvrit après
avoir prononcé quelques paroles à la louange et en l'honneur
de l'ange Gabriel et de sa relique. En voyant la cassette
pleine de charbons, il ne soupçonna point Guccio Balena de
lui avoir fait ce tour, pour ce qu'il ne l'en connaissait pas
capable ; il ne le maudit pas davantage de l'avoir si mal
gardée que d'autres eussent fait le coup, mais il jura tout
bas contre lui-même de lui avoir confié la garde de ses reliques, le connaissant si négligent, si désobéissant, si pares-
seux et si dépourvu de mémoire. Mais, néanmoins, sans
changer de visage, ayant levé les yeux et les mains au ciel,
il dit de façon à être entendu de tous : « — Mon Dieu, que
« ta puissance soit louée à jamais ! — » Puis, ayant refermé
la cassette, et s'étant tourné vers le peuple, il dit :

« — Messieurs et mesdames, il faut que vous sachiez qu'étant
« encore tout jeune, je fus envoyé par mon supérieur en ces
« pays où le soleil se lève, et qu'il me fut ordonné d'une ma-
« nière expresse de chercher jusqu'à ce que j'eusse trouvé
« les privilèges de Porcellana, lesquels, bien qu'ils ne coûtent
« rien à sceller, sont beaucoup plus utiles aux autres qu'à
« nous. Pour quoi, m'étant mis en chemin, je partis de
« Venise, et m'en allai par le bourg des Grecs ; de là, che-
« vauchant par le royaume de Garbe et par Baldaca, je par-
« vins en Parion ; puis, non sans avoir eu soif, j'arrivai au
« bout de quelque temps en Sardaigne. Mais pourquoi
« vais-je vous parler de tous les pays où j'ai cherché ? J'arri-
« vai, après avoir traversé le bras de Saint-Georges, en
« Truffie et en Buffie, pays fort habités et très populeux, et
« de là je parvins en terre de Mensonge où je trouvai beau-
« coup de nos frères et d'autres religieux, qui tous allaient
« par ces pays fuyant la peine, pour l'amour de Dieu, se

« souciant peu des peines des autres, pourvu qu'ils crussent y
« voir leur profit, ne dépensant rien autre sinon monnaie sans
« coin. Et de là je passai en terre des Abbruzzes, où les
« hommes et les femmes vont en sabots sur les montagnes,
« habillant les cochons de leurs propres boyaux. Un peu
« plus loin, je trouvai des gens qui portaient le pain avec
« des bâtons et le vin dans des sacs ; de ces pays, je gagnai
« les montagnes de Bacchus, où toutes les eaux courent en
« descendant, et en peu de temps je pénétrai si avant, que
« je parvins jusqu'à l'Inde-Pastinaca où je vous jure par
« l'habit que je porte sur le dos, que je vis voler les ser-
« pettes, chose incroyable à qui ne l'eût pas vue. Mais en
« cela je ne serai point démenti par Masio del Saggio, grand
« marchand que je trouvai là occupé à casser des noix et à
« vendre les coquilles en détail. Mais ne pouvant trouver ce
« que je cherchais, pour ce que d'ici à ce pays on va par eau,
« je revins en arrière et j'arrivai dans ces lieux saints où l'an de
« l'été le pain frais vaut quatre deniers, et où le pain chaud se
« vend pour rien. Et là, je trouvai le vénérable père messer
« Ne me blâmez pas S'il vous plaît, le dignissime patriarche
« de Jérusalem, lequel, par révérence pour l'habit de messer
« le baron saint Antoine que j'ai toujours porté, voulut
« que je visse toutes les saintes reliques qu'il avait par devers
« lui ; elles étaient si nombreuses, que si je voulais vous les
« compter toutes, je n'en viendrais pas à bout avant plusieurs
« milles. Mais, pour ne pas vous laisser inconsolables, je
« vous parlerai de quelques-unes. Il me montra première-
« ment le doigt de l'Esprit Saint aussi entier, aussi sain qu'il
« fut jamais ; le museau de Séraphin qui apparut à saint
« François ; un des ongles des Chérubins ; une des côtes du
« Verbum Caro mets-toi aux fenêtres ; des vêtements de la
« sainte foi catholique ; quelques rayons de l'étoile qui ap-

11.

« parut aux trois mages en Orient ; une fiole pleine de la
« sueur de saint Michel quand il combattit contre le diable ;
« la mâchoire de la mort de saint Lazare, et d'autres encore.
« Et comme, de mon côté, je lui fis libéralement présent des
« plages du Mont-Morello en vulgaire, et de quelques cha-
« pitres du Caprezio, qu'il avait longtemps cherchés, il me fit
« participer à ses saintes reliques, et me donna une des dents
« de la Sainte-Croix, une petite fiole contenant un peu du son
« des cloches du temple de Salomon, la plume de l'ange
« Gabriel dont je vous ai déjà parlé, et l'un des sabots de
« San Gherard da Villa Magna, que je donnai, il n'y a pas
« longtemps, à Florence, à Gherard di Bonsi qui a pour lui
« une grandissime dévotion. Il me donna aussi des charbons
« sur lesquels fut rôti le bienheureux martyr saint Laurent.
« Toutes ces choses, je les ai apportées ici dévotement avec
« moi, et je les ai toutes. Il est vrai que mon supérieur n'a
« jamais permis que je les montrasse jusqu'à ce qu'il ait eu la
« certitude que c'étaient bien elles et non d'autres. Mais au-
« jourd'hui que par certains miracles accomplis par elles, et par
« lettres reçues du patriarche, il en est certain, il m'a octroyé
« la permission de les montrer ; mais craignant de les confier
« à d'autres, je les porte toujours avec moi. Il est bien vrai
« que je porte la plume de l'ange Gabriel dans une cassette,
« afin qu'elle ne se gâte point, et dans une autre cassette les
« charbons sur lesquels fut rôti saint Laurent ; ces deux
« cassettes se ressemblent tellement, que souvent il m'ar-
« rive de les prendre l'une pour l'autre, ce qui m'arrive pré-
« sentement ; de sorte que, croyant avoir apporté ici la
« cassette où était la plume, j'ai apporté celle où sont les
« charbons. Je ne pense pas que ce soit là l'effet d'une
« simple erreur ; il me semble au contraire que cela se soit
« fait par la volonté de Dieu, et qu'il a lui-même mis en mes

« mains la cassette des charbons, car je viens de me rappe-
« ler que la fête de saint Laurent est dans deux jours. Et
« pour ce, Dieu voulant qu'en vous montrant les char-
« bons avec lesquels il a été rôti, je rallume en vos âmes
« la dévotion que vous devez avoir pour lui, il m'a fait
« prendre non pas la plume que je devais vous faire voir,
« mais les bienheureux charbons encore imprégnés de l'odeur
« du sanctissime corps de saint Laurent. C'est pourquoi,
« fils bénis, ôtez vos capuchons, et approchez-vous dévote-
« ment pour les voir. Mais auparavant, je veux que vous
« sachiez que quiconque est marqué avec ces charbons du
« signe de la croix, peut vivre toute l'année assuré que le
« feu ne le touchera point sans qu'il le sente. — »

« Ayant ainsi parlé, il chanta un hymne à la louange de
saint Laurent, ouvrit la cassette et montra les charbons.
Quand la sotte multitude les eut quelque temps regardés avec
une révérente admiration, tous s'approchèrent en grande
presse de frère Cipolla et lui donnant une plus forte offrande
que de coutume, chacun le priait de vouloir bien l'en mar-
quer. C'est pourquoi frère Cipolla tenant les charbons à la
main, se mit à faire sur les chemisettes blanches, sur les
habits et sur les voiles des femmes les plus grandes croix
qu'il y pouvait tracer, affirmant que plus les charbons
s'usaient à tracer ces croix, plus ils augmentaient dans sa
cassette, ainsi qu'il l'avait déjà éprouvé maintes fois. Et de
cette façon, ayant non sans grandissime profit pour lui cru-
cifié tous les habitants de Certaldo, il se moqua par sa présence d'esprit de ceux qui, en lui enlevant la plume, avaient
cru se moquer de lui. Ces derniers qui avaient assisté à la
prédication, et qui avaient entendu la façon nouvelle dont il
s'était tiré d'affaire, bien qu'en s'y prenant de loin et à grande
longueur de paroles, avaient tellement ri, qu'ils avaient cru

s'en démonter les mâchoires. Quand la foule fut partie, ils
allèrent le trouver et lui racontant de la meilleure grâce du
monde ce qu'ils avaient fait, ils lui rendirent sa plume qui,
l'année suivante, ne lui valut pas moins de profit que les
charbons ne lui en avaient valu en ce jour. — ».

Cette nouvelle procura également à toute la compagnie
plaisir et contentement, et tous rirent beaucoup de frère Cipolla, et surtout de son pélerinage et des reliques vues et
apportées par lui. La reine voyant qu'elle était finie, et que
son commandement était également expiré, se leva debout,
ôta sa couronne, la mit en riant sur la tête de Dioneo et dit :

« — Il est temps, Dioneo, que tu éprouves un peu quelle
charge c'est que d'avoir à régir et à guider des femmes. Sois
donc roi, et régis-nous de telle façon qu'une fois ta royauté
finie, nous ayons à t'en louer. — » Dioneo ayant pris la
couronne, répondit en riant : « — Vous pouvez en avoir
déjà beaucoup vus, je dis des rois d'échecs, bien plus précieux que je ne suis; et certainement si vous m'obéissez
comme on doit obéir à un vrai roi, je vous ferai jouir d'un
avantage sans lequel il n'y a certainement pas de fête complète ni joyeuse. Mais laissons là ces propos; je gouvernerai
comme je saurai. — » Et ayant fait, selon la coutume adoptée,

venir le sénéchal, il lui indiqua en détails ce qu'il aurait à
faire pendant tout le temps que durerait sa royauté; puis il
dit : « — Valeureuses dames, il a été devisé en tant de formes
diverses de l'industrie humaine et de ses différents cas, que
si dame Licisca n'était pas venue tantôt ici me fournir par
ses propos matière aux futurs entretiens de demain, je crois
que j'aurais eu grand peine à trouver un sujet de nouvelles.
Comme vous avez entendu, elle a dit qu'elle n'avait pas une
voisine qui fût allée pucelle à son mari, et elle a ajouté qu'elle
savait bien toutes les tromperies que celles qui étaient ma-

riéès faisaient à leurs maris. Mais, laissant de côté la première partie de son assertion qui est œuvre enfantine, j'estime
que la seconde doit être un plaisant sujet à traiter ; et pour
ce, je veux que demain on parle, puisque dame Licisca nous
en a donné l'occasion, des tromperies que, poussées par
l'amour ou en vue de leur propre salut, les dames ont faites à
leurs maris, que ceux-ci s'en soient aperçus ou non. — »

Parler sur une telle matière paraissait à quelques-unes
des dames peu convenable pour elles, et elles le prièrent de
changer le sujet proposé. A quoi le roi répondit : « — Mesdames, je connais le sujet que j'ai imposé non moins bien
que vous le connaissez vous-mêmes, et ce que vous voulez me
démontrer ne saurait me détourner de l'imposer, car je
pense que le moment est tel, qu'alors que les hommes et les
dames se donnent de garde d'agir malhonnêtement, il leur
est permis de deviser de tout. Or ne savez-vous pas que,
grâce à la perversité de cette époque, les juges ont délaissé
les tribunaux ; que les lois, les divines comme les humaines,
se taisent, et qu'une ample licence est concédée à chacun
pour la conservation de la vie ? Pour quoi, si votre honnêteté
s'élargit quelque peu en racontant des nouvelles, ce n'est pas
pour commettre aucune action répréhensible, mais pour vous
distraire vous et autrui ; je ne vois donc pas quel motif on
pourrait invoquer pour vous blâmer plus tard. En outre,
votre compagnie, depuis le premier jour de sa réunion jusqu'à cette heure, étant restée très honnête quelque chose
qu'on y ait dite, il ne me semble pas qu'elle se soit entachée
d'aucune mauvaise action, et j'espère qu'avec l'aide de Dieu,
elle ne sera entachée en rien. Puis, est-il quelqu'un qui ne
connaisse votre honnêteté ? Pour moi, je ne crois pas que
cette honnêteté puisse être détournée non-seulement par des
propos plaisants, mais même par la crainte de la mort. Et à

vous dire vrai, si l'on savait que vous vous êtes un instant arrêtées de deviser de ces plaisanteries, on soupçonnerait que vous êtes peut-être coupables en ceci, et que c'est pour cette raison que vous ne voulez pas qu'on en parle. Sans compter que vous me feriez un bel honneur, à moi qui ai obéi jusqu'ici à tous ; maintenant que vous m'avez fait votre roi, vous voudriez me faire la loi et ne point deviser sur le sujet que j'ai imposé ! Laissez donc cette préoccupation qui convient mieux à des esprits mauvais qu'aux vôtres, et que chacune de vous songe à dire à la bonne aventure une belle nouvelle. — » Quand les dames eurent entendu ce raisonnement, elles dirent qu'il en serait comme il lui plairait ; pour quoi le roi donna licence à chacun de faire à sa fantaisie jusqu'à l'heure du souper.

Le soleil était encore haut sur l'horizon pour ce que la discussion avait été courte ; c'est pourquoi Dioneo et les autres jeunes gens s'étant mis à jouer aux tables, Élisa après avoir appelé les dames d'un autre côté, dit : « — Puisque nous sommes ici, je désire vous mener en un endroit qui n'est pas fort éloigné, et où je crois qu'aucune de vous n'est jamais venue. Cet endroit s'appelle la Vallée des Dames, et je n'ai pas encore trouvé l'occasion de vous y mener. Aujourd'hui, le soleil est encore très haut, et pour ce, s'il vous plaît d'y venir, je ne doute point, quand vous y serez, que vous ne soyez très contentes d'y être allées. — » Les dames répondirent qu'elles étaient prêtes. Alors, ayant appelé une de leurs servantes, sans en rien dire aux jeunes gens, elles se mirent en chemin, et ne marchèrent guère plus d'un mille pour arriver à la Vallée des Dames. Elles y pénétrèrent par un sentier très étroit, sur l'un des côtés duquel courait un petit ruisseau aux eaux limpides, et elles la trouvèrent si belle et si agréable, surtout par ce temps de grande chaleur, qu'on n'aurait pu se la représenter sous un meilleur aspect. Et, selon ce qu'une d'elles m'a redit depuis, la plaine qui formait le fond de la vallée était aussi ronde que si elle eût été tracée au compas, bien qu'elle parût l'œuvre de la nature et non faite de main d'homme. Elle avait un peu plus d'un mille de circonférence et était entourée par six petites montagnes peu élevées, sur le haut de chacune desquelles on voyait un palais ayant à peu près la forme d'un beau château. Les pentes de ces petites montagnes descendaient doucement vers la plaine, comme nous voyons dans les amphithéâtres les gradins s'étager successivement et dans un ordre régulier du sommet jusqu'à la base, restreignant de plus en plus leur cercle. Ces pentes, du moins celles qui regardaient au midi, étaient couvertes de vignes, d'oliviers, d'amandiers, de cerisiers, de figuiers et d'un grand nombre d'autres arbres fruitiers, sans qu'un pouce de terre fût perdu. Celles qui étaient exposées au vent du nord, étaient toutes couvertes de bosquets de chênes, de frênes et d'autres arbres au vert feuillage et plantés avec autant d'ordre que possible. La plaine qui venait ensuite, et qui n'avait pas d'autre entrée que celle par où les dames étaient venues, était pleine de sapins, de cyprès, de lauriers et de pins arrangés et ordonnés comme si l'artiste le plus habile en cette matière les eût plantés. Même au plus haut de sa course, le soleil y pénétrait à peine et n'arrivait pas jusqu'au sol formé d'un pré d'herbe très menue et pleine de fleurs pourprées et de toutes couleurs. En outre, et ce n'était pas la chose la moins agréable, il y avait un ruisselet qui, du haut d'une des vallées séparant deux des petites montagnes susdites, tombait en bondissant sur la roche vive, et, dans sa chute, produisait un murmure fort plaisant à entendre. Il semblait de loin un filet d'argent qui aurait jailli sous une légère pression. Arrivé

dans la plaine, et reçu dans un beau petit canal, il courait
rapide jusqu'au milieu du vallon, et là, formait un petit lac
semblable à ces étangs que les citadins font dans leurs jardins quand ils le peuvent. Le lac n'était pas plus profond
que n'est haute une stature d'homme jusqu'à la poitrine.
Ses eaux que ne troublait aucun mélange, montraient son
fond de sable très fin, de telle sorte que quiconque n'aurait
pas eu autre chose à faire aurait pu en compter les grains s'il
l'eût voulu. Et ce n'était pas seulement le fond que laissait
voir l'eau limpide, mais des poissons courant çà et là en
telle quantité, qu'outre le plaisir c'était une merveille. Le
lac n'avait pas d'autre rive que le pré qui étalait tout autour
d'autant plus de beauté qu'il recevait plus d'humidité. L'eau
surabondante était reçue dans un autre petit canal par lequel,
sortant du vallon, elle s'échappait en courant vers les parties
plus basses.

« Arrivées en cet endroit les jeunes dames, après avoir
regardé partout, admirèrent fort le site. Puis, comme la
chaleur était grande, et voyant devant elles cette jolie nappe
d'eau où il n'y avait pas à craindre qu'elles fussent vues,
elles résolurent de se baigner. Ayant ordonné à leur servante
de demeurer sur le chemin par lequel elles étaient venues,
afin de guetter si personne ne venait et de les avertir au besoin, elles se déshabillèrent toutes les sept et entrèrent dans
l'eau qui ne cachait pas plus la blancheur de leur corps qu'un
verre transparent ne ferait d'une rose vermeille. Y étant
toutes entrées, et l'eau n'en étant aucunement troublée, elles
se mirent çà et là à poursuivre de leur mieux les poissons
qui avaient fort à faire de se cacher, et à essayer de les
prendre avec les mains. Quand, au milieu de leurs joyeux
ébats, elles en eurent pris quelques-uns, et qu'elles furent
restées quelque temps dans l'eau, elles en sortirent, se revê-

tirent, et sans pouvoir plus louer cet endroit qu'elles ne
l'avaient déjà fait, le temps leur paraissant venu de rega-
gner la maison, elles se remirent en chemin d'un pas tranquille, ne cessant de parler de la beauté de ce vallon. Arrivées de très bonne heure au palais, elles trouvèrent les jeunes
gens qui jouaient encore à la place où elles les avaient laissés. Sur quoi, Pampinea leur dit en riant : « — Aujour-
d'hui, ma foi, nous vous avons trompés. — » « — Et comment? — dit Dioneo — commencez-vous donc d'abord par des
actes avant les paroles? — » Pampinea dit : « — Oui, mon
seigneur. — » Et elle lui raconta tout au long d'où elles
venaient, comment était fait l'endroit, à quelle distance il
était et ce qu'elles y avaient fait. Le roi, entendant parler
de la beauté de l'endroit, et étant désireux de le voir, fit sur
le champ commander le souper. Après que tous eurent soupé
à leur grand plaisir, les trois jeunes gens, suivis de leurs
laquais, s'en allèrent à cette vallée, et après avoir tout vu,
aucun d'eux n'y étant jamais venu, ils l'admirèrent comme
une des plus belles choses du monde. Puis, quand ils se
furent baignés et rhabillés, comme il se faisait tard, ils retournèrent à la maison où ils trouvèrent les dames qui dan-
saient une danse sur un air que chantait la Fiammetta. La
danse finie, ils se mirent à causer avec elles de la Vallée des
Dames dont ils dirent force bien et louanges. Pour quoi, le
roi ayant fait venir le sénéchal, lui ordonna d'y apprêter le
dîner pour le lendemain, et d'y faire apporter des lits dans
le cas où quelqu'un voudrait y dormir ou y faire la sieste.
Après quoi, ayant fait venir des lumières, du vin et des
confetti avec lesquels ils se réconfortèrent légèrement, il
ordonna que chacun se préparât à danser. Pamphile, ayant
sur son ordre organisé une danse, le roi se tourna vers Élisa
et lui dit gracieusement : « — Belle jeune dame, tu m'as

fait aujourd'hui honneur de la couronne, et je veux, ce soir, te faire honneur de la chanson; et pour ce, dis celle qui te plaira le mieux. — » A quoi Élisa répondit en souriant qu'elle le ferait volontiers; puis elle commença d'une voix suave de la façon suivante :

Amour, si je puis sortir de tes griffes,
 J'ai peine à croire
 Qu'aucun autre croc me prenne jamais.

Je me jetai toute jeune à travers ta bataille,
 La croyant une suprême et douce paix,
 Et je déposai toutes mes armes
 Comme fait celui qui a confiance.
 Mais toi, tyran déloyal, âpre, et rapace,
 Tu te jetas aussitôt sur moi
 Avec tes armes et tes ongles cruels.

Puis, une fois que je fus liée de tes chaînes,
 A celui qui est né pour me faire mourir,
 Moi, pleine de larmes amères et de chagrin,
 Tu me livras prisonnière et me mis en son pouvoir.
 Et sa tyrannie est si cruelle,
 Que jamais ne l'ont émue
 Soupirs, ni pleurs qui me tuent.

Toutes mes prières, le vent les emporte;
 Il n'en écoute et n'en veut écouter aucune.
 Pour quoi mon martyre croît à chaque heure,
 La vie m'est un ennui, et je ne sais pas mourir.
 Hélas! Seigneur, aie pitié de ma peine
 Et fais, toi, ce que je ne puis faire:
 Livre-le moi lié de tes liens.

Si tu ne veux pas faire cela, dénoue au moins
 Les liens noués par l'espérance.
 Hélas! je te prie, Seigneur, de le vouloir.

Si tu le fais, j'emporte encore la certitude
De redevenir belle, comme j'avais coutume de l'être,
Et, le chagrin étant oublié,
De me parer encore de fleurs blanches et vermeilles.

Quand Élisa eut terminé sa canzone en poussant un pi-
toyable soupir, bien que tous eussent été étonnés de telles
paroles, personne néanmoins ne put deviner le motif qui
lui faisait chanter de pareilles plaintes. Mais le roi, qui était
de bonne humeur, ayant fait appeler Tindaro, lui ordonna
de tirer sa cornemuse, au son de laquelle il fit organiser
force danses. Puis, une bonne partie de la nuit étant déjà
écoulée, il dit à chacun d'aller dormir.

SEPTIÈME JOURNÉE

La sixième journée du DÉCAMÉRON finie, commence la septième, dans laquelle, sous le gouvernement de Dioneo, on devise des tromperies que les femmes, poussées par l'amour ou en vue de leur propre salut, ont faites à leurs maris, que ceux-ci s'en soient aperçus ou non.

Toutes les étoiles avaient déjà disparu du côté de l'Orient, excepté celle que nous appelons Lucifer et qui brillait encore au milieu de l'aurore blanchissante, quand le sénéchal s'étant levé, s'en alla avec un nombreux bagage à la Vallée des Dames pour y disposer tout selon l'ordre qu'il en avait reçu de son maître. Après son départ, le roi ne tarda guère à se lever, réveillé qu'il avait été par le bruit des chargeurs et des bêtes de somme, et une fois levé, il fit également lever les dames et les jeunes gens. Les rayons du soleil pointaient à peine, quand tous se mirent en chemin, et il leur semblait que jamais les rossignols et les autres oiseaux n'avaient chanté si joyeusement qu'en cette matinée. Accompagnés par ces chants ils allèrent jusqu'à la Vallée des Dames, où ils furent accueillis par une multitude encore plus grande d'oiseaux qui leur parurent se réjouir de leur arrivée. Là, ils firent le tour de la vallée, l'examinant de nouveau dans tous ses détails, et elle leur parut d'autant plus belle que la veille, que l'heure du jour était plus conforme à sa beauté. Quand ils eurent rompu le jeûne avec de bons vins et des confetti, pour ne pas être en reste avec les oiseaux, ils se mirent à chanter, éveillant les échos de la vallée qui redisaient après eux les mêmes chansons auxquelles tous les oiseaux, comme s'ils ne voulaient pas être vaincus, mêlaient de nouveaux et de doux accents. L'heure de manger venue et les tables ayant été mises sous des lauriers touffus et les autres beaux arbres voisins du lac, ils allèrent s'y asseoir, selon qu'il plut au roi, et, tout en mangeant, ils voyaient les poissons nager par bandes nombreuses dans le lac, ce qui leur donnait parfois occasion de deviser tout aussi bien que de regarder. Le dîner fini, et les victuailles et les tables enlevées, ils se remirent à chanter, plus joyeux qu'auparavant. Puis, des lits ayant été disposés en plusieurs endroits de la vallée par le discret sénéchal qui les avait fait entourer de serges de France et fermer de rideaux, ceux à qui cela plut, purent aller dormir avec la permission du roi ; ceux qui ne voulurent pas dormir purent se livrer selon leur fantaisie aux autres passe-temps d'usage. Mais quand eut sonné l'heure où tous devaient être debout, et où l'on devait se réunir pour conter des nouvelles, le roi ayant fait étendre des tapis sur l'herbe, non loin de l'endroit où l'on avait mangé, ils s'assirent près du lac et le roi ordonna à Emilia de commencer. Celle-ci se mit à dire en souriant d'un air joyeux :

12.

NOUVELLE I

Gianni Lotteringhi entend frapper la nuit à sa porte et réveille sa femme. Celle-ci lui fait croire que c'est un fantôme. Tous deux vont le conjurer avec une prière, et le bruit cesse.

« — Mon seigneur, il m'aurait été très agréable, si pourtant cela vous avait plu, qu'une autre eût entamé une aussi belle matière que celle sur laquelle nous devons parler ; mais puisqu'il vous agrée que je rassure en cela toutes nos compagnes, je le ferai volontiers. Je m'ingénierai donc, très chères dames, à vous dire chose qui puisse vous être utile dans l'avenir, pour ce que si les autres sont aussi peureuses que moi, surtout quand il s'agit de fantômes que nous craignons toutes également — quoique, Dieu le sait, j'ignore ce que c'est et que je n'aie jamais trouvé personne qui le sût — vous pouvez, en retenant bien ma nouvelle, apprendre une sainte et bonne oraison très efficace pour chasser les fantômes quand ils viendront vers vous.

« Il y eut autrefois à Florence, dans la rue San Brancazio, un cardeur de laine nommé Gianni Lotteringhi, homme plus heureux en son art que sage dans les autres choses, car, bien qu'il fût simple d'esprit, il avait été à plusieurs reprises fait chef des chantres de Santa Maria Novella, ce qui l'obligeait à recevoir chez lui leurs assemblées et à d'autres charges de ce genre, dont il était très fier. Et cela lui arrivait parce qu'étant à son aise, il donnait de bons repas à ses confrères. Ceux-ci qui en tiraient souvent qui des chausses, qui une cape, qui un scapulaire, lui apprenaient de bonnes oraisons, et lui donnaient le Pater-Noster en langue vulgaire, la complainte de saint Alexis, les lamentations de saint Bernard, l'hymne de madame Mathilde, et autres balivernes qu'il tenait pour très précieuses et qu'il conservait avec grand soin pour le salut de son âme.

« Or, ce Gianni Lotteringhi avait pour femme une très belle et charmante dame, nommée Monna Tessa, fille de Mannuccio da la Cuculia, sage et fort avisée. Cette dame, connaissant la simplicité de son mari, et s'étant amourachée de Federigo di Neri Pegolotti, beau et fringant jeune homme dont elle était également aimée, s'arrangea avec sa servante pour que Federigo vînt lui parler dans une fort belle maison de plaisance que le susdit Gianni avait à Camerata, et où elle résidait pendant tout l'été, tandis que Gianni n'y venait que rarement souper et coucher, après quoi il s'en retournait le lendemain matin à sa boutique et le plus souvent à ses chantres. Federigo, qui désirait ardemment cela, ne manqua point d'y aller au jour qui lui avait été désigné, et Gianni n'y venant point ce soir là, il soupa et coucha tout à son aise et à son grand plaisir avec la dame; quant à celle-ci, pendant qu'il la tenait la nuit dans ses bras, elle lui apprit bien six des oraisons de son mari. Mais comme elle n'entendait pas que ce rendez-vous fût le dernier, ayant été le premier, ils convinrent ensemble du moyen suivant afin que la servante n'eût pas besoin d'aller chaque fois le prévenir : chaque jour, en allant à une maison de campagne qu'il avait un peu plus haut, ou quand il en reviendrait, il jetterait un coup d'œil dans une vigne qui se trouvait à côté de la maison de la dame et où il verrait une tête d'âne posée sur un des échalas de cette vigne; quand il verrait la tête le museau tourné vers Florence, il pourrait en toute sécurité et sans crainte venir la trouver le soir à la nuit, et s'il ne trouvait pas la porte ouverte, il n'aurait qu'à frapper doucement trois coups et la porte s'ou-

vrirait ; et quand il verrait la tête le museau tourné vers Fiesole
il ne devrait pas venir, pour ce que Gianni y serait.

« Procédant de cette façon, ils eurent plusieurs rendez-vous.
Mais un jour que Federigo devait souper avec Monna Tessa,
et que celle-ci avait fait cuire deux gros chapons, il advint
que Gianni, qu'on n'attendait point, arriva et fort tard ; de
quoi la dame fut très fâchée ; aussi, son mari et elle soupèrent d'un peu de viande salée qu'elle avait fait bouillir à part ;
quant aux deux chapons, elle les fit mettre par sa servante
dans une nappe blanche, et porter, avec plusieurs œufs frais
et un flacon de bon vin, dans son jardin où l'on pouvait aller
sans passer par la maison et où elle avait l'habitude de souper quelquefois avec Federigo. Elle recommanda à la servante
de poser toutes ces choses au pied d'un pêcher qui était au
coin d'un pré. La précipitation fut si grande, qu'elle ne se
souvint pas de dire à la servante d'attendre jusqu'à ce que
Federigo arrivât, et de lui dire que Gianni y était, et qu'il
eût à emporter ce qui était dans le jardin.

« Sur ces entrefaites, la dame et Gianni étant allés au lit,
ainsi que la servante, Federigo ne tarda guère à venir ; et
frappa doucement un coup à la porte, laquelle était si voisine
de la chambre que Gianni l'entendit aussitôt ; la dame l'entendit de son côté, mais pour que Gianni n'eût aucun soupçon sur elle, elle fit semblant de dormir. Mais après avoir
attendu un instant, Federigo frappa un second coup ; de quoi
Gianni s'étonnant, il poussa la dame du coude et dit : « — Tessa,
« entends-tu comme moi ? Il semble qu'on frappe à notre
« porte. — » La dame, qui l'avait mieux entendu que lui,
fit semblant de s'éveiller et dit : « — Que dis-tu ? Qu'est-
« ce ? — » « — Je dis — reprit Gianni — qu'il semble qu'on
« frappe à notre porte. — » La dame dit : « — On frappe ?
« Hélas ! mon cher Gianni, ne sais-tu donc pas ce que

« c'est? c'est le fantôme, grâce auquel j'ai eu ces nuits passées
« la plus grande peur qui s'est jamais vue, de sorte que,
« quand je l'entendais, je mettais ma tête sous les couver-
« tures, et je n'osais pas la retirer avant que le jour fût re-
« venu. — » Gianni dit alors : « — Va, femme, n'aie pas peur ;
« si c'est cela, je n'aurai qu'à dire le *Te Lucis* et la *Inteme-*
« *rata* et d'autres bonnes oraisons de ce genre, quand nous
« irons au lit, et à faire à chaque coin du lit le signe de la
« croix au nom du Père, du Fils et du Saint-Esprit, pour que
« nous n'ayions rien à craindre, car le fantôme, quelque
« puissance qu'il ait, ne pourra nous nuire. — »

   « La dame, craignant que Federigo ne la soupçonnât et
ne se fâchât contre elle, résolut de se lever et de lui faire
comprendre que Gianni y était ; c'est pourquoi elle dit à son
mari : « — Bien, bien ! tu dis de belles paroles, toi ; pour
« moi, je ne me croirai pas en sûreté, ni sauve, tant que
« nous ne l'aurons pas conjuré pendant que tu es là. — »
Gianni dit : « — Et comment le conjure-t-on ? — « La dame
dit : « — Je sais bien le conjurer, car l'autre jour, quand j'al-
« lai au pardon, à Fiesole, une de ces recluses qui sont
« bien, mon cher Gianni, la chose la plus sainte qu'au nom
« de Dieu je puisse te dire, me voyant si peureuse, m'apprit
« une bonne et sainte oraison et me dit qu'elle l'avait éprou-
« vée plusieurs fois avant d'être recluse, et qu'elle lui avait
« toujours réussi. Mais Dieu sait que je n'aurais jamais osé
« aller l'essayer seule ; mais maintenant que tu es ici, je veux
« que nous allions conjurer le fantôme. — » Gianni dit que
cela lui plaisait fort ; sur quoi, s'étant levés, ils allèrent tous
deux doucement jusqu'à la porte, au dehors de laquelle Federigo, déjà soupçonneux, attendait. Arrivés là, la dame dit
à Gianni : « — Tu cracheras, quand je te le dirai. — »
Gianni dit : « — Bon ! — » et la dame, commençant l'orai-

son, dit : « — Fantôme, fantôme, qui vas de nuit, tu es venu
« ici la queue levée et tu t'en retourneras la queue levée. Vas
« dans le jardin, tu trouveras, au pied du gros pêcher, deux
« chapons cuits et cent œufs de ma poule; mets les lèvres
« au flacon et va-t-en, et ne nous fais pas de mal, à moi et
« à mon mari Gianni. — » Après quoi, elle dit à son mari :
« — Crache, Gianni. — » Et Gianni cracha.

« Federigo, qui était en dehors, et qui entendait tout cela,
avait déjà chassé tout soupçon, et malgré sa mauvaise humeur, il avait si grande envie de rire, qu'il en crevait et
disait tout bas, quand Gianni crachait : « — Crache tes
« dents ! — » Quand la dame eut conjuré trois fois le fantôme de cette manière, elle retourna au lit avec son mari.
Federigo, qui s'attendait à souper avec elle, et qui par conséquent n'avait pas soupé, comprit fort bien le sens de l'o-
raison ; il s'en alla au jardin, et ayant trouvé, au pied du
gros pêcher, les deux chapons, le vin et les œufs, il les porta
chez lui, où il soupa tout à son aise. S'étant ensuite plusieurs
autres fois trouvé avec la dame, il rit beaucoup avec elle de
sa façon de conjurer les fantômes.

« Il est vrai que d'aucuns disent que la dame avait bien
tourné la tête d'âne du côté de Fiesole, mais qu'un laboureur,
passant par la vigne, lui avait donné un coup de bâton qui
lui avait fait faire plusieurs tours sur elle-même, et qu'elle
était restée tournée vers Florence ; pour quoi, Federigo,
croyant être attendu par la dame, était venu. Quant à la
dame, elle avait fait l'oraison en cette guise : « — Fantôme,
« fantôme, va-t-en avec Dieu ; car ce n'est pas moi qui ai
« tourné la tête de l'âne ; c'est un autre qui l'a fait, et que
« Dieu l'en punisse. Moi je suis ici avec mon mari Gianni. — »
Pour quoi Federigo s'en était allé, sans souper et sans gîte.
Mais une mienne voisine, qui est une dame fort vieille, m'a

dit que l'une et l'autre version sont vraies, selon ce qu'elle avait su, étant enfant ; mais que la dernière n'était pas arrivée à propos de Gianni Lotteringhi, mais à un certain individu nommé Gianni di Nello, qui demeurait près la porte San Piero, et qui était non moins sot que Gianni Lotteringhi. Et pour ce, mes chères dames, c'est à vous de choisir celle des deux versions qui vous plaira le plus, à moins que vous ne vouliez les adopter toutes les deux. Elles ont une grandissime vertu en pareilles occasions, comme vous venez de le voir. Apprenez-les ; elles pourront encore vous servir. — »

NOUVELLE II

Peronella entendant son mari rentrer, fait cacher un sien amant dans un cuvier que le mari venait justement de vendre. Elle lui dit qu'elle l'a vendu de son côté à quelqu'un qui est entré dedans pour voir s'il est en bon état. L'amant étant sorti du cuvier, le fait nettoyer par le mari pendant qu'il caresse la femme, puis le fait porter chez lui.

La nouvelle d'Emilia fut écoutée avec de grands éclats de rire, et l'oraison tenue pour bonne et sainte. La nouvelle venue à sa fin, le roi ordonna à Philostrate de poursuivre, et celui-ci commença aussitôt : « — Mes très chères dames, les tromperies que vous font les hommes, et spécialement les maris, sont si nombreuses, que lorsqu'il arrive parfois qu'une femme trompe son mari, non-seulement vous devriez être satisfaites que cela soit arrivé et vous montrer contentes de le savoir ou de l'entendre dire à d'aucuns, mais vous devriez aller vous-mêmes le dire partout, afin d'apprendre aux hommes que, s'ils savent de bons tours, les femmes, de leur côté, en savent autant qu'eux ; ce qui ne peut qu'être fort utile, pour ce que quand on sait que les autres savent aussi, on ne se hasarde pas à la légère à vouloir les tromper. Il n'est pas douteux que ce que nous dirons aujourd'hui sur ce sujet étant su par les hommes, ce ne leur soit une fort belle occasion de refréner leur envie de vous tromper, quand ils sauront que vous sauriez aussi les tromper, si vous le vouliez. J'ai donc l'intention de vous dire ce que, bien qu'elle fût de basse condition, une jeune femme fit à son mari, pour se tirer d'embarras.

« Il n'y a pas encore longtemps qu'un pauvre homme de Naples prit pour femme une belle et avenante jeune fille nommée Peronella. Tous deux travaillant, lui de son état de maçon et elle à filer, ils gagnaient assez péniblement leur vie, et se tiraient d'affaire de leur mieux. Il advint qu'un jeune galant, ayant vu un jour cette Peronella, et celle-ci lui plaisant fort, il s'amouracha d'elle ; et d'une façon ou d'une autre, il la pressa si vivement, qu'elle finit par se familiariser avec lui. Afin de pouvoir se trouver ensemble, ils convinrent de ceci : quand le mari la quitterait le matin pour aller travailler, le jeune homme devrait se tenir aposté de façon à le voir sortir, et comme la rue où il restait, et qui s'appelait Avorio, était fort solitaire, aussitôt que le mari serait sorti, l'amoureux entrerait ; et ainsi ils firent plusieurs fois. Mais il advint qu'un matin, le brave homme étant sorti et Giannello Strignario — c'est ainsi qu'avait nom le jeune homme — se trouvant avec Peronella, le mari, qui ne devait pas rentrer de tout le jour, revint au bout de peu de temps à la maison. Trouvant la porte fermée, il frappa, et après avoir frappé il se dit en lui-même : « — Mon Dieu, sois à « jamais loué ; car bien que tu m'aies fait pauvre, tu m'as « au moins récompensé en me donnant pour femme une

« brave et honnête jeune fille. Voyez comme elle a tout de suite
« fermé la porte, dès que j'ai été sorti, afin que personne
« ne pût entrer et me causer de l'ennui ! — »

« Peronella, ayant reconnu son mari à sa manière de frapper, dit : « — Hélas ! mon Giannello, je suis morte, et je ne
« sais ce que cela veut dire, car il ne revient jamais à cette
« heure ; peut-être t'a-t-il vu quand tu es entré. Mais, pour
« l'amour de Dieu, quoi qu'il en soit, entre dans ce cuvier
« que tu vois là ; puis j'irai lui ouvrir et nous verrons ce
« que cela veut dire de revenir si matin à la maison. — »
Giannello entra lestement dans le cuvier, et Peronella étant
allée à la porte, ouvrit au mari et lui dit d'un air de mauvaise humeur : « — Qu'est-ce qu'il y a de nouveau, que tu
« reviens de si bonne heure à la maison ce matin ? A ce qu'il
« me semble tu ne veux rien faire aujourd'hui, que je te
« vois revenir avec tes outils en main ; et si tu fais ainsi, de
« quoi vivrons-nous ? où prendrons-nous du pain ? Crois-tu
« que je souffrirai de te voir mettre en gage mes jupes et
« mes autres nippes ? Moi qui ne fais, le jour et la nuit,
« que filer, tellement que la chair m'en tombe des ongles,
« pour pouvoir au moins avoir assez d'huile pour faire brûler
« notre lampe ! Mari, mari, il n'y a pas de voisine qui ne s'é-
« tonne et ne se moque de moi, à cause de la grande peine
« que j'endure ; et toi, tu me reviens à la maison les mains
« pendantes, quand tu devrais être à travailler ! — » Cela dit,
elle se mit à pleurer et à dire de nouveau : « — Hélas ! mal-
« heureuse, en quelle male heure suis-je née, à quelle extré-
« mité suis-je venue ! J'aurais pu épouser un jeune homme
« si bien, et je n'ai pas voulu pour prendre celui-ci qui ne
« pense pas le moins du monde à la femme qu'il a chez lui !
« Les autres se donnent du bon temps avec leurs amants, et
« il n'y en a pas qui n'en ait deux et même trois ; et elles

« mènent joyeuse vie, et elles font prendre à leurs maris la
« lune pour le soleil. Et moi, malheureuse, parce que je
« suis bonne et que je ne me soucie pas de ces sortes de
« choses, je souffre mal et male heure. Je ne sais pas pour-
« quoi je n'en prends pas de ces amants, comme font les
« autres ; j'en trouverais bien un, car il n'en manque pas de
« beaux et bien faits qui m'aiment et qui me veulent du bien,
« et qui m'ont envoyé offrir de grosses sommes, des robes
« ou des bijoux. Mais jamais je n'ai consenti à les entendre,
« pour ce que je ne suis pas fille de femme à cela. Et toi, tu
« me reviens à la maison, quand tu devrais être à tra-
« vailler ! — »

« — Eh ! femme — dit le mari — ne te fais, par Dieu, pas de
« chagrin. Tu dois savoir que je connais qui tu es, et certes
« ce matin je m'en suis bien aperçu. Il est vrai que j'étais
« parti pour travailler, mais je vois que tu ne sais pas, comme
« je l'ignorais moi-même, que c'est aujourd'hui la fête de
« San Galeone, et qu'on ne travaille pas ; pour quoi, je suis
« revenu à la maison. Mais j'ai néanmoins pourvu à la chose
« et trouvé moyen d'avoir du pain pour plus d'un mois, car
« j'ai vendu à celui que tu vois avec moi le cuvier que tu
« sais, et qui embarrasse depuis si longtemps la maison ; et
« il m'en donne cinq sequins. — » Peronella dit alors :
« — Et j'en suis fâchée ; toi qui es un homme, et qui vas
« partout et qui devrais être au courant des choses, tu as
« vendu cinq sequins un cuvier que moi, femme, qui ne sors
« presque jamais, et voyant l'embarras qu'il nous causait,
« j'ai vendu sept sequins à un brave homme qui venait d'y
« entrer comme tu es revenu, pour voir s'il était en bon
« état. — » Quand le mari entendit cela, il fut plus que
content et dit à celui qui était venu avec lui : « — Mon brave
« homme, va-t-en avec Dieu ; tu entends que ma femme l'a

« vendu sept séquins tandis que tu ne m'en donnes que
« cinq. — » Le bon homme dit : « — A la bonne heure! — »
Et il s'en alla.

« Peronella dit alors à son mari : « — Viens, toi, puisque
« tu es ici, et règle avec lui nos affaires. — » Giannello, qui
se tenait les oreilles dressées, pour voir ce qu'il avait à
craindre ou à espérer, oyant les paroles de Peronella, sortit
précipitamment du cuvier, et, comme s'il n'avait rien entendu
de l'arrivée du mari, il se mit à dire : « — Où es-tu, brave
« femme? — » A quoi le mari, qui était entré, dit : « — Me
« voici, que veux-tu? — » Giannello dit : « — Qui es-tu?
« Je demande la femme avec qui j'ai fait marché de ce cu-
« vier. — » Le bon homme dit : « — Fais sans crainte avec
« moi, car je suis son mari. — » Giannello dit alors :
« — Le cuvier me paraît en bon état, mais il me semble que
« vous y avez tenu des ordures, car il est tout embrenné de
« je ne sais quoi de sec que je ne peux enlever avec les on-
« gles; et je ne le prendrais pas avant de le voir nettoyé. — »
Peronella dit alors : « — Non, le marché ne sera point rompu
« pour cela; mon mari va tout le nettoyer. — » Et le mari
dit : « — Oui, bien. — » Et ayant déposé ses outils, et s'é-
tant mis en manches de chemise, il se fit donner une lumière
et un racloir; puis il entra dans le cuvier et se mit à racler.
Et Peronella, comme si elle voulait voir ce qu'il faisait, mit
la tête à l'ouverture du cuvier qui n'était pas grande, et passant aussi l'un de ses bras et toute l'épaule, elle commença à
dire : « — Racle ici, racle là; racle de ce côté; vois, il est resté
« là un peu de saleté. — » Et pendant qu'elle se tenait dans
cette posture, et qu'elle donnait ces indications à son mari,
Giannello, qui ce matin-là n'avait pas entièrement fourni
son office au moment où le mari était revenu, voyant qu'il ne
pouvait se contenter comme il aurait voulu, résolut de faire

comme il pourrait. S'étant approché de la jeune femme qui fermait totalement l'ouverture du cuvier, il satisfit son juvénile désir à la façon dont les chevaux emportés et échauffés d'amour saillissent les cavales dans les vastes champs de Parthe. Et quasi en un même temps, l'affaire fut menée à bonne fin et le cuvier raclé ; sur quoi le galant s'étant éloigné, la Peronella retira sa tête du cuvier et le mari sortit. Alors Peronella dit à Giannello : « — Prends cette lumière, brave « homme, et vois s'il est nettoyé à ton idée. — » Giannello, ayant regardé dedans, dit que cela allait bien et qu'il était satisfait ; et, ayant donné les sept sequins, il fit porter le cuvier chez lui. — »

NOUVELLE III

Frère Renauld couche avec sa commère. Le mari le trouve dans la chambre de celle-ci, et tous deux lui font croire qu'ils conjuraient les vers de son petit enfant.

Philostrate ne sut point parler des cavales de Parthe à mots si couverts, que les malignes dames n'en rissent, tout en faisant semblant de rire d'autre chose. Mais quand le roi eut reconnu que sa nouvelle était achevée, il ordonna à Elisa de conter à son tour. Celle-ci, toute prête à obéir, commença : « — Plaisantes dames, la façon de conjurer les fantômes, dont a parlé Émilia, m'a fait revenir en la mémoire une nouvelle à propos d'une autre façon de les exorciser. Bien que cette manière ne vaille pas la précédente, je vous la raconterai cependant, pour ce que présentement il ne m'en revient point d'autre concernant notre sujet.

« Il faut que vous sachiez qu'à Sienne fut jadis un jeune garçon très beau et de famille honorable, nommé Renauld. Il aimait souverainement une sienne voisine, fort belle dame et femme d'un homme riche, et vivait dans l'espoir que, s'il pouvait trouver un moyen de lui parler sans qu'on le sût, il obtiendrait d'elle tout ce qu'il désirait. Mais n'en voyant aucun, et la dame étant grosse, il songea à devenir son compère; sur quoi, ayant fait la connaissance du mari, il lui fit part le plus adroitement qu'il put, de son désir, et il fut fait selon qu'il le voulait; Renauld étant donc devenu le compère de madame Agnès, et ayant par là un prétexte de pouvoir lui parler plus sûrement, lui fit connaître son intention, qu'elle avait du reste déjà devinée aux regards qu'il lui décochait. Mais cela l'avança peu, bien qu'il ne déplût point à la dame de l'avoir entendu. Il advint peu de temps après que Renauld, pour une raison ou pour une autre, se fit moine, et quelque goût qu'il trouvât à la pâture, il y persévéra. Et bien que, au moment où il se fit moine, il eût quelque peu mis de côté l'amour qu'il portait à sa commère ainsi que certains autres vains désirs, cependant, avec le temps, sans abandonner pour cela l'habit de religieux, il y revint, et recommença à prendre plaisir à se montrer, à se vêtir de beaux et bons habits, à être en toutes choses élégant et paré, à composer des canzoni, des sonnets et des ballades et à les chanter, et tout plein d'autres choses semblables.

« Mais que dis-je de notre frère Renauld, dont nous parlons? Quels sont les moines qui n'en font pas autant? Ah! honte du monde mauvais! Il n'ont point vergogne de se montrer gros et gras, colorés de visage, efféminés dans leurs vêtements et dans tous leurs actes; ils marchent la poitrine bombée, la crête levée, non comme des colombes, mais comme des coqs triomphants. Et, ce qui est pis — sans

parler de leurs cellules, remplies de petites fioles de pom-
mades et d'onguents, de pots de confitures variées, de flacons
d'eaux de senteur, d'huiles parfumées, de bouteilles de mal-
voisie et d'autres vins grecs très rares et très estimés, tellement qu'on se croirait non dans des cellules de moines, mais
dans des boutiques de pharmaciens ou de parfumeurs — ce
qui est pis, c'est qu'ils ne rougissent pas qu'on sache qu'ils
sont goutteux ; ils s'imaginent qu'on ne sait pas que les
jeûnes, une nourriture peu abondante et simple, une vie
sobre font devenir les hommes maigres, dégagés et plus
sains, et que si parfois cette façon de vivre les rend malades,
ils ne sont pas du moins malades de la goutte, à laquelle on
a coutume de donner pour remède la chasteté et choses semblables qui conviennent au genre de vie d'un modeste moine.
Ils s'imaginent aussi qu'on ne sait pas qu'en dehors d'une
existence sobre, les longues veilles, les prières et les disci-
plines rendent les hommes pâles et sérieux, et que ni
saint Dominique, ni saint François n'avaient quatre robes
pour une, et qu'ils se vêtissaient non d'habits de draps richement teints ou d'autres vêtements somptueux, mais
d'habits faits de grosse laine de couleur naturelle, pour se
défendre du froid et non pour faire belle figure. A toutes
ces choses, Dieu veuille pourvoir, comme aux âmes des
gens simples qui nourrissent ces fainéants, car il en est bon
besoin.

« Frère Renauld étant donc retourné à ses premiers ap-
pétits, recommença à faire de fréquentes visites à la commère
et, son audace croissant, il se mit à la presser, avec de plus
vives instances qu'auparavant, pour ce qu'il désirait d'elle.
La bonne dame se voyant pressée de la sorte, et frère Renauld
lui paraissant plus bel homme qu'il ne lui avait paru tout
d'abord, eut recours, un jour qu'il la sollicitait vivement,

au moyen qu'emploient toutes celles qui ont bonne envie d'accorder ce qu'on leur demande, et elle dit : « — Comment, « frère Renauld, les moines font-ils de pareilles choses? — » A quoi frère Renauld répondit : « — Quand j'aurai ôté de « mon dos ce capuchon — et je ne serai pas long à l'ôter — « je vous semblerai un homme fait comme les autres, et « non un moine. — » La dame fit bouche souriante, et dit : « — Hélas! malheureuse que je suis; vous êtes mon « compère, comment une telle chose pourrait-elle se faire? Ce « serait un trop grand mal; et j'ai souvent entendu dire que « c'est un très gros péché; et certes, s'il n'en était point ainsi, « je ferais ce que vous voulez. — » A quoi frère Renauld dit : « — Vous êtes une sotte, si vous vous laissez arrêter « par cela. Je ne dis pas que ce ne soit point un péché, « mais Dieu en pardonne de plus grands à qui se repent. « Mais dites-moi : qui est plus proche parent de votre fils, « ou moi qui le tins au baptême, ou votre mari qui l'en- « gendra? — » La dame répondit : « — C'est mon mari « qui est plus proche parent. — » « — Et vous dites vrai — « repartit le moine — et moi qui suis moins proche parent de « votre fils que ne l'est votre mari, je dois pouvoir coucher « avec vous, absolument comme le fait votre mari. — » La dame, peu forte en logique et qui aurait eu besoin d'un peu d'esprit, crut ou fit semblant de croire que le moine disait vrai, et répondit : « — Qui saurait répondre à vos sages « paroles? — » Puis, nonobstant le compérage, elle con- sentit à faire selon son plaisir.

« Ils ne se bornèrent pas à cette première expérience, mais, sous le couvert du compérage, ayant toutes leurs aises, ils se retrouvèrent ensemble plus d'une fois. Mais il advint un jour que frère Renauld étant venu chez la dame, et voyant qu'il n'y avait personne qu'une petite servante très

belle et très appétissante, l'envoya au colombier avec un
sien compagnon qu'il avait avec lui, pour lui enseigner le
Pater noster; quant à lui, il entra avec la dame qui tenait
son petit enfant par la main, dans la chambre à coucher, et
s'étant enfermé avec elle, ils montèrent tous deux sur le lit
et se mirent à se trémousser de leur mieux. Sur ces entrefaites, le compère revint, et sans avoir été entendu de personne, arriva jusqu'à la porte de la chambre, frappa et
appela la dame. Madame Agnès, l'entendant, dit : « — Je
« suis morte, car voici mon mari; il va maintenant voir
« quel est le motif de notre liaison. — » Frère Renauld
était déshabillé, c'est-à-dire sans capuchon et sans robe,
en simple jacquette; à ces mots de la dame il dit : « — Vous
« dites vrai ; si pourtant j'étais habillé, on trouverait quel-
« que moyen de s'en tirer ; mais si vous lui ouvrez et qu'il
« me trouve en cet état, on ne pourra inventer aucune
« excuse . — » La dame, frappée d'une idée soudaine,
dit : « — Habillez vous vite, et dès que vous serez habillé,
« prenez votre filleul dans vos bras, et écoutez bien ce que
« je dirai à mon mari, de façon que vos paroles s'accordent
« ensuite avec les miennes, et laissez-moi faire. — »

  « Le bonhomme n'avait pas encore achevé de frapper,
quand sa femme répondit : — « Je viens t'ouvrir. — » Et
s'étant levée, elle alla d'un air souriant à la porte de la
chambre qu'elle ouvrit, et dit : « — Mon mari, je te dirai
« que frère Renauld, notre compère, est venu nous voir, et
« que c'est Dieu qui l'a envoyé, car certainement s'il n'était
« pas venu, nous aurions aujourd'hui perdu notre enfant. — »
En entendant cela, notre imbécile de mari faillit s'évanouir,
et il dit : « — Comment ? — » « — O mon mari — reprit la
« dame — il lui est venu aujourd'hui une telle faiblesse, que
« je crus qu'il était mort, et je ne savais que faire ni que

« dire, quand frère Renauld est arrivé. Il a pris l'enfant dans
« ses bras et a dit : « — Commère, ce sont des vers qu'il a
« dans le corps et qui, lui remontant au cœur, l'auraient
« bientôt tué ; mais n'ayez pas peur ; je vais les exorciser et
« je les ferai mourir tous, et avant que je m'en aille d'ici,
« vous verrez votre enfant aussi sain que vous l'avez jamais
« vu. — » Et comme nous avions besoin de toi pour dire cer-
« taines prières, et que la servante n'a pas su te trouver,
« Renauld a fait dire ces prières à son compagnon dans
« l'étage le plus élevé de la maison et lui et moi nous
« sommes entrés ici. Et pour ce que personne autre que la
« mère de l'enfant ne peut assister à pareille cérémonie,
« nous nous sommes enfermés pour qu'aucun étranger ne
« vienne nous déranger ; il a encore notre fils dans ses bras,
« et je crois qu'il n'attend plus que son compagnon ait fini
« de dire ses prières, pour que tout soit fait, car l'enfant
« est déjà tout à fait revenu à lui. — »

« Le benêt, croyant tout cela, fut tellement saisi, à cause
de l'affection qu'il avait pour son fils, qu'il ne lui vint pas à
l'esprit que sa femme le trompait ; mais, poussant un grand
soupir, il dit : « — Je veux aller le voir. — » La dame
dit : « — Non, n'y va pas ; tu gâterais ce qui a été fait ;
« attends, je vais voir si tu peux y aller, et je t'appellerai — »
Frère Renauld, qui avait tout entendu et s'était habillé en
toute hâte, avait pris l'enfant dans ses bras, et les choses
étant disposées à son gré, il appela : « — Eh ! commère,
« n'entends-je pas là-bas le compère ? — » L'imbécile répondit : « — Oui, messire. — » « — Donc — dit le moine — venez
« ici — » Le nigaud y alla ; sur quoi, frère Renauld dit : « —
« Vous voyez votre fils sain et sauf par la grâce de Dieu ; il
« y a un moment, j'ai cru que vous ne le verriez pas vivant
« à vêpres ; vous ferez mettre une image de cire, de sa

« grandeur, en l'honneur de Dieu, devant la statue de messer
« saint Ambroise, par les mérites duquel Dieu vous a fait
« cette grâce. — » L'enfant, voyant son père, courut à lui
et lui fit fête, comme font les petits enfants, et le père, l'ayant
pris dans ses bras, se mit à l'embrasser en pleurant, comme
s'il venait de le retirer du tombeau, et à rendre grâce à son
compère qui le lui avait guéri.

« Le compagnon de frère Renauld, qui avait appris à la
jeune servante non pas un, mais au moins quatre Pater
noster, et lui avait donné une petite bourse de soie blanche
qu'il avait reçue lui-même d'une dame veuve, l'une de ses dévotes, entendant le niais de mari frapper à la porte, était venu tout
doucement jusqu'à un endroit d'où il pouvait voir et entendre
ce qui se passait ; voyant que tout s'était bien terminé, il descendit, et entra dans la chambre en disant : « — Frère
« Renauld, j'ai dit en entier les quatre prières que vous
« m'aviez ordonné de dire. — » A quoi frère Renauld
dit : « — Mon frère, tu as bonne haleine, et tu as bien fait.
« Pour moi, quand mon compère est arrivé, je n'en avais
« encore dit que deux ; mais Dieu, ayant en égard ta peine
« et la mienne, nous a fait la grâce de guérir l'enfant. — »
Sur ce, le brave mari fit venir du bon vin et des confetti, et
en fit les honneurs au compère et à son compagnon qui en
avaient meilleur besoin que d'autre chose. Puis, étant sorti de
la maison avec eux, il les recommanda à Dieu. Enfin, ayant
fait faire sans retard l'image de cire, il la fit mettre avec les
autres devant la statue de saint Ambroise, mais pas celui de
Milan. — »

NOUVELLE IV

Tofano laisse une nuit sa femme à la porte de sa maison. La dame voyant que les prières sont inutiles, fait semblant de se jeter dans un puits et y jette une grosse pierre. Tofano sort de la maison et court au puits ; pendant ce temps, sa femme rentre dans la maison, le ferme dehors et lui dit des injures par la fenêtre.

Le roi, dès qu'il comprit que la nouvelle d'Elisa était finie, se tourna sans plus attendre vers la Lauretta, lui montrant par là qu'il lui plaisait qu'elle dît la sienne ; pour quoi, elle, sans hésiter, commença ainsi: « — O Amour, quelles et combien grandes sont tes forces! combien admirables sont ton jugement et ta prévoyance! quel philosophe, quel artiste aurait jamais pu ou pourrait montrer ces subterfuges, ces prévoyances, ces démonstrations que tu enseignes soudain à qui suit tes traces? Certes, toute autre science est tardive auprès de la tienne, ainsi qu'on peut très bien le voir par les ruses dont on vient de parler. A ces ruses, amoureuses dames, j'en ajouterai une employée par une femme toute simple, et telle que je ne sais pas quel autre qu'Amour aurait pu la lui enseigner.

« Il y avait donc autrefois à Arezzo un homme riche qu'on nommait Tofano. On lui donna pour femme une très belle jeune fille nommée Monna Ghita, dont sans savoir pourquoi il devint bientôt jaloux. La dame, s'en étant aperçu, en eut du dépit, et lui ayant plusieurs fois demandé la raison de sa jalousie sans qu'il sût lui en donner une, sinon de vagues et de mauvaises, il lui vint en l'esprit de le faire mourir du mal dont il avait peur sans motif. Ayant remarqué qu'un jeune homme, fort bien à son avis, la courtisait, elle commença par s'aboucher discrètement avec lui, et les choses étant allées

entre eux si loin qu'il ne leur manquait plus que d'ajouter
les actes aux paroles, la dame songea à trouver également un
moyen pour en venir là. Elle avait déjà remarqué qu'un des
défauts de son mari était d'aimer à boire ; non-seulement elle
se mit à l'y encourager, mais elle l'y poussa adroitement le
plus qu'elle put. Elle l'y habitua si bien que, aussi souvent
qu'elle voulait, elle l'amenait à boire jusqu'à s'enivrer et
quand elle le voyait tout à fait ivre, elle l'envoyait dormir ;
c'est ainsi qu'elle put se rencontrer une première fois avec
son amant, et qu'elle continua à le voir ensuite à diverses
reprises en toute sécurité.

« Elle prit tellement confiance dans l'ivresse de son mari,
que non-seulement elle s'enhardit à mener son amant chez
elle, mais qu'elle s'en allait parfois passer une grande partie
de la nuit dans la maison de ce dernier, laquelle maison n'é-
tait pas très loin de la sienne. L'amoureuse dame continuant
ce manège, il arriva que le malheureux mari vint à s'apercevoir que chaque fois qu'elle le poussait à boire, elle ne bu-
vait jamais elle-même ; il soupçonna alors la vérité, c'est-à-
dire que sa femme l'enivrait pour pouvoir faire tout à son
plaisir pendant qu'il était à dormir; et voulant, s'il était
ainsi, en avoir la preuve, il fit un soir semblant, sans avoir
bu de la journée, par ses actes et par ses paroles, d'être
l'homme le plus ivre qui fût jamais. La dame le crut, et ne
pensant pas qu'il fût besoin de le faire boire davantage, elle
le fit promptement coucher. Cela fait, selon son habitude,
elle sortit et s'en alla chez son amant où elle demeura jusqu'à
minuit.

« Tofano, dès qu'il n'entendit plus sa femme, se leva, alla à
la porte, la ferma en dedans et se mit à la fenêtre, afin de voir
la dame quand elle reviendrait, et de lui faire bien comprendre
qu'il s'était aperçu de sa conduite; là, il attendit jusqu'à ce

qu'elle revînt. La dame, étant revenue chez elle, et trouvant
la porte fermée, fut très marrie, et essaya de l'ouvrir de force.
Quand Tofano l'eut laissée faire pendant quelque temps, il
dit : « — Femme, tu te fatigues en vain, pour ce que tu ne
« pourras point entrer céans. Va, retourne là d'où tu viens,
« et sois assurée que tu ne reviendras jamais ici, jusqu'à ce
« qu'en présence de tes parents et des voisins, je t'aie fait,
« à ce sujet, l'honneur qui te convient. — » La dame se mit
alors à le prier pour l'amour de Dieu qu'il voulût bien lui
ouvrir, car elle ne venait point d'où il croyait, mais bien de
veiller chez une sienne voisine, pour ce que les nuits étant
longues, elle ne pouvait dormir tout le temps, ni veiller seule
à la maison. Mais les prières ne servaient à rien, sa brute de
mari étant résolu à faire connaître son déshonneur à tous les
habitants d'Arezzo, alors que personne n'en savait rien.

« La dame, voyant qu'il était inutile de prier, eut recours
aux menaces, et dit : « — Si tu ne m'ouvres pas, je te ferai
l'homme le plus malheureux qui soit en vie. — » A quoi
Tofano répondit : « — Et que peux-tu me faire ? — » La
dame, dont Amour avait déjà aiguisé l'esprit de ses conseils,
répondit : « — Plutôt que de souffrir la honte que tu veux
« me faire bien à tort, je me jetterai dans ce puits qui est
« là ; et quand ensuite on m'y trouvera morte, il n'est per-
« sonne qui ne croira que c'est toi qui m'y aura jetée, étant
« ivre ; alors il te faudra fuir, abandonner tout ce que tu as
« et t'exiler, ou bien on te coupera la tête comme à mon as-
« sassin, ce que tu auras véritablement été. — » Ces paroles
ne firent en rien démordre Tofano de sa sotte résolution ;
pour quoi, la dame dit : « — Or ça, je ne puis supporter
« plus longtemps ce traitement de ta part ; Dieu te par-
« donne ; tu feras prendre ma quenouille que je laisse ici. — »
Et cela dit, comme la nuit était tellement obscure qu'à peine

on eût pu se voir dans la rue, la dame alla vers le puits, prit une grosse pierre qui était à côté, et criant : Dieu te pardonne! elle la laissa tomber dans le puits.

« La pierre, en entrant dans l'eau, fit un grand bruit ; ce qu'entendant Tofano, il crut qu'elle s'était réellement jetée dans le puits ; pour quoi, ayant pris le seau et la corde, il sortit précipitamment de la maison pour aller à son secours, et courut au puits. La dame, qui s'était cachée tout contre la porte de la maison, dès qu'elle vit son mari courir vers le puits, rentra vivement et se fermant en dedans, elle alla à la fenêtre et se mit à dire : « — Il faut mettre de l'eau dans « son vin quand on le boit, mais non après, et surtout la « nuit. — » Tofano, l'entendant, comprit qu'il était joué ; il revint vers la porte, mais ne pouvant entrer, il se mit à dire à sa femme de lui ouvrir. Mais elle, après l'avoir laissé un instant se morfondre, comme il l'avait fait pour elle, se mit à lui crier : « — A la croix de Dieu, fastidieux ivrogne, « tu n'entreras point cette nuit ; je ne puis plus supporter « ta conduite ; il faut que je montre à tous qui tu es, et à « quelle heure de la nuit tu rentres à la maison. — » De son côté, Tofano, irrité, se mit à lui dire des injures et à crier ; sur quoi, les voisins, entendant tout ce bruit, se levèrent et tous, hommes et femmes, se mirent aux fenêtres et demandèrent ce qu'il y avait. La dame se mit à dire en pleurant : « — C'est ce malheureux homme qui me revient ivre le « soir à la maison, et qui, après s'être endormi dans les ta- « vernes, rentre ensuite à une heure pareille. Je l'ai long- « temps supporté, bien que cela ne me plût pas, mais ne « pouvant plus le souffrir, j'ai voulu lui faire cette honte de « le fermer dehors pour voir s'il se corrigera. — » D'un autre côté, cette brute de Tofano disait comment la chose s'était passée et proférait de grosses menaces. La dame disait

à ses voisins : « — Or, voyez quel homme c'est ! que diriez-
« vous si j'étais dans la rue, comme il y est, et qu'il fût dans
« la maison, comme j'y suis ? Sur ma foi en Dieu, je ne puis
« croire que vous pensiez qu'il dise la vérité. A cela, vous
« pouvez bien juger de son état. Il dit précisément que j'ai
« fait ce que je crois qu'il a fait lui-même. Il a cru m'effrayer
« en feignant de se jeter dans je ne sais plus quel puits ;
« mais plût à Dieu qu'il s'y fût vraiment jeté et qu'il s'y fût
« noyé; il aurait ainsi mis un peu d'eau dans le vin qu'il a
« bu en trop grande quantité. — »

« Les voisins, hommes et femmes, se mirent tous à blâmer Tofano, à lui donner tort et à l'apostropher sur ce qu'il
disait contre sa femme ; enfin, de voisin en voisin, la rumeur
devint si grande, qu'elle parvint jusqu'aux parents de la
dame. Ceux-ci étant accourus, et ayant entendu l'histoire de
la bouche d'un voisin ou d'un autre, empoignèrent Tofano,
et ils lui donnèrent tant de coups, qu'ils le laissèrent tout
rompu. Puis, étant entrés dans la maison, ils prirent ce
qui appartenait à la dame et s'en retournèrent avec elle
chez eux, menaçant Tofano d'un traitement pire. Tofano
se voyant en méchante situation, et comprenant où sa jalousie l'avait conduit, pour ce qu'il voulait toute sorte de
bien à sa femme, pria quelques amis de s'interposer et fit
tant qu'il obtint la paix et ramena la dame chez lui, lui promettant de ne plus jamais être jaloux ; en outre, il lui donna
licence de faire selon son bon plaisir, mais de façon qu'il ne
s'aperçût de rien. Ainsi, comme un fou, il fit la paix après
avoir reçu le dommage. Et vive Amour, et meure la guerre
et toute la boutique ! — »

NOUVELLE V

Un mari jaloux se déguise en prêtre et confesse sa femme. Celle-ci lui fait croire
qu'elle aime un prêtre, lequel vient la trouver toutes les nuits. Pendant que le
jaloux fait le guet pour surprendre le prêtre, la dame fait venir par les toits un
sien amant et se divertit avec lui.

La Lauretta avait terminé son récit, et chacun ayant fort
loué la dame, disant qu'elle avait bien fait et comme le méritait son méchant mari, le roi, pour ne point perdre de
temps, se tourna vers la Fiammetta et lui ordonna gracieusement de dire une nouvelle ; pour quoi celle-ci commença
de la sorte : « — Très nobles dames, la précédente nouvelle m'amène à vous parler aussi d'un jaloux, car j'estime
que ce que les femmes font à leurs maris, surtout quand
ceux-ci sont jaloux sans motif, est bien fait. Et si les faiseurs
de lois avaient bien pesé toute chose, je pense qu'en ceci ils
n'auraient pas plus prononcé de peine contre les femmes,
qu'ils n'en ont prononcé contre celui qui en frappe un autre
pour se défendre, pour ce que les jaloux sèment de pièges
la vie des jeunes femmes et poursuivent ardemment leur
mort. Pour elles, renfermées toute la semaine, et livrées aux
occupations de la famille et de la maison, elles désirent,
comme tout le monde, avoir les jours de fête quelque soulagement et quelque repos, pouvoir prendre quelques ébats,
comme en prennent les laboureurs des champs, les ouvriers
de la ville et les régisseurs des cours, comme fit Dieu lui-
même, qui, le septième jour, se reposa de toutes ses fatigues,
et comme enfin le veulent les lois divines et humaines qui,
en l'honneur de Dieu et pour le bien commun de tous, ont
fait une distinction entre les jours de travail et les jours de

repos. A quoi les jaloux ne veulent même pas consentir ; au contraire, ces jours-là, où tout le monde est joyeux, ils tiennent leurs femmes plus serrées, plus recluses et les rendent plus misérables et plus à plaindre. Dans quel ennui se consument les malheureuses, celles-là seules le savent qui l'ont éprouvé. Pour quoi, je conclus que ce qu'une femme fait à son mari injustement jaloux, doit être non point blâmé mais approuvé.

« Donc, il y eut à Arimino un marchand, riche de domaines et d'argent comptant, qui avait pour femme une fort belle dame dont il devint jaloux outre mesure. Il n'avait pas en cela d'autre motif que celui-ci : l'aimant beaucoup et la tenant pour belle, et reconnaissant qu'elle mettait tous ses soins à lui complaire, il pensait que tous les hommes devaient l'aimer, que tous devaient la trouver belle, et qu'elle devait s'efforcer de plaire aux autres comme à lui, raisonnement d'homme mauvais et de peu de sens. Étant jaloux de la sorte, il en prenait une telle garde et la tenait si strictement, que bien des gens condamnés à la peine capitale ne sont point gardés en prison avec de telles précautions. La dame, bien loin de pouvoir aller aux noces, aux fêtes ou même à l'église, loin de pouvoir mettre un pied hors de chez elle, n'osait point paraître à la fenêtre, ni regarder hors de la maison, pour quelque motif que ce fût ; aussi, sa vie était fort malheureuse, et elle supportait d'autant plus impatiemment cet ennui, qu'elle ne se sentait coupable en rien. Pour quoi, voyant que son mari lui faisait à tort injure, elle s'avisa, pour sa propre consolation, de chercher s'il n'y aurait pas moyen que cette injure lui fût faite à bon droit. Et comme elle ne pouvait pas se mettre à la fenêtre, et qu'ainsi elle n'avait aucun moyen de pouvoir se montrer contente de l'amour de quelqu'un qui aurait pu la remarquer en passant dans sa rue,

14.

sachant en-outre que dans la maison attenante à la sienne
demeurait un jeune homme beau et aimable, elle pensa que
s'il existait quelque trou dans le mur qui séparait les deux
maisons, elle pourrait voir ce jeune homme, de façon à lui
donner son amour, s'il voulait l'accepter ; puis, s'il y avait
moyen de se voir, qu'elle pourrait se rencontrer quelquefois
avec lui et, de la sorte, se distraire de son ennuyeuse vie,
jusqu'à ce que le diable fût sorti du ventre de son mari. En
furetant tantôt dans un coin, tantôt dans un autre, quand le
mari n'y était pas, elle s'aperçut, à force d'examiner le mur,
que ce mur était par hasard, dans une de ses parties les plus
cachées, légèrement entrouvert par une fente. Pour quoi,
ayant regardé par cette fente, bien qu'elle pût mal discerner
ce qu'il y avait de l'autre côté, elle comprit néanmoins que
c'était une chambre, et elle se dit à part soi : Si c'était la
chambre de Filippo — c'est-à-dire du jeune homme son voisin — la moitié de ma besogne serait faite. En conséquence,
elle fit secrètement guetter par sa servante qui s'intéressait à
elle, et elle s'assura qu'en effet le jeune homme couchait seul
dans sa chambre. Pour quoi elle allait souvent regarder par la
fente, et quand elle savait que le jeune homme était dans sa
chambre, elle faisait tomber par l'échancrure de petites
pierres, et autres broutilles semblables, si bien qu'un jour
le jeune homme s'étant approché pour voir ce que c'était,
elle l'appela doucement. Le voisin, reconnaissant sa voix, lui
répondit ; sur quoi, elle, profitant du moment, lui ouvrit en
peu de mots toute son âme. Enchanté de l'aventure, le jeune
homme fit de son côté si bien qu'il agrandit l'ouverture, de
façon toutefois que personne ne pût s'en apercevoir. Là, ils
purent à diverses reprises se parler et se toucher la main,
mais il leur était impossible de pousser plus avant à cause
de l'extrême vigilance du jaloux.

« Sur ces entrefaites, les fêtes de Noël approchant, la
dame dit à son mari que, s'il y consentait, elle désirait aller
à l'église le matin de la fête pour se confesser et communier,
comme font tous les chrétiens. A quoi le jaloux dit : « — Et
« quels péchés as-tu faits, que tu veux te confesser? — »
La dame dit : « — Comment! crois-tu que je sois une sainte
« parce que tu me tiens enfermée? Tu sais bien que j'ai
« commis des péchés, tout comme les autres personnes qui
« vivent ici ; mais je ne veux pas te les dire, car tu n'es point
« prêtre. — » Le jaloux conçut du soupçon de ces paroles,
et voulant savoir quels péchés elle avait commis, il songea à
trouver un moyen pour parvenir à ses fins. Il répondit à sa
femme qu'il y consentait, mais qu'il ne voulait pas qu'elle
allât à une autre église qu'à leur chapelle ; qu'il entendait
qu'elle y allât pendant la matinée et qu'elle se confessât à
leur chapelain, ou à un prêtre que le chapelain lui indi-
querait et non à un autre, puis qu'elle revînt sur le champ
à la maison. Il sembla à la dame qu'elle comprenait à demi ;
mais sans plus rien dire, elle répondit qu'elle ferait ainsi.

« Le jour de la fête venu, la dame se leva dès l'aurore,
et s'étant apprêtée, elle s'en alla à l'église qui lui avait été
assignée par son mari. De son côté notre jaloux s'étant levé,
s'en alla à la même église où il arriva avant elle. Comme il
s'était déjà concerté avec le chapelain pour ce qu'il voulait
faire, il endossa à la hâte une robe de prêtre avec un grand
capuchon qui lui couvrait les oreilles, comme nous voyons
les prêtres en porter, et le ramenant le plus en avant qu'il
put, il alla s'asseoir dans le chœur. La dame, arrivée à
l'église, fit demander le chapelain ; celui-ci vint, et apprenant
de la dame qu'elle voulait se confesser, il dit qu'il ne pouvait
pas l'entendre, mais qu'il allait l'adresser à un de ses confrères, et s'étant retiré il alla trouver le jaloux en sa male

heure. Celui-ci vint aussitôt en dissimulant de son mieux ;
mais bien qu'il ne fît pas encore grand jour et qu'il se fût
mis fort avant le capuchon sur les yeux, il ne sut pas tellement se cacher, qu'il ne fût promptement reconnu par la
dame, laquelle, le voyant se dit à part soi : « — loué soit Dieu !
« le voici de jaloux devenu prêtre ! mais laissons faire ; je lui
« ferai trouver ce qu'il va chercher. — » Ayant donc fait semblant de ne pas le reconnaître, elle s'agenouilla à ses pieds.
Messire le jaloux s'était mis de petits cailloux dans la bouche,
afin de s'embarrasser la voix, de façon qu'elle ne pût pas être
reconnue par sa femme, estimant qu'en tout le reste il était
assez bien déguisé pour qu'elle ne devinât point que c'était
lui.

« Or, ayant commencé sa confession, la dame, entre
autres choses qu'elle lui dit, lui déclara qu'elle était mariée
et que cependant elle était amoureuse d'un prêtre qui venait
toutes les nuits coucher avec elle. Quand le jaloux entendit
cela, il lui sembla qu'on lui donnait un coup de couteau dans
le cœur ; et n'eût été le désir qui l'étreignait d'en savoir
davantage, il aurait renoncé à continuer la confession et
s'en serait allé. Faisant donc ferme contenance il demanda
à la dame : « — Et comment cela se peut-il ? Votre mari ne
« couche-t-il pas avec vous ? — » La dame répondit :
« — Messire, oui. — » « — Donc — dit le jaloux — com-
« ment le prêtre peut-il y coucher aussi ? — » « Messire —
« dit la dame — je ne sais comment le prêtre s'y prend,
« mais il n'y a point à la maison de porte si bien fermée
« qu'elle ne s'ouvre dès qu'il y touche ; et il m'a dit que,
« quand il est arrivé à la porte de ma chambre, avant de
« l'ouvrir il prononce certaines paroles qui font qu'inconti-
« nent mon mari s'endort ; alors, il ouvre la porte, entre et
« se couche près de moi, et cela ne manque jamais. — » Le

jaloux dit alors : « — Madame, cela est très mal, et il faut
« que vous cessiez tout à fait. — » A quoi la dame dit :
« — Messire, je ne crois pas pouvoir jamais faire comme
« vous dites, pour ce que je l'aime trop. — » « — Alors —
« dit le jaloux — je ne pourrai vous donner l'absolution. — »
A quoi la dame dit : « — J'en suis fâchée ; je ne suis pas venue
« ici pour vous dire des mensonges ; si je croyais pouvoir le
« faire, je vous le dirais. — » Le jaloux dit alors : « — En
« vérité, madame, j'ai pitié de vous, car je vois qu'en cette
« circonstance vous perdez votre âme ; mais moi, pour vous
« rendre service, je veux prendre peine à faire spécialement
« mes prières à Dieu en votre nom ; peut-être vous aideront-
« elles. Je vous enverrai aussi quelquefois un mien petit
« clerc, à qui vous direz si elles vous ont servi ou non ; et
« si elles vous ont été utiles, nous verrons à faire mieux. — »
A quoi la dame dit : « — Messire, gardez-vous de m'envoyer
« personne chez moi, car si mon mari le savait, il est si fort
« jaloux que rien au monde ne lui ôterait de la tête qu'on
« vient dans une mauvaise intention, et de toute l'année je
« n'aurais pas un moment de tranquillité avec lui. — »
A quoi le jaloux dit : « — Madame, ne vous mettez pas en
« peine de cela, car je m'arrangerai certainement de façon
« que vous n'aurez jamais de reproche de lui à ce sujet. — »
La dame dit alors : « — Si cela vous encourage à le faire,
« j'y consens. — » Et la confession finie et la pénitence
donnée, elle se leva et alla entendre la messe.

« Le jaloux soufflant de fureur en sa male aventure, alla
dépouiller ses habits de prêtre et retourna chez lui, brûlant
de surprendre ensemble le prêtre et sa femme, et disposé à
faire un mauvais parti à l'un et à l'autre. La dame revenue
de l'église, vit bien, à l'air de son mari, qu'elle lui avait
donné la male Pâques ; mais lui, s'efforçait de son mieux

à cacher ce qu'il avait fait et ce qu'il croyait savoir. S'é-
tant décidé à guetter la nuit suivante derrière la porte de
la rue, et à attendre pour voir si le prêtre viendrait, il dit à
la dame : « — Il faut que ce soir j'aille souper et coucher au
« dehors ; pour ce, tu fermeras bien la porte de la rue, celle
« du milieu de l'escalier et celle de ta chambre, et quand
« bon te semblera, tu te mettras au lit. — » La dame répondit : « — A la bonne heure. — » Puis, aussitôt qu'elle en
eut le loisir, elle alla au trou et fit le signal accoutumé ; sur
quoi, l'ayant entendu, Filippo accourut aussitôt. La dame
lui dit ce qu'elle avait fait dans la matinée et ce que son
mari lui avait dit après avoir déjeuné ; puis elle ajouta :
« — Je suis certaine qu'il ne sortira point de la maison,
« mais qu'il se mettra aux aguets près de la porte ; pour ce,
« trouve un moyen de venir cette nuit par le toit, de façon
« que nous puissions nous trouver ensemble. — » Le jeune
« homme, très content de cela, dit : « — Madame, laissez-
« moi faire. — »

« La nuit venue, le jaloux alla se cacher tout armé et
sans bruit dans une chambre basse. Quant à la dame, après
avoir fait fermer toutes les portes et principalement celle du
milieu de l'escalier, afin que le jaloux ne pût monter la déranger, elle fit, quand le moment lui sembla venu, entrer le
jeune homme par un chemin fort secret, et tous deux allèrent au lit où ils se donnèrent l'un à l'autre plaisir et bon
temps ; le jour venu, le jeune homme s'en retourna chez lui.
Le jaloux, de fort méchante humeur et n'ayant pas soupé,
mourant de froid, se tint quasi toute la nuit en armes près de
la porte, attendant que le prêtre vînt ; enfin, à l'approche du
jour, ne pouvant plus veiller, il s'endormit dans la chambre
basse. Vers la troisième heure il se leva, et la porte de la
maison étant déjà ouverte, il fit semblant de revenir du

dehors, monta dans sa chambre et déjeuna. Quelques instants après, ayant fait venir un jeune garçon, comme si
c'était le petit clerc du prêtre qui avait confessé la dame, il
l'envoya vers celle-ci pour lui demander si celui qu'elle savait était venu. La dame qui connaissait fort bien le messager,
répondit qu'il n'était pas venu cette nuit, et que s'il continuait ainsi, elle pourrait se l'ôter de l'esprit, bien qu'elle ne
le désirât point.

« Maintenant, que vous dirai-je? Le jaloux passa plusieurs nuits à guetter le prêtre à la porte, et la dame à se
donner du bon temps avec son amant. A la fin, le jaloux,
ne pouvant se contenir davantage, demanda d'un air courroucé à la dame ce qu'elle avait dit au prêtre le matin qu'elle
s'était confessée. La dame répondit qu'elle ne voulait pas le lui
dire, pour ce que ce n'était chose honnête ni convenable.
A quoi le jaloux dit : « — Mauvaise femme, en dépit de toi
« je sais ce que tu lui as dit ; et il faut en fin de compte
« que je sache quel est le prêtre dont tu t'es si fort amou-
« rachée et qui, grâce à ses enchantements, couche avec toi
« toutes les nuits, sinon, je te saignerai les veines. — » La
dame dit qu'il n'était point vrai qu'elle fût amoureuse d'un
prêtre. « — Comment ! — dit le jaloux — n'as-tu pas dit
« ainsi et ainsi au prêtre qui t'a confessée ? — » La dame dit :
« — Il ne te l'a point redit, mais si tu avais été présent, tu
« ne le saurais pas mieux. Eh bien ! oui, je le lui ai dit. — »
« — Donc — dit le jaloux — dis-moi quel est ce prêtre et
« promptement. — » La dame se mit à sourire et dit :
« — Je me réjouis fort quand un homme sage se laisse mener
« par une femme simple comme on mène un mouton à la
« boucherie par les cornes, ce qui ne veut pas dire que tu
« sois sage, ni que tu l'aies été depuis le jour où tu as laissé
« entrer dans ton cœur le mauvais esprit de la jalousie sans

« savoir pourquoi ; aussi, plus tu es bête et sot, moins je
« dois être glorieuse de ma ruse. Crois-tu, ô mon mari, que je
« sois aveugle des yeux de la tête, comme tu l'es, toi, des yeux
« de l'esprit ? Certes, non ; au premier coup d'œil, j'ai re-
« connu le prêtre qui m'a confessée, et j'ai parfaitement vu
« que c'était toi ; mais je me mis en tête de te donner ce
« que tu venais chercher, et je te l'ai donné. Mais, si tu
« avais été sage comme il te semble, tu n'aurais pas essayé
« de savoir par ce moyen les secrets de ton excellente
« femme, et, sans prendre un vain soupçon, tu aurais vu
« que ce qu'elle te confessait était vrai, sans qu'elle eût
« pour cela commis la moindre faute. Je t'ai dit que j'ai-
« mais un prêtre : ne t'étais-tu pas, toi que j'ai grand tort
« d'aimer, déguisé en prêtre ? je t'ai dit qu'il n'y avait pas
« de porte à la maison qu'on pût tenir fermée quand il vou-
« lait coucher avec moi : et quelle porte te fut jamais tenue
« fermée à la maison, quand tu as voulu venir me trouver
« où j'étais ? Je t'ai dit que le prêtre couchait toutes les nuits
« avec moi : et quand donc n'as-tu pas couché avec moi ?
« Et toutes les fois que tu m'as envoyé ton petit clerc, tu
« sais bien que tu n'avais pas couché avec moi ; aussi je te
« faisais répondre que le prêtre n'était pas venu. Quel étour-
« neau, si ce n'est toi qui t'es laissé aveugler par la jalou-
« sie, n'aurait compris ces choses ? Et tu es resté à la mai-
« son, la nuit, à faire le guet à la porte, et tu as cru m'avoir
« persuadée que tu étais allé souper et coucher ailleurs !
« Ravise-toi désormais et redeviens l'homme que tu étais
« d'habitude ; ne te fais pas jouer par qui connaît toutes tes
« façons d'agir, comme je les connais, et renonce à cette
« garde solennelle que tu fais, car je jure Dieu que si l'en-
« vie me venait de te faire porter les cornes, quand même
« tu aurais cent yeux au lieu des deux que tu as, je me

« ferais forte de faire à mon plaisir sans que tu t'en aper-
« çusses. — »

« Le méchant jaloux, qui s'imaginait avoir fort adroitement appris le secret de la dame, entendant ces paroles,
comprit qu'il avait été joué ; sans plus rien répondre, il la
tint pour bonne et sage ; et il dépouilla toute jalousie,
alors qu'elle lui aurait été le plus nécessaire, de même qu'il
s'en était affublé quand il n'en avait nul besoin. Pour quoi, la
dame avisée, ayant quasi pleine licence pour ses ébats, sans
plus faire venir son amant par-dessus le toit comme font les
chattes, le fit entrer tout simplement par la porte, prenant
ses précautions, et, menant vie joyeuse, se donna souvent
par la suite du bon temps avec lui. — »

NOUVELLE VI

Madame Isabetta, se trouvant chez elle avec son amant Leonetto, reçoit la visite
de messer Lambertuccio qui l'aime. Son mari étant survenu sur ces entrefaites,
la dame fait sortir de chez elle messer Lambertuccio avec un couteau à la
main, comme s'il était à la poursuite de Leonetto qu'elle fait ensuite reconduire
par son mari.

La nouvelle de la Fiammetta avait merveilleusement plu à
tous, chacun affirmant que la dame avait fort bien fait et
comme le méritait un homme si bestial ; mais quand la nouvelle fut finie, le roi ordonna à Pampinea de poursuivre.
Celle-ci commença et dit : « — Ils sont nombreux, ceux qui,
parlant sottement, disent qu'Amour enlève aux gens tout bon
sens et fait perdre la mémoire à quiconque aime. Cela me
semble une sotte opinion ; les nouvelles déjà racontées l'ont
bien démontré, et j'entends le démontrer encore.

« En notre cité, où tous les biens abondent, était jadis une jeune dame noble et très belle et qui fut la femme d'un chevalier plein de valeur et de mérite. Et comme il arrive souvent qu'on ne peut se contenter de manger toujours d'un même plat, mais qu'on désire parfois en changer, cette dame, son mari ne la satisfaisant pas entièrement, s'amouracha d'un jeune homme appelé Leonetto, plaisant et de belles manières bien que n'étant pas de haute naissance, lequel, de son côté, s'énamoura de la dame. Il est rare, vous le savez, que ce que chacune des parties veut bien n'arrive pas à bon effet ; aussi, il ne se passa guère de temps sans que leur amour ne reçût son dénouement ordinaire. Sur ces entrefaites, il advint, la dame étant belle et avenante, qu'un chevalier nommé messer Lambertuccio en devînt fort amoureux ; mais comme il lui faisait l'effet d'un homme déplaisant et grossier, la dame ne pouvait, pour quoi que ce fût au monde, se décider à l'aimer. Le chevalier la pressant beaucoup par de nombreux messages, mais en vain, il la menaça, étant un homme puissant, de la couvrir de honte si elle ne faisait point à son plaisir. Pour quoi, la dame qui le craignait et savait de quoi il était capable, se résigna à faire selon sa volonté.

« La dame, qui avait nom madame Isabetta, étant allée, comme c'est notre habitude pendant l'été, demeurer dans une de ses belles maisons de campagne des environs, il advint qu'un matin son mari monta à cheval pour se rendre en un certain endroit où il devait passer quelques jours ; aussitôt la dame manda à Leonetto de venir la rejoindre, ce que le jeune homme, fort joyeux, fit incontinent. De son côté, messer Lambertuccio, apprenant que le mari de la dame était absent, monta à cheval et, sans être accompagé de personne, alla frapper à la porte de la belle. La servante de la dame l'ayant aperçu, alla sur le champ trouver sa maîtresse

qui était dans sa chambre avec Leonetto, et l'ayant appelée
elle lui dit : « — Madame, messer Lambertuccio est en bas,
« tout seul. — » Ce qu'entendant la dame, elle fut la plus
ennuyée femme qui fût au monde ; mais comme elle le craignait beaucoup, elle pria Leonetto de consentir à se cacher
un moment derrière les courtines du lit, jusqu'à ce que
messer Lambertuccio s'en fût allé. Leonetto, qui n'avait pas
moins peur de lui que la dame, s'y cacha, et elle ordonna à la
servante d'aller ouvrir à messer Lambertuccio. Celui-ci, une
fois la porte ouverte, entra dans la cour, descendit de cheval
qu'il attacha à un gond, et monta vers la dame, laquelle
faisant bon visage, vint au devant de lui jusque sur l'escalier, le reçut aussi joyeusement qu'elle put et lui demanda
ce qu'il venait faire. Le chevalier l'ayant accolée et baisée,
dit : « — Mon âme, j'ai appris que votre mari n'était point
« ici et je suis venu rester quelque peu avec vous. — » Sur
ces paroles, ils entrèrent dans la chambre, s'y enfermèrent,
et messer Lambertuccio se mit à prendre plaisir d'elle.

« Pendant qu'il était ainsi avec la dame, il advint que le
mari de celle-ci, contre toute attente, s'en revint à la maison.
Dès que la servante le vit, elle courut en toute hâte à la chambre de la dame et dit : « — Madame, voici messer qui re-
« vient ; je crois qu'il est déjà dans la cour. — » La dame,
voyant cela, se rappela qu'elle avait deux hommes chez elle,
et comprenant qu'elle ne pouvait pas cacher le chevalier à
cause de son cheval qui était dans la cour, elle se tint pour
morte. Néanmoins, sautant vivement en bas du lit, elle prit
sur le champ son parti et dit à messer Lambertuccio : « — Si
« vous me voulez quelque bien, et si vous voulez me sauver
« la vie, vous ferez ce que je vais vous dire. Vous allez
« prendre en main votre couteau tiré de sa gaîne, et l'air
« furieux et courroucé vous allez descendre l'escalier, et vous

« vous en irez en disant : Je jure Dieu que je le trouverai
« ailleurs ! et si mon mari veut vous retenir et vous deman-
« der quelque chose, vous ne répondrez rien autre que ce
« que je vous ai dit, vous monterez à cheval, et ne resterez
« avec lui pour aucune raison. — » Messer Lambertuccio
dit : « — Volontiers. — » Et ayant tiré son couteau, le visage enflammé autant par la fatigue qu'il venait de se donner
que par dépit du retour du mari, il fit comme la dame lui
avait ordonné.

« Le mari de la dame était déjà descendu de cheval dans
la cour, et voyant le palefroi qui y était attaché il s'en
étonna, et il allait monter quand il vit descendre messer
Lambertuccio. Surpris de son air et de ses paroles, il dit :
« — Qu'est-ce donc, messire ? — » Messer Lambertuccio, le
pied à l'étrier et déjà à cheval, ne répondit rien sinon : « —Ah !
« corps de Dieu ! je le retrouverai ailleurs. — » Et il partit.
Le gentilhomme, étant monté, trouva la dame au haut de l'escalier toute troublée et remplie d'épouvante, et il lui dit :
« — Qu'est-ce ? qui donc messer Lambertuccio menace-t-il
« ainsi d'un air si colère ? — » La dame, rentrée dans la
chambre, afin que Leonetto l'entendît, répondit : « — Mes-
« sire, je n'ai jamais eu peur semblable à celle-ci. Tout à
« l'heure est entré ici en fuyant un jeune homme que je ne
« connais pas et que messer Lambertuccio poursuivait un
« couteau à la main ; trouvant par hasard cette chambre
« ouverte, il me dit, tout tremblant : Madame, pour Dieu,
« secourez-moi, que l'on ne me tue point dans vos bras !
« je me levai toute droite, et comme j'allais demander qui
« il était et ce qu'il avait, messer Lambertuccio s'est mis à
« monter à son tour en disant : — Où es-tu, traître ? — Je
« m'avançai sur la porte de la chambre, et comme il voulut
« entrer, je le retins ; il fut assez courtois, voyant que cela

« ne me plaisait point qu'il entrât céans, pour s'arrêter, et
« après beaucoup de menaces, il est descendu comme vous
« l'avez vu. — »

« Le mari dit alors : « — Femme, tu as bien fait ; ç'au-
« rait été un trop grand blâme pour nous, si quelqu'un
« avait été tué ici, et messer Lambertuccio a commis une
« grande inconvenance en poursuivant une personne qui
« s'était réfugiée chez moi. — » Puis il demanda où était
ce jeune homme. La dame répondit : « — Messire, je ne
« sais où il s'est caché. — » Le chevalier dit alors : « — Où
« es-tu ? sors sans crainte. — » Leonetto, qui avait tout
entendu, et qui était tremblant comme quelqu'un qui aurait
eu un juste sujet de peur, sortit de l'endroit où il était
caché. Alors le chevalier dit : « — Qu'as-tu donc à faire
« avec messer Lambertuccio ? — » Le jeune homme répondit : « — Messire, rien au monde, et pour ce je crois fer-
« mement qu'il n'est point dans son bon sens, ou qu'il m'a
« pris pour un autre ; en effet, à peine m'a-t-il aperçu de loin
« sur la route près de ce palais, qu'il a mis son couteau à la
« main et a dit : — Traître, tu es mort ! — Je ne me suis
« point amusé à lui demander pourquoi, mais je me suis
« enfui le plus vite que j'ai pu et je suis venu ici, où grâce
« à Dieu et à cette gente dame, j'ai été sauvé. — » Le chevalier dit alors : « — Allons, n'aie plus aucune crainte, je
« te conduirai chez toi sain et sauf, et puis tu verras ce que
« tu auras à faire avec lui. — » Et quand ils eurent soupé,
l'ayant fait monter à cheval, il le mena à Florence et ne le
laissa que chez lui. Suivant recommandation de la dame,
Leonetto parla le soir même en secret à messer Lambertuccio,
et s'arrangea avec lui de telle façon que, bien qu'on parlât
beaucoup de cette aventure, le chevalier ne s'aperçut jamais
du tour que lui avait joué sa femme. — »

15.

NOUVELLE VII

Ludovic découvre à madame Béatrice l'amour qu'il lui porte. La dame envoie son mari Egano à sa place dans le jardin, et couche avec Ludovic, lequel s'étant ensuite levé, va dans le jardin et batonne Égano.

La présence d'esprit de madame Isabetta racontée par Pampinea fut tenue pour merveilleuse par toute la compagnie. Mais Philomène, à qui le roi avait ordonné de poursuivre, dit : « — Amoureuses dames, si je ne me trompe, je vais, je crois, vous en conter une non moins belle, et tout de suite.

« Il faut que vous sachiez qu'il fut autrefois à Paris un gentilhomme florentin qui, par pauvreté, s'était fait marchand, et auquel le commerce avait si bien réussi, qu'il était devenu richissime. Il avait eu de sa femme un fils unique qu'il avait nommé Ludovic ; et pour qu'il tînt de la noblesse de ses aïeux et non de la profession de marchand, le père n'avait pas voulu qu'il entrât comme apprenti dans aucune boutique, mais il l'avait mis avec les autres gentilshommes au service du roi de France, où il avait appris les belles manières et toutes sortes de bonnes choses. Le jeune homme étant à la cour, il advint que plusieurs chevaliers de retour du Saint-Sépulcre, se mêlèrent à une conversation de jeunes gens parmi lesquels se trouvait Ludovic, et que, les entendant parler entre eux des belles dames de France, d'Angleterre et des autres parties du monde, l'un d'eux se mit à dire que parmi toutes les dames qu'il avait vues en parcourant l'univers, il n'en avait pas trouvé une qui égalât en beauté la femme d'Egano de' Galluzzi de Bologne, appelée madame Béatrice ; ce que tous ses compagnons, qui avaient vu comme lui cette dame à Bologne, s'accordèrent à reconnaître. En entendant cela, Ludovic qui n'était encore amoureux d'aucune dame, s'enflamma d'un tel désir de la voir, qu'il ne pouvait penser à autre chose, et ayant résolu d'aller jusqu'à Bologne pour voir la dame et pour s'y fixer si elle lui plaisait, il donna à entendre à son père qu'il voulait aller visiter le Saint-Sépulcre, ce dont il obtint à grand'peine la permission.

« En conséquence, ayant pris le nom d'Anichino, il arriva à Bologne, et, la fortune le favorisant, dès le lendemain il vit cette dame à une fête ; elle lui parut beaucoup plus belle qu'il ne se l'était imaginé ; pour quoi, s'étant épris passionnément d'elle, il résolut de ne pas quitter Bologne avant d'avoir conquis son amour. En songeant à part soi au moyen qu'il devait employer pour y parvenir, il lui sembla, laissant de côté tous les autres, que s'il réussissait à devenir le familier du mari, lequel en avait beaucoup, il pourrait d'aventure venir à bout de ce qu'il désirait. Ayant donc vendu ses chevaux, et tout concerté avec ses gens pour le mieux, il leur recommanda de feindre de ne point le connaître ; puis il alla trouver l'hôtelier et lui dit qu'il entrerait volontiers au service de quelque genthilhomme si cela pouvait se faire. A quoi l'hôtelier dit : « — Tu es justement un « familier comme il en faudrait un à un gentilhomme de « cette ville qui a nom Egano, lequel en a déjà beaucoup « et les veut tous de bonne tournure, comme toi ; je lui « en parlerai. — » Et comme il avait dit, il fit ; de sorte qu'avant de quitter Egano, il lui fit accepter Anichino, ce qui fut on ne peut plus agréable à ce dernier.

« Demeurant chez Egano, et ayant occasion de voir souvent sa dame, Anichino se mit à servir si bien et avec tant de dévouement Egano, que celui-ci conçut pour lui un vif attachement, au point qu'il ne savait rien faire sans lui, et qu'il lui donna la direction de toutes ses affaires. Il advint qu'un jour, Egano étant allé oiseler, et Anichino étant resté au logis, madame Béatrice, qui ne s'était pas encore aperçue de son amour — bien qu'ayant plusieurs fois remarqué ses belles manières, elle l'eût fort loué et qu'il lui plût beaucoup — se mit à jouer aux échecs avec lui. Anichino, désireux de lui plaire, s'arrangeait de façon à se laisser gagner, de quoi la dame était enchantée. Mais quand toutes les femmes de la dame furent parties et les eurent laissés seuls à jouer, Anichino poussa un grandissime soupir. La dame, l'ayant regardé, dit : « — Qu'as-tu Anichino ? cela te fâche-t-il donc « si fort que je te gagne ? — » « Madame — répondit Anichino — c'est un motif bien plus sérieux que celui-là qui « m'a fait pousser un soupir. — » La dame dit alors : « — Eh ! dis-le moi, si tu me veux quelque bien. — »

« Quand Anichino s'entendit prier par ce : si tu me veux quelque bien, de la bouche de celle qu'il aimait par-dessus tout, il poussa un nouveau soupir plus fort que le premier ; pour quoi la dame le pria derechef qu'il voulût bien lui dire quelle était la cause de ses soupirs. A quoi Anichino dit : « — Je crains fort que cela vous fâche, si je vous le dis ; « puis, je crains que vous le redisiez à d'autres. — » A quoi la dame dit : « — Pour sûr, cela ne me sera point déplaisant ; et sois certain que, quelque chose que tu me « dises, je ne le dirai jamais à personne, à moins que cela « ne te plaise. — » Anichino dit alors : « — Puisque vous « me le promettez, je vous le dirai. — » Et quasi les larmes aux yeux, il lui dit qui il était, ce qu'il avait entendu dire d'elle, où et comment il était devenu amoureux, et pourquoi il s'était fait le serviteur de son mari. Puis, humblement, il la pria, si cela se pouvait, de lui faire la grâce d'avoir pitié de lui, et de le satisfaire en son secret et fervent désir; ajoutant que, si elle ne voulait pas, elle le laissât garder son déguisement et consentît à ce qu'il l'aimât.

« O singulière douceur du sang bolonais, comme tu as toujours été digne d'éloges en ces sortes de cas! Tu n'aimas jamais les larmes ni les soupirs, et toujours tu te rendis aux humbles prières et aux amoureux désirs; et si j'avais des louanges assez dignes de toi, ma voix ne se lasserait jamais de te louer. La gente dame, pendant qu'Anichino parlait, le regardait, et ajoutant pleine croyance à ses paroles et à ses prières, elle reçut son amour dans le cœur avec une telle force, qu'elle aussi se mit à soupirer, et, après quelques soupirs, elle dit : « — Mon doux Anichino, reprends cou-
« rage; ni dons, ni promesses, ni sollicitations de gentils-
« hommes, de seigneurs, ni d'aucun autre — car j'ai été et
« je suis encore courtisée de beaucoup de gens — n'ont pu
« émouvoir mon âme, et je n'en ai aimé aucun; mais toi,
« dans le peu de temps que tes paroles ont duré, tu as fait
« que je t'appartiens bien plus que je ne m'appartiens à
« moi-même. J'estime que tu as parfaitement gagné mon
« amour, et pour ce je te le donne, et je te promets que je
« t'en ferai jouir avant que la nuit qui vient ne soit entière-
« ment passée. Et pour que cela arrive, tu feras en sorte de
« venir vers minuit en ma chambre; je laisserai la porte
« ouverte; tu sais de quel côté du lit je couche, tu y vien-
« dras, et une fois là, si je dors, tu me toucheras jusqu'à ce
« que je m'éveille, et alors je te récompenserai du long
« désir que tu as eu. Et pour que tu croie à ce que je te
« dis, je veux te donner un baiser comme arrhes. — » Et lui ayant jeté les bras au col, elle le baisa amoureusement, ce qu'Anichino lui rendit de bon cœur.

« Ces choses dites, Anichino quitta la dame, et alla vaquer à quelques affaires, attendant avec la plus grande joie du monde que la nuit vînt. Egano de retour de la chasse, étant fatigué, alla se coucher dès qu'il eut soupé, et sa femme le suivit, après avoir laissé, comme elle l'avait promis, la porte de la chambre ouverte. A l'heure dite, Anichino s'y rendit, et après être entré doucement dans la chambre et avoir fermé la porte en dedans, il se dirigea vers l'endroit où la dame était couchée, et lui ayant mis la main sur la poitrine, il vit qu'elle ne dormait pas. Celle-ci, dès qu'elle sentit qu'Anichino était arrivé, lui prit la main dans les deux siennes, et les tenant fortement, elle se tourna dans le lit jusqu'à ce qu'elle eût éveillé Egano à qui elle dit : « — Je n'ai voulu « te rien dire hier soir, pour ce que tu me semblais fatigué; « mais dis-moi, sur ton salut en Dieu, mon cher Egano, « quel est celui que tu tiens pour le plus loyal et le meil- « leur de tes familiers, celui que tu aimes le plus de tous « ceux qui sont en ta maison? — » Egano répondit : « — Qu'est-ce, femme, que tu me demandes? Ne le sais-tu « pas? je n'en ai pas, je n'en ai jamais eu auquel j'aie « accordé, j'accorde plus de confiance et que j'aime plus « qu'Anichino; mais pourquoi me fais-tu cette demande? —»

« Anichino, voyant qu'Egano était réveillé et entendant parler de lui, avait à plusieurs reprises voulu retirer sa main pour s'en aller, craignant fort que la dame n'eût voulu se jouer de lui; mais elle l'avait si bien tenu et elle le tenait si bien, qu'il n'avait pu se dégager ni ne le pouvait. La dame répondit à Egano et dit : « — Je te le dirai; je croyais « qu'il en était comme tu dis, et qu'il t'était plus fidèle « qu'aucun autre; mais il m'a détrompée, pour ce que, « hier, quand tu as été parti pour la chasse, il est resté à « la maison, et quand le moment lui a paru propice, il n'a

« pas eu honte de me demander de satisfaire son désir. Moi,
« pour pouvoir te dénoncer la chose sans avoir besoin
« d'autres preuves, et pour te la faire toucher et voir, je lui
« ai répondu que j'y consentais et que, cette nuit, après
« minuit, j'irais dans notre jardin l'attendre au pied du
« pin. Or, pour moi, je n'ai nulle envie d'y aller ; mais si
« tu veux connaître la fidélité de ton familier, tu peux faci-
« lement, en endossant une de mes robes et en mettant un
« voile sur ta tête, descendre et aller voir s'il viendra, ce
« dont je suis sûre. — » En entendant cela, Egano dit :
« — Certainement il faut que je le vois. — » Et s'étant
levé, il s'affubla du mieux qu'il sut d'une des robes de la
dame, mit un voile sur sa tête, et s'en alla dans le jardin
où il se mit à attendre Anichino au pied d'un pin.

  « Dès que la dame l'eut vu se lever et sortir de la chambre,
elle se leva à son tour et courut fermer la porte en dedans.
Anichino, qui avait éprouvé la plus grande peur qu'il eût
eue de sa vie, et qui avait fait tous ses efforts pour échapper
des mains de la dame, la maudissant mille fois elle et son
amour, voyant la fin de tout ceci, fut l'homme le plus content qui fût jamais. Sur quoi, la dame étant revenue dans
le lit, il se déshabilla sur son invitation, et ils prirent ensemble plaisir et joie pendant un bon moment. Puis, la dame
jugeant qu'Anichino ne devait pas rester plus longtemps,
elle le fit lever, s'habiller et lui dit : « — Mon doux ami,
« tu vas prendre un bon bâton et tu t'en iras au jardin ; là,
« feignant de m'avoir demandé ce rendez-vous pour m'éprou-
« ver, tu diras toutes sortes d'injures à Egano que tu feras
« semblant de prendre pour moi, et tu me le bâtonneras de
« la belle façon, pour ce que de tout cela il s'en suivra pour
« nous merveilleuse joie et plaisir. — »

  « Anichino s'étant levé et étant allé dans le jardin, un

gros bâton de saule à la main, s'approcha du pin où Egano,
qui le vit venir, se leva comme pour lui faire grandissime
fête, et courant à sa rencontre. Sur quoi Anichino dit :
« — Ah, mauvaise femme! tu es donc venue, et tu as cru
« que je voulais faire cette honte à mon maître? sois mille
« fois là mal venue. — » Et, le bâton levé, il se mit à frapper. A ces paroles, Egano voyant le bâton, se mit à fuir sans
dire mot, et Anichino le poursuivit en disant : « — Va, que
« Dieu te mette en mal an, femme coupable, car je le dirai
« certainement à Egano demain matin. — » Egano ayant
reçu plusieurs coups de bâton, et des bons, s'en revint
en toute hâte à la chambre où la dame lui demanda si
Anichino était venu au jardin. Egano dit : « — Plût à
« Dieu qu'il n'y fût pas venu, pour ce que, croyant que
« c'était toi, il m'a tout rompu de coups de bâton, et m'a
« dit les plus grosses injures qu'on ait jamais dites à une
« mauvaise femme; et certainement je m'étonnais fort qu'il
« t'eût fait cette proposition dans l'intention de me désho-
« norer; mais te voyant l'air enjoué et avenant, il a voulu
« t'éprouver. — » Alors la dame dit : « — Loué soit Dieu,
« car il m'a éprouvé en paroles seulement, tandis qu'il t'a
« éprouvé, toi, par des coups; et je crois qu'il pourra dire
« que je supporte plus patiemment les paroles que tu ne
« supportes les coups; mais puisqu'il t'est si fidèle, je veux
« l'avoir pour cher et lui faire honneur. — » Egano dit :
« — Certes, tu dis vrai. — »

« Et depuis ce jour, se reposant là-dessus, Egano fut
convaincu qu'il avait la femme la plus fidèle et le serviteur
le plus loyal qu'eût jamais eus un gentilhomme. Pour quoi,
Anichino et la dame rirent plus d'une fois de ce bon tour,
et pendant tout le temps qu'il plut à Anichino de rester
au service d'Egano à Bologne, lui et sa maîtresse eurent,

pour prendre leurs ébats, toutes les aises qu'ils n'auraient
probablement pas eues sans cela. — »

NOUVELLE VIII

Un mari devient jaloux de sa femme. Celle-ci s'attache la nuit une ficelle au doigt
de pied pour connaître quand son amant vient la trouver. Le mari s'aperçoit du
stratagème ; il poursuit l'amant, et pendant ce temps la dame fait coucher à sa
place, dans son lit, une autre femme qu'à son retour le mari bat et à qui il
arrache les cheveux. Il va ensuite chercher les frères de sa femme ; ceux-ci,
trouvant que ce qu'il leur a dit n'est point vrai, l'accablent d'injures.

Tous jugèrent que madame Béatrice avait été extraordi-
nairement malicieuse dans sa façon de se moquer de son
mari, et chacun affirmait que la peur d'Anichino avait dû
être très grande quand, retenu fortement par la dame, il
l'entendit parler de l'amour dont il l'avait requise ; mais le
roi voyant Philomène se taire, se tourna vers Néiphile et
dit : « — C'est à vous de parler. — » Celle-ci, souriant
d'abord un peu, commença : « — Belles dames, j'aurais fort
à faire si je voulais vous contenter par une belle nouvelle
comme celles dont vous avez été jusqu'ici si satisfaites ; mais
avec l'aide de Dieu j'espère m'en tirer assez bien.

« Il faut donc que vous sachiez qu'en notre cité fut jadis
un richissime marchand nommé Arriguccio Berlinghieri, lequel, comme font encore aujourd'hui tous les marchands,
s'imagina sottement de s'anoblir en prenant femme, et
épousa une jeune et gente dame peu en rapport avec sa
condition et qui s'appelait Monna Sismonda. Celle-ci,
pour ce que son mari, comme font tous les marchands, était
toujours en voyage et restait peu avec elle, s'énamoura d'un

jouvenceau appelé Ruberto qui l'avait longtemps courtisée.
La dame ayant lié des relations intimes avec lui, et ces relations étant moins secrètes qu'il n'eût fallu, pour ce qu'elles
lui plaisaient souverainement, il arriva qu'Arrigúccio, soit
qu'il en eût appris quelque chose, soit pour un autre motif,
devint l'homme le plus jaloux du monde, et que, laissant là
ses voyages et toutes ses affaires, il mit quasi toute sa sollicitude à bien garder sa femme. Il ne se serait point endormi
s'il ne l'avait vue entrer la première dans le lit; pour quoi, la
dame ressentait grand chagrin, ne pouvant en aucune façon
se trouver avec son Ruberto.

« Or donc, après avoir longuement songé à trouver quelque moyen de le voir, ce dont elle était aussi vivement solli-
citée par lui, il lui vint en la pensée de procéder de cette
façon : comme sa chambre était très loin de la rue, et qu'elle
s'était aperçue qu'Arriguccio restait fort longtemps à s'endormir, mais dormait ensuite très solidement, elle résolut
de faire venir Ruberto à minuit sur la porte de sa maison,
d'aller lui ouvrir et de rester quelque temps avec lui pendant que le mari dormait. Et, pour qu'elle pût être avertie
de son arrivée sans que personne s'en aperçût, elle imagina
d'installer en dehors de la fenêtre de sa chambre une
ficelle dont l'un des bouts retomberait à terre et dont l'autre, traînant sur le plancher, arriverait jusqu'à son lit et
entrerait sous les couvertures, de façon à l'attacher à son
gros doigt de pied quand elle serait au lit. Ces dispositions
prises, elle le fit dire à Ruberto, en lui recommandant, quand
il viendrait, de tirer la ficelle; si le mari dormait, elle la
laisserait aller et irait lui ouvrir; s'il ne dormait pas, elle
tiendrait ferme et tirerait la ficelle à soi, afin qu'il n'attendît
point. Cela plut à Ruberto, qui étant allé au rendez-vous,
put quelquefois la voir, d'autres fois non.

« Ce stratagème continuant entre eux, il advint qu'une nuit, la dame dormant, Arriguccio en étendant le pied dans le lit trouva la ficelle; pour quoi, y portant la main et voyant qu'elle était attachée au doigt de la dame, il se dit : ceci doit être quelque ruse; ce dont il fut certain après avoir vu que la ficelle sortait par la fenêtre; sur quoi, l'ayant enlevée du doigt de sa femme, il l'attacha au sien, et attendit pour voir ce que cela voulait dire. Ruberto ne tarda pas à venir, et ayant tiré la ficelle, comme d'habitude, il réveilla Arriguccio; mais comme celui-ci se l'était mal attachée et que Ruberto ayant tiré très fort, la ficelle était restée aux mains de ce dernier qui comprit qu'il devait rester et attendre — ce qu'il fit — Arriguccio, s'étant levé précipitamment et ayant saisi ses armes, courut à la porte pour voir quel était l'audacieux et pour lui faire un mauvais parti. Bien qu'il fût un marchand, Arriguccio était courageux et fort. Arrivé à la porte, comme il ne l'ouvrit pas tout doucement ainsi qu'avait coutume de le faire la dame, Ruberto qui attendait en fut surpris et soupçonna la vérité, c'est-à-dire que c'était Arriguccio qui avait ouvert la porte; pour quoi, il se mit à fuir en toute hâte, et Arriguccio se lança à sa poursuite.

« Après avoir fui pendant un certain temps, et Arriguccio le poursuivant toujours, Ruberto, qui était également armé, tira son épée et fit volte-face; de sorte qu'ils se mirent l'un à attaquer, l'autre à se défendre. La dame s'était réveillée quand Arriguccio avait ouvert la chambre, et s'apercevant qu'on lui avait enlevé la ficelle du doigt, elle comprit soudain que sa ruse avait été découverte; voyant qu'Arriguccio s'était mis à courir derrière Ruberto, elle se leva promptement, réfléchissant à ce qui pouvait advenir de tout cela; elle appela sa suivante qui connaissait tout, et elle la supplia tant, qu'elle la fit consentir à se mettre à sa place

dans le lit, en lui disant de supporter patiemment et sans se
faire connaître les mauvais traitements que pourrait lui faire
Arriguccio, pour ce qu'elle l'en récompenserait si bien qu'elle
n'aurait point occasion de s'en repentir. Puis, après avoir
éteint la lumière qui brûlait dans la chambre, elle sortit, et
s'étant cachée dans un coin de la maison, elle attendit ce
qui allait se passer.

« Les voisins de la rue, entendant le bruit de la lutte
entre Arriguccio et Ruberto, se levèrent et se mirent à leur
dire des injures ; sur quoi Arriguccio craignant d'être reconnu, laissa aller le jouvenceau sans avoir pu savoir en
aucune façon qui il était et sans avoir pu le blesser ; puis,
en colère et de méchante humeur, il s'en revint chez lui.
Rentré dans la chambre, il se mit à dire : « — Où es-tu,
« femme coupable ? Tu as éteint la lumière afin que je ne
« te trouve pas ; mais tu t'es trompée. — » Et étant allé
droit au lit, il saisit la suivante, croyant prendre sa femme,
et s'escrimant des pieds et des mains de son mieux, il lui
administra tant de coups de poings et de coups de pieds, qu'il
lui meurtrit toute la figure ; il finit par lui arracher les cheveux, ne cessant de lui dire les plus grandes injures qu'on
ait jamais dites à une méchante femme. La servante se plaignait fort, et elle avait de quoi ; et, bien que par instants
elle criât : merci, de par Dieu ! assez ! sa voix était si brisée
par les plaintes, et Arriguccio était animé d'une telle fureur, qu'il n'aurait pas pu reconnaître si c'était la voix d'une
autre femme que la sienne. Pendant qu'il la battait plus que
de raison et lui arrachait les cheveux, comme nous venons
de le dire, il lui disait : « — Méchante femme, je n'entends
« pas te punir autrement ; mais j'irai trouver tes frères ; je
« leur dirai tes belles actions ; ils viendront te chercher et
« te feront ce qu'ils croiront que leur honneur exige ; puis

« ils t'emmèneront; car pour sûr, tu ne resteras plus désor-
« mais en cette maison. — » Cela dit, il sortit de la chambre, la ferma en dehors et s'en alla.

« Dès que Monna Sismonda, qui avait tout entendu, vit
que son mari était parti, elle ouvrit la chambre, ralluma la
lumière et trouva sa servante toute meurtrie qui pleurait
abondamment. Elle la consola du mieux qu'elle put, et la
reconduisit dans sa chambre, où elle la fit soigner en cachette et où elle la paya des propres deniers d'Arriguccio,
de façon à la laisser satisfaite. Et aussitôt qu'elle eut ramené
la servante dans sa chambre, elle se hâta de remettre en
ordre son propre lit comme si personne ne s'y fût couché;
elle ralluma la lampe, s'habilla et se rajusta comme si elle
n'avait pas encore été au lit; puis ayant allumé une lan-
terne et pris ses vêtements, elle alla s'asseoir à la cime de
l'escalier où elle se mit à coudre et à attendre ce qui allait
advenir de tout cela.

« Arriguccio, sorti de chez lui, s'en alla du plus vite
qu'il put chez les frères de sa femme, et frappa à leur porte
jusqu'à ce qu'on l'eût entendu et qu'on lui eût ouvert. Les
frères de la dame, qui étaient au nombre de trois, ainsi que
sa mère, entendant que c'était Arriguccio qui venait, se levèrent tous et, ayant fait allumer des lumières, vinrent à lui
et lui demandèrent ce qu'il allait cherchant ainsi à cette
heure et tout seul. Sur quoi Arriguccio, depuis l'incident
de la ficelle qu'il avait trouvée attachée au doigt de pied de
Monna Sismonda, jusqu'à ce qu'il avait vu et fait ensuite,
leur raconta tout; et pour leur donner une bonne preuve de
ce qu'il avait fait, il mit dans leurs mains les cheveux qu'il
croyait avoir arrachés à sa femme, ajoutant qu'ils pouvaient
venir et qu'ils lui pourraient faire ce qu'ils croiraient que
leur honneur exigeait, pour ce qu'il n'entendait pas la gar-

16.

der plus longtemps chez lui. Les frères de la dame, fortement courroucés de ce qu'ils avaient entendu, car ils le tenaient pour vrai, et furieux contre elle, firent allumer des torches, et s'étant mis en route avec Arriguccio, s'en allèrent chez lui avec l'intention de faire un mauvais parti à leur sœur. Ce que voyant leur mère, elle se mit à les suivre en pleurant, les suppliant tour à tour de ne point croire si vite de pareilles choses sans en avoir vu ou en avoir appris davantage, pour ce que le mari pouvait fort bien s'être mis en colère contre elle et l'avoir battue pour un tout autre motif, et donner maintenant cette raison pour excuse; elle ajoutait aussi qu'elle s'étonnait beaucoup que cela eût pu arriver, car elle connaissait bien sa fille, l'ayant élevée dès son plus jeune âge; et elle leur tenait bon nombre de propos semblables.

« Arrivés à la maison d'Arriguccio et y étant entrés, ils se mirent à monter l'escalier. Monna Sismonda, les entendant venir dit : « — Qui est là? — » A quoi l'un de ses frères répondit : « — Tu le sauras bien, qui c'est, femme « coupable. — » Monna Sismonda dit alors : « — Que veut « donc dire ceci! Seigneur, aidez-nous! — » Et, s'étant levée tout debout, elle dit : « — Mes frères, soyez les bien « venus; que cherchez-vous tous trois à cette heure? — » Ceux-ci, l'ayant vue assise et en train de coudre et sans qu'aucune trace sur sa figure n'indiquât qu'elle eût été battue, alors qu'Arriguccio leur avait dit qu'il l'avait toute meurtrie, s'étonnèrent tout d'abord, et, refrénant l'impétuosité de leur colère, lui demandèrent des explications sur ce dont Arriguccio se plaignait à son sujet, la menaçant vivement si elle ne leur disait pas tout. La dame leur dit : « — Je ne sais « ce que j'ai à vous dire, ni de quoi Arriguccio a pu se « plaindre. — » Arriguccio, en la voyant, la regardait comme

un homme tout abasourdi, se rappelant lui avoir donné plus
de mille coups de poing sur la figure, l'avoir égratignée, bref
lui avoir fait tout le mal du monde, tandis que maintenant
il la voyait comme si rien ne s'était passé. Les trois frères
lui racontèrent brièvement ce qu'Arriguccio leur avait dit
au sujet de la ficelle, des mauvais traitements qu'il lui avait
infligés, enfin tout. La dame, se tournant vers Arriguccio,
dit : « — Eh ! mon mari, qu'est-ce que j'entends ? Pourquoi
« me fais-tu passer, à ta grande vergogne, pour une femme
« coupable, alors que je ne le suis pas, et te fais-tu passer,
« toi, pour l'homme méchant et cruel que tu n'es point ?
« Avec qui as-tu été céans cette nuit, si ce n'est avec moi ?
« Quand m'as-tu battue ? Pour moi, je ne m'en souviens
« point ? — »

« Arriguccio se mit à dire : « — Comment, méchante
« femme, n'avons-nous pas été ensemble au lit ? Ne suis-je
« point revenu ici, moi, après avoir poursuivi ton amant ?
« Ne t'ai-je pas donné mille coups et arraché les cheveux ? — »
La dame répondit : « — Tu n'as point couché céans hier soir.
« Mais laissons cela, car je ne puis en donner d'autres preuves
« que mes paroles qui disent vrai, et venons-en à ce que tu
« dis de m'avoir battue et arraché les cheveux. Tu ne m'as
« jamais battue ; que tous ceux qui sont ici et toi-même me
« fassiez voir si j'ai aucune trace de coups sur toute ma per-
« sonne ! Et je ne te conseillerais pas d'être assez hardi pour
« porter la main sur moi, car, par la croix de Dieu, je te dé-
« visagerais de belle sorte. Tu ne m'as pas davantage arraché
« les cheveux ; du moins je ne l'ai ni senti ni vu ; mais peut-
« être me les as-tu arrachés sans que je m'en aperçusse.
« Voyons voir si je les ai arrachés ou non. — » Et, ayant
ôté ses voiles de sa tête, elle montra que ses cheveux
n'avaient point été arrachés, mais qu'ils étaient entiers.

« Ce que voyant et entendant les trois frères et la mère,
ils se mirent à dire à Arriguccio : « — Que veux-tu dire,
« Arriguccio? Ce n'est pas là ce que tu es venu nous dire
« que tu avais fait, et nous ne savons pas comment tu pourras
« prouver le reste. — » Arriguccio était comme dans un
rêve et voulait parler, mais voyant que ce qu'il croyait pouvoir facilement prouver n'existait pas, il n'osait rien dire.
La dame, s'étant tournée vers ses frères, dit : « — Mes frères,
« je vois qu'il est allé chercher ce que je ne voulais jamais
« faire, à savoir que je vous raconte ses misères et sa mé-
« chanceté; et bien, je le ferai. Je crois fermement que ce
« qu'il vous a dit lui est arrivé et qu'il l'a fait; écoutez com-
« ment. Ce galant homme à qui pour ma male heure vous
« m'avez donnée pour femme; qui se fait appeler marchand
« et veut passer pour l'être; qui devrait être plus sobre qu'un
« religieux et plus honnête qu'une demoiselle, il se passe
« peu de soirs qu'il n'aille s'enivrer par les tavernes, courant
« les mauvaises femmes, tantôt celle-ci, tantôt celle-là ; pour
« moi, il faut que je l'attende jusqu'à minuit et parfois jus-
« qu'au matin, comme vous venez de me trouver. Je suis
« sûre, qu'étant complètement ivre, il est allé se coucher
« avec une de ces tristes créatures, et qu'en se réveillant il
« lui a trouvé une ficelle attachée au pied, et qu'alors il lui
« a fait toutes les belles prouesses qu'il dit : il est retourné
« près d'elle, l'a battue et lui a arraché les cheveux, et,
« comme il n'était pas encore bien revenu en lui-même, il a
« cru, et je suis persuadée qu'il croit encore, m'avoir fait
« tout cela à moi. Et si vous l'examinez bien au visage, il est
« encore à moitié ivre. Mais pourtant, quoi qu'il ait dit de
« moi, je veux que vous n'en teniez pas plus de compte que
« de ce que dit un homme ivre, et puisque je lui pardonne,
« je veux que vous lui pardonniez aussi. — »

La mère de la dame, entendant cela, commença à crier
et à dire : « — Par la croix de Dieu, ma fille, cela ne devrait
« pas se passer ainsi ; il faudrait, au contraire, tuer ce chien
« fastidieux et ingrat, car il n'a jamais été digne d'avoir une
« jeunesse comme toi. Voyez un peu ! il n'aurait pas fait
« autrement s'il t'avait trouvée dans la fange ! Puisse-t-il
« désormais vivre à la male heure, si tu dois rester sous le
« coup des propos d'un mauvais marchand de fressure d'âne !
« Ils viennent tous ici de leur village, sortis de la canaille
« et vêtus de gros drap de Romagne, les chausses tombantes
« et la plume au cul, et dès qu'ils ont trois sols, il leur
« faut pour femmes les filles des gentilshommes et des no-
« bles dames ; ils se font faire des armoiries et ils disent :
« je suis de telle famille ; ceux de ma maison ont fait ceci et
« cela. Que je voudrais donc que mes fils n'eussent point
« suivi mes avis, car ils te pouvaient si honorablement faire
« entrer dans la maison des comtes Guidi, avec une petite
« dot ! Mais ils ont voulu te donner cette belle joie, à savoir
« que, tandis que tu es la meilleure fille de Florence et la
« plus honnête, ton mari n'a pas eu honte de venir dire en
« plein minuit que tu es une putain, comme si nous ne te
« connaissions pas ! Mais par ma foi en Dieu, si l'on voulait
« m'en croire, on lui donnerait une telle correction qu'il s'en
« repentirait. — » Et, s'étant tournée vers ses fils, elle dit :
« — Mes fils, je vous disais bien que cela ne pouvait pas
« être. Avez-vous entendu comment votre cher beau-frère
« traite votre sœur ? Mauvais marchand de quatre deniers
« qu'il est ! Si j'étais de vous, après ce qu'il a dit d'elle et
« ce qu'il a fait, je ne me tiendrais pas pour satisfaite ni
« vengée avant de l'avoir fait disparaître de ce monde ; et si
« j'étais un homme, comme je suis une femme, je ne vou-
« drais pas qu'aucun autre que moi se chargeât de son af-

« faire. Seigneur, punis-le, ce méchant ivrogne, qui n'a
« point de honte. — »

« Les jeunes gens, voyant et entendant tout cela, se tournèrent vers Arriguccio et lui adressèrent les plus grosses
injures qui eussent jamais été dites à un méchant homme ;
finalement ils lui dirent : « — Nous te pardonnons celle-là
« comme à un homme ivre ; mais garde-toi sur ta vie que
« nous entendions jamais plus de semblables nouvelles, car
« pour sûr, s'il nous en parvient encore aux oreilles, nous
« te paierons en même temps celle-là et les autres. — »
Ayant ainsi parlé, ils s'en allèrent.

« Arriguccio était resté tout ébahi, ne sachant en lui-
même si ce qu'il avait fait était vrai ou s'il avait rêvé ; sans
plus rien dire, il laissa sa femme en paix. Celle-ci, par sa
sagacité, non-seulement évita le péril survenu, mais trouva
le moyen de faire selon son plaisir, sans avoir plus aucune
peur de son mari. — »

NOUVELLE IX

Lidia, femme de Nicostrate, aime Pirrus. Celui-ci, pour croire à son amour, lui
demande trois choses qu'elle fait toutes les trois ; en outre, en présence de
Nicostrate, elle se satisfait avec lui et fait croire à Nicostrate que ce qu'il a vu
n'est point vrai.

La nouvelle de Néiphile avait paru si plaisante, que les
dames ne pouvaient se tenir d'en rire et d'en parler, bien
que le roi leur eût imposé plusieurs fois silence, ayant ordonné à Pamphile de dire la sienne. Cependant, quand elles

se turent, Pamphile commença ainsi : « — Je ne crois pas, révérentes dames, qu'il existe chose au monde, quelque grave et douteuse qu'elle soit, que n'ose faire quiconque aime ferventement. Bien que cela ait été démontré dans nombre de nouvelles, néanmoins je crois que je vous le démontrerai bien plus encore par une que j'entends vous dire, et où vous entendrez parler d'une dame à qui la fortune fut d'autant plus favorable qu'elle avait montré peu de prudence ; et pour ce, je ne conseillerais à aucune de vous de marcher sur les traces de la dame dont je veux parler, attendu que la fortune n'est pas toujours favorablement disposée, et que les hommes ne sont pas tous également sots en ce monde.

« Dans Argos, très ancienne cité d'Achaïe que ses anciens rois ont rendue plus fameuse que grande, fut jadis un noble homme appelé Nicostrate, et à qui, déjà voisin de la vieillesse, la fortune donna pour femme une grande dame non moins ardente que belle, dont le nom était Lidia. Notre homme, étant noble et riche, entretenait un nombreux domestique, des chiens et des oiseaux, et prenait un grandissime plaisir à chasser. Il avait, parmi ses autres familiers, un jeune homme bien fait, élégant et beau de sa personne, adroit à tout ce qu'il entreprenait, nommé Pirrus. Nicostrate l'aimait par-dessus tout, et avait en lui la plus entière confiance. Lidia s'en énamoura fortement, à tel point que, ni de jour ni de nuit, elle ne pouvait penser à autre chose. Mais de cet amour, soit qu'il ne s'en fût point aperçu ou qu'il n'en voulût pas, Pirrus ne paraissait se préoccuper, de quoi la dame portait en son cœur un intolérable ennui. Résolue à lui dévoiler toute son ardeur, elle fit venir près d'elle une sienne caمériste nommée Lusca, en qui elle avait grande confiance, et elle lui parla ainsi : « — Lusca, les bienfaits que tu as reçus

« de moi doivent te rendre obéissante et fidèle ; pour ce, garde-
« toi de faire jamais connaître à personne ce que je vais te
« dire présentement, sinon à celui à qui je t'ordonnerai de
« le dire. Comme tu vois, Lusca, je suis dame, jeune et fraî-
« che, et abondamment pourvue de tout ce qu'une femme peut
« désirer ; bref, hors sur une chose, je ne puis me plaindre,
« et cette chose c'est que les années de mon mari sont trop
« nombreuses si on les mesure aux miennes ; pour quoi, je
« vis dans la privation de ce que les femmes ont le plus de
« plaisir à avoir. Cependant, comme je désire cette chose
« autant que les autres femmes, j'ai depuis longtemps résolu,
« puisque la fortune m'a été si peu amie de me donner un
« mari si vieux, de ne pas être assez ennemie de moi-même
« pour ne pas trouver un moyen de satisfaire mes plaisirs
« et de me soulager. Pour avoir ces plaisirs aussi complets
« en cela qu'en toute autre chose, j'ai pris un parti, à savoir
« que notre Pirrus, comme plus digne de cela que quicon-
« que, y supplée par ses embrassements, et je lui ai voué un
« tel amour, que je n'éprouve de plaisir qu'en le voyant ou
« qu'en pensant à lui ; bref, si je ne n'ai pas sans retard un
« rendez-vous avec lui, pour sûr je crois que je mourrai.
« Pour quoi, si ma vie t'est chère, tu lui dévoileras mon
« amour de la façon qui te paraîtra la meilleure, et tu le
« prieras de ma part qu'il consente à venir me trouver quand
« tu iras le chercher. — »

« La camériste dit qu'elle le ferait volontiers ; et ayant
trouvé le moment et le lieu propices, elle prit Pirrus à part
et, du mieux qu'elle sut, elle s'acquitta de l'ambassade dont sa
dame l'avait chargée. En entendant cela, Pirrus s'étonna fortement, en homme qui ne s'était aperçu de rien, et craignit
que la dame ne lui fît tenir ce langage pour l'éprouver ; pour
quoi, il répondit sur-le-champ d'une façon rude : « — Lusca,

« je ne puis croire que ces paroles viennent de ma dame, et
« pour ce, prends garde à ce que tu dis ; si elles viennent bien
« d'elle, je ne crois pas qu'elle te les fasse dire de bon
« cœur ; et si elle te les fait dire de bon cœur, comme mon
« maître me traite mieux que je ne mérite, je ne lui ferais
« pas sur ma vie un pareil outrage ; donc, garde-toi de me
« tenir plus longtemps de semblables propos. — » La Lusca,
nullement troublée par son air rigide, lui dit : « — Pirrus,
« de cela et de tout ce que ma dame voudra, je te parlerai
« toutes les fois qu'elle me l'ordonnera, que cela te doive
« procurer plaisir ou ennui ; mais tu es une bête. — » Et
toute courroucée par les paroles de Pirrus, elle s'en revint
vers la dame qui, en l'entendant, désira mourir. Mais, au
bout de quelques jours, ayant reparlé à la cameriste, elle lui
dit : — « Lusca, tu sais que le chêne ne tombe pas du pre-
« mier coup ; pour quoi, je crois qu'il faut que tu retournes
« vers celui qui, à mon grand dommage, veut m'être déloyal,
« et, choisissant le moment convenable, que tu lui démon-
« tres bien quel est mon amour pour lui ; qu'enfin tu t'ef-
« forces d'amener la chose à bon résultat, pour ce que si on
« la laissait ainsi, j'en mourrais, et il croirait avoir été
« bafoué ; de sorte qu'au lieu de son amour que je cher-
« che, je n'obtiendrais que sa haine. — » La cameriste
réconforta la dame, et s'étant mise à la recherche de Pirrus,
elle le trouva joyeux et dispos, et elle lui dit ainsi :

« — Pirrus, je t'ai montré, il y a quelques jours, de quel feu
« brûle notre maîtresse à cause de l'amour qu'elle te porte, et
« je t'en assure aujourd'hui de nouveau ; si tu persistes dans
« la dureté que tu as témoignée l'autre jour, tu peux être
« certain qu'elle ne vivra pas longtemps ; pour quoi, je t'en
« prie, consens à satisfaire son désir ; et si tu persistes dans
« ton obstination, moi qui te croyais très sage, je te tiendrai

« pour un sot. Quelle plus grande gloire peut-il t'arriver
« que de te voir aimer par-dessus tout par une telle dame,
« si belle et si noble? En outre, combien n'as-tu pas à te
« reconnaître obligé de la fortune, en pensant qu'elle a mis
« devant toi toute prête une chose si conforme aux désirs
« de ta jeunesse, et un tel soulagement à tes besoins? Quel
« est l'homme de ta condition que tu pourras voir en meil-
« leure position pour ses ébats que tu le seras, toi, si tu es
« avisé? quel autre pourras-tu voir mieux fourni en armes,
« en chevaux, en vêtements et en argent, que tu le seras si
« tu consens à donner ton amour à cette dame? ouvre donc
« ton cœur à mes paroles et retourne en toi-même; rappelle-
« toi qu'une fois seulement, et jamais plus, il arrive que la
« fortune vient à nous d'un air joyeux et les bras ouverts;
« celui qui ne sait alors l'accueillir et qui plus tard se voit
« pauvre et misérable, ne doit se plaindre que de soi-même
« et non d'elle. Puis, il ne doit point exister une même loyauté
« entre les serviteurs et les maîtres, qu'entre les amis et les
« parents; au contraire, les serviteurs doivent, en tant qu'ils
« peuvent, traiter les maîtres comme ils sont eux-mêmes trai-
« tés par eux. Crois-tu, si tu avais une belle femme, une mère,
« une fille, ou une sœur qui aurait plu à Nicostrate, qu'il
« observerait envers toi la loyauté que tu veux lui garder au
« sujet de sa femme? aie pour certain que, si les promesses
« et les prières ne suffisaient pas, il emploierait la force,
« quoi que tu dusses en penser. Traitons-les donc, eux et
« leurs choses, comme ils nous traitent nous et les nôtres.
« Use du bénéfice de la fortune, ne la repousse pas; fais-lui
« face et reçois-la quand elle vient, car pour sûr, si tu ne le
« fais pas, sans compter que ta dame en mourra, tu t'en
« repentiras toi-même tant de fois que tu désireras mourir
« aussi. — »

« Pirrus, qui avait plusieurs fois songé à ce que lui avait
dit la Lusca, avait déjà résolu, si elle revenait le trouver, de
faire une tout autre réponse et de consentir en tout à complaire à la dame, pourvu qu'il pût être certain qu'elle ne
voulait pas l'éprouver ; pour ce, il répondit : « — Vois-tu,
« Lusca, je reconnais pour vrai tout ce que tu me dis ; mais
« d'autre part, je sais que mon maître est fort sage et fort
« avisé. Comme il a remis toutes ses affaires en mes mains,
« je crains bien que Lidia, sur son avis et d'après son ordre,
« ne fasse ainsi que pour m'éprouver ; et pour ce, si elle veut
« faire trois choses que je demanderai pour éclaircir mes
« doutes, il n'est rien ensuite que je ne fasse promptement
« quand elle me commandera. Les trois choses que je veux
« sont celles-ci : Premièrement, qu'en présence même de
« Nicostrate, elle tue son bon épervier ; puis qu'elle m'envoie
« une touffe de la barbe de Nicostrate, et enfin une dent de
« celui-ci et des meilleures. — » Ces choses parurent difficiles à la Lusca et très difficiles à la dame ; cependant Amour
qui sait réconforter les cœurs, et qui est grand maître en
fait de conseils, la fit se décider à tenter l'aventure, et la
dame envoya dire à Pirrus, par sa cameriste, qu'elle ferait
pleinement et vite ce qu'il avait demandé ; en outre, puisqu'il
tenait Nicostrate pour si avisé, elle fit dire qu'elle se satisfe-
rait avec Pirrus en présence de Nicostrate même, et qu'elle
ferait croire à Nicostrate que ce n'était pas vrai. Sur quoi
Pirrus attendit ce que ferait la gente dame.

« A quelques jours de là, Nicostrate ayant donné à quelques gentilshommes un grand dîner, comme il avait coutume
de le faire assez souvent, et les tables étant déjà levées, la
dame, vêtue d'un voile vert et fort parée, sortit de sa chambre
et s'en vint en la salle où étaient les convives. Là, voyant
Pirrus et les autres, elle alla droit au perchoir sur lequel se

tenait l'épervier que Nicostrate aimait tant, le délia, comme si elle voulait le prendre sur sa main, et le saisissant par ses attaches, elle le lança contre la muraille et le tua. Comme Nicostrate lui criait : « — Eh ! femme, qu'as-tu fait ? — » elle ne lui répondit rien, mais s'étant retournée vers les gentilshommes qui avaient dîné avec lui, elle dit : « — Seigneurs, « j'aurais peine à me venger d'un roi qui m'aurait fait ou- « trage si je n'osais pas me venger d'un épervier. Il faut que « vous sachiez que cet oiseau m'a enlevé tout le temps que « les hommes doivent consacrer longuement aux plaisirs des « dames ; pour ce que, dès qu'apparaît l'aurore, Nicostrate « se lève, monte à cheval, et, son épervier en main, s'en va « à travers les plaines pour le voir voler ; et moi, telle que « vous me voyez, je reste au lit seule et mal satisfaite. Pour « quoi, j'ai voulu faire ce que je viens de faire maintenant ; « et aucun autre motif ne m'en a empêchée, sinon que j'atten- « dais de le pouvoir faire en présence d'hommes qui fussent « justes juges de mes griefs, comme je crois que vous le « serez. — » Les gentilshommes qui l'écoutaient, croyant que son affection pour Nicostrate était conforme à ce que dénotaient ses paroles, se tournèrent tous en riant vers Nicostrate qui était tout courroucé, et se mirent à dire : « — Eh ! comme la dame a bien fait de venger son injure « par la mort de l'épervier ! — » Et par divers propos sur cette matière, la dame étant déjà retournée dans sa chambre, ils changèrent en rire le courroux de Nicostrate. Pirrus, ce voyant, dit en lui-même : « — La dame a donné un excellent « commencement à mes heureuses amours ; fasse Dieu qu'elle « continue. — »

« La dame ayant donc tué l'épervier, elle se trouva peu de jours après dans sa chambre avec Nicostrate ; tout en lui faisant des caresses, elle se mit à plaisanter, et comme il lui tirait les cheveux par manière d'amusement, elle saisit cette occasion de faire la deuxième des choses que lui avait deman- dées Pirrus ; l'ayant saisi vivement par une petite touffe de la barbe et se mettant à rire, elle tira si fortement qu'elle la lui arracha toute du menton. De quoi Nicostrate se plaignant, elle dit : « — Qu'as-tu donc, que tu me fais une pareille mine ? « Est-ce parce que je t'ai arraché peut-être six poils de la « barbe? Tu n'as pas éprouvé ce que j'ai senti moi, quand « tu m'as tiré tout à l'heure les cheveux. — » Et continuant d'une parole à une autre, à plaisanter sur ce ton, la dame conserva sans qu'il s'en aperçût la touffe de barbe qu'elle lui avait arrachée, et l'envoya le jour même à son cher amant.

« Pour la troisième chose, la dame fut plus perplexe ; pour- tant, comme elle était fort ingénieuse et qu'Amour la rendait plus ingénieuse encore, elle imagina un moyen de faire cette troisième chose. Nicostrate avait près de lui deux jeunes enfants que leurs pères lui avaient confiés pour que dans sa maison, étant gentilshommes, ils en apprissent les manières. De ces deux garçons, quand Nicostrate mangeait, l'un lui découpait les plats devant lui, l'autre lui servait à boire. La dame les ayant fait appeler, leur persuada qu'ils sentaient mauvais de la bouche, et leur conseilla, quand ils serviraient Nicostrate, de tenir le plus qu'ils pourraient la tête en arrière, et surtout de ne jamais parler de cela à personne. Les jeunes garçons, le croyant, se mirent à procéder de la façon que leur avait indiquée la dame. Pour quoi, un jour elle demanda à Nicostrate : « — T'es-tu aperçu de ce que font ces garçons « quand ils te servent ? — » Nicostrate dit : « — Mais oui ; « j'ai même voulu leur demander pourquoi ils faisaient « ainsi. — » A quoi la dame dit : « — Ne le fais pas ; je « saurai te le dire, moi ; et je te l'ai caché un bon temps, « pour ne pas te causer de l'ennui ; mais aujourd'hui je vois

17.

« que d'autres que moi commencent à s'en apercevoir, et je
« ne dois plus te le cacher. Cela ne t'arrive pas pour autre
« motif, sinon que tu sens fièrement mauvais de la bouche,
« et je ne sais quelle en est la cause, pour ce que cela n'était
« point d'habitude. C'est là une chose très fâcheuse pour toi
« qui as coutume de fréquenter des gentilshommes, et pour
« ce, il faudrait voir à soigner cela. — » Nicostrate dit alors :
« — Que pourrait-ce bien être? Aurais-je dans la bouche
« quelque dent gâtée? — » A quoi Lidia dit : « — Peut-
« être bien. — » Et l'ayant mené vers une fenêtre, elle lui
fit ouvrir la bouche, et quand elle eut regardé de tous côtés,
elle dit : « — Oh! Nicostrate, comment peux-tu l'avoir sup-
« portée si longtemps? Tu en as une, de ce côté, qui, à ce
« qu'il me semble, est non-seulement gâtée, mais qui est
« toute cassée, et pour sûr, si tu la gardes plus longtemps
« dans la bouche, elle te gâtera toutes celles qui sont du
« même côté; pour quoi, je te conseillerais de l'arracher
« avant que le mal soit plus avancé. — » Nicostrate dit
alors : « — Puisqu'il te semble ainsi, cela me plaît égale-
« ment; envoie sans plus de retard chercher un praticien
« qui me l'arrache. — » A quoi la dame dit : « — Ne plaise
« à Dieu qu'un praticien vienne ici pour cela; il me semble
« que cette dent tient si peu que, sans le secours d'aucun
« praticien, je l'arracherai moi-même très bien. D'un autre
« côté ces praticiens sont si cruels dans ces sortes d'opéra-
« tions, que je ne pourrais souffrir en aucune façon de te
« voir ou de te sentir entre les mains de quelqu'un d'eux; et
« pour ce, je veux tout faire moi-même; car au moins, si
« cela te fait trop de mal, je te laisserai tout de suite, ce que
« ne ferait pas un praticien. — »

« S'étant en conséquence fait apporter les fers pour une
semblable besogne, et ayant renvoyé tout le monde de la

chambre, elle retint seulement la Lusca, et s'enferma avec elle. Puis elle fit étendre Nicostrate sur un siège, et lui ayant mis les tenailles dans la bouche et ayant saisi une de ses dents, elle la lui arracha de vive force pendant que sa cameriste le tenait solidement, et bien que la douleur le fît crier beaucoup. Lidia ayant mis la dent de côté et en ayant pris une autre très gâtée qu'elle tenait dans sa main, elle la lui montra, quasi mort de douleur qu'il était, en disant : « — Vois ce que tu as gardé si longtemps dans ta bouche.— » Nicostrate, la croyant, bien qu'il eût éprouvé une vive douleur et qu'il s'en plaignît beaucoup, s'imagina pourtant être guéri dès que la dent eut été arrachée ; et réconforté par une chose et par une autre, sa douleur apaisée, il sortit de la chambre. La dame prit aussitôt la dent et l'envoya à son amant, lequel, désormais certain de son amour, se déclara prêt à faire selon son plaisir.

« Mais la dame, désireuse de le rendre encore plus certain de son amour, et s'imaginant qu'elle resterait encore mille ans avant d'être réunie à lui, voulut tenir ce qu'elle lui avait promis en plus. Ayant feint d'être malade, elle fut un jour visitée par Nicostrate après dîner, et voyant que Pirrus était seul avec lui, elle les pria de l'aider à descendre au jardin pour se désennuyer. Pour quoi, Nicostrate l'ayant prise d'un côté et Pirrus de l'autre, ils la portèrent dans le jardin et la posèrent sur un petit pré, au pied d'un beau poirier. S'y étant assise, au bout d'un moment la dame qui avait déjà fait informer Pirrus de ce qu'il avait à faire, dit : « — Pirrus, « j'ai grand désir d'avoir de ces poires ; monte donc sur le « poirier et jette-nous en quelques-unes. — » Pirrus, y étant monté sur-le-champ, se mit à jeter des poires, et pendant qu'il les jetait, il se mit dire : « — Hé ! messire, qu'est-ce « que vous faites ? Et vous, madame, comment n'avez-vous

« pas vergogne de permettre cela en ma présence? Croyez-
« vous que je sois aveugle? Vous étiez cependant si malade
« tout à l'heure; comment êtes-vous si vite guérie, que vous
« fassiez de telles choses? Si vous voulez les faire, vous avez
« tant de belles chambres à votre disposition; pourquoi n'al-
« lez-vous pas en l'une d'elles; ce sera plus honnête que de
« faire de pareilles choses en ma présence. — » La dame,
se tournant vers son mari, dit : « — Que dit Pirrus? Est-il
« fou? — » Pirrus dit alors : « — Non, je ne suis pas fou,
« madame; ne croyez-vous donc pas que je vous vois? — »
Nicostrate s'étonna fort et dit : « — Pirrus, je crois vrai-
« ment que tu rêves. — » A quoi Pirrus répondit : « — Mon
« seigneur, je ne rêve nullement, et vous non plus vous ne
« rêvez pas; vous vous démenez si bien au contraire, que si
« ce poirier se démenait de la sorte, il n'y resterait rien
« dessus. — » La dame dit alors : « — Que peut être cela?
« serait-il vrai qu'il lui parût comme il dit? Par mon salut
« en Dieu, si j'étais bien portante comme je l'étais naguère,
« je monterais sur-le-champ sur le poirier pour voir quelles
« sont ces choses étonnantes qu'il prétend voir. — »

« Cependant Pirrus, toujours sur le poirier, continuait à
tenir les mêmes propos. Sur quoi, Nicostrate dit : « — Des-
cends. — » Et Pirrus descendit. Alors il lui dit : « — Qu'est-ce
« que tu dis que tu vois? — » Pirrus dit : « — Je crois que
« vous m'avez pris pour un homme sans jugement ou pour un
« endormi; je vous voyais couché sur votre femme, puis-
« qu'il faut vous le dire; puis, pendant que je descendais,
« je vous ai vu vous lever et vous rasseoir comme vous êtes
« maintenant. — » « — Vraiment — dit Nicostrate — as-tu
« perdu l'esprit à ce point? Quand tu as été monté sur le poi-
« rier, nous n'avons pas bougé et nous sommes restés comme
« tu nous vois. — » A quoi Pirrus dit : « — Pourquoi dis-

« cutons-nous là-dessus? je vous ai bien vu; et si je vous ai
« vu, vous étiez sur votre propre bien. — » Nicostrate, de
plus en plus émerveillé, finit par lui dire : « — Je vais bien
« voir si ce poirier est enchanté, et si ceux qui y montent
« voient les merveilles que tu dis. — » Et il y monta. A
peine y fut-il, que la dame et Pirrus commencèrent à se
satisfaire ensemble; ce que voyant Nicostrate, il se mit à
crier : « — Ah! femme criminelle, qu'est-ce que tu fais là?
« Et toi, Pirrus, en qui j'avais le plus de confiance! — » Et
ainsi disant, il se mit à descendre du poirier. La dame et
Pirrus disaient : « — Rasseyons-nous — » Et le voyant des-
« cendre, ils se rassirent comme ils étaient quand il les avait
« laissés.

« Quand Nicostrate fut à terre et qu'il les vit comme il les
avait laissés, il se mit à leur dire des injures. A quoi Pirrus
dit : « — Nicostrate, maintenant j'avoue que, comme vous
« me le disiez auparavant, j'ai mal vu pendant que j'étais
« sur le poirier; et je le reconnais à cela seul que je vois et
« que je sais que vous avez mal vu vous-même. Et que je
« dise vrai, rien ne vous le montre mieux que la réflexion
« que vous pouvez vous faire, à savoir que votre femme qui
« est la plus honnête et la plus sage qu'il y ait, voulant vous
« faire un tel outrage, se garderait de le faire devant vos
« yeux. De moi, je ne veux rien dire, mais je me laisserais
« écorcher avant même d'en avoir la pensée, loin par con-
« séquent de le faire en votre présence. Pour quoi, la faute
« de cette apparence doit certainement provenir du poirier;
« pour ce que le monde entier ne m'aurait pas dissuadé que
« vous n'ayez été là, avec votre femme, goûtant tous deux
« le plaisir charnel, si je ne vous avais entendu dire à vous
« qu'il vous avait semblé que j'eusse fait ce à quoi je n'ai
« certes jamais songé, loin de l'avoir jamais fait. — »

« Après qu'il eut ainsi parlé, la dame qui se montrait fort
courroucée, s'étant levée, se mit à dire : « — Sois à la male
« aventure si tu m'as crue si peu avisée que, voulant me livrer
« aux tristes choses que tu dis avoir vues, je serais venu les
« faire devant tes yeux. Sois sûr que si le désir m'en pre-
« nait, je ne viendrais point ici ; mais je saurais bien m'en-
« fermer dans une de nos chambres de façon à m'assurer
« que tu ne le saurais jamais. — » Nicostrate à qui semblait
vrai ce que l'un et l'autre disait, à savoir qu'ils ne se seraient
pas laissés entraîner à commettre un pareil acte devant lui,
laissant de côté les reproches, se mit à parler de la nouveauté
du fait et du miracle de la vue qui changeait ainsi les choses
pour quiconque montait sur le poirier. Mais la dame qui se
montrait encore courroucée de l'opinion que Nicostrate avait
eue un instant sur elle, dit : « — Vraiment, ce poirier ne
« fera plus désormais de ces hontes ni à moi ni à aucune
« autre femme, si je peux ; pour ce, Pirrus, cours et va cher-
« cher une scie, et venge-nous d'un seul coup toi et moi en
« le coupant, quoiqu'il vaudrait peut-être mieux d'en donner
« sur la tête à Nicostrate qui, sans aucune considération, s'est
« laissé si promptement éblouir les yeux de l'intellect ; car
« bien qu'à ceux que tu portes à la tête il parût comme tu
« le dis, pour aucune raison tu ne devais dans ta pensée con-
« sentir à croire que c'était vrai. — »

« Pirrus alla promptement chercher une scie et coupa le
poirier. Dès que la dame l'eut vu par terre, elle dit à Nicostrate : « — Puisque je vois abattu l'ennemi de mon honneur,
« ma colère s'en est allée. — » Et elle pardonna généreusement à Nicostrate qui l'en priait, lui imposant pour condition de ne plus jamais la soupçonner, elle qui l'aimait plus
que soi-même, d'une pareille chose. Sur quoi, le malheureux
mari bafoué s'en revint avec elle et avec son amant au palais

où, depuis ce jour, Pirrus et Lidia prirent à leur aise plaisir l'un et l'autre. Dieu nous en accorde autant à nous ! — »

NOUVELLE X

Deux Siennois aiment une dame commère de l'un d'eux. Le compère meurt et revient trouver son ami, selon la promesse qu'il lui avait faite, et lui raconte ce qu'il y a dans l'autre monde.

Il ne restait plus qu'au roi à dire sa nouvelle. Quand il vit que les dames, qui avaient été fort marries de la chute du poirier — lequel n'en pouvait mais — étaient un peu consolées, il commença : « — C'est chose très-manifeste que tout roi juste doit être le premier serviteur des lois faites par lui ; et, s'il fait autrement, on doit le regarder comme un esclave digne de punition, et non comme un roi. C'est pourtant dans cette faute et dans cette répréhension que moi, qui suis votre roi, je me vois quasi contraint de tomber. Il est vrai qu'hier, en donnant la loi pour nos récits d'aujourd'hui, j'avais l'intention de ne pas user de mon privilège et de me conformer comme vous au sujet sur lequel vous avez tous parlé ; mais non-seulement il a été parlé de ce que j'avais imaginé de dire moi-même, mais il a été dit sur ce sujet tant d'autres choses, et des plus belles, que, pour moi, quelque soigneusement que je cherche en ma mémoire, il m'est impossible de rien me rappeler qui se puisse comparer à ce qui a déjà été dit. Pour ce, forcé de contrevenir à la loi par moi faite, et méritant en cela une punition, je me déclare prêt à subir dès à présent toute amende qui me sera infligée,

et je reprends mon privilège accoutumé. Je dis donc que la
nouvelle dite par Elisa sur le compère et la commère, et
d'autre part la sottise des Siennois, ont tant de force, très
chères dames, que — laissant de côté les tromperies faites
aux maris imbéciles par leurs femmes rusées — elles m'amènent à vous conter une petite nouvelle concernant aussi les
Siennois, et qui, bien qu'elle contienne beaucoup de choses
qu'on ne doit point croire, sera néanmoins en partie plaisante à entendre.

« Il y eut donc autrefois à Sienne deux jeunes gens du
peuple, nommés l'un Tingoccio Mini, l'autre Meuccio di
Tura. Ils habitaient près de la porte Salaja, étaient presque
toujours ensemble et paraissaient s'aimer beaucoup. En
allant, comme font les hommes, aux églises et aux sermons,
ils avaient entendu à diverses reprises parler de la gloire ou
de la misère qui, suivant leurs mérites, étaient concédées dans
l'autre monde aux âmes des morts. Désirant être renseignés
d'une manière certaine sur tout cela, et ne sachant comment,
ils se promirent l'un à l'autre que celui des deux qui mour-
rait le premier, reviendrait, si c'était possible, trouver
celui qui serait resté vivant, et lui donnerait des nouvelles
de ce qu'il désirait savoir ; ils s'engagèrent par serment à
faire ainsi. Cette promesse faite, et les deux amis continuant
à vivre en étroites relations, comme il a été dit plus haut, il
advint que Tingoccio devint le compère d'un Ambruogio
Anselmini, qui demeurait à Camporeggi et qui avait eu un
fils de sa femme nommée Monna Mita.

« Tingoccio, visitant parfois en compagnie de Meuccio sa
susdite commère qui était une très belle et très appétissante
dame, s'énamoura d'elle nonobstant le compérage ; de son
côté, Meuccio, soit qu'elle lui plût aussi, soit qu'il l'entendît
beaucoup vanter par Tingoccio, en devint amoureux. Ils se

gardaient de se découvrir l'un à l'autre cet amour, mais non pour le même motif : Tingoccio se gardait de le découvrir à Meuccio pour ce qu'il lui semblait commettre une mauvaise action en aimant sa commère, et qu'il aurait rougi que quelqu'un le sût ; Meuccio, lui, avait une tout autre raison, il cachait son amour parce qu'il s'était aperçu que la dame plaisait à Tingoccio. Il se tenait ce raisonnement : « — Si je le lui « découvre, il en prendra de la jalousie contre moi ; et comme « il peut tout à son aise parler à la dame en sa qualité de « compère, il me rendra odieux le plus qu'il pourra, et de « la sorte je n'aurai jamais d'elle chose qui me plaise. — »

« Les deux jeunes gens étant ainsi amoureux, comme je viens de le dire, il arriva que Tingoccio, auquel il était plus facile d'ouvrir son désir à la dame, sut si bien faire par ses actes et par ses paroles, qu'il obtint d'elle ce qu'il voulait ; de quoi Meuccio s'aperçut bien, et quoique cela lui déplût fort, pourtant, espérant aussi arriver un jour à ses fins, il fit semblant de ne point s'en apercevoir, afin que Tingoccio n'eût aucun prétexte de gâter ou d'entraver ses projets. Les deux compagnons aimant ainsi, l'un plus heureusement que l'autre, Tingoccio trouvant le terrain doux et propice dans les domaines de la commère, y bêcha et y laboura tellement, qu'il y prit une maladie, laquelle au bout de quelque temps devint si forte, qu'il ne put en guérir et passa de cette vie. Trois jours après son trépas — il n'avait probablement pas pu le faire plus tôt — il s'en vint la nuit, suivant la promesse faite, dans la chambre de Meuccio qui dormait profondément, et l'appela. Meuccio, s'étant réveillé, dit : « — Qui es-tu ? — » A quoi il répondit : « — Je suis Tingoccio ; suivant la promesse que « je t'ai faite, je suis venu te dire des nouvelles de l'autre « monde. — » Meuccio fut d'abord un peu épouvanté en le voyant, mais pourtant, s'étant rassuré, il dit : « — Sois le

« bien venu, mon frère. — » Puis il lui demanda s'il était
perdu. A quoi Tingoccio répondit : « — Les choses perdues
« sont celles qui ne se retrouvent point ; et comment serais-
« je ici, si j'étais perdu ? — » « — Eh ! — dit Meuccio —
« je ne dis pas cela, mais je te demande si tu es parmi les
« âmes damnées dans le feu vengeur de l'enfer. — » A quoi
Tingoccio répondit : « — Non ; mais je suis, pour les péchés
« par moi commis, en grandissime peine et en grave an-
« goisse. — » Meuccio demanda alors en détail à Tingoccio
quelle peine on infligeait là-bas pour chacun des péchés qui
se commettent ici, et Tingoccio les lui dit toutes. Puis Meuccio lui demanda s'il voulait qu'il fît quelque chose pour lui
sur la terre. A quoi Tingoccio répondit que oui, à savoir
qu'il fît dire pour lui des messes et des prières et qu'il fît
faire des aumônes, pour ce que ces choses aident fort ceux
qui sont là-bas. Meuccio dit qu'il le ferait volontiers ; et
comme Tingoccio allait le quitter, Meuccio se souvint de la
commère, et ayant soulevé un peu la tête il dit : « — A pro-
« pos, Tingoccio, je me rappelle : et la commère avec
« laquelle tu as couché, quand tu étais en ce monde, quelle
« peine t'a-t-on infligée là-bas, à son sujet ? — » A quoi
Tingoccio répondit : « — Mon frère, comme j'arrivai là-bas,
« j'en trouvai un qui paraissait savoir tous mes péchés par
« cœur, et qui m'ordonna d'aller en un lieu où je devais
« pleurer mes fautes au milieu de grands tourments ; là, je
« trouvai de nombreux compagnons condamnés à la même
« peine que moi ; et, comme je me tenais parmi eux, me
« rappelant ce que j'avais fait avec la commère et attendant
« pour ce péché une peine plus grande encore que celle qui
« m'était imposée, bien que je fusse en un grand feu très
« ardent, je tremblais cependant de peur. Ce que voyant,
« quelqu'un qui était à côté de moi dit : « — Qu'as-tu fait

« de plus que les autres qui sont ici, que tu trembles étant
« dans le feu? — » « — Oh! — dis-je — mon ami, j'ai
« grand peur du jugement auquel je m'attends pour un grand
« péché que j'ai commis autrefois. — » Il me demanda
« alors quel péché c'était. A quoi je dis : — Ce péché fut
« celui-ci : Je couchais avec une mienne commère, et j'y
« ai tellement couché que j'y ai laissé la peau. — » Alors,
« lui, riant de cela, me dit : « — Va, sot que tu es, ne
« crains rien; ici l'on ne tient aucun compte des com-
« mères. — » Ce qu'entendant, je fus complètement ras-
« suré.—» Cela dit, et le jour s'approchant, Tingoccio ajouta:
« — Meuccio, adieu, car je ne puis plus longtemps rester
« avec toi. — » Et soudain il disparut.

« Meuccio, ayant appris qu'on ne tenait là-bas aucun
compte des commères, commença à se moquer de sa sottise,
pour ce que déjà il en avait épargné plusieurs. Pour quoi,
son ignorance ayant été mise de côté, il devint par la suite
fort savant sur ce point. Et si frère Renauld avait su cela, il
n'aurait pas eu besoin de tant de frais d'éloquence pour amener sa bonne commère à faire selon son plaisir. — »

— Zéphire était déjà levé, pour ce que le soleil s'approchait
du ponant, quand le roi, sa nouvelle finie, et personne
n'ayant plus à parler, ôta sa couronne et la mit sur la
tête de la Lauretta en disant : « — Madame, je vous couronne de vous-même en vous faisant reine de notre compagnie; sur quoi, c'est à vous d'ordonner désormais, comme
Dame, ce que vous croirez nous être à tous plaisir et soulagement. — » Et il se rassit. La Lauretta, devenue reine, fit
appeler le sénéchal à qui elle ordonna de faire dresser les
tables dans la plaisante vallée, un peu avant l'heure habituelle,
afin qu'ensuite on pût retourner au palais tout à son aise;
puis elle lui dit en détail ce qu'il avait à faire pendant que

durerait son pouvoir. Ensuite, s'étant tournée vers la compagnie, elle dit : « — Dioneo voulut hier qu'on parlât aujourd'hui
des tromperies que les femmes font aux maris ; et n'était
que je veux montrer que je ne suis pas de la race des petits
chiens hargneux qui se veulent sur-le-champ venger, je dirais
que l'on devra parler demain des tromperies que les hommes
font à leurs femmes. Mais, laissant cela de côté, je dis que
chacun ait à songer à parler sur les tromperies que chaque
jour les femmes font aux hommes et les hommes aux femmes
réciproquement les uns aux autres ; et je crois qu'en cela le
plaisir ne sera pas moindre qu'il ne l'a été aujourd'hui. — »
Cela dit, elle se leva debout, et donna congé à la compagnie
jusqu'à l'heure du souper.

Sur ce, les dames se levèrent, ainsi que les hommes ; les
uns, s'étant déchaussés, entrèrent dans l'eau claire ; les autres
allèrent se promener parmi les beaux arbres qui se dressaient
tout droits sur le pré vert. Dioneo et la Fiammetta chantèrent ensemble un grand morceau d'Arcita et Palémon ; et
chacun variant ainsi ses ébats, ils passèrent en grandissime
plaisir le temps jusqu'à l'heure du souper. Cette heure venue,
ils se mirent à table au bord du petit lac, et là, aux chants
de milliers d'oiseaux, sans cesse rafraîchis par un air suave
qui venait des collines environnantes, sans être en aucune
façon importunés par les mouches, ils soupèrent tranquillement et très gaîment. Les tables levées, quand ils eurent
fait quelques tours dans la plaisante vallée, et comme le soleil
était encore haut, ils reprirent à pas lents, sur l'heure de
vesprée, suivant le désir de la reine, le chemin de leur demeure, et tout en parlant et devisant de mille choses, aussi
bien de celles qui avaient été racontées ce jour-là que d'autres
encore, ils arrivèrent au palais à la tombée de la nuit. Là,
après s'être réconfortés, par des vins frais et des confetti, de la

fatigue de leur petite promenade, ils se mirent à danser autour de la belle fontaine, tantôt aux sons de la cornemuse de Tindaro, tantôt aux sons d'autres instruments. La reine finit par ordonner à Philomène de dire une chanson, et Philomène commença ainsi :

Hélas ! que ma vie est malheureuse !
  Me sera-t-il jamais possible de revenir
  En l'état d'où m'arracha fâcheuse départie ?

Certes, je l'ignore, si grand est le désir
  Qui me brûle la poitrine
  De me retrouver en l'état où j'ai jadis été.
  O cher bien, ô ma seule paix,
  Toi qui m'étreins le cœur,
  Dis-le moi, toi ; car le demander à autrui,
  Je n'ose, et je ne sais du reste à qui.
  Hélas ! mon Seigneur, hélas ! fais-le moi espérer,
  Pour que je réconforte mon âme éperdue.

Je ne sais bien redire quel fut le plaisir
  Qui m'a si fort enflammée
  Que, ni jour ni nuit, je ne puis trouver de repos ;
  Pour ce que l'ouïr, le sentir et le voir
  M'embrasent chacun d'un nouveau feu
  Avec une force inaccoutumée,
  Et que nul autre que toi ne peut réconforter
  Ou faire revenir ma vertu effrayée.

Hélas ! dis-moi s'il doit arriver, — et quand cela sera —
  Que je retrouve jamais le plaisir que j'éprouvai
  Quand je baisai ces yeux qui m'ont fait mourir.
  Dis-moi, mon cher bien, mon âme,
  Quand tu reviendras,
  Et, en me le disant vite, réconforte-moi un peu.
  Que soit courte l'attente
  De l'heure où tu viendras, puis que ton séjour soit long,
  Pour que j'aie moins de regret qu'Amour m'ait ainsi blessée.

18.

S'il advient jamais que je te possède encore,
        Je ne crois pas que je serai aussi sotte
        Que je fus quand je te laissai partir ;
        Je te retiendrai, et il en arrivera ce que pourra.
        Et de ta douce bouche
        Il faut que je satisfasse mon désir.
        Je n'en veux pas dire davantage maintenant.
        Donc, viens vite, viens m'embrasser ;
        Rien que cette pensée à chanter m'invite.

Cette canzone fit penser à toute la compagnie qu'un nouvel et plaisant amour étreignait Philomène, et pour ce que les paroles semblaient dire qu'elle avait joui d'autre chose que de la simple vue de son amant, on la tint pour plus heureuse, et il y en eut qui lui portèrent envie. Mais quand la canzone fut finie, la reine se souvenant que le lendemain était un vendredi, dit gracieusement à tout le monde : « — Vous savez, nobles dames, et vous aussi, jeunes gens, que c'est demain le jour consacré à la passion de Notre Seigneur, et que, si je me souviens bien, nous l'avons dévotement célébrée, pendant que Néiphile était reine, en suspendant les joyeux récits, de même que pour le samedi suivant. Pour quoi, voulant suivre le bon exemple que nous a donné Néiphile, j'estime que c'est chose honnête que demain et après-demain, ainsi que nous avons fait précédemment, nous nous abstenions du plaisir de conter des nouvelles, et nous remettions en mémoire ce qui arriva autrefois en de pareils jours, pour le salut de nos âmes. — » La pieuse proposition de leur reine plut à tous, et après qu'elle leur eut donné congé, une bonne partie de la nuit étant déjà passée, ils allèrent se reposer.

HUITIÈME JOURNÉE

———\

La septième journée du DÉCAMÉRON finie, commence la huitième, dans laquelle, sous le gouvernement de Lauretta, on devise des tromperies que chaque jour les femmes font aux hommes, de celles que les hommes font aux dames, ou de celles que les hommes se font entre eux.

Déjà, au sommet des plus hautes montagnes, apparaissaient, le dimanche matin, les rayons de la lumière naissante, et l'obscurité ayant complètement disparu, on discernait distinctement chaque chose, quand la reine s'étant levée ainsi que sa compagnie, ils s'en allèrent tout d'abord sur la colline, par les herbes pleines de rosée; puis, vers la troisième heure, ils entrèrent dans une petite église voisine, où ils entendirent l'office divin. Revenus à la maison, ils mangèrent en liesse et en joie, chantèrent et dansèrent quelque peu, puis ayant eu congé de leur reine, ceux qui voulurent aller se reposer le purent. Mais quand le soleil eut passé le cercle du méridien, ils allèrent tous s'asseoir, selon qu'il plut à leur reine, auprès de la belle fontaine pour y conter des nouvelles comme d'habitude ; là, sur le commandement de la reine, Néiphile commença ainsi :

NOUVELLE I

Gulfardo obtient de la femme de Guasparruolo de coucher avec elle moyennant une somme d'argent. Il emprunte la somme au mari et la donne à la dame. Puis, en présence de cette dernière, il dit à Guasparruolo qu'il a rendu l'argent prêté à sa femme et celle-ci est obligée de dire que c'est vrai.

« — Puisque Dieu a ainsi disposé que je doive commencer la présente journée par ma nouvelle, j'en suis contente. Et pour ce, amoureuses dames, comme il a été jusqu'ici beaucoup parlé des tromperies faites aux hommes par les femmes, il me plaît de vous en conter une faite à une femme par un homme; non que j'entende blâmer dans cette nouvelle ce que fit l'homme en question, ni prétendre que cela ne fut pas bien fait pour la femme, mais pour louer au contraire l'homme et blâmer la femme, et pour montrer que les hommes, eux aussi, savent bafouer qui les croit, comme ils sont bafoués par ceux en qui ils ont confiance. Cependant, à qui voudrait plus proprement parler, ce que j'ai à vous dire ne saurait être donné comme une tromperie, mais se devrait appeler justice ; pour ce que la femme doit être très honnête, et garder sa chasteté comme sa propre vie, sans fournir le moindre prétexte à ce qu'on la dénigre. Mais comme toutefois cela ne se peut complètement à cause de notre fragilité, j'affirme qu'elle est digne du feu, celle qui se vend pour de l'argent, comme aussi celle qui cède par amour, — connaissant combien grandes sont ses forces — mérite pardon d'un juge quelque peu indulgent, ainsi que Philostrate, il y a quelques jours, nous a fait voir qu'on en avait usé envers madame Philippa à Prato.

« Il y eut donc jadis à Milan un Allemand à la solde,
nommé Gulfardo, vaillant de sa personne et très loyal à
ceux qu'il servait, ce qui d'ordinaire arrive rarement aux
Allemands. Comme il rendait très loyalement l'argent qu'on
lui prêtait, il aurait trouvé de nombreux marchands pour
lui prêter à petit intérêt tout l'argent qu'il aurait voulu.
Pendant son séjour à Milan, il devint amoureux d'une très
belle dame, nommée madame Ambruogia, femme d'un riche
marchand qui avait pour nom Guasparruolo Cagastraccio, et
avec lequel il était lié d'amitié. Il aimait la dame très discrètement, de sorte que le mari ni personne ne s'en était
aperçu. Il lui fit un jour parler, la priant de vouloir bien lui
accorder son amour, protestant que, de son côté, il était prêt
à faire tout ce qu'elle lui commanderait. La dame, après de
longs pourparlers, en vint à cette conclusion qu'elle était
prête à faire ce que Gulfardo voulait, si deux choses devaient
s'en suivre : à savoir l'une, que cela ne serait jamais révélé
par lui à personne ; l'autre, que, en homme riche qu'il était,
il lui donnerait deux cents florins d'or dont elle avait besoin
pour quelque affaire ; ensuite, elle se tiendrait toujours à son
service.

« Gulfardo, oyant cette avarice, et indigné de la vile proposition de celle qu'il croyait être une dame de valeur, changea
quasi en haine son fervent amour pour elle, et résolut de la
tromper. Il lui fit dire qu'il le ferait très volontiers, de même
qu'il ferait tout ce qui lui plairait, pourvu que cela fût en
son pouvoir ; qu'en conséquence elle lui fît dire quand elle
voulait qu'il allât la trouver ; qu'alors il lui porterait l'argent,
et que jamais personne ne le saurait, sauf un sien compagnon
auquel il se fiait entièrement et qui l'accompagnait toujours
dans tout ce qu'il faisait. La dame, en femme vile qu'elle
était, fut satisfaite de cette réponse, et lui envoya dire que

Guasparruolo son mari devait peu de jours après aller à Gênes
pour ses affaires, qu'elle le lui ferait savoir, et l'enverrait
chercher. Quand le moment lui sembla venu, Gulfardo s'en
alla trouver Guasparruolo et lui dit : « — Je suis sur le point
« de traiter une affaire pour laquelle j'ai besoin de deux cents
« florins d'or, que je veux que tu me prêtes au même intérêt
« que tu m'en as prêté d'autres. — » Guasparruolo dit :
« —Volontiers, — » et il lui compta sur-le-champ la somme.

« Peu de jours après, Guasparruolo alla à Genève, comme
l'avait dit la dame ; pourquoi, celle-ci envoya dire à Gulfardo
de venir et de lui apporter les deux cents florins d'or. Gulfardo prit avec lui son compagnon, s'en alla chez la dame, et,
l'ayant trouvée qui l'attendait, la première chose qu'il fit
fut de lui remettre les deux cents florins d'or, en présence
de son compagnon, et de lui dire : « — Madame, prenez
« cet argent, et donnez-le à votre mari quand il sera de
« retour. — » La dame prit les florins, sans comprendre
pourquoi Gulfardo lui parlait ainsi ; elle crut qu'il le faisait
pour que son compagnon ne s'aperçût pas qu'elle se donnait
à lui pour de l'argent. Pour quoi, elle dit : « — Je le ferai
« volontiers, mais je veux voir combien il y en a. — » Et ayant
versé les florins sur une table et voyant qu'il y en avait bien
deux cents, elle fut en elle-même fort contente. Elle les
serra ; puis, étant revenue vers Gulfardo, elle le mena dans
sa chambre où, non-seulement cette nuit-là, mais plusieurs
autres avant que son mari revînt de Gênes, elle le satisfit
de sa personne.

« Guasparruolo étant de retour, Gulfardo saisit le moment
où il était avec sa femme, alla le trouver et lui dit en présence de la dame : « — Guasparruolo, je n'ai pas eu besoin
« de l'argent, c'est-à-dire des deux cents florins d'or que
« tu me prêtas l'autre jour ; et pour ce, je les ai portés ici

« à ta femme, et je les lui ai remis ; tu effaceras donc mon
« compte. — » Guasparruolo, se tournant vers sa femme, lui
demanda si en effet elle les avait reçus. La dame, qui voyait
là le témoin, ne put nier, et dit : « — Mais oui, je les ai
« reçus ; je ne m'étais pas encore souvenue de te le dire. — »
Guasparruolo dit alors : « — Gulfardo, je suis satisfait, allez
« avec Dieu ; j'effacerai, en effet, votre compte. — » Gulfardo
parti, la dame, se sentant jouée, donna à son mari le prix
de son déshonneur et de sa méchanceté. Ainsi l'amant sagace,
sans qu'il lui en coutât rien, jouit de son avare dame. — »

NOUVELLE II

Le curé de Varlungo couche avec Monna Belcolore. Il lui laisse en gage son
manteau et lui emprunte un mortier. Quelque temps après, il lui renvoie le
mortier en lui faisant redemander le manteau qu'il dit lui avoir laissé en garantie. La dame rend le manteau en exhalant sa mauvaise humeur par un proverbe
de circonstance.

Les hommes et les dames approuvaient également ce que
Gulfardo avait fait à l'avare Milanaise, quand la reine, s'étant
tournée vers Pamphile, lui ordonna en souriant de poursuivre ; pour quoi, Pamphile commença ainsi : « — Belles
dames, il faut que je vous dise une petite nouvelle contre
ceux qui nous nuisent continuellement sans que nous puissions leur nuire à notre tour, c'est-à-dire contre les prêtres
qui ont entrepris une véritable croisade contre nos femmes,
et qui s'imaginent avoir non moins gagné le pardon de
toutes leurs fautes, quand ils peuvent en mettre une sous
eux, que s'ils avaient amené le soudan enchaîné d'Alexan-

drie à Avignon. Les malheureux séculiers ne peuvent leur
en faire autant, bien qu'en livrant assaut avec une ardeur
non moindre à leurs mères, leurs sœurs, leurs amies et
leurs filles, ils soulagent leur colère. Pour ce, j'entends vous
raconter une amourette de village dont la conclusion est
plus risible qu'elle n'est longue à dire, et de laquelle vous
pourrez encore cueillir ce fruit que d'un prêtre il ne faut
pas toujours tout croire.

« Je dis donc qu'à Varlungo, village tout proche d'ici,
comme chacune de vous sait ou peut avoir appris, fut un
vaillant prêtre, gaillard de sa personne au service des
femmes. Comme il ne savait pas trop lire, il récréait le
dimanche ses paroissiens au pied d'un ormeau avec force
bonnes et saintes allocutions familières. Il visitait surtout
les femmes, quand leurs maris étaient absents, mieux qu'aucun de ses prédécesseurs, leur portant jusque chez elles des
images, de l'eau bénite, des bouts de chandelle, et leur
donnant sa bénédiction. Or, il advint que parmi ses autres
paroissiennes qu'il avait remarquées, une surtout lui plut
qui avait nom Monna Belcolore. C'était la femme d'un
laboureur qui se faisait appeler Bentivegna del Mazzo, et
elle était vraiment une plaisante et fraîche paysanne, brune
et bien découplée, et propre à savoir moudre mieux que
toute autre. En outre, c'était celle qui, de toutes ses voisines, savait le mieux sonner des cymbales et chanter, *L'eau
court à la ravine*, et mener une ronde ou une bourrée,
quand besoin était, avec un beau mouchoir à la main. Aussi
messer le curé s'en amouracha si fort, qu'il en devenait fou,
et qu'il rôdait tout le long du jour pour tâcher de la voir.
Et quand, le dimanche matin, il la voyait dans l'église, il
disait un *kyrie* et un *sanctus*, s'efforçant de paraître un
maître en l'art de chanter, alors qu'on l'eût pris pour un

âne qui brayait. Au contraire, quand il ne la voyait pas il passait sur les offices très légèrement. Il savait toutefois si bien faire, que Bentivegna del Mazzo ne s'en apercevait point, ni aucun de ses voisins. Pour mieux gagner l'amitié de Monna Belcolore, il lui faisait de temps à autre un petit présent, lui envoyant tantôt un bouquet d'ails frais dont il avait les plus beaux spécimens de tout le pays dans son jardin qu'il cultivait de ses mains, tantôt un panier de petits pois, un bouquet d'oignons nouveaux ou d'échalottes; et, quand il voyait le moment favorable, après l'avoir guettée au passage, il lui donnait une bonne bourrade d'amitié, et elle, faisant la sauvage, feignait de ne pas s'apercevoir de son jeu, et se renfermait dans une attitude sévère; pour quoi, messer le curé ne pouvait en venir à ses fins.

« Or, il advint un jour que le curé, flânant çà et là dans la rue sur l'heure de midi, rencontra Bentivegna del Mazzo sur un âne et portant devant lui force provisions; l'ayant abordé, il lui demanda où il allait. A quoi Bentivegna répondit : « — Ma foi, messire, en bonne vérité je vais jus- « qu'à la ville pour une affaire, et je porte tout cela à « messer Bonaccorri da Ginestreto, afin qu'il m'aide pour je « ne sais quoi dont me requiert le juge de l'édifice dans une « assignation à comparaître qu'il m'a envoyée par son « procureur. — » Le curé, tout joyeux, dit : « — Tu fais « bien, mon fils; or, va avec ma bénédiction, et reviens « vite; et si tu vois Lapuccio ou Naldino, n'oublie pas de « leur dire qu'ils me rapportent ces attaches pour mes « fléaux. — » Bentivegna dit que cela serait fait, et pendant qu'il s'en allait vers Florence, le curé pensa que c'était le moment d'aller trouver Belcolore et de tenter l'aventure. S'étant mis le chemin entre les pieds, il ne s'arrêta que lorsqu'il fut arrivé chez elle, et, entré dans la maison, il

dit : « — Dieu, envoie céans le bien qui est ailleurs ! — »
La Belcolore qui était montée au grenier, l'ayant entendu,
dit : « — Oh ! messire, soyez le bien venu ; qu'allez-vous
« faire par cette chaleur ? » Le curé répondit : « — Si
« Dieu me favorise, je venais passer un moment avec toi,
« pour ce que j'ai trouvé ton homme qui allait à la ville. — »
La Belcolore, étant descendue du grenier, s'assit et se mit à
trier des graines de choux que son mari avait battues peu
auparavant. Le curé se mit à lui dire : « — Eh ! bien, Belco-
« lore, me dois-tu toujours faire mourir de la sorte ? — » La
Belcolore se mit à rire, et dit : « — Oh ! que vous fais-je
« donc ? — » Le curé dit : « — Tu ne me fais rien, mais tu
« ne me laisses pas te faire ce que je voudrais et ce que
« Dieu ordonne. — » La Belcolore dit : « — Allons, allons,
« est-ce que les prêtres font de pareilles choses ? — » Le curé
répondit : « — Nous les faisons mieux que les autres
« hommes ; et pourquoi pas ? Je dis plus : nous faisons
« une bien meilleure besogne, et sais-tu pourquoi ? parce
« que nous savons moudre avec peu d'eau ; mais, en vérité,
« il t'en résultera du bien si tu ne dis rien et me laisses
« faire. — » La Belcolore dit : « — Et quel bien peut-il m'en
« advenir ? On dit que vous êtes tous plus avares que le
« diable. — » Alors le curé dit : « — Je ne sais ; demande
« toi-même. Veux-tu une paire de souliers, un ruban, un
« beau fichu de soie ? Veux-tu autre chose ? — » La Belcolore
dit : « — Allons donc ! j'ai de tout cela ; mais si vous me
« voulez tant de bien, rendez-moi un service, et je ferai
« ensuite ce que vous voudrez. — » Le curé dit alors :
« — Dis ce que tu veux, et je le ferai volontiers. — » Alors
la Belcolore dit : « — Il faut que j'aille samedi à Florence
« pour rendre la laine que j'ai filée, et pour faire rac-
« commoder mon rouet ; si vous me prêtez cinq lires, —

« je sais que vous les avez, — je retirerai de chez l'usurier
« ma jupe de perse et ma ceinture des jours de fête que
« j'apportai en mariage ; car vous voyez que je ne puis aller
« à l'église ni en aucun lieu convenable, pour ce que je ne
« les ai pas. Je ferai toujours ensuite ce que vous voudrez.—»
Le curé répondit : « — Dieu me donne le bon an, je ne les
« ai pas sur moi ; mais crois-moi, avant samedi, je ferai en
« sorte que tu les auras pour sûr. — » « — Oui — dit la Bel-
« colore — vous êtes tous ainsi de grands prometteurs, et puis
« vous ne tenez rien. Croyez-vous me faire à moi comme
« vous avez fait à la Biliuza, qui s'en retourna au son de la
« musette ? Sur ma foi en Dieu, vous ne le ferez pas ; car
« elle est devenue pour cela fille publique. Si vous ne les avez
« pas, allez les chercher. — » « — Eh ! — dit le curé — ne
« me fais pas aller en ce moment jusqu'à la maison ; tu vois
« que j'ai risqué l'aventure pendant qu'il n'y a personne, et
« peut-être quand je reviendrais y aurait-il quelqu'un qui
« nous gênerait ; et je ne sais pas quand je pourrais trouver
« un moment aussi favorable que celui-ci. — » La belle dit :
« — Bon, si vous voulez y aller, allez-y ; sinon, passez-vous
« en. — »

    « Le curé voyant qu'elle n'était pas le moins du monde
disposée à faire ce qu'il voulait sans un *salvum me fac*, et
désirant, lui, faire la chose *sine custodia*, dit : « — Écoute,
« tu ne crois pas que je te les donnerai ; afin que tu me
« croies, je te laisserai en gage mon manteau de drap bleu
« que voici. — » La Belcolore leva les yeux et dit : « — Ce
« manteau ! Et que vaut-il ? — » Le curé dit : « — Comment,
« que vaut-il ? Je veux que tu saches qu'il est en drap
« de Douai, deux fois, trois fois fin, et il y en a chez
« nous qui le tiennent pour quatre fois fin ; il n'y a pas
« encore quinze jours qu'il m'a coûté sept lires chez le

« fripier Lotto, et je l'ai eu à bon marché, y ayant bien
« gagné cinq sols, à ce que m'a dit Buglietto qui, tu le sais,
« se connaît fort bien en ces sortes de draps. — » « — Eh
« quoi ! — dit la Belcolore — que Dieu me soit en aide, je
« ne l'aurais jamais cru ; mais donnez-le moi d'abord. — »
Messer le curé qui avait l'arbalète tendue, ôta son manteau et
le lui donna ; et elle, après qu'elle l'eut serré, dit : « — Messire,
« allons dans la grange ; car il n'y va jamais personne. — »
Et ils y allèrent. Là, le curé, lui donnant les plus doux baisers du monde, et la faisant parente de messer le bon Dieu,
se satisfit un bon temps avec elle ; puis, étant parti en sou-
tane, comme s'il revenait de faire une noce, il s'en retourna
à l'église.

« Là, réfléchissant que les bouts de chandelle qu'il retirait de l'offerte pendant toute l'année ne valaient pas la
moitié de cinq lires, il lui parut avoir fait une mauvaise
affaire, et il se repentit d'avoir laissé le manteau ; sur quoi, il
songea au moyen de le ravoir sans rien payer. Comme il était
quelque peu rusé, il eut bientôt trouvé le moyen de le ravoir,
et ne tarda pas à le mettre à exécution. Le lendemain étant
jour de fête, il envoya l'enfant d'un de ses voisins chez cette
Monna Belcolore, pour la prier de lui prêter son mortier en
pierre, car il avait ce matin-là à déjeuner chez lui Binguccio
dal Poggio et Nuto Buglietto, et il voulait faire de la sauce.
La Belcolore le lui envoya. Quand l'heure du déjeuner fut
venue, le curé attendant que Bentivegna del Mazzo et la
Belcolore fussent à manger, appela son clerc et lui dit : « —
« Prends ce mortier et rapporte-le à la Belcolore, et dis-lui :
« le curé vous fait dire grand merci, et que vous lui renvoyiez
« le manteau que l'enfant vous a laissé en gage. — » Le clerc
alla avec le mortier chez la Belcolore et la trouva à table,
qui déjeunait avec Bentivegna. Ayant mis le mortier par

terre, il fit la commission du curé. La Belcolore, s'entendant réclamer le manteau, voulut répondre; mais Bentivegna, d'un air fâché, dit : « — Donc, tu demandes un
« gage à messer le curé? Je fais vœu au Christ qu'il me
« vient envie de te donner un grand coup de poing. Allons,
« rends-le lui vite, et que la teigne te prenne; garde-toi,
« quelque chose qu'il veuille désormais, même si c'était
« notre âne, de ne lui jamais dire non. — » La Belcolore se
leva en grommelant, alla à son coffre, en tira le manteau et
le donna au clerc en disant : « — Tu diras à messer le
« curé ceci de ma part : la Belcolore a dit qu'elle fait vœu
« à Dieu que vous ne ferez jamais plus de sauce dans son
« mortier; car vous ne lui avez pas fait si bel honneur pour
« cette fois. — » Le clerc s'en alla avec le manteau et fit la
commission au curé; à quoi celui-ci dit en riant : « — Tu
« lui diras, quand tu la verras, que si elle ne me prête plus
« son mortier, je ne lui prêterai plus mon pilon; l'un
« vaut l'autre. — »

« Bentivegna croyait que sa femme avait ainsi parlé
parce qu'il l'avait tancée, et n'en eut cure. Mais la Belcolore fut fort irritée contre le curé et lui tint rigueur jusqu'aux vendanges. Par la suite, le curé l'ayant menacée de
la faire aller dans la bouche du grand Lucifer, elle eut une
belle peur, et pour du mou et des châtaignes qu'il lui
donna, elle se remit d'accord avec lui; de sorte qu'ils firent
plusieurs fois ripaille ensemble. En échange des cinq lires,
le curé lui fit raccommoder ses cymbales et y fit poser une
petite sonnette; ce dont elle se contenta. — »

19.

NOUVELLE III

Calandrino, Bruno et Buffamalcco vont dans la plaine du Mugnon chercher la
pierre précieuse appelée l'Elitropia. Calandrino croit l'avoir trouvée. Il revient
chez lui chargé de pierres. Sa femme l'ayant querellé, il entre en colère et la
bat, puis il raconte à ses compagnons ce qu'ils savent mieux que lui.

La nouvelle de Pamphile finie — les dames en avaient tant
ri qu'elles en rient encore — la reine ordonna à Élisa de
poursuivre. Celle-ci, riant toujours, commença : « — Je ne
sais, plaisantes dames, s'il me sera donné, avec une petite
nouvelle de moi, non moins vraie qu'agréable, de vous faire
autant rire que Pamphile l'a fait avec la sienne ; mais je
m'efforcerai de le faire.

« En notre cité, qui a toujours abondé en toutes sortes de
gens, était il n'y pas grand temps encore un peintre appelé
Calandrino, homme simple et neuf, lequel allait presque
toujours avec deux autres peintres appelés l'un Bruno et
l'autre Buffamalcco, tous les deux fort enjoués, mais prudents
et avisés, et qui fréquentaient Calandrino seulement pour ce
qu'ils s'égayaient souvent de ses manières et de sa simplicité.
Il y avait alors aussi à Florence un jouvenceau d'une merveilleuse adresse en tout ce qu'il voulait faire, facétieux
et avenant, nommé Maso del Saggio. Ayant entendu parler
de la simplicité de Calandrino, il résolut de s'amuser à ses
dépens en lui faisant quelque farce, ou en lui faisant accroire
quelque chose d'étrange. Un jour qu'il l'avait trouvé par aventure dans l'église de Saint-Jean, occupé à regarder les peintures
et les bas-reliefs du tabernacle qui est sur l'autel de la susdite
église, lesquels y avaient été mis depuis peu, il pensa que le
lieu et le moment étaient opportuns pour ses projets. Ayant
informé, un de ses compagnons de ce qu'il entendait faire,

tous deux s'approchèrent de l'endroit où Calandrino était assis tout seul, et feignant de ne pas le voir, ils se mirent à parler des vertus de certaines pierres, sujet sur lequel Maso raisonnait aussi sûrement que s'il avait été un grand et profond joaillier. Calandrino prêta l'oreille à ces raisonnements, et voyant qu'il n'y avait pas d'indiscrétion, il se leva et se joignit aux deux compagnons, ce qui plut fort à Maso. Comme il poursuivait ses théories, Calandrino lui demanda où se trouvaient ces pierres si remplies de vertu. Maso répondit que la plupart se trouvaient à Berlinzone, ville des Basques, en un pays qui s'appelait Bengodi, où l'on liait les vignes avec des saucisses et où l'on avait une oie pour de l'argent et un oison par-dessus le marché ; qu'il y avait une montagne toute de fromage de parmesan râpé, sur laquelle demeuraient des gens qui n'étaient pas occupés à autre chose qu'à faire des macarons et des ravioli et à les faire cuire dans du jus de chapon, puis qu'ils les jetaient au bas de la montagne où ceux qui en prenaient le plus en avaient davantage. Tout près de là, courait un petit ruisseau de vin blanc, du meilleur qui se soit jamais bu, et où n'entrait pas une goutte d'eau. « — Oh ! — dit Calandrino — c'est là un bon pays ; mais, « dis-moi, que fait-on des chapons que ces gens cuisent ? — » Maso répondit : « — les Basques les mangent tous. — » Calandrino dit alors : « — Y es-tu jamais allé ? — » A quoi Maso répondit : « — Tu demandes si j'y suis jamais allé ? « J'y suis allé aussi bien une fois que mille. — » Calandrino dit alors : « — Et combien de milles y a-t-il d'ici ? — » Maso répondit : « — Il y en a plus de millante, qui toute la « nuit chante. — » Calandrino dit : « — Ce doit donc être « plus loin que les Abbruzzes. — « — Oui bien — répondit « Maso — c'est un peu plus loin. — »

« Calandrino, toujours simple, voyant que Maso disait

tout cela d'un air impassible et sans rire, le croyait comme
on pourrait croire à la vérité la plus manifeste et le tenait
pour vrai ; sur quoi, il dit : « — C'est trop loin pour moi ;
« mais si ç'avait été plus près, je t'assure bien que j'irais
« une fois avec toi, rien que pour voir dégringoler ces ma-
« carons et pour m'en rassasier. Mais, dis-moi, de grâce, ne
« se trouve-t-il pas en ces contrées quelqu'une de ces
« pierres qui ont tant de vertu ? — » A quoi Maso répondit :
« — Oui, on y trouve deux sortes de pierres qui ont une
« grandissime vertu : les unes sont les pierres à meule de
« Settignano et de Montisci, par la vertu desquelles, quand
« elles sont devenues meules, se fait la farine ; et pour ce, on
« dit dans ce pays de là-bas, que de Dieu viennent les grâces
« et les meules de Montisci ; mais on extrait une si grande
« quantité de ces pierres à meules qu'elles ne sont pas plus
« estimées chez nous que chez eux les émeraudes, car il y en a
« des montagnes plus grandes que le mont Morello et qui re-
« luisent en plein minuit, à Dieu va. Et sache que celui qui
« ferait enchâsser ces belles pierres avant qu'elles soient
« percées et les apporterait au Soudan, en aurait ce qu'il
« voudrait. Les autres sont une pierre, que nous, lapidaires,
« appelons Élitropia, pierre de très grande vertu, pour ce
« que quiconque la porte sur lui, n'est vu de personne là où
« il n'est pas. — » Alors Calandrino dit : « —Voilà de grandes
« vertus ; mais où se trouve cette seconde espèce de pierres ?—»
A quoi Maso répondit qu'on en trouvait d'habitude dans
le Mugnon. Calandrino dit : « — De quelle grosseur est
« cette pierre ? quelle couleur a-t-elle ? — » Maso répondit :
« —Elle est de grosseur variée, les unes sont plus grosses
« et les autres moins, mais elles sont toutes quasi noires.—»
    « Calandrino, ayant retenu toutes ces indications, fit
semblant d'avoir autre chose à faire et quitta Maso, bien

décidé à se mettre à la recherche de cette pierre. Mais il ne
voulut pas le faire sans l'avoir dit à Bruno et à Buffamalcco,
qu'il aimait tout particulièrement. Il se mit donc en quête
d'eux, afin que, sans nul retard, et avant toute autre chose,
ils cherchassent avec lui, et il passa tout le reste de la matinée à demander où ils étaient. Enfin, l'heure de none étant
déjà passée, il se souvint qu'ils travaillaient dans le couvent
des dames de Faenza, et, bien que la chaleur fût grande,
laissant là toutes ses autres affaires, il y courut et, les ayant
appelés, il leur dit ceci : « — Compagnons, si vous voulez
« m'en croire, nous pouvons devenir les plus riches de
« Florence, pour ce que j'ai appris d'un homme digne de
« foi, que dans le Mugnon se trouve une pierre au moyen
« de laquelle celui qui la porte sur lui n'est vu de personne ;
« pour quoi, il me semble que nous devons aller la chercher
« sans aucun retard et avant que d'autres y aillent. Nous la
« trouverons pour sûr, car je la connais ; et dès que nous
« l'aurons trouvée, qu'aurons-nous à faire, sinon de la mettre
« en notre escarcelle et d'aller vers les tables des chan-
« geurs, qui, vous le savez, sont toujours chargées de gros
« et de florins, et d'en prendre autant que nous voudrons ?
« Personne ne nous verra, et nous pourrons ainsi nous en-
« richir incontinent, sans avoir besoin de barbouiller tout le
« long du jour les murs comme font les limaces. — »

« Bruno et Buffamalcco, entendant cet imbécile, se
mirent à rire en eux-mêmes, et se regardant l'un l'autre,
firent semblant d'être fort émerveillés et approuvèrent le
conseil de Calandrino. Cependant Buffamalcco demanda quel
était le nom de cette pierre. Ce nom était déjà sorti de la
mémoire de Calandrino qui était de grosse pâte ; pour quoi,
il répondit : « — Qu'avons-nous à faire du nom, puisque
« nous en connaissons la vertu ? M'est avis que nous allions

« la chercher sans plus attendre. — » « Or, bien — dit
« Bruno — Comment est-elle faite ? — » Calandrino dit :
« — Elles sont de différentes formes, mais toutes quasi
« noires ; pour quoi, il me semble que nous devions ramasser
« toutes celles que nous verrons noires, jusqu'à ce que nous
« ayions mis la main sur la bonne ; et pour ce, ne perdons
« point de temps, allons. — » A quoi Bruno dit : « —
Attends. — » Et s'étant tourné vers Buffamalcco, il dit :
« — Il me paraît que Calandrino a bien parlé ; mais je ne
« crois pas que ce soit l'heure propice, pour ce que le soleil
« est haut et tombe d'aplomb sur le Mugnon ; il a calciné
« toutes les pierres, de sorte que maintenant toutes celles
« qui y sont doivent paraître blanches, comme, le matin,
« avant que le soleil les ait séchées, elles paraissent toutes
« noires ; en outre, c'est aujourd'hui jour de travail et il y a
« par le Mugnon beaucoup de gens pour divers motifs. Ces
« gens, en nous voyant, pourraient deviner ce qui nous y fait
« aller, faire comme nous et peut-être trouver la pierre, et
« nous aurions perdu le trot pour l'amble. Il me semble, si
« cela vous va ainsi, que cette besogne doit se faire le matin,
« alors qu'on peut reconnaître plus facilement les noires
« d'avec les blanches, et un jour de fête alors qu'il n'y aura
« personne qui puisse nous voir. — »

« Buffamalcco approuva l'avis de Bruno auquel se rallia
Calandrino, et ils convinrent que le dimanche matin suivant,
ils iraient tous trois à la recherche de cette pierre ; mais sur
toute chose Calandrino les pria de ne parler de cela à personne
au monde, pour ce que la chose lui avait été confiée en secret.
Cette recommandation faite, il leur dit ce qu'il avait entendu
dire du pays de Bengodi, affirmant par serments que la chose
était vraie. Calandrino les ayant quittés, les deux compères arrêtèrent ensemble ce qu'ils devaient faire en cette circonstance.

« Calandrino attendit avec une vive impatience le dimanche matin. Ce jour étant venu, il se leva dès l'aurore, et ayant appelé ses compagnons, ils sortirent tous les trois par la porte San Gallo, descendirent dans le Mugnon, et se mirent à la recherche de la pierre. Calandrino allait en avant comme le plus ardent, sautant vivement deçà, delà ; partout où il voyait une pierre noire, il se jetait dessus, la ramassait et se la mettait sur l'estomac. Ses compagnons marchaient derrière lui, en ramassant tantôt une, tantôt une autre. Mais Calandrino ne tarda pas à en avoir plein sa poitrine ; pour quoi, relevant les coins de sa robe qui n'était pas serrée, et en faisant une ample poche en les attachant à sa ceinture, il l'emplit ; puis, en ayant fait autant avec son manteau, il le remplit également de pierres. Sur quoi, Buffamalcco et Bruno voyant que Calandrino avait sa charge et que l'heure de manger s'approchait, Bruno dit à Buffamalcco, suivant ce qui était convenu entre eux : « — Où est Calandrino ? — » Buffamalcco qui le voyait près de lui, se tourna deçà, delà, regardant, et répondit : « — Je ne sais ; mais il n'y a qu'un « moment il était devant nous. — » Bruno dit : « — Il n'y « a qu'un moment ? je crois, moi, qu'il est chez lui en train « de déjeuner, et qu'il nous a laissés ici faire cette sottise « d'aller cherchant les pierres noires par le Mugnon. — » « — Eh ! comme il a bien fait, — dit alors Buffamalcco — « de s'être moqué de nous et de nous avoir laissés ici, puisque « nous avons été assez sots pour le croire. Vois, quels autres « que nous auraient été assez sots pour croire qu'une pierre « d'une telle vertu se doive trouver dans le Mugnon ? — »

« Calandrino, entendant ce dialogue, s'imagina que la fameuse pierre lui était tombée entre les mains, et que grâce à sa vertu, bien qu'il fût à côté d'eux, ses compagnons ne le voyaient pas. Joyeux outre mesure d'une si heureuse chance, il résolut de

retourner chez lui sans rien leur dire, et étant revenu sur ses
pas, il se mit en route. Ce voyant, Buffalmacco dit à Bruno :
« — Et nous, qu'allons-nous faire ? nous en allons-nous ? — »
A quoi Bruno répondit : « — Allons-nous en ; mais je jure
« Dieu que Calandrino ne nous en fera plus une seule ; et si
« j'étais près de lui, comme j'ai été toute la matinée, je lui
« donnerais un tel coup de pierre dans les jambes, qu'il se
« souviendrait pendant un mois au moins de cette farce
« qu'il nous a faite. — » Dire ainsi, prendre une pierre et
la jeter dans les jambes de Calandrino, fut tout un. Calandrino ayant senti le coup, leva le pied et se mit à souffler,
mais il continua à se taire et poursuivit son chemin. Buffalmacco ayant pris en main un des cailloux qu'il avait
ramassés, dit à Bruno : « — Tiens, vois ce beau caillou ; que
« ne va-t-il donner au beau milieu des reins de Galan-
« drino ! — » Et le lançant, il lui en donna un grand coup
dans les reins. Bref, de cette façon, tantôt sous un prétexte,
tantôt sous un autre, ils le poursuivirent à coups de pierres
jusqu'à la porte San Gallo. Là, après avoir jeté les pierres
qu'ils avaient récoltées, ils s'arrêtèrent un instant auprès des
gardiens de la gabelle. Ceux-ci, qui avaient été prévenus par
eux, faisant semblant de ne point voir Calandrino, le laissèrent passer en riant de leur mieux.

« Sans s'arrêter, Calandrino alla droit à sa maison qui
était près du Coin des Moulins ; et tout favorisa si bien
l'aventure que, pendant tout le temps que Calandrino marcha le long de la rivière et qu'il traversa la ville, personne
ne lui adressa la parole, bien qu'il eût rencontré quelques
passants, pour ce que presque tout le monde était à déjeuner. Calandrino entra donc ainsi chargé à la maison. Sa
femme, nommée Monna Tessa, belle et intelligente dame,
se trouvait par hasard en haut de l'escalier. Déjà un peu

irritée de sa longue absence, elle se mit en le voyant venir,
à l'apostropher ainsi : « — Le diable ne te fait jamais ren-
« trer ; tout le monde a déjeuné, quand toi tu reviens dé-
« jeuner. — » A ces mots, Calandrino, comprenant que sa
femme l'avait déjà vu, se mit à dire, plein de courroux et
de dépit : « — Ah ! méchante femme, tu étais là ? Tu m'as
« ruiné ; mais, sur ma foi en Dieu, je te le revaudrai. — »
Et étant monté dans une petite chambre, il déchargea toutes
les pierres qu'il avait ramassées ; puis, tout furieux, il
courut vers sa femme, et l'ayant saisie par les cheveux, il la
jeta par terre et lui donna par tout le corps tant de coups de
pieds et de coups de poings, qu'il ne lui laissa pas un cheveu
sur la tête ou un endroit qui ne fût meurtri, la malheureuse
criant en vain merci en joignant les mains.

« Buffalmacco et Bruno, après avoir ri quelque temps
avec les gardiens, se mirent à suivre Calandrino de loin et
à petits pas. Arrivés à la porte de chez lui, ils entendirent
la râclée qu'il donnait à sa femme, et, feignant alors d'arriver, ils l'appelèrent. Calandrino, tout en sueur, rouge et
enflammé de colère, vint à la fenêtre et les pria de monter.
Ils montèrent, faisant semblant d'être un peu irrités, et,
quand ils furent en haut, ils virent la chambre pleine de
pierres, la dame échevelée, le visage meurtri, toute pâle et
pleurant à chaudes larmes dans un coin, et Calandrino assis
dans un autre coin, les vêtements défaits et soufflant comme
un homme harassé. Quand ils eurent regardé un certain
temps, ils dirent : « — Qu'est-ce donc, Calandrino ? Veux-tu
« bâtir, que nous voyons ici tant de pierres ? — » Puis ils
ajoutèrent : « — Et Monna Tessa, qu'a-t-elle ; il paraît que
« tu l'as battue ! Qu'est-ce que tout cela ? — » Calandrino,
fatigué d'avoir porté ses pierres et d'avoir battu sa femme
avec tant de rage, tout chagrin de la bonne fortune qu'il

II.   20

croyait avoir perdue, ne pouvait rassembler ses esprits et
répondre une seule parole. Pour quoi, comme il se taisait,
Buffalmacco reprit : « — Calandrino, si tu avais un autre
« sujet de colère, tu n'aurais pas dû te moquer de nous comme
« tu l'as fait, en nous laissant comme deux badauds dans le
« Mugnon où tu nous avais menés pour y chercher avec toi la
« pierre précieuse, et en t'en revenant ici sans nous dire ni à
« Dieu, ni à Diable, ce que nous avons pris fort mal; mais pour
« sûr, ce sera la dernière farce que tu nous feras jamais. — »
     « A ces mots, Calandrino, faisant un effort, répondit :
« — Compagnons, ne vous fâchez pas ; la chose s'est passée
« autrement que vous croyez. Moi, malheureux ! j'avais
« trouvé cette pierre ; et voulez-vous voir si je vous dis vrai ?
« Quand vous vous êtes tout d'abord demandé où j'étais, je
« n'étais pas à plus de dix pas de vous ; et voyant que vous
« vous en reveniez sans me voir, je suis passé devant vous,
« et je m'en suis venu, vous précédant de quelques pas. — »
Et commençant par l'un des bouts, il leur raconta jusqu'à la
fin ce qu'ils avaient fait et dit, il leur montra sur son dos
et sur ses jambes les coups qu'ils lui avaient donnés ; puis,
il ajouta : « — Je vous dis qu'en passant par la porte de la
« ville, ayant sur moi toutes ces pierres que vous voyez là,
« on ne m'a rien dit, et vous savez cependant si ces gardiens
« sont d'ordinaire ennuyeux et déplaisants à vouloir tout
« examiner. En outre, j'ai rencontré par la rue plusieurs de
« mes compères et amis qui ont toujours l'habitude de me
« dire bonjour et de m'inviter à boire ; pas un d'eux ne
« m'a adressé le moindre mot, absolument comme s'ils ne
« me voyaient point. Enfin, arrivé céans, cette diablesse de
« femme est venue au-devant de moi et m'a vu, pour ce
« que, comme vous le savez, les femmes ôtent toute vertu
« aux objets ; sur quoi, moi qui pouvais m'estimer le plus

« heureux de tous les citoyens de Florence, je suis resté le
« plus misérable ; c'est pourquoi je l'ai battue tant que j'ai
« pu me servir de mes mains, et je ne sais à quoi tient que je
« ne lui saigne les veines ; que maudite soit l'heure où je la vis
« pour la première fois, et où elle vint céans. — » Et sa colère
s'étant rallumée, il voulut se lever pour la battre de nouveau.

« Buffalmacco et Bruno, à ce récit, feignant de s'étonner
fort, affirmaient ce que Calandrino avait dit, et ils avaient si
grande envie de rire qu'ils en étouffaient ; mais en le voyant
se lever furieux pour battre de nouveau sa femme, ils s'y
opposèrent et le retinrent, disant qu'en tout ceci ce n'était
pas la dame qui était fautive, mais bien lui qui savait que
les femmes font perdre toute vertu aux objets et qui ne
l'avait pas prévenue de se garder de se présenter devant lui
de tout ce jour ; et que Dieu l'avait empêché de prévoir
cela, soit parce que cette bonne fortune ne devait pas lui
arriver à lui, soit parce qu'il avait voulu tromper ses compagnons auxquels il devait tout dire dès qu'il s'était aperçu
qu'il avait trouvé la pierre. Enfin, après de nombreuses
paroles de ce genre, ils lui firent faire, non sans peine, la
paix avec sa malheureuse femme, et le laissant tout mélancolique dans sa maison pleine de pierres, ils s'en allèrent. — »

NOUVELLE IV

Le prévôt de Fiesole aime une dame veuve dont il n'est point aimé. Il couche
avec sa servante croyant coucher avec elle, et les frères de la dame, d'accord
avec celle-ci, font de telle sorte que le prévôt est trouvé par son évêque couché
avec la servante.

Élisa était arrivée à la fin de sa nouvelle qu'elle avait
racontée au grand plaisir de toute la compagnie, quand la

reine, s'étant tournée vers Émilia, lui témoigna le désir qu'elle continuât en contant la sienne ; celle-ci commença aussitôt de la sorte : « — Valeureuses dames, combien les prêtres, les moines, et en général tous les clercs se montrent obsesseurs de nos esprits, cela a été, selon ce que je me rappelle, montré dans plusieurs des nouvelles qui ont déjà été dites ; mais comme on n'en pourrait jamais raconter là-dessus autant qu'il y en a, j'entends, en sus de ces nouvelles, vous en dire une sur un prévôt, qui, malgré tout le monde, voulait avoir, qu'elle y consentît ou non, les faveurs d'une gente dame, laquelle, en femme fort sage, le traita comme il le méritait.

« Comme chacune de vous le sait, Fiesole, dont nous pouvons voir d'ici le coteau, fut jadis une grande cité, fort ancienne, et bien qu'elle soit aujourd'hui toute ruinée, elle n'a jamais cessé pour cela de posséder un évêque, et elle en a encore un. Près de l'église cathédrale de cette ville, une noble dame, veuve, appelée Monna Piccarda, possédait une maison qui n'était pas fort grande ; et pour ce qu'elle n'était pas la plus riche femme du monde, elle y demeurait la plus grande partie de l'année, ayant avec elle ses deux frères, jeunes gens bien élevés et courtois. Or, il advint que cette dame fréquentant l'église cathédrale, comme elle était encore très jeune, belle et plaisante, le prévôt de l'Église s'amouracha d'elle si fort qu'il ne pouvait plus tenir en place nulle part. Au bout de quelque temps, il fut assez audacieux pour dire lui-même à la dame quel était son désir, et pour la prier de consentir à avoir son amour pour agréable et à l'aimer comme il l'aimait.

« Ce prévôt était déjà vieux d'années, mais d'un tempérament très jeune, entreprenant et hautain et ayant de soi-même grande estime. Grâce à ses manières déplaisantes et à

ses airs railleurs, il était si maussade et si importun, qu'il n'y
avait personne qui lui voulût du bien ; et si quelqu'un le dé-
testait, c'était bien la dame en question, car non-seulement,
elle ne pouvait pas le souffrir, mais elle l'avait plus en haine
que le mal de tête. Pour quoi, en femme avisée, elle lui répondit : « — Messire, que vous m'aimiez, cela peut m'être
« fort agréable, et je dois vous aimer et vous aimerai volon-
« tiers ; mais entre votre amour et le mien, rien de déshon-
« nête ne doit se produire. Vous êtes mon père spirituel,
« vous êtes prêtre et vous approchez déjà beaucoup de la
« vieillesse, toutes choses qui vous doivent rendre honnête et
« chaste. D'un autre côté, je ne suis point une enfant à qui
« ces sortes d'amour puissent convenir, et je suis veuve. Vous
« savez quelle honnêteté on exige des veuves ; pour ce,
« excusez-moi, car je ne vous aimerai jamais de la façon que
« vous-me demandez, de même que je ne veux pas être aimée
« ainsi de vous. — »

« Le prévôt, ne pouvant pour cette fois en tirer autre
chose, ne se tint pas pour étonné ni vaincu du premier coup,
mais déployant une persévérance importune, il la sollicita à
plusieurs reprises, soit par lettres et par messages, soit lui-
même quand il la voyait venir à l'église. Pour quoi, ces poursuites paraissant fort pénibles et fort ennuyeuses à la dame,
elle résolut de s'en débarrasser comme il le méritait, puisqu'elle ne pouvait pas faire autrement ; toutefois, elle ne
voulut rien faire sans en avoir d'abord causé avec ses frères.
Après leur avoir dit de quelle façon le prévôt se comportait
envers elle, et ce qu'elle avait l'intention de faire, et après
avoir obtenu leur assentiment, elle alla quelques jours après
à l'église, comme elle en avait l'habitude. Dès que le prévôt
la vit, il s'en vint à elle, et, comme il faisait d'ordinaire, il se
mit à lui parler sur un ton familier. La dame, le voyant

20.

venir, se tourna vers lui, lui fit bon visage, et après qu'ils se
furent retirés dans un coin, et que le prévôt lui eut
tenu plusieurs de ses propos habituels, elle poussa un grand
soupir, et dit : « — Messire, j'ai très souvent entendu dire
« qu'il n'y a place si forte, qu'étant assiégée tous les jours,
« elle ne soit enfin prise une fois, ce que je vois bien m'être
« advenu. Vous avez tellement tourné autour de moi, tantôt
« avec de douces paroles, tantôt avec une prévenance, tantôt
« avec une autre, que vous m'avez fait renoncer à ma réso-
« lution, et que je suis disposée, puisque je vous plais si
« fort, à me donner à vous. — » Le prévôt tout joyeux dit :
« — Madame, grand merci ; à dire vrai, je me suis fort
« étonné que vous ayez résisté si longtemps, pensant que cela
« ne m'arriva jamais avec aucune autre. J'ai dit souvent, au
« contraire : si les femmes étaient d'argent, elles ne vau-
« draient pas un denier, pour ce qu'aucune ne soutiendrait
« l'épreuve. Mais pour le moment, laissons cela. Quand et
« où pourrons-nous nous trouver ensemble ? — » A quoi la
« dame répondit : « — Mon doux seigneur, le moment
« pourrait bien être l'heure qu'il vous plairait le plus, car je
« n'ai pas de mari à qui je doive rendre compte de mes
« nuits ; mais je ne sais en quel endroit. — » Le prévôt dit :
« — Comment ! pourquoi pas dans votre maison ? — » La
dame répondit : « — Messire, vous savez que j'ai deux
« jeunes frères qui, de jour et de nuit, viennent chez moi
« avec leurs compagnons, et ma maison n'est pas trop
« grande ; et pour ce vous ne pourriez y venir à moins de
« consentir à vous y comporter en muet, sans dire mot ni
« faire le moindre bruit, et à vous tenir dans l'obscurité
« comme les aveugles. Si vous vouliez faire de la sorte, cela
« se pourrait, pour ce qu'ils ne pénètrent jamais dans ma
« chambre ; mais leur chambre est si près de la mienne,

« qu'on ne peut y dire un mot à voix si basse qu'on ne l'en-
« tende. — » Le prévôt dit alors : « — Madame, qu'à ceci
« ne tienne pour une nuit ou deux, en attendant que je
« songe à trouver un autre endroit où nous puissions être
« plus à l'aise. — » La dame dit : « — Messire, cela dé-
« pend de vous ; mais je vous prie d'une chose, c'est que
« cela reste secret entre nous, et que jamais on n'en sache
« rien. — » Le prévôt dit alors : « — Madame, n'en dou-
« tez point, et s'il est possible, faites que ce soir nous puis-
« sions nous trouver ensemble. — » La dame dit : « — Cela
« me va. — » Et lui ayant indiqué la façon dont il devait
venir et le moment, elle le quitta et revint chez elle.

« Cette dame avait une servante qui n'était guère plus
jeune, mais qui avait le visage le plus laid et le plus dis-
gracieux qui se vît jamais, attendu qu'elle avait le nez fort
camard, la bouche torte, les lèvres grosses, les dents mal
placées et fort grandes, qu'elle avait des propensions à lou-
cher, et toujours mal aux yeux, et que son teint était si vert
et si jaune, qu'elle paraissait avoir passé l'été non à Fiesole
mais à Sinagaglia. En outre, elle était boîteuse et un peu
déhanchée du côté droit. Son nom était Ciuta, et pour ce
qu'elle avait une figure si laide, chacun l'appelait Ciutazza.
Bien qu'elle fût contrefaite de sa personne, elle était pourtant quelque peu malicieuse. La dame la fit appeler auprès
d'elle et lui dit : « — Ciutazza, si tu veux me rendre un
« service cette nuit, je te donnerai une belle chemise
neuve. — » La Ciutazza, entendant parler de la chemise,
dit : « — Madame, si vous me donnez une chemise, je me
« jetterai dans le feu, et même plus. — » « — Or bien, —
« dit la dame — je veux que tu couches cette nuit avec un
« homme dans mon lit, et que tu lui fasses des caresses, mais
« garde-toi bien de prononcer une parole, de façon à n'être

« point entendue de mes frères qui dorment, comme tu sais,
« tout à côté ; je te donnerai ensuite la chemise. — » La
Ciutazza dit : « — Je coucherai avec six, au lieu d'un, s'il est
« besoin. — »

« Donc, le soir venu, messer le prévôt s'en vint comme
on le lui avait dit. Les deux jeunes gens, selon qu'ils en
étaient convenus avec la dame, étaient dans leur chambre et
se faisaient entendre ; pour quoi, le prévôt étant entré sans
bruit et sans lumière dans la chambre de la dame, s'en alla,
comme elle le lui avait dit, droit au lit où s'était déjà glissée
la Ciutazza, bien informée par sa maîtresse de ce qu'elle
avait à faire. Messer le prévôt, croyant avoir la dame à côté
de lui, prit la Ciutazza dans ses bras et se mit à l'embrasser
sans dire mot, et la Ciutazza de son côté lui en fit autant ;
sur quoi le prévôt commença à se satisfaire avec elle, prenant enfin possession des biens si longtemps désirés.

« Quand la dame eut fait cela, elle ordonna à ses
frères de faire le reste de ce qui était convenu, et ceux-ci,
étant sortis sans bruit de leur chambre, s'en allèrent vers la
grande place ; et la fortune leur fut plus favorable pour ce
qu'ils voulaient faire qu'ils ne l'avaient eux-mêmes souhaité, pour ce que, la chaleur étant grande, l'évêque s'était
informé d'eux, dans l'intention d'aller jusque chez eux pour
se promener et se rafraîchir. Mais comme il les vit venir, il
leur dit son intention et se mit en route avec eux. Etant
entré dans une petite cour très fraîche, où un grand nombre
de flambeaux étaient allumés, il prit grand plaisir à boire
d'un bon vin qu'ils lui offrirent. Quand il eut bu, les jeunes
gens dirent : « — Messire, puisque vous nous avez fait une
« telle grâce de daigner visiter notre pauvre petite maison,
« en laquelle nous venions vous inviter, nous vous prions de
« consentir à voir une petite chose que nous voulons vous

« montrer. — » L'évêque répondit qu'il y consentait volontiers ; pour quoi, l'un des jeunes gens prit une des torches
allumées, passa devant, et l'évêque et tous les autres le suivant, il se dirigea vers la chambre où messer le prévôt était
couché avec la Ciutazza.

« Pressé d'arriver, le prévôt s'était hâté de chevaucher,
et il avait déjà couru plus de trois milles, avant que
ceux-ci vinssent ; pour quoi, étant fatigué, il se reposait,
tenant, nonobstant la chaleur, la Ciutazza dans ses bras. Le
jeune homme étant donc entré dans la chambre, son flambeau à la main et suivi de l'évêque et de tous les autres,
leur montra le prévôt tenant en ses bras la Ciutazza. Sur
quoi, messer le prévôt s'étant levé en sursaut, et voyant les
lumières et tous ces gens autour de lui, fut pris de honte et
de peur, et se cacha la tête sous les draps. L'évêque lui
adressa de grands reproches, lui fit retirer la tête hors du
lit et lui fit voir avec qui il était couché. Le prévôt, ayant
reconnu la tromperie de la dame, devint soudain, tant par le
dépit qu'il en eut, que par la honte qu'il éprouvait, l'homme
le plus désespéré qui fût jamais. Sur l'ordre de l'évêque,
s'étant revêtu, il fut envoyé sous bonne garde à la maison
pour y faire grande pénitence du péché commis. L'évêque
voulut ensuite savoir comment il se faisait qu'il fût venu
coucher là avec la Ciutazza. Les jeunes gens lui dirent tout.
Sur quoi l'évêque approuva fort la dame ainsi que les jeunes
gens qui, ne voulant pas souiller leurs mains du sang des
prêtres, avaient traité le prévôt comme il le méritait.

« L'évêque lui fit pleurer son péché pendant quarante
jours, mais l'amour et le dépit le lui firent pleurer plus de
quarante-neuf, sans compter que de longtemps il ne pouvait
passer dans la rue sans être montré du doigt par les enfants
qui disaient : « — Vois celui qui couche avec la Ciutazza. —

Ce qui lui causait un si grand ennui, qu'il faillit quasi en devenir fou. Et c'est ainsi que la valeureuse dame se débarrassa de la poursuite importune du prévôt, et que la Ciutazza gagna une chemise et une bonne nuit. — »

NOUVELLE V

Trois jouvenceaux tirent les culottes à un juge marquisan venu à Florence, pendant qu'il tenait l'audience sur son siège.

Émilia avait fini son récit, et la veuve avait été approuvée par tous, quand la reine, regardant du côté de Philostrate, dit : « — C'est à toi maintenant de parler. — » Pour quoi, Philostrate répondit sur-le-champ qu'il était prêt, et commença : « — Délectables dames, le jouvenceau dont Élisa vous a parlé, il y a un moment, c'est-à-dire Maso del Saggio, me fait laisser une nouvelle que j'entendais vous dire, pour vous en conter une sur lui et sur ses compagnons, laquelle nouvelle, encore qu'elle n'ait rien de déshonnête, — quoi qu'elle contienne des expressions que vous avez vergogne d'employer d'habitude, — prête néanmoins tellement à rire, que je vous la dirai.

« Comme vous pouvez toutes l'avoir entendu dire, il vient souvent en notre cité des recteurs de la Marche, lesquels sont généralement hommes de peu de cœur et mènent une vie si serrée et si misérable, que tout ce qui est de leur fait ne semble autre chose qu'une vraie gueuserie. Par suite de leur misère et de leur avarice innée, ils mènent avec eux des juges et des notaires qui ressemblent plutôt à des hommes

tirés de la charrue et de la boutique d'un savetier que des
écoles où l'on apprend les lois. Or, un de ces recteurs étant
venu chez nous en qualité de podestat, entre autres juges
qu'il avait amenés en grand nombre avec lui, en avait amené
un qui se faisait appeler messer Niccola da San Lepidio, et
qui avait plutôt l'aspect d'un chaudronnier que de toute autre
chose. On le choisit parmi tous les autres juges pour entendre les questions criminelles. Comme il arrive souvent
que les citoyens, bien qu'ils n'aient rien à faire du tout au
palais, y vont parfois, il advint qu'un matin Maso del
Saggio y alla pour chercher un de ses amis. Y étant entré,
et ayant regardé l'endroit où ce messer Niccola siégeait, il
lui fit l'effet d'un nouvel imbécile, et il se mit à l'examiner
de la tête aux pieds. Et bien qu'il lui vît sur la tête le
bonnet d'hermine tout enfumé, un porte-plumes à la ceinture, la robe plus longue que la simarre, et bien d'autres
choses étranges pour un homme de bonne tenue, il en
distingua surtout une qui, à son avis, lui parut plus extraor-
dinaire que toutes les autres. C'était une paire de culottes
dont le fond lui tombait jusqu'à moitié jambe, tandis que
ses habits étaient si étroits qu'ils s'ouvraient par devant.
Pour quoi, sans trop s'arrêter à le regarder, laissant ce
qu'il était venu chercher, il se mit en quête d'une nouvelle
chose, et alla trouver deux de ses compagnons, dont l'un
avait nom Ribi et l'autre Matteuzzo, et qui étaient non moins
farceurs que lui, et il leur dit : « — Si vous m'aimez, venez
« avec moi jusqu'au palais, car je veux vous montrer le plus
« grand badaud que vous ayez jamais vu. — » Et étant
allé avec eux au palais, il leur montra le dit juge et ses
culottes.

« Les deux compagnons se mirent à en rire du plus
loin qu'ils les virent, et s'étant approchés de plus près des

bancs où siégeait messer le juge, ils virent qu'on pouvait se
glisser facilement sous ces bancs. Ils virent en outre que la
planche sur laquelle messer le juge avait ses pieds était tellement rompue, qu'avec peu d'efforts on pouvait y passer
la main et le bras. Maso dit alors à ses compagnons :
« — Je veux que nous lui enlevions tout à fait ses culottes,
« pour ce que cela se peut fort bien. — » Chacun de ses
compagnons avait déjà vu comment il fallait s'y prendre ;
pour quoi, ayant convenu entre eux de ce qu'ils devaient
faire et dire, ils retournèrent au palais le matin suivant, et,
la cour se trouvant pleine de gens, Matteuzzo, sans que personne s'en aperçût, se glissa sous le banc et parvint jusqu'à
l'endroit où le juge tenait ses pieds. Maso, s'approchant
alors du juge, le prit par un pan de sa robe, et Ribi en
ayant fait autant de l'autre côté, Maso commença à dire :
« — Messire, eh ! messire ; je vous prie, pour Dieu, avant
« que ce méchant larron qui est à côté de vous s'en aille,
« de me faire rendre une paire de souliers qu'il m'a volés.
« Il dit que non, mais je l'ai vu, il n'y a pas encore un mois,
« qui les faisait ressemeler. — » D'un autre côté, Ribi criait
de toutes ses forces : « — Messire, ne le croyez point ; c'est
« un imposteur ; parce qu'il sait que je suis venu pour lui
« faire restituer une valise qu'il m'a volée, il est venu aussi-
« tôt réclamer les souliers que j'ai chez moi depuis long-
« temps. Et si vous ne me croyez pas, je puis appeler en
« témoignage la Trecca qui est à côté de moi, et la grosse
« tripière, et un autre qui va recueillant les ordures de
« Santa Maria à Verzaja, qui les vit quand il revenait des
« champs. — » De son côté, Maso ne laissait point parler
Ribi, et criait tant qu'il pouvait, et Ribi criait encore plus
fort. Et pendant que le juge se tenait debout et se rappro-
chait d'eux pour mieux les entendre, Matteuzzo, prenant

bien son temps, passa la main par la fente de la planche,
prit le fond de la culotte du juge et tira vivement.

« La culotte descendit incontinent, pour ce que le juge
était maigre et sans hanches ; ce que sentant le juge, et ne
sachant ce que c'était, il voulut ramener devant lui les pans
de sa robe, pour s'en couvrir et se rasseoir ; mais Maso d'un
côté et Ribi de l'autre le tenaient toujours en criant très fort :
« — Messire, vous nous faites injure en ne voulant pas me
« rendre justice ni m'écouter, et en vous disposant à vous
« en aller ; pour une si petite affaire, on ne donne point
« libelles en ce pays. — » Et ils le tinrent si longtemps
ainsi par les pans de sa robe, tout en lui parlant de la sorte,
que tous ceux qui étaient dans la salle s'aperçurent que sa
culotte lui avait été enlevée. Mais Matteuzzo, après l'avoir
retenue un moment, la lâcha, sortit de dessous le banc et
s'en alla sans avoir été vu. Ribi, jugeant en avoir assez fait,
dit : « — Je fais vœu à Dieu d'aller demander aide au syn-
dic. — » Et Maso, de son côté, ayant lâché le pan de la
« robe, dit : « — Non, je reviendrai ici jusqu'à ce que je
« ne vous trouve plus empêché comme vous nous avez paru
« ce matin. — » Et l'un d'un côté, l'autre de l'autre, ils
s'en allèrent du plus vite qu'ils purent.

« Messer le juge, ayant remonté sa culotte en présence
de tout le monde, comme s'il se levait du lit, s'apercevant
alors du fait, demanda où étaient allés ceux qui lui avaient
posé la question des souliers et de la valise ; mais comme on
ne les retrouvait pas, il se mit à jurer par les tripes de Dieu
qu'il voulait les connaître, et savoir si c'était l'usage à Florence de tirer les culottes des juges quand ils étaient sur
leur siège. D'un autre côté, le podestat ayant appris la chose,
fit un grand bruit ; mais ses amis lui ayant expliqué que
cette plaisanterie ne lui avait été faite que pour lui montrer

que les Florentins savaient très bien qu'au lieu des juges qu'il devait amener avec lui, il n'avait amené que des sots afin de les payer moins cher, il se tut, et pour cette fois l'affaire n'alla pas plus loin. — »

NOUVELLE VI

Bruno et Buffamalcco volent un cochon à Calandrino ; pour le retrouver, ils lui font faire une épreuve magique qui consiste à avaler des pilules de gingembre préparées pour les chiens, et dont le résultat est que c'est Calandrino qui a volé lui-même le cochon. Ils finissent par lui faire donner de l'argent pour qu'ils ne le disent pas à sa femme.

La nouvelle de Philostrate, dont on rit beaucoup, était à peine finie, que la reine ordonna à Philomène de continuer en en disant une. Celle-ci commença : « — Gracieuses dames, de même que Philostrate a été amené par le nom de Maso à vous dire la nouvelle que vous venez d'entendre, ainsi je suis moi-même amenée par le nom de Calandrino et de ses compagnons à vous en dire sur eux une autre qui, je crois, vous plaira.

« Je n'ai pas besoin de vous expliquer ce qu'étaient Calandrino, Bruno et Buffamalcco, car vous l'avez tantôt assez appris ; pour ce, passant outre, je dis que Calandrino avait non loin de Florence un petit domaine qu'il tenait en dot de sa femme. Parmi les revenus qu'il en retirait, figurait chaque année un cochon, et il avait l'habitude d'aller en décembre avec sa femme à sa campagne pour tuer le susdit cochon et le faire saler. Or, il advint une fois entre autres que sa femme n'étant pas très bien portante, Calandrino alla seul tuer le

cochon. Bruno et Buffamalcco l'ayant appris, et sachant que
sa femme ne devait pas y aller, s'en allèrent passer quelques
jours chez un curé de leurs amis, voisin de Calandrino.
Calandrino avait, le matin même du jour où ils étaient arrivés, tué le cochon, et les voyant avec le curé, les appela, et
dit : « — Soyez les bien venus. Je veux vous faire voir quel
« bon ménager je suis. — » Et les ayant menés chez lui, il
leur montra le cochon. Ses amis jugèrent que le cochon
était très beau, et ils apprirent de Calandrino qu'il voulait
le saler pour son ménage. A quoi Bruno dit : « — Eh !
« comme tu es bête ! Vends-le, et réjouissons-nous avec l'ar-
« gent ; tu diras à ta femme qu'on te l'a volé. — » Calandrino dit : « — Non ; elle ne le croirait pas, et me chasse-
« rait de la maison ; soyez tranquille, je ne ferai jamais
« cela. — » Ils eurent beau insister beaucoup, ils ne purent
réussir. Calandrino les invita à souper à la bonne franquette,
mais ils ne voulurent pas accepter, et ils le quittèrent.

« Bruno dit à Buffamalcco : « — Veux-tu que nous lui
« volions son cochon cette nuit ? — » Buffamalcco dit :
« — Eh ! comment pourrons-nous faire ? — » « — Je sais
« bien comment — dit Bruno — s'il ne le change pas de
« l'endroit où il est maintenant. — » « — Donc — dit
« Buffamalcco — faisons-le ; pourquoi ne le ferions-nous
« pas ? Nous en ferons ensuite bombance avec le curé. — »
Ce dernier dit que cela lui plaisait fort ; alors Bruno dit :
« — Il faut ici user d'un peu de ruse ; tu sais, Buffamalcco,
« combien Calandrino est avare et comme il boit volontiers
« quand les autres payent ; allons le trouver, menons-le à la
« taverne, et là le curé fera mine de payer toute la
« dépense pour nous faire honneur, et de ne rien vouloir lui
« laisser payer ; il se grisera, et nous pourrons alors agir en
« toute commodité pour ce qu'il est seul à la maison. — »

Ils firent comme Bruno avait dit. Calandrino voyant que le curé ne laissait payer personne, se mit à boire comme un trou, et bien qu'il ne lui en fallût pas beaucoup, il en prit sa bonne charge. Comme il était déjà fort tard quand il quitta la taverne, il rentra chez lui, et, sans avoir envie de souper, il alla se mettre au lit, laissant ouverte la porte qu'il croyait avoir fermée. Buffamalcco et Bruno allèrent souper avec le curé, et quand ils eurent soupé, ils prirent plusieurs outils pour pénétrer chez Calandrino et s'en allèrent sans bruit à l'endroit que Bruno leur avait indiqué ; mais trouvant la porte ouverte, ils entrèrent, détachèrent le cochon, l'emportèrent chez le curé où ils le déposèrent, et allèrent se coucher.

« Le lendemain matin, le vin lui étant sorti de la tête, Calandrino se leva. Mais à peine fut-il descendu qu'il n'aperçut plus son cochon, et vit la porte ouverte ; pour quoi, ayant demandé à plusieurs personnes si elles savaient qui avait pris le cochon, et n'en pouvant avoir des nouvelles, il se mit à faire grande rumeur, poussant des hélas ! et se plaignant de ce que son cochon lui avait été volé.

« Bruno et Buffamalcco s'étant levés, s'en allèrent chez Calandrino pour voir ce qu'il dirait au sujet du cochon. Dès qu'il les vit, il les appela, quasi tout en pleurs, et dit : « — Hélas ! compagnons, mon cochon m'a été volé. — » Bruno, l'ayant abordé, lui dit doucement : « — C'est mer-« veille que tu aies été sage une fois ! — » « — Hélas ! — dit « Calandrino — je dis la vérité. — » « — Bien — disait « Bruno, — crie fort, afin qu'on croie qu'il en est ainsi. — » Alors Calandrino se mettait à crier plus fort, et disait : « — Corps Dieu, je te dis que c'est vrai, qu'il m'a été « volé. — » Et Bruno disait : « — Bon, bon, tu fais bien ; « crie fort, qu'on t'entende, que cela paraisse vrai. — »

Calandrino dit : « — Tu me ferais donner au diable. Tu ne
« crois pas ce que je dis ; que je sois pendu par la gorge, s'il
« ne m'a pas été volé. — » Bruno dit alors : « — Eh ! comment
« cela se peut-il ? Je l'ai vu ici hier encore ; penses-tu nous faire
« croire qu'il se soit envolé ! — » Calandrino dit : « — C'est
« comme je te dis. — » « — Eh ! — dit Bruno — c'est-il
« possible ! — » « — Pour sûr — dit Calandrino — c'est
« ainsi ; du coup, je suis ruiné et je ne sais comment m'en
« retourner à la maison ; ma femme ne me croira point, et
« si par hasard elle me croit, je n'aurai plus un moment de
« paix avec elle. — » Bruno dit alors : « — Que Dieu me
« sauve, si c'est vrai, c'est très mal ; mais tu sais, Calan-
« drino, que je t'ai conseillé hier de dire ainsi ; je ne vou-
« drais pas que tu te moquasses à la fois de ta femme et de
« nous. — »

« Calandrino se remit à crier et à dire : « — Eh ! pour-
« quoi m'exaspérer et me faire blasphémer Dieu et les
« saints et tout le reste ? Je vous dis que le cochon m'a été
« volé cette nuit. — » Buffamalcco dit alors : « — S'il en est
« vraiment ainsi, cherchons-le, pour voir si nous pourrons
« le retrouver. — » « — Eh ! — dit Calandrino — com-
« ment pourrons-nous le trouver ? — Buffamalcco dit alors :
« — Pour sûr, il n'est venu personne de l'Inde pour te voler
« ton cochon ; ce doit être quelqu'un de tes voisins ; si tu
« pouvais les rassembler, je sais très bien faire l'épreuve du
« pain et du fromage, et nous verrions tout de suite quel est
« celui qui l'a volé. — » « — Oui, — dit Bruno — tu
« pourras bien faire l'épreuve du pain et du fromage à cer-
« tains gentillâtres des environs, car je suis sûr que c'est
« quelqu'un d'eux qui l'a volé ; mais ils se méfieront de la
« chose et ne voudront pas venir. — » « — Comment donc
« faire, — dit Buffamalcco. — » Bruno répondit : « — Il

21.

« faudrait avoir de belles pilules de gingembre, du bon vin
« blanc, et les inviter à boire. Ils ne se défieront de rien et
« viendront ; et ainsi on pourra bénir les pilules de gin-
« gembre aussi bien que le pain et le fromage. — » Buffamalcco dit : « — Pour sûr, tu dis vrai ; et toi, Calandrino,
« qu'en dis-tu ? Le faisons-nous ? — » Calandrino dit :
« — Je vous en prie au contraire, pour l'amour de Dieu ;
« car si je pouvais savoir qui l'a volé, il me semblerait être
« à moitié consolé. — » « — Or, allons — dit Bruno — je
« suis tout prêt à aller jusqu'à Florence pour y chercher ce
« dont tu as besoin, pourvu que tu me donnes de l'ar-
« gent. — » Calandrino avait environ quarante sols qu'il lui
donna.

« Bruno étant allé à Florence, chez un apothicaire de ses
amis, acheta une livre de belles pilules de gingembre, et en
fit faire séparément deux avec du gingembre amer, appelé
gingembre de chien, qu'il fit rouler dans de la pâte fraîche
d'aloès ; il les fit ensuite recouvrir de sucre, comme il avait fait
faire pour les premières, et afin de ne pas les confondre avec
les autres, il leur fit faire une petite marque au moyen de
laquelle il pouvait fort bien les reconnaître ; puis, ayant
acheté un flacon de bon vin blanc, il s'en revint à la campagne de Calandrino et lui dit : « — Tu inviteras demain
« matin pour boire avec toi tous ceux sur qui tu as des
« soupçons ; c'est jour de fête, chacun viendra volontiers,
« et je ferai cette nuit avec Buffamalcco l'enchantement sur
« les pilules ; je te les apporterai demain matin chez toi, je
« te les donnerai à cause de l'amitié que je te porte,
« et je te dirai ce qu'il te faudra dire et faire. — »

« Calandrino fit comme on lui avait dit. En conséquence,
le lendemain matin, un bon nombre de jeunes gens de Florence qui se trouvaient à la campagne, ainsi que des labou-

reurs, étant rassemblés devant l'église, autour de l'ormeau,
Bruno et Buffamalcco y vinrent avec une écuelle de pilules
et un flacon de vin, et ayant fait mettre les assistants en
cercle, Bruno dit : « — Seigneurs, il faut que je vous dise
« le motif pour lequel vous êtes ici, afin que s'il arrive
« quelque chose qui ne vous plaise point, vous n'ayez pas
« à m'en faire de reproches. On a volé, la nuit dernière, à
« Calandrino que voici un beau cochon qu'il avait, et il ne
« peut trouver celui qui le lui a volé. Et pour ce que d'autres
« que nous qui sommes présents ne peuvent l'avoir fait, il
« vous offre de manger chacun une de ces pilules et de boire
« de ce vin, afin de connaître quel est le voleur. Sachez que
« celui qui a volé le cochon ne pourra avaler sa pilule,
« qu'elle lui paraîtra au contraire plus amère que venin, et
« qu'il la crachera. Pour ce, avant de s'exposer à une telle
« vergogne en présence de tant de monde, il vaudrait peut-
« être mieux que celui qui a volé le cochon le dît en confes-
« sion au curé, et alors je m'abstiendrai de tout ceci. — »
    « Chacun de ceux qui étaient là dit qu'il en mangerait
volontiers ; pour quoi, Bruno ayant fait placer Calandrino au
milieu d'eux, et commençant par un bout, se mit à distribuer à chacun sa pilule. Arrivé à Calandrino, il prit une des
pilules de chien, et la lui mit dans la main. Calandrino la
jeta vivement dans sa bouche et se mit à la mâcher, mais à
peine sa langue eut-elle senti l'aloès, que n'en pouvant supporter l'amertume, il la cracha. Chacun des assistants guet-
tait le visage de son voisin, pour voir qui cracherait sa
pilule, et Bruno n'ayant pas achevé de les distribuer toutes,
continuait sa besogne sans faire semblant de prendre garde à
ce qui se passait, quand il entendit dire derrière lui ; « — Eh !
« Calandrino, que veut dire ceci ? — » Pour quoi, s'étant
soudain retourné, et voyant que Calandrino avait craché sa

pilule, il dit : « — Atttendez ; peut-être est-ce quelque
« autre motif qui la lui a fait cracher ; tiens, prends-en une
« autre. — » Et prenant la seconde pilule de chien, il la lui
mit dans la bouche et continua à distribuer celles qu'il lui
restait à donner.

« Si la première pilule avait paru amère à Calandrino, la
seconde lui parut plus amère encore ; mais pourtant, ayant
honte de la cracher, il la mâcha quelque temps dans sa
bouche, et pendant qu'il la tenait, il versait des larmes qui
semblaient le faire souffrir beaucoup, tant elles étaient
grosses ; enfin, n'en pouvant plus, il la rejeta hors de sa
bouche, comme il avait fait de la première. Buffalmacco
était en train de verser à boire à la compagnie et à Bruno.
En voyant ce que venait de faire Calandrino, tous s'accordèrent à dire, que, pour sûr, c'était lui qui s'était volé son
cochon, et il y en eut qui lui firent de vifs reproches. Mais
quand ils furent partis et que Calandrino fut seul avec Bruno
et Buffalmacco, ce dernier se mit à dire : « — J'étais bien
« sûr que c'était toi qui l'avais pris, et que tu voulais nous
« faire croire qu'on te l'avait volé, pour ne point nous offrir
« à boire un coup avec l'argent que tu en as retiré. — »
Calandrino qui n'avait pas encore pu entièrement cracher
l'amertume de l'aloès, se mit à jurer qu'il ne l'avait
point eu. Buffalmacco dit : « — Voyons, farceur, de
« bonne foi, combien en as-tu retiré ? en as-tu eu six flo-
« rins ? — » Calandrino entendant cela, se mit à se déses-
pérer. Sur quoi, Bruno dit : « — Écoute, Calandrino, un
« de ceux qui viennent de manger et de boire avec nous,
« m'a dit que tu avais ici une jeunesse que tu tenais à ta
« disposition, et que tu lui donnais tout ce que tu pouvais
« mettre de côté ; que pour sûr tu lui avais envoyé ce
« cochon. Tu as l'habitude de faire des farces. Tu nous as

« menés une fois le long du Mugnon ramasser des pierres
« noires, et quand tu nous a eu embarqués sans biscuits, tu
« t'en es revenu ; puis tu as voulu nous faire croire que tu
« avais trouvé la pierre enchantée. Et aujourd'hui encore tu
« crois avec tes serments nous faire croire que le cochon
« que tu as donné ou vendu, t'a été volé ! Nous sommes
« fatigués de tes plaisanteries et nous les connaissons ; tu ne
« ne nous en pourras plus faire d'autres, et pour ce, à te
« dire vrai, que nous avons pris beaucoup de peine à faire
« l'enchantement, nous entendons que tu nous donnes deux
« paires de chapons, sinon, nous dirons tout à **Monna**
« **Tessa.** — » Calandrino voyant qu'il n'était point cru
d'eux, et jugeant qu'il avait assez d'ennui sans vouloir encore y
ajouter celui de sa femme, leur donna deux paires de chapons. Pour eux, après avoir salé le cochon, ils l'emportèrent
à Florence, laissant Calandrino volé et bafoué. — »

NOUVELLE VII

Un écolier aime une dame. Celle-ci amoureuse d'un autre, le fait rester toute une
nuit à l'attendre dans la neige. L'écolier, pour s'en venger, trouve à son tour le
moyen de faire rester la dame toute nue, pendant une nuit et un jour, en plein
mois de juillet, au sommet d'une tour exposée aux mouches, aux taons et au soleil.

Les dames avaient bien ri du malheureux Calandrino, et
elles en auraient ri bien davantage, n'eût été qu'il leur
déplut de lui voir encore soutirer les chapons par ceux-là
mêmes qui lui avaient volé son cochon. Mais quand la nouvelle fut finie, la reine ordonna à Pampinea de dire la

sienne, et celle-ci commença sur-le-champ en ces termes : « — Très chères dames, il arrive souvent que la ruse est jouée par la ruse même, et pour ce il est peu prudent de s'amuser à se moquer des autres. Nous avons, à propos de plusieurs petites nouvelles qui ont été dites, bien ri des bons tours faits à certains individus, et l'on ne nous a point dit qu'il en eût été tiré aucune vengeance. Mais moi, j'entends vous faire avoir quelque compassion d'une juste rétribution rendue à une de nos compatriotes, attendu que le méchant tour qu'elle avait joué à autrui lui retomba sur la tête et qu'elle faillit mourir, ayant été jouée à son tour.

« Il n'y a pas encore beaucoup d'années, vivait à Florence une jeune femme belle de corps et d'un esprit altier, noble de naissance, et convenablement dotée des biens de la fortune. Elle avait nom Elena et était restée veuve de son mari ; mais elle n'avait jamais voulu se remarier, s'étant amourachée d'un bel et élégant jouvenceau de son choix. Délivrée de tout autre souci, elle se donnait avec lui du bon temps, et prenait le plus souvent qu'elle pouvait de joyeux ébats, grâce à l'aide d'une sienne servante en qui elle avait une grande confiance. Il advint qu'en ces temps, un jeune homme nommé Rinieri, gentilhomme de notre cité, après avoir longuement étudié à Paris — comme le font bon nombre de gens, non pour vendre ensuite la science par le menu, mais pour savoir la raison des choses et leurs causes, ce qui sied excellemment à un gentilhomme — s'en revint de Paris à Florence où, tenu en grand honneur, tant pour sa noblesse que pour son savoir, il se mit à vivre en citadin. Mais, comme il arrive souvent que ce sont ceux dont l'expérience des choses est la plus profonde qui se laissent les premiers entortiller par l'amour, ainsi il en advint de Rinieri. Etant un jour allé par manière de passe-temps à une fête, cette Elena s'offrit devant ses yeux, vêtue de noir, comme nos veuves ont coutume d'aller, et resplendissante, à son jugement, d'une telle beauté, d'un tel charme, qu'il ne lui semblait pas en avoir jamais vu de pareille. Il estima en lui-même que celui-là pouvait se dire heureux, auquel Dieu ferait la grâce de la pouvoir tenir nue en ses bras. L'ayant regardée une fois ou deux en silence, et sachant que les choses belles et chères ne se peuvent acquérir sans peine, il résolut de consacrer toutes ses forces, toute sa sollicitude à plaire à cette dame, afin, lui plaisant, de conquérir son amour et de pouvoir jouir pleinement d'elle.

« La jeune dame, qui ne tenait point ses yeux fixés sur l'enfer, mais qui, s'estimant encore plus qu'elle ne valait, les roulait avec art, regardant autour d'elle, et remarquant bien vite ceux qui la regardaient avec plaisir, s'aperçut de l'attitude de Rinieri, et se dit en riant : « — Je ne serai pas « venue en vain aujourd'hui ; car, si je ne me trompe, j'aurai « pris un pigeon par le nez. — » Et s'étant mise à le regarder de temps en temps de la queue de l'œil, elle s'efforçait tant qu'elle pouvait de lui faire voir qu'elle s'intéressait à lui, car elle s'imaginait que plus elle en allécherait et plus elle en prendrait avec ses charmes, plus sa beauté en aurait de prix, surtout aux yeux de celui à qui elle l'avait donnée en même temps que son amour.

« Le savant écolier, laissant de côté les idées philosophiques, tourna toute sa pensée vers cette dame ; croyant pouvoir lui plaire, il se mit, une fois qu'il se fut informé de sa demeure, à passer devant sa porte, colorant ses allées et venues de divers prétextes ; de quoi la dame, pour les raisons déjà dites, se montrant très glorieuse, témoignait grand plaisir à le voir. Pour quoi, l'écolier, ayant trouvé moyen de s'accointer avec la servante de la dame, lui découvrit son amour, et la pria d'agir auprès de sa maîtresse de façon qu'il pût obtenir ses faveurs. La servante promit libéralement, et conta la chose à sa dame qui l'écouta avec la plus grande risée du monde, et dit : « — As-tu vu où celui-ci est venu « perdre le bon sens qu'il a rapporté de Paris? Or va, « donnons-lui ce qu'il cherche. Tu lui diras, s'il te parle « encore, que je l'aime encore plus qu'il ne m'aime ; mais, « qu'il me faut sauvegarder mon honneur, pour que je « puisse aller avec les autres dames le visage découvert; en « quoi, s'il est aussi avisé qu'on le dit, il doit m'en estimer « davantage. — » Ah ! la malheureuse, la malheureuse, elle ne savait pas, mes dames, quelle chose c'est que d'avoir à faire aux écoliers.

« La servante étant allée trouver Rinieri, fit ce que sa maîtresse lui avait ordonné. L'écolier, rempli de joie, se mit à adresser de plus chaudes prières, à écrire des lettres, à envoyer des présents, et tout cela était bien reçu ; mais aucune réponse ne lui était faite, sinon des réponses vagues et générales, et on le tint en cette guise pendant assez long-temps. Enfin, ayant tout découvert à son amant et celui-ci en ayant montré du dépit et quelque jalousie, la dame, pour lui montrer que ses soupçons étaient injustes, envoya sa servante vers l'écolier qui continuait à la solliciter vivement, pour lui dire de sa part qu'elle n'avait jamais pu satisfaire son désir depuis qu'il l'avait assurée de son amour, mais que pour les fêtes de la Nativité qui s'approchaient, elle espérait pouvoir se trouver avec lui, et pour ce qu'elle le priait de venir dans sa cour pendant la nuit du lendemain de la fête, si cela lui plaisait, et qu'alors elle viendrait le re-joindre le plus tôt qu'elle pourrait.

L'écolier, plus que tout autre joyeux, se rendit au jour indiqué à la maison de la dame, et là, ayant été introduit dans la cour par la servante, il se mit à y attendre la dame. Celle-ci ayant ce soir-là fait venir son amant, et ayant soupé joyeusement avec lui, lui dit ce qu'elle avait l'intention de faire cette nuit, ajoutant : « — Et tu pourras voir quel est « le genre d'amour que j'ai porté et que je porte à celui dont « tu es si sottement jaloux. — » L'amant écouta cette déclaration avec un grand plaisir, désireux de voir par des faits ce que la dame lui donnait à entendre par ses paroles. Il avait par hasard fortement neigé la veille et tout était couvert de neige ; pour quoi l'écolier, après être resté quelque temps dans la cour, commença à avoir plus froid qu'il n'aurait voulu ; mais, dans l'espoir de se restaurer bientôt, il supportait patiemment son mal. Au bout de quelque temps la dame dit à son amant : « — Allons-nous en dans ma « chambre, et regardons par une petite fenêtre ce que fait « celui dont tu es devenu jaloux, et ce qu'il répondra à la « servante que j'ai envoyée lui parler. — » Etant donc allés à la fenêtre, et voyant sans être vus, ils entendirent la servante parler d'une autre fenêtre à l'écolier, et lui dire : « — Rinieri, Madame est la femme la plus contrariée qui « fût jamais, pour ce que ce soir il lui est venu un de ses « frères, lequel, après avoir longtemps causé avec elle, a « voulu ensuite souper ; il n'est pas encore parti, mais je « crois qu'il s'en ira bientôt. Voilà pourquoi elle n'a pas pu « venir te trouver, mais elle viendra tout à l'heure, et elle « te prie de l'attendre sans t'impatienter. — » L'écolier croyant que c'était la vérité, répondit : « — Tu diras à ma « dame qu'elle ne s'inquiète pas de moi jusqu'à ce qu'elle « puisse sans inconvénient me venir voir ; mais qu'elle « vienne le plus tôt qu'elle pourra. — » La servante étant rentrée, s'en alla dormir. La dame dit à son amant : « — Eh ! bien, qu'en dis-tu ? Crois-tu que si je lui voulais

« le bien que tu redoutes, je souffrirais qu'il restât ainsi
« là-bas à se geler? — » Ceci dit, elle alla se mettre au lit
avec son amant qui était déjà en partie satisfait, et tous deux
se tinrent en fête et en joie un bon temps, riant et se moquant du malheureux écolier.

« Celui-ci, allant et venant par la cour, cherchait à se réchauffer, et n'ayant rien pour s'asseoir ou pour se garantir
du serein, il maudissait la longue visite du frère de la dame.
A chaque bruit qu'il entendait, il croyait que c'était la porte
que la dame venait lui ouvrir, mais son espérance était
vaine. Vers le milieu de la nuit, la dame s'étant satisfaite avec
son amant, lui dit : « — Que te semble, ma chère âme, de
« notre écolier? Lequel te semble plus grand, de son juge-
« ment ou de l'amour que je lui porte? Le froid que je lui
« fais endurer fera-t-il sortir de ton esprit les soupçons qu'y
« ont fait entrer ce que je t'ai dit l'autre jour? — » L'amant
répondit : « — Oui, cœur de mon corps, je reconnais bien
« maintenant que tu es mon bien, mon repos, mon plaisir
« et tout mon espoir, comme je suis tout cela pour toi. — »
« — Donc — dit la dame — baise-moi mille fois pour
« voir si tu dis vrai. — » Sur quoi l'amant, la tenant étroitement embrassée, lui donnait non pas mille, mais plus de
cent mille baisers. Quand ils se furent livrés quelque temps
à ces doux propos, la dame dit : « — Levons-nous un peu,
« et allons voir si le feu est un peu éteint dont mon nouvel
« amant me disait dans ses lettres qu'il brûlait tout
entier. — » Et s'étant levés, ils allèrent à la fenêtre, et
regardant dans la cour, ils virent en bas l'écolier danser sur
la neige, au son d'un cliquetis de dents que le froid lui
faisait faire, une danse si continuelle et si animée qu'ils n'en
avaient jamais vue de pareille. Alors la dame dit : « — Qu'en
« dis-tu, ma douce espérance? Te semble-t-il que je sache

« faire danser les hommes sans trompe ni cornemuse ? — »
A quoi l'amant répondit en riant : « — Oui, mon plaisir
« suprême. — » « — Je veux — dit la dame — que nous
« descendions jusqu'à la porte ; tu te tiendras coi, je lui
« parlerai et nous verrons ce qu'il dira ; nous n'en aurons
« par aventure pas moins de plaisir que nous n'en avons eu
« à le voir. — » Et ayant ouvert doucement la chambre, ils
descendirent jusqu'à la porte ; là, sans nullement l'ouvrir, la
dame appela à voix basse l'écolier par un petit trou qui s'y
trouvait.

« L'écolier, s'entendant appeler, loua Dieu, croyant qu'on
allait enfin le faire entrer, et s'étant approché de la porte, il
dit : « — Me voici, Madame ; ouvrez-moi pour Dieu, car je
« meurs de froid. — » La dame dit : « — Oh ! oui, car je
« sais que tu es un vrai frileux, et qu'il fait très froid, pour
« ce qu'il est tombé un peu de neige ; mais je sais qu'il en
« tombe bien davantage à Paris. Je ne puis pas encore
« t'ouvrir, pour ce que mon maudit frère, qui est venu
« hier soir souper avec moi, ne s'en va pas encore ;
« mais il s'en ira bientôt, et je viendrai aussitôt t'ouvrir.
« J'ai eu grand'peine à le quitter un instant pour venir te
« réconforter et te dire de ne pas t'impatienter d'attendre
« ainsi. — » L'écolier dit : « — Eh ! Madame, je vous en
« prie par Dieu, ouvrez-moi, afin que je puisse me mettre à
« couvert, pour ce que depuis un moment il s'est mis
« à tomber la neige la plus épaisse du monde et qu'elle
« tombe encore ; alors je vous attendrai tant que cela
« vous agréera. — » La dame dit : « — Hélas ! mon doux
« bien, je ne peux pas ; cette porte fait un si grand bruit
« quand on l'ouvre, que je serais facilement entendue par
« mon frère, si je t'ouvrais. Mais je vais aller lui dire de
« s'en aller, afin de pouvoir ensuite revenir t'ouvrir. — »

« — Or, allez vite — dit l'écolier — Et je vous prie de faire
« faire un bon feu, afin qu'aussitôt que je serai entré, je
« puisse me réchauffer, car je me suis tellement refroidi,
« qu'à peine si je me sens. — » La dame dit : « — Cela ne
« doit pas être, si ce que tu m'as écrit est vrai, à savoir que
« tu brûles tout entier d'amour pour moi ; mais je suis sûre
« que tu te moques de moi. Mais, je m'en vais ; attends, et
« aie bon courage. — »

« L'amant qui entendait tout et qui prenait un suprême
plaisir, retourna au lit avec la dame, et ils dormirent peu
cette nuit, car ils la passèrent quasi toute à prendre leurs
ébats et à se moquer de l'écolier. Le malheureux, changé en
cigogne tellement il battait des dents, s'apercevant enfin
qu'il était joué, essaya à diverses reprises d'ouvrir la porte,
et examina s'il ne pourrait pas sortir d'un autre côté ; mais
ne voyant pas comment, il tournait dans la cour comme un
lion, maudissant le mauvais temps, la cruauté de la dame,
la longueur de la nuit et sa propre simplicité. Fortement
indigné contre la dame, le long et fervent amour qu'il lui
avait porté se changea soudain en haine acerbe et cruelle,
et il se mit à rouler dans sa pensée de nombreux projets
pour trouver un moyen de se venger, ce qu'il désirait
maintenant beaucoup plus qu'il n'avait tout d'abord désiré
se trouver avec la dame.

« La nuit, après une si longue attente, s'avançait, le jour
étant proche, et l'aube commença à paraître ; pour quoi, la
servante ayant sa leçon faite par la dame, descendit, ouvrit
la cour, et ayant l'air d'avoir compassion du malheureux,
dit : « — Que male aventure lui puisse arriver d'être venu
« hier soir. Il nous a tenues toute la nuit en l'air, et t'a fait
« geler de froid. Mais tu sais qui c'était. Prends-en ton
« parti, car ce qui n'a pas pu se faire cette nuit, se fera une

« autre fois ; je sais très bien que rien ne pouvait arriver de
« plus déplaisant à Madame. — » L'écolier, plein de dépit,
mais sachant en homme sage que les menaces sont des
armes pour ceux qui sont menacés, refoula au fond de
son cœur ce qu'il aurait voulu pouvoir en exhaler, et d'une
voix soumise, sans se montrer aucunement courroucé, il
dit : « — De vrai, j'ai passé la plus mauvaise nuit que j'aie
« jamais eue, mais j'ai bien vu que ce n'était aucunement
« la faute de la dame, pour ce qu'elle est venue elle-même,
« par pitié pour moi, s'excuser et me réconforter ; et,
« comme tu dis, ce qui n'a pu se faire cette nuit, se fera
« une autre fois. Recommande-moi à elle, et va avec
« Dieu. — » Et quasi tout raidi de froid, il s'en retourna
chez lui comme il put. Là, brisé de fatigue et tombant de
sommeil, il se jeta sur son lit pour dormir, et se réveilla
quasi tout perclus des bras et des jambes. Pour quoi, ayant
fait appeler un médecin et lui ayant exposé le froid qu'il
avait éprouvé, il se fit soigner. Les médecins employant des
remèdes énergiques et prompts, eurent grand'peine à guérir
ses nerfs et à obtenir qu'ils pussent se détendre ; et s'il
n'avait pas été jeune, et si la saison chaude n'était pas sur-
venue, il aurait eu par trop à souffrir. Mais redevenu
sain et bien portant, cachant soigneusement sa haine, il se
montrait plus que jamais amoureux de sa veuve.

« Or, il advint qu'après un certain laps de temps, la fortune fournit à l'écolier l'occasion de satisfaire son désir,
pour ce que le jouvenceau qui était aimé par la dame, sans
aucun égard pour l'amour que celle-ci lui portait, s'amouracha d'une autre femme ; et comme il ne voulait peu ou prou
dire ni faire chose qui lui fît plaisir, elle se consumait dans
les larmes et dans l'amertume. Mais sa servante qui en avait
grand'pitié, ne trouvant pas le moyen de distraire sa maî-

22.

tresse du chagrin d'avoir perdu son amant, et voyant passer
l'écolier dans la rue comme d'habitude, eut une folle pensée,
à savoir qu'on devait pouvoir contraindre par quelque opération de nécromancie l'amant de sa dame à l'aimer comme
il avait auparavant coutume de le faire, et que l'écolier
devait être grand maître en cela ; ce qu'elle dit à sa dame.
La dame, peu sage, sans réfléchir que si l'écolier avait connu
la nécromancie, il l'aurait employée pour soi-même, ajouta
foi aux paroles de sa servante, et lui dit aussitôt de savoir de
lui s'il voulait le faire, et de lui promettre pour sûr, qu'en
récompense elle ferait ce qu'il lui plairait.

« La servante fit la commission bien et en diligence ; ce
qu'oyant l'écolier, il dit en soi-même tout joyeux : « — Dieu,
« sois loué ; le temps est venu où, avec ton aide, je châtièrai la
« méchante femme de l'injure qu'elle m'a faite pour prix du
« grand amour que je lui portais. — » Et il dit à la servante : « — Tu diras à ma dame qu'elle ne soit point en
« peine à ce sujet, car, son amant fût-il dans l'Inde, je l'en
« ferai promptement venir et demander pardon de ce qu'il
« lui a fait contre son plaisir ; mais quant au moyen qu'elle
« aura à employer pour cela, j'entends le lui dire à elle
« quand et où cela lui plaira. Dis-lui donc ainsi, et ré-
« conforte-la de ma part. — » La servante fit la réponse
et arrangea tout pour qu'ils pussent se trouver ensemble
dans Santa Lucia del Prato. La dame et l'écolier y étant
allés, la dame, ne se rappelant plus qu'elle l'avait conduit
quasi à la mort, lui dit ouvertement son cas et ce qu'elle
désirait, et le pria de la sauver. A quoi l'écolier dit :
« — Madame, il est vrai que parmi les autres choses que
« j'ai apprises à Paris se trouve la nécromancie, dont je
« sais à coup sûr tout ce qu'on en peut savoir ; mais pour ce
« qu'elle déplaît grandement à Dieu, j'avais juré de ne

« jamais m'en servir ni pour moi ni pour autrui. Il est vrai
« que l'amour que je vous porte est d'une telle force, que je
« ne saurais rien vous refuser de ce que vous voudriez que
« je fisse; et pour ce, quand même je devrais pour cela seul
« aller en la demeure du diable, je suis prêt à le faire,
« puisque cela vous plaît. Mais je vous rappellerai que la
« chose est plus malaisée à faire que vous ne vous l'êtes peut-
« être imaginée, surtout quand une femme veut ramener un
« homme à l'aimer et réciproquement quand l'homme veut
« ramener une femme, pour ce que cela ne se peut faire
« que par la personne intéressée, et que celui ou celle qui
« le fait doit être d'un grand courage, car il faut le faire
« de nuit, en des lieux solitaires et sans compagnie aucune,
« lesquelles choses, je ne sais si vous êtes disposée à les
« faire. — » A quoi la dame plus énamourée que sage, répondit : « — Amour m'éperonne d'une telle façon, qu'il
« n'est rien que je ne fisse pour ravoir celui qui m'a injus-
« tement abandonnée ; mais cependant si cela te plaît,
« indique-moi en quoi il faut que je me montre coura-
« geuse. — »

—« L'écolier qui avait la queue marquée d'un mauvais poil,
dit : « — Madame, il faudra que je fasse une image d'étain
« au nom de celui que vous désirez reconquérir ; quand je
« vous l'aurai envoyée, il faudra, la lune étant fortement en
« décroissance, que vous descendiez nue en un ruisseau
« d'eau courante, toute seule, et, à l'heure du premier som-
« meil, vous vous baignerez sept fois avec cette image ;
« puis, toujours toute nue, vous monterez sur un arbre ou sur
« le toit de quelque maison inhabitée, et là, tournée vers le
« vent de bise, l'image à la main, vous direz sept fois cer-
« taines paroles que je vous donnerai par écrit. Aussitôt que
« vous les aurez dites, viendront à vous deux damoiselles,

« des plus belles que vous ayez jamais vues ; elles vous
« salueront, et vous demanderont gracieusement ce que
« vous voulez que l'on fasse. Vous ferez en sorte de leur dire
« bien et dûment votre désir ; et gardez-vous de nommer
« une personne pour une autre. Dès que vous leur aurez
« parlé, elles s'en iront, et vous pourrez descendre à l'en-
« droit où vous aurez laissé vos vêtements, vous revêtir et
« retourner chez vous. Et pour sûr, avant la moitié de la
« nuit suivante, votre amant viendra en pleurant vous de-
« mander merci et miséricorde ; et sachez que jamais, à
« partir de ce jour, il ne vous laissera pour une autre. — »

« La dame, ayant écouté tout cela et y ajoutant foi entière,
s'imagina avoir déjà son amant dans ses bras ; redevenue à
demi joyeuse, elle dit : « — Sans aucun doute je ferai très
« bien tout cela, et j'ai le plus beau lieu du monde pour le
« faire. J'ai en effet un domaine au-dessus du Val d'Arno,
« lequel est très proche de la rivière, et comme nous sommes
« à présent en juillet, il sera très agréable de se baigner. Je
« me souviens aussi que non loin de la rivière est une tou-
« relle inhabitée, si ce n'est que parfois les bergers montent
« par des échelles en bois de châtaigner sur une terrasse qui
« se trouve à son sommet, pour chercher à voir leurs bêtes
« égarées. C'est un lieu très solitaire et hors de tout chemin ;
« j'y monterai, et là j'espère le mieux du monde faire ce
« tu m'ordonneras. — » L'écolier qui connaissait parfaitement le domaine de la dame et la tourelle, satisfait de savoir
qu'elle consentait, dit : « — Madame, je ne suis jamais allé
« dans cet endroit, et pour ce je ne connais ni le domaine,
« ni la tourelle ; mais si c'est comme vous dites, il ne peut
« pas y avoir d'endroit plus propice au monde. Et pour ce,
« quand il sera temps, je vous enverrai l'image et la prière ;
« mais je vous prie, quand vous aurez ce que vous désirez,

« et que vous aurez reconnu que je vous ai bien servi, sou-
« venez-vous de moi et tenez la promesse que vous m'avez
« faite. — » A quoi la dame dit qu'elle le ferait sans faute,
et, ayant pris congé de lui, elle s'en retourna chez elle.

« L'écolier joyeux de ce que son projet semblait devoir abou-
tir, fit une image avec ses caractères particuliers, et écrivit une
faribole quelconque en guise de prière ; puis, quand le moment lui sembla venu, il l'envoya à la dame, et lui fit dire que,
la nuit suivante, elle eût à faire sans plus de retard ce qu'il
lui avait dit ; après quoi, il s'en alla secrètement avec un sien
serviteur chez un de ses amis qui demeurait tout près de la
tourelle, pour achever son entreprise. De son côté, la dame
se mit en route avec sa servante et s'en alla dans sa métairie.
Dès que la nuit fut venue, feignant d'aller au lit, elle envoya sa servante se coucher, et, à l'heure du premier somme,
sortant de la maison, elle s'en vint près de la tourelle sur la
rive de l'Arno. Là, après avoir bien regardé tout autour, ne
voyant et n'entendant personne, elle se dépouilla de ses vêtements qu'elle cacha sous un buisson, et se baigna sept fois
avec l'image ; après quoi, toute nue, et l'image en sa main,
elle se dirigea vers la tourelle. L'écolier qui, dès la tombée
de la nuit, s'était caché près de la tourelle avec son serviteur,
parmi les saules et les autres arbres, avait tout vu ; quand
elle passa ainsi nue, quasi à côté de lui, et qu'il vit la blancheur de son corps vaincre l'obscurité de la nuit, il regarda
sa poitrine et toutes les autres parties de sa personne, et les
trouvant belles, et songeant à part soi à ce que ces beautés
allaient devenir en peu d'instants, il eut quelque pitié d'elle ;
d'un autre côté, l'aiguillon de la chair l'assaillit soudain, et
fit lever sur pied tel qui dormait, le poussant à sortir de sa
cachette, à aller s'emparer de la dame, et à en faire à son
plaisir ; et il fut bien près d'être vaincu par l'un et l'autre

de ces deux sentiments. Mais se rappelant qui il était et quelle avait été l'injure reçue, et pour quoi et par qui, et sa colère en ayant été rallumée, il chassa la pitié et l'appétit charnel, se raffermit dans sa résolution, et laissa aller la dame.

« Celle-ci étant montée sur la tour et tournée vers le vent de bise, commença à dire les paroles que l'écolier lui avait données par écrit. Quelques instants après, ce dernier étant entré sans bruit dans la tourelle, enleva doucement l'échelle par laquelle la dame était montée sur la terrasse ; après quoi il attendit ce qu'elle devait dire et faire. La dame, après avoir dit sept fois son oraison, se mit à attendre les deux damoiselles, et son attente fut si longue — sans compter que la fraîcheur de la nuit la lui faisait paraître plus longue qu'elle n'aurait voulu — qu'elle vit l'aurore apparaître ; pour quoi, toute marrie qu'il n'en fût point advenu comme l'écolier le lui avait annoncé, elle se dit : « — Je « crains bien qu'il n'ait voulu me faire passer une nuit « comme celle que je lui ai fait passer ; mais si telle a été « son intention, il a mal su se venger, car celle-ci n'a pas « été le tiers aussi longue que le fut la sienne, sans compter « que le froid était de toute autre qualité. — » Et pour que le jour ne la surprît point en cet endroit, elle voulut descendre de la tour, mais elle vit que l'échelle n'y était plus. Alors, comme si la terre lui avait soudain manqué sous les pieds, ses esprits l'abandonnèrent et elle tomba vaincue sur la terrasse de la tour.

« Quand les forces lui revinrent, elle se mit à pleurer amèrement et à se plaindre ; et comprenant bien que tout cela était l'œuvre de l'écolier, elle se reprocha de l'avoir offensé et de s'être ensuite fiée à lui, qu'elle devait justement croire son ennemi. Elle resta longtemps plongée dans ces pensées. Puis, regardant s'il n'y avait aucun moyen de des-

cendre, et n'en voyant point, elle se remit à pleurer, et, en
proie à d'amères pensées, elle se disait : « — O malheureuse,
« que vont dire tes frères, tes parents, tes voisins et en
« général tous les Florentins, quand on saura que tu as été
« trouvée ici toute nue? Ton honnêteté, jusque-là si estimée,
« on verra qu'elle était fausse ; et si tu essaies de trouver
« quelques mauvaises excuses — à la rigueur on en pour-
« rait trouver — le maudit écolier, qui sait toutes tes affaires,
« ne te laissera pas mentir. Ah ! pauvre misérable, en une
« même heure tu auras perdu ton jeune amant qui ne t'aime
« plus, et ton honneur ! — » Sa douleur devint alors si
« grande, qu'elle fut sur le point de se jeter du haut de la
« tour sur le sol.

« Le soleil étant levé, elle s'approcha le plus qu'elle put
d'un des bords de la tour, regardant s'il ne passerait point
quelque petit berger avec ses bêtes, qu'elle pût envoyer vers
sa servante. Sur ces entrefaites, l'écolier qui avait dormi
quelque peu au pied d'un buisson, se réveilla, la vit et fut
vu d'elle. Il lui dit : « — Bonjour, Madame. Les damoiselles
« sont-elles venues? — » La dame le voyant et l'entendant,
se remit à pleurer fortement et le supplia de venir près de la
tour pour qu'elle pût lui parler. L'écolier lui fut en cela très
courtois; sur quoi la dame s'étant mise à plat ventre sur la
terrasse, ne laissa voir que sa tête sur le bord de la trappe,
et dit en pleurant : « — Rinieri, vraiment si je t'ai fait pas-
« ser une mauvaise nuit, tu t'es bien vengé de moi, pour ce
« que, bien que nous soyons en juillet, j'ai cru cette nuit,
« étant toute nue, que j'allais geler; sans compter que j'ai
« tant pleuré sur le méchant tour que je t'ai fait et sur ma
« sottise de t'avoir cru, que c'est une merveille que les yeux
« me soient restés en tête. Et pour ce, je te prie, non pour
« l'amour de moi que tu ne saurais aimer, mais pour amour

« de toi-même, car tu es gentilhomme, de te contenter, pour
« venger l'injure que je t'ai faite, de ce que tu as fait jus-
« qu'ici; fais-moi rendre mes vêtements et laisse-moi des-
« cendre d'ici; ne cherche pas à m'enlever ce que, quand
« même tu le voudrais, tu ne pourrais plus me rendre,
« c'est-à-dire l'honneur. Et si je t'ai privé du plaisir d'être
« avec moi pendant cette nuit, je puis, à quelque moment
« que cela te plaise, t'en rendre plusieurs pour une. Con-
« tente-toi donc de cela, et comme il convient à un galant
« homme, qu'il te suffise d'avoir pu te venger et de me l'a-
« voir fait savoir; il n'y a point de gloire pour l'aigle à
« triompher d'une colombe; donc, pour l'amour de Dieu et
« pour ton propre honneur, aie pitié de moi. — »

« L'écolier, se rappelant d'un cœur féroce l'injure reçue,
et voyant la dame pleurer et supplier, éprouvait tout à la fois
plaisir et ennui : plaisir de la vengeance qu'il avait désirée
par-dessus tout; ennui, l'humanité le portant à avoir pitié de
la malheureuse. Mais pourtant l'humanité ne pouvant vaincre
la férocité de son appétit de vengeance, il répondit : « — Ma-
« dame Elena, si mes prières — que je n'ai point su, il est vrai,
« baigner de larmes et rendre mielleuses comme tu sais le faire
« maintenant pour les tiennes — m'avaient obtenu, la nuit que
« je mourais de froid dans ta cour pleine de neige, la faveur
« de pouvoir un instant m'abriter sous un endroit couvert,
« il me serait facile d'exaucer aujourd'hui tes prières. Mais
« s'il te soucie maintenant de ton honneur plus que par le
« passé, et qu'il te soit si pénible de rester ainsi nue, adresse
« ces prières à celui dans les bras duquel tu n'as pas craint,
« pendant la nuit que tu viens de rappeler, de rester nue,
« alors que tu m'entendais aller et venir dans ta cour, bat-
« tant des dents et piétinant dans la neige; fais-toi aider par
« lui; dis-lui de te rendre tes vêtements, de t'apporter l'é-

« chelle pour descendre ; efforce-toi de l'intéresser à ton
« honneur que tu n'as pas hésité à mettre à toute heure
« mille fois en péril pour lui. Pourquoi ne l'appelles-tu pas
« pour qu'il te vienne en aide ? A qui cela appartient-il mieux
« qu'à lui ? Tu es à lui, et à qui donnera-t-il aide et pro-
« tection, s'il ne te protège et s'il ne t'aide ? Appelle-le,
« sotte que tu es, et essaie si l'amour que tu lui portes, si
« ton adresse jointe à la sienne, te pourront délivrer de ma
« sottise à propos de laquelle pendant que tu te satisfaisais
« avec lui, tu lui demandais ce qu'il lui semblait être le plus
« fort, de ma sottise ou de l'amour que tu lui portais. Tu
« ne saurais maintenant te montrer accommodante au sujet
« de ce que je ne désire point, pas plus que tu ne pourrais
« me le refuser, si je le désirais ; réserve tes nuits pour ton
« amant, s'il arrive que tu partes d'ici vivante ; tes nuits
« sont à lui ; moi, j'en eus trop d'une, et il me suffit d'a-
« voir été bafoué une fois. Usant de toute ton astuce dans
« tes paroles, tu t'ingénies aussi à capter ma bienveillance
« en me flattant ; tu m'appelles gentilhomme plein de valeur,
« et tu t'efforces doucement à m'amener à renoncer, en
« homme magnanime, à te punir de ta méchanceté ; mais
« tes flatteries ne m'obscurciront point aujourd'hui les yeux
« de l'intelligence comme le firent autrefois tes promesses
« déloyales. Je me connais : je n'en ai pas autant appris de
« moi-même, pendant tout le temps que je suis resté à Paris,
« que tu ne m'en as fait connaître dans une seule de tes
« nuits. Mais, à supposer que je sois magnanime, tu n'es
« pas de celles à qui la magnanimité doit montrer ses effets.
« Pour les bêtes sauvages comme toi, la fin du châtiment
« comme de la vengeance doit être la mort, alors que pour
« les hommes on doit se contenter de ce que tu dis. Pour
« quoi, bien que je ne sois pas aigle, te connaissant non

« pour colombe mais pour serpent venimeux, j'entends te
« poursuivre de toute la force de ma haine, comme mon plus
« ancien ennemi. Tout ce que je te fais ne se peut d'ailleurs
« appeler vengeance, mais plutôt châtiment, en tant que la
« vengeance doit surpasser l'offense, ce qui n'arrivera point
« ici ; pour ce que si j'avais voulu me venger, me souvenant
« à quelle extrémité tu réduisis mon âme, ta vie ne m'aurait
« pas suffi si je te l'avais prise, non plus que cent autres
« comme la tienne, car j'aurais occis une vile, mauvaise et
« coupable femme. Et que diable — mettant de côté le peu
« de beauté de ta figure que quelques années feront dispa-
« raître en la remplissant de rides — vaux-tu plus qu'une
« autre pauvre servante, toi qui a failli faire mourir un ga-
« lant homme, comme tu m'appelais il y a un moment, dont
« la vie pourra peut-être encore être un jour plus utile en
« ce monde que cent mille de tes pareilles ne pourraient l'être
« pendant toute la durée de l'univers ? Je t'apprendrai donc
« par le châtiment que tu endures, ce que c'est que de te
« moquer des hommes qui ont un sentiment dans le cœur,
« ce que c'est que de se moquer des écoliers, et je te donne-
« rai sujet de ne plus jamais tomber dans une pareille folie,
« si tu en réchappes. Mais si tu as si grand désir de des-
« cendre, que ne te jettes-tu à terre ? En te rompant le col,
« avec l'aide de Dieu, tu te délivreras en même temps du
« supplice où il te semble être, et tu me rendras l'homme le
« plus heureux du monde. Maintenant, je ne t'en veux plus
« dire davantage ; j'ai su si bien faire que je t'ai fait monter
« là-haut ; sache à présent si bien faire, toi, que tu en des-
« cendes, comme tu sus te moquer de moi. — »

« Pendant que l'écolier parlait ainsi, la malheureuse dame
ne cessait de pleurer, et le temps s'écoulait, le soleil montant
toujours plus haut. Quand elle vit qu'il se taisait, elle dit :

« — Hélas ! homme cruel, si cette maudite nuit te fut si dou-
« loureuse, et si ma faute te parut si grande que ni ma
« jeune beauté, ni mes larmes amères, ni mes humbles
« prières n'ont pu émouvoir ta pitié, laisse-toi au moins
« émouvoir, et relâche-toi de ta rigueur et de ta sévérité,
« par cela seul que je me suis confié tout dernièrement à toi,
« et que je t'ai découvert tous mes secrets, ce qui t'a fourni
« l'occasion de pouvoir me faire reconnaître ma faute ;
« comme aussi, si je ne m'étais pas confié à toi, tu n'aurais
« pu trouver aucun moyen de te venger de moi, ce que tu
« parais avoir souhaité avec tant d'ardeur. Hélas ! laisse ta
« colère et pardonne-moi désormais ; si tu veux me pardon-
« ner et me faire descendre d'ici, je suis toute prête à aban-
« donner mon déloyal amant, et à t'avoir seul pour amant
« et pour maître, bien que tu dénigres fort ma beauté, en
« la donnant pour passagère et de peu de prix. Quelle que
« soit ma beauté, je sais que, comme celle des autres
« femmes, si on ne la doit point estimer pour autre chose,
« elle est un amusement et un passe-temps pour la jeunesse
« des hommes ; et tu n'es point vieux. Et, bien que je sois
« cruellement traitée par toi, je ne peux cependant pas
« croire que tu voudrais me donner une mort si cruelle que
« de me forcer à me jeter en désespérée au bas de cette tour,
« devant tes yeux auxquels — tu l'avouerais si tu n'étais pas
« devenu menteur — j'ai tellement plu jadis. Hélas ! aie
« pitié de moi, pour l'amour de Dieu ; aie pitié ! le soleil
« commence à devenir trop chaud, et, de même que le trop
« grand froid m'a fait souffrir cette nuit, la trop grande
« chaleur commence à me faire endurer grandissime souf-
« france. — »

« L'écolier qui prenait plaisir à prolonger cette conversation, répondit : « — Madame, tu ne t'es point confiée à moi

« à cause de l'amour que tu me portais, mais pour recon-
« quérir celui que tu avais perdu, et pour ce ta con-
« fiance ne mérite autre chose qu'un traitement pire. Et
« tu as cru follement, si tu t'es imaginée que cette voie
« a été la seule ouverte à la vengeance que je souhaitais.
« J'en avais mille autres ; en faisant semblant de t'aimer,
« j'avais tendu autour de tes pieds plus de mille lacs ; et avant
« peu, si ce cas ne s'était pas présenté, tu devais de toute
« nécessité tomber dans l'un d'eux. Quel qu'eût été celui où
« tu fusses tombée, tu n'aurais pas éprouvé une peine ni
« une honte moindres que celui-ci ne t'en occasionne ; si j'ai
« employé celui-ci, ce n'est point par considération pour
« toi, mais pour me satisfaire plus vite. Et quand bien
« même tous eussent manqué, j'avais ma plume, avec
« laquelle j'aurais écrit sur ton compte tant de choses et de
« telle façon que, quand tu les aurais sues — et tu les aurais
« sues — tu aurais désiré mille fois n'être point née. Les
« forces de la plume sont beaucoup plus grandes que ne
« l'estiment ceux qui ne les ont point éprouvées par leur
« propre expérience. Je jure Dieu — puisse-t-il m'être
« propice jusqu'à la fin dans cette vengeance que je prends
« de toi, comme il me l'a été dès le commencement — que
« j'aurais écrit sur toi des choses telles que, rougissant de
« toi-même, tu te serais crevé les yeux pour ne point te
« voir ; et pour ce, ne reproche pas à la mer d'avoir été
« accrue par un petit ruisselet. De ton amour, ou de te
« posséder, je n'ai, comme je t'ai déjà dit, nul souci ; sois
« donc à celui avec qui tu as été, si tu le peux ; de même
« que je l'ai haï autrefois, je l'aime présentement en pensant
« à ce qu'il t'a fait. Vous allez, vous amourachant des jou-
« venceaux et convoitant leur amour, pour ce que vous les
« voyez le teint plus vif, la barbe plus noire, la taille élancée,

« et qu'ils dansent et qu'ils joutent ; mais tout cela, ceux qui
« sont quelque peu plus âgés l'ont eu eux aussi, et ils savent
« de plus tout ce que ces jouvenceaux ont encore à apprendre.
« En outre, vous les trouvez meilleurs cavaliers, faisant plus
« de milles en leur journée que les hommes plus mûrs.
« Certes, je confesse qu'ils savent secouer les jupons avec
« plus de force, mais les gens plus âgés, étant plus experts,
« savent mieux en quels endroits se tiennent les puces. Il
« vaut mieux manger peu et savoureux, que beaucoup et in-
« sipide ; le grand trot rompt et fatigue, quelque jeune
« qu'on soit, tandis que l'allure douce, encore qu'elle vous
« fasse arriver moins vite à l'auberge, vous y conduit au
« moins sans fatigue. Vous ne vous apercevez point, bêtes
« sans intelligence, combien de mal est caché sous ce peu de
« belle apparence. Les jouvenceaux ne se contentent point
« d'une seule, mais autant ils en voient, autant ils en
« désirent, d'autant ils se croient dignes. Pour quoi, leur
« amour ne peut être stable, et tu peux à cette heure en
« avoir par toi-même une preuve irrécusable. Il leur semble
« qu'ils méritent d'être révérés et caressés par leurs dames,
« et ils n'ont pas de plus grande gloire que de se vanter de
« celles qu'ils ont eues, lequel défaut en a fait tomber beau-
« coup, qui ne le redisent point, sous les coups de frères irri-
« tés. Bien que tu prétendes que tes amours n'ont jamais été
« connues que par ta servante et par moi, tu n'en sais rien,
« et tu crois mal si tu crois ainsi. Dans sa rue et dans la
« tienne, on ne parle que de cela ; mais la plupart du temps
« ceux à qui ces choses arrivent en dernier lieu sont ceux
« qui y sont les plus intéressés. Les jouvenceaux vous volent
« par-dessus le marché, tandis que les gens âgés vous font
« des présents. Donc, toi qui as mal choisi, reste à celui à
« qui tu t'es donnée, et laisse à une autre celui dont tu t'es

23.

« moquée, car j'ai trouvé une dame bien au-dessus de toi,
« et qui a su mieux me connaître que tu ne l'as fait. Et afin
« que tu puisses emporter dans l'autre monde une plus
« grande certitude du désir de mes yeux que tu ne sembles
« l'avoir en ce monde par mes paroles, jette-toi tout de suite
« en bas, et ton âme, aussitôt reçue dans les bras du diable,
« comme je crois, pourra voir si mes yeux se seront troublés
« ou non de t'avoir vue précipitée de là-haut. Mais pour ce
« que je crois que tu ne voudras point me faire un tel
« plaisir, je te conseille, si le soleil commence à te chauffer,
« de te souvenir du froid que tu m'as fait souffrir, et si tu
« mêles ce souvenir à la chaleur que tu endures, sans
« aucun doute tu en sentiras le soleil adouci. — »

« L'inconsolable dame, voyant que les paroles de l'écolier
avaient une conclusion si cruelle, recommença à se lamenter
et dit : « — Eh bien ! puisque rien ne peut t'émouvoir de
« pitié pour moi, laisse-toi toucher au nom de l'amour
« que tu portes à cette dame plus avisée que moi que tu as
« trouvée et dont tu dis être aimé; pardonne-moi pour
« que je puisse me revêtir, et fais-moi descendre d'ici. — »
L'écolier se mit alors à rire, et voyant que la troisième
heure était déjà largement passée, il répondit : « — Eh bien !
« je ne saurais te dire non, puisque tu m'en as priée au
« nom d'une telle dame. Dis-moi où sont tes vêtements,
« j'irai te les chercher et je te ferai descendre. — » La
dame, croyant cela, se rassura un peu, et lui indiqua l'endroit où elle avait déposé ses habits. L'écolier, étant sorti de
la tour, ordonna à son serviteur de ne point s'éloigner, et de
veiller à ce que personne n'entrât dans la tour avant qu'il ne
revînt; après quoi, il s'en alla chez un de ses amis, où il
déjeuna tout à son aise; puis, quand l'heure lui sembla venue,
il s'en fut dormir.

« La dame, restée sur la tour, quoiqu'un peu réconfortée par un sot espoir, s'en fut, bien triste encore, s'asseoir
à l'endroit où le mur faisait un peu d'ombre, et se mit à
attendre, faisant d'amères réflexions. Plongée dans ses
pensées, tantôt espérant, tantôt désespérant de voir revenir
l'écolier avec ses vêtements, et passant d'une idée à une
autre, elle s'endormit, vaincue par la douleur, et comme une
personne qui n'avait pas dormi de toute la nuit précédente.
Le soleil qui était déjà très ardent, ayant atteint le milieu de sa
course, frappait à découvert et d'aplomb sur le corps tendre
et délicat de la dame, et dardait sur sa tête que rien ne pro-
tégeait, avec une telle force, que non-seulement il lui brûla
les chairs, mais qu'il les lui fendit et les lui ouvrit toutes, et
la cuisson fut telle qu'elle réveilla l'infortunée qui dormait.
Se sentant brûler, elle voulut changer un peu de place, mais
à chaque mouvement il lui semblait que toute sa peau s'ou-
vrait et éclatait, comme nous voyons faire d'une feuille de
parchemin brûlée quand on veut l'étirer ensuite; en outre,
la tête lui faisait si mal qu'il lui semblait qu'elle allait se
rompre, ce qui n'était en rien surprenant. La terrasse de la
tour était si brûlante, qu'elle ne pouvait s'y tenir ni sur les
pieds ni autrement; pour quoi, ne pouvant rester à la même
place, elle allait et venait en gémissant. En outre, comme il
ne faisait pas un souffle de vent, il y avait des mouches et
des taons en grandissime quantité, lesquels se posant sur
ses chairs fendues, la piquaient si cruellement, que chaque
piqûre lui semblait une pointure d'aiguillon; pour quoi, elle
ne cessait de les chasser avec les mains, maudissant la vie,
son amant et l'écolier. Etant ainsi molestée, blessée, tor-
turée par la chaleur horrible du soleil, par les mouches et les
taons, comme aussi par la faim et plus encore par la soif;
livrée à l'angoisse de mille pensers douloureux, elle se dressa

sur ses pieds et se mit à regarder si elle ne verrait pas ou
n'entendrait pas quelqu'un s'approcher d'elle, disposée,
quoi qu'il lui en dût advenir, à l'appeler et à lui demander
secours. Mais sa mauvaise fortune lui avait encore enlevé
cette chance. Les laboureurs avaient tous quitté les champs
à cause de la chaleur ; ajoutons que ce jour-là, personne
n'était venu travailler près de la tour, tous les voisins étant
à battre leur blé chez eux ; pour quoi, elle n'entendait rien
que les cigales, et ne voyait que l'Arno qui, lui apportant le
désir de boire de son eau, n'apaisait point sa soif, mais
l'augmentait au contraire. Elle apercevait aussi plus loin des
bois ombreux et des maisons où elle aurait bien voulu être, et
qui lui étaient également un sujet d'angoisse.

   « Que dirons-nous plus de la malheureuse dame ? Le
soleil sur sa tête, la chaleur de la terrasse sous ses pieds, les
piqûres des mouches et des taons par côté l'avaient tellement rongée de toutes parts, que la pauvre femme qui, la
nuit précédente, dissipait les ténèbres par la blancheur de sa
peau, était devenue maintenant rouge comme rage, toute
zébrée de sang, et aurait paru, à qui aurait pu la voir, la
plus vilaine chose du monde. Pendant qu'elle était ainsi,
sans espérance et sans conseil, attendant plutôt la mort
qu'autre chose, l'écolier, l'heure de none étant passée, se
réveilla, et se souvenant de sa dame, il retourna vers la tour
pour voir ce qu'il en était d'elle, et envoya manger son serviteur qui était encore à jeun. La dame l'ayant entendu, vint
toute faible et succombant sous l'angoisse, s'asseoir sur le
bord de la trappe, et se mit à dire en gémissant : « — Rinieri,
« tu t'es bien vengé outre mesure, car si je t'ai fait geler de
« nuit dans ma cour, tu m'as de jour fait rôtir sur cette
« tour, voire brûler, et de plus mourir de faim et de soif ;
« pour quoi, je te prie, pour l'amour de Dieu seul, de monter

« ici, et, puisque je n'ai pas le cœur de me donner la mort
« moi-même, de me la donner toi, car je la désire plus que
« toute autre chose, tant est grand le tourment que j'éprouve.
« Et si tu ne veux pas me faire cette grâce, fais-moi apporter
« au moins un verre d'eau, que je puisse y baigner ma
« bouche à laquelle mes larmes ne suffisent point, tant est
« grande la sécheresse et l'ardeur que je ressens. — »

« L'écolier reconnut bien à sa voix quelle était sa faiblesse ; il vit aussi en partie son corps tout grillé par le soleil ; tout cela et ses humbles prières lui inspirèrent un peu
de pitié pour elle ; mais pourtant il répondit : « — Méchante
« femme, tu ne mourras point de mes mains ; tu mourras des
« tiennes si l'envie t'en vient ; et tu auras de moi autant
« d'eau pour alléger ta chaleur que j'eus de toi du feu pour
« alléger mon froid. Je ne me plains que d'une chose, à
« savoir que, tandis que la maladie occasionnée par le froid
« que j'éprouvai dut se guérir par la chaleur d'un fumier
« infect, la maladie produite par la chaleur que tu endures
« présentement, se pourra soigner par le froid de l'eau de rose
« odoriférante ; et que, alors que j'ai failli perdre les nerfs
« et tout le corps, toi, écorchée par cette chaleur, tu resteras
« aussi belle que le serpent qui a quitté sa vieille peau. — »
« — Oh ! misérable de moi — dit la dame — que Dieu
« donne à ceux qui me veulent du mal ces beautés acquises
« de telles façons ; mais toi, plus cruel qu'aucune bête fé-
« roce, comment as-tu pu souffrir de me briser de cette ma-
« nière ? Qu'aurais-je pu attendre de plus de toi ou de tout
« autre, si j'avais fait périr toute ta famille sous les plus
« cruels tourments ? Certes, je ne sais pas quelle plus
« grande cruauté on aurait pu exercer envers un traître qui
« aurait mis à mort toute une cité, que celle avec laquelle tu
« m'as traitée en me faisant rôtir au soleil et manger des

« mouches ; tu n'as pas même voulu me donner un verre
« d'eau, alors qu'aux assassins condamnés par la justice et
« qu'on mène à la mort, on donne à boire souvent du vin
« quand ils le demandent. Eh bien ! puisque je vois que tu
« persistes dans ton acerbe cruauté, et que la passion que
« j'endure ne peut en rien t'émouvoir, je me disposerai
« patiemment à recevoir la mort, afin que Dieu ait miséri-
« corde de mon âme ; et je le prie de jeter un juste regard
« sur ton ouvrage. — » Et ces paroles dites, elle se traîna
péniblement vers le milieu de la terrasse, désespérant d'é-
chapper à une si ardente chaleur. Là, pleurant abondamment, et se lamentant sur son triste sort, elle crut mourir
de soif et de douleur, non pas une fois, mais mille.

« L'heure de vespres étant déjà arrivée, l'écolier estimant
avoir assez fait, fit prendre les vêtements de la dame, les
fit envelopper dans le manteau de son serviteur, et s'en alla
à la maison de la malheureuse, où il trouva la servante
qui était assise sur le seuil de la porte, triste, désolée, ne
sachant quel parti prendre, et il lui dit : « — Bonne femme,
qu'est-il arrivé à ta maîtresse ? — » A quoi la servante répondit : « — Messire, je ne sais. Je croyais ce matin la
« trouver dans le lit où il m'avait semblé la voir aller hier
« soir ; mais je ne l'ai trouvée ni là, ni ailleurs, et je ne sais
« ce qu'elle est devenue, de quoi j'éprouve un grandissime
« chagrin. Mais vous, messire, ne saurez-vous rien m'en
« dire ? » — A quoi l'écolier répondit : « — Eussé-je pu te
« tenir aussi avec elle là où je l'ai tenue, afin de te punir
« de ta faute comme je l'ai punie de la sienne ! Mais
« pour sûr, tu ne m'échapperas pas des mains que je ne te
« paie tes bons offices, de sorte que tu ne fasses jamais
« plus de méchant tour à personne sans te souvenir de
« moi. — » Cela dit, il dit à son domestique. « — Donne-

« lui ces vêtements, et dis-lui qu'elle aille trouver sa maî-
« tresse, si elle veut. — » Le domestique fit selon qu'il lui
avait ordonné ; pour quoi, la servante ayant pris les vêtements et les ayant reconnus, et se rappelant ce qu'on venait
de lui dire, trembla qu'ils ne l'eussent tuée, et eut peine à
se retenir de crier. L'écolier étant parti, elle s'en alla sur-le-
champ, en courant, vers la tour et toute en pleurs.

« Ce même jour, un laboureur de la dame avait par
hasard perdu deux cochons ; comme il allait à leur recherche,
il arriva vers la tourelle un peu après le départ de l'écolier,
et regardant partout s'il ne verrait pas ses cochons, il entendit les plaintes que poussait la malheureuse dame ; pour
quoi, s'étant approché, il cria tant qu'il put : « — Qui est-
« ce qui se plaint là-haut ? — « La dame reconnut la voix
de son laboureur, et l'ayant appelé par son nom, elle dit :
« — Eh ! va chercher ma servante, et fais en sorte qu'elle
« puisse venir me trouver ici. — » Le laboureur, l'ayant reconnue, dit : « — Hélas ! Madame, qui vous a portée là-
« haut ? Votre servante vous a cherché tout aujourd'hui ;
« mais qui aurait jamais pensé que vous deviez être là ? — »
Et ayant pris les deux bras de l'échelle, il se mit à la dresser
comme elle devait être, et à la lier avec des cordes et des
bâtons en travers. Sur ces entrefaites, survint la servante qui
étant entrée dans la tour, ne pouvant plus retenir sa voix et
se frappant le front avec les mains, se mit à crier : « — Hé-
« las ! ma douce dame, où êtes-vous ? — » La dame l'entendant, dit le plus fort qu'elle put : « — Ma sœur, je suis
« ici, en haut ; ne pleure pas, mais apporte-moi vite mes
« vêtements. — » Quand la servante l'entendit parler, quasi
toute réconfortée, elle monta par l'échelle que le laboureur
avait déjà presque entièrement raccommodée, et, aidée par lui,
elle parvint sur la terrasse. Quand elle vit sa maîtresse, qui res-

semblait non à un corps humain, mais à un cep de vigne à moitié brûlé, toute brisée, toute pâle, gisant nue sur la terre, elle mit ses mains sur ses yeux, et se mit à pleurer comme si elle était morte. Mais la dame la pria de se taire pour l'amour de Dieu, et de l'aider à se vêtir. Ayant appris d'elle que personne ne savait où elle avait été, sinon ceux qui lui avaient apporté ses vêtements et le laboureur qui était encore là, elle se calma un peu, et elle les pria, pour l'amour de Dieu, de n'en jamais rien dire à personne.

« Le laboureur, après de nombreuses paroles, ayant mis sur ses épaules la dame qui ne pouvait marcher, la porta enfin sans encombre hors de la tour. La malheureuse servante, qui était restée en arrière, en descendant avec moins de précautions, fit un faux pas, tomba de l'échelle par terre et se rompit la cuisse, sur quoi, de douleur, elle se mit à mugir si fort qu'on aurait dit un lion. Le laboureur, ayant déposé la dame sur un tas d'herbes, alla voir ce qu'avait la servante, et ayant vu qu'elle avait la cuisse rompue, il la porta aussi sur le tas d'herbes, et la posa à côté de la dame. Celle-ci, voyant ce nouveau malheur s'adjoindre à tous ses autres maux, celle dont elle espérait aide plus que de toute autre avec la cuisse cassée, fut affligée outre mesure, et recommença à pleurer si misérablement que non-seulement le laboureur ne la put consoler, mais qu'il se mit de son côté à pleurer aussi. Mais, le soleil étant déjà bas, afin que la nuit ne les surprît point en cet endroit, selon le désir de l'inconsolable dame, il s'en alla chez lui, et là, ayant appelé ses deux frères et sa femme, ils revinrent tous les quatre avec une civière sur laquelle ils mirent la servante et la portèrent à la maison. Puis le laboureur ayant réconforté la dame avec un peu d'eau fraîche et de bonnes paroles, la prit sur son dos et la porta dans sa chambre. La femme du laboureur, après lui avoir donné à manger du pain lavé et l'avoir déshabillée, la mit au lit, et ils prirent leurs mesures pour que la servante et elle fussent transportées à Florence pendant la nuit ; ce qui fut fait. Là, la dame qui avait à sa disposition un grand fonds de mensonges, ayant inventé une fable tout à fait opposée à ce qui était arrivé, fit croire à ses frères et à ses sœurs, et à tout le monde que tout cela était arrivé à sa servante et à elle par enchantements de démons. Les médecins furent appelés, et non sans grandissime angoisse et péril pour la dame dont la peau resta plus d'une fois attachée à ses draps, ils la guérirent d'une ardente fièvre et des autres accidents. Ils guérirent aussi la servante de sa cuisse cassée. Sur quoi, la dame ayant oublié son amant, se garda dorénavant de se moquer des autres et d'aimer. Quant à l'écolier, apprenant que la servante s'était rompue la cuisse, il estima avoir obtenu une entière vengeance, et joyeux, il passa outre sans plus rien dire.

« Voilà donc ce qu'il advint à la sotte jeune dame de ses moqueries. Elle avait cru se jouer d'un écolier comme elle aurait fait d'un autre, ne sachant point que la plupart d'entre eux, sinon tous, savent où le diable a la queue. Et pour ce, gardez-vous, mes dames, de vous moquer de personne, et surtout des écoliers. — »

NOUVELLE VIII

Deux hommes mariés se fréquentent journellement, l'un d'eux couche avec la femme de l'autre, lequel s'en étant aperçu, s'entend avec la femme du traître pour enfermer celui-ci dans une caisse sur laquelle ils prennent ensuite tous deux leurs ébats.

Les dames avaient éprouvé du chagrin et de l'ennui à entendre raconter les malheurs d'Élena ; mais pour ce qu'elles estimaient qu'ils lui étaient en partie justement arrivés, ils leur avaient inspiré une pitié fort modérée, bien qu'elles tinssent l'écolier pour un homme rigide, fièrement entêté, voire cruel. Mais Pampinea étant parvenue à la fin de sa nouvelle, la reine ordonna à la Fiammetta de poursuivre. Celle-ci, désireuse d'obéir, dit : « — Plaisantes dames, pour ce qu'il me semble que la sévérité de l'écolier bafoué vous a quelque peu troublées, j'estime qu'il convient de ragaillardir vos esprits attristés par quelque chose de plus agréable ; c'est pourquoi j'entends vous dire une petite nouvelle à propos d'un jeune homme qui reçut une injure avec plus de mansuétude, et s'en vengea d'une façon plus modérée. Par elle, vous pourrez comprendre que, quand un homme fait tant que de se venger, il doit bien lui suffire d'avoir rendu un âne en échange de celui qu'il a reçu, sans chercher à tirer plus forte vengeance qu'il ne convient.

« Il faut donc que vous sachiez qu'à Sienne, ainsi que je l'ai entendu dire jadis, il y avait deux jeunes gens très aisés et de bonnes familles bourgeoises, dont l'un s'appelait Spinelloccio Tanena, et l'autre Zeppa di Mino ; tous les deux demeuraient porte à porte dans la rue Camollia. Ces deux jeunes gens étaient toujours ensemble, et paraissaient s'aimer autant et même plus que s'ils eussent été frères. Chacun d'eux avait pour femme une fort belle dame. Or il advint que Spinelloccio, fréquentant beaucoup la maison de Zeppa, que Zeppa y fût ou n'y fût pas, devint tellement familier avec la femme de ce dernier, qu'il finit par coucher avec elle, et les deux amants continuèrent un bon temps ce jeu sans que personne ne s'en aperçût. Pourtant, à la longue, Zeppa étant un jour chez lui sans que sa femme le sût, Spinelloccio s'en vint le demander. La dame lui dit qu'il n'était point à la maison ; sur quoi Spinelloccio étant monté promptement trouva la

dame dans la salle et voyant qu'il n'y avait personne, se mit
à la prendre dans ses bras et à l'embrasser ; et elle en fit autant. Zeppa qui vit cela, ne souffla mot, et se tint caché pour
voir où le jeu s'arrêterait. Il ne tarda point à voir sa femme
et Spinelloccio ainsi embrassés s'en aller dans la chambre et
s'y enfermer, de quoi il fut fort courroucé. Mais comprenant
que s'il faisait du bruit l'injure qui lui avait été faite n'en
serait pas moindre, qu'au contraire elle serait augmentée de
la honte, il donna toute sa pensée à chercher quelle vengeance
il en devait tirer de façon que, sans qu'on n'en sût rien au
dehors, il en fût satisfait. Après y avoir longtemps pensé, il
crut avoir trouvé le moyen, et se tint caché pendant tout le
temps que Spinelloccio demeura avec la dame.

« Quand celui-ci s'en fut allé, il entra dans la chambre où
il trouva la dame qui n'avait pas encore fini de rajuster sur sa
tête son voile que Spinelloccio en jouant avec elle avait fait
tomber, et il dit : « — Femme, que fais-tu là ? — » A quoi
la dame répondit : « — Ne le vois-tu pas ? — » « — Oui
« bien — dit Zeppa — oui ; j'ai vu aussi autre chose que je
« n'aurais pas voulu voir. » — Sur ce, il entra en grandes
explications sur ce qui s'était passé, et la dame, tremblant
de peur, après lui avoir avoué ce qu'elle ne pouvait véritablement nier de ses relations avec Spinelloccio, se mit à pleurer et à lui demander pardon. A quoi le Zeppa dit : « — Vois,
« femme, tu as mal fait ; si tu veux que je te le pardonne,
« songe à faire entièrement ce que je t'ordonnerai, et le
« voici : je veux que tu dises à Spinelloccio que demain ma-
« tin, sur l'heure de tierce, il trouve un motif quelconque
« pour me quitter et venir ici te trouver ; quand il y sera,
« je reviendrai, et dès que tu m'entendras, tu le feras aus-
« sitôt entrer dans cette caisse où tu l'enfermeras. Puis,
« quand tu auras fait cela, je te dirai ce qu'il te restera à

« faire. Et tu ne devras avoir aucune hésitation à ce faire,
« car je te promets que je ne lui ferai aucun mal. — » La
dame, pour le contenter, dit qu'elle le ferait, et elle le fit
en effet.

« Le lendemain, sur la troisième heure, Zeppa et Spinelloccio étant ensemble, Spinelloccio qui avait promis à la
dame d'aller la trouver à cette heure-là, dit à Zeppa : « — Je
« dois déjeuner ce matin avec un ami et je ne veux pas me
« faire attendre ; pour ce, va avec Dieu. — » Zeppa dit :
« — Il n'est pas encore l'heure de déjeuner, il s'en faut. — »
Spinellocio dit : « — Cela ne fait rien ; j'ai aussi à causer
« avec lui d'une affaire, de sorte qu'il faut que j'y sois de
« bonne heure. — » Spinelloccio ayant donc quitté Zeppa,
fit un détour et s'en alla chez ce dernier trouver sa femme. Ils
venaient à peine d'entrer dans la chambre, que Zeppa revint.
La dame l'entendant, se montra très effrayée, et le fit entrer
dans la caisse comme son mari le lui avait dit ; après quoi,
l'y ayant enfermé, elle sortit de la chambre.

« Zeppa étant monté, dit : « — Femme, est-il l'heure
« de déjeuner ? — » La dame répondit : « — Oui, dans un
« moment. — » Zeppa dit alors : « — Spinelloccio est allé
« déjeuner ce matin avec un sien ami et a laissé sa femme
« seule, mets-toi à la fenêtre et appelle-la ; dis-lui qu'elle
« vienne déjeuner avec nous. — » La dame, craignant pour
elle-même, et pour ce devenue tout à fait obéissante, fit ce que
son mari lui ordonnait. La femme de Spinelloccio, après en
avoir été bien priée par la femme de Zeppa, se décida à venir
en apprenant que son mari ne devait pas déjeuner à la maison. Quand elle fut venue, Zeppa lui faisant de grandes caresses et la prenant amicalement par la main, ordonna doucement à sa femme d'aller à la cuisine, et emmena avec lui sa
voisine dans la chambre où, à peine entré, il se retourna et

ferma la porte en dedans. Quand la dame vit fermer la porte
en dedans, elle dit : « — Eh ! Zeppa, que veut dire ceci ?
« C'est donc pour cela que vous m'avez fait venir ? Voilà l'a-
« mitié que vous portez à Spinelloccio, et la loyale compagnie
« que vous lui faites ? — » A quoi Zeppa s'était approché de
la caisse où était le mari de la dame, et tenant celle-ci dans
ses bras, dit : « — Femme, avant de te mettre en colère,
« écoute ce que je veux te dire : j'ai aimé et j'aime Spinel-
« loccio comme un frère, et hier, bien qu'il ne le sache pas,
« j'ai trouvé que la confiance que j'avais en lui avait abouti
« à ceci, à savoir qu'il couche avec ma femme tout comme
« avec toi. Or, précisément parce que je l'aime, je n'entends
« pas tirer de lui une autre vengeance que de lui faire la
« même injure qu'il m'a faite : il a eu ma femme, et j'entends
« à mon tour t'avoir. Si tu refuses, il faudra certainement
« que je le prenne céans, et comme je n'entends pas laisser
« cette offense impunie, je lui ferai un tel jeu, que ni toi ni
« lui ne serez jamais plus joyeux de votre vie. — »

« La dame, oyant cela, et Zeppa continuant à la presser
vivement, finit par le croire et dit : « — Mon cher Zeppa,
« puisque c'est sur moi que doit retomber cette vengeance,
« j'en suis contente, pourvu que, après ce que nous allons
« faire, tu me fasses rester en paix avec ta femme, comme
« j'entends, nonobstant ce qu'elle m'a fait, lui conserver mon
« amitié. — » A quoi Zeppa répondit : « — Certainement,
« je le ferai ; en outre, je te donnerai un rare et beau
« joyau comme tu n'en as jamais eu. — » Ceci dit, l'ayant
prise dans ses bras, il se mit à l'embrasser, l'étendit sur la
caisse où était enfermé le mari, et là, il se satisfit tout autant
qu'il lui plut avec elle, et elle avec lui.

« Spinelloccio qui était dans la caisse, et qui avait entendu tout ce que Zeppa avait dit, ainsi que la réponse de

sa femme, et qui, ensuite avait senti la danse de Trévise
qu'on faisait sur sa tête, éprouva un moment une si grande
douleur qu'il faillit en mourir; et n'eût été qu'il craignait
Zeppa, il aurait dit de grosses injures à sa femme, tout enfermé qu'il était. Cependant, en songeant que l'offense avait
commencé de son chef, et que Zeppa avait raison de faire
ce qu'il faisait, et qu'il s'était comporté envers lui humaine-
ment et comme un camarade, il se dit qu'il devait rester
plus que jamais l'ami de Zeppa, si celui-ci y consentait.

« Zeppa, après être resté avec la dame autant qu'il lui
plut, descendit de la caisse, et comme la dame lui demandait le joyau qu'il lui avait promis, il ouvrit la porte de la
chambre et fit rentrer sa femme, laquelle ne dit autre chose
que ceci : « — Madame, vous m'avez rendu un pain pour
« une fouasse. — » Sur quoi, elle se mit à rire. Zeppa lui
dit alors : « — Ouvre cette caisse — » ce qu'elle fit, et Zeppa
montra à la dame son Spinelloccio. Il serait trop long de
dire lequel des deux eut le plus de honte, du Spinelloccio
à la vue de Zeppa et sachant que ce dernier savait ce qu'il
avait fait, ou de la dame voyant son mari et comprenant
qu'il avait entendu et senti ce qu'elle lui avait fait sur
la tête. Zeppa lui dit : « — Voilà le joyau que je te
donne. — »

« Spinelloccio, étant sorti de sa caisse, sans trop faire de
réflexions, dit : « — Zeppa, nous sommes quitte à quitte;
« et pour ce, il est bon, comme tu le disais tout à l'heure à
« ma femme, que nous restions amis, comme d'habitude; et
« puisqu'entre nous deux il n'y a que nos femmes qui ne
« soient pas en commun, il faut les mettre en commun elles
« aussi. — » Zeppa y consentit, et dans la meilleure entente
du monde tous les quatre déjeunèrent ensemble. A partir de
ce jour, chacune de ces dames eut deux maris, et chacun de

ceux-ci eut deux femmes, sans que jamais la moindre contestation ou la moindre querelle s'élevât entre eux à ce sujet. — »

NOUVELLE IX

Maître Simon, médecin, ayant été conduit de nuit en certain lieu par Bruno et Buffamalcco pour faire partie d'une troupe qui allait en course, est jeté par Buffamalcco dans une fosse d'ordures et y est laissé.

Après que les dames eurent quelque peu plaisanté sur la communauté des femmes des deux Siennois, la reine à laquelle il restait seule à parler pour ne pas faire tort à Dioneo, commença : « — Amoureuses dames, Spinelloccio méritait fort bien l'injure qui lui fut faite par Zeppa ; pour quoi, il ne me semble pas qu'il faille aigrement blâmer, comme Pampinea voulait peu auparavant nous le montrer, quiconque trompe celui qui court au-devant de la tromperie ou qui la mérite ; Spinelloccio avait mérité d'être bafoué, et moi j'entends vous parler de quelqu'un qui était allé chercher son propre dommage, estimant que ceux qui le lui firent subir ne sont point à blâmer, mais sont au contraire dignes de louanges. L'aventure arriva à un médecin qui retourna de Bologne à Florence tout couvert de poil de vair [1], bien qu'il ne fût qu'un ignorant.

« Comme nous le voyons chaque jour, nos concitoyens nous reviennent de Bologne, qui juge, qui médecin, qui

1. Qui revint à Florence docteur en médecine. La marque distinctive des docteurs était alors la robe d'écarlate et le bonnet doublé de peau de vair.

notaire, avec les robes longues et larges, couleur d'écarlate
et doublées de vair, et avec d'autres grandissimes appa-
rences ; quant aux faits qui s'ensuivent, nous les voyons
aussi chaque jour. Parmi ces faux savants, un maître
Simone da Villa, plus riche de biens paternels que de
science, nous revint, il n'y pas longtemps, docteur en médecine, selon ce qu'il disait lui-même, vêtu d'écarlate et coiffé
d'une grande cornette, lequel prit une maison dans la rue que
nous appelons aujourd'hui la rue du Concombre. Ce maître
Simone tout nouvellement venu, comme je viens de le dire,
avait entre autres remarquables habitudes, celle de demander
à la personne qui se trouvait avec lui le nom de tous ceux
qu'il voyait passer dans la rue ; et comme s'il avait dû composer les médecines qu'il donnait à ses malades d'après
l'attitude des gens, il prêtait attention à tous et les recueillait
en sa mémoire. Parmi ceux qui attirèrent plus particulièrement ses regards, il y eut deux peintres, dont il a été déjà parlé
ici deux fois en ce jour, Bruno et Buffamalcco, qu'on voyait
continuellement ensemble et qui étaient ses voisins. Et
comme il lui parut que les deux compères s'embarrassaient
moins de soucis et vivaient plus joyeusement que qui que ce
fût au monde, ce qui était en effet, il s'informa à plusieurs
personnes de leur condition. Chacun lui ayant dit qu'ils
étaient de pauvres peintres, il se mit dans la tête qu'il
n'était pas possible que leur pauvreté leur permît de vivre si
joyeusement ; mais il pensa, pour ce qu'il avait entendu dire
que c'étaient des hommes pleins d'astuce, qu'ils devaient tirer
de grandissimes profits d'une autre façon qu'on ne connaissait pas. Pour quoi, il lui vint le désir de se lier avec eux, si
c'était possible, ou tout au moins avec l'un deux. Il eut l'occasion de faire connaissance de Bruno, et celui-ci ayant au
bout de quelques jours reconnu que ce médecin était un sot

animal, se mit à tirer de lui le plus bel amusement du monde, grâce à ses sottises, et, de son côté, le médecin prenait avec lui un merveilleux plaisir. Après l'avoir plusieurs fois invité à déjeuner, et pour ce, croyant pouvoir deviser familièrement avec lui, il lui dit quel étonnement il éprouvait à les voir, lui et Buffamalcco, qui étaient de pauvres gens, vivre si joyeusement, et il les pria de lui apprendre comment ils faisaient.

« Bruno, entendant ce que lui disait le médecin, et la demande de celui-ci lui paraissant une de ses sottises et de de ses âneries habituelles, se mit à rire, et pensa à lui répondre comme sa bêtise le méritait; il dit : « — Maître, je « ne dirais pas à beaucoup de personnes comment nous « faisons, mais je n'aurai garde de refuser de vous le dire, à « vous, parce que vous êtes un ami et que je sais que vous ne « le direz pas à d'autres. Il est vrai que mon compagnon et « moi, nous vivons aussi joyeusement et aussi bien qu'il « paraît, et mieux encore ; cependant pas plus avec notre « profession qu'avec les revenus que nous retirons de nos « domaines, nous ne pourrions payer l'eau avec laquelle « nous travaillons. Je ne veux point, pour cela, que vous « croyiez que nous allions voler, mais nous allons en course, « et c'est de là que, sans aucun dommage pour autrui, nous « tirons tout ce qu'il faut pour nos plaisirs et pour nos « besoins ; c'est de là que vient la vie joyeuse que vous nous « voyez mener. — » Le médecin, oyant cela, s'étonna beau- « coup, et sans savoir ce que c'était qu'aller en course, il le « crut ; puis soudain il entra en un chaud désir de savoir ce « que c'était qu'aller en course, et il pria instamment Bruno « de le lui dire, lui affirmant qu'il ne le dirait pour sûr « jamais à personne.

« — Holà ! maître — dit Bruno — que me demandez-

« vous ? C'est un trop grand secret que celui que vous voulez
« connaître, et chose à me ruiner et à me faire chasser du
« monde, voire à me faire mettre dans la bouche de Lucifer
« da San Gallo, si on le savait ; mais si grande est l'amitié
« que je porte à votre qualitative ânerie de Legnaja, et si
« grande est la confiance que j'ai en vous, que je ne peux
« vous refuser quelque chose que vous désirez ; et pour ce,
« je vous le dirai, à cette condition que vous me jurerez sur
« la croix de Montesone que jamais, comme vous me l'avez
« promis, vous ne le direz à personne. — » Le maître affirma
qu'il ne le dirait point. « — Donc, mon doux maître — dit
« Bruno — il faut que vous sachiez qu'il n'y a pas encore
« longtemps il y avait en cette cité un grand maître en né-
« cromancie, nommé Michele Scotto pour ce qu'il était
« d'Écosse, et que beaucoup de gentilshommes, dont bien peu
« sont aujourd'hui vivants, recevaient en grandissime hon-
« neur. Quand il voulut partir d'ici, sur leurs instances et sur
« leurs prières, il nous laissa deux de ses disciples fort suf-
« fisants pour le remplacer, auxquels il ordonna de se tenir
« toujours aux ordres des gentilshommes qui l'avaient ainsi
« honoré. Ceux-ci donc servaient loyalement les susdits gen-
« tilshommes dans leurs amours et dans leurs autres affaires ;
« puis, la cité leur plaisant, ainsi que les mœurs de ses ha-
« bitants, ils résolurent d'y demeurer à tout jamais, et se
« prirent de grande et étroite amitié avec quelques-uns de
« nos concitoyens, sans regarder s'ils étaient nobles ou non,
« riches ou pauvres, mais seulement si leurs habitudes et
« leurs manières étaient conformes aux leurs. Pour com-
« plaire à ceux qui étaient ainsi devenus leurs amis, ils for-
« mèrent une société d'environ vingt-cinq membres qui de-
« vaient se réunir au moins deux fois par mois en un lieu
« choisi par eux ; là, chacun des assistants leur exprimait

« son désir, et soudain ils lui donnaient satisfaction cette
« nuit même. Comme Buffamalcco et moi nous étions en
« singulière relation et amitié avec ces deux nécromanciens,
« nous fûmes introduits par eux dans cette compagnie, et
« nous en sommes encore. Et je vous le dis, quand il arrive
« que nous nous rassemblons, c'est chose merveilleuse à
« voir que les tentures qui ornent la salle où nous man-
« geons, les tables servies d'une façon royale, la quantité
« des nobles et beaux serviteurs, tant hommes que femmes,
« mis à la disposition de chaque membre de cette société ; et
« les bassines, les aiguières, les flacons, les coupes et les
« autres vases d'or et d'argent dans lesquels nous mangeons
« et buvons ; sans compter les victuailles nombreuses et va-
« riées au gré de chacun, qu'on apporte devant nous, cha-
« cune à son temps. Je ne pourrais jamais vous énumérer
« la qualité et la quantité des instruments de musique dont
« les doux sons s'y font entendre, ainsi que les chants pleins
« de mélodie qu'on y écoute ; je ne pourrais non plus vous
« dire la quantité de cire que l'on brûle à ces soupers, ni
« celle des confetti qui s'y consomment, et combien sont
« exquis les vins qui s'y boivent. Je ne voudrais pas, ma
« bonne tête de citrouille, que vous croyiez que nous nous
« tenons là avec les vêtements que vous nous voyez ; il n'y
« en a pas un de nous qui ne vous fît l'effet d'un empereur,
« tellement nous sommes parés de vêtements magnifiques
« et de belles choses. Mais par-dessus tous les plaisirs que
« nous y goûtons, il y a celui des belles dames que l'on fait
« venir de toutes les parties du monde, selon le désir de
« chacun. Vous y verriez la dame des Barbanicchi, la reine
« des Basques, la femme du Soudan, l'impératrice d'Osbech,
« la Chianchianfera de Norwège, la Sémistante de Berlin-
« zone et la Scalpèdre de Narsia. Mais pourquoi vous les

« énumérer ? Il y a toutes les reines du monde, je dis jusqu'à
« la Schinchimurra du prêtre Jean, qui, pour moi, a des
« cornes au cul. Or, voyez à présent vous-même : après qu'on
« a bien bu et bien mangé des confetti, et dansé une danse
« ou deux, chacune de ces reines s'en va dans sa chambre
« avec celui qui l'a fait venir. Et sachez que ces chambres
« paraissent un paradis tant elles sont belles ; elles exhalent
« des parfums non moins agréables que ceux qui sortent des
« boîtes d'épices de votre boutique, quand vous faites piler le
« cumin ; il y a des lits qui vous paraîtraient plus beaux que
« celui du doge de Venise ; c'est là-dessus qu'on va se repo-
« ser. Or comment on s'y démène, comment les susdites
« tisseuses y tirent le châssis à elles pour faire le drap
« serré, je vous le laisse à penser. Mais parmi tous nos
« autres compagnons, ceux, à mon avis, qui sont le mieux
« partagés, c'est Buffamalcco et moi, pour ce que la plupart
« du temps Buffamalcco fait venir pour lui la reine de
« France et moi je fais venir la reine d'Angleterre, qui,
« toutes deux, sont les plus belles femmes du monde ; et
« nous avons su si bien faire, qu'elles n'ont point autre
« chose en tête que nous. Pour quoi, vous pouvez de vous-
« même penser si nous pouvons et devons vivre plus heu-
« reux que les autres hommes, puisque nous avons l'amour
« de deux si grandes reines ; sans compter que, quand nous
« voulons avoir d'elles un ou deux mille florins, nous les
« avons. C'est cela que nous appelons vulgairement aller
« en course ; pour ce que, de même que les corsaires pillent
« et dérobent les autres, ainsi nous faisons ; différant seule-
« ment d'eux en cela qu'ils ne rendent jamais ce qu'ils ont
« pris, et que nous, nous le rendons quand nous nous en
« sommes servi. Maintenant, mon bon maître, vous avez
« compris ce que nous appelons aller en course, et vous

« pouvez voir combien cela doit être tenu secret ; et pour ce
« plus ne vous le dis, ni ne vous en prie. — »

« Le maître, dont la science ne s'étendait probablement
pas plus loin qu'à soigner les enfants de la teigne, ajouta
autant de foi aux paroles de Bruno qu'on devrait le faire
pour une bonne vérité, et il s'enflamma d'un si vif désir
d'être admis dans cette société, qu'il n'avait jamais brûlé
autant d'envie pour n'importe quelle chose désirable. Pour
quoi, il répondit à Bruno que ce n'était point étonnant s'ils
vivaient joyeux, et il se retint à grand'peine de ne pas le
requérir sur-le-champ de le faire recevoir, remettant cela au
moment où, lui ayant encore fait plus d'avances, il pourrait
lui adresser sa requête avec plus de confiance. Ayant donc
réservé cette question, il continua de plus en plus à le fréquenter, à l'avoir soir et matin à sa table et à lui témoigner
une amitié démesurée ; et leur liaison était devenue si grande
et si continuelle, qu'il ne semblait pas que le maître eût pu
ni su vivre sans Bruno. Celui-ci, se voyant si bien traiter,
pour ne point paraître ingrat de l'honneur que lui faisait le
médecin, avait peint dans son salon le carême, un *agnus Dei*
à l'entrée de sa chambre, et sur la porte de la rue un pot de
chambre, afin que ceux qui auraient besoin de ses conseils
sussent le reconnaître parmi ses autres confrères. Il lui avait
peint aussi dans une petite galerie qu'il avait, la bataille des
rats et des chats, laquelle paraissait au médecin une très belle
chose. En outre, il disait parfois au maître quand il n'avait
pas soupé avec lui : « — Cette nuit, j'ai été à l'assemblée,
« et comme j'étais un peu las de la reine d'Angleterre, j'ai
« fait venir la Gumèdre du grand Kan de Tartarie. — » Le
maître disait : « — Que veut dire Gumèdre ? Je n'entends
« rien à ces noms. — » « — O mon maître, — disait
« Bruno — je ne m'en étonne point, car j'ai bien entendu

« dire que Porc-gras et Vannacena n'en parlent mie. — »
Le maître dit : « — Tu veux dire Hippocrate et Avicennes. — »
Bruno dit : « — Ma foi ! je n'en sais rien, je m'entends
« aussi mal à vos noms que vous aux miens ; mais la Gu-
« mèdre, dans la langue du grand Kan, veut dire impéra-
« trice dans notre langue. Oh ! quelle belle femme elle vous
« paraîtrait ! Je puis bien vous dire qu'elle vous ferait oublier
« les médecines et les arguments, et tous les emplâtres.—»

« Comme il lui tenait de temps en temps de semblables
discours pour l'enflammer de plus en plus, il advint qu'un
soir à la veillée, pendant que le maître tenait la lumière à
Bruno qui peignait la bataille des rats et des chats, il pensa
qu'il l'avait assez comblé de politesses pour qu'il pût se risquer à lui ouvrir son âme. Comme ils étaient seuls, il
« lui dit : « — Bruno, Dieu sait qu'il n'y a aujourd'hui per-
« sonne au monde pour qui je ferais tout, comme je le ferais
« pour toi ; et pour un peu, si tu me disais d'aller d'ici
« à Peretola, je crois que j'irais ; et pour ce, je ne veux
« pas que tu t'étonnes si je te requiers de bonne amitié et
« en toute confiance. Comme tu sais, il n'y a pas longtemps
« que tu m'as parlé des faits et gestes de votre joyeuse com-
« pagnie, de quoi il m'en est venu un si grand désir d'en
« être, que je n'ai jamais rien désiré tant que cela. Et ce
« n'est pas sans raison, comme tu verras, s'il arrive jamais
« que j'en sois ; car je veux que tu te moques de moi si je
« n'y fais pas venir la plus belle servante que tu aies vue de
« longtemps et que j'ai aperçue l'année dernière à Cacavin-
« cigli. Je lui veux toute sorte de bien, et je lui ai offert dix
« gros bolonais si elle voulait consentir à m'écouter ; mais
« elle n'a pas voulu. C'est pourquoi, autant que je peux, je
« te prie de m'apprendre ce que j'ai à faire pour pouvoir
« être de la compagnie, et de t'employer pour que j'en sois ;

« de vrai, vous aurez en moi un bon et fidèle compagnon qui
« vous fera honneur. Tu vois d'ores et déjà comme je suis
« bel homme et comme mes jambes sont solides sous moi ;
« j'ai une figure qui paraît fraîche comme une rose, et en
« outre je suis docteur en médecine, et vous n'en avez, je
« crois, aucun parmi vous. Je sais nombre de belles choses,
« de belles chansons, et je veux t'en dire une. — » Et sur
ce, il se mit à chanter.

« Bruno avait si grande envie de rire, qu'il en étouffait ;
pourtant il se retint. La chanson finie, le maître dit : « — Que
« t'en semble ? — » Bruno dit : « — Pour sûr, les cithares
« en tiges de blé noir ne gagneraient point avec vous,
« tellement vous chantez fort et si majestueusement. — »
« Le maître dit : — Je te dis que tu ne l'aurais jamais cru,
« si tu ne m'avais pas entendu. — » « — Pour sûr, vous
« dites vrai, — » dit Bruno. Le maître dit : « — J'en sais
« encore bien d'autres ; mais laissons cela pour le moment.
« Tel que tu me vois, mon père fut gentilhomme, bien qu'il
« habitât au village, et d'un autre côté j'appartiens par ma
« mère aux Vallecchio. Comme tu as pu le voir, j'ai bien les
« plus beaux livres et la plus belle garde-robe qu'aucun
« médecin de Florence. Sur ma foi en Dieu, j'ai une robe
« qui, tout compté, m'a bien coûté près de cent livres de
« bogatins, il y a déjà plus de dix ans ; pour quoi, je te
« prie le plus que je peux, de faire en sorte que je sois de
« votre compagnie, et sur ma foi, si tu le fais, tu peux
« tomber malade quand tu voudras, jamais je ne te deman-
« derai un denier pour te soigner. — » Bruno, entendant
cela, et le maître lui paraissant plus que jamais un énorme
niais, il dit : « — Maître, faites un peu plus de lumière de
« ce côté, et ne vous impatientez pas jusqu'à ce que j'aie fini de
« faire les queues à ces rats, et puis je vous répondrai. — »

« Les queues finies, Bruno, feignant d'être fort ennuyé de
ce qu'on lui demandait, dit : « — Mon maître, vous feriez de
« grandes choses pour moi, je le reconnais ; mais cependant
« celle que vous me demandez, bien qu'elle soit petite eu égard
« à la grandeur de votre cervelle, est très grande pour moi,
« et je ne connais personne au monde pour qui je la ferais, le
« pouvant, si je ne la faisais pas pour vous, tant pour ce que
« je vous aime comme il convient, que pour vos paroles,
« lesquelles sont si remplies de bon sens qu'elles feraient non
« moins sortir les bigottes d'une paire de bottes que moi de ma
« résolution ; et plus je vous fréquente, plus vous me semblez
« sage. Et je vous dis encore ceci, que si je ne vous voulais
« pas du bien pour autre chose, je vous en voudrais pour ce
« que je vois que vous êtes énamouré d'une chose aussi belle
« que vous le dites. Mais je dois vous le dire : je n'ai pas en
« cette affaire autant de pouvoir que vous le croyez, et pour
« ce, je ne peux pas faire pour vous ce dont il serait besoin ;
« mais si vous me promettez sur votre grande et fine foi de
« me garder le secret, je vous dirai comment il faudra vous
« y prendre, et je sais qu'ayant, comme vous me l'avez dit
« tout à l'heure, de si beaux livres et tant d'autres choses,
« vous réussirez. — » A quoi le maître dit : « — Parle sans
« crainte ; je vois que tu ne me connais pas bien, et que tu
« ne sais pas encore comme je suis discret. Quand messer
« Guasparruolo était juge du podestat de Forlimpopoli, il y
« avait peu de choses qu'il fît sans me les faire savoir, pour ce
« qu'il me savait très discret. Et veux-tu voir si je dis vrai ?
« Je fus le premier à qui il dit qu'il allait épouser la Berga-
« mina ; vois-tu maintenant ! — » « — Or bien — dit Bruno —
« si celui-ci se fiait à vous, je puis bien m'y fier, moi. Le
« moyen qu'il vous faudra employer est celui-ci : Nous avons
« toujours à la tête de notre compagnie un capitaine et deux

« conseillers, qu'on change de six mois en six mois ; sans au
« cun doute aux calendes prochaines Buffamalcco sera capi-
« taine et moi je serai conseiller ; c'est chose arrêtée. Celui
« qui est capitaine peut beaucoup pour faire recevoir qui lui
« plaît ; pour ce, il me semble que vous devriez, tant que
« vous pourrez, vous lier avec Buffamalcco, et lui faire des
« politesses. C'est un homme qui, vous voyant si sage, s'é-
« prendra de vous incontinent ; et quand vous vous le serez
« quelque peu attaché par votre mérite et toutes les bonnes
« choses que vous avez, vous pourrez lui faire votre demande ;
« il ne saura pas vous dire non. Je lui ai déjà parlé de vous,
« et il vous veut le meilleur bien du monde ; quand vous au-
« rez fait ainsi, laissez-moi faire avec lui. — » Le maître dit
alors : « — Ce que tu me dis me plaît fort ; s'il est homme
« à se plaire avec les savants, et qu'il cause un peu avec
« moi, je ferai si bien qu'il viendra toujours me chercher,
« pour ce que j'ai tant d'esprit que j'en pourrais fournir à
« toute une ville et que je resterais encore fort savant. — »

« La chose ayant été ainsi convenue, Bruno raconta tout
à Buffamalcco ; sur quoi il semblait à Buffamalcco qu'il se
passerait mille ans avant qu'on en vînt à faire ce que voulait
ce maître sot. Le médecin qui désirait par-dessus tout aller
en course, n'eut pas de cesse qu'il ne fût devenu l'ami de
Buffamalcco, ce dont il vint facilement à bout. Il commença
à lui donner les plus beaux dîners et les plus beaux déjeuners du
monde, ainsi qu'à Bruno ; et ceux-ci humant les vins exquis,
les gros chapons et quantité d'autres bonnes choses, le tenaient de fort près sans se faire trop inviter ; et disant toujours qu'ils ne le feraient point pour un autre, ils ne le
quittaient pas. Cependant, quand le moment parut venu au
maître, il adressa sa demande à Buffamalcco comme il l'avait
déjà fait à Bruno. De quoi Buffamalco se montra fort cour-

25.

roucé et fit de grands reproches à Bruno, disant : « — J'en
« jure le grand Dieu de Pasignano, je me tiens à peine de te
« donner un tel coup de poing sur la tête que le nez te
« tombe dans les talons, traître que tu es, car ce n'est pas un
« autre que toi qui as dévoilé ces choses-là au maître. — »
Mais ce dernier l'excusait fort, disant et jurant qu'il l'avait
su d'autre part ; enfin, il finit par l'apaiser. Buffamalcco s'é-
tant retourné vers le maître, dit : « — Mon maître, on voit
« bien que vous avez été à Bologne, et que vous avez rapporté la
« bouche close jusqu'en cette ville ; je dis plus : vous n'avez
« pas appris l'A B C sur une pomme, comme bon nombre
« d'imbéciles veulent faire, mais vous l'avez appris sur un
« melon qui est si long ; et si je ne me trompe, vous avez
« été baptisé un dimanche. Et bien que Bruno m'ait dit que
« vous avez étudié là-bas la médecine, il me paraît à moi
« que vous avez appris à prendre les hommes ; ce que, avec
« votre esprit et vos belles paroles, vous savez faire mieux
« qu'homme que j'aie jamais vu. — »

« Le médecin lui coupant la parole, se tourna vers Bruno
et dit : « — Quelle chose c'est que de causer avec des sa-
« vants et de les fréquenter ! Qui aurait aussi vite saisi toutes
« les particularités de mon esprit, comme l'a fait ce galant
« homme ? Tu ne t'es pas aperçu, toi, de ce que je valais,
« aussi vite que lui ; mais au moins, ce que je t'ai dit quand
« tu me disais que Buffamalcco se plaisait avec les savants
« hommes, te semble-t-il que je l'aie fait ? — » Bruno dit :
« — Encore mieux. — » Alors le maître dit à Buffamalcco :
« — Tu aurais bien dit autre chose si tu m'avais vu à Bo-
« logne, où il n'y avait personne, grand ni petit, docteur ou
« écolier, qui ne me voulût le meilleur bien du monde, tant
« je savais les captiver tous par mes raisonnements et mon
« esprit. Et je te dirai plus : Je n'y disais jamais un mot

« qui ne fît rire tout le monde, si fort je leur plaisais ; et
« quand j'en partis, ils firent tous entendre les plus grandes
« lamentations du monde, et tous voulaient que je restasse ;
« et la chose en vint à ce point que pour me faire rester, ils
« voulaient que je fusse seul chargé d'enseigner la médecine
« aux écoliers qui s'y trouvaient ; mais je ne voulus point,
« étant résolu de venir ici où j'ai de gros héritages qui ont
« toujours été à ceux de ma maison, ce que je fis. — »

« Bruno dit alors à Buffamalcco : « — Que t'en semble ?
« Tu ne me croyais pas quand je te le disais. Par ma foi, il
« n'y a pas en cette ville médecin qui se connaisse à l'urine
« d'âne comme celui-ci, et pour sûr tu n'en trouverais pas,
« d'ici aux portes de Paris, un autre pareil. Va, tâche
« maintenant de refuser de faire ce qu'il veut ? — » Le mé-
« decin dit : « — Bruno dit vrai, mais je ne suis pas connu
« ici. Vous êtes gens aussi grossiers que pas un ; mais je
« voudrais que vous me vissiez au milieu de docteurs,
« comme je sais m'y tenir. — » Buffamalcco dit alors :
« — Vraiment, maître, vous en savez bien plus que je n'au-
« rais jamais cru ; aussi, vous parlant comme on doit parler
« à un savant de votre espèce, je vous dis mirifiquement
« que je m'efforcerai sans faute de vous faire entrer dans
« notre compagnie. — »

« Après cette promesse, le médecin redoubla les politesses
qu'il leur faisait ; et eux, en joyeux compères, lui faisaient
chevaucher la chèvre des plus grandes sottises du monde ;
et ils lui promirent de lui donner pour maîtresse la comtesse
de Civillari, qui était la plus belle chose qu'on pût trouver
dans tous les lieux d'aisance de l'humaine génération. Le
médecin ayant demandé quelle était cette comtesse, Buffamalcco lui dit : « — Ma bonne citrouille à semence, c'est
« une très grande dame, et il y a peu de maison par le

« monde sur lesquelles elle n'ait pas quelque juridiction ;
« les Frères Mineurs eux-mêmes lui rendent hommage au
« son des trompettes. Et je puis vous dire que quand elle se
« promène, elle se fait bien sentir, bien que le plus souvent
« elle se tienne enfermée ; mais cependant il n'y a pas long-
« temps elle a passé devant votre porte, une nuit qu'elle
« allait à l'Arno se laver les pieds et prendre un peu l'air ;
« mais elle demeure le plus souvent dans la Latrine. La plu-
« part du temps quelques-uns de ses sergents vont autour
« d'elle, portant tous en signe de sa puissance la verge et
« le plomb. Quant à ses barons, on en voit partout en
« quantité, comme le Tamagnin de la porte, don Etron,
« Manico de Scopa, le Squachere et d'autres, qui sont,
« je crois, de vos amis, mais dont, pour l'heure, vous ne
« vous souvenez pas. C'est dans les bras charmants d'une
« si grande dame que nous vous mettrons, si notre projet
« réussit, laissant de côté cette Cacavincigli. — » Le médecin, qui était né et avait grandi à Bologne, n'entendait
point les expressions de ceux-ci, pour quoi il se déclara
satisfait d'avoir cette dame.

« Peu de temps après cette conversation, les peintres lui
dirent qu'on allait le recevoir. La veille de la nuit où l'on
devait se réunir, le maître les eut tous deux à déjeuner, et
quand ils eurent déjeuné, il leur demanda quel moyen il
devait prendre pour aller dans cette compagnie. Buffamalcco
lui dit : « — Voyez, maître, il vous faut beaucoup de fer-
« meté, pour ce que si vous n'étiez pas très ferme, vous
« pourriez être refusé et nous causer à nous un grand dom-
« mage ; et vous allez voir en quoi il vous faut être très
« ferme. Il faut que vous vous arrangiez de façon à vous
« trouver ce soir, sur le premier somme, sur un de ces tom-
« beaux relevés qu'on a construits il y a peu de temps, en

« dehors de Santa Maria Novella, avec une de vos plus
« belles robes sur le dos, afin que, pour la première fois,
« vous comparaissiez honorablement devant la compagnie,
« et aussi pour ce que, — d'après ce qui nous a été dit...
« mais cette fois-là nous n'y étions pas — comme vous êtes
« gentilhomme, la comtesse entend vous faire chevalier du
« bain à ses frais; là, vous attendrez jusqu'à ce que vienne
« vous chercher celui que nous enverrons. Et pour que vous
« soyez informé de tout, il viendra pour vous chercher une
« bête noire et cornue, pas très grande; elle ira, faisant
« devant vous sur la place de grands sauts et soufflant très
« fort pour vous effrayer; mais quand elle verra que vous
« ne vous épouvantez point, elle s'approchera doucement de
« vous. Quand elle sera tout près, vous descendrez alors
« sans crainte de dessus le tombeau, et, sans penser à invo-
« quer Dieu ou les saints, vous monterez sur son dos, et
« aussitôt que vous y serez monté, vous vous croiserez les
« mains sur la poitrine, sans toucher la bête. Alors, elle
« s'en ira doucement et vous portera vers nous. Mais pen-
« dant tout ce temps, si vous vous recommandez à Dieu ou
« aux saints, ou si vous avez peur, je vous préviens qu'elle
« pourrait bien vous jeter en un lieu où vous ne sentiriez
« pas bon; et pour ce, si vous n'avez pas assez de cœur
« pour ne point trembler, n'y allez pas, car vous vous nui-
« riez à vous-même, sans aucun profit pour nous. — »

« Le médecin dit alors : « — Vous ne me connaissez pas
« encore; vous vous méfiez peut-être parce que je porte des
« gants aux mains et des vêtements longs. Si vous saviez ce
« que j'ai fait autrefois de nuit à Bologne, quand j'allais
« parfois avec mes camarades courir les femmes, vous seriez
« étonnés. Sur ma foi en Dieu, il y eut telle nuit où, une
« femme ne voulant pas venir avec nous — c'était une mal-

« heureuse et, qui pis est, pas plus haute que le coude —
« je lui donnai tout d'abord de grands coups de poing,
« puis l'ayant prise de force, je crois que je la portai plus
« d'un jet d'arbalète, et je fis tant qu'il fallut qu'elle vînt
« avec nous. Une autre fois, je me souviens que, n'ayant
« avec moi personne autre qu'un mien serviteur, je passai
« un peu après l'*Ave Maria* le long du cimetière des Frères
« Mineurs, où l'on avait le jour même enterré une femme,
« et je n'éprouvai pas la moindre peur. Pour ce, ne vous
« méfiez pas de mon courage, car, pour courageux et vaillant,
« je ne le suis que trop. Et je vous dis que pour vous faire
« honneur, je mettrai ma robe d'écarlate avec laquelle je
« fus fait docteur ; vous verrez si la compagnie ne se réjouira
« pas quand elle me verra, et si je ne serai pas fait promp-
« tement capitaine. Vous verrez aussi comme la chose ira
« quand j'y serai, puisqu'avant même de m'avoir vu, cette
« comtesse s'est tellement amourachée de moi, qu'elle veut
« me faire chevalier du bain ; et probablement la chevalerie
« ne m'ira pas si mal, et je saurai bien la soutenir. Laissez-
« moi seulement faire. — » « Buffamalcco dit : « — Vous
« parlez fort bien ; mais prenez garde de nous faire le tour
« de ne pas venir ou de ne pas vous y trouver quand nous
« vous enverrons chercher. Je dis cela pour ce qu'il fait
« froid, et que vous, messieurs les médecins, vous craignez
« beaucoup le froid. — » « — Ne plaise à Dieu — dit le
médecin — je ne suis pas de ces frileux ; je n'ai cure du
« froid ; quand je me lève la nuit pour les besoins du corps,
« comme il arrive parfois à chacun, je ne mets pas autre
« chose sur ma chemise que ma pelisse ; et pour ce, j'y serai
« certainement. — »

« Les deux compères étant partis, le maître, dès que la
nuit fut venue, trouva un prétexte vis-à-vis de sa femme, et

ayant pris en cachette sa belle robe, il l'endossa, et quand il
lui parut temps, il se rendit sur un des tombeaux susdits ;
là, sur ces marbres resserrés, le froid était grand, il se mit
à attendre la bête. Buffamalcco qui était grand et robuste de
sa personne, se procura un de ces masques dont on se servait
pour certains jeux qui ne se font plus, et se mit sur le dos
une pelisse noire à l'envers ; et il s'accoutra de telle sorte
avec elle qu'il ressemblait à un ours, si ce n'est que sa figure
était celle d'un diable et avait des cornes. Ainsi accoutré, il
s'en alla sur la place neuve de Santa Maria Novella, suivi de
loin par Bruno, qui voulait voir comment la chose irait. Dès
qu'il se fut aperçu que le maître y était, il se mit à gamba-
der et à faire une grandissime rumeur par la place, à souffler, à hurler et à grincer des dents comme s'il eût été enragé.
A peine le maître l'eut-il vu et entendu, que tous ses poils
se hérissèrent sur son dos, et qu'il se mit à trembler
de tous ses membres, comme quelqu'un qui était plus pol-
tron qu'une femme ; et il y eut un moment où il aurait préféré être chez lui que là. Mais cependant, puisqu'il y était
venu, il s'efforça de se rassurer, tant l'emportait son désir
d'arriver à voir les merveilles dont on lui avait parlé.

« Quand Buffamalcco eut exhalé quelque temps sa rage,
comme je viens de le dire, feignant de s'apaiser, il s'approcha du tombeau sur lequel était le maître, et se tint immo-
bile. Le maître, tout tremblant de peur, ne savait que faire,
s'il devait monter sur la bête ou n'y pas monter. Enfin, craignant qu'elle ne lui fît du mal s'il n'y montait pas, cette nouvelle peur chassa la première, et il descendit du tombeau
disant tout bas : Dieu me soit en aide ! Puis il monta sur la
bête, et après s'y être bien installé, il se croisa les mains,
tout tremblant, de la façon qu'il lui avait été dit. Alors
Buffamalcco se dirigea doucement vers Santa Maria della

Scala, et marchant à quatre pattes il le porta jusque vers les dames de Ripole. Il y avait alors dans cette rue des fosses dans lesquelles les laboureurs des champs voisins faisaient vider la comtesse de Civillari pour engraisser leurs champs. Dès que Buffamalco fut auprès, il s'approcha du bord de l'une d'elle, et prenant bien son temps, il porta la main à l'un des pieds du médecin, et s'en débarrassant d'un coup d'épaule, il le jeta dans la fosse la tête la première; puis il se mit à grincer des dents, à sauter, à faire le furieux, et s'en alla le long de Santa Maria della Scala du côté du pré d'Ognisanti où il retrouva Bruno qui, ne pouvant se retenir de rire, s'était enfui. Et tous deux s'en donnant à cœur joie, se mirent à regarder de loin ce que ferait le médecin embrené.

« Messer le médecin, se voyant dans un endroit si abominable, s'efforçait de se relever et d'en sortir, et retombant tantôt d'un côté, tantôt de l'autre, il s'empêtrait de la tête aux pieds; enfin, dolent et tout plaintif, après en avoir avalé quelques drachmes, il réussit à en sortir, en y laissant toutefois son capuchon. S'essuyant avec les mains du mieux qu'il pouvait, ne sachant quel autre parti prendre, il s'en retourna chez lui et frappa jusqu'à ce qu'on lui ouvrît. Il était à peine entré, et la porte venait de se refermer sur lui, que Bruno et Buffamalcco arrivèrent juste pour entendre comment le maître était reçu par sa femme. S'étant mis à écouter, ils entendirent la dame lui dire les plus grosses injures qui eussent jamais été dites à un pauvre diable; elle disait: « — Eh! comme cela te sied bien! Tu étais allé voir « quelque autre femme, et tu voulais paraître devant elle « avec honneur dans ta robe d'écarlate. Or, ne te suffisais-je « pas, moi? Ma mie, je suffirais à tout un peuple, et non- « seulement à toi. T'eusse-t-on aussi bien noyé comme on

« t'a jeté là où tu méritais d'être jeté. Voilà, par ma foi, un
« honnête médecin ! Il a femme, et il va la nuit chercher les
« femmes des autres ! — » Et pendant que le médecin se
faisait laver du haut en bas, la dame ne cessa de le tourmenter jusqu'à minuit avec de semblables reproches et bon
nombre d'autres.

« Le lendemain matin, Bruno et Buffamalcco, après s'être
peints sur toute la peau des taches livides comme en laissent les
coups de bâton, s'en vinrent à la maison du médecin, et le
trouvèrent déjà levé. Étant entrés, ils sentirent que tout y
puait, car on n'avait pas encore pu tout nettoyer. Le médecin les voyant venir, alla à leur rencontre, disant que Dieu
leur donnât le bonjour. A quoi Bruno et Buffamalcco,
qui s'étaient entendus d'avance, répondirent d'un air courroucé : « — Nous ne vous en disons pas autant ; au contraire,
« nous prions Dieu qu'il vous donne tant de male an que vous
« en mourriez, comme étant le plus déloyal, le plus grand traître
« qui existe ; pour ce qu'il n'a point dépendu de vous, alors
« que nous nous efforcions de vous faire honneur et plaisir,
« que nous n'ayions été assommés comme des chiens. Grâce
« à votre déloyauté, nous avons reçu cette nuit tant de coups,
« qu'il en faudrait moins pour qu'un âne aille à Rome ; sans
« compter que nous avons été sur le point d'être chassés de
« la compagnie dans laquelle nous avions tout préparé pour
« vous faire recevoir. Et si vous ne nous croyez point, re-
« gardez notre pauvre corps comme il est arrangé. — » Et
s'étant retirés dans un coin, ils ouvrirent le devant de leurs
vêtements et lui montrèrent leur poitrine toute peinte, qu'ils
se hâtèrent de recouvrir. Le médecin voulait s'excuser et
parler de sa mésaventure, et comment il avait été jeté dans
la fosse ; mais Buffamalcco lui dit : « — Je voudrais qu'il vous
« eût jeté du haut du pont dans l'Arno. Pourquoi vous êtes-

« vous recommandé à Dieu et aux saints ? Ne vous avais-je
« point prévenu d'avance de ne point le faire ? — » Le médecin dit : « — Sur ma foi en Dieu, je ne m'y suis point re-
« commandé. — » « — Comment — dit Buffamalcco, —
« vous ne vous y êtes pas recommandé ! Vous vous y êtes
« recommandé très fort ; notre messager nous a dit que
« vous trembliez comme la feuille et ne saviez où vous
« étiez. Or, vous nous avez bien joué le tour ; mais personne
« ne nous le fera plus, et nous vous en ferons à vous l'hon-
« neur qu'il convient. — » Le médecin se mit à leur demander pardon et à les prier pour Dieu de ne point lui faire
de reproches ; et du mieux qu'il sut il s'efforça de les apaiser.
Et de peur qu'ils ne divulguassent son aventure, il leur fit
depuis ce moment beaucoup plus de politesses et d'amitiés
qu'il ne leur en avait fait auparavant, les engageant souvent
à sa table et autres choses semblables. C'est ainsi, comme
vous venez de l'entendre, qu'on enseigne le bon sens à qui
n'en a point appris à Bologne. — »

NOUVELLE X

Une Sicilienne enlève par ruse à un marchand l'argent qu'il avait apporté à
Palerme ; celui-ci y étant revenu et feignant d'y avoir apporté encore plus de
marchandises que la première fois, emprunte de l'argent à la dame et lui laisse
en paiement de l'eau et de l'étoupe.

Combien la nouvelle de la reine fit en plusieurs endroits
rire les dames, il ne faut pas le demander ; il n'y en eut pas
une à qui, de fou rire, les larmes n'en vinssent aux yeux une
douzaine de fois. Mais quand elle fut finie, Dioneo qui savait
que c'était son tour dit : « — Gracieuses dames, c'est

chose manifeste que les bons tours sont d'autant plus plaisants qu'ils sont joués artificieusement aux trompeurs mêmes. Et pour ce, bien que vous ayiez toutes raconté de très belles choses, j'entends en raconter une qui devra encore plus vous plaire que celles déjà dites, d'autant que celle qui fut jouée était une maîtresse femme en fait de jouer les autres, et bien supérieure à toutes celles et à tous ceux dont vous avez parlé.

« C'était l'usage — et peut-être l'est-ce encore aujourd'hui — dans toutes les villes maritimes qui ont un port, que tous les marchands qui y arrivent avec des marchandises, après les avoir fait décharger, les fassent porter dans un entrepôt qu'en beaucoup d'endroits on nomme douane et que tient le conseil ou le seigneur de la ville. Et là, ceux qui sont préposés à cet effet, après avoir reçu un état détaillé de la marchandise et du prix, donnent au marchand un magasin dans lequel il dépose lui-même sa marchandise et l'enferme sous clef; puis les susdits douaniers inscrivent sur le livre de la douane, au compte du marchand, toute la marchandise et se font ensuite payer leurs droits par le marchand au fur et à mesure que celui-ci retire de la douane tout ou partie de son dépôt. C'est sur ce livre de la douane que les courtiers s'informent de la qualité et de la quantité des marchandises qui s'y trouvent, quels sont les marchands à qui elles appartiennent, pour ensuite traiter avec eux à l'occasion d'échanges, de trocs, de vente ou d'autres genres d'affaires. Cet usage, comme en beaucoup d'autres lieux, existait à Palerme, en Sicile. Là, également, il y avait et il y a encore bon nombre de femmes très belles de corps, mais ennemies de l'honnêteté, et qui, par qui ne les connaîtrait pas, seraient et sont tenues grandes et très honnêtes dames. Étant toutes à l'affût d'une occasion non pas de plumer mais d'écorcher les

hommes, dès qu'elles apercevaient un marchand étranger,
elles couraient s'informer au livre de la douane de ce qu'il
possédait et de ce qu'il pouvait faire; puis, par leurs agace-
ries et leurs avances amoureuses, par leurs doux propos,
elles s'ingéniaient à amorcer ces marchands et à les faire
tomber dans leurs lacs amoureux. Elles en ont déjà séduit un
grand nombre auxquels elles ont soutiré des mains une bonne
partie de leurs marchandises, sinon toutes; il y en a même
qui y ont laissé la marchandise, le navire, la chair et les os,
si doucement la barbière a su mener le rasoir.

« Or, il n'y pas encore longtemps, il advint, qu'envoyé par
ses maîtres, arriva à Palerme un de nos jeunes florentins dit
Nicolo da Cignano, bien qu'il s'appelât réellement Salabaetto,
avec un si fort chargement de draps de laine qui lui restait
de la foire de Salerne, qu'il pouvait bien valoir cinq cents
florins d'or. Après en avoir remis la liste aux douaniers, il
les mit dans un magasin, et sans trop montrer grande presse
de les vendre, il se mit à se divertir par la ville. Comme il
était frais et blond, fort beau et bien portant, il advint
qu'une de ces barbières qui se faisait appeler madame
Blanchefleur, ayant eu vent de ses faits et gestes jeta l'œil
sur lui. S'en étant aperçu et pensant que c'était une grande
dame, il crut qu'il lui avait plu pour sa beauté, et il résolut
de mener très secrètement cette amourette. Sans en rien
dire à personne, il se mit à passer et à repasser devant la
maison de la dame. Celle-ci, s'en étant aperçue, commença
par l'allumer avec quelques œillades pour lui faire voir qu'elle
se consumait pour lui, puis elle lui envoya secrètement une
de ses femmes qui connaissait admirablement l'art du ma-
querellage. Cette femme, quasi les larmes aux yeux, après
force paroles, lui dit qu'avec sa beauté et ses manières plaisantes, il avait séduit sa dame à ce point qu'elle n'avait de

repos ni le jour ni la nuit ; et pour ce, quand il lui plairait, elle désirait par-dessus tout pouvoir se rencontrer avec lui secrètement dans une maison de bains. Puis, ayant tiré un anneau de sa bourse, elle le lui donna de la part de sa dame.

« Salabaetto, entendant cela, fut l'homme le plus joyeux qu'il y eut jamais ; il prit l'anneau, le porta à ses yeux, et le baisa ; puis il le mit à son doigt et répondit à la bonne femme que si madame Blanchefleur l'aimait, elle en était bien payée, pour ce que lui l'aimait plus que sa propre vie, et qu'il était tout prêt à aller la trouver dès que cela lui ferait plaisir et à quelque heure que ce fût. La messagère étant donc retournée vers sa dame avec cette réponse, revint peu après dire à Salabaetto à quelle maison de bains il devait aller l'attendre le lendemain à l'heure de vesprée. Salabaetto, sans en souffler mot à personne, y alla à l'heure qui lui avait été indiquée et trouva que la maison de bains avait été retenue par la dame. Il y était depuis quelques instants à peine, quand vinrent deux esclaves chargées l'une d'un grand et beau matelas de coton, et l'autre d'un grand panier plein de toutes sortes de choses. Ce matelas ayant été étendu sur une litière dans une des chambres de l'établissement, on mit dessus une paire de draps légers bordés de soie, et une couverture de coton de Chypre très blanche, avec deux oreillers richement brodés. Salabaetto s'étant déshabillé et étant entré au bain, les deux esclaves le lavèrent et le nettoyèrent complètement.

« Il n'attendit guère sans que la dame vînt à la maison de bains avec deux autres esclaves. Là, dès qu'elle fut seule avec lui, elle fit à Salabaetto une grandissime fête, et après les plus beaux soupirs du monde, après l'avoir à plusieurs reprises accolé et baisé, elle lui dit : « — Je ne sais pas quel « autre que toi aurait pu m'amener à faire cela ; tu m'as mis

26.

« le feu aux armes, chien de Toscan. — » Après quoi, selon qu'il lui plut, ils entrèrent tous deux nus au bain avec les deux esclaves. Alors la dame, sans le laisser toucher par personne autre, lava merveilleusement Salabaetto de la tête aux pieds, avec du savon parfumé à l'odeur de girofle; puis elle se fit laver et frotter à son tour par les esclaves. Cela fait, les esclaves apportèrent deux draps très blancs et très fins d'où s'échappait une si forte odeur de rose, que tout ce qui était là sentait la rose; dans l'un, elles enveloppèrent Salabaetto et dans l'autre la dame; puis, les ayant pris sur leur dos, elles les portèrent tous les deux sur le lit préparé. Là, après qu'ils eurent transpiré pendant un instant, les esclaves leur enlevèrent les draps, et les mirent tout nus dans des draps frais; alors on tira du panier des flacons d'argent magnifiques et pleins les uns d'eau de rose, les autres d'eau de fleur d'oranger, ceux-ci d'eau de fleur de jasmin, ceux-là d'eau de naffe, dont on les arrosa de la tête aux pieds; puis on sortit les boîtes de confetti et les vins précieux, et ils se réconfortèrent un peu.

« Il semblait à Salabaetto qu'il était au paradis, et il avait examiné plus de mille fois la dame qui, de vrai, était très belle, et chaque heure lui paraissait durer cent ans dans son désir de voir ces esclaves s'en aller pour qu'il pût rester seul dans les bras de la belle. Sur l'ordre de celle-ci, les esclaves, après avoir laissé dans la chambre un flambeau allumé, s'en allèrent enfin, et la dame et Salabaetto s'étant mutuellement embrassés, ils demeurèrent ainsi pendant une grande heure, au grandissime plaisir de Salabaetto à qui il semblait que la dame était dévorée d'amour pour lui. Mais quand il parut temps à celle-ci de se lever, elle fit revenir les esclaves et ils se revêtirent; puis, buvant de nouveau et mangeant des confetti, ils se restaurèrent quelque peu et se lavèrent le visage et les mains avec les eaux de senteur susdites. Alors, désirant partir, la dame dit à Salabaetto : — « Si cela t'agrée, ce me « serait à moi une grande faveur que tu t'en vinsses ce soir « souper et coucher avec moi. — » Salabaetto qui déjà était pris par la beauté et par la grâce rusée de cette femme, croyant fermement être aimé d'elle comme s'il eût été l'âme de son corps, répondit : « — Madame, tout ce qui peut vous « plaire m'agrée très fort, et pour ce, ce soir et toujours, « j'entends faire ce qu'il vous plaira et ce que vous m'or- « donnerez. — »

« Sur ce, la dame étant retournée chez elle, et ayant fait orner sa chambre de ce qu'elle avait de plus beau, fit apprê- ter un splendide souper et attendit Salabaetto. Celui-ci, dès que l'obscurité fut un peu venue, s'en alla la rejoindre, et ayant été joyeusement reçu, soupa en grande liesse et admi- rablement servi. Puis, étant entrés dans la chambre de la dame, il y sentit une merveilleuse odeur de bois d'aloès ; il vit un lit très riche, sur les colonnes duquel étaient sculptés des oiseaux de Chypre, et une foule de beaux vêtements sur les portemanteaux. Toutes ces choses ensemble, et chacune d'elles en particulier, lui firent penser que sa maîtresse de- vait être une grande et riche dame. Bien qu'il eût entendu murmurer le contraire sur sa façon de vivre, il ne le voulut croire pour rien au monde ; et s'il pensait qu'elle avait déjà bien pu se jouer de quelques imbéciles, il ne pouvait s'ima- giner qu'une pareille chose dût lui arriver à lui. Il coucha donc cette nuit avec elle, à son grandissime plaisir, s'en éprenant de plus en plus. Le lendemain matin, la dame lui ceignit une belle et jolie ceinture d'argent, lui donna une belle bourse et lui dit : « — Mon doux Salabaetto, je me « recommande à toi ; et de même que ma propre personne, « tout ce qui est ici est à ton service, ainsi que tout ce qui

« dépend de moi. — » Salabaetto, joyeux, l'accola et la
baisa, puis étant parti de chez elle, il s'en alla là où les autres
marchands se tenaient d'habitude.

« Il revit de cette façon plusieurs fois la dame, sans que
cela lui coûtât la moindre chose du monde, et de plus en
plus épris d'elle. Sur ces entrefaites, il vendit ses marchandises comptant et avec un bon gain, ce que la dame apprit
sur-le-champ, non par lui, mais par d'autres. Salabaetto
étant un soir allé la voir, elle se mit à plaisanter et à jouer
avec lui, à l'accoler et à le baiser, se montrant si fort éprise,
qu'elle paraissait devoir mourir d'amour dans ses bras ; elle
voulait, par-dessus le marché, lui donner deux magnifiques
nappes d'argent qu'elle avait, ce que Salabaetto refusait d'accepter, ayant déjà reçu d'elle, à diverses reprises, pour une
valeur d'au moins trente florins d'or, sans avoir pu lui faire
accepter chose qui valût un sol. A la fin, quand elle l'eut
bien allumé par ses caresses et ses libéralités, une de ses
esclaves, à laquelle elle avait donné des ordres en conséquence, vint l'appeler ; pour quoi, après être sortie de la
chambre et être restée un instant dehors, elle rentra tout en
larmes, se jeta le visage sur le lit, et se mit à pousser les plus
grandes lamentations que jamais femme ait faites. Salabaetto,
s'en étonnant, la prit dans ses bras, se mit à pleurer avec
elle, et lui dit : « — Eh ! cœur de mon corps, qu'avez-vous
« si soudain ? quelle est la cause de cette douleur ? Dites-le
« moi, chère âme. — » Après que la dame se fut fait longtemps prier, elle dit : « — Hélas ! mon doux seigneur, je ne
« sais que faire ni que dire ; je viens de recevoir une lettre
« de Messine ; c'est mon frère qui m'écrit que, dussé-je
« vendre et engager tout ce que j'ai chez moi, je lui envoie
« sans faute, d'ici à huit jours, mille florins d'or, sinon qu'il
« aura la tête coupée ; et je ne sais ce que je dois faire pour

« avoir promptement cette somme. Si j'avais seulement
« quinze jours devant moi, je trouverais moyen de l'avoir
« d'un endroit où l'on m'en doit bien davantage, ou bien je
« vendrais quelqu'une de mes propriétés ; mais, comme je
« ne le puis pas, je voudrais être morte plutôt que d'avoir
« reçu cette méchante nouvelle. — » Cela dit, se montrant
fort désolée, elle ne s'arrêtait pas de pleurer.

« Salabaetto, auquel les flammes amoureuses avaient enlevé une grande partie de son bon sens, croyant ces larmes
vraies et plus encore ces paroles, dit : « — Madame, je ne
« pourrais vous offrir mille florins d'or, mais je puis bien
« vous en prêter cinq cents, si vous pensez pouvoir me les
« rendre d'ici à quinze jours. Par bonheur pour vous, j'ai
« vendu hier mes marchandises, car autrement je n'aurais
« pas pu vous prêter un sol. — » « — Hélas ! — dit la
« dame — tu as donc manqué d'argent ? Pourquoi ne m'en
« demandais-tu pas ? Si je n'ai pas mille florins ici, j'en
« avais bien cent et même deux cents à te donner. Tu m'as
« ôté tout courage pour recevoir de toi le service que tu
« m'offres. — » Salabaetto, de plus en plus gagné par ces
« paroles, dit : « — Madame, je ne veux pas que vous me
« refusiez pour cela ; car si j'avais eu le même besoin d'ar-
« gent que vous, je vous en aurais fort bien demandé. — »
« — Hélas ! — dit la dame — mon doux Salabaetto, je re-
« connais bien là ton véritable et parfait amour pour moi,
« puisque, sans attendre que je te le demande, tu m'offres
« généreusement de me venir en aide en cette circonstance,
« en me prêtant une si forte somme. Certes, je n'avais pas
« besoin de cela pour être tout à toi, mais cela fait que je
« t'appartiens bien plus encore, et jamais je n'oublierai que
« je te dois la vie de mon frère. Mais Dieu sait que c'est
« bien malgré moi que je prends cet argent, considérant que

« tu es marchand et sachant ce que les marchands peuvent
« faire avec leur argent. Mais pour ce que la nécessité m'y
« force, et que j'ai le ferme espoir de te le rendre bientôt,
« je l'accepterai, et pour le reste, si je ne trouve pas un
« moyen plus prompt, j'engagerai tout ce que je possède. — »
Ayant dit cela tout en pleurant, elle se laissa tomber le visage
sur le sein de Salabaetto. Celui-ci se mit à la consoler, et
après être resté toute la nuit avec elle, pour bien lui montrer
qu'il était son libéral serviteur, sans attendre qu'elle lui en
fît la demande, il lui porta cinq cents beaux florins d'or
qu'elle prit, riant en son cœur et pleurant des yeux, Salabaetto s'en remettant à sa simple parole.

« A peine la dame eut-elle l'argent, que les manières commencèrent à changer ; tandis qu'auparavant, toutes les fois
qu'il avait plu à Salabaetto d'aller voir la dame, l'entrée de
la maison lui avait été libre, on trouvait maintenant toutes
sortes de prétextes qui faisaient qu'il pouvait à peine entrer
une fois sur sept, et il ne trouvait plus le même visage, les
mêmes caresses, le même accueil qu'avant. Le terme où il
devait ravoir son argent étant passé depuis un mois et même
deux, il le réclama, mais on lui donna de belles paroles en
paiement. Sur quoi, Salabaetto s'apercevant de la ruse de
la méchante femme et de son peu de sens ; sentant qu'il ne
pouvait dire de tout ceci que ce qu'il lui plairait à elle de
dire, n'ayant de ce prêt aucun écrit ni témoignage, et n'osant
s'en plaindre à personne, tant pour ce qu'il en avait été averti
auparavant que par crainte des moqueries que sa bêtise méritait, dolent outre mesure, se désolait en lui-même de sa
sottise. Ayant reçu de ses maîtres plusieurs lettres où on lui
enjoignait de changer l'argent et de l'envoyer, et comme
il ne pouvait pas le faire, il se décida à partir afin que sa
faute ne fût pas découverte. Étant monté sur un navire,

il s'en alla, non à Pise, comme il aurait dû, mais à Naples.

« Il y avait à Naples, à cette époque, notre compère Pietro dello Canigiano, trésorier de madame l'impératrice de Constantinople, homme de grande intelligence et d'esprit subtil, et qui était grand ami de Salabaetto et de sa famille. Au bout de quelques jours, Salabaetto se plaignit à lui, et comme il était un homme très discret, il lui raconta ce qu'il avait fait et sa triste aventure, lui demandant aide et conseil pour trouver un moyen de gagner sa vie à Naples, et affirmant qu'il avait l'intention de ne plus jamais retourner à Florence. Le Canigiano, fâché de cela, dit : « — Tu as mal fait ; tu « t'es mal comporté ; tu as mal obéi à tes maîtres ; tu as dé- « pensé trop d'argent à la fois pour tes plaisirs ; mais ce qui « est fait est fait ; il faut voir à le réparer. — » Et, en homme avisé, il vit promptement ce qu'il y avait à faire, et il le dit à Salabaetto. Le conseil plut à celui-ci, et il se décida à le suivre. Il avait encore quelque argent, et le Canigiano lui en ayant prêté quelque peu, il fit faire de nombreux ballots bien ficelés et bien emballés ; il acheta une vingtaine de barriques à huile, qu'il fit remplir ; puis, ayant chargé le tout, il s'en retourna à Palerme. Là, il donna aux douaniers la liste et le prix des barriques, et après les avoir fait inscrire toutes à son nom, il les mit en magasin, disant qu'il n'y voulait point toucher jusqu'à ce que d'autres marchandises qu'il attendait fussent arrivées.

« Blanchefleur ayant appris cela, et ayant entendu dire que ce qu'il avait présentement apporté valait bien deux mille florins d'or et plus, sans compter ce qu'il attendait et qui en valait bien plus de trois mille, pensa que ce qu'elle lui avait soutiré était peu de chose, et résolut de lui rendre les cinq cents florins, afin d'avoir la plus grande partie des cinq mille. Elle l'envoya chercher, et Salabaetto, devenu prudent, y alla. La dame, feignant de ne rien savoir de ce qu'il avait apporté, lui fit une merveilleuse fête, et dit : « — Si tu étais fâché contre moi parce que je ne t'ai pas « rendu ton argent à l'époque fixée... — » Salabaetto se mit à rire et dit : « — Madame, il est vrai que cela m'a bien un « peu fâché, car je me serais arraché le cœur pour vous le « donner si j'avais cru vous faire plaisir ; mais je veux que « vous entendiez comment je suis fâché contre vous. L'amour « que je vous porte est tel, que j'ai fait vendre la plus grande « partie de mes biens, et que j'ai apporté ici de la marchan- « dise pour plus de deux mille florins, et que j'en attends « du Ponant pour plus de trois mille. J'entends établir en « cette ville un magasin et m'y fixer, pour être toujours près « de vous, car il me semble être plus satisfait de votre amour « qu'aucun autre amant puisse l'être du sien. — A quoi la dame dit : « — Vois, Salabaetto, tout ce qui t'agréera me « plaît fort, comme étant l'homme que j'aime plus que ma « vie, et je suis très contente que tu sois revenu ici avec « cette intention, car j'espère avoir encore beaucoup de bon « temps avec toi ; mais je veux un peu m'excuser de ce que « tu as trouvé parfois la porte fermée quand tu as voulu « venir ici, dans le temps où tu fus pour t'en aller, comme « aussi de ce que tu n'y as pas été quelquefois aussi bien « reçu que d'habitude, enfin de ce que je ne t'ai pas rendu « ton argent au terme convenu. Tu sauras que j'étais alors « plongée dans une grandissime douleur, dans une grandis- « sime affliction, et que lorsqu'on est dans une telle dispo- « sition, quelque fortement qu'on aime les gens, on ne peut « leur faire aussi bon visage, ni être aussi attentionné pour « eux comme ils le désireraient ; tu sauras ensuite qu'il est « très difficile à une femme de trouver mille florins d'or ; on « nous dit tout le long du jour des mensonges, on ne nous

« tient pas ce qu'on nous avait promis, de sorte que
« nous sommes forcées, à notre tour, de mentir ; et de là
« vient, et non d'autre cause, que je ne t'ai pas rendu ton
« argent ; mais je l'ai eu peu de temps après ton départ, et
« si j'avais su où te l'envoyer, pour sûr je te l'aurais en-
« voyé ; mais, comme je ne le savais pas, je te l'ai gardé. — »
Et s'étant fait apporter une bourse où étaient les mêmes
florins qu'il lui avait donnés, elle la lui mit dans la main, et
dit : « — Vois s'il y en a bien cinq cents. — »

« Jamais Salabaetto n'avait été plus content. Ayant
compté les florins et en ayant trouvé cinq cents, il les serra
sur lui et dit : « — Madame, je vois que vous dites vrai,
« mais vous en avez bien assez fait ; et je vous dis que, pour
« l'amour que je vous porte, vous ne m'en sauriez demander
« pour vos besoins une si grande quantité que, si je le pou-
« vais faire, je ne les misse à votre service ; et quand je
« serai établi ici, vous pourrez en faire l'épreuve. — » Ayant
de cette façon réintégré son amour avec elle en paroles, Salabaetto se remit à la fréquenter assidûment, et, de son
côté, la dame lui procurait les plus grands plaisirs et les
plus grands honneurs du monde, lui témoignant l'amour le
plus vif. Mais Salabaetto voulant, par une tromperie, punir
la tromperie de sa maîtresse, un jour que celle-ci lui avait
fait dire de venir souper et coucher avec elle, y alla si mélancolique et si triste, qu'on eût dit qu'il voulait mourir. Blanchefleur, l'accolant et le baisant, se mit à lui demander
pourquoi il avait un tel chagrin. Après qu'il se fut fait prier
un peu, il dit : « — Je suis perdu, pour ce que le navire
« sur lequel est la marchandise que j'attendais a été pris
« par des corsaires de Monaco et est mis à rançon pour
« dix mille florins d'or, sur lesquels il faut que j'en paie
« mille ; et je n'ai pas un denier sur moi, pour ce que les

« cinq cents que tu m'as rendus, je les ai immédiatement
« envoyés à Naples pour en acheter de la toile pour faire
« venir ici. Or, si je veux vendre maintenant la marchandise
« que j'ai ici, c'est à peine si je pourrai avoir un denier de
« mes deux denrées, pour ce que ce n'est pas le moment, et
« je ne suis pas encore assez connu ici pour trouver quel-
« qu'un qui me vienne en aide ; et pour ce, je ne sais que
« faire ni que dire. Si je n'envoie pas l'argent tout de suite,
« la marchandise sera conduite à Monaco, et je n'en rever-
« rai jamais un morceau. — »

« La dame fut fort affligée de cet événement, car il lui
semblait que tout était perdu pour elle ; et songeant au
moyen qu'elle devait prendre pour que la marchandise n'allât
point à Monaco, elle dit : « — Dieu sait que j'en suis très
« ennuyée par amour pour toi ; mais que sert de se tant la-
« menter ? Si j'avais cet argent, Dieu sait que je te le prê-
« terais sur-le-champ ; mais je ne l'ai pas. Il est vrai qu'il y
« a une personne, qui l'autre jour me prêta les cinq cents
« florins qui me manquaient, mais elle prête à grosse usure,
« car elle ne le veut pas faire à moins de trente pour cent.
« Si tu veux user de cette personne, il faudra lui fournir un
« bon gage ; et pour moi, je suis décidée à engager tout ce
« que je possède et jusqu'à ma personne pour te servir. Mais
« pour le reste, quelle garantie donneras-tu ? — » Salabaetto
comprit la raison qui poussait la dame à lui rendre ce service,
et que ce serait elle qui prêterait l'argent. Cela lui plaisant
fort, il la remercia tout d'abord, puis il lui dit que la nécessité le contraignant, il ne reculerait pas devant un gros
intérêt. Il ajouta qu'il donnerait pour sûreté la marchandise
qu'il avait en douane, en la faisant inscrire au nom de celui
qui lui prêterait l'argent, mais qu'il voulait garder la clef des
magasins, tant pour pouvoir montrer sa marchandise si

quelqu'un lui demandait à la voir, que pour qu'elle ne fût touchée, gâtée ou changée par personne. La dame dit qu'il parlait bien, et que c'était là une sûreté suffisante.

« En conséquence, quand le jour fut venu, elle envoya chercher un courtier en qui elle avait grande confiance, et ayant causé avec lui de cette affaire, elle lui donna mille florins d'or que le courtier prêta à Salabaetto, et qui fit inscrire en son nom à la douane ce que Salabaetto y avait; après quoi, tous étant d'accord, ils vaquèrent à leurs autres affaires. Salabaetto, le plus tôt qu'il put, monta sur un navire avec mille cinq cents florins d'or et s'en retourna à Naples vers Pietro dello Canigiano. De là, il envoya ce qui revenait à ses maîtres qui l'avaient envoyé avec des draps; il paya à Pietro et aux autres tout ce qu'il leur devait, et se donna ensuite du bon temps avec le Canigiano, grâce au bon tour joué à sa Sicilienne. Puis, ne voulant plus rester marchand, il s'en vint à Ferrare. Blanchefleur, ne voyant plus Salabaetto à Palerme, commença à s'en étonner et conçut des soupçons. Après l'avoir attendu deux bons mois, voyant qu'il ne venait pas, elle fit ouvrir les magasins par le courtier. Ayant tout d'abord visité les tonneaux qu'elle croyait être pleins d'huile, elle les trouva remplis d'eau de mer, ayant chacun seulement la valeur d'un barillet d'huile à l'entour de la bonde. Puis, ayant ouvert les ballots, on les trouva tous, hors deux qui contenaient des draps, remplis d'étoupes ; bref, le tout ne valait pas plus de deux cents florins. De quoi Blanchefleur se tenant pour jouée, pleura longuement les cinq cents florins et plus encore les mille prêtés, disant souvent en elle-même : « — Qui a affaire avec un Toscan, ne doit pas être borgne. — » Et ainsi, restant avec sa perte et le mauvais tour qu'on lui avait fait, elle vit que les uns en savent autant que les autres. — »

Dès que Dioneo eut fini, Lauretta comprenant que le terme de sa royauté était arrivé, après avoir loué le conseil de Pietro Canigiano, lequel réussit fort bien, ainsi que la sagacité de Salabaetto qui ne fut pas moindre à mettre le conseil à exécution, ôta la couronne de laurier de dessus sa tête et la mit sur celle d'Émilia, en disant d'un air amical : « — Madame, je ne sais quelle plaisante reine nous aurons « en vous, mais pour belle, nous l'aurons à coup sûr ; faites « donc que vos actes répondent à votre beauté. — » Puis elle retourna s'asseoir. Émilia rougit un peu, non pas tant d'être faite reine, que de se voir publiquement louée de ce que les dames ont coutume de désirer le plus, et son visage devint ce que deviennent les roses nouvelles au lever de l'aurore. Cependant, après avoir tenu un instant les yeux baissés, et quand sa rougeur ʼeut disparu, ayant donné ses ordres à son sénéchal pour les besoins de la compagnie, elle se mit à parler ainsi :

« Aimables dames, nous voyons très manifestement que, lorsque les bœufs sont restés une partie du jour à travailler liés au joug, on les délie du joug et on les laisse aller paître librement, où il leur plaît, à travers les bois. Nous voyons aussi que les jardins plantés d'arbres variés sont non moins beaux, voire plus beaux que les bois que nous voyons plantés seulement de chênes. Pour quoi, considérant toutes les journées que nous avons passées à deviser sous un sujet imposé, j'estime qu'il est non-seulement utile mais opportun que nous prenions un peu de liberté, de façon à reprendre des forces pour rentrer sous le joug. Et pour ce, je n'entends pas restreindre à aucun sujet spécial ce que vous aurez à dire demain, mais je veux que chacun devise selon qu'il lui plaira, ayant pour certain que la variété des choses qui seront dites ainsi, ne sera pas moins agréable que si nous parlions d'une seule.

Quand nous aurons fait ainsi, celui de nous qui me succédera dans la royauté, pourra, comme étant plus fort, nous astreindre plus sûrement à nos lois accoutumées. — » Cela dit, elle donna à chacun sa liberté jusqu'à l'heure du dîner.

Chacun approuva ce que la reine avait dit, comme étant fort sage; et s'étant levés, ils se livrèrent qui à un divertissement, qui à un autre : les dames à tresser des guirlandes et à s'ébattre, les jeunes gens à jouer et à chanter; et ainsi ils passèrent le temps jusqu'à l'heure du dîner. Cette heure venue, ils dînèrent joyeusement autour de la belle fontaine, puis, après le dîner, ils se récréèrent suivant leur habitude, chantant et dansant. Enfin la reine, pour suivre l'exemple de ses prédécesseurs, nonobstant les chansons qui avaient été déjà dites volontairement par plusieurs d'entre eux, ordonna à Pamphile d'en chanter une. Celui-ci commença aussitôt ainsi :

Amour, il est si grand le bien
    Que par toi j'éprouve, ainsi que mon alégresse et ma joie,
    Que je suis heureux, brûlé de ta flamme.

L'abondante alégresse que j'ai dans le cœur,
    Venant de cette haute et chère joie
    Dans laquelle tu m'as jeté,
    Ne pouvant y tenir, s'échappe au dehors,
    Et sur ma figure éclairée
    Montre mon joyeux état;
    Car, étant énamouré
    En si haut et si recommandable lieu,
    Il m'est doux d'être dans le feu où je brûle.

Je ne sais pas exprimer par mon chant,
    Ni écrire avec les doigts,
    O Amour, le bien que je ressens;
    Et si je le savais, il me le faudrait cacher.
    Car s'il était connu,

Il se changerait en tourment.
Mais je suis si satisfait,
Que tout ce que je dirais, serait peu et faible
Avant que j'en eusse dit seulement une partie.

Qui pourrait croire que mes bras
Eussent pu jamais arriver
A la tenir là où je l'ai tenue,
Et que jamais mon visage
L'eût pu approcher aussi
Par sa grâce et pour mon bonheur?
On ne voudrait pas croire
A mon bonheur; C'est pourquoi tout entier je brûle,
Cachant ce qui me réjouit et me rend heureux.

La canzone de Pamphile était finie, et bien que tous y eussent répondu, il n'y en eut aucun qui n'en notât les paroles avec plus d'attention qu'il ne lui appartenait, s'efforçant de deviner ce qu'il convenait au chanteur de tenir caché. Et bien qu'ils s'imaginassent toutes sortes de choses, aucun d'eux pourtant ne devina la vérité. Mais la reine, voyant la chanson de Pamphile finie, et que les jeunes dames et les jeunes gens s'iraient volontiers reposer, ordonna que chacun s'en allât dormir.

NEUVIÈME JOURNÉE

La huitième journée du DÉCAMÉRON finie, commence la neuvième dans laquelle, sous le commandement d'Émilia, chacun devise comme il lui plaît et de ce qui lui agrée le mieux.

La lumière, dont la splendeur met en fuite les ombres de la nuit, avait déjà changé la teinte azurée du huitième ciel en une couleur bleue foncée, et les fleurettes commençaient à relever la tête par les prés, quand Emilia s'étant levée, fit appeler ses compagnes ainsi que les jeunes gens. Quand ils furent tous venus, suivant à pas lents leur reine, ils allèrent jusqu'à un bosquet peu éloigné du palais, et y étant entrés, ils virent les animaux, tels que chevreuils, cerfs et autres, quasi rassurés des chasseurs depuis que la peste régnait, qui les attendaient comme s'ils n'eussent plus eu aucune crainte ou s'ils étaient devenus familiers. S'approchant tantôt de celui-ci, tantôt de celui-là, comme s'ils allaient les attrapper, ils se divertirent quelque temps à les faire sauter et courir. Mais le soleil étant déjà élevé, il leur parut temps de s'en retourner. Ils étaient tous couronnés de feuilles de chêne, et les mains pleines d'herbes odoriférantes et de fleurs, et qui les eût rencontrés, n'aurait pu dire autre chose, sinon : ou bien ceux-ci ne seront pas vaincus par la mort, ou bien elle les frappera en pleine joie.

S'en allant donc de la sorte, pas à pas, chantant, jouant et plaisantant, ils arrivèrent au palais où ils trouvèrent toute chose parfaitement ordonnée et leurs serviteurs joyeux et empressés. Là, s'étant un peu reposés, ils n'allèrent point à table avant que six chansons légères, plus joyeuses les unes que les autres, n'eussent été chantées par les jeunes gens et par les dames. Après quoi, l'eau ayant été donnée pour les mains, le sénéchal, suivant le bon plaisir de la reine, les mit tous à table, et les victuailles ayant été servies, ils mangèrent alègrement. Quand ils eurent fini, ils se mirent pendant quelque temps à danser et à sonner du luth, puis, sur l'ordre de la reine, chacun s'en alla reposer. Mais l'heure habituelle étant venue, ils se réunirent tous à l'endroit accoutumé pour deviser. Là, la reine se tournant vers Philomène, lui dit de donner le signal des nouvelles de la présente journée. Celle-ci, souriant, commença de cette façon :

NOUVELLE I

Madame Francesca, aimée d'un certain Rinuccio et d'un certain Alessandro, et n'en aimant aucun, s'en débarrasse adroitement en faisant entrer l'un dans un tombeau comme s'il était mort, et en faisant que l'autre aille l'en tirer, de sorte que ni l'un ni l'autre ne peuvent arriver à leurs fins.

« — Madame, il m'agrée fort, puisque cela vous plaît, d'être la première à jouter dans ce champ ouvert et libre où votre magnificence nous a donné carrière pour raconter ; si je le fais bien, je ne doute point que ceux qui viendront après moi ne le fassent bien et mieux. Il a été souvent dé-

montré dans nos récits, gracieuses dames, combien grandes
et combien nombreuses sont les forces de l'amour ; je ne
crois pas cependant qu'on ait tout dit là-dessus, ni qu'on aurait encore tout dit quand même, pendant une année entière,
nous ne parlerions pas ici d'autre chose ; et pour ce que
non-seulement l'amour met les amants en multiples dangers
de mort, mais qu'il les pousse à pénétrer dans les demeures
des morts pour en arracher les morts, il me plaît de vous raconter là-dessus, en outre de celles qui ont été dites, une
nouvelle par laquelle non-seulement vous comprendrez la
puissance de l'amour, mais où vous verrez, avec quel bon
sens une valeureuse dame se débarrassa de deux individus
qui l'aimaient contre sa volonté.

« Je dis donc que dans la cité de Pistoja fut jadis une
très belle dame veuve. Deux de nos Florentins qui y vivaient
en exil, et qui s'appelaient l'un Rinuccio Palermini et l'autre
Alessandro Chiarmontesi, l'aimaient souverainement sans
s'être aperçus de leur rivalité, épris qu'ils étaient de son mérite. Chacun d'eux faisait sans bruit tout ce qu'il pouvait pour
gagner son amour. Cette gente dame qui avait nom madame Francesca de' Lazzari, se voyant sans cesse pressée par
leurs messages et leurs prières, y avait plus d'une fois prêté
l'oreille d'une façon rien moins que sage ; mais voulant se dégager et ne le pouvant, il lui vint une idée pour se délivrer
de leur poursuite ; ce fut de les requérir d'un service tel
qu'elle estimait qu'aucun d'eux ne pourrait le faire, de sorte
qu'alors, elle eût couleur de raison honnête pour ne plus les
voir et pour ne plus écouter leurs messages.

« Le jour même que cette idée lui vint, était mort à Pistoja
un individu qui, bien que ses ancêtres eussent été gentilshommes, était réputé pour le plus méchant homme qui
fût, non pas seulement dans Pistoja, mais dans le monde en-

tier. En outre de sa manière de vivre, il était si contrefait et
si monstrueux de visage, que quiconque ne l'aurait pas
connu, en aurait eu peur à première vue. Il avait été enterré
dans un tombeau hors de l'église des Frères Mineurs. La
dame pensa que ce mort pourrait en partie lui être d'un
grand secours pour son projet. Pour quoi, elle dit à sa servante : « — Tu sais l'ennui, la fatigue que me causent tout
« le long du jour les messages de ces deux Florentins,
« Rinuccio et Alessandro. Je ne suis nullement disposée à
« leur complaire en leur donnant mon amour, et pour m'en
« débarrasser, j'ai résolu, à propos des grandes offres qu'ils
« me font, de les éprouver par une chose qu'ils ne feront
« point, j'en suis sûre; et de la sorte, je me débarrasserai de
« leur importunité. Écoute comment : Tu sais que ce matin
« a été enterré dans le cimetière des Frères Mineurs le fa-
« meux Scannadio — c'est ainsi que s'appelait ce méchant
« homme dont nous avons parlé plus haut — que les hommes
« les plus courageux de cette ville ne pouvaient voir sans en
« avoir peur, même avant qu'il fût mort. Tu vas t'en aller
« d'abord secrètement vers Alessandro, et tu lui parleras
« ainsi : « — Madame Francesca t'envoie dire que le moment
« est venu où tu peux posséder son amour que tu as tant dé-
« siré, et où tu peux te trouver avec elle si tu le veux, de la fa-
« çon suivante : pour une raison que tu sauras plus tard, un
« de ses parents doit cette nuit porter chez elle le corps de
« Scannadio qui a été enseveli ce matin ; et comme elle a très
« peur de lui qui est mort, elle ne voudrait pas qu'on le lui
« apportât; pour quoi, elle te demande comme un grand ser-
« vice, d'aller ce soir, à l'heure du premier somme, dans le
« tombeau où Scannadio est enseveli, de te vêtir de ses ha-
« bits, et de prendre sa place, jusqu'à ce qu'on vienne te
« chercher, et alors, sans rien dire ni rien faire, de te laisser

« prendre et emporter chez elle où elle te recevra et où tu
« pourras rester auprès d'elle et t'en aller quand tu voudras,
« lui laissant faire le reste. — » S'il dit qu'il consent à le
« faire, c'est bon ; s'il dit qu'il ne le veut point, dis-lui de ma
« part qu'il ne se montre plus jamais où je serai, et, s'il tient
« à la vie, qu'il se garde de ne plus jamais envoyer messager
« ni message. Puis, tu iras vers Rinuccio Palermini et tu lui
« parleras ainsi : « — Madame Francesca te fait dire qu'elle
« est prête à faire selon ton plaisir, pourvu que tu lui rendes
« un grand service, à savoir que tu t'en ailles cette nuit, vers
« minuit, au tombeau où a été enseveli Scannadio, et que là,
« sans dire un mot, quoi que tu entendes ou que tu voies, tu
« l'enlèves sans bruit et le lui portes chez elle. Tu sauras alors
« pourquoi elle veut ainsi, et tu pourras jouir d'elle ; et s'il
« ne te convient pas de ce faire, elle te fait dire de ne plus
« jamais lui adresser messager ni message. — »

« La servante alla trouver les deux jeunes gens, et dit
très adroitement à chacun comme on lui avait ordonné de
dire. A quoi tous deux répondirent que, si cela lui plaisait,
ils pénétreraient non pas dans un tombeau, mais dans l'enfer.
La servante transmit la réponse à la dame, et celle-ci attendit
de voir s'ils seraient assez fous pour le faire.

« La nuit étant venue, à l'heure du premier somme,
Alessandro Chiarmontesi, s'étant mis un simple pourpoint,
sortit de chez lui pour aller prendre la place de Scannadio
dans le tombeau ; mais en y allant, il lui vint une grande
pensée de peur en l'esprit, et il se mit à se dire : —
« Eh ! suis-je bête ! où vais-je ? Sais-je si les parents de
« cette dame, s'étant par hasard aperçus que je l'aime et
« croyant ce qui n'est pas, ne font pas cela pour me tuer dans
« ce tombeau ? Si cela était, je me serais perdu moi-même et
« l'on n'en saurait jamais rien qui pût leur nuire. Sais-je

« aussi si ce n'est pas quelque ennemi à moi qui a imaginé
« cette aventure et qui, étant peut-être aimé d'elle, la veut
« ainsi contenter? — » Puis il disait : « — Mais supposons
« que rien de tout cela ne soit vrai et que ses parents me
« doivent porter chez elle; je dois croire qu'ils n'ont pas l'in-
« tention d'enlever le corps de Scannadio pour le tenir dans
« leurs bras ou pour le lui mettre dans les bras à elle; au
« contraire, il est à croire qu'ils veulent le mettre en pièces
« pour ce qu'il leur a peut-être fait quelque injure. Elle m'a
« fait dire que je ne bouge pas, quoi que je sente. Mais s'ils
« m'arrachent les yeux ou les dents, s'ils me brisent les
« membres, ou se livrent sur moi à quelque jeu de ce genre,
« que deviendrai-je? Comment pourrai-je rester muet? Et
« si je parle, ils me reconnaîtront et me maltraiteront; ou
« bien s'ils ne me font point de mal, cela ne m'avancera en
« rien, car ils ne me laisseront point avec la dame; celle-ci
« dira ensuite que j'ai désobéi à ses ordres, et ne fera jamais
« chose qui me plaise. — » Ce disant, il fut tout près de
retourner chez lui; mais pourtant son grand amour le poussa
en avant avec des arguments contraires et d'une telle force,
qu'ils le conduisirent jusqu'au tombeau. Il l'ouvrit et y entra, dépouilla Scannadio de ses habits qu'il revêtit et s'enferma dans le tombeau. A peine eut-il pris la place de Scannadio, qu'il se mit à lui revenir en la pensée ce qu'était ce
dernier, ce qu'il avait entendu dire des choses qui arrivaient
la nuit non-seulement dans les sépulcres des morts mais
ailleurs, et tous les poils de son corps se hérissèrent et il lui
semblait que Scannadio allait se lever tout d'un coup et
l'étrangler céans. Mais, grâce à son fervent amour, il réussit
à chasser toutes ces funèbres pensées, et se tenant étendu
comme s'il était mort, il se mit à attendre ce qu'il advien-
drait de lui.

« Minuit approchant, Rinuccio sortit à son tour de chez
lui pour faire ce que sa dame lui avait envoyé dire ; tout en
y allant, il lui vint une foule de pensées diverses sur ce qui
pourrait bien lui arriver de cette aventure, comme par
exemple de tomber aux mains de la Seigneurie pendant qu'il
aurait le corps de Scannadio sur les épaules, et d'être condamné au feu comme sorcier ; ou bien d'encourir la haine
des parents de Scannadio ou de tant d'autres, si cela se savait ;
lesquelles pensées faillirent l'arrêter du tout. Mais, passant
outre, il dit : « — Eh! dirai-je non, à la première chose
« dont je suis requis par cette gente dame que j'ai tant aimée
« et que j'aime tant, surtout quand il s'agit de gagner ses
« faveurs? Quand même je serais sûr de mourir, ne devrais-
« je pas me mettre à faire ce que je lui ai promis? — » Et
ayant poursuivi son chemin, il alla jusqu'au tombeau qu'il
ouvrit doucement. Alessandro entendant ouvrir, bien qu'il
eût grand peur, se tint coi. Rinuccio étant entré, et croyant
prendre le corps de Scannadio, prit Alessandro par les
pieds et le tira en dehors, puis le plaçant sur ses épaules,
il se dirigea vers la demeure de la gente dame, et tout en
marchant de la sorte il heurtait son fardeau tantôt à un
angle de maison, tantôt à une planche qui se trouvait sur
un des côtés de la rue, et la nuit était si sombre et si obscure qu'il ne pouvait distinguer là où il allait.

« Rinuccio était déjà arrivé à la porte de la gente dame
qui s'était mise à la fenêtre avec sa servante, pour voir si
Rinuccio apporterait Alessandro, et qui se préparait déjà à
les renvoyer tous les deux, lorsque les familiers de la Seigneurie qui s'étaient postés dans cette rue et y attendaient en silence le moment de surprendre un bandit, entendant le bruit
des pas de Rinuccio, tirèrent soudain une lumière pour voir
ce que c'était et où il fallait aller, et, remuant leurs écus et

leurs lances crièrent : qui est là? Rinuccio les reconnaissant,
et n'ayant pas le temps de réfléchir longuement, laissa tomber Alessandro, et s'enfuit aussi vite que ses jambes pouvaient
le porter. Alessandro s'étant relevé promptement, s'enfuit
d'un autre côté emportant sur son dos les vêtements du mort
qui étaient fort longs.

« La dame, grâce à la lumière des familiers, avait parfaitement vu Rinuccio avec Alessandro sur ses épaules; elle
avait également vu qu'Alessandro avait sur lui les habits du
mort, et elle s'était fort étonnée de la grande audace de tous
les deux; mais quelque grand que fût son étonnement, elle
rit beaucoup en voyant Alessandro jeté à terre, puis prendre
la fuite. Joyeuse d'un tel résultat, et louant Dieu qui l'avait
débarrassée de la poursuite de ceux-ci, elle rentra dans sa
chambre, affirmant avec sa servante que sans aucun doute
tous les deux l'aimaient beaucoup, puisqu'ils avaient fait,
comme il apparaissait bien, ce qu'elle leur avait imposé.

« Rinuccio, pestant et maudissant son aventure, ne s'en
retourna point pour cela chez lui, mais les familiers ayant
quitté la rue, il revint à l'endroit où il avait jeté Alessandro,
et se mit à le chercher à tâtons pour le retrouver, afin d'achever son entreprise; mais ne le retrouvant pas, et pensant que
les familiers l'avaient emporté, il s'en retourna fort mécon-
tent chez lui. Quant à Alessandro, ne sachant que faire, et
sans avoir reconnu celui qui l'avait emporté, tout dolent de
l'aventure il s'en retourna également chez lui.

« Le lendemain matin, le tombeau de Scannadio ayant été
trouvé tout ouvert et Scannadio n'y ayant point été vu, pour
ce que Alessandro l'avait jeté tout au fond de la fosse, tout
Pistoja en fit une foule de gorges chaudes, les sots estimant que le diable l'avait emporté. Néanmoins, chacun des
deux amants, ayant fait savoir à la dame ce qu'il avait fait

et ce qui était intervenu, et s'excusant là-dessus de n'avoir pu lui obéir complètement, lui réclama ses faveurs et son amour. Mais celle-ci refusant de les croire, leur fit répondre sèchement qu'elle ne ferait jamais rien pour eux, puisqu'ils n'avaient pas fait ce qu'elle leur avait demandé; et ainsi elle s'en débarrassa. — »

NOUVELLE II

Une abbesse se lève en toute hâte et dans l'obscurité, pour aller surprendre au lit une de ses nonnes qu'on lui avait dit être couchée avec son amant. Étant elle-même couchée avec un prêtre, elle croit mettre sur sa tête son voile appelé psautier, et y met les culottes du prêtre; ce que voyant la nonne accusée, elle l'en fait apercevoir, est absoute et peut tout à son aise rester avec son amant.

Déjà Philomène se taisait et l'adresse de la dame à se débarrasser de ceux qu'elle ne voulait pas aimer avait été approuvée par tous, tandis qu'au contraire l'audacieuse présomption des deux amants avait été taxée de folie plutôt que d'amour, quand la reine dit gracieusement à Elisa : « — Continue, Elisa. — » Celle-ci commença aussitôt : « — Très chères dames, madame Francesca sut très habilement, comme il a été dit, se débarrasser de ceux qui l'ennuyaient; mais une jeune nonnain, la fortune lui aidant, se tira par une parole adroite d'un péril imminent. Et, comme vous savez, il y a beaucoup de gens, qui, étant très sots, se mettent à admonester les autres, à les morigéner. Ceux-là, comme vous pourrez le voir par ma nouvelle, sont parfois très justement châtiés par la fortune; c'est ce qui advint à l'abbesse sous les ordres de laquelle était la nonne dont je dois vous parler.

« Vous saurez donc qu'il y a en Lombardie un monastère très fameux pour sa sainteté et sa religion. Entre autres nonnes qui s'y trouvaient, était une jeune fille de sang noble et douée d'une merveilleuse beauté. Elle s'appelait Isabetta, et un jour un de ses parents étant venu la voir à la grille avec un beau jeune homme, elle s'énamoura de celui-ci. Le jouvenceau la voyant si belle, et ayant vu dans ses yeux ce qu'elle désirait, s'enflamma également pour elle, et tous deux endurèrent pendant longtemps cet amour sans pouvoir en tirer aucun fruit. Enfin, l'un et l'autre étant sollicité par une même envie, le jeune homme trouva un moyen de voir secrètement sa nonne, de quoi celle-ci fut fort contente, de sorte qu'il la visita non une fois mais souvent, au grand plaisir de chacun d'eux. Ce manège continuant, il arriva qu'une nuit il fut vu par une des dames de la maison, sans que ni l'un ni l'autre s'en aperçût, au moment où il quittait l'Isabetta pour s'en aller. La dame le redit à quelques-unes de ses compagnes. Leur premier mouvement fut d'aller l'accuser auprès de l'abbesse qui avait nom madame Usimbalda, bonne et sainte personne suivant l'opinion des dames nonnains et de quiconque la connaissait; puis elles pensèrent, afin qu'elle ne pût nier, qu'il valait mieux la faire surprendre avec le jeune homme par l'abbesse elle-même. Ayant donc gardé le silence, elles se partagèrent en secret les veilles et les gardes afin de la surprendre.

« L'Isabetta ne se méfiant point de cela et ignorant tout, il arriva qu'une nuit elle fit venir son amant; ce que surent aussitôt celles qui la surveillaient. Quand elles crurent le moment venu, une bonne partie de la nuit étant déjà passée, elles se partagèrent en deux bandes, dont l'une resta à faire la garde à la porte de la cellule de l'Isabetta, et l'autre courant à la chambre de l'abbesse, frappa à la porte, et comme

celle-ci répondait, elles lui dirent : « — Sus, Madame, levez-
« vous vite, car nous avons découvert que l'Isabetta a un
« jouvenceau dans sa cellule. — »

« Cette même nuit, l'abbesse était en compagnie d'un
prêtre qu'elle introduisait souvent dans un coffre. Entendant tout ce bruit, et craignant que les nonnains, par trop de
précipitation ou de méchant désir, ne poussassent tellement
la porte que celle-ci s'ouvrît, elle se leva précipitamment, et
s'habilla de son mieux dans l'obscurité ; croyant prendre certains voiles pliés que les nonnes portent sur la tête et qu'elles
appellent le psautier, elle prit les culottes du prêtre, et sa
hâte fut si grande que, sans s'en apercevoir, elle se les jeta
sur la tête à la place du psautier, et sortit de sa chambre
dont elle ferma vivement la porte, en disant : « — Où est
« cette maudite de Dieu ? — » Et avec les autres, qui brûlaient
d'une telle envie de faire trouver l'Isabetta en faute qu'elles
ne s'apercevaient pas de ce que l'abbesse avait sur la tête, elle
arriva à la porte de la cellule qu'elle jeta par terre, aidée par
l'une et par l'autre. Étant entrées dans la cellule, les nonnes
trouvèrent au lit les deux amants étroitement embrassés et
qui, tout étourdis d'être ainsi surpris, ne sachant que faire,
se tinrent coi. La jeune fille fut sur-le-champ saisie par les
autres nonnes et, sur l'ordre de l'abbesse, conduite au chapitre. Le jouvenceau, remis de son émotion, avait repris ses
habits et attendait la fin de l'aventure, disposé à faire un
mauvais parti à toutes celles qu'il pourrait joindre s'il était
fait le moindre mal à sa jeune nonnain, et à l'emmener avec lui.

« L'abbesse, après s'être assise au chapitre, en présence de
toutes les nonnes qui n'avaient de regards que pour la coupable, se mit à lui adresser les plus grandes injures qui
eussent été jamais dites à une femme, comme ayant con-
taminé, par ses actes indignes et vitupérables, l'honneur,

28.

la bonne renommée du couvent, si cela venait à se savoir au
dehors ; aux injures, elle ajoutait les plus graves menaces.
La jeune nonne, honteuse et timide, se sentant coupable, ne
savait que répondre, et se taisait, inspirant compassion à
toutes les autres. Comme l'abbesse continuait à se répandre
en reproches, la jeune fille venant à lever les yeux, vit ce que
l'abbesse avait sur la tête, et les liens de la culotte qui pen-
daient deçà et delà ; sur quoi, s'avisant de ce que c'était,
elle dit, toute rassurée : « — Madame, que Dieu vous soit
« en aide ; rajustez votre coiffe et puis dites-moi tout ce que
« vous voudrez. — » L'abbesse, qui ne la comprenait pas,
dit : « — Quelle coiffe, femme coupable ? As-tu maintenant
« le courage de plaisanter ? Te semble-t-il avoir commis une
« chose où les bons mots aient leur raison d'être ? — »
Alors la jeune nonne dit de nouveau : « — Madame, je vous
« prie de nouer votre coiffe, puis dites-moi ce qu'il vous
« plaira. — » Là-dessus, plusieurs des nonnes levèrent les
yeux sur la tête de l'abbesse, et celle-ci y ayant également
porté les mains, on s'aperçut pourquoi l'Isabetta parlait
ainsi. L'abbesse, reconnaissant son erreur, et voyant que
toutes les nonnes s'en étaient aperçues et qu'il n'y avait pas
moyen de la cacher, changea soudain de langage, et se mit à
parler sur un tout autre ton qu'elle avait fait jusque-là ; elle
en vint à conclure qu'il est impossible de se défendre des
excitations de la chair ; et pour ce, elle dit que chacune devait se donner en cachette autant de bon temps qu'elle pourrait, comme on avait fait jusqu'à ce jour. Ayant fait relâcher
l'Isabetta, elle s'en retourna coucher avec son prêtre, et
l'Isabetta avec son amant, qu'elle fit revenir souvent depuis,
en dépit de celles qui lui portaient envie. Pour les autres qui
étaient sans amant, elles pourchassèrent en secret leur aventure du mieux qu'elles surent. — »

NOUVELLE III

Maître Simon, sur les instances de Bruno, de Buffamalcco et de Nello, fait croire
à Calandrino qu'il est en mal d'enfant. Ce dernier, en guise de médecine, donne
aux susdits compères des chapons et de l'argent et guérit sans accoucher.

Quand Elisa eut fini sa nouvelle, et tous ayant rendu
grâces à Dieu de ce que la jeune nonne s'était heureusement
tirée des griffes de ses envieuses compagnes, la reine ordonna à Philostrate de poursuivre. Celui-ci, sans attendre
plus ample commandement, commença : « — Très belles
dames, le grossier juge marquisan, dont je vous ai parlé hier,
me tire de la bouche une nouvelle de Calandrino que je voulais vous dire. Et, pour ce que tout ce qu'on raconte de lui
ne peut que redoubler notre gaîté, bien qu'il ait été déjà
beaucoup parlé de lui et de ses compagnons, je vous dirai
encore la nouvelle que j'avais hier en l'esprit.

« Il a déjà été démontré assez clairement ce qu'étaient
Calandrino et les autres dont je dois parler dans cette nouvelle ; pour ce, sans rien ajouter à ce sujet, je dis qu'il arriva qu'une tante de Calandrino mourut et lui laissa deux
cents livres comptant, en petite monnaie. Sur quoi, Calandrino se mit à dire qu'il voulait acheter un domaine, et il
allait, proposant marché à tous les courtiers qu'il y avait à
Florence, comme s'il avait eu à dépenser dix mille florins
d'or ; mais l'affaire se gâtait toujours quand on en venait au
prix du domaine en question. Bruno et Buffamalcco qui savaient cela, lui avaient plus d'une fois dit qu'il ferait mieux
de dépenser son argent à s'amuser avec eux, que de chercher à acheter de la terre, comme s'il avait eu à faire des

balles ; mais ils n'avaient pas même pu l'amener à leur payer une seule fois à dîner. Pour quoi, un jour qu'ils s'en plaignaient entre eux, un peintre de leurs compagnons, nommé Nello, étant survenu, ils résolurent tous les trois de trouver un moyen pour se graisser le museau aux dépens de Calandrino ; et, sans plus de retard, ayant arrêté entre eux ce qu'ils devaient faire, ils guettèrent, le lendemain matin, le moment où Calandrino sortait de chez lui. A peine ce dernier eut-il fait quelques pas, que Nello vint à sa rencontre et dit : « — Bonjour, Calandrino. — » Calandrino lui répondit que Dieu lui donnât bon jour et bon an. Après quoi, Nello l'ayant retenu quelque temps, se mit à le regarder au visage. Calandrino lui dit : « — Que regardes-tu ? — » Et Nello lui dit : « N'as-tu rien senti cette nuit ? Tu ne me « sembles pas le même. — » Calandrino se mit aussitôt à douter et dit : « — Eh ! quoi ? Que te semble-t-il que j'aie ? — » Nello dit : « — Eh ! je ne le dis pas pour cela, mais tu me « parais tout changé ; ce ne sera probablement rien. — » Et il le laissa aller.

« Calandrino, tout pensif, ne se sentant cependant pas le moindre malaise du monde, poursuivit son chemin. Mais Buffamalcco, qui se tenait non loin de là, voyant qu'il avait quitté Nello, vint à lui, et l'ayant salué, lui demanda s'il ne se sentait rien. Calandrino répondit : « — Je ne sais pas ; « pourtant Nello me disait tout à l'heure que je lui parais- « sais tout changé ; serait-il possible que j'eusse quelque « chose ? — » Buffamalcco dit : « — Tu pourrais bien « avoir quelque chose en effet ; tu sembles à moitié mort. — » Calandrino croyait déjà avoir la fièvre, quand voici venir Bruno ; la première chose qu'il dit, fut : « — Calandrino, « quelle figure est-ce là ? On dirait que tu es mort ; qu'é- prouves-tu ? — » Calandrino, entendant chacun d'eux

pàrler ainsi, tint en lui-même pour très sûr qu'il était malade, et, tout inquiet, il lui demanda : « — Que me faut-il
« faire ! — » Bruno dit : « — Je crois que tu dois t'en re-
« tourner chez toi, te mettre au lit et te bien couvrir; tu
« enverras de ton urine à maître Simon, qui est, comme tu
« sais, notre ami dévoué. Il te dira tout de suite ce que tu
« auras à faire, nous irons auprès de toi, et s'il y a quelque
« chose à faire, nous le ferons. — »

« Sur ces entrefaites, Nello les ayant rejoints, ils s'en retournèrent avec Calandrino chez ce dernier, lequel, en entrant d'un air accablé dans la chambre, dit à sa femme :
« — Viens et couvre-moi bien, car je me sens bien mal. —»
S'étant donc couché, il envoya, par une petite servante, de
son urine à maître Simon, dont la boutique était alors sur
le Marché-Vieux, à l'enseigne du Melon. Bruno dit à ses
compagnons : « — Vous, restez ici avec lui; moi, je vais
« voir ce que dira le médecin et, s'il en est besoin, je l'amè-
« nerai ici. — » Calandrino dit alors : « — Eh! oui, mon
« compagnon, va et tâche de me dire ce qu'il en est, car je
« me sens je ne sais quoi en dedans. — » Bruno, étant allé
vers maître Simon, y arriva avant la petite servante qui portait l'urine, et eut vite informé maître Simon du fait. Pour
quoi, la servante étant arrivée, et le maître ayant examiné
l'urine, il dit à la servante : « — Va, et dis à Calandrino de se
« tenir bien chaud, que je vais venir incontinent le voir et
« que je lui dirai ce qu'il a et ce qu'il aura à faire. — » La
jeune servante rapporta la réponse telle quelle, et peu après
arrivèrent le maître avec Bruno. Le médecin, s'étant assis
auprès de lui, commença par lui tâter le pouls, et au bout
d'un instant, sa femme étant présente, il dit : « — Vois-tu,
« Calandrino, à te parler en ami, tu n'as pas d'autre mal
« que d'être en mal d'enfant. — »

« A peine Calandrino l'eut-il entendu, qu'il se mit à crier
douloureusement et à dire : « — Hélas, Tessa, que [m'as-tu
« fait en ne voulant pas te tenir autrement que dessus ? Je
« te le disais bien ! — » La dame, qui était une fort honnête personne, entendant son mari parler de la sorte, devint
toute rouge de honte, et baissant le front, sortit de la
chambre sans répondre. Calandrino, continuant à se plaindre,
disait : « — Hélas ! c'est fait de moi ! Comment accouche-
« rai-je de cet enfant ? Par où sortira-t-il ? je vois bien que
« je suis mort par la rage de ma femme ; que Dieu la rende
« aussi triste que je voudrais être joyeux ! Ah ! si j'étais
« aussi bien portant que je suis malade, je me lèverais et je
« lui donnerais une telle raclée que je la briserais toute,
« quoique cela soit bien fait pour moi, car je ne devais pas
« la laisser mettre sur moi ; mais pour sûr, si j'échappe de
« cette fois, elle pourra bien mourir d'envie avant que je la
« laisse monter dessus. — »

« Bruno, Buffamalcco et Nello avaient si grande envie de
rire en entendant les paroles de Calandrino, qu'ils étouffaient ; mais cependant ils se retenaient ; quant à maître
Scimmione, il riait si fort qu'on aurait pu lui arracher toutes
les dents. Enfin, à la longue, Calandrino se recommandant
au médecin, et le priant en cette circonstance de lui donner
aide et conseil, le maître lui dit : « — Calandrino, je ne
« veux pas que tu te tourmentes, car, grâce à Dieu, nous nous
« sommes assez tôt aperçus de la chose pour t'en délivrer
« avec peu de peine et en peu de jours ; mais il faudra dé-
« penser quelque argent. — » Calandrino dit : « — Ah !
« mon cher maître, oui, pour l'amour de Dieu ; j'ai là deux
« cents livres avec lesquelles je voulais acheter un domaine ;
« s'il les faut toutes, prenez-les toutes, pourvu que je n'aie
« point à accoucher, car je ne sais comment je ferais. J'ai

« entendu les femmes faire une si grande rumeur quand
« elles sont pour accoucher, bien qu'elles aient passage assez
« large pour ce faire, que je crois, si j'avais à supporter une
« pareille souffrance, que je mourrais avant d'accoucher. — »
Le médecin dit : « — Ne pense pas à cela. Je te ferai faire
« une certaine tisane distillée très bonne et très agréable à
« boire qui, en trois matinées, fera tout disparaître et te
« remettra mieux portant qu'un poisson dans l'eau ; mais tu
« feras en sorte d'être sage dorénavant et de ne plus tomber
« dans cette sottise. Or, nous avons besoin, pour cette ti-
« sane, de trois paires de bons chapons bien gras ; et pour
« le reste, tu donneras à chacun de tes amis ici présents
« cinq livres de petite monnaie pour qu'ils achètent tout ce
« qu'il faudra et me le fassent porter à ma boutique ; quant
« à moi, sur le saint nom de Dieu, je t'enverrai demain
« matin de ce breuvage distillé et tu commenceras à en
« boire un bon verre à chaque fois. — »

« Calandrino, entendant cela, dit : « — Maître, je me fie
« à vous. — » Et ayant donné cinq livres à Bruno et des
deniers pour trois paires de chapons, il le pria de se donner
cette peine pour son service. Le médecin, l'ayant quitté, lui
fit faire une certaine eau claire, et la lui envoya. Bruno,
ayant acheté les chapons et tout ce qu'il fallait pour faire
bombance, s'en fut les manger avec le médecin et ses compagnons. Quant à Calandrino, pendant trois jours il but l'eau
claire ; après quoi le médecin l'étant venu voir avec ses compagnons, il lui tâta le pouls et dit : « — Calandrino, tu es
« guéri, sans le moindre doute ; tu peux désormais vaquer à
« tes affaires, et tu n'as pas besoin de garder plus longtemps
« la maison. — » Calandrino, joyeux, s'étant levé, alla à
ses affaires, louant beaucoup, auprès de toutes les personnes qu'il rencontrait, la belle cure que le maître Simon

avait faite sur lui, en le faisant, en trois jours, dégrossir sans la moindre souffrance. Bruno, Buffamalcco et Nello se tinrent pour satisfaits d'avoir trompé l'avarice de Calandrino, bien que madame Tessa, s'étant aperçue du tour, eût fortement querellé son mari. — »

NOUVELLE IV

Cecco Fortarrigo joue tout ce qu'il possède ainsi que l'argent de Cecco Angiullieri son maître ; puis il se met à courir en chemise après ce dernier, disant qu'il l'avait volé ; il le fait prendre par des paysans, revêt ses habits, monte sur son cheval et revient en laissant Angiullieri en chemise.

Les paroles que Calandrino avait dites à sa femme avaient été écoutées par toute la compagnie avec de grandissimes risées ; mais quand Philostrate se fut tu, Neiphile, sur l'ordre de la reine, commença : « — Valeureuses dames, s'il n'était pas plus malaisé aux hommes de montrer leur intelligence et leur vertu que leurs vices et leur sottise, il y en aurait beauçoup qui se travailleraient en vain à mettre un frein à leurs paroles. C'est ce que vous a très bien montré la bêtise de Calandrino, qui n'avait nul besoin, pour se guérir d'un mal auquel sa simplicité lui faisait croire, de révéler en public les plaisirs secrets de sa femme. Cela m'a remis en mémoire une aventure toute contraire, c'est-à-dire comment la malice d'un individu l'emporta sur le bon sens d'un autre, au grand dam et à la honte de celui-ci. Il me plaît de vous la raconter.

« Il y a quelques années à peine, vivaient à Sienne deux hommes déjà d'un certain âge. Tous deux s'appelaient

Cecco, mais l'un était fils de messer Angiullieri et l'autre de messer Fortarrigo. Bien qu'ils différassent beaucoup comme mœurs et comme caractère, ils s'accordaient si bien sur un point, à savoir que tous deux haïssaient leur père, qu'ils en étaient devenus amis et se fréquentaient souvent. Mais l'Angiullieri, qui était beau et élégant, trouvant qu'il ne pouvait pas vivre convenablement à Sienne avec la pension que lui donnait son père, et ayant appris qu'un cardinal avec lequel il était en excellentes relations était arrivé dans la marche d'Ancône comme légat du pape, résolut d'aller le trouver dans l'espoir d'améliorer sa position. Ayant soumis ce projet à son père, il s'entendit avec lui pour toucher d'une seule fois ce qui lui revenait pendant six mois, afin de pouvoir se fournir de vêtements et de chevaux et de voyager honorablement. Comme il cherchait quelqu'un qu'il pût emmener à son service, le Fortarrigo en eut vent, et étant allé le lendemain trouver l'Angiullieri, il se mit du mieux qu'il sut, à le prier de l'emmener avec lui, disant qu'il consentait à être son domestique, son familier, tout ce qu'il voudrait, sans autre salaire que sa dépense. L'Angiullieri lui répondit qu'il ne voulait pas l'emmener, non point parce qu'il ne le croyait pas capable de faire un bon service en toute chose, mais pour ce qu'il jouait et s'enivrait souvent. A quoi le Fortarrigo répondit qu'il se garderait sans faute sur l'un et l'autre point, et le lui affirma par serment, ajoutant de si vives prières, que l'Angiullieri finit par céder et consentir.

« S'étant mis tous deux en chemin, par une belle matinée, ils allèrent déjeuner à Buonconvento. Après avoir déjeuné, la chaleur étant grande, l'Angiullieri fit préparer un lit dans l'auberge, se déshabilla avec l'aide de Fortarrigo et s'en alla dormir en lui disant de l'appeler comme nones sonneraient. Pendant que l'Angiullieri dormait, le Fortarrigo

descendit dans la taverne, et là, après avoir bu un tantinet,
il se mit à jouer avec quelques voyageurs qui, en peu de
temps, lui eurent gagné les quelques deniers qu'il avait, ainsi
que les vêtements qu'il portait ; sur quoi, désireux de se rat-
trapper, il s'en alla, tout en chemise qu'il était, à l'endroit
où reposait l'Angiullieri, et le voyant profondément endormi,
il lui prit tout l'argent qu'il avait dans sa bourse, puis retourna au jeu où il perdit cet argent comme il avait perdu
l'autre.

« L'Angiullieri s'étant réveillé se leva, et s'étant habillé
s'enquit de Fortarrigo. Comme on ne le trouvait pas, l'Angiullieri pensa qu'il devait dormir ivre en quelque endroit,
comme il avait l'habitude de le faire autrefois. Pour quoi,
s'étant décidé à le laisser, il fit mettre la selle et sa valise
sur son palefroi, remettant de se munir d'un autre familier
quand il serait à Corsignano. Au moment de payer l'hôte, il
ne se trouva plus aucun argent ; de quoi il y eut grande rumeur et grand trouble dans toute l'hôtellerie, l'Angiullieri
disant qu'il avait été volé céans, et menaçant de les faire tous
conduire en prison à Sienne. Là-dessus, arrive Fortarrigo
en chemise qui venait pour enlever les habits, comme il avait
fait pour l'argent. Voyant l'Angiullieri prêt à monter à cheval, il dit : « — Qu'est cela, Angiullieri ? Voulons-nous nous
« en aller déjà ? Eh ! attends un peu. Il doit venir ici tantôt
« un compère qui a pris mon pourpoint en gage pour trente-
« huit sols ; je suis sûr qu'il nous le rendra pour trente-cinq
« si nous le payons comptant. — » Pendant qu'il parlait,
survint quelqu'un qui assura l'Angiullieri que c'était Fortarrigo qui lui avait volé son argent en lui montrant la somme
qu'il avait perdue. Pour quoi, l'Angiullieri, fort courroucé, dit
à Fortarrigo toutes sortes d'injures, et s'il n'avait pas craint
autre chose plus qu'il ne craignait Dieu, il lui aurait fait un

mauvais parti ; enfin, le menaçant de le faire pendre par le col, ou de le faire bannir de Sienne sous peine de la potence, il monta à cheval.

« Le Fortarrigo, comme si l'Angiullieri eût parlé à un autre et non à lui, disait : « — Eh ! Angiullieri, laissons-là « toutes ces paroles qui ne valent pas le diable ; pensons « seulement à cela ; nous le rachèterons pour trente-cinq « sols, en le payant comptant, tandis que si nous attendons « jusqu'à demain, il ne vaudra pas moins de trente-huit, « comme il m'a prêté ; il me fait cette concession parce que « je me suis remis à sa discrétion. Eh ! pourquoi ne gagne- « rions-nous pas ces trois sols ? — » L'Angiullieri, l'enten- dant parler de la sorte, se désespérait, surtout en se voyant regarder de travers par ceux qui l'entouraient et qui sem- blaient croire non pas que le Fortarrigo eût joué les deniers de l'Angiullieri, mais que l'Angiullieri s'était emparé des siens ; il lui disait : « — Qu'ai-je à faire de ton pourpoint ? « Que pendu sois-tu par la gorge, car non-seulement tu m'as « volé mon argent et tu l'as joué, mais tu as retardé mon « départ, et par-dessus le marché tu te moques de moi. — » Le Fortarrigo n'en restait pas moins impassible comme si ce n'eût pas été à lui qu'on parlât, et il disait : « —Eh ! pourquoi « ne veux-tu pas me faire gagner ces trois sols ? Crois-tu que « je ne puisse pas te les prêter encore ? Va ; fais-le si tu as « souci de moi. Pourquoi es-tu si pressé ? Nous arriverons « bien encore ce soir à Torrenieri. Va, tire ta bourse ; sache « que je pourrais chercher dans tout Sienne sans en trouver « un qui m'allât aussi bien que celui-ci ; et dire que je le lui ai « laissé pour trente-huit sols alors qu'il en vaut encore qua- « rante et plus ! Tu me ferais ainsi tort de deux façons. — »

« L'Angiullieri, saisi d'un grand ennui en se voyant voler par ce drôle et en s'entendant tenir pareil langage, sans plus

répondre, fit faire volte-face à son palefroi, et prit le chemin
de Torrenieri. Sur quoi, le Fortarrigo saisi d'une subite malice, se mit à trotter derrière lui en chemise. Il avait déjà
fait deux bons milles à ses trousses en le priant de lui rendre
son pourpoint, et l'Angiullieri allait plus vite pour s'ôter
cette rumeur des oreilles, quand Fortarrigo aperçut des laboureurs dans un champ voisin de la route, en avant de
l'Angiullieri; il se mit à leur crier de toutes ses forces :
« — Arrêtez-le, arrêtez-le. — » Pour quoi, ces gens, qui
avec sa houe, qui avec sa bêche, s'étant mis en travers du
chemin de l'Angiullieri, l'arrêtèrent et se saisirent de lui,
pensant qu'il avait volé celui qui courait après lui en chemise. L'Angiullieri eut beau leur dire qui il était et comment
le fait s'était passé, cela lui servit peu. Mais le Fortarrigo,
accouru sur les lieux, dit d'un air courroucé : « — Je ne
« sais pourquoi je ne te tue point, larron déloyal, qui t'en-
« fuies avec ce qui m'appartient. — » Et s'étant retourné
vers les laboureurs, il dit : « — Vous voyez, messieurs, en
« quel équipage il m'a laissé dans l'auberge, après avoir
« joué tout ce qui était à moi ! Je puis bien dire que c'est
« grâce à Dieu et à vous que j'aurai au moins recouvré
« une partie de mon bien, dont je vous serai toujours
« tenu. — » L'Angiullieri disait tout le contraire, mais on
ne l'écoutait pas. Le Fortarrigo, avec l'aide des paysans, le
fit descendre de son palefroi, le dépouilla de ses habits qu'il
revêtit, et étant monté à cheval, retourna à Sienne, laissant
l'Angiullieri en chemise et pieds nus, et disant partout qu'il
avait gagné à l'Angiullieri son cheval et ses habits. Quant à
l'Angiullieri, qui croyait s'en aller en riche équipage vers le
Cardinal dans la Marche, il revint pauvre et en chemise à
Buonconvento, et, de honte, n'osa pas retourner tout de suite
à Sienne. Quelques vêtements lui ayant été prêtés, il monta

sur le roussin que chevauchait Fortarrigo, et s'en alla chez ses parents à Corsignano, avec lesquels il resta jusqu'à ce qu'il fût de nouveau secouru par son père. C'est ainsi que la malice du Fortarrigo entrava la bonne résolution de l'Angiullieri ; toutefois celui-ci ne laissa pas en temps et lieu ce méchant tour impuni. — »

NOUVELLE V

Calandrino s'amourache d'une jeune fille, Bruno lui fait un talisman sous forme d'écrit, en lui disant qu'aussitôt qu'il en toucherait la jeune fille, celle-ci le suivrait. Calandrino ayant obtenu un rendez-vous, sa femme le surprend et fait grand tapage.

Quand Neiphile eut fini sa courte nouvelle, sans que la compagnie en eût ni trop ri, ni trop parlé, la reine s'étant tournée vers la Fiammetta, lui ordonna de poursuivre. Celle-ci, toute joyeuse, répondit : Volontiers ! et commença : « — Très gentes dames, comme vous le savez, je crois, il est des choses qui plaisent toujours davantage plus on en parle, si celui qui parle veut se donner la peine de bien choisir le temps et le lieu convenables. Et pour ce, si je considère le motif pour lequel nous sommes ici — et nous y sommes pour nous tenir en fête et avoir du bon temps, et non pour autre motif — j'estime que tout ce qui pourra nous procurer fête et plaisir, a ici son lieu et place ; et bien qu'on ait pu en parler déjà mille fois, on ne peut qu'éprouver du plaisir en en parlant encore. Pour quoi, bien qu'il ait été souvent question entre nous des faits et gestes de Calandrino, si je considère, comme vous l'a dit il y a un moment Philostrate,

29.

qu'ils sont tous plaisants, je me hasarderai, en sus de celles qui ont déjà été dites, à vous conter une nouvelle, laquelle, si j'eusse voulu ou si je voulais m'écarter de la vérité, j'aurais bien su, je saurais bien composer et raconter sous d'autres noms ; mais pour ce que se départir de la vérité en racontant diminue grandement le plaisir de ceux qui écoutent, je vous la dirai sous sa propre forme, pour la raison susdite.

« Niccolo Cornacchini fut notre concitoyen. C'était un homme très riche, et parmi ses autres domaines, il en possédait un fort beau à Camerata, sur lequel il fit construire un élégant et magnifique château. Il s'entendit, pour le faire complètement peindre, avec Bruno et Buffamalcco, lesquels, pour ce qu'il y avait beaucoup de travail, s'adjoignirent Nello et Calandrino, et se mirent à la besogne. Bien qu'il y eût en ce château bon nombre de chambres bien fournies en lits et autres choses opportunes, une vieille servante y demeurait seule pour le garder, sans autres domestiques ; aussi, un fils du susdit Niccolo, nommé Filippo, en jeune homme qu'il était et non marié, avait coutume d'y mener parfois quelque femme pour se divertir, de l'y garder un jour ou deux, puis de la renvoyer. Une fois, entre autres, il lui arriva d'en amener une qui avait nom la Niccolosa, et qu'un triste homme, nommé le Mangione, entretenait en une maison de Camaldoli, et prêtait en louage. Cette fille était belle et bien vêtue, et, pour une femme de son métier, se tenait et parlait bien.

« Étant un jour sortie de sa chambre à l'heure de midi, en jupon blanc, et les cheveux roulés autour de la tête, pour se laver les mains et la figure à un puits qui se trouvait dans la cour du château, Calandrino y vint par hasard pour puiser de l'eau, et la salua familièrement. La donzelle, lui ayant rendu son salut, se mit à le regarder, plus pour ce qu'il

lui paraissait un homme naïf, que par un désir quelconque.
Calandrino, de son côté, se mit à l'examiner, et comme elle
lui parut belle, il trouva un prétexte pour rester près d'elle
et ne pas rapporter l'eau à ses compagnons. Mais, ne la connaissant point, il n'osait rien lui dire. Elle, qui s'était
aperçue qu'il la regardait, le regardait aussi parfois pour se
moquer de lui, en poussant quelque soupir ; pour quoi,
Calandrino s'en coiffa soudain, et ne s'en alla de la cour que
lorsqu'elle eut été rappelée dans la chambre par Filippo.

« Calandrino étant retourné à son travail, ne faisait que
soupirer ; de quoi Bruno, qui le taquinait sans cesse pour ce
qu'il prenait grand plaisir à ses sottises, s'étant aperçu,
lui dit : « — Que diable as-tu, compère Calandrino ? Tu ne
« fais que souffler ! — » A quoi Calandrino dit : « — Com-
« père, si j'avais quelqu'un qui voulût m'aider, cela irait
« bien. — » « — Comment ? — dit Bruno. — » A quoi
Calandrino dit : « — Il ne faut le dire à personne ; il y a
« là-bas une jeune femme qui est plus belle qu'une fée, et
« qui est si fort amoureuse de moi, que cela te semblerait
« un grand cas. Je m'en suis aperçu tout à l'heure en allant
« chercher de l'eau. — » « — Eh ! — dit Bruno — prends
« garde que ce ne soit la femme de Filippo. — » Calandrino
« dit : « — Je crois que c'est elle, pour ce qu'il l'a appelée,
« et qu'elle s'en est allée dans sa chambre ; mais qu'est-ce
« que cela fait ? Je tromperais le Christ en de semblables
« choses, et non pas seulement Filippo. Je te vais dire la
« vérité, compère ; elle me plaît tant, que je ne pourrais te
« le dire. — » Bruno dit alors : « — Compère, je saurai te
« dire qui elle est ; et si elle est la femme de Filippo, j'ar-
« rangerai en deux mots tes affaires, pour ce qu'elle est fort
« mon amie. Mais comment ferons-nous pour que Buffa-
« malcco ne le sache pas ? Je ne puis jamais lui parler qu'il

« ne soit avec moi. — » Calandrino dit : « — De Buffa-
« malcco je n'ai cure, mais gardons-nous de Nello ; car il est
« parent de la Tessa, et il nous gâterait tout. — » « — Bien
« dit, — répliqua Bruno.

« Or Bruno savait fort bien qui était la donzelle, car il l'avait
vue arriver, et du reste Filippo le lui avait dit. Pour quoi,
Calandrino ayant un instant quitté sa besogne pour aller la
voir, Bruno raconta tout à Nello et à Buffamalcco, et ils arrangèrent en secret ensemble ce qu'ils devaient faire à propos de cet amourachement de Calandrino. Dès que celui-ci
fut de retour, Bruno lui dit tout bas : « — L'as-tu vue ? — »
Calandrino répondit : « — Eh ! oui ; elle m'a tué. — » Bruno
dit : « — Je veux aller voir si c'est bien celle que je crois ; si
« c'est elle, laisse-moi faire. — » Sur ce, Bruno étant descendu dans la cour, s'en alla trouver Filippo et la dame ; il
leur dit par le menu ce que c'était que Calandrino, ce qu'il
lui avait dit, et arrêta avec eux ce que chacun aurait à faire et
à dire pour avoir liesse et plaisir de l'amourachement de
Calandrino. Puis étant retourné vers Calandrino, il lui dit :
« — C'est bien elle ; et pour ce, il faut procéder sagement,
« car si Filippo s'apercevait de la chose, toute l'eau de l'Arno
« ne nous laverait pas. Mais que veux-tu que je lui dise de
ta part, si je viens à lui parler ? — » Calandrino répondit :
« — Eh ! tu lui diras tout d'abord premièrement que je lui
« souhaite mille muids de ce bon bien qui fait engrosser ; et
« puis que je suis son serviteur si elle veut quelque chose ;
« m'as-tu bien compris ? — » « — Oui, — dit Bruno —
« laisse-moi faire. — »

« L'heure du souper venue, nos compères ayant quitté leur
ouvrage et étant descendus dans la cour où étaient Filippo et
la Niccolosa, s'y arrêtèrent quelque temps pour faire plaisir à
Calandrino qui se mit à regarder la Niccolosa et à lui faire

les plus belles œillades du monde, tant et si bien qu'un aveugle s'en serait aperçu. De son côté, la donzelle faisait tout ce qu'elle croyait devoir le bien enflammer, s'inspirant le mieux du monde des renseignements que Bruno lui avait donnés sur les manières de Calandrino. Filippo, Buffamalcco et les autres faisaient semblant de causer entre eux et de ne pas s'apercevoir de ce manège. Mais au bout d'un moment, au grandissime ennui de Calandrino, ils s'en allèrent ; et tandis qu'ils se dirigeaient sur Florence, Bruno dit à Calandrino : « — Je te dis bien que tu la fais fondre comme glace « au soleil ; par la corps Dieu, si tu apportes ici ta guitare, et si « tu chantes un peu avec elle quelques chansons d'amour, « tu la feras se jeter par les fenêtres pour venir te trou- « ver. — » Calandrino dit : « — Tu crois, compagnon, tu « crois que je ferai bien de l'apporter ? — » « Oui, — ré- « pondit Bruno. — » A quoi Calandrino dit : « — Tu ne « m'as pas cru aujourd'hui quand je te disais : pour sûr, « compère, je suis d'avis que je sais mieux que quiconque « faire ce que je veux. Qui aurait su, sinon moi, rendre si « vite amoureuse une aussi belle dame que celle-ci ? En « bonne vérité, l'auraient-ils su faire, ces jouvenceaux de « trombe marine, qui s'en vont toute la journée ici et là, et « qui ne sauraient pas, en mille ans, assembler trois poignées « de noix ? Or, je veux que tu me voies un peu avec mon « rebec ; tu verras un beau jeu. Sache bien que je ne suis « pas aussi vieux que je te semble ; elle s'en est bien aper- « çue, elle ; mais je l'en ferai apercevoir autrement, si je lui « pose le grappin sur le dos. Par la cordieu, je lui ferai un « tel jeu, qu'elle courra après moi, comme la folle après son « enfant. — » « Oh ! — dit Bruno — tu la fourrageras ; il « me semble te voir mordre, avec tes dents faites comme des « chevilles de guitare, sa bouche vermeille et ses joues qui

« ressemblent à deux roses, et puis la manger tout en-
« tière. — » Calandrino, entendant cela, et croyant être
déjà à la besogne, s'en allait chantant et dansant, si joyeux
qu'il ne tenait plus dans sa peau.

« Le lendemain, ayant apporté son rebec, il chanta de nombreuses chansons, au grand plaisir de toute la bande. Bref,
il en vint à un tel désir de voir souvent la donzelle, qu'il ne
travaillait presque plus, allant mille fois par jour tantôt à la
fenêtre, tantôt à la porte, tantôt dans la cour pour la voir.
De son côté, la dame, agissant fort adroitement suivant les
instructions de Bruno, lui en donnait de nombreuses occasions. Bruno, d'autre part, répondait lui-même à ses messages, et écrivait parfois aussi au nom de la dame. Quand
celle-ci n'était pas au château, ce qui arrivait la plus grande
partie du temps, il faisait venir des lettres d'elle, dans lesquelles elle donnait à Calandrino grande espérance pour ses
désirs, et lui disait qu'elle était chez ses parents, où il ne
pouvait point, présentement, la voir. De cette façon, Bruno
et Buffamalcco, qui tenaient l'affaire en main, se divertissaient
le mieux du monde des faits et gestes de Calandrino, se faisant parfois donner, comme si c'était demandé par la dame,
tantôt un peigne d'ivoire, tantôt une bourse, tantôt un petit
couteau et autres bagatelles, et lui donnant en échange des
bijoux faux de nulle valeur, et dont Calandrino faisait une
merveilleuse fête. En outre, ils en tiraient de bons repas et
d'autres honnêtetés, afin qu'ils fussent soucieux de ses
intérêts.

« Or, après qu'ils l'eurent bien tenu deux mois de cette
façon, sans plus en arriver au fait, Calandrino voyant que
l'ouvrage tirait à sa fin, et comprenant que s'il ne venait pas
à bout de ses amours avant que le travail fût fini, il ne pourrait jamais plus retrouver l'occasion favorable, commença

à presser et à solliciter Bruno. Pour quoi, la jeune fille étant
un jour venue au château, Bruno, après avoir combiné avec
elle et avec Filippo ce qu'il y avait à faire, dit à Calandrino :
« — Vois, compère, cette dame m'a bien mille fois promis
« de faire ce que tu voudrais, et elle n'en fait rien ; aussi
« il me semble qu'elle te mène par le bout du nez ; et pour
« ce, puisqu'elle ne fait pas ce qu'elle a promis, nous le lui
« ferons faire, qu'elle veuille ou non, si tu le veux. — »
Calandrino répondit : « — Eh ! oui, pour l'amour de Dieu,
« faisons vite. — » Bruno dit : « — Auras-tu le courage de
« la toucher avec un talisman que je te donnerai ? — »
« — Oui bien — dit Calandrino. — » « — Donc, — dit
Bruno, — fais en sorte de m'apporter un peu de parchemin
« vierge, une chauve-souris vivante et une chandelle bénite,
« et puis, laisse-moi faire. — »

   « Calandrino passa toute la nuit suivante avec toutes sortes
d'engins pour prendre une chauve-souris ; à la fin il en prit
une et la porta à Bruno avec les autres choses que celui-ci
lui avait demandées. Bruno, s'étant retiré dans une chambre,
écrivit sur ce parchemin certaines balivernes de son crû en
caractères fantastiques, et le lui rapporta en disant :
« — Calandrino, sache que, lorsque tu la toucheras avec
« cet écrit, elle te suivra incontinent et fera tout ce que tu
« voudras. Si donc Filippo s'en va aujourd'hui quelque
« part, accoste-la sous un prétexte quelconque et touche-la,
« puis va-t-en dans la grange qui est à côté, car c'est l'en-
« droit le plus propice, pour ce que personne n'y va jamais ;
« tu verras qu'elle t'y suivra ; une fois qu'elle y sera, tu sais
« bien ce que tu as à faire. — » Calandrino fut l'homme le
plus joyeux du monde, prit le parchemin et dit : « — Com-
« père, laisse-moi faire. — »

   « Nello, dont Calandrino se défiait, s'amusait comme les

autres de tout cela, et contribuait avec eux à le bafouer;
pour ce, ainsi que Bruno l'avait arrangé, il s'en alla à Florence trouver la femme de Calandrino, et lui dit : « —Tessa,
« tu sais quelle raclée Calandrino te donna sans la moindre
« raison le jour qu'il revint avec les pierres du Mugnon, et
« pour ce, j'entends que tu t'en venges ; et si tu ne le fais
« pas, je ne veux plus t'avoir jamais pour parente ni amie.
« Il s'est amouraché là-bas d'une dame, et cette femme est
« assez dévergondée pour s'enfermer souvent avec lui ; et il
« n'y a pas bien longtemps qu'ils se sont donné rendez-vous ;
« pour quoi, je veux que tu te venges, et qu'après l'avoir
« pris sur le fait, tu le corriges d'importance. — » La dame,
en entendant cela, ne crut pas à un jeu, mais s'étant levée
d'un bond, elle se mit à dire : « — Eh! larron public, me
« fais-tu cela? Par la croix de Dieu, cela ne se passera pas
« ainsi sans que je ne te le fasse payer. —» Et, ayant pris
son manteau, et emmenant avec elle une petite servante, elle
alla au château avec Nello, plus vite qu'il n'était besoin.

    « Dès que Bruno la vit venir de loin, il dit à Filippo :
« — Voici notre ami. — » Pour quoi, Filippo étant allé là
où Calandrino et les autres travaillaient, dit : » — Maî-
« tres, il faut que j'aille tout de suite à Florence ; travaillez
« à force. — » Et feignant de partir, il alla se cacher dans
un endroit d'où, sans être vu, il pouvait voir tout ce que
ferait Calandrino.

    « Celui-ci, dès qu'il pensa que Filippo était assez loin,
descendit dans la cour où il trouva la Niccolosa seule, et
entra en conversation avec elle. La dame, qui savait ce qu'elle
avait à faire, l'accueillit avec un peu plus de familiarité que
d'habitude. Sur quoi Calandrino la toucha avec son parchemin, et dès qu'il l'eut touchée, sans plus rien dire, se
dirigea vers la grange où la Niccolosa le suivit. Quand ils y

furent entrés, après avoir fermé la porte, elle embrassa
Calandrino, le renversa à terre sur la paille qui se trouvait
là, se mit à cheval sur lui et lui tenant les mains sur les
épaules sans le laisser approcher de son visage, elle se mit
à le regarder comme un grand objet de convoitise, disant :
« — O mon doux Calandrino, cœur de mon corps, mon âme,
« mon bien, ma paix, depuis combien de temps ai-je désiré
« de t'avoir et de te pouvoir tenir à mon souhait ! Tu m'as,
« par ta gentillesse, tiré tout le fil de la chemise, tu m'as
« chatouillé le cœur avec ton rebec ; est-il bien possible que je
« te tienne ? — » Calandrino, pouvant à peine remuer, disait :
« — Eh ! ma douce âme, laisse-moi te baiser. — » La Niccolosa disait : « — Oh ! tu as grande hâte ; laisse-moi
« d'abord te voir tout mon saoûl ; laisse-moi me rassasier
« les yeux de ton doux visage. — »

« Bruno et Buffamalcco étaient allés rejoindre Filippo, et
tous les trois voyaient et entendaient tout. Or Calandrino
en était au moment de vouloir baiser la Niccolosa à toute force,
quand arriva Nello avec Monna Tessa. En arrivant, Nello dit :
« — Je parie qu'ils sont ensemble. — » Quand ils furent à
la porte de la grange, la dame qui enrageait, la poussant avec
les mains, l'ouvrit toute grande, et étant entrée, vit la Niccolosa à cheval sur Calandrino. Niccolosa, en voyant la dame,
se leva soudain, s'enfuit, et s'en alla là où était Filippo.
Monna Tessa sauta, les ongles en l'air, au visage de
Calandrino qui n'avait pas encore eu le temps de se lever, le
lui égratigna du haut en bas, puis, le prenant par les cheveux, et le traînant deçà delà, elle se mit à dire : « — Faïlli
« chien, voilà donc ce que tu me fais ? Vieil imbécile ! maudit
« soit le bien que je t'ai voulu ; donc, tu ne crois pas avoir
« assez à faire chez toi, que tu vas t'amouracher par ailleurs ?
« Voilà un bel amoureux ! Ne te connais-tu donc point,

« malheureux ? Ne te connais-tu point, sot que tu es ? En te
« pressant tout entier, il ne sortirait pas assez de jus pour
« faire une sauce. Par Dieu, ce n'était pas la Tessa qui t'en-
« grossait tout à l'heure; que Dieu la punisse quelle
« qu'elle soit, car pour sûr elle doit être peu de chose pour
« avoir désir d'un aussi beau bijou que toi ! — »

« En voyant arriver sa femme, Calandrino n'était resté ni
mort ni vif; il n'eut pas le courage de faire la moindre défense ; mais tout égratigné, tout pelé, tout battu qu'il était,
il ramassa son chapeau et se leva, se bornant à prier humblement sa femme de ne pas crier, si elle ne voulait qu'il fût
haché en pièces, pour ce que celle avec qui il était, était la
femme du maître de la maison. La dame dit : « — Soit !
« que Dieu lui donne la male an. — » Bruno et Buffamalcco
qui, en compagnie de Filippo et de la Niccolosa, avaient ri
tout leur saoûl de cette scène, feignant d'accourir au bruit,
arrivèrent sur les lieux, et après avoir eu beaucoup de peine
à apaiser la dame, ils conseillèrent à Calandrino de s'en aller
à Florence et de ne plus revenir au château, de peur que
Filippo, s'il venait à savoir quelque chose de tout cela, ne lui
fît un mauvais parti. Ainsi donc, Calandrino triste et battu,
tout égratigné et les cheveux arrachés, s'en revint à Florence
n'osant plus retourner là-haut, et mit fin à ses amours,
tourmenté et molesté jour et nuit par les reproches de sa
femme, après avoir donné beaucoup à rire à ses compagnons ainsi qu'à la Niccolosa et à Filippo. — »

· NOUVELLE VI

Deux jeunes gens logent chez un hôtelier. L'un couche avec sa fille, l'autre avec
sa femme. Celui qui avait couché avec la fille, couche ensuite dans le même lit
que le père auquel il raconte tout, croyant le dire à son compagnon. Une dispute
s'ensuit. La femme de l'hôtelier, étant allée dans le lit de la fille, arrange tout
avec certaines paroles.

Calandrino qui avait déjà fait rire bien des fois la compagnie, la fit encore rire cette fois. Quand les dames eurent
assez devisé de ses faits et gestes, la reine ordonna à Pamphile de parler ; celui-ci dit : « — Louables dames, le nom de
la Niccolosa aimée de Calandrino, m'a remis en mémoire
une nouvelle touchant une autre Niccolosa, et qu'il me plaît
de vous conter, pour ce que vous y verrez comment la subite
prévoyance d'une bonne dame évita un grand scandale.

« Dans la plaine du Mugnon, était, il n'y a pas longtemps,
un brave homme qui donnait, pour leur argent, à manger et
à boire aux voyageurs ; et, bien qu'il fût pauvre et que sa
maison fût petite, il lui arrivait parfois de loger par grand
besoin, non pas tout le monde, mais des gens de connaissance. Cet homme avait une femme très belle dont il avait eu
deux enfants : l'une était une jeune fille de quinze à seize
ans et non encore mariée ; l'autre était un petit garçon qui
n'avait pas encore un an et que sa mère allaitait. La jeune
fille avait attiré les regards d'un jeune gentilhomme de notre
cité, aux manières agréables et plaisantes, qui fréquentait
beaucoup l'endroit, et aimait ardemment la belle. Celle-ci
qui était fort glorieuse d'être aimée par un jeune homme de
cette qualité, en s'efforçant de le retenir en son amour par
des manières aimables, s'énamoura pareillement de lui,

et plusieurs fois, suivant le désir des deux parties, cet amour aurait eu bonne fin, si Pinuccio, — c'est ainsi que le jouvenceau avait nom — n'eût voulu éviter le déshonneur de la jeune fille et le sien. Cependant, leur ardeur croissant de jour en jour, le désir vint à Pinuccio de se trouver avec elle, et il chercha dans sa pensée le moyen d'être hébergé chez son père, avisant, en homme qui connaissait la disposition intérieure de la maison de la jeune fille, que s'il se faisait qu'il y fût logé, il pourrait trouver l'occasion d'être avec elle sans que personne s'en aperçût. Cette pensée lui fut à peine venue en l'esprit, qu'il la mit sans retard à l'essai.

« Un soir, vers une heure tardive, lui et un sien compagnon fidèle, appelé Adriano, qui connaissait son amour, ayant pris deux roussins de louage sur lesquels ils posèrent deux valises, sortirent de Florence, et après avoir fait un détour, arrivèrent en chevauchant dans la plaine du Mugnon, à la nuit tombante. Là, comme s'ils venaient de la Romagne, ils firent volte-face, et s'en vinrent frapper à l'auberge du brave homme. Celui-ci qui les connaissait beaucoup tous les deux, leur ouvrit promptement la porte. Pinuccio lui dit : « — Vois, « il faut que tu nous héberges cette nuit ; nous pensions pou- « voir entrer à Florence, et nous nous sommes si peu pressés, « que nous sommes arrivés ici, comme tu vois, à l'heure « qu'il est. — » A quoi l'hôte répondit : « — Pinuccio, tu « sais bien comme je suis peu en état de pouvoir héberger « des hommes comme vous ; mais pourtant, puisque l'heure « vous a surpris ici, et qu'il n'est plus temps d'aller ailleurs, « je vous hébergerai volontiers comme je pourrai. — » Les deux jeunes gens étant donc descendus de cheval, et étant entrés dans l'auberge, pansèrent tout d'abord leurs roussins, puis, ayant apporté avec eux de quoi bien manger, ils soupèrent avec l'hôte.

« Or, l'hôte n'avait qu'une chambrette très petite, dans laquelle il avait mis du mieux qu'il avait pu trois lits, sans que pour cela il restât beaucoup d'espace libre ; deux de ces lits étaient sur un même côté de la chambre et le troisième de l'autre côté en face des deux premiers, de sorte qu'on ne pouvait que difficilement passer entre eux. L'hôte fit préparer le moins mauvais de ces trois lits pour les deux compagnons et les fit coucher ; puis, au bout d'un moment, ni l'un ni l'autre ne dormant, bien qu'ils fissent semblant de dormir, l'hôte fit coucher sa fille dans un des deux autres lits et se mit dans le troisième avec sa femme qui, à côté du lit où elle était couchée, plaça le berceau dans lequel était son petit enfant. Les choses étant en cet état, et Pinuccio ayant bien vu comment tout était disposé, quand il lui sembla que chacun était endormi, il se leva doucement, s'en alla droit au petit lit où était couchée la jeune fille qu'il aimait et se glissa à côté d'elle. Celle-ci, encore qu'elle eût grand peur, l'accueillit joyeusement et il put goûter avec elle de ce plaisir qu'ils désiraient le plus l'un et l'autre.

« Pendant que Pinuccio était avec la jeune fille, il arriva qu'une chatte fit tomber quelque chose, ce que la maîtresse du logis étant éveillée entendit ; pour quoi, craignant que ce ne fût autre chose, elle se leva dans l'osbcurité, et s'en alla à l'endroit où elle avait entendu le bruit. Sur ces entrefaites Adriano, qui ne pensait à rien de mal, se leva par hasard pour satisfaire un besoin naturel ; en y allant, il trouva le berceau placé là par la dame, et ne pouvant passer sans l'ôter, il le prit, l'ôta de l'endroit où il était, et le posa à côté du lit où il couchait lui-même ; puis ayant satisfait au besoin qui l'avait fait se lever, il revint se remettre dans son lit, sans plus songer au berceau. De son côté, la dame ayant cherché, et ayant trouvé que ce qui était tombé n'était point ce qu'elle pensait, ne songea pas autrement à allumer une chandelle pour le voir, mais après avoir crié contre la chatte, elle revint dans la chambrette, et se dirigea à tâtons vers le lit où son mari dormait. Mais n'y retrouvant pas le berceau, elle se dit en elle-même : « — Eh ! pauvre de moi, voyez ce que je faisais ! « Sur ma foi en Dieu, je m'en allais droit au lit de mes « hôtes. — » Alors ayant fait quelques pas de plus et ayant trouvé le berceau, elle se coucha dans le lit qui était à côté et où était Adriano, croyant se coucher avec son mari.

« Adriano, qui n'était pas encore endormi, sentant cela, la reçut bien et joyeusement, et sans dire mot, remplit plus d'une fois copieusement son office au grand plaisir de la dame. Sur ces entrefaites, Pinuccio craignant que le sommeil ne le surprît auprès de la jeune fille, et ayant pris tout le plaisir qu'il désirait, la quitta pour retourner dormir dans son lit ; en y retournant, il rencontra le berceau, et crut que c'était le lit de l'hôtelier ; pour quoi, ayant poussé un peu plus outre, il alla se coucher auprès de l'hôtelier, croyant être aux côtés d'Adriano, et dit : « — Je puis bien te dire qu'il n'y « eut jamais si douce chose que la Niccolosa. Par la corps « Dieu ! j'ai eu avec elle le plus grand plaisir que jamais « homme ait eu avec une femme. Et je te dis que j'ai fait « plus de six lieues depuis que je suis parti d'ici. — » L'hôtelier, entendant ces étranges propos qui ne lui plaisaient guère, se dit tout d'abord à part soi : « — Que diable celui-ci vient-« il faire là ? — » Puis, plus irrité que prudent, il dit : « — Pinuccio, tu viens de commettre une grande scéléra-« tesse, et je ne sais pourquoi tu m'as fait cela ; mais par la « Corps Dieu, tu me le paieras. — » Pinuccio, qui n'était pas l'homme le plus fin du monde, reconnaissant son erreur, n'essaya pas de s'excuser de son mieux, mais il dit : « — Comment te le paierai-je ? Que pourrais-tu me faire ? — »

« La femme de l'hôtelier, qui croyait être avec son mari, dit à Adriano : « — Eh! entends nos hôtes qui ont je ne « sais quelle querelle ensemble. — » Adriano répondit en riant : « — Laisse faire; que Dieu leur donne la male an ; « ils ont trop bu hier soir. — » La dame qui croyait que c'était son mari qui allait lui répondre, entendant la voix d'Adriano reconnut sur-le-champ où elle était et avec qui ; pour quoi, en femme avisée, sans dire un mot, elle se leva soudain, et ayant pris le berceau de son petit enfant, profitant de l'obscurité complète qui régnait dans la chambre, elle le porta vers le lit de sa fille, à côté de laquelle elle se coucha. Puis, comme si elle était réveillée par les cris de son mari, elle l'appela et lui demanda ce qu'il avait avec Pinuccio. Le mari répondit : « — N'entends-tu pas ce qu'il dit avoir fait « cette nuit à la Niccolosa. — » La dame dit : « — Il ment « par la gorge, car je me suis couchée avec elle et je n'ai pu « dormir un seul instant; et toi, tu es une bête de le croire. « Vous buvez tellement le soir, que vous rêvez toute la nuit ; « vous allez d'un côté et d'autre sans vous en douter, et il « vous semble avoir fait merveille. C'est grand dommage que « vous ne vous rompiez pas le col; mais que fait Pinuccio « là-bas? Pourquoi n'est-il pas dans son lit? — »

« De son côté, Adriano voyant que la dame couvrait sagement sa honte et celle de sa fille, dit : « — Pinuccio, je te « l'ai dit cent fois de ne pas t'en aller hors de chez toi; que « ce défaut que tu as de te lever pendant que tu dors, et de « raconter comme vraies les choses que tu rêves, te joueront « à la fin un mauvais tour; reviens vers moi; que Dieu te « donne la male nuit! — » L'hôtelier, entendant ce qu'avait dit sa femme et ce que disait Adriano, commença à croire très bien que Pinuccio rêvait; pour quoi, le prenant par les épaules, il se mit à le secouer, à l'appeler en disant : « — Pi-

« nuccio, réveille-toi; retourne dans ton lit. — » Pinuccio
ayant entendu ce qui s'était dit de part et d'autre, se mit,
comme un homme qui rêve, à recommencer d'autres divaga-
tions; de quoi l'hôtelier fit les plus grandes risées du monde.
A la fin pourtant, se sentant de plus en plus secouer, Pinuccio fit semblant de se réveiller, et appelant Adriano, dit :
« — Est-ce qu'il est déjà jour, que tu m'appelles? — »
Adriano dit : « — Oui, viens ici. — » Pinuccio dissimulant
toujours et feignant d'être tout endormi, finit par quitter
l'hôtelier et retourna dans le lit d'Adriano. Le jour venu, ils
se levèrent tous et l'hôtelier ne manqua pas de rire et de se
moquer de Pinuccio et de ses rêves. Tout en plaisantant,
d'un mot à un autre, les deux jeunes gens ayant apprêté
leurs roussins, mis leurs valises dessus et bu avec l'hôtelier,
remontèrent à cheval et s'en revinrent à Florence, non moins
contents de la façon dont l'aventure s'était passée que de
l'effet qui s'en était suivi. Par la suite, ayant pris d'autres
mesures, Pinuccio se retrouva avec la Niccolosa qui avait
affirmé à sa mère que leur hôte avait rêvé. Pour quoi, la
bonne dame, se souvenant des embrassements d'Adriano,
soutenait qu'elle seule avait veillé. — » .

NOUVELLE VII

Talano di Molese rêve qu'un loup déchire la gorge et le visage de sa femme; il
lui dit d'y prendre garde; elle n'en fait rien, et la chose lui arrive.

La nouvelle de Pamphile étant finie, et la prévoyance de la
dame ayant été louée de tous, la reine dit à Pampinea de dire
la sienne, et celle-ci commença : « — Il a déjà été parlé entre

nous, plaisantes dames, de la vérité évidente des songes, dont beaucoup se moquent ; mais quoi qu'il ait été dit là-dessus, je ne m'abstiendrai pas de vous narrer, dans une petite nouvelle fort brève, ce qui advint à une mienne voisine, il n'y a pas longtemps, pour n'avoir pas cru à un songe que son mari avait eu à son sujet.

« Je ne sais si vous connaissez Talano di Molese, homme fort honorable. Il avait pris pour femme une jeune fille nommée Margarita, belle entre toutes mais bizarre, déplaisante, et si acariâtre, qu'elle ne voulait jamais écouter l'avis des autres, et que les autres ne pouvaient rien faire à son goût. Bien que cela lui fût dur, Talano, ne pouvant faire autrement, la supportait de son mieux. Or, une nuit que Talano était avec sa Margarita à la campagne dans une sienne ferme, il arriva qu'en dormant il lui sembla voir en songe sa femme s'en aller à travers un bois fort beau qui se trouvait non loin de leur ferme ; et pendant qu'il la voyait aller ainsi, il lui sembla que d'un coin du bois sortait un énorme et féroce loup qui se jetait à la gorge de la dame, la renversait par terre et s'efforçait de l'emporter tandis qu'elle criait à l'aide ; et quand elle lui sortit de la gueule, il lui sembla qu'elle avait tout le visage abymé. Le lendemain, en se levant, il dit à sa femme : « — Femme, bien que ton caractère acariâtre ne « m'ait pas permis de passer un jour tranquille avec toi, je « serais marri qu'il t'arrivât du mal ; et pour ce, si tu croyais « mon conseil, tu ne sortirais point aujourd'hui de la mai- « son. — » Comme elle lui demandait pourquoi, il lui conta le songe qu'il avait fait.

« La dame, branlant la tête, dit : « — Qui mal te veut, « mal rêve de toi ; tu te fais de moi grand souci, mais tu « rêves à mon sujet ce que tu voudrais me voir arriver ; pour « sûr, je me donnerai de garde, aujourd'hui et toujours, de

« te donner le plaisir de me voir arriver mal en cela comme
« en toute autre chose. — » Talano dit alors : « — Je savais
« bien que tu me répondrais ainsi, pour ce que, à qui peigne
« un teigneux il en revient pareil remerciement ; mais crois
« ce qu'il te plaira ; pour moi je te le dis dans ton intérêt,
« et de nouveau je te donne le conseil de rester à la maison
« aujourd'hui, ou du moins de te garder d'aller dans notre
« bois. — » La dame dit : « — Bien ; je le ferai. — »
Puis elle se dit en elle-même : « — As-tu vu comme celui-
« ci croit malicieusement m'avoir fait peur d'aller aujour-
« d'hui dans notre bois ? Pour sûr il doit y avoir donné
« rendez-vous à quelque catin, et il ne veut pas que je l'y
« surprenne. Or, il serait bon pour moudre avec les aveugles,
« et je serais bien sotte si je ne voyais ce qu'il veut et si je
« le croyais. Mais certes, il n'y réussira point ; il faut que je
« voie, quand je devrais guetter tout le jour, quelle est cette
« marchandise qu'il veut faire aujourd'hui. — » Sur ces
réflexions, une fois son mari sorti de la maison, elle sortit
de son côté, et se cachant de son mieux, elle s'en alla sans
retard au bois où elle se cacha dans le fourré le plus épais,
attendant et regardant de tous côtés si elle ne voyait venir
personne.

    « Pendant qu'elle se tenait ainsi sans songer au loup,
voici qu'un loup énorme et terrible sortit tout près d'elle
d'une épaisse touffe d'arbres, et elle eut à peine le temps de
dire : Seigneur secourez-moi ! que le loup lui avait sauté à
la gorge, et l'ayant saisie fortement, se mettait à l'emporter
comme si elle avait été un petit agneau. Elle ne pouvait crier,
tellement elle avait la gorge comprimée, ni s'aider en quoi
que ce soit ; pour quoi, le loup l'emportant, il l'aurait certainement étranglée, s'il n'eût rencontré quelques bergers
dont les cris le forcèrent à la lâcher. La malheureuse femme,

ayant été reconnue par les bergers et portée chez elle, fut guérie par les médecins après de longs soins, mais pas si bien qu'elle n'eût toute la gorge et une partie du visage ravagée de telle sorte que, de belle qu'elle était auparavant, elle eut depuis l'air affreuse et contrefaite. Aussi, ayant honte de se montrer là où on aurait pu la voir, elle pleura amèrement sur son mauvais caractère, et de n'avoir pas voulu, bien qu'il ne lui en coutât rien, ajouter foi au songe que son mari avait eu. — »

NOUVELLE VIII

Biondello se joue de Ciacco en lui faisant faire un mauvais déjeuner ; de quoi Ciacco se venge cauteleusement en faisant battre Biondello.

Chacun, dans la joyeuse compagnie, soutint généralement que ce que Talano avait vu en dormant n'était point un songe, mais une vision, tellement cela s'était réalisé sans que rien n'y manquât. Mais tous se taisant, la reine ordonna à la Lauretta de continuer, et celle-ci dit : « — Très sages dames, de même que ceux qui ont parlé aujourd'hui avant moi se sont quasi tous mis à raconter sur quelque sujet déjà traité, ainsi la rude vengeance de l'écolier, que Pampinea a contée hier, m'amène à vous parler d'une vengeance qui fut assez pénible pour celui qui en fut l'objet, bien qu'elle n'ait point été aussi féroce. Et pour ce, voici ce que j'ai à dire :

« Il y avait à Florence un individu que chacun appelait Ciacco, homme le plus glouton qui eût jamais existé. Comme il n'avait pas le moyen de satisfaire sa gloutonnerie, et que d'autre part il était de belles manières et plein de bons mots et de plaisantes réparties, il s'adonna non pas à être un homme de cour, mais un parasite, fréquentant ceux qui étaient riches et se plaisaient à manger de bonnes choses, et allant très souvent dîner et déjeuner chez eux, bien que la plupart du temps il n'eût pas été invité. Il y avait aussi à cette époque à Florence un certain Biondello, petit de sa personne, très recherché dans sa mise et plus brillant qu'une mouche avec sa coiffe sur la tête, sa chevelure blonde dont pas un cheveu ne dépassait l'autre, et qui faisait le même métier que Ciacco. Un matin de carême qu'il était allé là où l'on vend le poisson, et qu'il achetait deux énormes lamproies pour Messer Vieri de' Cerchj, il fut aperçu par Ciacco. Ce dernier, s'étant approché de Biondello, dit : « — Que veut dire ceci? — » A quoi Biondello répondit : « — On en a envoyé hier soir trois « autres bien plus belles encore que celles-ci, ainsi qu'un « esturgeon, à Messer Corso Donati; mais comme il n'y en « a pas assez pour donner à manger à plusieurs gentilshom- « mes, il m'a chargé d'acheter ces deux autres-là. N'y vien- « dras-tu pas? — » Ciacco répondit : « — Tu sais bien que « j'y viendrai. — » Et en effet, quand il lui parut temps, il alla chez Messer Corso et le trouva avec quelques-uns de ses voisins, qui n'était pas encore allé déjeuner. Messer Corso lui ayant demandé ce qu'il venait faire, il répondit : « — Mes- « sire, je viens déjeuner avec vous et avec votre compa- « gnie. — » A quoi Messer Corso dit : « — Tu es le bien « venu, et pour ce il est temps, allons-y. — » S'étant mis à table, on leur servit d'abord des pois-chiches et du thon salé, puis des poissons de l'Arno en friture, sans rien autre.

« Ciacco comprenant que Biondello s'était moqué de lui, et en ayant été fort irrité, résolut de le lui faire payer; peu de jours se passèrent sans qu'il rencontrât son compère qui avait déjà fait rire bon nombre de gens en leur racontant ce bon

nombre de gens en leur racontant ce bon tour. Biondello
l'ayant aperçu, le salua et lui demanda en riant comment
avaient été les lamproies de Messer Corso ; à quoi Ciacco dit
pour toute réponse : « — Avant qu'il soit huit jours, tu sau-
« ras mieux le dire que moi. — » Et sans plus retarder son
projet, ayant quitté Biondello, il alla trouver un rusé brocanteur, convint avec lui d'un prix, et lui ayant donné un flacon
de verre, il le conduisit près de la galerie des Cavicciuli où
il lui montra un chevalier nommé Messer Filippo Argenti,
homme grand, vigoureux et fort, hautain, colère, plus
bizarre que quiconque, et lui dit : « — Va-t-en vers lui avec
« ce flacon à la main, et dis lui ceci : Messire, Biondello
« m'envoie vers vous pour vous prier d'avoir la complaisance
« de lui enrubiner ce flacon de votre bon vin rouge, parce
« qu'il veut se régaler un peu avec quelques amis ; mais
« prends bien garde qu'il ne mette les mains sur toi pour ce
« qu'il te fera un méchant accueil, et tu aurais gâté mes
« affaires. — » Le brocanteur dit : « — Aurai-je à dire
« autre chose ? — » « — Non — dit Ciacco — dès que tu lui
« auras dit cela, reviens ici avec le flacon et je te paierai. — »
    « Le brocanteur s'étant éloigné, fit la commission à
Messer Filippo. Messer Filippo, après l'avoir écouté en
homme ayant peu de cervelle, croyant que Biondello, qu'il
connaissait, se moquait de lui, devint tout rouge de
colère, et s'écriant : Quel enrubinement, quels amis
veux-tu dire ? Que Dieu vous donne la male an à lui et à
toi, il se leva tout debout et étendit le bras pour saisir
le brocanteur avec la main ; mais celui-ci, qui était sur
ses gardes, fut prompt à s'enfuir, et étant revenu vers
Ciacco, qui avait tout vu, il lui répéta ce que Messer Filippo
lui avait dit. Ciacco satisfait, paya le brocanteur, et n'eut pas
de cesse qu'il n'eût trouvé Biondello à qui il dit : « — Y a-

« t-il longtemps que tu n'es allé à la galerie des Cavicciuli ? — » Biondello répondit : « — Mais non ; pourquoi
« me demandes-tu cela ? — » Ciacco dit : « — Parce que
« j'ai à te dire que Messer Filippo te fait chercher ; je ne
« sais ce qu'il te veut. — » Biondello dit alors : « — Bien,
« j'y vais ; je lui parlerai. — »

« Biondello parti, Ciacco le suivit pour voir comment
irait l'aventure. Messer Filippo, n'ayant pu attraper le brocanteur, était resté fort courroucé et se rongeait lui-même de
colère, ne pouvant rien comprendre aux paroles du brocanteur, sinon que Biondello, à l'instigation de quelqu'un, avait
voulu se moquer de lui. Pendant qu'il ruminait sa colère,
Biondello survint. Dès que Filippo le vit, il courut à sa
rencontre, et lui donna un grand coup de poing au visage.
« — Hé ! messire — dit Biondello, — qu'est cela ? — » Messer Filippo, le prenant par les cheveux, lui arracha la coiffe
de la tête, lui jeta son capuchon par terre, et lui disait tout
haut en le gourmant fort : « — Traître, tu le verras bien ce que
« c'est que « enrubinez-moi » et que « ces amis » que tu
« m'envoies dire ! Est-ce que je te fais l'effet d'un enfant
« dont on doive se moquer ? — « Ce disant, il lui martelait
le visage de ses poings qu'il avait durs comme du fer, et ne
lui laissa sur la tête un seul cheveu qui tînt bon ; puis,
l'ayant renversé dans la boue, il lui déchira tous ses vête=
ments ; et il allait de si bon cœur à la besogne, que Biondello ne put pas même dire un mot, ni demander pourquoi
il le traitait de la sorte. Il avait bien entendu l'autre lui
parler « d'enrubinez-moi » et « d'amis », mais il ne savait ce
que cela voulait dire. A la fin, quand Messer Filippo l'eut
bien battu, un grand nombre de personnes étant accourues,
on eut là plus grande peine du monde à le lui tirer des
mains, tout meurtri et tout mal arrangé qu'il était ; on lui

dit alors pourquoi Messer Filippo l'avait traité ainsi, en le blâmant de ce qu'il lui avait envoyé dire, et en ajoutant qu'il devait bien connaître Messer Filippo et savoir que ce n'était pas un homme dont on pût se moquer. Biondello s'excusait en pleurant et disait qu'il n'avait jamais envoyé demander du vin à Messer Filippo; mais quand il se fut un peu remis, il s'en retourna chez lui triste et dolent, avisant que tout cela pouvait bien être l'ouvrage de Ciacco. Au bout de quelques jours, les meurtrissures de son visage ayant disparu, il commença à sortir de chez lui, et sur ces entrefaites Ciacco l'ayant rencontré lui demanda en riant : « — Biondello, « comment as-tu trouvé le vin de Messer Filippo ? — » Biondello répondit : « — Eusses-tu trouvé pareilles les « lamproies de Messer Corso ! — « Ciacco dit alors : — « Tiens-toi pour assuré désormais que, quand tu voudras me « faire aussi bien manger que tu l'as fait, je te donnerai à « boire comme tu as bu. — » Biondello qui savait qu'il n'avait rien à gagner de bon à lutter contre Ciacco, pria Dieu de faire sa paix avec lui, et depuis ce moment il se garda bien de se moquer jamais plus de lui. — »

NOUVELLE IX

Deux jeunes gens demandent conseil à Salomon, l'un pour savoir comment il pourrait être aimé, l'autre comment il pourrait corriger sa femme acariâtre. Il répond au premier d'aimer, et à l'autre d'aller au Pont aux Oies.

Il ne restait plus qu'à la reine à dire sa nouvelle, car elle voulait garder le privilège de Dioneo. Après que les dames eurent bien ri du malencontreux Biondello, elle se mit à parler ainsi d'un air joyeux : « — Aimables dames, si l'on regarde avec un esprit juste l'ordre des choses, on verra facilement que l'universelle multitude des femmes a été soumise aux hommes par la nature, par les usages et par les lois, et qu'elles doivent se gouverner et se comporter suivant la discrétion de ceux-ci. Pour ce, toutes celles qui veulent avoir paix, consolation et repos avec les hommes auxquelles elles appartiennent, doivent être humbles, patientes, obéissantes, en sus de l'honnêteté, le souverain et spécial trésor de toute dame sage. Et quand bien même les lois qui en toutes choses ont en vue le bien général, quand bien même l'habitude, je veux dire la coutume dont les forces sont grandes et dignes de respect, ne nous enseigneraient pas cela, la nature nous le montre assez clairement, car elle nous a faites de corps délicates et faibles, timides et peureuses d'esprit ; elle nous a donné peu de force corporelle, la voix douce, les mouvements gracieux, toutes choses témoignant que nous avons besoin du gouvernement d'autrui. Et quiconque a besoin d'être aidé et gouverné, la raison veut qu'il soit soumis, obéissant et respectueux envers qui le gouverne. Or, qui avons-nous pour gouverneurs et pour aides, sinon les hommes ? Donc, nous devons nous soumettre aux hommes, et les honorer en tout point ; et celle qui déroge à cette loi, j'estime qu'elle mérite nonseulement une grave réprimande, mais un dur châtiment. J'ai été amenée à ces considérations, bien que je les aie eues d'autres fois, par ce que Pampinea a raconté au sujet de la méchante femme de Talano à laquelle Dieu envoya le châtiment que son mari n'avait pas su lui donner, et dans mon jugement j'estime, comme j'ai déjà dit, dignes d'un rude et rigoureux châtiment toutes celles qui ne sont point complaisantes, douces et soumises, comme la nature, l'usage et les lois le veulent. Pourquoi, il m'agrée de vous raconter un conseil donné par Salomon, comme étant un utile remède pour guérir celles qui sont affectées d'une semblable maladie. Ce conseil, celles qui ne méritent point qu'on leur applique un tel remède ne doivent point penser qu'il a été dit pour elles, bien que les hommes usent du proverbe suivant : à bon ou mauvais cheval, il faut de l'éperon ; à bonne ou mauvaise femme, il faut du bâton. A qui voudrait interpréter plaisamment ces paroles, vous accorderiez bien toutes qu'elles sont vraies ; mais si on voulait les prendre au sérieux, je dis qu'on ne devrait pas l'accorder. Les femmes sont généralement toutes fragiles et complaisantes, et pour ce, pour corriger celles qui se laissent aller trop au delà des bornes qui leur sont imposées, il faut que le bâton les châtie ; d'un autre côté, pour que la vertu des autres ne se laisse point abattre, il faut que le bâton les soutienne et leur fasse peur. Mais laissons les sermons de côté pour le moment, et venons à ce que j'ai à vous dire. Je dis que :

« La très haute renommée du miraculeux sens de Salomon étant jadis répandue quasi par tout l'univers, ainsi que la libéralité avec laquelle il en donnait des preuves à qui les lui demandait, une foule de gens accouraient vers lui de toutes les parties du monde pour leurs affaires les plus embrouillées et les plus ardues. Parmi ceux qui y allèrent, un jeune homme nommé Melisso, noble et fort riche, s'en vint de la cité de Lajazzo où il était né et où il habitait. Comme il chevauchait vers Jérusalem, il advint qu'en sortant d'Antioche, il fit route pendant quelque temps en compagnie d'un autre jeune homme, appelé Joseph, qui suivait le même chemin que lui, et avec lequel, suivant la coutume des voyageurs, il se mit à entrer en conversation. Melisso, après

31.

avoir appris de Joseph quelle était sa condition et d'où il était, lui demanda où il allait et le motif de son voyage ; à quoi Joseph dit qu'il allait trouver Salomon pour avoir conseil de lui sur la façon dont il devait s'y prendre avec sa femme, plus que toute autre acariâtre et méchante, et dont ni par prières, ni par caresses, ni d'aucune autre façon il ne pouvait corriger le mauvais caractère. Après cette confidence, Joseph demanda à son tour à Melisso d'où il était, où il allait et pour quelle cause il voyageait ; à quoi Melisso répondit : « — Je suis de Lajazzo, et de même que tu as un « ennui, j'en ai un autre. Je suis riche, jeune, et je dé- « pense mon bien à tenir table ouverte et à faire honneur à « mes concitoyens ; et c'est chose neuve et étrange à penser « que, malgré tout cela, je ne puisse pas trouver un seul « homme qui me veuille du bien. C'est pourquoi je vais où « tu vas toi-même, pour demander comment je dois faire « pour être aimé, — »

« Les deux compagnons cheminèrent donc ensemble, et arrivés à Jérusalem, ils furent conduits devant Salomon par l'entremise d'un de ses barons. Melisso lui dit brièvement son cas. A quoi Salomon répondit : « — Aime. — » Et cela dit, Melisso fut sur-le-champ reconduit, puis Joseph dit l'affaire pour laquelle il était venu. A quoi Salomon ne fit pas d'autre réponse sinon : « — Va au Pont aux Oies. — » Là-dessus, Joseph fut également reconduit hors de la présence du roi, et ayant retrouvé Melisso qui l'attendait, il lui dit ce qu'il avait eu comme réponse. Tous deux, pensant aux paroles de Salomon, et ne pouvant en comprendre le sens, ni en tirer profit pour leur affaire, se remirent en route pour s'en retourner, de l'air de gens dont on se serait moqué.

« Après quelques jours de marche, ils arrivèrent à une rivière sur laquelle était un beau pont ; et pour ce qu'en ce moment une longue caravane de mulets et de chevaux lourdement chargés passait sur le pont, il leur fallut attendre qu'elle fût passée. Quasi tous étaient déjà passés, quand par aventure un mulet vint à prendre ombrage, comme on les voit faire souvent, et ne voulait en aucune façon aller plus avant ; pour quoi un muletier, ayant pris une trique, se mit à le frapper tout d'abord assez doucement pour le faire passer. Mais le mulet, allant tantôt à droite, tantôt à gauche, traversait le chemin, revenait parfois en arrière, mais ne voulait absolument point passer. Ce que voyant, le muletier, fortement irrité, se mit à lui donner avec sa trique les meilleurs coups du monde, tantôt sur la tête, tantôt sur les flancs, tantôt sur la croupe ; mais rien n'y faisait. Pour quoi, Melisso et Joseph qui regardaient en attendant, dirent à plusieurs reprises au muletier : « — Eh ! mauvais, que vas-tu faire ? « veux-tu le tuer ? Pourquoi n'essaies-tu pas de le traiter dou- « cement ? Il marcherait plus volontiers qu'en le bâtonnant « comme tu fais. — » Le muletier leur répondit : « — Vous « connaissez vos chevaux et moi je connais mon mulet ; laissez- « moi faire. — » Cela dit, il se remit à le battre, et il lui en donna tant de tous les côtés que le mulet passa, de sorte que le muletier vint à bout de ce qu'il voulait.

« Les deux jeunes gens étant sur le point de s'éloigner, Joseph demanda à un bon homme qui était assis à l'entrée du pont, comment s'appelait cet endroit. A quoi le bon homme répondit : « — Messire, cet endroit s'appelle le Pont aux « Oies. — » Dès que Joseph eut entendu cette réponse, il se souvint également des paroles de Salomon et dit à Melisso : « — Compagnon, je te dis maintenant que le conseil que m'a « donné Salomon pourrait bien être juste et bon, pour ce que « je reconnais manifestement que je ne savais pas battre ma « femme ; mais ce muletier m'a montré ce que j'ai à faire. — »

« A quelques jours de là, étant arrivés à Antioche, Joseph
retint Melisso chez lui pour se reposer quelque temps, et
comme sa femme avait accueilli froidement son compagnon
de voyage, il lui dit de préparer à souper comme Melisso l'or-
donnerait. Ce dernier voyant que cela plaisait à Joseph, dit
en peu de mots ce qu'il désirait. La dame, selon son habitude, fit non pas comme Melisso l'avait indiqué, mais quasi
tout le contraire ; ce que voyant Joseph, il dit d'un air courroucé : « — Ne t'avait-on pas dit de quelle façon tu devais
« faire ce souper ? — » La dame s'étant retournée avec hauteur, dit : « — Que veut donc dire ceci ? Eh ! que ne soupes-
« tu, si tu veux souper ? Si l'on m'a dit de faire autrement, il
« m'a convenu à moi de faire ainsi ; si cela te plaît, tant
« mieux ; sinon, ne mange pas. — » Melisso s'étonna de la
réponse de la dame et la blâma beaucoup. Joseph, entendant
cela, dit : « — Femme, tu es bien toujours la même ; mais
« crois-moi, je te ferai changer tes manières. — » Et s'étant
tourné vers Melisso, il dit : « — Ami, nous allons voir tout à
« l'heure ce que vaut le conseil de Salomon ; mais je te prie
« de ne point t'émouvoir de ce que tu verras, ni de prendre
« pour un jeu ce que je vais faire. Et afin que tu ne m'en
« empêches point, souviens-toi de la réponse que nous fit le
« muletier, quand nous avions pitié de son mulet. — » A
quoi Melisso répondit : « — Je suis dans ta maison où je
« n'entends pas m'élever contre ton bon plaisir. — »

« Joseph, ayant trouvé un bâton rond, fait d'une tige de
jeune chêne, monta à la chambre où la dame, après s'être
levée de table, s'en était allée en grommelant de dépit, et l'ayant
prise par les cheveux, il la jeta par terre et se mit à lui donner
une fière volée de son bâton. La dame commença par crier, puis
en vint aux menaces ; mais voyant que malgré tout cela Joseph ne s'arrêtait point, elle se mit, déjà toute meurtrie, à

demander grâce pour Dieu, le priant de ne pas la tuer, disant
qu'elle ne ferait jamais rien désormais contre sa volonté.
Malgré cela, Joseph ne s'arrêtait pas ; au contraire, il frappait avec plus de furie, la battant tantôt sur les côtes, tantôt
sur les hanches, tantôt sur les épaules, et lui rabattait les
coutures. Il ne s'arrêta que lorsqu'il fut fatigué, et quand il
n'y eut plus sur le dos de la bonne dame un endroit qui ne fût
meurtri. Cela fait, il s'en revint vers Melisso et lui dit :
« — Demain nous verrons quel résultat aura produit le con-
« seil d'aller au Pont aux Oies. — » Et après s'être un peu
reposé et lavé les mains, il soupa avec Melisso, et, le moment
venu, ils allèrent se reposer.

« La malheureuse femme eut grand'peine à se lever de
terre, et se jeta sur son lit où elle se reposa du mieux qu'elle
put ; le lendemain, s'étant levée de bonne heure, elle fit demander à Joseph ce qu'il voulait qu'elle fît pour déjeuner.
Celui-ci, ayant ri de cette demande avec Melisso, ordonna le
déjeuner, et quand l'heure en fut venue, étant rentrés à la
maison, ils trouvèrent toute chose exactement faite suivant
l'ordre donné, pour quoi ils louèrent beaucoup le conseil
qu'ils avaient mal compris tout d'abord. Quelques jours après,
Melisso ayant pris congé de Joseph, et étant retourné chez
lui, répéta à un homme qui passait pour sage la réponse
qu'il avait eue de Salomon. Ce sage lui dit : « — Il ne pou-
« vait te donner un conseil plus juste ni meilleur. Tu sais
« bien que tu n'aimes personne, et que les politesses et ser-
« vices que tu rends, tu les rends non par l'amitié que tu
« portes aux autres, mais pour ostentation. Aime donc,
« comme Salomon te l'a dit, et tu seras aimé. — » Ainsi
fut châtiée la femme acariâtre, et ainsi le jeune homme en
aimant fut aimé. — »

NOUVELLE X

Maître Jean, sur les instances de son compère Pierre, fait un enchantement pour changer la femme de celui-ci en jument. Quand il en vient à appliquer la queue, compère Pierre, disant qu'il n'y voulait pas de queue, gâte toute l'opération.

La nouvelle dite par la reine donna quelque peu à murmurer aux dames et à rire aux jeunes gens ; mais quand les uns et les autres se furent arrêtés, Dioneo commença à parler ainsi : « — Charmantes dames, parmi de blanches colombes un corbeau noir paraît bien plus beau qu'un cygne immaculé ; de même, parfois, au milieu de nombreux sages, un moins sage non-seulement augmente en valeur et en éclat au contraste de leur maturité, mais encore y trouve soulagement et plaisir. Pour quoi, comme vous êtes toutes très discrètes et modestes, je dois vous être plus cher, moi qui, ayant peu d'esprit, fais briller d'autant votre mérite par mon infériorité, que si, par une plus grande valeur, je rendais votre mérite plus obscur. Par conséquent, je dois avoir une plus large liberté pour me montrer à vous tel que je suis, et je dois être, dans ce que je vais dire, supporté par vous plus patiemment que vous ne devriez faire si j'étais plus sage. Je vous dirai donc une nouvelle peu longue, dans laquelle vous verrez avec quel soin il convient d'observer les formalités imposées par ceux qui font œuvre d'enchantement, et combien la plus petite infraction à ces formalités gâte tout ce qu'a fait l'enchanteur.

« L'autre année, il y avait à Barletta un prêtre appelé maître Jean de Barolo, lequel, ayant une église trop pauvre, se mit, pour gagner sa vie, à colporter de côté et d'autre, sur

une jument, des marchandises aux foires de la Pouille, à
acheter et à vendre. Ainsi voyageant, il se lia intimement
avec un certain Pierre de Tresanti, qui faisait le même
métier avec un âne. En signe d'affectueuse amitié, suivant la
coutume de Pouille, il ne l'appelait que compère Pierre, et
chaque fois que celui-ci arrivait à Barletta, il l'emmenait à
son presbytère, où il lui offrait l'hospitalité, lui faisant de
son mieux les honneurs du logis. De son côté, compère
Pierre qui était très pauvre et ne possédait à Tresanti qu'une
petite cabane à peine suffisante pour lui, pour sa belle et jeune
femme et pour son âne, menait maître Jean chez lui, toutes
les fois que ce dernier passait à Tresanti, et le traitait le
mieux qu'il pouvait, en reconnaissance de la réception qu'il
en recevait à Barletta. Cependant, quant à la question du
coucher, compère Pierre n'ayant qu'un petit lit dans lequel
il dormait avec sa femme, il ne pouvait recevoir maître Jean
comme il aurait voulu, mais il était obligé de l'envoyer coucher sur un peu de paille dans une petite écurie où la jument
de maître Jean était remisée à côté de son âne. La femme,
sachant la bonne réception que le prêtre faisait à son mari à
Barletta, avait plus d'une fois voulu, quand maître Jean venait, aller dormir avec une de ses voisines nommée Zita Carapresa de Giudice Leo, afin que leur hôte pût reposer dans le
lit avec son mari, et elle l'avait souvent proposé au prêtre;
mais celui-ci n'avait jamais voulu. Une fois, entre autres, il
lui dit : « — Commère Gemmata, ne t'inquiète pas de moi; je
« suis fort bien, parce que, quand cela me plaît, je change
« ma jument en une belle jeune fille et je couche avec elle.
« Puis, quand je veux, je la fais redevenir jument. C'est
« pourquoi je ne me séparerais pas d'elle. — » La jeune
femme étonnée, le crut et le dit à son mari, ajoutant : « — S'il
« est ton ami autant que tu le dis, que ne te fais-tu enseigner

« cet enchantement? Tu pourrais me changer en jument
« et faire tes affaires avec un âne et une jument. De la
« sorte, nous gagnerions le double. Quand nous serions de
« retour, tu pourrais me faire redevenir femme, comme je
« suis. — » Compère Pierre, qui était aussi simple que pas
un, la crut, goûta le conseil et, du mieux qu'il sut, se mit à
solliciter maître Jean de lui enseigner la chose. Maître
Jean s'efforça de le détourner de cette sotte idée; mais ne le
pouvant, il dit : « — Eh bien, puisque vous le voulez abso-
« lument, nous nous lèverons demain matin, suivant notre
« habitude, avant le jour, et je vous montrerai comment on
« fait. A vrai dire, le plus malaisé en cette affaire, c'est d'at-
« tacher la queue, comme tu verras. — » Compère Pierre
et commère Gemmata, ayant à peine dormi de la nuit, tellement ils attendaient le moment désiré, se levèrent dès l'approche du jour et appelèrent maître Jean, lequel s'étant levé
en chemise, vint dans la chambre de compère Pierre et dit :
« — Je ne sais personne au monde pour qui je ferais cela,
« si ce n'est pour vous. Donc, puisque cela vous plaît, je le
« ferai ; mais il faut que vous fassiez tout ce que je vous dirai,
« si vous voulez que la chose réussisse. — » Ceux-ci dirent
qu'ils feraient ce qu'il leur dirait. Sur quoi, maître Jean prit
une chandelle, la mit dans la main de compère Pierre et lui
dit : « — Regarde bien comme je ferai et rappelle-toi bien
« comment je dirai. Garde-toi, si tu as bon désir de ne pas
« gâter tout, quelque chose que tu entendes ou que tu voies,
« de dire une seule parole ; et prie Dieu que la queue s'at-
« tache bien. — » Compère Pierre prit la chandelle et dit
qu'il le ferait bien. Alors maître Jean fit mettre commère
Gemmata nue comme à sa naissance, et la fit placer les mains
et les pieds par terre, comme se tiennent les juments, la pré-
venant aussi qu'elle n'eût à dire mot, quoi qu'il advînt. Puis,

avec les mains, il se mit à lui toucher la figure et la tête et commença par dire : « — Que ceci soit belle tête de jument. — »
Il lui toucha les cheveux et dit : « — Que ceci soit belle cri-
« nière de jument. — » Lui touchant les bras, il dit : « — Et
« que ceci soit belles jambes et beaux pieds de jument. — »
Passant ensuite au sein et le trouvant ferme et rond, il sentit
se réveiller et se lever quelque chose qui n'avait pas été
appelé, et il dit : « — Que ceci soit beau poitrail de ju-
« ment. — » Il fit de même pour l'échine, le ventre, la
croupe, les cuisses et les jambes. Enfin, rien ne restant plus
à faire que la queue, il leva sa chemise, et prenant le plantoir
avec lequel il plantait les hommes, il le mit prestement dans
la gaîne pour ce faite, et dit : « — Et que ceci soit belle
« queue de jument. — » Compère Pierre, qui jusque-là
avait tout regardé fort attentivement, voyant cette dernière
opération, et ne la trouvant pas de son goût, dit : « — O
« maître Jean, je n'y veux pas de queue, je n'y veux pas de
« queue! — » Déjà l'humide radical, par lequel toutes les
plantes prennent racine, était venu, quand maître Jean, retirant son outil, dit : « — Eh! compère Pierre, qu'as-tu
« fait? Ne t'ai-je pas dit de ne pas bouger, quoi que tu vis-
« ses? La jument allait être faite ; mais en parlant, tu as
« tout gâté, et il n'y a plus moyen de la refaire jamais main-
« tenant. — » Compère Pierre dit : « — C'est bon ; je n'y
« voulais pas cette queue. Pourquoi ne me disiez-vous pas :
« fais-là, toi? Et puis, vous l'attachiez trop bas. — » Maître
Jean dit : « — Parce que tu n'aurais pas su l'attacher si bien
« que moi la première fois. — » La jeune femme, entendant
cela, se leva sur ses pieds et dit naïvement à son mari ;
« — Bête que tu es ; pourquoi as-tu gâté tes affaires et les
« miennes? Quelle jument as-tu jamais vue sans queue?
« Que Dieu me soit en aide ; tu es pauvre, mais ce serait

« bien fait que tu le fusses encore davantage. — » Et voyant
qu'il n'y avait plus moyen d'être changée de jeune femme en
jument, elle se rhabilla mélancolique et toute marrie. Quant
à compère Pierre, il s'en tint à son âne, ainsi qu'il en avait
l'habitude, pour faire son métier. Il s'en alla avec maître
Jean à la foire de Bitonto, et plus jamais il ne requit de lui
semblable service. — »

Combien on rit de cette nouvelle, mieux comprise des
dames que Dioneo ne voulait, celui-là se l'imagine qui en
rira encore lui-même. Mais la nouvelle étant finie et le soleil commençant déjà à tiédir, la reine reconnut que la fin
de son pouvoir était venue. S'étant levée, elle ôta la couronne de dessus sa tête et la mit sur celle de Pamphile, le
seul de tous qu'il restât à honorer d'un tel honneur. Puis elle
dit en souriant : « — Mon seigneur, grande charge t'incombe,
étant, à défaut de moi et des autres qui ont déjà tenu la
place que tu tiens, le dernier à être Roi. Pour quoi, Dieu te
prête sa grâce, comme il me l'a prêtée. — » Pamphile, ayant
joyeusement reçu cet honneur, dit : « — Votre mérite et
celui de mes autres sujets, fera que je m'en tirerai moi-même
avec gloire, comme les autres. — » Et, suivant l'habitude
de ses prédécesseurs, ayant réglé avec le sénéchal toutes les
choses opportunes, il se retourna vers les dames qui attendaient et dit : « — Amoureuses dames, la discrète Emilie,
qui a été notre reine d'aujourd'hui, pour rendre quelque
repos à vos forces, vous donna la permission de parler de ce
qui vous plairait le plus. Pour quoi, comme vous êtes déjà
reposées, je juge qu'il est bon de revenir à notre règlement
ordinaire ; et je veux que demain chacune de vous songe à
raisonner sur ceci, à savoir, ceux qui, par libéralité ou munificence, ont fait œuvre d'amour ou autre. Ce disant et
faisant, vos esprits sans aucun doute se sentiront tout dispos

à opérer vaillamment. Car c'est ainsi que notre vie, qui ne peut être que brève dans un corps mortel, se perpétuera grâce à la renommée louangeuse ; laquelle renommée, quiconque ne sert pas seulement son ventre, comme les bêtes font, doit non-seulement désirer, mais poursuivre de tous ses efforts et travailler en conséquence. — » Le raisonnement plut à la joyeuse compagnie. Avec licence du nouveau roi, elle se leva toute de l'endroit où elle était assise, et se livra à ses jeux accoutumés, chacun allant là où son désir l'attirait le plus. Et ainsi ils firent, jusqu'à l'heure du dîner où ils se rendirent en fête, et où ils furent servis avec célérité et avec ordre. A la fin du repas, ils se levèrent pour baller comme d'habitude, et après qu'on eut chanté peut-être mille chansons, plus plaisantes de paroles que remarquables comme chant, le roi commanda à Néiphile d'en chanter une en son nom. Celle-ci, d'une voix claire et joyeuse, sans se faire prier et sans retard, commença ainsi :

Je suis toute jeunette et volontiers
    Je me réjouis et je chante, en la saison nouvelle,
    Merci d'amour et de douces pensées.

Je vais par les vertes prairies, regardant
    Les fleurs blanches, jaunes et vermeilles,
    Les roses sur les buissons et les lis blancs ;
    Et je les compare toutes, tant qu'elles sont,
    Au visage de celui qui, m'aimant,
    M'a prise et me gardera toujours, comme celle
    Qui n'a d'autre pensée que de satisfaire ses désirs.

Et si parmi elles j'en trouve une qui soit,
    A ce qu'il me semble, bien semblable à lui,
    Je la cueille et je la baise, et je lui parle ;
    Et, comme je sais, je lui ouvre

Toute mon âme et ce que mon cœur désire.
Puis, avec les autres, j'en fais une guirlande,
Que je lie de mes cheveux blonds et légers.

Et ce même plaisir que la fleur naturelle
Fait éprouver aux yeux, je l'éprouve
Comme si je voyais la personne même
Qui m'a allumé de son doux amour.
Ce que son parfum me fait éprouver,
Je ne puis l'exprimer avec la parole,
Mais mes soupirs en sont un vrai témoignage.

Ils ne s'échappent jamais de ma poitrine
Comme ceux des autres femmes, âpres ni pesants;
Mais ils sortent tièdes et suaves,
Et s'en vont à mon amour
Qui, sitôt qu'il les sent, vient de lui-même
Me donner soulagement, et arrive juste au moment
Où je suis prête à m'écrier : ah ! viens, ne me désespère pas !

Le roi et toutes les dames applaudirent beaucoup la chanson de Néiphile ; après quoi, la nuit étant déjà fort avancée, le roi commanda que chacun allât se reposer jusqu'au jour.

DIXIÈME JOURNÉE

La neuvième journée du DÉCAMÉRON finie, commence la dixième, dans laquelle, sous le gouvernement de Pamphile, on devise de ceux qui, par libéralité ou par munificence, ont fait œuvre d'amour ou autre.

Certains nuages à l'occident étaient encore vermeils, ceux de l'orient étant déjà à leurs extrémités resplendissants comme l'or, à cause des rayons solaires qui, étant plus proches d'eux, les frappaient, quand Pamphile s'étant levé, fit appeler les dames et ses compagnons. Tous étant venus, après avoir délibéré avec eux où ils pourraient aller prendre leurs ébats, il se mit en marche à leur tête, accompagné de Philomène et de Fiammetta, tous les autres venant après ; et tout en devisant longuement entre eux de ce qu'ils allaient faire ce jour-là, ils se promenèrent longtemps. Après avoir fait une grande promenade, le soleil commençant à être déjà trop chaud, ils retournèrent au palais, et là, les bouteilles ayant été mises à rafraîchir autour de la claire fontaine, ceux qui en eurent envie purent boire ; puis, ils allèrent se délasser sous les plaisants ombrages du jardin. Enfin, quand ils eurent mangé et dormi, comme d'habitude,

32.

ils se réunirent où cela plut au roi, et celui-ci ordonna à Néiphile de dire la première nouvelle, ce qu'elle commença joyeusement ainsi :

NOUVELLE I

Un chevalier sert le roi d'Espagne. Il croit en être mal récompensé, sur quoi le roi lui prouve que ce n'est pas sa faute mais bien celle de sa mauvaise fortune; puis il lui fait de magnifiques présents.

« — Honorables dames, je dois considérer comme une grandissime faveur que notre roi m'ait choisie pour parler la première sur une si belle chose que la munificence, laquelle, de même que le soleil est la beauté et l'ornement du ciel tout entier, est la clarté et la lumière de toutes les autres vertus. Je dirai donc à ce sujet une petite nouvelle, très belle à mon avis, que certainement il ne pourra qu'être utile de se rappeler.

« Il faut donc que vous sachiez que, parmi les autres valeureux chevaliers qui ont été depuis longtemps en notre cité, il y en eut un, le meilleur peut-être, messer Ruggieri de' Figiovanni, lequel, riche et de grand cœur, et voyant que, vu la manière de vivre et les mœurs de la Toscane, il ne pourrait, s'il y demeurait, faire peu ou pas du tout montre de sa vaillance, prit le parti d'aller pendant quelque temps auprès d'Alphonse, roi d'Espagne, dont le renom de vaillance dépassait celui de tous les autres seigneurs de ce temps. Fort honorablement pourvu d'armes, de chevaux et de serviteurs, il s'en alla le trouver en Espagne, où il fut gracieusement reçu par le roi. Messer Ruggieri demeurant donc là, et vivant d'une façon splendide, accomplissant de

merveilleuses choses en faits d'armes, se fit bientôt connaître pour un vaillant. Il y avait déjà un certain temps qu'il
y était, lorsqu'ayant fort observé la manière d'agir du roi,
il lui sembla voir que celui-ci donnait tantôt à l'un tantôt à
l'autre, et assez peu discrètement, châteaux, villes et baron-
nies, à des gens en un mot qui en étaient peu dignes ; et
pour ce qu'on ne lui donnait rien à lui qui connaissait ce
qu'il valait, il pensa que sa renommée en était fort diminuée ;
pour quoi il résolut de partir et demanda congé au roi. Le
roi le lui accorda, et lui donna une des meilleures mules
qu'on eût jamais chevauchées, voire la plus belle, laquelle,
vu le long chemin qu'il avait à faire, fut fort prisée par
messer Ruggieri. Après quoi, le roi ordonna à un sien familier très discret, de s'arranger du mieux qu'il lui semblerait pour chevaucher de compagnie avec messer Ruggieri,
de façon qu'il ne parût pas être envoyé par le roi, et d'écouter tout ce qu'il dirait afin de pouvoir le lui redire, puis le
lendemain de lui commander de retourner vers le roi. Le
familier, ayant épié le moment où messer Ruggieri sortait
de la ville, lui tint fort adroitement compagnie, lui donnant
à croire qu'il se dirigeait vers l'Italie.

« Messer Ruggieri chevauchant donc sur la mule que le
roi lui avait donnée, et parlant de choses et d'autres, comme
la troisième heure approchait, dit : « — Je crois que nous
« ferons bien de laisser pisser nos bêtes. — » et les ayant
fait entrer dans une étable, elles pissèrent toutes, sauf la
mule. Pour quoi, ayant repris leur marche, et l'écuyer étant
toujours attentif aux paroles du chevalier, ils arrivèrent vers
une rivière, où, leurs bêtes s'étant mises à boire, la mule
pissa. Ce que voyant, messer Ruggieri, il dit : « — Eh ! que
« Dieu te confonde, vilaine bête, car tu es comme le Sei-
« gneur qui t'a donnée à moi. — » Le familier retint ces

paroles, et bien qu'en cheminant tout le long de la journée avec lui, il en recueillît beaucoup d'autres, il ne lui en entendit dire aucune autre qui ne fût à la louange du roi; pour quoi, le lendemain, étant monté à cheval, et le chevalier se disposant à continuer sa route vers la Toscane, le familier lui fit commandement du roi d'avoir à rebrousser chemin, ce que messer Ruggieri fit incontinent.

« Le roi, après avoir appris ce qu'il avait dit à propos de la mule, le fit appeler, l'accueillit d'un air joyeux, et lui demanda pourquoi il l'avait comparé à sa mule, ou plutôt pourquoi il avait comparé sa mule à lui. Messer Ruggieri d'un air ouvert lui dit : « — Mon seigneur, parce que vous
« lui ressemblez, attendu que comme vous donnez quand il
« ne le faut pas et ne donnez pas quand il le faudrait; ainsi elle
« n'a point pissé là où il l'aurait fallu et a pissé là où il ne
« fallait pas. — » Le roi dit alors : « — Messire Ruggieri,
« si je ne vous ai pas donné comme je l'ai fait à beaucoup
« d'autres qui ne sont rien en comparaison de vous, cela
« n'est point advenu parce que je ne vous avais pas reconnu
« pour un vaillantissime chevalier, digne de grandes récom-
« penses, mais c'est votre fortune qui a fauté en cela et non
« moi, ne m'ayant point permis de vous récompenser ; et je
« vous montrerai manifestement que je dis vrai. —» A quoi
messer Ruggieri répondit : « — Mon seigneur, je ne me suis
« point fâché de n'avoir reçu aucune récompense de vous,
« pour ce que je ne désirais pas une récompense afin de de-
« venir plus riche, mais de ce qu'en aucune circonstance
« vous n'ayez rendu témoignage de ma valeur. Néanmoins,
« je tiens votre excuse pour bonne et honnête, et je suis
« prêt à voir ce qu'il vous plaira de me montrer, bien que je
« vous croie sans avoir besoin de preuves. —»

« Sur ce, le roi l'ayant mené dans une grande salle où,

selon ses ordres, on avait porté deux grands coffres fermés,
lui dit, en présence d'un grand nombre de personnes :
« « — Messire Ruggieri, dans l'un de ces coffres est ma
« couronne, le sceptre royal et le globe, ainsi que nombre de
« belles ceintures à moi, des colliers, des anneaux et d'au-
« tres bijoux que je possède ; l'autre est plein de terre. Pre-
« nez-en un, et quel que soit celui que vous aurez choisi, il
« sera à vous, et vous pourrez voir qui a été injuste envers
« votre vaillance, de moi ou de votre fortune. — » Messer
« Ruggieri, voyant que cela plaisait ainsi au roi, choisit un
des coffres que le roi ordonna d'ouvrir, et il se trouva que
c'était celui qui était plein de terre. Sur quoi, le roi dit en
riant : « — Vous pouvez bien voir, messire Ruggieri, que ce
« que je vous ai dit de votre fortune est vrai ; mais certes,
« votre valeur mérite que je corrige son influence maligne.
« Je sais que vous ne désirez point devenir Espagnol, et pour
« ce je ne veux pas vous donner ici ni château ni ville, mais
« bien le coffre que la fortune vous a empêché d'avoir ; en
« dépit d'elle, je veux qu'il vous appartienne, afin que vous
« puissiez l'emporter dans votre pays, et vous glorifier parmi
« vos compatriotes de mes dons faits en témoignage de votre
« vaillance.. — » Messer Ruggieri prit le coffre, et ayant remercié le roi comme un don si considérable le demandait, il
s'en retourna joyeux en Toscane.

NOUVELLE II

Ghino di Tacco fait prisonnier l'abbé de Cluny et le guérit d'une maladie d'estomac; puis il lui rend la liberté. L'abbé, de retour à la cour de Rome, réconcilie Ghino avec le pape Boniface, et le fait nommer prieur de l'hôpital.

La munificence du roi Alphonse envers le chevalier florentin avait déjà été fort approuvée, quand le roi, auquel la nouvelle avait plu beaucoup, ordonna à Elisa de poursuivre. Celle-ci commença aussitôt : « — Délicates dames, qu'un roi se soit montré magnifique, et ait exercé sa munificence en faveur de qui l'avait servi, cela ne peut être que considéré comme une louable et grande chose; mais que dirons-nous, si on nous raconte qu'un homme d'église a usé d'une admirable munificence vis-à-vis de quelqu'un que personne ne l'aurait blâmé de traiter en ennemi ? Nous dirions que si la munificence du roi fut vertu, celle de l'homme d'église fut miracle, étant donné qu'ils sont tous plus avares que les femmes, et ennemis jurés de toute libéralité. Et bien que chacun ait naturellement soif de venger les offenses reçues, les hommes d'église, comme cela se voit, quoique prêchant la patience et surtout le pardon des offenses, se laissent aller à la vengeance plus fougueusement que les autres. Laquelle chose, à savoir comment un homme d'église se montra magnifique, vous pourrez apertement voir dans ma nouvelle que voici :

« Ghino di Tacco, homme fameux pour sa férocité et ses brigandages, ayant été chassé de Sienne et devenu l'ennemi des comtes de Santa Fiore, fit révolter Radicofani contre l'Eglise de Rome, et s'étant établi dans cette ville, il faisait détrousser par ses satellites quiconque passait dans les environs. Or, Boniface VIII étant pape à Rome, l'abbé de Cluny s'en vint à sa cour. C'était, à ce que l'on croit, un des plus riches prélats du monde. Le séjour de la cour lui ayant gâté l'estomac, les médecins lui conseillèrent d'aller aux bains de Sienne et lui dirent qu'il y guérirait sans faute. Pour quoi, le pape l'y ayant autorisé, il se mit en route avec un grand train de bêtes de somme, de chevaux et de serviteurs, sans se soucier de ce qu'on disait de Ghino. Celui-ci apprenant sa venue, tendit ses rêts, et sans laisser échapper le plus petit domestique, il enferma l'abbé, avec toute sa suite et tout son équipage dans un endroit fort resserré. Cela fait, il envoya vers l'abbé un des siens — le plus instruit — qui lui dit très courtoisement de sa part, de lui faire le plaisir de descendre dans le château de Ghino. Ce qu'entendant l'abbé, il répondit tout furieux qu'il n'en voulait rien faire, n'ayant rien à voir avec Ghino ; mais qu'il continuerait sa route et qu'il voudrait bien voir qui l'en empêcherait. L'ambassadeur, lui parlant d'un air humble, dit : « — Messire, vous êtes venu « en un lieu, où, hors la colère de Dieu, nous ne craignons « rien, et où les excommunications et les interdictions sont « elles-mêmes excommuniées, et pour ce, vous ferez mieux « de satisfaire Ghino. — » Pendant cet entretien, l'endroit avait été complètement cerné par les soudards ; pour quoi, l'abbé se voyant pris avec tous les siens, s'achemina d'un air de dépit vers le château, en compagnie de l'ambassadeur et suivi de toute sa troupe et de ses bagages. Dès qu'il fut descendu de cheval, on l'installa seul, sur l'ordre de Ghino, dans une petite chambre du palais, très obscure et mal commode, et tout le reste de sa suite fut assez bien logé, chacun selon sa qualité, dans le château ; quant aux chevaux et aux bagages, ils furent mis en sûreté, sans qu'on y touchât rien.

« Cela fait, Ghino s'en alla trouver l'abbé et lui dit :
« — Messire, Ghino, dont vous êtes l'hôte, vous envoie prier
« de vouloir bien lui dire où vous alliez et le motif de votre
« voyage. — » L'abbé qui, en homme sage, avait un peu ra-
battu de sa fierté, lui dit où il allait et pourquoi. Ce qu'ayant
ouï Ghino, il le quitta et résolut de le guérir sans bains.
Ayant fait entretenir continuellement dans la petite chambre
un grand feu, et l'ayant fait bien garder, il ne retourna vers
l'abbé que le lendemain matin, et sur une serviette très
blanche il lui porta deux tranches de pain rôti et un grand
verre de vin blanc de Corniglia, du même qui appartenait à
l'abbé, et il lui parla ainsi : « — Messire, quand Ghino était
« plus jeune, il étudia la médecine et il dit qu'il a appris
« qu'il n'y a pas de meilleur remède pour le mal d'estomac
« que celui qu'il vous fera et dont ce que je vous apporte est
« le commencement ; et pour ce, prenez-le, et réconfortez-
« vous. — » L'abbé qui avait plus faim qu'envie de causer,
mangea le pain et but le vin blanc, bien qu'il le fît d'un air
dédaigneux ; puis, tenant nombre de propos hautains, il fît
beaucoup de questions, donna beaucoup d'avis, et insista
surtout pour voir Ghino. Ce qu'entendant Ghino, il en laissa
une bonne part s'en aller en vaine fumée, et répondit au reste
fort courtoisement, affirmant qu'aussitôt que Ghino le pourrait il viendrait lui faire visite ; cela dit, il le quitta, et ne revint le voir que le lendemain avec la même quantité de pain
rôti et de vin blanc. Et de cette façon il le tint pendant plusieurs jours, jusqu'à ce qu'il se fût enfin aperçu que l'abbé avait
mangé des fèves sèches qu'il avait portées en secret et qu'il
lui avait laissées sans rien dire. Pour quoi, il lui demanda de
la part de Ghino comment il lui semblait se trouver de l'estomac ; à quoi l'abbé répondit : « — Il me semble que cela
« irait bien, si j'étais hors de ses mains ; après cela, je n'é-

« prouve pas d'autre envie que de manger, tellement ses re-
« mèdes m'ont bien guéri. — »

« Ghino lui ayant en conséquence fait préparer une belle
chambre avec ses propres bagages, et ayant fait dresser un
grand banquet auquel toute la suite de l'abbé devait prendre
part, avec un grand .nombre de gens du château, s'en alla le
trouver le lendemain matin et lui dit : « — Messire, puisque
« vous vous sentez bien, il est temps de sortir de l'infir-
« merie. — » Et l'ayant pris par la main, il le conduisit
dans la chambre qu'il lui avait fait préparer, et l'ayant laissé
avec ses gens, il alla veiller à ce que le banquet fût magnifique. L'abbé se récréa quelque peu avec ses familiers et
leur conta quelle avait été sa vie pendant les jours précédents, tandis qu'eux, au contraire, lui dirent qu'ils avaient
été merveilleusement traités par Ghino. Mais l'heure de
manger étant venue, l'abbé et tous les autres convives furent
abondamment servis de bonnes victuailles et de bons vins,
sans que Ghino se fût encore fait connaître. Quand l'abbé eut
été ainsi traité de cette façon pendant quelques jours, Ghino
après avoir fait mettre tous ses bagages dans une salle, et
tous ses chevaux jusqu'au moindre roussin, dans une cour
qui se trouvait au-dessous de la dite salle, s'en alla trouver
l'abbé et lui demanda comment il se trouvait et s'il se croyait
assez fort pour monter à cheval. A quoi l'abbé répondit qu'il
était très fort et bien guéri de l'estomac, et qu'il se trouverait tout à fait bien dès qu'il serait hors des mains de
Ghino.

« Alors Ghino mena l'abbé dans la salle où étaient ses
bagages et toute sa suite, et l'ayant fait approcher d'une fenêtre d'où il pouvait voir tous ses chevaux, il dit : « — Mes-
« sire l'abbé, vous saurez que ce n'est point la méchanceté
« d'âme qui a poussé Ghino — lequel je suis — à se faire

« voleur de grands chemins et ennemi de la Cour de Rome,
« mais bien sa qualité de gentilhomme, après s'être vu
« chassé pauvre de sa maison, et pour défendre sa vie et sa
« noblesse contre les nombreux et puissants ennemis qu'il
« a ; mais pour ce que vous me paraissez un vaillant sei-
« gneur, et bien que je vous aie guéri de l'estomac, je
« n'entends pas vous traiter comme un autre à qui, le tenant
« dans mes mains comme je vous tiens, je prendrais ce que
« bon me semblerait de ce qui lui appartiendrait ; j'entends,
« au contraire, que, considérant quels sont mes besoins,
« vous me donniez vous-même ce que vous voudrez de ce
« que vous avez. Tous vos bagages sont ici devant vous, et
« de cette fenêtre vous pouvez voir vos chevaux dans la
« cour ; pour ce, prenez-en une partie, ou prenez tout,
« comme il vous plaira ; dès à présent vous pouvez vous en
« aller ou rester à votre plaisir. — »

« L'abbé, étonné d'entendre des paroles si généreuses
chez un voleur de grands chemins, et cela lui plaisant beaucoup, sentit soudain tomber sa colère et son dédain qui se
changèrent en bienveillance, et devenu en son cœur l'ami
de Ghino, il courut l'embrasser en disant : « — Je jure Dieu
« que pour gagner l'amitié d'un homme comme désormais je
« juge que tu es, je souffrirais une bien plus forte injure que
« celle qu'il m'avait semblé que tu m'avais faite jusqu'ici.
« Maudite soit la fortune qui t'a contraint à un métier si
« condamnable. — » Après quoi, ayant fait prendre parmi
ses bagages et ses chevaux le strict nécessaire, il lui laissa
le reste et s'en retourna à Rome.

« Le pape avait su la capture de l'abbé et il en avait été
très affligé ; en le voyant, il lui demanda si les bains lui
avaient profité. A quoi l'abbé répondit en souriant :
« — Saint Père, j'ai trouvé avant d'arriver aux bains un

« savant médecin qui m'a parfaitement guéri. — » Et il lui
raconta comment; de quoi le pape rit beaucoup. L'abbé
poursuivit son récit, et, poussé par une pensée généreuse,
demanda une grâce. Le pape, croyant qu'il lui demanderait
autre chose, promit libéralement de faire ce qu'il demanderait. Alors l'abbé dit : « — Saint-Père, ce que j'entends
« vous demander, c'est que vous rendiez vos bonnes grâces
« à Ghino di Tacco, mon médecin, pour ce que, parmi les
« autres hommes de valeur que je connaisse, je n'en ai
« certes jamais rencontré un qui vaille plus ; quant au mal
« qu'il fait, je l'impute beaucoup plus à la fortune qu'à lui-
« même ; changez donc cette fortune en lui donnant chose
« dont il puisse vivre selon sa condition, et je ne doute pas
« qu'en peu de temps vous ne le voyiez tel que je le vois moi-
même. — » En entendant cela, le pape, qui avait l'âme
grande et qui aimait les hommes généreux, dit qu'il le ferait
volontiers, si cela était comme il le disait, et qu'il pouvait le
faire venir en toute sûreté. Sous la foi de cette parole,
Ghino s'en vint donc à la Cour, dès qu'il plut à l'abbé ; et
il ne resta guère auprès du pape sans que celui-ci ne le tînt
pour un homme de valeur et ne se réconciliât avec lui, et lui
donnât un grand prieuré de ceux de l'hôpital dont il l'avait
auparavant fait chevalier, charge qu'il conserva toute sa vie
pendant laquelle il fut ami et serviteur de la sainte Eglise
et de l'abbé de Cluny.

NOUVELLE III

Mitridanes envieux de la générosité de Nathan et étant allé pour le tuer, lui parle sans le connaître. Nathan lui indique le moyen d'atteindre son but, et il va l'attendre, selon ses indications, dans un petit bois, où, Mitridanes l'ayant reconnu, a honte de son crime et devient son ami.

Il semblait à tous avoir entendu chose semblable à un miracle, à savoir qu'un homme d'église eût fait œuvre de munificence; mais après que les belles dames eurent cessé d'en deviser, le roi ordonna à Philostrate de poursuivre. Celui-ci commença sur-le-champ : « — Nobles dames, la munificence du roi d'Espagne fut grande, et celle de l'abbé de Cluny fut chose probablement jamais ouïe auparavant; mais peut-être ne vous paraîtra-t-il pas moins merveilleux d'apprendre comment un homme, pour user de libéralité envers un autre qui avait soif de son sang et de sa vie, se décida sans rien dire à lui en faire le sacrifice; ce qu'il aurait mis à exécution si son ennemi avait voulu en profiter, ainsi que j'entends vous le montrer dans ma petite nouvelle. — »

« C'est chose très certaine — si l'on peut ajouter foi aux paroles de quelques Génois et d'autres gens qui vivent en ce pays — que dans certaines parties du Catay fut jadis un homme de noble lignage et riche sans comparaison, nommé Nathan. Cet homme avait un domaine voisin d'une route par laquelle devait passer quasi nécessairement quiconque voulait aller du Ponant au Levant, ou du Levant au Ponant, et comme son âme était grande et généreuse et qu'il voulait le prouver par ses actes, il manda en cet endroit un grand nombre d'artistes, et leur fit construire en peu de temps un des plus beaux, des plus grands et des plus riches palais qu'on eût jamais vus, et le fit remplir abondamment de tout ce qu'il fallait pour recevoir avec honneur des gentilshommes. Ayant avec lui un nombreux domestique, il y faisait recevoir avec honneur, au milieu des plaisirs et des fêtes, quiconque allait et venait; et il persévéra tellement dans cette louable coutume, que sa renommée fut bientôt connue non-seulement dans le Levant, mais dans quasi tout le Ponant.

« Etant déjà chargé d'ans, sans que pour cela sa générosité se fût lassée, il advint que sa renommée arriva jusqu'aux oreilles d'un jeune homme nommé Mitridanes, habitant d'un pays peu éloigné du sien, lequel, se sentant non moins riche que Nathan, devint envieux de sa réputation et de son mérite, et se proposa de l'annuler ou de l'éclipser par une libéralité plus grande. Ayant fait faire un palais semblable à celui de Nathan, il se mit à faire les plus démesurées libéralités qu'eût jamais faites un autre homme, à quiconque allait où venait par là, et il devint sans conteste en peu de temps très fameux. Or il advint, un jour que le jeune homme était demeuré tout seul dans la cour de son palais, qu'une vieille femme entra par une des portes, lui demanda l'aumône, et la reçut; étant ensuite rentrée par une autre porte, elle reçut encore une nouvelle aumône, et ainsi successivement jusqu'à la douzième; comme elle revenait une treizième fois, Mitridanes dit: « — Bonne femme, tu es bien « prompte à revenir demander! — » Néanmoins, il lui fit encore l'aumône. La petite vieille, entendant cette réponse, dit: « — O générosité de Nathan, combien tu es merveil- « leuse! Je suis entrée par les trente-deux portes qu'a son « palais, comme j'ai fait pour celui-ci, et je lui ai chaque « fois demandé l'aumône; mais il n'a point fait semblant de « me reconnaître et il me l'a toujours donnée; tandis que je

33.

« ne suis venue ici que treize fois encore, et j'ai été reconnue
« et réprimandée. — » Et ce disant, elle partit sans plus
revenir.

« Mitridanes, entendant les paroles de la vieille et estimant que ce qu'il venait d'entendre au sujet de la renommée
de Nathan diminuait la sienne, s'enflamma d'une rageuse
colère, et se mit à dire : « — Malheur à moi ! Quand donc
« égalerai-je la libéralité de Nathan dans les grandes choses,
« loin de les dépasser, comme je le cherche, puisque même
« dans les plus petites choses, je ne puis en approcher ?
« Vraiment, je m'efforcerai en vain d'y arriver, si je ne le
« fais disparaître de dessus terre; puisque la vieillesse ne
« veut pas se charger de ce soin, il faut que sans plus de
« retard mes mains se chargent de cette besogne. — » Et
s'étant levé dans cet accès de fureur, sans communiquer
son dessein à personne, il monta à cheval avec une suite
peu nombreuse, et arriva le troisième jour à l'endroit où
Nathan demeurait. Là, ayant ordonné à ses compagnons de
faire semblant de n'être point avec lui et de pas le connaître,
il leur dit de chercher à se loger jusqu'à ce qu'il leur donnât
d'autres ordres.

« Resté seul, et le soir commençant à venir, il rencontra,
à peu de distance du beau palais, Nathan qui se promenait
seul et sans le moindre vêtement d'apparat. Ne le connaissant pas, il lui demanda s'il pourrait lui enseigner où Nathan demeurait. Nathan lui répondit joyeusement : « —
« Mon fils, personne en ce pays ne saurait mieux te l'en-
« seigner que moi; et pour ce, quand il te plaira, je t'y
« mènerai. — » Le jeune homme dit que cela lui agréerait
fort, mais que, si c'était possible, il ne voulait point être vu
ni connu de Nathan. A quoi Nathan dit : « — Et je ferai
« encore ainsi, puisque cela te plaît. — » Etant donc des-

cendu de cheval, Mitridanes s'en alla jusqu'au beau palais avec Nathan qui se mit à lui tenir la plus plaisante conversation. Là Nathan fit prendre le cheval du jeune homme par un de ses familiers, et s'étant penché vers l'oreille de ce dernier, il lui ordonna d'informer promptement tous les gens de la maison que personne ne s'avisât de dire au jeune homme qu'il fût Nathan ; ce qui fut fait. Quand ils furent dans le palais, il installa Mitridanes dans une magnifique chambre où nul ne pouvait le voir excepté ceux qu'il avait commis à son service, et lui faisant rendre de grands honneurs, il lui tint lui-même compagnie.

« Pendant qu'il était avec lui, Mitridanes, bien que le révérant comme un père, lui demanda cependant qui il était. A quoi Nathan répondit : « — Je suis un petit serviteur de « Nathan ; depuis ma plus tendre enfance j'ai vieilli avec « lui, et il ne m'emploie pas à autre chose qu'à ce que tu « vois ; pour quoi, bien que tous les autres se louent beau- « coup de lui, je ne puis guère m'en louer pour mon « compte. — » Ces paroles donnèrent à Mitridanes quelque espérance de pouvoir mettre à exécution son perfide dessein avec plus d'aide et de facilité. Nathan lui demanda à son tour très courtoisement qui il était, et quel motif l'amenait, lui offrant ses conseils et son aide en ce qu'il pourrait. Mitridanes resta un moment sans répondre ; enfin, se décidant à se confier à lui, il employa un long détour pour exiger sa parole ; puis, lui demandant aide et conseil, il lui découvrit entièrement qui il était et pour quel motif il était venu. Nathan, entendant ce discours et le cruel dessein de Mitridanes, fut tout bouleversé au fond de lui-même ; cependant, d'un cœur fort et d'un visage ferme, il lui répondit sans trop d'hésitation : « — Mitridanes, ton père était « gentilhomme, et tu ne veux pas dégénérer, ayant résolu

« une si haute entreprise, à savoir d'être libéral envers
« tous; et je loue très fort l'envie que tu portes au mérite
« de Nathan, pour ce que s'il y avait beaucoup d'entrepri-
« ses semblables, le monde, qui est très misérable, devien-
« drait bien vite bon. Ton dessein que tu m'as confié sans
« hésiter sera gardé secret; je puis plutôt en cela te donner
« conseil que grande aide, et ce conseil est celui-ci : tu peux
« voir d'ici à un mille de distance à peu près, un petit bois
« dans lequel Nathan va quasi tous les matins se promener
« longtemps seul; là, il te sera facile de le trouver et de
« faire à ton plaisir. Si tu le tues, afin de pouvoir retourner
« sans empêchement chez toi, tu t'en iras non par le che-
« min que tu as pris pour venir ici, mais par celui que tu
« vois sortir du bois à gauche, pour ce que, bien qu'il soit
« un peu plus sauvage, il est plus près de chez toi et par-
« tant plus sûr pour toi. — »

« Après avoir reçu cette information, et quand Nathan
l'eut quitté, Mitridanes fit secrètement prévenir ses compagnons qui étaient aussi dans le château, de l'endroit où ils
devaient l'attendre. Le lendemain, Nathan, invariable dans
ses sentiments, malgré le conseil donné à Mitridanes, et
sans rien changer à ses habitudes, s'en alla seul vers le petit
bois pour y mourir. Mitridanes, s'étant levé, et ayant pris
son arc et son épée, — car il n'avait pas d'autres armes, —
monta à cheval, s'en alla droit au bois, et vit de loin Nathan
qui se promenait tout seul. Voulant, avant de l'assaillir, le
voir et l'entendre parler, il courut vers lui, et, le saisissant
par le bandeau qu'il avait sur la tête, il dit : « — Vieillard,
« tu es mort! — » A quoi Nathan ne répondit rien, si ce
n'est : « — Alors, c'est que je l'ai mérité. — » Mitridanes
entendant sa voix et le regardant au visage, le reconnut
aussitôt pour celui qui l'avait si bien accueilli, qui lui avait

courtoisement fait compagnie et l'avait loyalement conseillé ;
pour quoi, sa fureur tomba soudain et sa colère se changea
en honte. Alors, jetant son épée qu'il avait déjà tirée pour
le frapper, il descendit de cheval, courut en pleurant se jeter
aux pieds de Nathan, et dit : « — Je reconnais manifeste-
« ment votre générosité, très cher père, considérant avec
« quelle délicatesse vous êtes venu ici pour me donner votre
« vie, laquelle, bien que je n'en eusse aucune raison, je me
« suis montré à vous-même désireux de vous arracher. Mais
« Dieu, plus soucieux que moi de mon devoir, m'a ouvert,
« juste au moment où il en était le plus besoin, les yeux de
« l'intelligence, que la méchante envie m'avait fermés. Et
« pour ce, je me reconnais d'autant plus avoir mérité d'être
« puni de mon erreur, que vous avez été plus empressé à
« me complaire ; prenez donc de moi telle vengeance que
« vous jugerez convenable pour mon crime. — »

« Nathan fit relever Mitridanes, le serra tendrement dans
ses bras, l'embrassa, et lui dit : « — Mon fils, il n'est pas
« besoin que tu demandes pardon ni que je te pardonne
« pour ton entreprise, que tu la veuilles appeler crime ou
« autrement, pour ce que tu ne la poursuivais point par haine,
« mais afin de pouvoir être tenu pour le meilleur. Vis donc
« sans aucune crainte de moi, et sois certain qu'il n'y a per-
« sonne que j'aime autant que toi, considérant la grandeur
« de ton âme qui ne s'est point adonnée à entasser de l'ar-
« gent, comme font les avares, mais à le dépenser. N'aie
« point non plus vergogne d'avoir voulu me tuer pour deve-
« nir plus renommé, et ne crois pas que je m'en étonne.
« Les illustres empereurs et les plus grands rois n'ont
« agrandi leur royaume, et par conséquent leur renommée,
« qu'en employant quasi uniquement l'art de tuer, non pas
« un homme comme tu voulais faire, mais un nombre infini

« de gens, qu'en brûlant des pays entiers et renversant les
« villes ; pour quoi, si toi tu as voulu me tuer, moi seule-
« ment, pour te rendre plus fameux, tu faisais une chose ni
« fort étonnante, ni nouvelle, mais fort habituelle. — »

« Mitridanes, sans excuser son dessein pervers, mais
louant beaucoup l'honnête excuse trouvée par Nathan, en
vint à dire, tout en devisant avec lui, qu'il s'émerveillait
outre mesure de ce que Nathan eût pu se résoudre à lui
donner le conseil et le moyen de le tuer. A quoi Nathan dit :
« — Mitridanes, je ne veux pas que tu t'étonnes du conseil
« que je t'ai donné ni de ma résolution, pour ce que depuis
« que j'ai eu mon libre arbitre et que je me suis résolu à faire
« ce que tu as toi-même entrepris, personne n'est jamais venu
« en ma maison que je n'aie satisfait à sa demande. Tu y es
« venu désireux de me prendre la vie ; pour quoi, te l'en-
« tendant demander, et afin que tu ne fusses pas seul à t'en
« aller d'ici sans avoir obtenu ce que tu demandais, je me
« suis sur-le-champ décidé à te la donner ; et pour que tu
« pusses la prendre, je t'ai donné ce conseil que j'ai cru
« bon pour que tu eusses ma vie sans risquer de perdre la
« tienne ; et pour ce, je te dis encore, et je te prie, si elle te
« fait toujours envie, de la prendre et de te satisfaire toi-
« même en cela, attendu que je ne crois pas que je la puisse
« employer mieux. Je m'en suis déjà servi pendant quatre-
« vingts ans, et je l'ai employée pour mes plaisirs et mon
« contentement ; et je sais que, suivant le cours de la nature,
« ainsi qu'il advient des autres hommes, et généralement
« de tout, elle ne m'est laissée que pour peu de temps
« désormais. Pour quoi, je crois qu'il est mieux de la
« donner, comme j'ai toujours donné et dépensé mes tré-
« sors, que de la vouloir tellement garder qu'elle me soit,
« contre mon gré, ôtée par la nature. C'est faire un mince

« présent que de donner cent années ; combien donc en est-
« ce un moindre de donner les six ou huit ans que j'ai à
« vivre ? Prends-la donc, si elle t'agrée, je t'en prie ; pour
« ce que, pendant tout le temps que j'ai vécu, je n'ai
« encore trouvé personne qui l'ait désirée, et je ne sais si
« je trouverai jamais qui la veuille, si toi, qui l'as demandée,
« tu ne la prends pas. Et si pourtant il arrivait qu'il s'en
« trouvât un, je reconnais que plus je la garderai, moins
« elle aura de prix ; donc, avant qu'elle devienne plus vile,
« prends-la, je t'en prie. — »

« Mitridanes, plein de vergogne, dit : « — A Dieu ne
« plaise, non pas seulement que je sépare de vous une vie
« aussi précieuse que la vôtre et que je la prenne, mais que
« j'en conçoive même le désir, comme je le faisais naguère ;
« bien loin de diminuer ses années, je l'allongerais volon-
« tiers des miennes. — » A quoi Nathan dit aussitôt :
« — Et, si tu veux, tu peux les en allonger en effet, et tu
« me feras faire vis-à-vis de toi ce que je n'ai jamais fait
« pour aucun autre, c'est-à-dire prendre de ce qui est à toi,
« moi qui jamais n'acceptai rien d'autrui. — » « — Oui, — »
« dit vivement Mitridanes. « — Donc — dit Nathan —
« tu feras comme je vais te dire : tu resteras, jeune comme
« tu es, ici, dans ma maison, et tu t'appelleras Nathan, et
« moi, j'irai dans la tienne, et je me ferai désormais
« appeler Mitridanes. — » Alors Mitridanes répondit :
« — Si je savais aussi bien agir que vous savez et que vous
« avez toujours su, j'accepterais sans trop hésiter ce que
« vous m'offrez ; mais pour ce qu'il me paraît très certain
« que mes œuvres diminueraient la renommée de Nathan, et
« que je n'entends pas gâter chez les autres ce que je ne
« sais pas arranger pour moi-même, je ne l'accepte pas. — »

« Après ces plaisants entretiens entre Nathan et Mitridanes, et beaucoup d'autres encore, ils revinrent ensemble au palais, selon qu'il plut à Nathan. Là, Nathan combla d'honneurs Mitridanes pendant plusieurs jours, et avec beaucoup d'esprit et de savoir l'encouragea dans sa grande et noble entreprise. Et Mitridanes voulant s'en retourner chez lui avec sa suite, Nathan lui donna congé après lui avoir fait bien voir qu'il ne pourrait jamais le surpasser en libéralité. — »

NOUVELLE IV

Messer Gentile de' Carisendi, de retour de Modène, tire du tombeau où on l'avait ensevelie comme morte, une dame aimée de lui. Revenue à elle, cette dame accouche d'un enfant mâle et messer Gentile la rend, elle et l'enfant, à Niccoluccio Caccianimico, son mari.

Cela sembla à tous chose merveilleuse qu'on fût ainsi libéral de son propre sang, et ils affirmèrent que la générosité de Nathan avait vraiment dépassé celle du roi d'Espagne et celle de l'abbé de Cluny. Mais quand, d'une chose à une autre, on en eut assez dit sur ce sujet, le roi, regardant du côté de Lauretta, lui fit voir qu'il désirait qu'elle contât à son tour; pour quoi, la Lauretta commença aussitôt: « — Jeunes dames, les choses qui ont été racontées sont magnifiques et belles, et il me semble qu'il ne nous reste plus rien, à nous qui avons à parler, pour surpasser l'intérêt de ces nouvelles, tellement elles ont été embellies par la magnificence des choses racontées; à moins que nous ne revenions aux sujets d'amour, qui prêtent toujours abondamment matière à deviser; et pour ce, tant pour ce motif que parce que cela convient principalement à notre âge, il me plaît de vous raconter un acte de munificence accompli par un amoureux, lequel acte, tout bien considéré, ne vous paraîtra pas d'aventure inférieur à aucun de ceux déjà racontés, s'il est vrai qu'on donne les trésors, qu'on oublie les inimitiés et qu'on jette en mille périls la vie et, ce qui est bien plus, l'honneur et la réputation pour posséder la chose aimée.

« Donc, il y eut à Bologne, très noble cité de la Lombardie, un chevalier très estimé pour son mérite et pour la noblesse de son sang, et qui s'appelait Messer Gentile Carisendi. Etant tout jeune, il s'énamoura d'une gente dame nommée Madame Catalina, femme d'un certain Niccoluccio Caccianimico ; et comme il était mal payé de son amour par la dame, il s'en alla, quasi désespéré, à Modène, où il avait été appelé comme podestat. A cette même époque, Niccoluccio étant absent de Bologne, et la dame s'étant rendue dans sa campagne, située à environ trois milles de la ville, elle y fixa son séjour, pour ce qu'elle était grosse. Or il advint qu'elle fut prise d'un accident si grave, que tout signe de vie l'abandonna, et qu'en conséquence tous les médecins déclarèrent qu'elle était morte. Ses plus proches parents ayant assuré qu'elle leur avait dit être enceinte depuis trop peu de temps pour que son enfant fût viable, sans s'embarrasser d'autre chose, on l'ensevelit telle qu'elle était dans une tombe de l'église voisine.

« Cet événement ayant été annoncé soudainement à Messer Gentile par un de ses amis, il s'en affligea beaucoup, bien qu'il eût été peu favorisé des faveurs de la dame, et en dernier lieu il se dit à lui-même : « — Voici, madame Catalina, « que tu es morte ; pendant que tu vivais, je n'ai pu avoir « un seul regard de toi ; pour quoi, maintenant que tu ne « peux plus te défendre, il faut que, toute morte que tu

« sois, je te prenne un baiser. — » Cela dit, la nuit étant
venue, il donna des ordres pour que son absence fût tenue
secrète, et étant monté à cheval avec un de ses familiers, il
alla sans s'arrêter jusqu'à l'endroit où était ensevelie la
dame. Ayant ouvert la tombe, il y entra sur-le-champ, et
s'étant couché à côté de la dame, il approcha son visage du
sien et se mit à l'embrasser à plusieurs reprises en versant
d'abondantes larmes. Mais, comme nous voyons que l'appétit de l'homme n'est jamais content et désire toujours
davantage, surtout celui des amoureux, Gentile, ayant résolu
de ne pas rester plus longtemps en cet endroit, dit : « — Eh !
« pourquoi ne lui touché-je point un peu la gorge, puis-
« que je suis ici ? Je ne la dois plus jamais toucher, et je ne
« l'ai oncques touchée. — » Vaincu donc par ce désir, il lui
mit la main sur la gorge, et il l'y tenait depuis un moment,
quand il lui sembla sentir le cœur de la dame battre faible-
ment. Chassant tout sentiment de crainte, et cherchant avec
plus d'attention, il vit qu'en effet elle n'était pas morte, bien
qu'il estimât peu de chose la vie qui lui restait ; pour quoi,
aussi doucement qu'il put, aidé par son familier, il la sortit
de la tombe, et l'ayant placée devant lui sur son cheval, il la
porta secrètement en sa maison à Bologne.

« Il avait là avec lui sa mère, valeureuse et sage dame,
laquelle après que son fils lui eût tout dit, mue de pitié, rappela l'infortunée à la vie en faisant un grand feu et en la mettant dans un bain. Dès qu'elle fut revenue à elle, elle poussa
un grand soupir et dit : « — Hélas ! où suis-je mainte-
« nant ? — » A quoi l'excellente dame répondit : « — Calme-
« toi ; tu es en bon lieu. — » Madame Catalina complètement remise, regarda tout autour d'elle, et ne reconnaissant
pas bien l'endroit où elle était, voyant devant elle messer
Gentile, fut remplie d'étonnement, et pria la mère de celui-ci

de lui dire comment elle se trouvait là ; sur quoi, messer Gentile lui conta tout de point en point. Très affligée de cela, après y avoir réfléchi un moment, elle le remercia le mieux qu'elle put, puis elle le pria, par l'amour qu'il lui avait autrefois porté, et par sa courtoisie, de faire qu'elle ne reçût pas dans sa maison chose qui fût moins qu'honnête pour son honneur et pour celui de son mari, et que, dès que le jour serait venu, il la laissât retourner chez elle. A quoi messer Gentile répondit : « — Madame, quel qu'ait été précédem-« ment mon désir, je n'entends point pour le présent, ni « pour l'avenir — puisque Dieu m'a fait cette faveur de « vous avoir rendue à la vie grâce à l'amour que je vous ai « jusqu'ici porté — vous traiter ici ni ailleurs autrement « que comme une sœur ; mais le service que je vous ai rendu « cette nuit mérite une récompense, et pour ce je veux que « vous ne me refusiez point une grâce que je vous deman-« derai. — » La dame lui répondit d'un air affable qu'elle était prête à le faire si elle le pouvait, et si la chose était honnête. Alors messer Gentile dit :

« — Madame, tous vos parents et tous les Bolonais croient « et ont pour certain que vous êtes morte ; pour quoi, per-« sonne chez vous ne vous attend ; et pour ce, voici la faveur « que je réclame de vous : je vous prie de rester en secret « ici avec ma mère jusqu'à ce que je sois revenu de Modène, « ce qui ne tardera pas. La raison pour laquelle je vous fais « cette demande est celle-ci : j'entends, en votre présence « et devant les principaux citoyens de notre cité faire à votre « mari un don cher et solennel. — » La dame, se recon-naissant l'obligée du chevalier, et voyant que sa demande était honnête, bien qu'elle désirât réjouir ses parents en leur faisant voir qu'elle était vivante, se décida à faire ce que messer Gentile demandait, et le lui promit sur sa foi. Mais

à peine lui eut-elle répondu, qu'elle sentit que le moment
d'accoucher était venu ; pour quoi, tendrement secourue par
la mère de messer Gentile, elle ne tarda pas à mettre au
monde un bel enfant mâle, ce qui redoubla la joie de messer
Gentile et d'elle-même. Messer Gentile ordonna de faire tout
ce qui était nécessaire, et de la servir comme si c'eût été sa
propre femme, puis il s'en retourna, secrètement à Modène.

« Là, le temps de son office de podestat terminé, et devant s'en retourner à Bologne, il fit préparer pour le matin
du jour où il entrerait à Bologne, un beau festin dans sa
maison pour un grand nombre de gentilshommes Bolonais,
parmi lesquels était Niccoluccio Caccianimico. A son retour,
descendu de cheval, il se trouva au milieu de ses convives,
ayant également trouvé la dame plus belle et mieux portante
que jamais, et son petit enfant en bon état ; aussi, il fit
asseoir ses hôtes à table d'un air de vive alégresse, et les fit
magnifiquement servir de toutes sortes de victuailles. Le repas touchant à sa fin, et ayant tout d'abord prévenu la dame
de ce qu'il entendait faire, et arrangé avec elle la façon dont
elle devait s'y prendre, il se mit à parler ainsi : « — Sei-
« gneurs, je me souviens d'avoir une fois entendu dire
« qu'en Perse il existe une coutume très bonne à mon avis
« et qui consiste en ceci : lorsque quelqu'un veut faire
« grand honneur à son ami, il l'invite à dîner et là il lui
« montre ce qu'il a de plus cher, soit sa femme, soit un
« ami, soit sa fille, soit toute autre chose, affirmant que, s'il
« pouvait, il lui montrerait de même le fond de son cœur.
« Cette coutume, j'entends l'observer à Bologne. Vous avez
« bien voulu honorer mon banquet, et je veux vous faire
« honneur à la mode de Perse, en vous montrant la chose la
« plus chère que j'aie au monde et que je doive jamais avoir.
« Mais auparavant, je vous prie de me dire ce que vous

« pensez d'un doute que je vais vous soumettre. Il y a quel-
« qu'un qui a chez lui un bon et fidèle serviteur, lequel
« tombe gravement malade ; sans attendre la mort de ce
« serviteur, son maître le fait porter au milieu de la rue, et
« n'a plus cure de lui. Vient un étranger qui, mu de pitié,
« le recueille dans sa maison et l'entourant de grands soins
« le ramène en bonne santé. Je voudrais savoir si, le gar-
« dant chez lui et s'en servant comme d'un serviteur, le pre-
« mier maître peut en bonne équité s'en plaindre ou se fâ-
« cher contre le second maître si celui-ci refuse, sur sa
« demande, de lui rendre son serviteur. — »

« Les gentilshommes, après avoir fort discuté entre eux,
et se trouvant tous d'un même avis, confièrent leur réponse
à Niccoluccio Caccianimico, pour ce qu'il était beau parleur.
Celui-ci, loua tout d'abord la coutume de Perse et dit qu'il
était du même avis que les autres ; que le premier maître
n'avait plus aucun droit sur son serviteur, puisqu'il l'avait
non-seulement abandonné dans une telle circonstance, mais
chassé ; et que par les bienfaits du second maître, le serviteur lui semblait justement devenu sien ; pour quoi, en le
retenant à son service, le second maître ne faisait aucun tort,
aucune violence, aucune injure au premier. Tous les autres
convives, parmi lesquels il y avait des hommes de grande
valeur, dirent tous qu'ils s'en tenaient à ce qui avait été répondu par Niccoluccio.

« Le chevalier, satisfait d'une telle réponse, et surtout de
ce que c'était Niccoluccio qui la lui avait faite, affirma qu'il
partageait aussi cette opinion ; puis il dit : « — Il est temps
« que je vous fasse honneur selon ma promesse. — » Et
ayant appelé deux de ses familiers, il les envoya vers la dame
qu'il avait fait richement vêtir et orner, et lui fit dire qu'elle
lui fît le plaisir de venir réjouir les gentilshommes par sa

34.

présence. La dame, ayant pris sur les bras son enfant qui était très beau, s'en vint dans la salle, accompagnée des deux familiers. Là, sur la prière du chevalier, elle s'assit auprès d'un gentilhomme, et messer Gentile dit : « — Sei- « gneurs, cette dame est ce que j'ai et ce que j'entends « avoir de plus précieux ; voyez s'il vous semble que j'aie « raison. — » Les gentilshommes après l'avoir grandement honorée et louée, et avoir affirmé au chevalier qu'il devait l'avoir pour chère, se mirent à la regarder, et il y en avait beaucoup qui auraient dit qui elle était, s'ils ne l'avaient tenue pour morte. Mais Niccoluccio la regardait plus que tous les autres, et le chevalier étant sorti un instant, brûlant de savoir qui elle était, et ne pouvant plus se contenir, il lui demanda si elle était Bolonaise ou étrangère. La dame se voyant interroger par son mari, eut peine à se tenir pour ne pas répondre ; mais cependant pour observer la convention établie, elle se tut. Un autre convive lui ayant demandé si cet enfant était le sien, et un autre si elle était la femme de Gentile, ou bien sa parente d'une autre façon, elle ne répon- dit à aucun d'eux. Mais, messer Gentile revenant, l'un de ses hôtes dit : « — Messire, c'est une belle chose que vous « avez là, mais elle nous semble muette ; est-il vrai qu'elle « le soit ? — » « — Seigneurs — dit messer Gentile — « son silence jusqu'à présent n'est pas petite preuve de son « mérite. — » « — Dites-nous donc, vous — poursuivit « son interlocuteur — qui elle est. — » Le chevalier dit : « — Je le ferai volontiers, à condition que vous me promet- « trez, quelque chose que je dise, que personne de vous ne « bougera de sa place avant que j'aie fini ce que j'ai à « dire. — » Chacun l'ayant promis et les tables étant enle- vées, messer Gentile alla s'asseoir à côté de la dame et dit : « — Seigneurs, cette dame est le loyal et fidèle serviteur

« à propos duquel je vous ai posé une question il y a un
« moment ; les siens la tenant pour peu chère, l'ont jetée
« comme une chose vile et moins qu'utile au milieu de la
« rue ; elle a été recueillie par moi, et par ma sollicitude et
« de mes propres mains je l'ai arrachée à la mort, et Dieu,
« ayant égard à ma bonne affection, de corps épouvantable
« qu'elle était, me l'a fait devenir aussi belle. Mais afin que
« vous entendiez plus complètement comment cela m'est ad-
« venu, je vous le dirai brièvement. — » Et commençant
par leur raconter comment il s'était énamouré d'elle, il leur
dit entièrement ce qui était advenu jusqu'à l'heure présente,
au grand étonnement des assistants ; puis il ajouta : « — C'est
« pourquoi, si vous n'avez point changé d'avis depuis un
« moment, et spécialement Niccoluccio, cette dame m'ap-
« partient justement, et personne ne peut à juste raison me
« la réclamer, — »

« A cela, personne ne répondit, mais chacun attendait ce
qu'il avait encore à dire. Niccoluccio, tous les autres qui
étaient là, et la dame elle-même, pleuraient d'émotion ; mais
messer Gentile, s'étant levé debout, et prenant le petit enfant dans ses bras et la dame par la main, alla droit à Niccoluccio et dit : « — Lève-toi, compère ; je ne te rends pas
« ta femme que tes parents et les siens ont rejetée ; mais je
« veux te donner cette dame, qui est ma commère, avec son
« fils, lequel, j'en suis sûr, a été engendré par toi et que j'ai
« tenu au baptême et nommé Gentile. Et je te prie de ne
« pas l'avoir pour moins chère, parce qu'elle est restée près
« de trois mois dans ma maison, car je te jure — par ce
« Dieu qui peut-être me fit autrefois devenir amoureux d'elle
« afin que mon amour fût, comme il a été en effet, la cause
« de son salut, — qu'elle n'a jamais vécu plus honnêtement
« avec son père, avec sa mère, ou avec toi-même, qu'elle ne

« l'a fait chez moi. — » Cela dit, il se tourna vers la dame
et dit : « — Madame, désormais je vous délie de la pro-
« messe que vous m'avez faite, et je vous remets libre à
« Niccoluccio. — » Et ayant remis la dame et l'enfant entre
les bras de Niccoluccio, il retourna s'asseoir.

« Niccoluccio reçut sa femme et son fils avec un grandissime désir, d'autant plus joyeux qu'il était plus loin de s'y
attendre ; et du mieux qu'il put et qu'il sut, il remercia le
chevalier ; et tous les autres, qui pleuraient de pitié, le louèrent beaucoup de cette action, et il en fut approuvé par quiconque l'entendit. La dame fut reçue chez elle avec une merveilleuse fête et fut regardée longtemps avec admiration par
les Bolonais quasi comme une ressuscitée. Quant à messer
Gentile, il vécut constamment ami de Niccoluccio et de ses
parents, ainsi que de ceux de la dame.

« Que direz-vous donc, ici, mes bénignes dames ? Estime-
rez-vous que l'action d'un roi, qui a donné le sceptre et la
couronne ; d'un abbé qui a, sans qu'il lui en ait coûté rien,
réconcilié un malfaiteur avec le pape ; ou d'un vieillard qui
a offert sa gorge au couteau de son ennemi, puisse égaler
l'action de messer Gentile, lequel, jeune et ardent, et croyant
avoir un juste titre à la possession de ce que la sottise d'autrui avait repoussé et que sa bonne fortune lui avait fait recueillir, non-seulement tempéra honnêtement son ardeur,
mais restitua libéralement ce qu'il avait longtemps désiré et
cherché à dérober ? Certes, aucune des actions généreuses
déjà racontées ne me paraît égaler celle-là. — »

NOUVELLE V

Madame Dianora demande à messer Ansaldo un jardin aussi beau en janvier qu'au mois de mai. Messer Ansaldo, avec l'aide d'un nécromancien, le lui donne. Son mari lui accorde la permission de se mettre à la disposition de messer Ansaldo. Celui-ci, ayant appris la générosité du mari, la relève de sa promesse, et de son côté, le nécromancien, sans rien vouloir de lui, tient messer Ansaldo pour quitte.

Chacun dans la joyeuse compagnie avait porté les louanges de messer Gentile jusqu'aux nues, quand le roi ordonna à Emilia de poursuivre; celle-ci; quasi désireuse de parler, commença ainsi hardiment, « — Délicates dames, nul ne pourrait dire avec raison que messer Gentile n'a pas magnifiquement agi ; mais si l'on voulait dire qu'on ne peut pas agir plus magnifiquement encore, il ne serait pas difficile à montrer que cela se peut ; c'est ce que je prétends vous raconter dans ma petite nouvelle.

« Dans le Frioul, pays, quoique froid, égayé par de belles montagnes, de nombreuses rivières et de claires sources, est une ville nommée Udine, dans laquelle fut jadis une belle et noble dame, appelée madame Dianora et femme d'un certain Gilberto, homme très riche, fort plaisant et de bonne mine. Le mérite de cette dame lui valut d'être souverainement aimée par un noble et grand baron, lequel avait nom messer Ansaldo Gradense, homme de grande entreprise et connu partout par ses faits d'armes et sa courtoisie. Il aimait ardemment la dame, faisant tout ce qu'il pouvait pour être aimé d'elle, la pressant souvent par messages ; mais il s'efforçait en vain. Les sollicitations du chevalier étant même très ennuyeuses à la dame, celle-ci voyant qu'il ne lui suffisait pas de refuser tout ce qu'il lui demandait pour le faire renoncer à son amour et à ses poursuites, imagina de s'en débarrasser par une demande étrange et, à son avis, impossible à réaliser. Elle parla un jour ainsi à une femme qui venait souvent la trouver de la part du chevalier : « — Bonne « femme, tu m'as souvent affirmé que messer Ansaldo « m'aime par-dessus tout et tu m'as offert de sa part de « merveilleux présents que je veux qu'il garde par devers « lui, pour ce que je ne me déciderais jamais pour de tels « présents à l'aimer ni à lui complaire. Et si je pouvais être « sûre qu'il m'aime autant que tu dis, je me déciderais sans « faute à l'aimer et à faire ce qu'il voudrait ; et pour ce, s'il « veut m'en donner une preuve en faisant ce que je deman- « derai, je me tiendrai à ses ordres. — » La bonne femme dit : « — Qu'est-ce, madame, que vous désirez qu'il « fasse ? — » La dame répondit : « — Ce que je désire, le « voici : je veux pour le mois de janvier prochain auprès « de cette ville, un jardin plein d'herbes vertes, de fleurs et « d'arbres feuillus, non autrement fait que si c'était au mois « de mai ; s'il ne le fait pas, qu'il ne t'envoie plus jamais « vers moi ; pour ce que s'il me presse davantage, de même « que j'ai jusqu'ici tout caché à mon mari et à mes parents, « je m'en plaindrai à eux et je tâcherai de m'en débarrasser « ainsi. — »

« Le chevalier, ayant appris la demande et la proposition de la dame, et bien que la chose lui parût difficile et quasi impossible à faire, et qu'il comprît que la dame ne la lui demandait pas pour un autre motif que pour lui enlever toute espérance, résolut cependant de tenter ce qu'il pourrait, et il envoya chercher dans toutes les parties du monde s'il ne trouverait point quelque part quelqu'un qui lui donnât aide ou conseil. Il mit enfin la main sur quelqu'un qui lui offrit de le faire au moyen de la nécromancie, pourvu qu'il fût bien payé. Ansaldo étant convenu avec lui d'un gros prix d'argent, attendit joyeux le moment qu'on lui avait fixé. Ce moment venu, les froids était très grands et tout étant couvert de neige et de glace, le savant nécromancien fit si bien de son art, pendant la nuit qui précédait les calendes de janvier, qu'il fit apparaître le lendemain matin, dans un très beau pré voisin de la ville, un des plus beaux jardins que personne eût jamais vus, suivant l'avis de ceux qui l'aperçurent, avec des plantes, des arbres et des fruits de toutes espèces. Aussitôt que messer Ansaldo l'eut vu, très joyeux, il fit cueillir les plus beaux fruits et les plus belles fleurs qui y étaient et les fit secrètement présenter à la dame en l'invitant à voir le jardin qu'elle avait demandé, afin qu'elle pût connaître par là combien il l'aimait, et se souvenir de la promesse qu'elle lui avait faite avec serment, et lui tenir ensuite, en dame loyale, cette promesse.

« La dame, voyant les fleurs et les fruits, et ayant déjà entendu parler du merveilleux jardin par beaucoup de gens, commença à se repentir de sa promesse ; mais malgré tout son regret, désireuse de voir ces choses extraordinaires, elle alla voir le jardin avec bon nombre d'autres dames de la ville, et après l'avoir beaucoup admiré, non sans étonnement, elle s'en retourna chez elle, plus affligée que femme qu'il y eût, songeant à ce à quoi elle s'était engagée. Son chagrin fut tel, que ne pouvant le cacher assez, il advint que, comme il éclatait au dehors, son mari s'en aperçut et voulut en savoir le motif. La dame se tut par vergogne ; enfin, y étant forcée, elle lui dit tout. Gilberto, entendant cela, se fâcha vivement d'abord ; puis, considérant la pureté des intentions de la dame, il chassa la colère, et mieux conseillé il dit : « — Dia- « nora, ce n'est pas un acte de femme sage, ni honnête que

« d'écouter des messages de cette sorte, ni de livrer à per-
« sonne sa chasteté à la merci d'un pacte. Les paroles re-
« cueillies par les oreilles du cœur ont plus grande force
« que beaucoup ne pensent, et quasi tout devient possible
« aux amants. Tu as donc mal fait d'abord d'écouter,
« puis de t'engager dans un pacte ; mais comme je connais
« la pureté de ton âme, et pour te délier de ta promesse, je
« t'accorderai ce que probablement aucun autre ne ferait,
« poussé que je suis encore par la peur du nécromancien
« auquel peut-être messer Ansaldo irait se plaindre si tu te
« moquais de lui. Je veux que tu ailles le trouver, et si tu
« le peux par un moyen quelconque, efforce-toi de conserver
« ton honneur ; tu seras alors déliée de cette promesse ; si
« tu ne peux pas faire autrement, abandonne-lui pour cette
« fois ton corps, mais non pas ton âme. — »

« En entendant son mari, la dame pleurait et refusait de
recevoir de lui une pareille autorisation ; mais, malgré le refus
de sa femme, il plut à Gilberto qu'il en fût ainsi. Pour quoi,
le lendemain matin, dès l'aurore, sans aucun ornement,
précédée de deux de ses familiers et suivie d'une camériste,
la dame s'en alla en la demeure de messer Ansaldo. Celui-ci,
apprenant que la dame était venue, s'étonna fort, et s'étant
levé, il fit appeler le nécromancien et dit : « — Je veux que
« tu voie quel bien ton art m'a fait acquérir. — » Et étant
allé à la rencontre de la dame, sans montrer d'appétit désordonné, il la reçut honnêtement et avec grand respect ; puis,
après avoir fait entrer tout le monde dans une belle chambre où il y avait un grand feu et l'avoir fait asseoir, il dit :
« — Madame, je vous prie, si le long amour que je vous
« ai porté mérite quelque récompense, qu'il ne vous dé-
« plaise point de me dire la raison qui vous a fait venir ici
« en pareille compagnie. » — La dame, pleine de vergogne

et quasi les larmes aux yeux, répondit : « — Messire, ce
« n'est ni l'amour que je vous porte, ni la promesse faite
« qui m'amènent ici, mais l'ordre de mon mari, lequel,
« ayant eu plus d'égard pour les peines de votre amour
« désordonné que pour son honneur et le mien, m'a fait
« ici venir ; et, sur son ordre, je suis prête, pour cette fois,
« à faire selon votre plaisir. — »

« Si messer Ansaldo s'était tout d'abord étonné en entendant la dame, il s'étonna bien plus encore, et tout ému de
la libéralité de Gilberto, il sentit son ardeur se changer en
compassion, et il dit : « — Madame, à Dieu ne plaise,
« puisqu'il en est comme vous dites, que je souille l'honneur
« de celui qui a eu pitié de mon amour ; et pour ce, vous
« serez ici, si cela vous plaît, non autrement que si vous
« étiez ma sœur, et quand il vous agréera, vous pourrez
« librement partir, à la seule condition que vous rendiez à
« votre mari telles grâces que vous jugerez convenables pour
« tant de courtoisie de sa part, et que vous lui direz qu'il
« m'aura toujours à l'avenir pour frère et pour servi-
« teur. — » La dame, en entendant ces paroles, plus
joyeuse que jamais, dit : « — Je n'ai jamais cru, considé-
« rant vos façons d'agir, qu'autre chose dût s'en suivre de
« ma venue ici que ce que je vois que vous me faites, et
« dont je vous serai toujours reconnaissante. — » Et ayant
pris congé, elle s'en retourna, accompagnée avec beaucoup
d'honneurs, vers Gilberto, et lui raconta ce qui était advenu,
dont il s'ensuivit entre lui et messer Ansaldo une étroite et
loyale amitié.

« Le nécromancien, auquel messer Ansaldo s'apprêtait à
payer le prix convenu, ayant vu la libéralité de Gilberto envers messer Ansaldo et celle de ce dernier envers la dame,
dit : « — A Dieu ne plaise, qu'après avoir vu Gilberto si

« libéral de son honneur et vous si libéral de votre amour,
« je ne me montre pas moi-même libéral en ce qui concern
« mon paiement ; et pour ce, reconnaissant que ce paiemen
« est bien en vos mains, j'entends que vous le gardiez. — »
Le chevalier rougit, et s'efforça de lui faire accepter tout ou
partie de son salaire ; mais ce fut en vain. Trois jour:
après, le nécromancien ayant défait son jardin, et désiran
partir, le chevalier le recommanda à Dieu, et ayant chassé
de son cœur son amour sensuel pour la dame, il resta épris
d'une honnête amitié pour elle.

« Que dirons-nous ici, aimables dames? Opposerons-nous
la dame presque morte et l'amour déjà refroidi par la perte
de tout espoir, à cette libéralité de messer Ansaldo, épris
plus fortement que jamais, quasi enflammé d'une plus vive
espérance, et tenant en ses mains la proie tant poursuivie ?
Ce serait sottise, à mon avis, que la première libéralité
pût se comparer à celle-ci. — »

NOUVELLE VI

Le roi Charles le Victorieux, étant vieux, devient amoureux d'une jeune fille;
rougissant de son fol amour, il la marie honorablement ainsi qu'une de ses
sœurs.

Qui pourrait pleinement raconter les discussions variées
qui eurent lieu entre les dames pour savoir qui avait montré le plus de libéralité, de Gilberto, de messer Ansaldo ou
du nécromancien, et au sujet de la conduite de madame
Dianora, en aurait trop long à dire. Mais après que le roi
les eut laissées discuter quelque temps, il se tourna vers la

Fiammetta et lui ordonna de trancher la question entre elles en contant une nouvelle. Celle-ci, sans plus de retard, commença : « — Splendides dames, j'ai toujours été d'avis que dans les réunions comme la nôtre, on devait si largement deviser, que le sens plus ou moins étroit des choses dites ne fût point prétexte à discussions, lesquelles conviennent beaucoup plus dans les écoles aux étudiants qu'à nous, qui suffisons à peine aux travaux de la quenouille et du fuseau. Et pour ce, moi qui avais peut-être à l'esprit quelque chose de douteux, je le laisserai de côté, vous voyant en discussion pour les choses déjà dites, et j'en dirai une, non pas sur un homme de peu d'importance, mais sur un roi valeureux qui agit en chevalier sans porter aucune atteinte à son honneur.

« Chacune de vous peut avoir plus d'une fois entendu rappeler le nom du roi Charles le vieux, autrement Charles premier, par la magnifique entreprise duquel — et surtout par la glorieuse victoire qu'il remporta sur le roi Manfred, — les Gibelins furent chassés de Florence où rentrèrent les Guelfes. Par suite de quoi, un chevalier, nommé messer Neri degli Uberti, étant sorti de la ville avec toute sa famille et de grosses sommes d'argent, ne voulut pas aller se réfugier ailleurs que sous la protection du roi Charles ; et pour vivre en un lieu solitaire où il pourrait tranquillement finir ses jours, il s'en alla à Castel da Mare di Distabia, et là, à une distance d'un trait d'arbalète environ des autres habitations de la ville, au milieu des oliviers, des noyers et des châtaigniers dont le pays abondait, il acheta un domaine sur lequel il fit faire une belle et commode habitation, et, tout à côté, un agréable jardin au milieu duquel ayant des eaux vives en abondance, il établit un vaste et clair vivier qu'il remplit facilement d'une grande quantité de poissons.

« Pendant qu'il ne songeait qu'à rendre son jardin chaque jour plus beau, il advint que le roi Charles, au temps de la canicule, s'en vint à Castello da Marc pour se reposer un peu, et ayant entendu parler de la beauté du jardin de messer Neri, il voulut le voir. Ayant appris à qui il était, il pensa que, le chevalier étant du parti opposé au sien, il fallait en user avec lui d'une façon plus affable, et il lui envoya dire qu'il voulait aller, secrètement et avec quatre amis, souper avec lui la nuit suivante dans son jardin. Cela fut très agréable à messer Neri, et ayant magnifiquement préparé et ordonné avec ses serviteurs ce qu'il y avait à faire, il reçut le roi dans son beau jardin de l'air le plus joyeux qu'il put et qu'il sut. Le roi, après avoir vu et admiré tout le jardin et la maison de messer Neri, et les tables ayant été dressées tout à côté du vivier, s'assit à l'une d'elles, après s'être lavé, et ordonna au comte Guido de Montfort qui était un de ses compagnons, de s'asseoir à un de ses côtés, et à messer Neri de s'asseoir de l'autre ; quant aux trois autres personnes qui étaient venues avec lui, il leur commanda de servir, suivant l'ordre fixé par messer Neri. On apporta de délicates victuailles, les vins furent exquis et précieux, et le service fut si bien et si convenablement fait, que le roi n'eut à souffrir d'aucun bruit de dispute, ce qu'il loua fort.

» Pendant qu'il mangeait d'un air joyeux, et enchanté de ce lieu solitaire, entrèrent dans le jardin deux jouvencelles, âgées d'environ quinze ans chacune, blondes comme l'or, avec les cheveux tout crespelés et surmontés d'une légère guirlande de pervenches. Leurs yeux semblaient plutôt appartenir à des anges qu'à des créatures humaines, tant elles les avaient fins et beaux ; et elles portaient sur leur chair des vêtements de lin très fins et blancs comme neige, très

étroits au-dessus de la ceinture, et de la ceinture en bas
flottants et longs jusqu'aux pieds, comme un pavillon. Celle
qui marchait la première portait sur ses épaules une paire
de filets à pêcher qu'elle tenait de sa main gauche, et avait
dans sa main droite un long bâton. Celle qui venait après,
avait sur son épaule gauche une poële, sous le même bras
un petit fagot de bois, et à la main un trépied ; de l'autre
main elle portait un petit pot d'huile et un flambeau allumé.
Les jeunes filles, arrivées devant le roi, lui firent en rougissant une révérence respectueuse ; puis étant allées à l'endroit
par où l'on entrait dans le vivier, celle qui avait la poële la
posa par terre ainsi que tous les autres objets qu'elle portait, prit le bâton que tenait sa compagne, et toutes les deux
entrèrent dans le vivier, dont l'eau leur venait jusqu'à la
poitrine. Un des familiers de Messer Neri alluma promptement le feu, et ayant posé la poële sur le trépied après y
avoir versé de l'huile, il se mit à attendre que les jeunes
filles lui jetassent du poisson.

« Ces deux dernières, l'une d'elles fouillant dans les endroits où elle savait que les poissons se cachaient, et l'autre
tenant le filet tout prêt, eurent en peu de temps, au grandissime plaisir du roi qui les regardait attentivement, pris
beaucoup de poissons. Après en avoir jeté quelques-uns au
familier qui les mettait quasi vivants dans la poële, elles se
mirent très habilement à prendre parmi les plus beaux, et à
les jeter sur la table devant le roi, le comte Guido et leur
père. Ces poissons sautaient sur la table, de quoi le roi
éprouvait un merveilleux plaisir, et prenant lui-même à son
tour quelques-uns de ces poissons, il les rejetait en s'amu-
sant aux jeunes filles ; ils plaisantèrent ainsi quelque temps,
jusqu'à ce que le familier eût fait cuire ceux qu'on lui avait
donnés, et qui sur l'ordre de Messer Neri, furent mis devant

35.

le roi, plutôt comme un entremets, que comme un plat rare ou agréable. Les jeunes filles voyant le poisson cuit, et ayant assez pêché, sortirent du vivier, leur blanc et fin vêtement collant à leur chair et ne cachant pour ainsi dire rien de la forme délicate de leurs formes, et ayant repris chacune les objets qu'elles avaient d'abord, elles passèrent en rougissant devant le roi, et s'en retournèrent à la maison.

« Le roi, le comte et ceux qui les servaient, avaient beaucoup regardé ces jeunes filles, et chacun d'eux les avait, en soi-même, admirées comme belles et bien faites, et en outre pour leurs manières et leur tenue ; mais elles avaient plu au roi par-dessus tous. Il avait si attentivement examiné toutes les parties de leur corps, quand elles étaient sorties de l'eau que si on l'eût piqué, il ne l'aurait point senti. Pensant de plus en plus à elles, sans savoir qui elles étaient ni comment, il se sentit naître dans le cœur un ardent désir de les posséder, pour quoi il vit bien qu'il était prêt d'en devenir amoureux s'il n'y prenait garde ; et il ne savait pas lui-même quelle était celle des deux qui lui plaisait le plus, tellement elles se ressemblaient en tout l'une à l'autre. Mais quand il se fut un moment livré à ces pensers, s'étant retourné vers Messer Neri, il lui demanda qui étaient les deux demoiselles ; à quoi Messer Neri répondit : « — Monseigneur, ce sont « mes filles, nées toutes deux le même jour ; l'une s'appelle « Ginevra la belle, et l'autre Isotta la blonde. — » Sur quoi, le roi les loua beaucoup et l'engagea à les marier ; mais Messer Neri s'excusa en disant qu'il ne le pouvait plus.

» Sur ces entrefaites, comme il ne restait plus à servir que les fruits, les deux jouvencelles vinrent, en jupes de taffetas très belles, et portant deux grandissimes plats d'argent chargés de fruits variés, suivant que la saison le comportait, et les posèrent devant le roi sur la table. Cela fait, elles se retirèrent un peu en arrière, et se mirent à chanter une canzone dont les paroles commençaient ainsi :

> Là où je suis arrivé, Amour,
> On ne pourrait chanter longuement...

Elles chantèrent d'une façon si douce et si plaisante, qu'il semblait au roi qui les regardait et les écoutait avec ravissement, que toutes les hiérarchies des anges étaient descendues en cet endroit pour chanter. La chanson dite, s'étant agenouillées elles demandèrent congé au roi qui le leur accorda d'un air en apparence joyeux, bien que leur départ le fâchât.

« Le souper fini, le roi et ses compagnons remontèrent à cheval, et ayant quitté Messer Neri, ils s'en retournèrent au logis royal en devisant d'une chose et d'une autre. Là, le roi tenant son amour caché, et ne pouvant, quelque affaire sérieuse qui se présentât, oublier la beauté et la grâce de Ginevra la belle, dont il aimait aussi la sœur pour ce qu'elle lui ressemblait, s'empêtra tellement dans les gluaux amoureux, qu'il ne pouvait songer quasi à autre chose. Saisissant d'autres prétextes, il s'était lié d'une étroite amitié avec Messer Neri, et le visitait très souvent dans son beau jardin, pour voir la Ginevra. Enfin, ne pouvant pas supporter plus longtemps sa passion, et lui étant venu en la pensée de voir s'il ne pourrait point enlever à leur père non-seulement une des jeunes filles, mais toutes les deux, il confia son amour et son intention au comte Guido, lequel, pour ce que c'était un honnête homme, lui dit :

« — Monseigneur, j'ai grand étonnement de ce que vous
« me dites, et je l'ai d'autant plus grand que ne l'aurait tout
« autre, qu'il 'me paraît avoir mieux que personne connu

« vos habitudes depuis votre enfance jusqu'à ce jour. Et ne
« vous ayant jamais connu une telle passion dans votre jeu-
« nesse, alors que l'amour aurait pu plus facilement vous
« saisir dans ses liens, je trouve si nouveau et si extraor-
« dinaire que vous, que je vois déjà vieux, aimiez d'amour,
« que cela me semble quasi un miracle ; et s'il m'apparte-
« nait de vous en blâmer, je sais bien ce que je vous en
« dirais, considérant que vous avez encore le harnais sur le
« dos dans un royaume nouvellement conquis, parmi une
« population que vous ne connaissez pas et pleine de ruses
« et de trahisons ; que vous êtes tout entier occupé de gran-
« dissimes soucis et de hautes affaires, et que vous n'avez
« pas encore pu vous asseoir. Qu'au milieu de tant de
« choses vous ayiez donné place à un amour trompeur, ce
« n'est pas là l'acte d'un roi magnanime, mais bien d'un
« jeune homme pusillamime. En outre, ce qui est bien pis,
« vous dites que vous avez résolu d'enlever les deux filles au
« pauvre chevalier qui vous a honoré dans sa maison au-
« delà de ses moyens, et, pour vous faire davantage hon-
« neur, vous a fait voir ses filles quasi nues, témoignant par
« là quelle confiance il a en vous, et qu'il croit que vous êtes
« un roi et non un loup rapace. Vous est-il donc si tôt
« sorti de la mémoire que ce sont les violences faites aux
« femmes par Manfred qui vous ont ouvert l'entrée de ce
« royaume ? Quelle trahison fut-elle jamais commise plus
« digne d'un éternel supplice que le serait celle-ci, à savoir
« que vous enleviez à celui qui vous a fait honneur, et son
« honneur, et son espérance et sa consolation ? Que dirait-
« on de vous, si vous faisiez cela ? Vous pensez peut-être
« que ce serait une excuse suffisante de dire : je l'ai fait
« pour ce qu'il est Gibelin. La justice des rois consiste-
« t-elle maintenant à traiter de la sorte ceux, quels qu'ils

« soient, qui se sont réfugiés dans leurs bras? Je vous rap-
« pelle, ô roi, que ç'a été une grandissime gloire pour vous
« de vaincre Manfred, mais que c'en est une bien plus
« grande de se vaincre soi-même; et pour ce, vous qui avez
« à corriger les autres, triomphez de vous-même et refré-
« nez cet appétit, et gardez-vous de souiller par cette tache
« ce que vous avez si glorieusement acquis. — »

« Ces paroles émurent amèrement l'âme du roi, et l'af-
fligèrent d'autant plus qu'il sentait qu'elles disaient vrai;
pour quoi, après un profond soupir, il dit : « — Comte,
« j'estime certainement qu'il n'y a point d'ennemi, si fort
« qu'il soit, qu'il ne soit plus facile à vaincre par un guer-
« rier habile qu'il n'est facile de vaincre soi-même son
« propre appétit; mais bien que le chagrin soit grand, et
« qu'il faille une force inexprimable, vos paroles m'ont si
« fort aiguillonné, qu'il faut, avant qu'il soit peu, que je
« vous fasse voir par des preuves que, de même que je sais
« vaincre les autres, je sais aussi me vaincre moi-même.
Peu de jours après cet entretien, le roi étant retourné à
Naples, tant pour s'enlever toute occasion de faire quelque
action blâmable, que pour récompenser le chevalier de l'honneur qu'il en avait reçu, et bien qu'il lui parût dur de rendre
autrui possesseur du bien qu'il désirait souverainement pour
lui-même, résolut de marier les deux jeunes filles, non
comme si elles étaient les filles de Messer Neri, mais comme
si elles étaient les siennes. Les ayant magnifiquement dotées,
du consentement de Messer Neri, il donna Ginevra la
belle à Messer Maffeo da Palizzi, et Izotta la blonde à Messer
Giuglielmo della Magna, tous deux nobles chevaliers et grands
barons. Après les leur avoir remises, il s'en alla dans la
Pouille, plein d'une douleur inexprimable, et là il macéra
tant et si bien son cruel appétit par de continuelles fatigues,

qu'ayant enfin brisé et rompu les amoureuses chaînes, il se
délivra pour le reste de sa vie d'une si grande passion.

« Il y en aura peut-être qui diront que c'est petite chose
pour un roi que d'avoir marié deux jouvencelles ; je l'accorde,
mais je dirai que c'est une grande, une grandissime chose
si c'est un roi amoureux qui marie celle qu'il aimait sans
avoir pris ou sans prendre de son amour, fleur, feuille ou
fruit. Donc, le magnifique roi agit ainsi, estimant bien haut
le noble chevalier, honorant d'une façon louable les jeunes
filles qu'il aimait, et triomphant fortement de soi-même. — »

NOUVELLE VII

Le roi Pierre ayant appris le fervent amour que lui portait Lisa, va la voir pendant qu'elle est malade et la console. Puis il la marie à un gentil chevalier, la
baise au front, et dès ce moment se proclame pour toujours son chevalier.

La Fiammetta était arrivée à la fin de la nouvelle, et la virile
munificence du roi Charles avait été fort louée, bien que
quelques-unes des dames qui se trouvaient là n'eussent pas
voulu y applaudir, étant gibelines, quand Pampinea, sur
l'ordre du roi, commença : « — Il n'est point d'homme
avisé, nobles dames, qui ne tiendrait le même langage que
vous sur le bon roi Charles, sinon celui qui lui voudrait du
mal par ailleurs ; mais pour ce que me vient en la mémoire
une chose non moins louable peut-être que la précédente,
faite par un roi, ennemi de Charles, à une de nos jeunes
Florentines, il me plaît de vous la raconter.

« Au temps où les Français furent chassés de Sicile, il y

avait à Palerme, comme apothicaire, un de nos concitoyens
de Florence, homme fort riche et nommé Bernardo Puccini,
lequel avait eu de sa femme une fille unique très belle et qui
était déjà en âge d'être mariée. En ce temps aussi, le roi Pierre
d'Aragon était devenu seigneur de l'île et faisait à Palerme
une merveilleuse fête avec ses barons. Un jour qu'il joutait
à la manière catalane, il arriva que la fille de Bernardo, qui
avait nom Lisa, le vit courir d'une fenêtre où elle était avec
d'autres dames. Il lui plut tellement, que, le regardant à
plusieurs reprises, elle s'énamoura fortement de lui. La fête
terminée, et rentrée dans la maison de son père, elle ne
pouvait songer à autre chose, sinon à l'amour qu'elle portait
à si haut et si magnifique personnage. Ce qui lui causait le
plus de chagrin, c'était la conscience qu'elle avait de son
infime condition, qui ne lui laissait pas la moindre espérance
d'un heureux résultat. Pourtant, elle ne voulait point cesser
d'aimer le roi, mais, par crainte d'un ennui plus grand, elle
n'osait manifester son amour. Le roi ne s'en était point
aperçu et n'en avait cure ; de quoi, selon qu'on peut le penser, elle souffrait une intolérable douleur. Il en advint que,
son amour s'augmentant sans cesse, et la mélancolie s'ajoutant à la mélancolie, la belle jouvencelle n'en pouvant plus,
tomba malade, et elle se consumait de jour en jour à vue
d'œil, comme la neige au soleil. Le père et la mère, fort
affligés de cet événement, s'efforçaient de la réconforter, et
lui prodiguaient en médecins et en médecines, tous les soins
que faire se pouvait ; mais cela ne servait à rien, pour ce
que, désespérant de son amour, elle avait résolu de ne plus
vivre.

« Or il advint que son père lui offrant de faire tout ce
qu'elle désirerait, il lui vint à la pensée de faire, avant de
mourir, connaître au roi, si cela se pouvait, et son amour et

son désir ; et pour ce elle pria un jour son père de faire venir
près d'elle Minuccio d'Arezzo. Minuccio était, en ces temps,
tenu pour un très fin chanteur et sonneur de luth, et volontiers reçu par le roi Pierre. Bernardo croyant que la Lisa
voulait l'entendre un peu chanter et sonner du luth, le lui
fit dire, et lui qui était un homme très complaisant, vint incontinent la voir. Après qu'il l'eut un peu réconfortée par
d'amoureux propos, il se mit à sonner doucement sur sa viole
une sonate, puis il chanta quelques chansons ; mais tout cela
était feu et flamme pour l'amour de la jeune fille, là où Minuccio croyait la consoler. Quand il eut fini, la jeune fille dit
qu'elle voulait lui dire quelque chose à lui seul ; pour quoi,
tout le monde s'étant retiré, elle lui dit : « — Minuccio, je
« t'ai choisi pour fidèle gardien de mon secret, espérant
« d'abord que tu ne le découvrirais jamais à personne, sinon
« à celui que je te dirai, puis que tu m'aiderais en cela de
« tout ton pouvoir ; ce dont je te prie. Il faut donc que tu
« saches, mon cher Minuccio, que le jour où notre seigneur
« le roi Pierre fit la grande fête de son couronnement, il
« m'est arrivé de le voir pendant qu'il faisait des armes, et
« d'être à ce point touchée par sa vue que, d'amour pour lui,
« un feu s'est allumé en mon âme. C'est lui qui m'a mise en
« l'état où tu me vois. Je connais que mon amour ne con-
« vient point à un roi, mais comme je ne puis, je ne dis pas
« le chasser, mais même en restreindre l'ardeur, et qu'il
« m'est trop douloureux à supporter, j'ai résolu, pour avoir
« moindre mal, de mourir ; et ainsi ferai-je. Il est vrai que
« je m'en irais grandement désolée, si avant que je meure,
« il ne le savait pas ; et comme je ne connais personne qui
« lui puisse plus facilement que toi exposer mon désir, je
« veux t'en donner la mission, et je te prie de ne point re-
« fuser de ce faire. Quand tu l'auras fait, fais-le moi savoir,

« afin que, mourant consolée, je me délivre d'une telle
« peine. — » Et ceci dit, elle se tut tout en pleurs.

« Minuccio, étonné de la hauteur d'âme de cette jeune
fille et de sa fière proposition, en eut grand'pitié, et soudain
ayant imaginé de quelle façon il la pourrait honnêtement
servir, il lui dit : « — Lisa, je t'engage tout d'abord ma foi,
« sur laquelle tu peux te reposer, car jamais tu ne seras
« trompée par elle ; puis je te loue d'une si haute pensée que
« celle d'avoir placé ton amour sur un si grand roi. Je t'offre
« mon concours, à l'aide duquel j'espère, alors que tu veux
« seulement te consoler un peu, faire de telle sorte qu'avant
« que se soit passé le troisième jour, je t'apporterai des
« nouvelles qui te seront chères ; et pour ne point perdre
« de temps, je veux commencer tout de suite. — » La Lisa
l'ayant de nouveau prié et lui ayant promis de se réconforter,
lui dit d'aller à la garde de Dieu.

« Minuccio l'ayant quittée, s'en fut trouver un certain
Mico de Sienne, très bon arrangeur de rimes de cette époque,
et l'amena par ses prières à faire la chanson suivante :

> Meus-toi, Amour, et vas-t-en vers Messire ;
>   Conte-lui les peines que j'endure ;
>   Dis-lui que je vais mourir,
>   Obligée, par crainte, de cacher mon désir.
>
> Je t'en prie, Amour, à mains jointes,
>   Va-t-en où reste Messire.
>   Dis-lui que je le désire souvent et que je l'aime,
>   Si doucement mon cœur s'en est énamouré ;
>   Et que, du feu dont je suis tout embrasée,
>   Je crains de mourir, sans même savoir l'heure
>   Où je serai délivrée de la peine si cruelle
>   Que j'endure pour lui, pleine à la fois de désir,
>   De crainte et de vergogne.
>   Hélas! pour Dieu, fais-lui savoir mon mal.

Depuis, Amour, que de lui je me suis énamourée,
    Tu ne m'as pas donné autant d'audace que de crainte,
    De sorte que j'aie pu une seule fois
    Faire ouvertement montre de mon désir
    A celui qui me tient en si grande angoisse;
    Et mourir ainsi m'est chose cruelle.
    Peut-être qu'il ne l'aurait point à déplaisir
    S'il savait quelle peine je ressens,
    Et si tu m'avais donné la hardiesse
    De lui faire connaître mon état.

Puisque, Amour, il ne t'a point plu
    De me donner cette assurance
    De faire connaître mon âme à Messire,
    Soit par message, soit par autre signe,
    Je te requiers en grâce, mon doux maître,
    D'aller à lui et de lui donner souvenance
    Que le jour où je le vis avec l'écu et la lance
    Combattre avec d'autres chevaliers,
    Je me mis à le regarder,
    Tellement énamourée que mon cœur en dépérit.

Minuccio mit sur-le-champ ces paroles sur un air suave et plaintif, comme il convenait à un tel sujet, et le troisième jour il s'en alla à la cour où il trouva le roi Pierre encore à table. Le roi lui ayant dit de chanter quelque chose en s'accompagnant de sa viole, il se mit à sonner et à chanter si doucement cette chanson, que tous ceux qui étaient dans la chambre royale avaient l'air d'hommes stupéfaits, tellement ils se tenaient muets et attentifs à écouter, et le roi quasi plus que les autres. Minuccio ayant fini de chanter, le roi lui demanda d'où venait cette chanson, attendu qu'il ne lui semblait pas l'avoir jamais plus entendue. « — Mon Seigneur « — répondit Minuccio — il n'y a pas encore trois jours « que les paroles et la musique en ont été faites. — » Le roi ayant demandé par qui, Minuccio répondit : « — Je n'ose

« le révéler, sinon à vous seul. — » Le roi, désireux de
l'apprendre, une fois les tables levées, fit venir Minuccio dans
sa chambre où celui-ci lui raconta par le menu tout ce qu'il
savait. De quoi le roi fit grande fête, loua beaucoup la jeune
fille, et dit qu'il voulait avoir compassion d'une si valeureuse
jouvencelle ; que, pour ce, Minuccio allât de sa part la trouver pour la réconforter et lui dire qu'il irait sans faute lui
faire visite le jour même sur l'heure de vesprée. Minuccio,
très joyeux de porter si plaisante nouvelle à la jeune fille,
sans perdre de temps, s'en alla avec sa viole, et ayant parlé
à elle seule en particulier, lui raconta tout ce qui s'était
passé, et lui chanta la canzone sur sa viole. De quoi la jeune
fille fut si heureuse et si contente, que sur-le-champ des signes
d'un grand mieux se manifestèrent dans son état ; et sans que
personne dans la maison sût ou présumât quoi que ce soit,
elle se mit à attendre en un grand désir l'heure de vesprée,
à laquelle son seigneur devait venir la voir.

« Le roi qui était un seigneur libéral et bon, après avoir
plus d'une fois pensé à ce que Minuccio lui avait dit, et connaissant très bien la jouvencelle et quelle était sa beauté, en
eut encore plus de compassion, et étant monté à cheval sur
l'heure de vesprée et feignant de sortir pour se promener, il
se rendit à l'endroit où était située la maison de l'apothicaire.
Là, ayant demandé qu'on lui ouvrît la porte d'un très beau
jardin que l'apothicaire possédait, il y descendit et au bout
d'un moment demanda à Bernardo des nouvelles de sa fille,
et s'il ne l'avait point encore mariée. Bernardo répondit :
« — Mon Seigneur, elle n'est point mariée ; elle a été au
« contraire et elle est encore bien malade ; il est vrai que
« depuis ce matin neuf heures elle va admirablement
« mieux. — » Le roi comprit parfaitement ce que ce mieux
signifiait et dit : « — En bonne foi, ce serait dommage qu'une

« si belle créature fût si tôt enlevée de ce monde ; nous vou-
« lons aller la voir. — » Et suivi de deux de ses gentilshommes seulement et de Bernardo, il se rendit peu d'instants après dans la chambre de la jeune fille. Dès qu'il y fut
entré, il s'approcha du lit où la jeune fille, s'étant un peu
soulevée, l'attendait en grand désir, et la prenant par la main,
il dit : « — Madame, que veut dire ceci ? Vous êtes jeune et
« vous devriez réconforter les autres, et vous vous laissez
« vaincre par le mal. Nous voulons vous prier de consentir,
« pour l'amour de nous, à vous réconforter de façon à être
« promptement guérie. — »

« La jeune fille se sentant toucher les mains par celui
qu'elle aimait par-dessus toutes choses, bien qu'elle rougît
un peu, éprouvait dans l'âme un aussi grand plaisir que si
elle eût été en paradis ; et comme elle put, elle répondit :
« — Mon Seigneur, c'est d'avoir voulu soumettre mon peu de
« force à un poids trop lourd que m'est venue cette ma-
« ladie, dont vous me verrez bientôt guérie, grâce à vous. — »
Seul le roi comprenait le langage couvert de la jeune fille, et
il l'en estimait toujours davantage, maudissant plus d'une
fois en lui-même la fortune qui l'avait faite la fille d'un tel
homme. Enfin, après être demeuré quelque temps auprès
d'elle et l'avoir encore encouragée, il partit.

« Cette humanité du roi fut beaucoup louée et réputée
comme un grand honneur pour l'apothicaire et sa fille. Celle-
ci était restée si contente, que jamais dame ne le fut autant de
son amant, et, soutenue par un meilleur espoir, elle fut en peu
de jours guérie et redevint plus belle que jamais. Quand elle
fut guérie, le roi, après avoir délibéré avec la reine quelle
récompense on devait lui accorder pour un tel amour, monta
un jour à cheval, avec un grand nombre de ses barons et s'en
alla à la maison de l'apothicaire. Là, étant entré dans le

jardin, il fit appeler l'apothicaire et sa fille, et sur ces entrefaites, la reine étant arrivée avec nombre de dames, et la
jeune fille ayant été accueillie au milieu d'elles, on commença une merveilleuse fête. Peu après, le roi et la reine
appelèrent la Lisa et le roi lui dit : « — Valeureuse jouven-
« celle, le grand amour que vous nous avez porté vous a
« acquis grand honneur auprès de nous, et nous voulons
« que, pour l'amour de nous, vous en ayiez satisfaction.
« L'honneur sera celui-ci, que puisque vous êtes à marier,
« nous voulons que vous preniez pour mari, celui que nous
« vous donnerons, entendant toujours, nonobstant, porter
« le titre de votre chevalier, sans vouloir exiger autre chose
« pour un si grand amour, qu'un baiser de vous. — »

« La jeune fille, qui était devenue toute rouge, faisant sien
le plaisir du roi, répondit à voix basse : « — Mon Seigneur,
« je suis sûre que si l'on savait que j'ai été amoureuse de
« vous, la plupart des gens me tiendraient pour folle, croyant
« sans doute que j'avais oublié moi-même ce que j'étais, et
« que je ne connaissais point ma condition et surtout la
« vôtre ; mais, comme Dieu le sait, qui seul voit le cœur
« des mortels, dès la première heure où vous m'avez plu,
« j'ai très bien compris que vous êtes roi et que je suis la
« fille de Bernardo l'apothicaire, et qu'il me convenait mal
« de placer en si haut lieu l'ardeur de mon âme. Mais
« comme vous le savez bien mieux que moi, personne ne
« choisit l'objet de son amour, mais on s'amourache suivant
« son appétit ou son plaisir. A cette loi, j'ai opposé plus
« d'une fois toutes mes forces, et ne pouvant plus résister,
« je vous aimai, et je vous aime et je vous'aimerai toujours.
« Il est vrai qu'aussitôt que je me sentis prendre d'amour
« pour vous, je résolus de faire toujours que ma volonté fût
« la vôtre ; et, pour ce, non-seulement j'accepte de bon

« cœur, et j'aurai pour cher le mari qu'il vous plaira de me
« donner pour mon. honneur et selon mon rang, mais si
« vous me disiez de me jeter dans le feu, cela me serait
« agréable si je croyais que cela vous fît plaisir. Vous avoir
« pour chevalier, vous qui êtes roi, vous savez combien cela
« m'est précieux, et pour ce, je ne réponds plus à cela.
« Quant au baiser que vous demandez, seule preuve que vous
« exigiez de mon amour, avec la permission de madame la
« reine il ne vous sera pas non plus refusé. Néanmoins,
« d'une si grande bonté pour moi, comme est la vôtre et
« celle de madame la reine que voici, Dieu vous rende
« grâce et vous en récompense ; car moi je ne le puis. — »
Et là elle se tut.

« La réponse de la jeune fille plut beaucoup à la reine, et
elle lui parut aussi sage que le roi l'avait dit. Le roi fit
appeler le père et la mère de la jeune fille, et, s'étant assuré
qu'ils consentaient à ce qu'il voulait faire, il fit appeler un
jouvenceau, lequel était gentilhomme, mais pauvre, et avait
nom Perdicon, et lui ayant passé certains anneaux au doigt,
sans qu'il se refusât à le faire, il lui fit épouser la Lisa.
Séance tenante, le roi, outre les nombreux joyaux et les
pierreries que lui et la reine donnèrent à la jeune fille, donna
au jeune homme Cefalou et Calatabellotta, deux très bonnes
terres d'un excellent revenu, et lui dit : « — Nous te les
« donnons pour dot de ta femme ; quant à ce que nous vou-
« lons faire pour toi, tu le verras advenir avec le temps. — »
Et cela dit, il se tourna vers la jeune fille, et dit ; « — Main-
« tenant, nous voulons prendre ce fruit de votre amour qui
« nous est dû. — » Et lui ayant pris la tête avec les deux
mains, il la baisa au front.

« Perdicon, le père et la mère de Lisa et Lisa elle-même
fort satisfaits, firent une grandissime fête et de joyeuses

noces. Et selon que beaucoup l'affirment, le roi tint la promesse qu'il avait faite à la jeune fille, en ce que toujours il
s'appela son chevalier ; et il n'alla jamais dans une prise
d'armes sans porter d'autre bannière que celle que la jeune
fille lui avait envoyée. C'est en agissant ainsi que se gagnent
les cœurs des sujets, qu'on donne aux autres occasion de bien
faire, et qu'on s'acquiert une gloire éternelle. Mais bien peu
de gens aujourd'hui, voire pas un, s'ingénient l'esprit à
cela, la plupart des seigneurs étant devenus cruels et tyrans. — »

NOUVELLE VIII

Sophronie, se croyant la femme de Gisippe devient celle de Titus-Quintus Fulvius et part avec lui pour Rome, où Gisippe arrive lui-même en pauvre état. Se
croyant méprisé par Titus, il s'accuse d'avoir tué un homme, afin de trouver la
la mort. Titus, l'ayant reconnu, se déclare l'auteur du meurtre pour sauver
Gisippe, ce que voyant, le véritable coupable se dénonce lui-même. Sur quoi,
tous sont mis en liberté par Octave, et Titus donne sa sœur comme femme à
Gisippe et lui fait partager tout son bien.

Pampinea ayant fini de parler, et chaque dame ayant approuvé le roi Piétro, surtout celle qui était gibeline, Philomène, sur l'ordre du roi, commença : « — Magnifiques
dames, qui ne sait que les rois peuvent faire toutes sortes de grandes choses quand ils le veulent, et que c'est à eux
spécialement qu'on demande de se montrer magnifiques ? Par
conséquent, celui qui, le pouvant, fait ce qu'il doit, fait bien ;
mais il faut moins s'en émerveiller et l'en moins hautement
louer, qu'il conviendrait de le faire pour celui qui, ayant
moins de puissance, en serait requis et le ferait. Et pour ce,
si vous avez exalté en tant de paroles les actions des rois et

si elles vous ont paru belles, je ne doute point que celles de
nos égaux vous plairont encore davantage et que vous les
louerez d'autant plus, quand elles seront semblables ou supérieures à celles des rois ; pour quoi, je me suis proposé de
vous raconter dans une nouvelle le trait magnifique qui eut
lieu entre deux citoyens amis.

« Donc, au temps qu'Octave César, qu'on n'appelait pas
encore Auguste, gouvernait l'empire romain, dans le conseil
nommé Triumvirat, il y avait à Rome, un gentilhomme,
appelé Publius-Quintus Fulvius, lequel ayant un sien fils,
Titus - Quintus Fulvius, doué d'un esprit merveilleux,
l'envoya étudier la philosophie à Athènes, et le recommanda le plus qu'il put à un gentilhomme du nom de Crémès,
qui était son vieil ami. Celui-ci logea Titus dans sa propre
maison, en compagnie de son fils nommé Gisippe, et les mit
tous les deux sous la direction d'un philosophe appelé Aris-
tipes, afin qu'ils apprissent sa doctrine. Les deux jeunes
gens vivant continuellement ensemble, il se trouva que leurs
caractères étaient si bien faits l'un pour l'autre, qu'il en naquit entre eux une amitié fraternelle si grande, que jamais
depuis elle ne fut brisée que par la mort. Aucun d'eux n'a-
vait de joie ni de tranquillité que lorsqu'ils étaient ensemble.
Ils avaient commencé leurs études, et chacun d'eux étant
également doué d'un esprit élevé, ils s'élevaient à la glorieuse
hauteur de la philosophie, d'un pas égal et à leur merveilleuse louange. Ils persévérèrent ainsi pendant trois bonnes
années, au grandissime plaisir de Crémès, qui ne regardait
pas l'un plus que l'autre comme son fils. A la fin de ces trois
années, comme il arrive de toutes choses, il advint que Crémès
déjà vieux, passa de cette vie ; de quoi, les jeunes gens eurent
un égal chagrin, comme s'il eussent perdu un père commun,
et les amis et les parents de Crémès ne savaient pas le-

quel des deux ils avaient le plus à consoler de cet événement fortuit.

« Au bout de quelques mois, il advint que les amis de Gisippe, ainsi que ses parents et Titus, se mirent à le tourmenter pour qu'il prît femme, et lui trouvèrent une jeune fille d'une merveilleuse beauté et issue de parents très nobles. Elle était citoyenne d'Athènes, avait nom Sophronie, et était âgée d'environ quinze ans. L'époque des futures noces approchant, Gisippe pria un jour Titus d'aller avec lui la voir, car il ne l'avait point encore vue. Tous deux étant donc allés dans la demeure de la jeune fille, et celle-ci s'étant assise entre eux, Titus, pour juger de la beauté de l'épouse de son ami, se mit à la regarder attentivement, et tout en elle lui plaisant d'une façon démésurée, l'admirant à part soi souverainement, il s'en éprit, sans en rien faire voir, comme jamais amant ne s'éprit d'une dame. Mais quand ils furent restés quelque temps avec elle, ils la quittèrent et s'en retournèrent chez eux. Là, Titus, étant entré seul dans la chambre, se mit à penser à la plaisante jeune fille, s'enflammant d'autant plus qu'il s'arrêtait plus longtemps sur cette pensée. S'en étant enfin aperçu, il se mit à se dire, après plusieurs soupirs brûlants : « — Ah ! quelle vie malheureuse
« est la tienne, Titus ! Où et sur qui vas-tu placer ton esprit,
« ton amour et ton espérance ? Ne vois-tu pas, tant par les
« honneurs que tu as reçus de Crémès et de sa famille, que
« par l'étroite amitié qui existe entre toi et Gisippe, dont
« cette jeune fille est la fiancée, que tu dois avoir pour elle
« le même respet que si elle était ta sœur ? Qui aimes-tu
« donc ? Où te laisses-tu entraîner par un décevant amour, et
« par une trompeuse espérance ? ouvre les yeux de l'intelli-
« gence, et reconnais-toi toi-même, ô malheureux ; rappelle
« ta raison ; refrène l'appétit de la concupiscence ; tempère

« les désirs malsains, et dirige ailleurs tes pensées ; résiste
« dès le commencement à tes projets libidineux, et sache te
« vaincre toi-même pendant qu'il en est temps encore. Tu
« ne dois pas vouloir cela, car ce n'est pas honnête ; et quand
« tu serais certain de réussir dans ce que tu te disposes à
« poursuivre — et tu ne l'es pas — tu devrais le fuir, si tu
« avais égard à ce que réclame la véritable amitié et à ce
« que tu dois. Que feras-tu donc, Titus ? Tu renonceras à
« cet amour déshonnête, si tu veux faire ton devoir. — »

    « Et puis, se rappelant Sophronie, changeant de pensées,
il condamnait tout ce qu'il avait dit, ajoutant : « — Les lois
« de l'amour ont plus de puissance que toutes les autres,
« elles détruisent, non pas seulement celles de l'amitié, mais
« les lois divines. Combien de fois un père n'a-t-il pas aimé
« sa fille, un frère sa sœur, la marâtre son beau-fils ? Ces
« choses, plus monstrueuses que l'amour d'un ami pour la
« femme de son ami, sont advenues mille fois. En outre, je
« suis jeune, et la jeunesse est tout entière soumise aux
« amoureuses lois. Ce qui plaît à l'amour doit donc me
« plaire. Les choses honnêtes conviennent aux hommes plus
« mûrs ; je ne puis vouloir autre chose sinon ce que l'amour
« veut. La beauté de celle-ci mérite d'être aimée de chacun ;
« et si je l'aime, moi, qui suis jeune, qui m'en pourra jus-
« tement blâmer ! Je ne l'aime point parce qu'elle est à Gi-
« sippe ; mais je l'aime, je l'aimerais, à qui que ce fût qu'elle
« appartînt. Dans ceci, c'est la fortune qui est en défaut,
« puisqu'elle l'a donnée à Gisippe mon ami plutôt qu'à un
« autre ; et si elle doit être aimée — et elle doit l'être à
« cause de sa beauté — Gisippe devra être plus content en
« apprenant que c'est moi qui l'aime que si c'était un
« autre. — » Et sur ces raisonnements, se raillant de lui-
même et revenant à ses premières pensées, puis passant alter-

nativement des unes aux autres, il consomma non-seulement ce jour et cette nuit, mais plusieurs, si bien qu'ayant perdu l'appétit et le sommeil, il fut forcé de se mettre au lit, succombant de faiblesse.

« Gisippe, qui depuis plusieurs jours l'avait vu soucieux et qui le voyait maintenant malade, en était fort chagrin, et s'efforçait de tout son art et de toute sa sollicitude à le réconforter, ne le quittant pas un instant, et lui demandant souvent et avec instances la cause de ses soucis et de son mal. Mais après lui avoir à plusieurs reprises répondu par des fables dont Gisippe s'était aperçu, Titus, se sentant enfin contraint de parler, lui répondit de la manière suivante, au milieu de ses pleurs et de ses soupirs : « — Gisippe, s'il « eût plu aux dieux, il m'eût été plus agréable de mourir « que de vivre plus longtemps, quand je songe que la fortune « m'a conduit à cette extrémité qu'il me faut donner la « preuve de ma vertu, et que je vois, à ma grandissime honte, « que celle-ci est vaincue ; mais, certes j'en attends prompte- « ment la récompense que je mérite, c'est-à-dire la mort, « qui me sera plus chère que de vivre avec le souvenir de ma « lâcheté, laquelle, pour ce que je ne puis ni ne te dois rien « cacher, je te dirai non sans grandement rougir. — » Et commençant par le commencement, il lui révéla la cause de ses pensées, et la bataille que ses pensées s'étaient livrées, et enfin à qui était restée la victoire ; il lui dit qu'il mourait pour l'amour de Sophronie, affirmant que, sachant combien cet amour lui convenait peu, il avait résolu de mourir pour s'en punir, ce dont il espérait bientôt venir à bout.

« Gisippe, entendant cela et voyant ses larmes, resta tout d'abord quelque temps recueilli en soi-même, comme quelqu'un qui était épris de la beauté de la jeune fille, bien que plus modérément ; mais, sans plus de retard, il réfléchit

que la vie de son ami lui devait être plus chère que Sophronie. Sur quoi, les larmes de Titus sollicitant les siennes, il
lui répondit en pleurant : « — Titus, si tu n'avais point
« besoin de confort, comme tu en as présentement besoin,
« je me plaindrais de toi à toi-même, comme ayant méconnu
« notre amitié en me tenant si longtemps cachée ta grande
« passion; car bien qu'elle ne te parût point honnête, les
« choses déshonnêtes ne se doivent pas plus cacher à un ami
« que les choses honnêtes, pour ce que celui qui est vérita-
« blement ami, de même qu'il se réjouit avec son ami des
« choses honnêtes, s'efforce d'arracher de l'esprit de son ami
« les choses qui ne le sont pas; mais je me dispenserai de
« cela pour le moment, et je viens à ce dont je reconnais
« que tu as le plus besoin. Si tu aimes ardemment Sophronie
« qui m'est promise, je ne m'en étonne point; mais je
« m'étonnerais bien qu'il n'en fût pas ainsi, connaissant sa
« beauté et la noblesse de ton âme d'autant plus apte à
« éprouver une passion que la chose aimée a plus d'excel-
« lence. Et autant tu as raison d'aimer Sophronie, autant tu
« te plains injustement de la fortune — bien que tu ne le
« dises expressément — qui me l'a accordée, en prétendant
« que ton amour pour elle serait honnête, si elle avait été à
« un autre qu'à moi; mais si tu étais aussi sage que tu l'es
« d'ordinaire, dis-moi à qui la fortune pouvait l'accorder,
« dont tu dusses plus la remercier que de me l'avoir ac-
« cordée à moi? Tout autre qui l'eût eue, quelque honnête
« que fût alors ton amour, l'aurait aimée pour lui plutôt
« que pour toi, ce que, si tu me tiens pour ton ami, comme
« je suis, tu ne dois pas craindre de moi; et la raison en est
« celle-ci, que je ne me souviens pas, depuis que nous som-
« mes amis, que j'aie jamais rien eu qui ne fût à toi comme
« à moi. Sur quoi, si la chose était trop avancée qu'on ne

« pût faire autrement, j'en ferais comme des autres ; mais
« elle est encore au point que je peux la faire tienne, et que
« je le ferai ainsi ; pour ce que je ne sais quel cas tu devrais
« faire de mon amitié, si d'une chose qui se peut honnête-
« ment faire, je ne savais, moi le voulant, la faire tienne. Il
« est vrai que Sophronie est ma fiancée, que je l'aimais
« beaucoup, et que j'attendais en grande fête le moment des
« noces ; mais pour ce que, comme mieux entendu que moi,
« tu désires plus ardemment que moi cette chose précieuse,
« sois tranquille, elle viendra dans ma chambre non pas
« comme ma femme, mais comme la tienne. Et pour ce,
« laisse là le souci, chasse la mélancolie, rappelle ta santé
« perdue, le confort et l'alégresse, et, dès à présent, attends
« joyeusement la récompense de ton amour bien plus méri-
« tant que ne l'était le mien. — »

« Titus, entendant parler ainsi Gisippe, autant la déce-
vante espérance qu'il lui donnait lui faisait plaisir, autant la
juste raison le rendait honteux en lui montrant qu'il lui serait
d'autant plus indigne de profiter de la libéralité de Gisippe,
que cette libéralité était plus grande. Pour quoi, ne cessant
de répandre des larmes, il lui répondi', pouvant à peine
parler : « — Gisippe, ta libérale et véritable amitié me
« montre assez clairement ce qu'il faut que la mienne fasse.
« Dieu me garde que celle qui t'a été donnée comme au plus
« digne, je l'accepte de toi comme mienne. S'il avait jugé
« qu'elle dût être à moi, ni toi ni aucun autre ne devez croire
« qu'il te l'eût jamais accordée. Jouis donc joyeusement de
« ce que tu as été choisi, de son discret conseil et du don
« qu'il t'a fait, et laisse-moi me consumer dans les larmes
« qu'il m'a réservées comme indigne d'un tel bien ; je les
« surmonterai, et je t'en serai plus cher, ou bien elles me
« tueront, et je serai hors de peine. — »

« Gisippe lui dit : « — Titus, si notre amitié peut m
« valoir que je te force à contenter mon désir, et peu
« t'amener toi-même à le contenter, c'est le moment o
« j'entends entièrement en user ; et si tu ne consens pa
« bénévolement à ce que je veux, j'emploierai, pour fair
« que Sophronie soit à toi, la force qu'on doit employe
« pour faire du bien à ses amis. Je sais ce que peuvent le
« forces de l'amour ; je sais que, non point une fois, mai
« souvent, elles ont conduit les amants à une mort malheu-
« reuse ; et je t'en vois si près, que tu ne pourrais ni re-
« tourner en arrière, ni vaincre tes larmes ; mais, passan
« outre, tu tomberais vaincu ; sur quoi, moi-même je te sui-
« vrais sans doute bientôt après. Donc, quand je ne t'ai-
« merais point pour autre chose, ta vie me devrait être chère
« pour conserver la mienne. Sophronie sera donc à toi, car
« tu en trouverais difficilement une autre qui te plût autant,
« et moi, tournant facilement mon amour vers une autre,
« j'aurai contenté toi et moi. Je ne serais peut-être pas aussi
« libéral en cela, si les femmes se trouvaient aussi difficile-
« ment et étaient aussi rares que les amis ; et pour ce,
« comme je peux très facilement trouver une autre femme,
« mais non un autre ami, j'aime mieux — je ne dis pas la
« perdre, car je ne la perdrai pas en te la donnant, mais je
« la donnerai à un autre meilleur que moi — la passer à un
« autre que de te perdre, toi. Et pour ce, si mes prières
« peuvent quelque chose sur toi, je te prie d'écarter cette
« affliction, de nous contenter d'un même coup toi et moi,
« et de te préparer avec bonne espérance à prendre cette
« joie que ton brûlant amour attend de la chose aimée.— »

« Bien que Titus eût honte de consentir à cela, c'est-à-
dire à ce que Sophronie devînt sa femme, et par conséquent
résistât encore, son amour le tirant d'une part, et, de l'autre,

les encouragements de Gisippe l'excitant, il dit : « — Écoute,
« Gisippe ; en faisant ce que tu me dis te plaire si fort, je
« ne saurais dire si je cède plus à ton désir qu'au mien ; et
« puisque ta générosité est si forte qu'elle a vaincu ma honte,
« je le ferai ; mais je t'assure que je le fais comme un homme
« qui reconnaît recevoir de toi non pas seulement la femme
« aimée, mais la vie. Fassent les dieux, s'il est possible, que
« je puisse encore, avec honneur et pour ton bien, te mon-
« trer combien je te suis reconnaissant de ce que, ayant plus
« pitié de moi que moi-même, tu fais pour moi. — » Après
ces paroles, Gisippe dit : « — Titus, en cette affaire, si nous
« voulons réussir, il me semblé que nous devons employer
« le moyen que voici. Comme tu sais, c'est après de longs
« pourparlers entre mes parents et ceux de Sophronie, que
« Sophronie est devenue ma fiancée, et pour ce, si j'allais
« maintenant leur dire que je ne la veux point pour femme,
« il en naîtrait grandissime scandale, et je brouillerais mes
« parents et les siens ; de quoi je n'aurais cure, si par ce
« moyen je la voyais devenir ta femme ; mais je crains, si je
« la laisse ainsi, que ses parents ne la donnent promptement
« à quelque autre, qui probablement ne serait pas toi, et
« ainsi tu aurais perdu ce que je n'aurais plus moi-même.
« Et pour ce, il me semble, si tu y consens, que je pour-
« suive comme j'ai commencé, et que je l'amène comme ma
« femme chez moi, après avoir fait les noces ; alors nous
« saurons faire en sorte que tu couches ensuite avec elle
« comme étant ta femme. Puis, en temps et lieu, nous di-
« vulguerons la chose ; si elle leur plaît, tout ira bien ; si
« elle ne leur plaît point, elle n'en sera pas moins faite, et
« comme on ne pourra revenir en arrière, il faudra bien
« qu'ils s'en montrent contents. — »

    « Le conseil plut à Titus ; pour quoi, Gisippe reçut

Sophronie dans sa maison, comme si elle était sa femme,
Titus étant déjà bien guéri et dispos ; et ayant fait une
grande fête, dès que la nuit fut venue, les dames laissèrent
la nouvelle épouse dans le lit de son mari, et s'en allèrent.
La chambre de Titus était contiguë à celle de Gisippe, et
l'on pouvait entrer de l'une dans l'autre ; pour quoi, Gisippe
étant dans sa chambre et ayant éteint toutes les lumières,
s'en alla sans bruit dans celle de Titus, et lui dit d'aller
coucher avec sa femme. Voyant cela, et vaincu par la honte,
Titus fut sur le point de se repentir et refusait d'y aller ;
mais Gisippe, désireux de conformer ses actes avec ses paroles, finit par l'y envoyer, après une longue contestation.
A peine Titus fut-il dans le lit, qu'il prit la jeune fille comme
s'il voulait la caresser, et lui demanda tout bas si elle voulait
être sa femme. Elle, croyant qu'il était Gisippe, répondit
que oui ; sur quoi, il lui mit au doigt un bel et riche anneau,
en disant : « — Et moi, je veux être ton mari. — » Puis,
le mariage étant consommé, il prit d'elle un long et amoureux
plaisir, sans qu'elle, ni personne, s'aperçût qu'elle couchait
avec un autre que Gisippe.

« Le mariage de Sophronie et de Titus étant donc en cet
état, Publius, son père, vint à passer de cette vie ; pour
quoi, on lui écrivit qu'il s'en revînt sans retard à Rome pour
veiller à ses affaires ; et pour ce, il résolut avec Gisippe d'y
aller et d'emmener Sophronie, ce qu'il ne pouvait faire sans
lui dire comment les choses étaient. Sur quoi, l'ayant fait un
jour appeler dans la chambre, ils lui déclarèrent toute la
vérité, et Titus la rendit plus manifeste encore en lui racontant plusieurs choses qui s'étaient passées entre elle et lui.
Après les avoir regardés l'un et l'autre d'un air de dépit, elle
se mit à pleurer abondamment, se plaignant de ce que Gisippe l'avait trompée ; et avant qu'elle en dît rien dans la

maisou de Gisippe, elle s'en alla chez son père et lui raconta, ainsi qu'à sa mère, la tromperie que Gisippe leur avait faite à elle et à eux, affirmant qu'elle était la femme de Titus, et non de Gisippe, comme ils le croyaient. Cela fut très sensible au père de Sophronie, et fit le sujet d'une longue et grande querelle entre ses parents et ceux de Gisippe, ainsi que la cause de grandes altercations et de grands troubles. Gisippe était devenu en haine à ses parents et à ceux de Sophronie, et tous disaient qu'il avait mérité non-seulement le blâme, mais un âpre châtiment. Mais lui, affirmait avoir fait chose honnête, et que les parents de Sophronie devaient le remercier de l'avoir mariée à quelqu'un qui valait mieux que lui. De son côté, Titus savait tout cela, et en éprouvait grand ennui ; et connaissant que le caractère des Grecs est de faire d'autant plus de bruit et de menaces qu'on tarde à leur répondre, mais qu'alors ils deviennent non-seulement humbles, mais lâches, pensa qu'il ne devait pas laisser plus longtemps leurs criailleries sans réponse ; et ayant le cœur romain et l'esprit athénien, il fit rassembler dans un temple, sous un prétexte assez adroit, les parents de Sophronie et ceux de Gisippe, et y étant entré, accompagné seulement de Gisippe, il parla ainsi aux assistants :

« — Beaucoup de philosophes croient que ce qui se fait par « les mortels est disposé et prévu par les dieux immortels, « et pour ce, beaucoup veulent que ce qui arrive ou arrivera, « arrive fatalement, bien qu'il y en ait d'autres qui appli- « quent cette fatalité à ce qui est déjà arrivé seulement. Si l'on « examine avec quelque attention ces opinions diverses, on « verra très apertement que blâmer une chose sur laquelle on « ne peut revenir, c'est vouloir se montrer plus sage que les « dieux, lesquels, nous devons le croire, nous gouvernent « et disposent de nous et de nos choses avec une raison

« constante et sans commettre d'erreur. Pour quoi, combien
« sotte et bestiale est la présomption de blâmer leurs actes,
« vous pouvez très facilement le voir, et aussi quels châti-
« ments méritent ceux qui, en cela, se laissent entraîner
« par leur audace. A mon avis, vous êtes tous de ceux-là, si
« ce que j'ai appris que vous avez dit et que vous dites
« continuellement est vrai, pour ce que Sophronie est de-
« venue ma femme, alors que vous l'aviez donnée à Gisippe,
« sans prendre garde qu'il était de toute éternité disposé
« qu'elle ne serait pas la femme de Gisippe, mais la mienne,
« comme le fait le démontre présentement. Mais comme ce
« que l'on dit de la secrète prévision et de l'intention des dieux
« semble à beaucoup dur et difficile à comprendre, j'admets
« qu'ils ne se mêlent en rien de nos affaires, et il me plaît
« de m'en tenir aux raisonnements humains. En les em-
« ployant, il me faudra faire deux choses très contraires
« à mes habitudes : l'une me louer moi-même, l'autre
« rabaisser quelque peu les autres. Mais pour ce que dans
« l'une comme dans l'autre je n'entends point me départir
« de la vérité, et que le sujet présent l'exige, je le ferai.

« Vos reproches, dictés par la colère plus que par la rai-
« son, vitupèrent, mordent et condamnent Gisippe, que
« vous poursuivez de vos murmures continuels, pour ce qu'il
« m'a donné pour femme, suivant son jugement, celle que
« vous lui aviez donnée suivant votre jugement à vous, alors
« que, moi, j'estime qu'il faut souverainement le louer ; et
« mes raisons sont celles-ci : la première, parce qu'il a fait ce
« qu'un ami doit faire ; la seconde, parce qu'il a agi plus
« sagement que vous ne l'avez fait vous-mêmes. Je n'ai pas
« l'intention de vous expliquer présentement ce que les
« saintes lois de l'amitié veulent qu'un ami fasse pour son
« ami, me contentant seulement de vous avoir rappelé, au

« sujet de ces lois, que le lien de l'amitié lie plus étroite-
« ment que ceux du sang ou de la parenté, attendu que
« nous avons les amis comme nous les choisissons, et les
« parents comme nous les donne la fortune. Et pour ce, si
« Gisippe a préféré ma vie à votre bienveillance, moi qui
« suis son ami, et qui me considère comme tel, personne
« ne s'en doit étonner. Mais venons à la seconde raison par
« laquelle je veux vous prouver, en insistant davantage, qu'il
« a été plus sage que vous, bien qu'il me semble que vous
« n'ayiez aucun sentiment de la prévision des dieux, et
« que vous connaissiez encore moins les effets de l'amitié.
« Je dis que votre avis, votre conseil, votre délibération
« avaient donné Sophronie à Gisippe, jeune homme et phi-
« losophe, et que celui de Gisippe l'a donnée à un jeune
« homme et à un philosophe ; vous l'aviez donnée à un
« Athénien ; Gisippe l'a donnée à un Romain ; vous l'aviez
« donnée à un gentilhomme, Gisippe l'a donnée à quelqu'un
« plus noble encore ; vous l'aviez donnée à un jeune homme
« riche, Gisippe l'a donnée à un jeune homme encore plus
« riche ; vous l'aviez donnée à un jeune homme qui, non-
« seulement ne l'aimait point, mais qui la connaissait à
« peine, Gisippe l'a donnée à un jeune homme qui l'ai-
« mait plus que sa félicité suprême, plus que sa propre
« vie.

« Et que je dise vrai en soutenant que ce qu'il a fait est
« plus à louer que ce que vous avez fait vous-mêmes, je
« vais vous le montrer point par point. Que je sois jeune et
« philosophe, comme est Gisippe, mon visage et mes études
« le peuvent faire voir sans un plus long discours. Nous
« avons tous deux le même âge, et nous avons toujours
« marché du même pas dans nos études. Il est vrai qu'il est
« Athénien et que je suis Romain. Si nous discutons sur la

« renommée de notre ville natale, je dirai que je suis d'une
« cité libre et qu'il est d'une cité tributaire ; je dirai que je
« suis d'une cité maîtresse de tout l'Univers, et lui d'une cité
« qui obéit à la mienne ; je dirai que je suis d'une cité il-
« lustre par ses armes, sa puissance et ses écoles, tandis
« qu'il ne pourra recommander la sienne que par ses écoles
« seulement. En outre, bien que vous me voyiez ici comme
« un humble écolier, je ne suis point né de la fange de la
« populace de Rome ; mes maisons et les lieux publics de
« Rome sont pleins des antiques images de mes ancêtres, et
« l'on pourrait voir les annales romaines remplies des nom-
« breux triomphes que les Quintus ont mené au capitole ro-
« main. La gloire de notre nom n'est point non plus tombée
« en vétusté ; au contraire, elle fleurit aujourd'hui plus que
« jamais. Je me tais, par vergogne, sur mes richesses, me
« souvenant que l'honnêteté pauvre a été l'antique et noble
« patrimoine des citoyens nobles romains ; si cette opinion
« est condamnée par le vulgaire et si on n'apprécie que les
« trésors, j'en suis abondamment pourvu, non en homme
« cupide, mais en homme aimé de la fortune.

« Je reconnais fort bien qu'il vous était, qu'il doit vous
« être cher d'avoir Gisippe pour parent ; mais il n'y a au-
« cun motif pour que je ne vous sois pas moins cher à
« Rome, si vous songez que vous aurez en moi, là-bas, un
« hôte précieux, un patron puissant et qui s'empressera de
« vous être utile dans les affaires publiques comme dans les
« affaires privées. Qui donc, mettant de côté son désir et
« n'ayant égard qu'à la raison, approuvera davantage vos
« résolutions que celles de mon Gisippe ? Personne, assu-
« rément. Sophronie est donc bien mariée à Titus-Quintus-
« Fulvius noble, antique et riche citoyen de Rome et ami de
« Gisippe ; pour quoi, en vous plaignant et en récriminant,

« vous ne faites pas ce que vous devez, pas plus que vous ne
« savez ce que vous faites.

« D'aucuns diront peut-être qu'ils ne se plaignent pas
« que Sophronie soit la femme de Titus, mais qu'ils se plai-
« gnent de la façon dont elle est devenue sa femme, en
« secret, comme à la suite d'un vol, sans qu'ami ou pa-
« rent en ait rien su. Cela même n'est point un miracle, et
« ce n'est pas la première fois que cette chose arrive. Je laisse
« de côté volontiers celles qui ont jusqu'ici pris des maris
« contre la volonté de leurs pères ; et celles qui se sont en-
« fuies avec leurs amants, ayant été maîtresses avant d'être
« femmes légitimes ; et celles qui ont fait connaître leur
« mariage plutôt par leur grossesse ou par leur accouche-
« ment que par la langue, et l'ont rendu nécessaire ; tout
« cela n'est point advenu pour Sophronie ; au contraire,
« elle a été donné par Gisippe à Titus, dans les formes
« voulues, discrètement et honnêtement. D'autres diront
« que celui qui l'a mariée n'avait pas le droit de le faire. Ce
« sont là de sottes et puériles lamentations, et provenant de
« peu de sens. Ce n'est point d'aujourd'hui que la fortune
« use de moyens et d'instruments variés et nouveaux pour
« amener les choses à des effets déterminés. Qu'ai-je à me
« préoccuper si c'est un cordonnier plutôt qu'un philosophe
« qui aura, selon son jugement, en secret ou à découvert,
« disposé de mes affaires, s'il les a menées à bonne fin ? Je
« dois prendre garde, si le cordonnier est maladroit, qu'il
« ne se mêle plus de mes affaires, et le remercier de celle
« qu'il a bien faite. Si Gisippe a bien marié Sophronie, se
« plaindre de lui et de la façon dont il s'y est pris est une
« sottise superflue. Si vous n'avez point confiance en son
« jugement, gardez-vous qu'il ne puisse plus marier désor-
« mais personne, et remerciez-le d'avoir marié celle-ci.

« Vous devez néanmoins savoir que je n'ai cherché, ni
« par ruse, ni par fraude, à souiller d'aucune tache l'hon-
« neur ni la réputation de votre sang dans la personne de
« Sophronie ; et bien que je l'aie prise secrètement pour
« femme, je ne suis pas venu comme un voleur lui enlever
« sa virginité ; je n'ai pas voulu non plus, comme un en-
« nemi, la posséder d'une façon déshonnête, en refusant
« votre parenté, mais parce que j'étais épris d'elle et de son
« mérite, et sachant que si je l'avais demandée de la façon
« que vous voulez sans doute dire, comme elle était très
« aimée de vous, vous ne me l'auriez pas donnée, dans la
« crainte que je ne l'emmenasse à Rome. J'ai donc usé de
« l'artifice que vous pouvez connaître aujourd'hui, et j'ai
« fait que Gisippe consentît à faire pour moi ce qu'il n'était
« point disposé à faire ; ensuite, bien que je l'aimasse ar-
« demment, je n'ai pas cherché ses embrassements comme
« amant, mais comme mari, ne m'approchant point d'elle,
« ainsi qu'elle-même peut en vérité le témoigner, que je ne
« l'eusse épousée avec les paroles consacrées et l'anneau et
« lui avoir demandé si elle me voulait pour mari, à quoi
« elle répondit que oui. S'il lui semble avoir été trompée,
« ce n'est pas moi qui suis à blâmer, mais elle qui ne me
« demanda point qui j'étais. Ceci donc est le grand
« mal, le grand péché, la grande faute faite par Gisippe en
« qualité d'ami et par moi en qualité d'amant, à savoir que
« Sophronie soit devenue secrètement la femme de Titus
« Quintus ; c'est pour cela que vous le déchirez, que vous le
« menacez, que vous le soupçonnez. Et que feriez-vous de
« plus, s'il l'avait donnée à un paysan, à un ribaud, à un
« serf ? Quelles chaînes, quelle prison, quels supplices vous
« paraîtraient-ils suffisants ?

« Mais laissons maintenant cela ; le temps est venu que

« je n'attendais pas de sitôt, à savoir que mon père est mort
« et qu'il me faut retourner à Rome ; pour quoi, voulant
« emmener Sophronie avec moi, je vous ai découvert ce
« que je vous aurais peut-être encore tenu caché, et ce que,
« si vous êtes sage, vous prendrez joyeusement, pour ce que,
« si j'avais voulu vous tromper ou vous outrager, je pouvais
« vous la laisser après m'être joué d'elle ; mais Dieu me
« garde qu'en l'âme d'un Romain une telle lâcheté puisse
« jamais entrer. Donc, Sophronie est ma femme, tant du
« consentement des Dieux et par la force des lois humaines,
« que par la louable résolution de mon ami Gisippe et par
« ma ruse amoureuse, ce que vous, vous croyant d'aventure
« plus sages que les dieux et que les autres hommes ins-
« truits, vous me reprochez brutalement de deux manières
« fort injurieuses pour moi : l'une, en retenant Sophronie sur
« laquelle vous n'avez de pouvoir qu'autant qu'il me plaira ;
« l'autre, en traitant comme un ennemi Gisippe, dont vous
« êtes vraiment les obligés. Je n'entends pas pour le mo-
« ment vous montrer davantage combien vous agissez sotte-
« ment en cela, mais je veux vous conseiller, comme à des
« amis, de déposer votre dédain, de laisser là toutes vos
« haines, et de me rendre Sophronie, afin que je vous quitte
« joyeusement, en parent, et que je reste votre ami. Soyez
« sûrs, du reste, de ceci : que ce qui est fait vous plaise ou
« vous déplaise, si vous entendez faire autrement, je sous-
« trairai Gisippe à votre haine, et si je parviens jusqu'à
« Rome, je saurai bien ravoir celle qui m'appartient juste-
« ment, bien que vous en ayiez ; et je vous ferai connaître
« par expérience, en vous menaçant sans cesse, ce que peut
« l'indignation des Romains. — »

« Après que Titus eut ainsi parlé, s'étant levé d'un air
courroucé, il prit Gisippe par la main, montrant peu de

souci de tous ceux qui étaient dans le temple, et secouant la tête en signe de menace, il sortit. Ceux qui étaient restés dans le temple, en partie attirés vers la parenté et l'amitié de Titus par ses raisons, en partie effrayés par ses dernières paroles, décidèrent d'un commun accord qu'il valait mieux accepter Titus pour leur parent, puisque Gisippe n'avait pas voulu l'être, que d'avoir perdu Gisippe comme parent, tout en s'étant fait un ennemi de Titus. Pour quoi, étant allés retrouver Titus, ils lui dirent qu'ils consentaient à ce que Sophronie fût à lui, et à l'avoir, lui, pour parent, et Gisippe pour ami ; puis, ayant fait avec lui une fête amicale comme il convient entre parents, ils le quittèrent et lui renvoyèrent Sophronie. Celle-ci, en femme sage, et faisant de nécessité vertu, reporta très vite sur Titus l'amour qu'elle avait pour Gisippe, et partit avec lui pour Rome, où elle fut reçue avec de grands honneurs.

« Gisippe étant resté à Athènes, tenu quasi par tous en petite estime, fut quelque temps après, à la suite de certaines brigues intestines, chassé d'Athènes avec tous ceux de sa famille, et, pauvre et misérable, condamné à un exil perpétuel. Dans cette situation, Gisippe devenu non-seulement pauvre, mais réduit à l'état de mendiant, s'en vint à Rome du mieux qu'il put, pour voir si Titus se souviendrait de lui ; et ayant appris qu'il était vivant et estimé de tous les Romains, il se fit enseigner où étaient ses maisons et se tint devant la porte, attendant que Titus y vînt, résolu non pas à lui parler de la misère où il était, mais à se faire voir à lui, afin que Titus le reconnaissant le fît appeler. Mais Titus ayant passé outre, et Gisippe croyant qu'il l'avait vu mais avait dédaigné de le reconnaître, et se souvenant de ce qu'il avait fait autrefois pour lui, s'en alla indigné et désespéré. Il était déjà nuit, et comme il était à jeun et sans argent et qu'il ne savait où aller, il se dirigea, ayant plus envie de mourir que d'autre chose, vers un endroit de la ville fort désert, où ayant vu une grande caverne, il y entra pour s'abriter pendant la nuit; et se couchant sur la terre nue, en haillons, vaincu par sa longue douleur il s'endormit.

« Sur ces entrefaites, deux individus qui étaient allés ensemble commettre un vol cette nuit même, vinrent le matin dans la caverne avec leur butin, et une querelle s'étant élevée pour le partage, l'un deux qui était plus fort tua l'autre et s'en alla. Ce qu'ayant vu et entendu Gisippe, il lui parut avoir trouvé un moyen de mourir, comme il le désirait tant, sans être obligé de se tuer lui-même; et pour ce, ne bougeant pas de la caverne, il s'y tint jusqu'à ce que les sergents de la Cour, qui avaient déjà appris le meurtre, y vinssent, lesquels, furieux, emmenèrent Gisippe prisonnier. Celui-ci ayant été interrogé avoua que c'était lui qui avait commis le meurtre et qu'il n'avait pas pu ensuite s'échapper de la caverne; pour quoi le préteur, qui s'appelait Marcus Varron, ordonna qu'on le fît mourir sur la croix, comme c'était alors l'habitude.

« Titus était, par hasard, venu en ce moment dans le prétoire; regardant au visage le malheureux condamné, et ayant entendu la cause de sa condamnation, il reconnut sur-le-champ que c'était Gisippe, et s'étonna de son état misérable et de ce qu'il était arrivé là. Désirant ardemment le sauver, et ne voyant pas d'autre moyen que de s'accuser soi-même pour l'innocenter, il s'avança soudain et cria: « — Marcus Varron, rappelle le pauvre homme que tu as « condamné, pour ce qu'il est innocent. J'ai trop offensé « les dieux par mon crime en tuant celui que tes sergents « ont trouvé mort ce matin, sans vouloir les offenser main-

« tenant en causant la mort d'un autre innocent. — »
Varron s'étonna de ces paroles, et fut fâché que tout le prétoire les eût entendues; mais son honneur ne lui permettant
pas de désobéir aux lois, il fit revenir Gisippe et il lui dit
en présence de Titus : « — Comment as-tu été si fol de con-
« fesser, sans avoir reçu la torture, ce que tu n'as jamais
« fait, y allant de la vie? Tu disais que tu étais celui qui
« cette nuit avait tué cet homme, et maintenant celui-ci
« vient dire que ce n'est pas toi mais lui qui l'a tué. — »
Gisippe regarda et vit que c'était Titus, et il reconnut bien
que c'était pour le sauver qu'il faisait cela, en paiement du
service jadis reçu de lui. Pour quoi, pleurant d'émotion, il
dit : « — Varron, je l'ai vraiment tué, et la pitié de Titus
« vient trop tard pour me sauver. — » D'autre part Titus
disait : « — Préteur, comme tu vois, celui-ci est étranger;
« il a été trouvé sans armes auprès de celui qui a été tué,
« et tu peux voir que sa misère lui fait chercher l'occasion
« de mourir; pour ce, remets-le en liberté, et punis-moi,
« car je l'ai mérité. — »

« Varron, étonné de l'insistance des deux hommes, et
présumant déjà qu'aucun deux n'était coupable, pensait au
moyen de les absoudre, lorsqu'arriva soudain un jeune
homme appelé Publius Ambustus, perdu d'espoir et connu
de tous les Romains comme un voleur émérite; c'était lui
qui avait véritablement commis le meurtre, et sachant bien
qu'aucun des deux n'était coupable de ceux-là qui s'accu-
saient, leur innocence lui mit au cœur une telle pitié pour
tous les deux, qu'il s'avança vers Varron et dit : « — Pré-
« teur, mes méfaits me poussent à trancher la dure question
« entre ceux-ci; je ne sais quel Dieu me stimule en moi-
« même et me pousse à te dévoiler mon crime; sache donc
« qu'aucun de ces deux hommes n'est coupable de ce dont

« chacun s'accuse lui-même. Je suis véritablement celui
« qui ce matin, à la pointe du jour, a tué cet homme ;
« quant à ce malheureux qui est là, je l'ai vu qui dormait,
« pendant que je partageais les produits de nos vols avec
« celui que j'ai tué. Je n'ai pas besoin de décharger Titus ;
« sa renommée est connue partout, on ·sait qu'il n'est pas
« homme capable d'une telle action ; fais-les mettre en li-
« berté, et fais-moi appliquer les peines que les lois ordon-
« nent. — »

« Octave avait déjà appris cette affaire, et les ayant fait
venir tous les trois devant lui, il voulut savoir le motif pour
lequel chacun demandait à être condamné ; ce qu'ils lui dirent. Sur quoi, Octave les fit mettre tous en liberté, les deux
premiers parce qu'ils étaient innocents, et le troisième par
considération pour eux. Titus ayant pris Gisippe par la
main, et l'ayant fort blâmé de sa timidité et de sa défiance,
lui fit une merveilleuse fête, et l'emmena chez lui où Sophronie le reçut en pleurant comme un frère. Après l'avoir
un peu consolé, l'avoir habillé, et l'avoir remis en l'état qui
convenait à son mérite et à sa noblesse, Titus lui fit part
tout d'abord de tout ce qu'il possédait, puis il lui donna
pour femme sa sœur, une toute jeune fille appelée Fulvia ;
ensuite de quoi il lui dit : « — Gisippe, il t'appartient dé-
« sormais de rester ici auprès de moi, ou de retourner à
« Athènes avec ce que je t'ai donné. — » Gisippe, forcé
d'un côté par la sentence qui l'exilait de sa ville natale, et
attiré de l'autre par l'amitié qu'il portait justement à Titus,
se décida à devenir Romain. Etant donc resté à Rome avec
sa femme Fulvia, ils vécurent longtemps en joie, ne faisant
toujours qu'une seule maison avec Titus et Sophronie, devenant chaque jour, s'il était possible, de plus en plus amis.

« C'est donc une très sainte hose que l'amitié, et digne

non-seulement d'un singulier respect, mais d'être louée d'une louange perpétuelle, comme très discrète mère de la magnificence, de l'honnêteté, sœur de la reconnaissance et de la charité, ennemie de la haine et de l'avarice, toujours prompte, sans attendre qu'on l'en prie, à faire pour autrui ce qu'elle voudrait qu'on fît pour soi-même. Ces divins effets se voient aujourd'hui rarement entre deux hommes, faute et honte de la misérable cupidité des mortels, laquelle, regardant seulement à sa propre utilité, a relégué l'amitié hors des limites de la terre, dans un exil perpétuel. Quel amour, quelle richesse, quelle parenté aurait eu le pouvoir d'émouvoir si fort le cœur de Gisippe à la vue des larmes et des soupirs de Titus, qu'il lui cédât la gente et belle fiancée qu'il aimait, sinon l'amitié? Quelles autres lois que celles de l'amitié, quelles menaces, quelle peur auraient pu détourner les jeunes bras de Gisippe de s'abstenir des embrassements de la belle jouvencelle dans les endroits solitaires, obscurs, voire dans son propre lit, celle-ci l'y invitant parfois elle-même? Quelles grandeurs, quelles dignités, quels avantages auraient poussé Gisippe à ne point prendre souci de s'aliéner ses parents et ceux de Sophronie, non plus que des murmures de la populace, des moqueries et des huées, pour le plaisir de contenter son ami, sinon l'amitié? Et d'un autre côté, qui aurait, sinon encore l'amitié, rendu Titus — alors qu'il pouvait honnêtement feindre de n'avoir rien vu — si prompt à courir au-devant de sa propre mort pour sauver Gisippe du supplice de la croix, supplice auquel il s'attendait lui-même? Qui donc, sinon l'amitié, aurait rendu Titus si libéral à partager sans la moindre hésitation son ample patrimoine avec Gisippe auquel la fortune avait enlevé le sien? Qui aurait, sinon l'amitié, fait que Titus n'hésita point à donner sa sœur à Gisippe qu'il voyait très pauvre et réduit à la plus extrême misère ? Que les hommes s'amusent donc à désirer une multitude de parents, de nombreux frères, une grande quantité d'enfants, et d'accroître le nombre de leurs serviteurs à grands renforts d'argent, sans s'apercevoir que tous ces gens-là ont plus de souci pour le moindre danger qui les menace, que de sollicitude à préserver d'un grand péril leur père, leur frère ou leur maître, tandis que c'est tout le contraire qu'on voit chez un ami. — »

NOUVELLE IX

Le Saladin, déguisé en marchand, est honorablement traité par messer Torello. Ce dernier, partant pour la croisade, fixe à sa femme un délai pour se remarier. Il est fait prisonnier et est conduit vers le Soudan en qualité de fauconnier. Le Soudan le reconnaît, se fait reconnaître par lui et le comble d'honneurs. Messer Torello tombe malade et est transporté en une nuit à Paris par l'art d'un magicien. Il assiste aux noces qui se faisaient pour sa femme qui se remariait, est reconnu par elle, et rentre avec elle dans sa maison.

Philomène avait déjà mis fin à ses paroles, et la magnifique reconnaissance de Titus avait été louée par tous, quand le roi, réservant la dernière nouvelle à Dioneo, se mit à parler ainsi : « — Amoureuses dames, sans aucun doute, dans ce qu'elle a dit de l'amitié, Philomène a dit vrai, et elle s'est plaint avec raison à la fin de son récit de ce que l'amitié était aujourd'hui peu appréciée par les mortels. Et si nous étions ici pour corriger les défauts du monde ou pour les blâmer, je poursuivrais son raisonnement en de plus longs propos ; mais pour ce que notre but est tout autre, il m'est venu en l'esprit de vous exposer, dans une histoire peut-être un peu longue, mais plaisante pourtant, une des magnificences du Saladin, afin que, par les choses que vous entendrez dans ma nouvelle, si l'on ne peut, grâce à nos vices, acquérir l'amitié de personne, nous prenions au moins plaisir à rendre service, dans l'espoir que, le moment venu, il doive s'ensuivre une récompense pour nous.

« Je dis donc que, suivant que d'aucuns affirment, à l'époque de l'empereur Frédéric I, il se fit parmi les chrétiens une croisade générale pour reconquérir la Terre sainte. Ce qu'ayant su quelque temps avant, le Saladin, très valeureux prince, et alors Soudan de Babylone, résolut de voir en personne les préparatifs faits par les seigneurs de la chrétienté pour cette croisade, afin de pouvoir mieux leur résister. Ayant mis toutes ses affaires d'Egypte en ordre, et feignant d'aller en pèlerinage, il se mit en route sous des habits de marchand, et accompagné seulement de deux de ses plus grands et plus sages courtisans et de trois familiers. Après avoir parcouru bon nombre de provinces chrétiennes, et chevauchant à travers la Lombardie pour passer au-delà des monts, il advint que, sur la route de Milan à Pavie, vers l'heure de vesprée, ils rencontrèrent un gentilhomme nommé messer Torello d'Istria de Pavie, qui s'en allait, avec ses familiers, ses chiens et ses faucons, résider dans un beau domaine qu'il avait sur le Tessin. Dès que messer Torello les vit, il comprit qu'ils étaient gentilshommes et étrangers, et il résolut de leur faire honneur. Pour quoi, le Saladin ayant demandé à un de ses familiers combien il y avait encore de l'endroit où ils étaient à Pavie, et s'ils pourraient y arriver assez tôt pour y entrer, Torello ne laissa point son familier répondre, mais répondit lui-même : « — Seigneurs, « vous ne pourrez arriver à Pavie assez tôt pour y entrer. — » « — Donc — dit le Saladin — veuillez nous enseigner,

« pour ce que nous sommes étrangers, où nous pourrons
« nous loger le mieux possible. — » Messer Torello dit :
« — Cela, je le ferai volontiers ; j'étais sur le point d'en-
« voyer un des miens tout près de Pavie pour une commis-
« sion ; je l'enverrai avec vous, et il vous conduira dans un
« endroit où vous serez très convenablement logés. — » Et
s'étant approché du plus discret de ses gens, il lui dit ce
qu'il avait à faire, et l'envoya avec eux. Quant à lui, étant
allé en toute hâte à sa maison de campagne, il fit, du mieux
qu'il put, préparer un beau souper, et dresser les tables
dans son jardin ; cela fait, il s'en vint sur la porte pour les
attendre.

« Le familier causant de choses diverses avec les gentilshommes, les fit passer par certains chemins, et les conduisit,
sans qu'ils s'en aperçussent, à la maison de son maître. Dès
que messire Torello les vit, il courut à leur rencontre et dit
en riant : « — Seigneurs, soyez les bienvenus. — » Le Saladin qui était fort courtois, comprit que ce chevalier avait
craint qu'ils n'acceptassent point son invitation en les invitant
lorsqu'il les avait rencontrés, et que, pour qu'ils ne pussent
refuser de passer la soirée avec lui, il les avait fait conduire
d'une façon ingénieuse dans sa demeure. Après avoir répondu
à son salut, il dit : « — Messire, si l'on pouvait se plaindre
« de la courtoisie des gens, nous nous plaindrions de vous
« qui, sans compter que vous nous avez empêchés de conti-
« nuer notre chemin, nous avez contraint à recevoir votre
« hospitalité si courtoise, sans que nous ayions mérité votre
« bienveillance autrement que par un salut. — » Le chevalier,
homme sage et beau parleur dit : « — Seigneur, l'hospi-
« talité que vous recevez de nous sera peu de chose, eu égard
« à celle qui vous conviendrait à ce que je puis juger sur
« votre physionomie ; mais en vérité, hors de Pavie, vous

« n'auriez pu être bien nulle part ; et pour ce, qu'il ne vous
« déplaise point de vous être un peu détournés de votre
« chemin pour avoir un peu moins de désagrément. — »
Ainsi disant, ses familiers qui étaient venus autour des voyageurs prirent leurs chevaux dès qu'ils en furent descendus ;
et messer Torello conduisit les trois gentilshommes aux chambres préparées pour eux, où il les fit déchausser et rafraîchir
avec des vins très frais, et les retint jusqu'à l'heure du souper
en de plaisants entretiens.

    « Le Saladin, ses compagnons et ses familiers savaient le
latin, pour quoi ils comprenaient très bien et étaient compris,
et il semblait à chacun d'eux que ce chevalier était l'homme
le plus gracieux, le plus poli et le plus éloquent qu'ils eussent
encore vu. D'autre part, il semblait à messer Torello que
ceux-ci étaient des gens magnifiques et plus encore qu'il ne
l'avait pensé tout d'abord ; pour quoi, il se désolait en lui-même
de ne pouvoir les honorer ce soir-là de plus nombreuse compagnie et d'un plus solennel banquet ; aussi songea-t-il à les
en dédommager le lendemain matin, et ayant informé un de
ses familiers de ce qu'il voulait faire, il l'envoya à Pavie qui
était tout près de là et dont on ne fermait jamais les portes,
vers sa femme, dame très sage et de grand entendement.
Après quoi, ayant conduit les gentilshommes dans le jardin,
il leur demanda courtoisement qui ils étaient ; à quoi le Saladin répondit : « — Nous sommes des marchands chypriens
« et nous venons de Chypre ; nous allons à Paris pour nos
« affaires. — » Messer Torello dit alors : « — Plût à Dieu que
« notre pays produisît des gentilshommes semblables aux
« marchands que Chypre produit, à ce que je vois. — » De
propos en propos semblables, ils passèrent le temps jusqu'à
ce qu'il fût l'heure de souper ; pour quoi, il les laissa se mettre
à table comme il leur plut, et là, pour un souper improvisé,

ils furent très bien et très convenablement servis. Quand les
tables eurent été levées, messer Torello ne tarda point à s'a-
percevoir qu'ils étaient las, et après les avoir mis à reposer
dans de très beaux lits, il alla lui-même dormir.

« Le familier qui avait été envoyé à Pavie, fit sa commission auprès de la dame ; celle-ci, avec une largesse d'esprit non féminine, mais royale, ayant fait sur-le-champ
appeler un grand nombre des amis et des serviteurs de messer
Torello, fit apprêter tout ce qu'il fallait pour un grandissime
banquet, auquel elle fit, à la lueur des torches, inviter nombre
des plus nobles citoyens ; elle fit prendre des draps et des
soieries de toutes sortes, et faire en un mot tout ce que son
mari lui avait envoyé dire. Le jour venu, les gentilshommes
se levèrent ; messer Torello monta avec eux à cheval, et ayant
fait venir ses faucons, il les mena à une petite rivière voisine, et leur montra comment ils volaient. Mais le Saladin
ayant demandé à un de ses gens de les conduire à Pavie, dans
la meilleure hôtellerie, messer Torello dit : « — Ce sera moi
« qui vous conduirai, pour ce que j'ai aussi besoin d'y
« aller. — » Ceux-ci le croyant, en furent satisfaits et se
mirent en route avec lui. Vers la troisième heure, arrivés à
la ville et croyant aller à la meilleure hôtellerie, ils parvinrent
avec messer Torello à la maison de celui-ci, où déjà plus de
cinquante des meilleurs citoyens de la ville étaient venus
pour recevoir les gentilshommes, et qui aussitôt entourèrent
leurs étriers et les guides de leurs montures. Ce que voyant
le Saladin et ses compagnons, ils comprirent fort bien ce que
c'était, et dirent : « — Messer Torello, ce n'est pas là ce que
« nous vous avons demandé ; vous en avez assez fait pour
« nous la nuit dernière, et plus que nous ne voulions ; pour
« quoi, vous pouviez fort bien nous laisser continuer notre
« chemin. — » A quoi messer Torello répondit : « — Sei-

« gneurs, quant à ce qui vous a été fait hier soir, j'en sais'
« gré à la fortune plus qu'à vous, car elle vous surprit en
« chemin de façon qu'il vous fallut venir dans mon humble
« maison; pour ce qui est de ce matin, je vous en aurai
« obligation à vous-mêmes, et avec moi tous ces gentils-
« hommes qui vous entourent; s'il vous semble acte de cour-
« toisie de refuser de déjeuner avec eux, vous pouvez le faire
« si vous voulez. — »

« Le Saladin et ses compagnons vaincus par ces instances,
descendirent de cheval, et ayant été joyeusement accueillis
par les gentilshommes, furent menés dans les chambres qu'on
avait richement préparées pour eux; puis ayant quitté leurs
habits de voyage, et s'étant rafraîchis un peu, ils vinrent dans
la salle où le banquet avait été apprêté d'une façon splendide.
L'eau ayant été donnée pour les mains, on se mit à table en
grande cérémonie, et là ils furent servis de magnifiques et
abondantes victuailles, tellement que si l'empereur s'y fût
trouvé, on n'eût pas pu lui rendre plus d'honneurs. Bien que
le Saladin et ses compagnons fussent de grands seigneurs et
habitués à voir de grandes choses, néanmoins ils furent très
émerveillés de tout cela, d'autant plus qu'ils considéraient la
qualité du chevalier qu'il savaient être un simple citoyen et
non un grand seigneur. Le repas fini, et les tables levées,
quand on eut parlé de choses et d'autres, la chaleur étant
très grande, sur l'invitation de messer Torello, les gentilshommes de Pavie s'en allèrent tous se reposer, et il demeura seul avec ses trois hôtes; sur quoi, étant entré avec
eux dans une chambre, afin qu'il n'y eût rien de ce qui lui
appartenait et qu'il aimait qu'ils n'eussent vu, il fit appeler
sa digne femme. Celle-ci, belle et grande de sa personne, s'en
vint au devant d'eux, parée de riches vêtements, accompagnée
de ses deux petits enfants qui ressemblaient à deux anges, et

les salua gracieusement. En la voyant, ils se levèrent debout, la reçurent avec un profond salut, et l'ayant fait asseoir au milieu d'eux, ils lui firent grande fête, ainsi qu'à ses deux beaux enfants.

« Après avoir échangé avec eux quelques plaisants propos, messer Torello étant sorti un moment, elle leur demanda gracieusement d'où ils étaient et où ils allaient ; à quoi les gentilshommes répondirent comme ils l'avaient déjà fait à messer Torello. Alors la dame leur dit d'un air joyeux : « — Je vois donc que ma prévision de femme sera utile, et « pour ce, je vous prie comme une faveur spéciale de ne pas « refuser, et de ne pas dédaigner le petit présent que je vais « vous faire apporter ; mais considérant que les femmes selon « leurs petites facultés donnent de petites choses, je vous prie « de l'accepter en ayant plus égard à ma bonne volonté qu'à « la valeur du don. — » Et ayant fait apporter pour chacun deux paires de robes, l'une de drap brodé et l'autre de soie, non comme pour de simples citoyens ou des marchands, mais comme pour des seigneurs, des jupes de taffetas et du beau linge, elle dit : « — Prenez tout cela ; j'ai donné à mon mari « des robes comme celle que je vous donne ; quant au reste, « pensant que vous êtes loin de vos femmes, considérant la « longueur du chemin que vous avez déjà fait et de celui que « vous avez à faire, sachant que les marchands sont hommes « propres et délicats, j'ai cru que cela pourrait vous être « agréable, encore que de peu de valeur.

« Les gentilshommes étaient émerveillés, et ils virent bien que messer Torello ne voulait rien négliger dans sa courtoisie envers eux. Ils crurent, voyant la richesse qu'on leur offrait et qui ne convenait point à des marchands, qu'ils avaient été reconnus par messer Torello ; cependant l'un d'eux répondit à la dame : « — Ce sont là, madame, de magnifiques choses

« qu'on ne devrait point accepter à la légère, si vos prières
« ne nous y contraignaient, prières auxquelles il est impos-
« sible de dire non. — » Cela fait, et messer Torello étant
rentré, la dame leur ayant dit adieu, les quitta, et s'en alla
faire remettre à leurs familiers des présents selon leur rang.
De son côté, messer Torello obtint à force de prières qu'ils
demeurassent tout ce jour avec lui ; pour quoi, après qu'ils
eurent dormi, ils revêtirent leurs robes, s'en allèrent avec
messer Torello se promener à cheval par la ville, et, l'heure
de souper venue, ils soupèrent magnifiquement en compagnie
de nombreux convives. Quand il en fut temps, ils allèrent se
reposer, et le jour venu, ils se levèrent et trouvèrent à la
place de leurs roussins fatigués, trois vigoureux et excellents
palefrois, ainsi que des chevaux tout frais et de forte allure
pour leurs familiers. Ce que voyant le Saladin, il se tourna
vers ses compagnons et dit : « — Je jure Dieu qu'il n'y eut
« jamais homme plus accompli, plus courtois, ni plus ave-
« nant que celui-ci ; et si les rois chrétiens sont aussi rois
« que celui-ci est chevalier, le Soudan de Babylone ne se
« pourra défendre d'un seul qui l'assaillira, sans parler de
« tous ceux que nous voyons s'apprêter à lui faire la
« guerre. — » Mais sachant qu'il refuserait en vain ces présents, il en remercia très courtoisement son hôte, et ils montèrent à cheval.

« Messer Torello, suivi de nombreux amis, les accompagna hors de la ville un assez long espace de chemin, et bien
que le Saladin eût grande peine à se séparer de messer Torello,
tellement il l'avait déjà pris en affection, cependant pressé de
continuer sa route, il le pria de s'en retourner. Messer Torello de son côté, éprouvant aussi beaucoup d'ennui de les
quitter, dit : « — Seigneurs, je le ferai puisque vous le voulez,
« mais je veux vous dire ceci : je ne sais pas qui vous êtes,

« et je ne vous demande pas de m'en dire à ce sujet plus
« qu'il ne vous convient ; mais qui que vous soyez, vous ne
« me ferez pas croire un instant que vous êtes des marchands :
« sur ce je vous recommande à Dieu. — » Le Saladin, ayant
déjà pris congé de tous les compagnons de messer Torello,
lui dit : « — Messire, il pourra encore advenir que nous
« vous fassions voir de notre marchandise, ce qui vous con-
« firmera dans votre croyance ; sur ce, allez avec Dieu. — »

« Le Saladin et ses compagnons s'étant donc séparés
d'eux, le Soudan se promit fermement, s'il conservait la vie
et le trône dans la guerre à laquelle il s'attendait, de faire à
messer Torello non moins d'honneurs que celui-ci lui en
avait fait ; et il parla longtemps avec ses compagnons de lui,
de sa femme, de leurs faits et gestes, les louant en tout.
Quand il eut visité, non sans grande fatigue, tout le Ponant,
il s'embarqua avec ses compagnons et s'en retourna à Alexandrie, où pleinement informé des desseins de ses ennemis,
il se prépara à se défendre. Quant à messer Torello, il s'en
revint à Pavie, et il fut longtemps à chercher qui pouvaient
être ses trois hôtes, sans pouvoir jamais approcher de la vérité.

« Le temps de la croisade venu, et chacun s'y préparant
de tous côtés, messer Torello, nonobstant les prières et les
larmes de sa femme, se disposa à y aller. Ayant terminé
tous ses préparatifs, et au moment de monter à cheval, il
dit à sa femme qu'il aimait extrêmement : « — Femme,
« comme tu vois, je vais à cette croisade tant pour l'hon-
« neur de mon corps que pour le salut de mon âme ; je te
« recommande nos affaires et notre honneur ; et pour ce que
« si je suis sûr de l'aller, je n'ai aucune certitude du retour
« à cause de mille cas qui peuvent survenir, je veux que tu
« me fasses une grâce : quoi qu'il advienne de moi, si tu

« n'as pas de nouvelles certaines que je vis encore, tu m'at-
« tendras une année, un mois et un jour sans te remarier, à
« partir du jour de mon départ. — » La dame qui pleurait
fortement, répondit : « — Messer Torello, je ne sais com-
« ment je supporterai la douleur dans laquelle me laisse
« votre départ ; mais si ma vie est plus forte que ma dou-
« leur, et quoi qu'il arrive de vous, vivez et mourez sûr que
« je vivrai et mourrai la femme de Messer Torello, et fidèle
« à sa mémoire. — » A quoi messer Torello dit : « —
« Femme je suis très sûr qu'il en sera comme tu me le
« promets, autant qu'il dépendra de toi ; mais tu es une
« jeune femme ; tu es belle et de grande famille et ton
« mérite est grand et connu partout ; pour quoi, je ne doute
« point que bon nombre de grands gentilshommes, au
« moindre soupçon de ma mort, ne te demandent à tes
« frères et à tes parents ; quoi que tu veuilles, tu ne pourras
« te défendre de leurs obsessions, et par force tu finiras par
« céder à leur désir ; et voilà la raison pour laquelle je te
« demande ce délai et non un plus long. — » La dame
dit : « — Je ferai ce que je pourrai de ce que je vous ai
« dit ; et quand il m'en faudra venir à autre chose, je vous
« obéirai en ce que vous m'ordonnez, certainement. Je prie
« Dieu qu'il ne nous conduise point, ni vous ni moi, à de
« pareilles extrémités avant ce temps. — » Ces paroles
dites, la dame embrassa en pleurant messer Torello, et
s'ôtant un anneau du doigt, elle le lui donna en disant :
« — S'il advient que je meure avant de vous revoir, sou-
« venez-vous de moi en le regardant. — » Messer Torello
l'ayant pris, monta à cheval, et après avoir dit à chacun un
dernier adieu, il partit pour son voyage.

« Arrivé à Gènes avec sa suite, il monta sur une galère
et poursuivit sa route ; en peu de temps il gagna Saint-Jean

d'Acre et se joignit au reste de l'armée des Chrétiens, parmi
laquelle presque aussitôt se déclara une grande épidémie
suivie d'une grande mortalité. Pendant ce temps, soit effet
de l'habileté ou de la fortune du Saladin, quasi tous ceux des
chrétiens qui avaient échappé à l'épidémie furent pris par
lui et répartis en plusieurs villes comme prisonniers. Messer
Torello fut un de ces derniers, et il fut emmené prisonnier
à Alexandrie. N'étant connu de personne et craignant de se
faire reconnaître, il se mit, contraint par la nécessité, à élever des oiseaux, art en lequel il était un grand maître;
pour quoi, le Saladin en ayant entendu parler, le fit mettre
hors de prison et le retint près de lui comme son fauconnier. Messer Torello que le Saladin ne nommait pas autrement que le Chrétien, attendu qu'il ne l'avait pas reconnu, de
même que Torello ne le reconnaissait point lui-même, avait
l'esprit sans cesse à Pavie, et plusieurs fois il avait voulu s'enfuir; mais il n'avait jamais pu y réussir; pour quoi, certains
génois ayant été envoyés en ambassadeurs au Saladin pour le
rachat de plusieurs de leurs concitoyens et étant sur le point
de partir, messer Torello eut la pensée d'écrire à sa femme
qu'il était vivant, qu'il retournerait près d'elle dès qu'il
pourrait et qu'elle l'attendît; ce qu'il fit. Il pria instamment
un des ambassadeurs qu'il connaissait, de faire en sorte que
sa lettre parvînt aux mains de l'abbé de san Pietro in Ciel
d'Oro, lequel était son oncle.

« Messer Torello étant en cette situation, il advint un
jour que le Saladin causant avec lui de ses oiseaux, messer
Torello se mit à sourire, et fit un mouvement de lèvres que
le Saladin lui avait vu faire souvent quand il était chez lui à
Pavie, et qu'il avait fort remarqué. Ce mouvement rappela
Messer Torello à l'esprit du Saladin, et il se mit à le regarder fixement et reconnut que c'était bien lui; pour quoi,

laissant de côté ce dont il lui avait d'abord parlé, il dit :
« — Dis-moi, Chrétien, de quel pays du Ponant es-tu ? — »
« — Mon Seigneur — dit Messer Torello — je suis Lom-
« bard, et d'une ville nommée Pavie ; je suis pauvre et de
« basse condition. — » Dès que le Saladin eut entendu
cette réponse, quasi certain de ce qu'il soupçonnait, il se
dit tout joyeux : « — Dieu m'a fourni l'occasion de montrer
« à celui-ci combien sa courtoisie m'a été agréable. — » Et
sans dire autre chose, ayant fait apporter tous ses vêtements
dans une chambre, il y mena Messer Torello et dit :
« — Regarde, Chrétien, si parmi ces robes il n'en est pas
« quelqu'une que tu aies jamais vue ? — » Messer Torello
se mit à regarder et vit celles que sa femme avait données
au Saladin ; mais ne pensant pas que ce pouvait être elles,
il répondit : « — Mon Seigneur, je n'en reconnais aucune.
« Il est bien vrai que ces deux ressemblent à des robes que
« je donnai autrefois à trois marchands qui s'étaient arrêtés
« dans ma maison. — »

« Alors le Saladin, ne pouvant plus se contenir, l'embrassa tendrement en disant : « — Vous êtes Messer
« Torello d'Istria, et je suis l'un des trois marchands aux-
« quels votre femme donna ces robes, et maintenant est
« venu le moment de juger ce qu'est ma marchandise,
« comme en vous quittant je vous dis que cela pourrait
« bien arriver. — » Messer Torello, entendant cela, fut
joyeux et honteux tout à la fois : joyeux d'avoir eu un tel
hôte, et honteux de ce qu'il lui semblait l'avoir si pauvre-
ment reçu. Le Saladin lui dit alors : « — Messer Torello,
« puisque Dieu vous a envoyé ici à moi, sachez que ce n'est
« plus moi désormais, mais que c'est vous qui êtes le maître
« ici. — » Et s'étant fait tous deux une grande fête, il le
fit vêtir d'habits royaux ; et l'ayant mené devant tous ses

hauts barons, il fit un grand éloge de son mérite, et ordonna que tous ceux qui tiendraient sa faveur pour chère, l'honorassent comme lui-même ; ce que chacun fit, mais surtout les deux seigneurs qui avaient été les compagnons du Saladin dans la maison de Messer Torello.

« La grandeur de la gloire subite où se vit Messer Torello lui ôta quelque peu de la mémoire le souvenir des choses de Lombardie, surtout parce qu'il espérait fermement que ses lettres devaient être parvenues à son oncle. Le jour où le Saladin avait fait prisonnière l'armée des chrétiens, un chevalier provençal de mince mérite, dont le nom était Messer Torello de Digne, avait été tué et enseveli dans le camp ; pour quoi, Messer Torello d'Istria étant connu de toute l'armée pour sa noblesse, tous ceux qui entendirent dire : Messer Torello est mort, crurent qu'il s'agissait de Messer Torello d'Istria et non de celui de Digne ; et le cas qui s'ensuivit de la prise de Messer Torello d'Istria ne permit pas de détromper ceux qui avaient cru ainsi ; pour quoi, beaucoup d'Italiens retournèrent chez eux avec cette nouvelle, et parmi eux, il y en eut d'assez présomptueux pour oser dire qu'ils l'avaient vu mort et qu'ils avaient assisté à son enterrement. Cela ayant été su par sa femme et par ses parents, ce fut un motif de grand et inexprimable deuil non-seulement pour eux, mais pour quiconque l'avait connu. Il serait trop long de raconter quelles furent la douleur, la tristesse, et les larmes de sa femme ; après quelques mois passés dans une affliction continuelle, elle commença à se lamenter moins fort, et comme elle était demandée par les plus grands personnages de la Lombardie, ses frères et ses parents se mirent à la presser de se remarier. Après avoir refusé nombre de fois avec de grandissimes pleurs, elle finit à la fin, contrainte par ses

39.

parents, à faire ce qu'ils voulaient, à la condition qu'elle resterait veuve autant de temps qu'elle l'avait promis à Messer Torello.

« Les choses en étaient à ce point à Pavie qu'il ne restait plus que huit jours pour atteindre l'époque où elle devait prendre un mari, lorsqu'il advint qu'un jour Messer Torello vit à Alexandrie un homme qu'il avait vu monter avec les ambassadeurs génois sur la galère qui partait pour Gênes ; pour quoi, l'ayant fait appeler, il lui demanda quelle traversée ils avaient eue et quand ils étaient arrivés à Gênes. A quoi cet homme dit : « — Mon seigneur, la galère a fait une « mauvaise traversée, comme je l'ai appris en Crète où « j'étais resté ; pour ce que, étant près de la Sicile, il s'éleva « un vent dangereux qui la poussa jusqu'en Barbarie ; il ne se « sauva personne, et deux de mes frères, entre autres, y « périrent. — » Messer Torello, ajoutant foi à ces paroles qui étaient du reste très vraies, et se rappelant que le terme qu'il avait fixé à sa femme expirait dans quelques jours et qu'on ne devait rien savoir de lui à Pavie, eut pour certain que sa femme devait s'être remariée ; de quoi il tomba en un tel chagrin, que perdant le sommeil et l'appétit, il résolut de mourir. Lorsque le Saladin qui l'aimait beaucoup sut cela, il vint le voir, et à force de prières et avec beaucoup de peine ayant appris la cause de son chagrin et de sa maladie, il le blâma fort de ne le lui avoir pas dit plus tôt ; puis il le supplia de se remettre, lui affirmant que s'il le faisait, il s'arrangerait de façon à ce qu'il fût à Pavie au terme marqué, et il lui dit comment. Messer Torello, ajoutant foi aux promesses du Saladin, et ayant entendu dire souvent que la chose était possible et qu'elle avait été faite plusieurs fois, il se rassura un peu et pressa le Saladin pour qu'il fît ce qu'il lui avait promis.

« Le Saladin ordonna à un sien nécromancien, dont il avait déjà mis l'art à l'épreuve, de trouver un moyen pour transporter sur un lit en une nuit Messer Torello à Pavie ; le nécromancien lui répondit que cela serait fait, mais que, dans son intérêt il l'endormirait. Ceci ordonné, le Saladin retourna vers Messer Torello, et le trouvant tout à fait résolu à être à Pavie au terme indiqué si cela se pouvait, et, si cela ne se pouvait pas, à mourir, il lui dit ainsi : « — Messer « Torello, si vous aimez tendrement votre femme et si vous « craignez qu'elle ne devienne la femme d'un autre, Dieu sait « que je ne saurais en rien vous en blâmer, pour ce que de toutes « les femmes que j'aie jamais vues, c'est celle dont les ma- « nières, les mœurs et le maintien, sans parler de la beauté qui « est fleur caduque, me paraissent le plus à louer et à appré- « cier. Il m'eût été très agréable, puisque la fortune vous « avait envoyé ici, que nous eussions vécu ensemble comme « deux égaux dans ce royaume que je gouverne, pendant « tout le temps qu'il nous reste à vivre à vous et à moi ; et « puisque cette faveur ne devait point m'être accordée par « Dieu, vous étant venu en l'esprit de mourir ou de retour- « ner à Pavie au terme fixé, j'aurais vivement désiré le « savoir à temps, car je vous aurais fait conduire chez vous « avec les honneurs, la pompe et la compagnie dus à votre « mérite ; puisque cela ne m'est point accordé, et que vous « désirez être là-bas au jour précis, je vous y enverrai « comme je peux, de la manière que je vous ai dite. — »
A quoi Messer Torello dit : « — Mon Seigneur, sans qu'il « soit besoin de vos paroles, vos actes m'ont assez prouvé « votre bienveillance que je n'ai jamais méritée à un si « haut degré, et de ce que vous dites, même quand vous ne « me le diriez pas, je vivrai et mourrai certain. Mais puisque « j'ai pris un tel parti, je vous prie de faire vite ce que vous

« me dites, pour ce que c'est demain le dernier jour que
« l'on doit m'attendre. — » Le Saladin dit que tout était
prêt, et le jour suivant, attendant la nuit pour le faire partir,
le Saladin lui fit dresser dans une grande salle un très riche
et très beau lit garni, selon la mode du pays, de matelas tout
couverts de velours et de drap d'or ; il fit placer dessus une
courte-pointe ouvrée de certains passements de grosses
perles et de pierres précieuses, lesquelles furent par ici estimées un grand prix, et deux oreillers comme il fallait pour
un tel lit. Ceci fait, il ordonna qu'on vêtît Messer Torello,
qui était déjà revenu à la santé, d'une robe à la mode sar-
rasine, et qui était bien la plus riche et la plus belle chose
que chacun eût encore vue, et qu'on lui mît sur la tête un
de ses plus longs turbans.

« L'heure étant déjà avancée, le Saladin, accompagné d'un
grand nombre de ses barons entra dans la chambre où était
messer Torello, et s'étant assis à côté de lui sur le lit, il se
mit à lui dire quasi tout en pleurs : « — Messer Torello,
« l'heure qui doit vous séparer de moi approche, et pour ce
« que je ne peux vous accompagner, le genre de chemin
« que vous avez à faire ne le permettant pas, il me faut
« prendre congé de vous ici dans cette chambre, ce que je
« suis venu faire. Et pour ce, avant que je vous dise adieu,
« je vous prie, par cette affection, par cette amitié qui existe
« entre nous, de vous souvenir de moi ; et, s'il est possible,
« avant que notre temps s'accomplisse, qu'après avoir mis
« ordre à vos affaires en Lombardie, vous veniez me voir au
« moins une fois, afin que je puisse par cette visite où je me
« réjouirai de vous avoir revu, suppléer au vide qu'il me
« faut présentement supporter à cause de votre départ. Et
« en attendant que cela arrive, qu'il ne vous déplaise point
« de me visiter par lettres et de me demander ce qu'il vous

« plaira, car je le ferai certainement plus volontiers pour
« vous que pour tout autre. — » Messer Torello ne put retenir ses larmes ; et pour ce, empêché par elles de parler, il
répondit en peu de mots qu'il n'était pas possible que le
souvenir de son mérite et de ses bienfaits lui sortît jamais
de la mémoire, et qu'il ferait sans faute ce qu'il lui demandait, dès qu'il en aurait le loisir. Pour quoi, le Saladin,
l'ayant tendrement embrassé et ayant été embrassé par lui,
lui dit au milieu d'abondantes larmes : « — Allez avec
« Dieu — » et sortit de la chambre. Après quoi tous les
autres barons prirent congé de lui et s'en vinrent avec le Saladin dans la salle où il avait fait préparer le lit.

« Comme il était déjà tard, et que le nécromancien n'attendait plus que le moment du départ qu'il pressait, vint un
médecin avec un breuvage, et ayant donné à entendre à
messer Torello qu'il le lui donnait comme cordial, il le lui
fit boire ; après quoi, messer Torello ne tarda guère à s'endormir, et fut transporté tout endormi, par ordre du Saladin, sur le lit où le Soudan posa lui-même une grande et belle
couronne d'un grand prix, à laquelle il fit une marque qui
pût bien faire voir qu'elle était envoyée par le Saladin à la
femme de messer Torello. Puis il mit au doigt de messer
Torello un anneau dans lequel était enchâssé un rubis si
brillant qu'il semblait un flambeau allumé, et dont la valeur
pouvait à peine être estimée. Il lui fit ensuite passer au côté
une épée, dont la garniture n'aurait pas été facilement éva-
luée ; en outre, il lui fit mettre au col un collier où il y avait
des perles comme on n'en avait encore jamais vues, et de
nombreuses pierres précieuses ; enfin, il fit mettre à chacun
de ses côtés et tout autour de lui deux grands bassins d'or
pleins de doublons, une grande quantité de chapelets de
perles, des anneaux, des ceintures, et nombre de choses qui

seraient trop longues à dire. Cela fait, il baisa de nouveau
messer Torello et dit au nécromancien de le faire partir ; pour
quoi, soudain, en présence du Saladin, le lit avec messer Torello et tout ce qui était dessus, disparut aux regards, et le
Saladin resta avec ses barons, devisant de lui.

« Messer Torello était déjà déposé, avec tous les susdits
joyaux et ornements, dans l'église de san Pierro in Ciel d'Oro
de Pavie, comme il l'avait demandé, et il dormait encore,
lorsque, matines ayant sonné, le sacristain entra dans l'église
une lumière à la main. A l'aspect imprévu de ce riche lit,
non-seulement il fut étonné, mais ayant une grandissime
peur, il tourna les talons et s'enfuit. L'abbé et les moines le
voyant s'enfuir, s'étonnèrent et lui en demandèrent la raison.
Le sacristain la leur dit. « — Oh ! — dit l'abbé — es-tu donc
« un enfant, et est-ce la première fois que tu entres dans une
« église, pour t'effrayer si facilement ? Or, allons-y et voyons
« ce qui t'a fait peur. — » Ayant donc allumé plusieurs lumières, l'abbé et tous ses moines entrèrent dans l'église et
virent ce lit si merveilleux et si riche sur lequel le chevalier
dormait. Pendant que, indécis et timides, et n'osant s'approcher, ils regardaient les magnifiques bijoux, il advint que,
la vertu du breuvage ayant cessé, messer Torello se réveilla
en poussant un grand soupir. Dès que les moines l'eurent
vu, l'abbé en tête, ils s'enfuirent épouvantés criant : Seigneur, sauvez-nous ! Messer Torello, ayant ouvert les yeux
et regardé autour de lui, reconnut bien qu'il était à l'endroit
où il avait demandé au Saladin de le faire déposer, de quoi
il fut en soi-même fort satisfait ; pour quoi, s'étant assis sur
son séant et ayant regardé avec plus d'attention les objets
qui étaient autour de lui, bien qu'il connût déjà la munificence du Saladin, elle lui parut alors bien plus grande et il
la connut plus que jamais. Pourtant, sans plus se déranger

d'où il était, entendant les moines s'enfuir et comprenant la
cause de leur fuite, il se mit à appeler l'abbé par son nom et
à le prier de n'avoir aucune crainte, pour ce qu'il était Torello
son neveu. L'abbé, entendant cela, eut encore plus peur, car
depuis plusieurs mois il le croyait mort; mais au bout d'un
moment, rassuré par de bonnes raisons, et s'entendant toujours appeler, il fit le signe de la sainte croix, et alla vers
lui. Messer Torello lui dit alors : « — O mon père, de quoi
« avez-vous peur? Je suis vivant, Dieu merci, et je reviens
« d'outre-mer. — »

« L'abbé, bien que messer Torello eût la barbe longue et
qu'il fût habillé à la barbaresque, après l'avoir un instant
regardé, fut tout à fait rassuré; il le prit par la main et dit :
« — Mon fils, tu es le bien revenu. — » Et il ajouta :
« — Tu ne dois point t'étonner de notre peur, pour ce que
« dans cette ville il n'y a pas un homme qui ne te croie fer-
« mement mort, tellement que je puis te dire que madame
« Adalieta, ta femme, vaincue par les prières et les menaces
« de ses parents, est remariée contre sa volonté, et doit aller
« ce matin même à son nouveau mari ; les noces et la fête à
« ce nécessaire sont préparées. — » Messer Torello, étant
descendu du lit, et ayant fait à l'abbé et aux moines une
merveilleuse fête, les pria tous de ne parler à personne de
son retour, jusqu'à ce qu'il eût fini une chose qu'il avait à
faire. Après quoi, ayant fait mettre en sûreté les riches
joyaux, il raconta à l'abbé ce qui lui était arrivé jusqu'à ce
moment. L'abbé joyeux de sa bonne fortune, en rendit avec
lui grâces à Dieu. Puis messer Torello demanda à l'abbé
quel était le nouveau mari de sa femme. L'abbé le lui dit ;
à quoi messer Torello dit : « — Avant qu'on sache rien de
« mon retour, je veux voir quelle est la contenance de ma
« femme dans ces noces ; et pour ce, bien que ce ne soit pas

« l'habitude des personnes de religion d'aller en de pareils
« banquets, je veux que pour l'amour de moi vous vous ar-
« rangiez de façon que nous y allions. — » L'abbé répondit
qu'il le ferait volontiers, et dès que le jour fut venu, il envoya dire au nouveau marié qu'un de ses amis voulait assister à ses noces ; à quoi le gentilhomme répondit que cela lui
plaisait fort.

« L'heure de se mettre à table étant donc venue, messer
Torello, sous l'habit qu'il avait, s'en alla avec l'abbé en la
maison du nouvel époux, regardé avec étonnement par tous
ceux qui le voyaient, mais sans être reconnu de personne.
L'abbé disait à tous que c'était un Sarrasin envoyé comme
ambassadeur au roi de France par le Soudan. Messer Torello fut en conséquence mis à table juste en face de sa
femme qu'il regardait avec un grandissime plaisir, et dont
le visage lui paraissait attristé par ces noces. De son côté,
elle le regardait souvent, mais sans le reconnaître, car sa
longue barbe, son habit étranger, et la ferme croyance qu'elle
avait qu'il était mort, l'en détournaient. Mais quand le moment parut venu à messer Torello de voir si elle se souvenait
de lui, ayant retiré de son doigt l'anneau que la dame lui
avait donné à son départ, il fit appeler un jeune serviteur
qui servait devant elle, et lui dit : « — Dis de ma part à la
« mariée, qu'il est d'usage, quand un étranger, comme je
« suis ici, mange à la table d'une nouvelle mariée, comme elle
« l'est ce soir, qu'elle lui envoie la coupe où elle boit pleine
« de vin, en signe qu'elle a sa présence pour chère, puis
« quand l'étranger a bu, il lui renvoie la coupe, et elle boit
« à son tour. — » Le jouvenceau fit la commission à la
dame, laquelle, en femme sage et bien élevée, croyant que
l'étranger était un homme de grande qualité, pour montrer
que sa présence lui plaisait, ordonna de laver et d'emplir de

vin une grande coupe dorée qui était devant elle, et de la
porter au gentilhomme; et ainsi fut fait. Alors, messer Torello ayant mis l'anneau dans sa bouche, le laissa, en buvant, tomber dans la coupe, sans que personne s'en aperçût,
et y ayant laissé un peu de vin, la recouvrit et la renvoya à
la dame. Celle-ci l'ayant prise afin d'observer l'usage jusqu'au bout, et l'ayant découverte, la porta à sa bouche et vit
l'anneau; sur quoi, sans rien dire, elle le regarda un instant,
et ayant reconnu que c'était celui qu'elle avait donné à messer
Torello à son départ, elle le prit, et ayant regardé fixement
celui qu'elle croyait être un étranger, et le reconnaissant
déjà, comme si elle était devenue furieuse, elle renversa la
table qui était devant elle, et s'écria : « — Celui-ci est mon
« seigneur; celui-ci est vraiment messer Torello. — » Et
courant à la table où il était assis, sans prendre garde aux
draps, ni à ce qui était sur la table, elle se jeta à son col et
l'embrassa étroitement ; et on ne put pas la faire ôter de là,
quoi qu'eussent pu dire et faire tous ceux qui étaient présents, jusqu'à ce que messer Torello lui eût dit de se contenir, pour ce qu'elle aurait encore suffisamment le temps de
l'embrasser.

« Alors, après qu'elle se fut relevée, et les convives étant
tout troublés mais en grande partie joyeux d'avoir retrouvé
un chevalier de tel mérite, messer Torello, priant chacun de
faire silence, leur raconta à tous ce qui lui était arrivé, depuis son départ jusqu'à ce moment, concluant que le gentilhomme qui, le croyant mort, avait épousé sa femme, ne
devait pas trouver mauvais qu'il la reprît puisqu'il était
vivant. Le nouvel époux, bien qu'il fût un peu confus, répondit généreusement et sur un ton ami, qu'il avait le désir
de faire tout ce qui lui plairait le plus. La dame, quitta aussitôt l'anneau et la couronne que lui avait donnés le nouvel

époux, se passa au doigt l'anneau qu'elle avait retiré de la coupe, et se mit sur la tête la couronne qui lui avait été envoyée par le Soudan. Sur quoi, étant sortis de la maison où ils étaient, ils allèrent avec toute la pompe des noces à la maison de messer Torello; et là, ses amis et ses parents désolés, et tous les citoyens qui le regardaient comme un miracle, se consolèrent dans une longue et joyeuse fête. Messer Torello, ayant donné une partie de ses joyaux à celui qui avait fait les dépenses des noces, ainsi qu'à l'abbé et à beaucoup d'autres, et annoncé par plusieurs messages au Saladin son heureux retour dans sa patrie, se disant toujours son ami et son serviteur, vécut de nombreuses années avec sa valeureuse femme, usant plus que jamais de courtoisie. Telle fut donc la fin des malheurs de messer Torello et de ceux de sa chère femme, et la récompense de leurs libéralités et de leurs promptes largesses. Bon nombre de gens s'efforcent d'en faire autant, et, bien qu'ils en aient les moyens, savent si mal s'y prendre, qu'ils font acheter leurs libéralités plus qu'elles ne valent; pour quoi, s'ils n'en retirent aucun fruit, ni eux ni personne ne s'en doivent étonner. — »

NOUVELLE X

Le marquis de Saluces, forcé par les prières de ses vassaux de prendre femme, afin de la prendre à sa fantaisie, épouse la fille d'un vilain, de laquelle il a deux enfants qu'il fait semblant de faire tuer. Puis, donnant à croire à sa femme qu'il ne veut plus d'elle et qu'il a pris une autre femme, il fait revenir chez lui sa fille comme si elle était sa nouvelle femme, après avoir chassé la première en chemise. Quand il a vu qu'elle prenait toutes ces épreuves en patience, il la reconduit dans sa maison, la tenant pour plus chère que jamais; il lui montre ses enfants devenus grands et l'honore et la fait honorer comme marquise.

La longue nouvelle du roi finie, et tous l'ayant trouvée fort agréable, Dioneo dit en riant : « — Le brave homme qui attendait la nuit suivante pour faire baisser la queue droite du fantôme, n'aurait pas donné deux deniers de tous les éloges que vous accordez à messer Torello. — » Puis, sachant qu'il ne restait plus que lui à dire sa nouvelle, il commença : « — Mes douces dames, à ce qu'il m'a paru, la journée d'aujourd'hui a été consacrée à un roi, à des sultans, et à gens de semblable condition. Afin que je ne fasse pas trop contraste avec vous, je veux vous conter, d'un marquis, non un acte de munificence, mais une extravagante brutalité. Quoique, en fin de compte, la chose lui réussit, je ne conseille à personne de suivre son exemple, car ce fut grand dommage qu'il lui en advînt bien.

« Il y a grand temps déjà, parmi les marquis de Saluces, le plus illustre de la maison fut un jeune seigneur nommé Gaultier, lequel étant sans femme et sans enfants, ne dépensait pas son temps à autre chose qu'à oiseler et à chasser, et ne songeait en aucune façon à prendre femme ou à avoir des enfants, en quoi il méritait d'être réputé très sage. Cela ne plaisant point à ses vassaux, ils le prièrent à plusieurs reprises de prendre femme, afin qu'ils ne restassent point, lui sans héritier, eux sans seigneur ; s'offrant de lui en trouver une de telle valeur, et née de père et de mère tels, qu'il pourrait fonder bonne espérance sur elle, et en être très satisfait. A quoi Gaultier répondit : « — Mes amis, vous « me contraignez à ce que j'étais entièrement résolu de ne « faire jamais, considérant comme c'est chose difficile de « trouver compagne qui aille à ses habitudes ; comme, au « contraire, est grande la foule des autres, et combien dure « est la vie pour celui qui tombe sur une femme qui ne lui « convient pas. Quant à dire que vous croyez, d'après le « caractère des pères et des mères, connaître les filles, d'où « vous puissiez répondre de m'en donner une qui me satis-

« fasse, c'est une sottise. Encore que je ne sache pas où
« vous auriez pu connaître les pères, ni comment vous
« pourriez savoir le secret des mères, quand bien même vous
« les connaîtriez, les filles sont le plus souvent dissem-
« blables aux parents. Cependant, puisqu'il vous plaît de me
« lier de ces chaînes, moi aussi j'y veux consentir. Et pour
« que je n'aie à me plaindre de personne autre que de moi,
« si la chose tourne à mal, je veux trouver moi-même ; vous
« affirmant que, quelle que soit celle que je choisisse, si par
« vous elle n'est pas honorée comme Dame, vous verrez, à
« votre grand détriment, ce qu'il vous en coûtera de m'avoir
« contraint, par vos prières, à prendre femme malgré mon
« désir. — » Les braves vassaux répondirent qu'ils étaient
contents rien que de le voir consentir à se marier.

« Depuis quelque temps, Gaultier avait été charmé des
manières d'une pauvre jeune fille qui était d'un village voisin de son château, et comme elle lui avait paru très belle,
il pensa qu'avec elle il pourrait mener une vie très paisible.
Pour quoi, sans plus chercher, il résolut de l'épouser. Ayant
fait appeler le père qui était très pauvre, il convint avec lui
de la prendre pour femme. Cela fait, Gaultier assembla
tous ses amis de la contrée, et leur dit : « — Mes amis, il
« vous a plu, il vous plaît que je cherche à me marier, et
« je m'y suis prêté plus pour vous complaire que par désir
« de ma part d'avoir femme. Vous savez ce que vous m'avez
« promis, c'est-à-dire d'être satisfaits de celle que j'aurai
« choisie et, quelle qu'elle soit, de l'honorer comme votre
« Dame. Le moment est venu de tenir la promesse que je
« vous ai faite, et je veux que vous teniez la vôtre. J'ai
« trouvé tout près d'ici une jeune fille selon mon cœur ;
« j'entends la prendre pour femme et la mener, d'ici à peu
« de jours, en ma demeure. Donc, songez à ce que la fête

« des noces soit belle, et à la recevoir avec honneur, afin que
« je puisse me déclarer satisfait de l'exécution de votre pro-
« messe, comme vous pourrez vous déclarer satisfaits de l'exé-
« cution de la mienne. — » Les bons vassaux, tout joyeux,
répondirent que cela leur plaisait et, — qu'elle fût qui il voudrait, — qu'ils l'accepteraient pour Maîtresse et l'honoreraient
en tout comme leur Dame. Après cela, tous se préparèrent à
grande et joyeuse fête, et, de son côté, Gaultier en fit autant.
Il fit apprêter des noces grandioses et magnifiques et invita une
foule d'amis, de parents et de gentilshommes des environs.
En outre, il fit tailler et confectionner en grand nombre de
riches et belles robes, sur la mesure d'une jeune fille qui
lui parut de même taille que celle qu'il se proposait d'épouser. Il fit également préparer des ceintures, des anneaux,
une riche et belle couronne et tout ce qui est d'usage pour
une nouvelle épousée.

« Le jour qu'il avait fixé pour les noces étant arrivé,
Gaultier, vers la troisième heure, monta à cheval ainsi que
tous ceux qui étaient venus pour lui faire honneur. Ayant
ainsi tout disposé, il dit : « — Seigneurs, il est temps d'al-
« ler chercher la nouvelle épousée. — » Et s'étant mis en
route, lui et toute sa suite, ils parvinrent au village. Arrivés devant la maison du père de la jeune fille, ils trouvèrent
celle-ci portant de l'eau, qui revenait en grande hâte de la
fontaine, afin d'aller avec les autres femmes, voir venir
l'épousée de Gaultier. Comme Gaultier la vit, il l'appela
par son nom, c'est-à-dire Griselda, et lui demanda où était
son père. A quoi, rougissant, elle répondit : « — Mon sei-
« gneur, il est à la maison. — » Alors, Gaultier descendit
de cheval, et ayant ordonné à tous ses gens de l'attendre, il
entra seul dans la pauvre maison où il trouva le père qui avait
nom Jeannot, et lui dit : « — Je suis venu pour épouser la

« Griselda ; mais auparavant, je veux savoir quelque chose
« d'elle, en ta présence. — » Et il lui demanda si, l'ayant
prise pour femme, elle s'efforcerait toujours de lui complaire, sans se troubler en rien de ce qu'il dirait ou ferait ;
si elle serait obéissante, et beaucoup d'autres choses semblables, à toutes lesquelles elle répondit oui. Alors Gaultier,
la prenant par la main, la mena au dehors et, en présence
de toute sa suite, et des autres assistants, il la fit mettre
nue. Ayant fait ensuite apporter les vêtements qu'il avait fait
faire, il l'en fit revêtir, chausser, et sur ses cheveux épars
comme ils étaient, il fit poser une couronne. Après quoi,
chacun s'étonnant de tout cela, il dit : « — Seigneurs, voilà
« celle que j'entends prendre pour ma femme, du moment
« qu'elle me veut pour mari. — » Puis, s'étant tourné
vers elle qui se tenait rougissante et troublée, il lui dit :
« — Griselda, me veux-tu pour ton mari ! — » A quoi,
elle répondit : « — Mon seigneur, oui. — » Et il dit :
« — Et moi, je te veux pour ma femme. — » Et, en présence de tous, il l'épousa. L'ayant fait monter sur un palefroi, il l'accompagna respectueusement à son château où il
la conduisit. Là, les noces furent belles et grandes, et la
fête ne fut pas autre que s'il avait pris la fille du roi de
France.

« Il sembla qu'en changeant de vêtement, la jeune épouse
eût changé d'esprit et de manières. Elle était, comme nous
avons déjà dit, belle de corps et de visage, et elle devint
aussi avenante qu'elle était belle, et si aimable, de façons si
accortes, qu'elle semblait être non la fille de Jeannot, une
ancienne gardeuse de moutons, mais la fille de quelque noble seigneur ; en quoi elle faisait l'étonnement de tous ceux
qui l'avaient primitivement connue. En outre, elle était si
obéissante à son mari, si empressée à le servir, qu'il se te-

nait pour l'homme le plus heureux et le mieux payé du monde. Semblablement, elle était si gracieuse, si affable envers les sujets de son mari, qu'il n'y en avait pas un qui ne l'honorât comme digne du rang qu'elle occupait. Tous priaient pour son bonheur, pour sa santé, pour sa prospérité, disant — de même qu'ils avaient dit que Gaultier avait agi en homme peu sage en la prenant pour femme — qu'il était le plus sage et le plus avisé des hommes, puisque nul autre que lui n'avait jamais su reconnaître la haute valeur qu'elle cachait sous ses pauvres habits de paysanne. En peu de temps, elle sut faire de telle sorte, que non-seulement dans son marquisat, mais partout, on parlait de sa vertu, de ses bonnes œuvres, et qu'elle changea en éloge le blâme qu'on avait pu jeter sur son mari à son sujet, quand il l'avait épousée.

« Elle ne fut pas longtemps avec Gaultier sans devenir grosse et, en temps voulu, elle accoucha d'une fille ; de quoi Gaultier fit grande fête. Mais peu après, une nouvelle pensée étant entrée en son esprit, il voulut éprouver par une longue épreuve et des traitements intolérables, la patience de sa femme. Il commença par la brutaliser en paroles, lui montrant un visage troublé et lui disant que ses vassaux étaient mécontents d'elle à cause de sa basse condition, et surtout parce qu'ils voyaient qu'elle lui donnait des enfants ; et qu'ils étaient tellement tristes de la naissance de sa fille, qu'ils ne cessaient de murmurer. La dame, entendant ces paroles, sans changer de visage, de langage et de contenance, dit : — Mon seigneur, fais de moi ce que tu croiras « le plus utile à ton honneur et à ta tranquillité. Je serai « contente de tout, car je reconnais que je suis moins « qu'eux et que je n'étais pas digne de l'honneur auquel, « par ta courtoisie, tu m'as appelée. — » Cette réponse

fut très agréable à Gaultier, qui reconnut que les hommages
que lui et les autres lui avaient rendus ne l'avaient nullement enorgueillie. Peu de temps après, ayant dit en
termes vagues à sa femme que ses sujets ne pouvaient souffrir la fille née d'elle, il donna ses instructions à un de ses
familiers et l'envoya à Griselda. Celui-ci, avec un visage
tout dolent, lui dit : « — Madame, si je ne veux mourir, il
« me faut faire ce que mon seigneur me commande. Il m'a
« ordonné de prendre votre fille et de... — » Il n'en dit pas
davantage. La dame, à ces mots, considérant le visage du
familier, et se souvenant des paroles de son mari, comprit
qu'il lui avait ordonné de tuer sa fille. Pour quoi, l'ayant
vivement ôtée de son berceau, l'ayant baisée et bénie, bien
qu'elle ressentît un grand désespoir en son cœur, sans
changer de visage, elle la mit dans les bras du familier et
lui dit : « — Fais de tout point ce que ton seigneur et le
« mien t'a commandé, mais ne l'abandonne pas en pâture
« aux bêtes et aux oiseaux, à moins qu'il ne te l'ait aussi
« ordonné. — » Le familier prit l'enfant et rapporta à
Gaultier ce que lui avait dit la dame. Gaultier, s'étonnant
d'une telle fermeté, envoya le familier à Bologne avec l'enfant
chez une de ses parentes, en la priant de l'élever avec soin,
sans jamais lui dire de qui elle était fille.

« Il arriva par la suite que la dame devint grosse de nouveau et, à époque dite, accoucha d'un enfant mâle, lequel
fut très cher à Gaultier. Mais ce qu'il avait fait ne lui suffi-
sant pas, il traita la dame plus brutalement encore et, avec
un visage troublé, lui dit un jour : « — Femme, depuis que
« tu as fait cet enfant mâle, je n'ai pu vivre en aucune façon
« avec les miens, si durement ils me reprochent qu'un petit-
« fils de Jeannot doive, après moi, devenir leur seigneur ;
« sur quoi je crains, si je ne veux être chassé, qu'il ne me

« faille faire une seconde fois ce que j'ai déjà fait, et te laisser
« pour prendre une autre femme. — » La dame l'écouta
d'une âme patiente, et ne répondit pas autre chose, sinon :
« — Mon seigneur, pense à te contenter et à faire selon ton
« plaisir, et ne te préoccupe nullement de moi, parce que
« nulle chose ne m'est chère, qu'autant que je vois qu'elle
« te plaît. — » Peu de jours après, Gaultier, de la même
façon qu'il avait agi pour sa fille, procéda pour son fils, et
feignant aussi de l'avoir fait tuer, il l'envoya à Bologne pour
l'élever, comme il avait envoyé la jeune fille. A cela, la dame
ne fit pas un autre visage, ni une autre réponse que pour sa
fille. De quoi Gaultier s'étonna fort et, à part lui, affirmait
que nulle autre femme n'aurait pu en faire autant. Et s'il
ne l'eût vue, pendant que cela lui plaisait, très affectionnée
pour ses enfants, il aurait cru qu'elle agissait ainsi par in-
différence, tandis qu'il reconnut que c'était par sagesse. Ses
sujets, croyant qu'il avait fait tuer ses enfants, le blâmaient
fort et le tenaient pour un homme cruel, et avaient grande
compassion de sa femme. Celle-ci, aux dames qui lui adres-
saient leurs condoléances sur ses enfants morts ainsi, ne
dit jamais autre chose sinon que rien ne lui plaisait à elle
que ce qui plaisait à celui qui les avait engendrés.

« Mais plusieurs années s'étant écoulées depuis la naissance de sa fille, il parut temps à Gaultier de faire la suprême
épreuve de ce que sa femme pouvait supporter. Il dit à plusieurs des siens qu'en aucune façon il ne pouvait plus souffrir
d'avoir Griselda pour femme, et qu'il reconnaissait avoir agi
mal et en jeune homme lorsqu'il l'avait prise. Pour quoi, il
voulait s'adresser au pape, afin qu'il lui permît de prendre
une autre femme et de laisser Griselda ; ce dont il fut vivement blâmé par la plupart de ses bons vassaux. Mais il ne
leur répondit rien, si ce n'est que cela lui convenait ainsi.

La dame, apprenant ces choses, et prévoyant qu'elle devait
s'attendre à retourner à la maison de son père, peut-être à
garder les moutons comme autrefois, et à voir une autre
femme posséder celui auquel elle s'était entièrement dévouée,
se lamentait grandement en elle-même. Toutefois, de même
qu'elle avait soutenu les autres coups de la fortune, elle se
préparait à recevoir d'un visage aussi ferme ce qu'elle devrait
encore supporter. Quelque temps après, Gaultier fit venir de
Rome des lettres fausses, et fit voir à ses sujets que le pape,
par ces lettres, l'avait autorisé à prendre une autre femme et
à laisser Griselda. Pour quoi, l'ayant fait venir en présence
de tous il lui dit : « — Femme, grâce à la faveur qui m'est
« concédée par le pape, je puis prendre une autre femme et
« te laisser; et pour ce que mes ancêtres ont été grands gentils-
« hommes et seigneurs de ces contrées, où les tiens ont tou-
« jours été simples artisans, j'entends que tu ne sois plus
« ma femme, mais que tu t'en retournes à la maison de
« Jeannot, avec la dot que tu m'as apportée. Pour moi, je
« mènerai ensuite ici une autre épouse que j'ai trouvée et
« qui me convient. — » La dame entendit ces paroles non
sans une peine extrême ; mais domptant sa nature de femme,
elle retint ses larmes et répondit : « — Mon seigneur, j'ai
« toujours reconnu que ma basse condition ne convenait
« nullement à votre noblesse, et ce que j'ai été près de vous,
« de vous et de Dieu je reconnais le tenir, et je ne l'ai jamais
« considéré comme mon bien propre, mais toujours comme
« un prêt. Il vous plaît de me le reprendre, et à moi il doit
« me plaire, il me plaît de vous le rendre, voici votre anneau
« avec lequel vous m'épousâtes ; prenez-le. Vous m'ordonnez
« d'emporter la dot que je vous ai apportée ; pour ce faire,
« il ne sera pas besoin à vous de rien payer à moi de bourse
« ni de bête de somme, car il ne m'est point sorti de la mé-

« moire que vous m'avez prise nue. Et si vous jugez honnête
« que ce corps, dans lequel j'ai porté les enfants engendrés
« de vous, soit vu de tous, je m'en irai nue. Mais, je vous
« prie, en échange de ma virginité que j'ai apportée ici et
« que je ne puis remporter, qu'il vous plaise me laisser
« prendre sur ma dot une seule chemise. — » Gaultier qui
avait meilleure envie de pleurer que d'autre chose, garda cependant un visage dur et dit : « — Soit ; emporte une che-
« mise. — Tous ceux qui l'entouraient le priaient de lui
donner une robe, afin qu'on ne vît pas celle qui, pendant
treize ans et plus, avait été sa femme, quitter son château si
pauvre et si honteusement vêtue qu'elle dût en sortir en
chemise. Mais les prières furent vaines. Donc, la dame, en
chemise et pieds nus, et sans rien sur la tête, ayant recommandé tout le monde à Dieu, sortit du château et s'en retourna chez son père, faisant verser des larmes et pousser
des sanglots à tous ceux qui la virent. Jeannot, qui n'avait
jamais pu croire que tout ce qui était arrivé fût vrai, c'est-
à-dire que Gaultier dût garder sa fille comme femme, s'attendait chaque jour à cet événement et avait conservé les
vêtements qu'elle avait dépouillés le matin où Gaultier l'é-
pousa. Pour quoi, elle les reprit, s'en revêtit, et se remit
aux modestes travaux de la maison paternelle, ainsi qu'elle
avait coutume de le faire jadis, soutenant d'une âme forte le
rude assaut de la fortune ennemie.

« Quand Gaultier eut fait cela, il fit savoir aux siens qu'il
avait pris une jeune fille d'un des comtes de Panago, et, faisant faire de grands apprêts pour les noces, il envoya dire à
Griselda de venir le trouver. Celle-ci venue, il lui dit : « — Je
« mène chez moi la dame que j'ai nouvellement prise, et
« j'entends lui faire honneur dès son arrivée. Tu sais que
« je n'ai pas dans le château de femmes qui sachent prépa-

« rer les chambres, ni faire les nombreuses choses qui ont
« lieu en cette circonstance. Pour quoi, toi qui, mieux qu'une
« autre, connais les êtres de la maison, ordonne ce qu'il faut
« faire ; fais inviter les dames qu'il te semblera convenable
« et reçois-les comme si tu étais dame ici. Puis, les noces
« faites, tu pourras t'en retourner chez toi. — » Bien que
chacune de ces paroles fût coup de couteau au cœur de Griselda qui n'avait pu dépouiller l'amour qu'elle lui portait
aussi facilement qu'elle avait renoncé à la bonne fortune, elle
répondit : « — Mon seigneur, je suis prête et toute dispo-
« sée. — » Et étant entrée avec ses habits de gros drap de
Romagne dans cette demeure dont, peu auparavant, elle était
sortie en chemise, elle commença à nettoyer les chambres et
à les arranger, à faire placer les tentures et les tapis dans les
salles, à faire apprêter la cuisine. Comme si elle avait été une
humble servante de la maison, elle mit la main à chaque
chose, et ne se reposa que lorsqu'elle eut tout préparé et ordonné comme il convenait. Puis elle fit, de la part de Gaultier, inviter toutes les dames de la contrée et attendit la fête.

« Le jour des noces venu, bien qu'elle n'eût sur elle que ses
pauvres habits, elle reçut courageusement, d'un visage joyeux
et avec les manières d'une maîtresse de maison, toutes les
dames qui vinrent. Gaultier avait fait élever avec soin ses
enfants à Bologne chez sa parente qui était mariée dans la
famille des comtes de Panago. Sa fille, âgée déjà de douze
ans, était la plus belle créature qui se fût jamais vue, et son
fils avait six ans. Gaultier envoya à Bologne prier son parent
de venir à Saluces avec sa fille et son fils, lui recommandant
de mener avec lui belle et honorable compagnie, et de dire à
tous qu'il conduisait la jeune fille pour être sa femme, sans
révéler à personne qui elle était. Le gentilhomme, ayant
fait comme le marquis l'en priait, se mit en chemin et, quel-

ques jours après, avec la jeune fille, son frère et noble compagnie, il arriva sur l'heure du dîner à Saluces, où il trouva
tous les paysans et beaucoup de gens des environs, qui attendaient la nouvelle épousée de Gaultier. Celle-ci fut reçue par
les dames et conduite dans la salle où les tables étaient mises.
Griselda y vint aussi, comme elle était, et se porta d'un air
joyeux à sa rencontre, disant : « — Ma dame soit la bien
« venue ! — » Les dames qui avaient beaucoup, mais en
vain, prié Gaultier de faire que la Griselda se tînt dans une
chambre, ou qu'il lui prêtât du moins une des robes qui lui
avaient appartenu, afin qu'elle ne se montrât point ainsi devant ses hôtes étrangers, se mirent à table, et on commença
à les servir. La jeune fille attirait les regards de tous les
convives et chacun disait que Gaultier avait fait bon échange.
Mais, de tous les assistants, c'était Griselda qui la louait le
plus, elle et son frère.

« Gaultier estima alors avoir obtenu tout autant qu'il désirait de la patience de sa femme. Voyant que la nouveauté de
toutes ces choses ne la changeait en rien, et étant certain
qu'elle n'agissait point par bêtise, car il la connaissait pour
très sensée, il lui parut temps de la tirer de l'amertume qu'il
savait bien qu'elle cachait sous un visage fort. Pour quoi,
l'ayant fait venir en présence de tous ses vassaux, il lui dit
en souriant : « — Que te semble de notre épousée ? — »
« — Mon seigneur — répondit Griselda — elle me paraît très
« bien, et si elle est aussi sage que belle, ce que je crois, je
« ne doute pas que vous ne deviez être avec elle le plus heu-
« reux seigneur du monde. Mais autant que je puis, je vous
« prie de ne pas la soumettre aux épreuves que vous avez
« fait subir à cette autre qui fut vôtre aussi, car je crois
« qu'elle pourrait difficilement les supporter. Non-seulement
« elle est plus jeune, mais elle a été élevée délicatement

« alors que l'autre avait été, toute petite, habituée à une
« peine continuelle. — » Gaultier voyant qu'elle croyait
fermement que la jeune fille devait être sa femme et que,
malgré cela, elle n'en parlait pas moins bien, la fit asseoir à
côté de lui et dit : « — Griselda, il est temps désormais
« que tu recueilles le fruit de ta longue patience, et que
« ceux-ci, qui m'ont réputé cruel, inique et brutal, sachent
« que ce que j'ai fait était dans un but prévu. J'ai voulu ap-
« prendre : à toi, à être une véritable épouse ; à eux, à savoir
« choisir la leur et à la conserver, et, en même temps, me
« conquérir une perpétuelle tranquillité pour tout le temps
« que j'ai à vivre avec toi, ce que, lorsque j'en suis venu à
« prendre femme, j'avais grand'peur de n'obtenir jamais.
« Pour quoi, afin d'en faire l'épreuve, je t'ai brutalisée et
« persécutée en diverses façons que tu sais. Et comme je ne
« me suis jamais aperçu qu'en paroles ou en fait, tu te sois
« opposée à mon bon plaisir, et que j'ai eu de toi les satis-
« factions que je désirais, j'entends te rendre en une heure
« ce que je t'ai enlevé en plusieurs fois, et récompenser par
« une douceur extrême les tourments que je t'ai causés.
« Accueille donc d'un cœur joyeux celle que tu crois être
« mon épouse et son frère, qui sont tes enfants et les miens.
« Ce sont ceux que toi et beaucoup d'autres avez cru long-
« temps que j'avais fait tuer par cruauté. Et moi, je
« suis ton mari qui t'aime par-dessus tout, car je crois
« pouvoir me vanter qu'il n'en est pas un autre qui puisse,
« comme moi, être satisfait de sa femme. — » Ayant dit
ainsi, il la prit dans ses bras et la baisa ; et comme elle pleurait d'alégresse, il se leva avec elle, et ils allèrent à la place
où leur fille était assise et, toute stupéfaite, entendait toutes
ces choses. Griselda l'ayant embrassée tendrement, ainsi que
son frère, elle, et tous ceux qui étaient là, furent enfin désa-

busés. Les dames très joyeuses, se levèrent de table et se retirèrent avec Griselda dans une chambre où, sous de meilleurs présages, elles lui enlevèrent ses vêtements grossiers
et la revêtirent d'une de ses robes de dame noble. Puis,
comme Dame, ce qu'elle paraissait même sous ses haillons,
elles la ramenèrent dans la salle. Là, elle fit avec ses enfants
une merveilleuse fête, et chacun étant très heureux de ce dénouement, on multiplia les jeux et les amusements ; et on
les continua pendant plusieurs jours. Tous réputèrent Gaultier comme fort sensé, bien qu'ils tinssent pour trop cruelles
et intolérables les épreuves faites par lui sur sa femme. Mais,
par-dessus tout, ils considérèrent Griselda comme très sage.
Le comte de Panago, quelques jours après, s'en retourna à
Bologne, et Gaultier, ayant enlevé Jeannot à ses travaux, le
traita comme son beau-père, de sorte qu'il vécut honoré et
fort heureux tout le reste de sa vieillesse. Gaultier ayant par
la suite marié sa fille en haut lieu, vécut longtemps tranquille avec Griselda, l'honorant le plus qu'il pouvait.

« Que pourrait-on dire ici, sinon que dans les pauvres
chaumières pleuvent du ciel de divins esprits ; comme aussi
dans les demeures royales on en trouve qui seraient plus
dignes de garder les porcs que de posséder droits de seigneurie sur les hommes ? Qui, excepté Griselda, aurait pu
supporter, d'un visage non-seulement sec, mais joyeux, les
épreuves rigoureuses et inouïes tentées par Gaultier ? Quant
à celui-ci, ce n'aurait peut-être pas été un mal, s'il était
tombé sur une femme qui, lorsqu'il l'eut chassée en chemise
hors de son château, se fût avisée de se faire secouer la
pelisse par un autre, afin de se procurer une belle robe. — »

La nouvelle de Dioneo était finie, et les dames qui diffé-
raient complètement d'avis, celle-ci blâmant une chose,
celle-là louant une autre, en avaient fait l'objet d'un assez

long entretien, quand le roi leva les yeux vers le ciel. Voyant
que le soleil était déjà bas, à l'heure de vesprée, il commença, sans quitter son siège, à parler ainsi : « — Gracieuses
dames, vous n'ignorez pas, je crois, que l'intelligence des
mortels ne consiste pas seulement à se rappeler les choses
passées, ou à connaître les choses présentes, mais à savoir,
au moyen des unes et des autres, prévoir les choses futures ; c'est là ce qui fait la grande réputation des hommes
illustres. Comme vous le savez, il y aura demain quinze
jours que nous sommes sortis de Florence pour prendre
quelque divertissement, et cela dans le but de conserver
la santé et la vie, jusqu'à ce qu'aient disparu les tristesses,
les douleurs et les angoisses qui, depuis le commencement
de ce temps de pestilence, n'ont pas discontinué dans notre
cité. En quoi, selon mon jugement, nous avons honnêtement fait. Car, si j'ai bien su voir, quoiqu'il se soit dit
ici des nouvelles joyeuses et pouvant peut-être pousser à
la concupiscence ; quoique l'on ait continuellement bien
mangé et bien bu, et sonné du luth, et chanté, toutes
choses propres à exciter les esprits faibles à des jeux moins
honnêtes, aucun acte, aucune parole, rien enfin de votre
part ou de la nôtre n'a été, à ma connaissance, sujet à
blâme. Une perpétuelle honnêteté, une perpétuelle con-
corde, une perpétuelle familiarité fraternelle, m'ont toujours paru régner entre nous. Cela, sans contredit, vous a
fait honneur et vous a servi, et j'en suis très heureux.
Mais pour que, d'une trop longue habitude, il ne puisse
naître quelque chose qui se change en lassitude, et afin
qu'un trop long séjour de notre part ne puisse devenir
prétexte à querelle, chacun de nous du reste ayant eu sa
journée et sa part d'honneur, lequel réside pour le moment
en moi, je pense, si toutefois cela vous est agréable, qu'il

convient désormais de retourner d'où nous venons. Sinon,
et si vous y réfléchissez bien, notre société, déjà connue
de plusieurs autres des environs, pourrait s'augmenter de
façon que tout notre plaisir nous fût enlevé. Pour quoi,
si vous approuvez mon conseil, je conserverai la couronne
que vous m'avez donnée, jusqu'à notre départ que je fixe
à demain matin. Si vous en décidez autrement, je suis
prêt à choisir celui que je dois couronner pour le jour
suivant. — »

La discussion fut longue entre les dames et les trois jeunes
gens ; mais, finalement, ils trouvèrent le conseil du roi
bon et honnête, et décidèrent de faire ainsi qu'il avait proposé. En conséquence, le roi, ayant fait appeler le sénéchal,
s'entendit avec lui sur ce qu'il aurait à faire le lendemain
matin. Puis, ayant licencié la compagnie jusqu'à l'heure du
souper, il se leva de son siège. Les dames et les autres
s'étant aussi levés, se livrèrent, comme d'habitude, qui à un
divertissement, qui à un autre, et, l'heure du souper venue,
ils s'y rendirent avec un plaisir extrême. Après le souper,
ils se mirent à chanter, à sonner du luth et à danser. La
Lauretta menant la danse, le roi ordonna à la Fiammetta
de dire une chanson. Celle-ci, très complaisamment, commença à chanter ainsi :

Si l'Amour venait sans jalousie,
    Je ne sais pas s'il y aurait au monde
    Femme plus heureuse que moi.

Si gentille jeunesse,
    En un bel amant doit contenter une femme,
    Ou bien prix de vertu
    Ardeur ou vaillance,
    Esprit, belles manières ou beau langage,

Ou beauté accomplie,
Je suis celle-là, car, pour mon salut,
Etant amoureuse,
Je vois toutes ces qualités en celui qui est mon espoir.

Mais pour ce que je m'aperçois
Que les autres dames sont aussi avisées que moi,
Je tremble de peur,
Et, craignant chose pire,
Je vois qu'existe chez les autres ce même désir
Qui me ronge l'âme;
De sorte que ce qui m'est une suprême aventure
Me rend inconsolable,
Me fait soupirer fort et vivre d'une misérable vie.

Si j'avais autant confiance
En mon seigneur, que je sens son mérite,
Je ne serais pas jalouse;
Mais on en voit tant
Qui manquent à la foi jurée,
Que je les tiens tous pour coupables.
Cela m'afflige et volontiers j'en mourrais.
A chaque femme qu'il regarde,
J'ai soupçon, et je crains qu'il ne m'échappe.

Par Dieu donc, que chaque dame
Soit prévenue de ne pas s'aviser
De me faire outrage en cela;
Car, s'il s'en trouvait une
Qui, par paroles, par signes ou par caresses,
Chercherait à me faire en cela dommage
Ou me le ferait, et si je venais à le savoir,
Que je sois défigurée
Si je ne lui ferais pas pleurer amèrement une telle folie.

Comme la Fiammetta eut fini sa chanson, Dioneo, qui était à côté d'elle, dit en riant : « — Madame, ce sera grande courtoisie à vous de faire connaître votre amant à toutes,

afin que, par ignorance, on ne vous en enlève point la possession, ce dont vous pourriez vous fâcher. — » Après cette
chanson, ils en chantèrent plusieurs autres. La nuit était
déjà près de moitié achevée, lorsque, selon qu'il plut au roi,
tous allèrent se reposer. Dès que le jour suivant apparut,
s'étant levés, et le sénéchal ayant déjà fait partir leurs bagages, ils s'en retournèrent vers Florence, sur les pas de leur
roi avisé. Les trois jeunes gens ayant laissé les sept dames
dans Santa Maria Novella, d'où ils étaient partis avec elles,
ils en prirent congé, et s'en allèrent à leurs autres plaisirs.
Quant à elles, lorsqu'il leur en parut temps, elles s'en retournèrent à leurs demeures.

CONCLUSION DE L'AUTEUR

———

Très nobles jeunes dames, pour la consolation desquelles
je me suis mis à un si long travail, je crois, avec l'aide de la
grâce divine — obtenue, à mon avis, par vos pieuses prières
et non par mes propres mérites — avoir entièrement accompli
ce que, dès le commencement du présent ouvrage, j'avais
promis de faire; pour quoi, après en avoir rendu grâce à
Dieu d'abord, puis à vous, il est temps d'accorder du repos
à ma plume et à ma main fatiguée. Mais avant que je le leur
accorde, j'entends répondre brièvement à quelques petites
objections que peut-être certaines d'entre vous, voire d'autres, mues par des motifs secrets, pourraient faire, bien qu'il
me semble que ces nouvelles ne doivent point avoir un privilège plus spécial que les autres, et que je me souvienne
même avoir montré, au commencement de la quatrième
journée, qu'elles ne l'ont pas.

D'aventure, quelques-unes d'entre vous diront qu'en écri-
vant ces nouvelles j'ai usé d'une trop grande licence, comme,
par exemple, en faisant parfois dire aux dames, et plus sou-

vent en leur faisant écouter des choses qu'il ne convient pas
à d'honnêtes dames d'écouter ni de dire. Cela, je le nie, pour
ce qu'il n'est chose si déshonnête dont chacun ne puisse
deviser, si elle est dite en termes honnêtes, ce qu'il me
semble avoir fait ici fort convenablement. Mais supposons
qu'il en soit ainsi — je n'entends pas discuter le cas avec
vous, car vous me battriez — je dis que, pour expliquer
pourquoi j'ai fait de la sorte, les raisons m'arrivent promptement. Premièrement, s'il se trouve dans quelques-unes de
ces nouvelles un peu trop de licence, la nature même des
nouvelles l'a voulu, et toute personne compétente qui voudra
bien les examiner d'un œil impartial, reconnaîtra certainement qu'à moins de vouloir en altérer la forme, je ne pouvais
les raconter autrement. Et s'il s'agit par hasard de quelques
passages, de quelques mots plus libres qu'il ne convient aux
femmes dévotes, lesquelles pèsent plus les paroles que les
actes et s'ingénient plus à paraître bonnes qu'à l'être vraiment, je dis qu'on ne doit pas plus me dénier le droit de les
avoir écrits, qu'on ne refuse généralement aux hommes et aux
femmes de dire chaque jour : *trou, cheville, mortier, pilon,
saucisse, mortadelle*, et tout plein de choses semblables.
Sans compter qu'il ne doit pas être moins concédé de liberté
à ma plume qu'au pinceau du peintre qui, sans qu'on puisse
le lui reprocher, au moins justement — laissant de côté qu'il
fasse frapper par saint Michel le serpent avec l'épée ou la
lance, et par saint Georges le dragon, où il lui plaît — fait
le Christ mâle et Ève femelle, et cloue sur la croix, tantôt
avec un clou, tantôt avec deux, les pieds de Celui qui voulut
y mourir pour le salut de la race humaine. Puis, on peut
très bien voir que ces nouvelles n'ont pas été dites dans l'église,
dont les choses doivent être traitées avec des pensées et des
paroles très pures, bien que, dans les histoires de l'Église, il

s'en trouve d'autrement faites que celles que j'ai écrites. Elles
n'ont pas été dites non plus dans les écoles de philosophie, où
l'honnêteté est non moins exigée qu'ailleurs, ni nulle part entre
gens d'église ou philosophes, mais dans des jardins, en guise
de distraction, entre personnes jeunes, bien que déjà mûres
et difficiles sur le choix des nouvelles, dans un temps où il
était permis aux plus honnêtes d'aller les brayes sur la tête
pour sauver leur vie.

Ces nouvelles, telles qu'elles sont, peuvent nuire et porter
profit, comme toute autre chose, suivant celui qui les entend. Qui ne sait que le vin est chose excellente pour tous
les vivants, à ce que disent Cinciglione, Scolajo et beaucoup
d'autres, et qu'il est nuisible à celui qui a la fièvre? Dirons-
nous, parce qu'il nuit aux fiévreux, qu'il est chose mauvaise?
Qui ne sait que le feu est très utile, voire nécessaire aux
hommes? Dirons-nous, parce qu'il brûle les maisons, les
châteaux et les cités, qu'il est mauvais? Pareillement, les armes assurent le salut de ceux qui désirent vivre en paix,
mais elles tuent souvent, non parce qu'elles sont chose mauvaise, mais à cause de la perversité de ceux qui s'en servent
méchamment. Jamais esprit corrompu n'entendit sainement
une parole quelconque; et de même qu'aux esprits viciés les
paroles honnêtes ne servent à rien, ainsi celles qui ne sont
point honnêtes ne peuvent contaminer les esprits dispos, pas
plus que la fange ne peut souiller les rayons solaires, ou que
les ordures du sol ne peuvent altérer les beautés du ciel.
Quels livres, quelles paroles, quelles lettres sont plus saints,
plus dignes, plus vénérables que ceux de la Sainte-Ecriture?
Et pourtant, ils ont été nombreux ceux qui, entendant ces
écrits, ces paroles et ces lettres d'une façon mauvaise, se sont
perdus et ont entraîné autrui dans leur perdition. Chaque
chose, en soi-même, est bonne à quelque chose, et, si elle

est mal employée, peut être nuisible en nombre de cas; c'est ce que je dis de mes nouvelles. Qui voudra tirer d'elles mauvais conseil ou œuvre mauvaise, elles ne l'empêcheront nullement de le faire si, par aventure il a cela en lui, et si elles sont tordues et tirées dans ce sens. Mais qui voudra en avoir utilité et profit, elles ne le lui refuseront pas, et elles ne seront jamais réputées et tenues que pour utiles et honnêtes, si elles sont lues en leur temps et par les personnes pour lesquelles elles ont été racontées. Quant à ceux qui ont à dire leurs patenôtres ou à faire la tourte et la courbette devant leur curé, qu'ils laissent mes nouvelles; elles ne courront après personne pour se faire lire. D'ailleurs, les bigotes disent et font bien d'autres choses par moments!

Il y en aura aussi qui diront, qu'il aurait été meilleur que quelques-unes de ces nouvelles n'existassent point. Je le leur accorde; mais moi, je ne pouvais ni ne devais écrire que celles qui ont été racontées; par conséquent les dames qui les ont dites auraient dû les dire belles, et alors je les aurais écrites belles. Mais si l'on voulait prétendre que j'en ai été l'inventeur et l'auteur — ce qui n'est pas — je dis que je n'en rougirais pas s'il en était ainsi, pour ce qu'il ne s'est jamais trouvé ouvrier, en dehors de Dieu, qui ait fait bien et complètement tout ce qu'il a fait. Charlemagne, lui-même, qui le premier fit les Paladins, n'en sut point assez créer pour pouvoir en former une armée. Il faut, dans la multitude des choses, trouver diverses qualités de choses. Il n'y eut jamais de champ si bien cultivé que les orties, les chardons, ou quelques ronces ne s'y trouvent mêlés aux bonnes herbes. Sans compter que, pour parler aux simples jouvencelles comme le sont la plupart d'entre vous, ç'aurait été une sottise que d'aller chercher et de se fatiguer à trouver des choses trop relevées, et que de mettre son soin à parler sur un ton démesuré. Cependant, que ceux qui se hasarderont à lire ces nouvelles, laissent de côté celles qui ennuient et lisent celles qui amusent. Afin de ne tromper personne, elles portent toutes, marqué au front, ce qu'elles tiennent caché en leur sein.

Je crois qu'il y en aura encore qui diront que quelques-unes de ces nouvelles sont trop longues. A celles-là, je dirais également que quiconque a autre chose à faire, ferait une folie de les lire même si elles étaient toutes courtes. Et bien qu'il se soit passé beaucoup de temps depuis que j'ai commencé à écrire, jusqu'à l'heure présente où j'arrive à la fin de mon travail, il ne m'est pourtant pas sorti de la mémoire que j'ai offert mon labeur aux gens de loisir et non aux autres. Pour qui lit par passe-temps, aucune lecture n'est longue, si elle donne le résultat que cherche le lecteur. Les choses brèves conviennent beaucoup mieux aux étudiants, lesquels travaillent non pour passer le temps mais pour l'employer utilement, qu'à vous, mesdames, pour lesquelles tout le temps que vous ne dépensez pas à vos amoureux plaisirs est du temps perdu. En outre, comme aucune de vous ne va étudier ni à Athènes, ni à Bologne, ni à Paris, il faut qu'on vous parle plus longuement qu'à ceux qui ont aiguisé leur esprit dans l'étude.

Je ne mets point en doute aussi qu'il n'y en ait qui diront que ces récits sont trop remplis de bons mots et de plaisanteries, et qu'il n'était pas convenable à un homme de poids et sérieux d'écrire de cette façon. A celles-là, je suis tenu de rendre grâces et je les leur rends, pour ce que, mues par un zèle louable, elles sont soucieuses de ma renommée. Mais voici ce que je veux répondre à leur objection : je confesse être un homme de poids, et avoir été pesé souvent en ma vie ; et pour ce, m'adressant à celles qui ne m'ont point pesé,

42

j'affirme que je ne suis point pesant; au contraire, suis-je si
léger, que je flotte sur l'eau comme une noix de galle. Et considérant que les prédications faites par les moines pour vitu-
pérer les hommes de leurs péchés, sont aujourd'hui, la plupart du temps pleines de jeux de mots, de plaisanteries, de
bouffonneries, j'ai pensé que ces mêmes choses ne seraient
point mauvaises dans mes nouvelles écrites pour chasser la
mélancolie des femmes. Toutefois, si celles-ci en rient trop, les
lamentations de Jérémie, la Passion du Sauveur et la pénitence de la Magdeleine les en pourront facilement guérir.

Et qui doute qu'il s'en trouvera encore qui diront que j'ai
la langue venimeuse et mauvaise, pour ce que, en certains
endroits, j'ai écrit la vérité sur les moines? A celles qui
diront ainsi, il faut pardonner, pour ce qu'il n'est point à
croire qu'un autre motif qu'un motif juste les pousse,
attendu que les moines sont de bonnes gens qui fuient la
peine pour l'amour de Dieu, meulent par éclusées et ne le
disent point; et n'était que tous sentent un peu le bouc, il
serait beaucoup plus agréable d'avoir à faire à eux. J'avoue
néanmoins que les choses de ce monde n'ont aucune stabi-
lité, mais sont en perpétuel changement, et qu'il serait possible qu'il en fût ainsi advenu de ma langue, laquelle — ne
voulant pas croire moi-même à mon jugement que je récuse
autant que possible dans toutes les affaires qui me concer-
nent — une de mes voisines m'a dit naguère que je l'avais
la meilleure et la plus douce du monde. Et en vérité, quand
cela arriva, il restait peu des susdites nouvelles à écrire. Et
pour ce que celles qui parlent ainsi en raisonnent par sym-
pathie, je veux que ce que j'ai dit leur suffise comme
réponse.

Maintenant, laissant chacune dire et croire comme bon
lui semble, il est temps de mettre fin à mes discours, et de

remercier humblement Celui qui, après une aussi longue fatigue, m'a par son aide mené à la fin souhaitée. Et vous, plaisantes dames, demeurez en paix avec sa grâce, vous souvenant de moi, si par hasard il sert à quelqu'une de vous d'avoir lu ces nouvelles.

Ici finit la dixième et dernière Journée du livre appelé DÉCAMÉRON et surnommé PRINCE GALEOTTO.

FIN DU TOME SECOND

TABLE DES MATIÈRES

DU TOME SECOND

CINQUIÈME JOURNÉE

42

SIXIÈME JOURNÉE

SEPTIÈME JOURNÉE

HUITIÈME JOURNÉE

NEUVIÈME JOURNÉE

TABLE DES MATIÈRES.

DIXIÈME JOURNÉE

FIN DE LA TABLE DES MATIÈRES.

Paris. — Imp. E. Capiomont et V. Renault, rue des Poitevins, 6.

29 december 1[?]

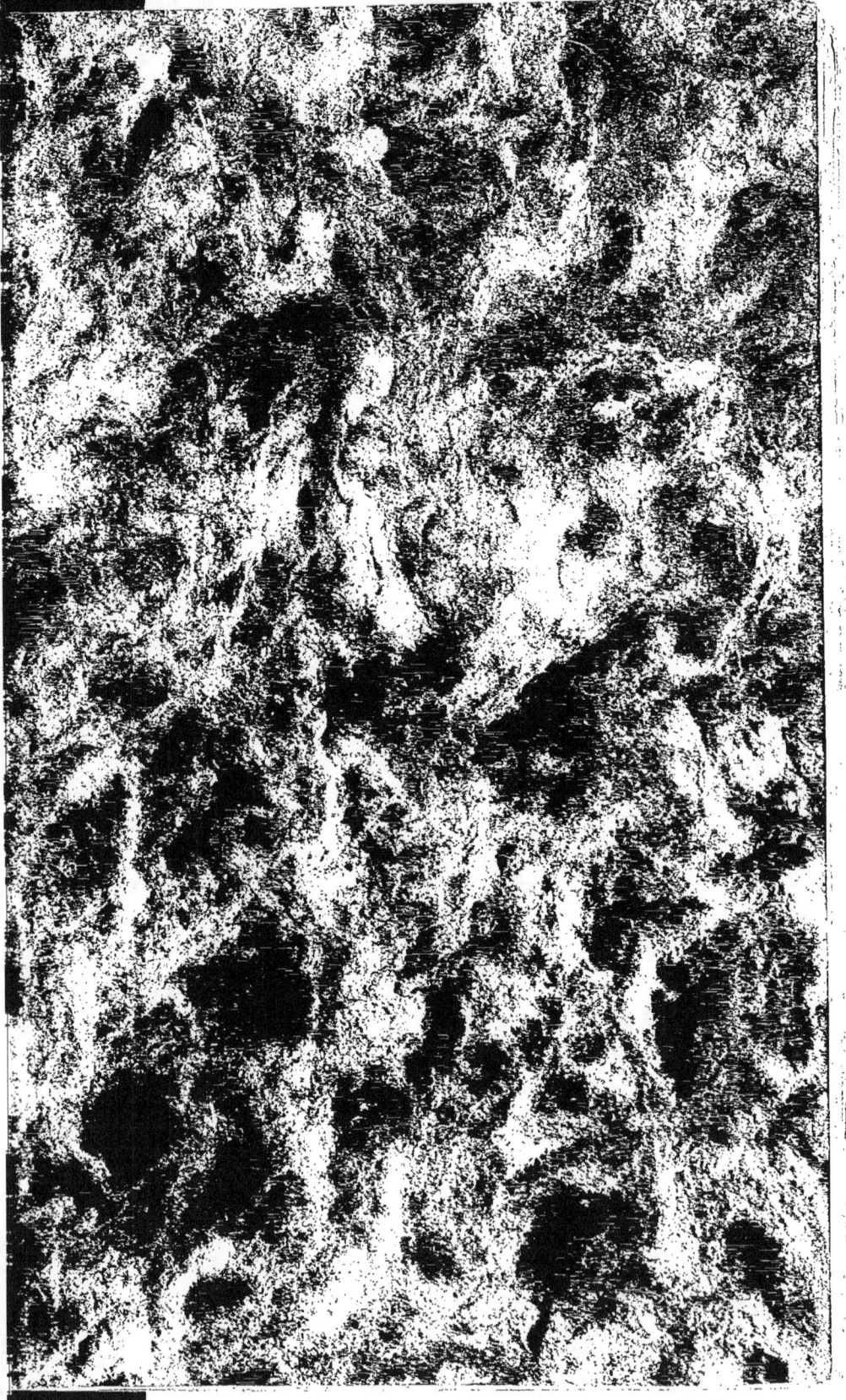